U0749293

本书是国家社科重大课题"历代北疆纪行文学文献的整理与研究"（编号19ZDA281）、国家社科重大课题"中国古代都城文化与古代文学及相关文献研究"（编号18ZDA237）阶段性成果，受到支持地方高校改革发展资金（学科建设）资助。

山川发雄文

元上都文学风貌研究

王双梅 著

中国出版集团 东方出版中心

图书在版编目(CIP)数据

山川发雄文：元上都文学风貌研究 / 王双梅著.
上海：东方出版中心, 2025. 4. -- ISBN 978-7-5473
-2722-7

Ⅰ. I206.47

中国国家版本馆 CIP 数据核字第 20255ZE881 号

山川发雄文: 元上都文学风貌研究

著　　者　王双梅
责任编辑　刘玉伟
封面设计　钟　颖

出 版 人　陈义望
出版发行　东方出版中心
地　　址　上海市仙霞路 345 号
邮政编码　200336
电　　话　021-62417400
印 刷 者　廊坊市印艺阁数字科技有限公司

开　　本　890mm×1240mm　1/32
印　　张　13
字　　数　330 千字
版　　次　2025 年 8 月第 1 版
印　　次　2025 年 8 月第 1 次印刷
定　　价　79.80 元

版权所有　侵权必究
如图书有印装质量问题，请寄回本社出版部调换或拨打021-62597596联系。

序

查洪德

　　王双梅新著《山川发雄文：元上都文学风貌研究》，是在她博士论文基础上经数年修订打磨而成。唐人贾岛诗有"十年磨一剑"（《剑客》）之句，后演变为成语，今人常用来称誉一些学术成果，言其为功夫之作，乃长期积累、潜心研究所得，非浅泛速成者可比。那些被誉为"十年磨剑"之作，是不是全都名副其实，我无法详知。但王双梅这部书，确有"十年"之功。2013年，王双梅进入南开读博，因为她来自内蒙古通辽，我建议她做这一题目。2017年博士毕业，她以此论文答辩。那年她抽到盲审，评审的结果是全优，继而被评为南开大学优秀博士论文。2019年，获评天津市优秀博士论文。自博士毕业至今，她一直没有停止对这一课题的思考，且对书稿进行修订。现在交付出版，借用贾岛的诗句说，就是"今日把示君"——展示给学界同行。从拟议到出书，前后十年。

　　本书研究的元上都，是草原深处的一座都城。元代实行两都制，有上都和大都。上都，又称上京、滦京，是元朝的夏都，在今内蒙古锡林郭勒盟正蓝旗。大都则是冬都，在今北京。每年三四月至八九月，皇帝巡幸上都。《元史·地理志一》载："上都路，唐为奚、契丹地。金平契丹，置桓州。元初为扎剌儿部、兀鲁郡王营幕地。宪宗五年，命世祖居其地，为巨镇。明年，世祖命刘秉忠相宅于桓州东、滦水北之龙冈。中统元年，为开平府。五年，以阙庭所在，加号上都，岁一幸焉。"[1]这里有几个重要的时间节点：蒙古蒙哥汗（宪宗）元年（1251），忽必烈受命总领漠南汉地军国庶事，后驻帐于桓州，史称"开府金莲川"。蒙哥汗六年（1256），忽必烈命刘秉忠主持在此筑城，历三年（1259）竣工。次年，蒙哥汗死，忽必烈在此即位，改元中统（1260），以此为开平府。这里既是忽必烈潜邸，又是其即位之地（古人称"龙兴之地"或"龙飞之地"），由此居有极高政治地位。到至元元年（1264），加号上都，成为两都之一。按元人所记，这是一块宝地："龙冈蟠其阴，滦江经其阳。四山拱卫，佳气葱郁……山有木，水有鱼。盐货狼藉，畜牧蕃息。"[2]（王恽《中堂事记》）上都在元代地位异常重要，"圣上龙飞之地，天下视为根本"[3]。元朝皇帝还有另一角色：大蒙古国大汗。在上都，他们更多体现其蒙古大汗角色。与大都相比，上都更具国际性色彩。

这座城在草原深处，但由汉人刘秉忠负责规划与修建，其格局、形制、命名，多体现中原文化因素，大致同于中原都城。即以其建筑的命名看，有大明、仪天、宝云、宸丽、慈福、鸿禧、睿思等殿，大安、延春、连香、紫檀、凝晖等阁，绿珠、瀛洲两亭。就文化属性说，她是草原的，也是中原的。《元史·世祖本纪》载："帝（忽必烈）在潜邸，思大有为于天下，延藩府旧臣及四方文学之士，问以治道。"[4]从那时起，这里就集合了一批中原文化精英，在远离中原之地，形成了一个中原文化中心。而蒙古语称此城为"兆奈曼苏默"，为一百零八座庙之意。这众多庙宇，体现的则是多元文化。上都坐落草原，联通欧亚，中西文化在这里交汇。这样一座城，在历史上，在世界上，是极其独特的，又是广纳多种文化，多元汇聚的。在这里进行的各种文化与文学活动，理应受到研究者的高度重视。

1　宋濂等：《元史》卷五八，中华书局1976年版，第1349—1350页。
2　王恽：《秋涧集》卷八二《中堂事记》，《四部丛刊》影印明弘治本。
3　宋濂等：《元史》卷一二六《廉希宪传》，第3095页。
4　宋濂等：《元史》卷四，第57页。

但这座都城，自明初废弃以来，沉睡六百多年，在20世纪末，重新成为文史研究者关注的焦点，再次吸引了世人的目光。1988年，其遗址被确定为国家第三批重点文物保护单位。1996年，列入申报世界文化遗产的预备名单。2012年，第36届世界遗产委员会会议讨论并通过将元上都遗址列入《世界文化遗产名录》。在这一过程及其前后的若干年，元上都成为学术研究的一个热点，人们以极大的兴趣，作了多方面的研究。但这多方面，主要是考古与历史的。文学的研究，在很长时期内，是很少甚至是缺位的。人们也关注了上都纪行诗，但主要是当作史料而非研究对象。对上都纪行诗作文学的研究，是近若干年的事。2012年国家社科基金年度项目还有内蒙古锡林郭勒职业学院杨富有教授的"上都扈从诗与元代多元文化交流研究"，在此后的几年里，杨教授还完成了《元上都扈从诗辑注》。以纪行诗研究为代表的元上都文学研究，为今人了解元上都发挥了一定作用。但全面的元上都文学研究，在王双梅此著之前，一直未见。双梅此著，是开创性的。

元上都文学中心的形成，基于元代的两都制。一批翰苑文人随皇帝往来于大都与上都，于是上都、大都就成为文化和文学中心。每年夏天，皇帝巡幸上都，大批文士扈从，他们多是文坛精英。公务之余，在这里举行各种文学活动，有雅集唱和，诗文赠答，谈曲论诗，观书题画。其活动是很丰富的。在这里形成的文学思想、文学风气，影响着整个文坛，引领着文风走向。上都文学中心是独特的，因为她远离中原与江南，在草原深处。这个文学中心的出现，改变了古代文学的地域格局，也使中国文学史的版图极大拓展。

随着南北统一，游历之风的兴起，众多非翰苑文人也来到上都。他们或为寻求进身，或是前来观光，使得上都成为各种身份文人聚集之处。在上都期间，他们因乡邦之谊、师生之情、友朋之契，与翰苑文臣一起，作文学交游。还有一些蒙古、色目文人，释子道流，属国文人，也聚于上都。于是，在上都形成了以馆阁文臣为核心的，多地域、多民族、多文化背景的文人群。上都的文学活动，也呈现多元文化的丰富色彩。

文人壮游上都、乐游上都，还体现了元代的时代精神。在元人苏天爵看来，由文人的上都之行，可以观士气，观国运。他说，南宋公卿士大夫"当使远方，则有憔悴可怜之色"。元代"混一海宇，定都于燕，而上京在北又数百里……朝士以得侍清燕，乐于扈从，殊无依依离别之情也"，由此可知"国家作兴士气之为大也"。[5]罗大已认为，元代文人是有幸的，他们的活动空间和眼界都空前扩大；他们行前人未尝行之地，见前人未尝见之物，感前人未曾有之情，把自己的经行所见所感写入诗中，又可使读者足不出户而神游万里，这是前代文人难以想象也无法企及的：诗人"岁走万里，耳目所及，穷西北之胜。具江山人物之形状，殊产异俗之瑰怪，朝廷礼乐之伟丽，与凡奇节诡行之可警世厉俗者，尤喜以咏歌记之。使人诵之，虽不出井里，恍然不自知其道齐鲁、历燕赵，以出于阴山之阴、蹛林之北"[6]。这些作品，展现出的是新异境界和阔大豪迈气象。

从中国文学史发展史的视角看上都文学，愈加显示其特殊价值。中国古代文学的风貌是如何形成的？是在不同地域、不同民族、不同文化类型的相互影响与交融中形成的。主体的中原文化不断吸收各种文化因素，随着历史的进程，在动态发展中，不断呈现出新的面貌。要对这一问题有具体直观的认识，元上都文学无疑是一个很好的标本。尽管它远离中原，但它的基本风貌是中原的，一如上都建筑的主体风格与命名体现着中原文化精神一样。它融会了草原因素、中原因素、江南因素，甚至还有域外各种文化因素，而又不仅仅是草原的、中原的、江南的。扩而大之，元代文学的风貌，是以中原文化为主

5　苏天爵：《滋溪文稿》卷二八《跋胡编修上京纪行诗后》，中华书局 1997 年版，第470 页。

6　罗大已：《滦京杂咏跋》，杨允孚《滦京杂咏》卷后，文渊阁《四库全书》本。

体，融会了草原文化、西域文化，甚至安南文化与海洋文化，造就了元代文学多样化的整体风貌。有一种研究将上都文学视为边塞文学，这既不符合历史的实际（上都是都城，不是边塞），也失去了研究上都文学最重要的意义。

全面研究上都文学及其活动，对我们认识元代文学，甚至认识中国古代文学，具有如此重要的意义，王双梅《山川发雄文：元上都文学风貌研究》，作为第一部全面研究上都文学活动的著作，其意义与价值也就不言而喻了。

王双梅治学的特点，是执着而踏实。她首先是下足"笨功夫"，搜集整理了数十万字的上都文学资料，编成《元上都文学研究资料汇编》；而后对这些资料分类整理，理出头绪，从大量文献中概括和抽绎出结论。用大量文献，展示上都文学活动的面貌，梳理出上都文学活动演进之轨迹，并寻求其背后的原因。依据具体作品，对不同类型作家及作家个体，作出恰当的评价。这种扎扎实实下"笨功夫"的治学，当今特别值得肯定。比起那些"聪明"学问，这样的成果，更值得信赖；这样得出的结论，更加可信。

作者已经在此基础上进一步扩展，以"元两都文学活动研究"为题，中标国家哲学社会科学基金 2018 年年度项目。我期待着作者的新成果，也期望她达到新的学术高度。

2021 年端午

目 录

绪　论

元上都文学的发展脉络

元代实行两都巡幸制。上都又称上京、滦京，是元朝的夏都，在今内蒙古自治区锡林郭勒盟正蓝旗；大都则是冬都，在今北京。每年三四月至八九月，皇帝巡幸上都，都会有大批大臣扈从。公务之余，他们在上都进行各种文学活动，创作了数量不少的以诗歌为主的文学作品。上都与大都共同成为元代的文化和文学中心。上都这个文学中心出现在草原，不仅影响、引领着元代文坛的文学风气，也打破了中国古代文学以中原、江南儒家文化圈为中心的地域格局，这是中国历史上从未有过的现象。同时，两都间绵延千里，一路地形殊异，风物独特。上都作为草原帝都的独特文化，以及帝王巡幸，宫廷宴饮，草原民族百姓的质朴淳厚的生产、生活方式等，无不时刻刺激着文人的兴奋点。对于这些，南方文人可谓闻所未闻、见所未见，只能"随其所见，辄记而录之"[1]。这不仅极大地刺激了文人的创作热情，还不断激发着文人的时代自信以及观风备览的文学精神。上都文学由此在题材内容、文学气象、艺术手法、文人精神等方面都呈现出独特的美学风貌。

需要说明的是，本文所说的上都文学，主要指的是文人在上都创作或往返于两都之间而创作的作品。因此，上都文学中有些作品在内容上并非以上都为题材，或基本无关乎上都，如在上都所作的文人抒

---

[1] 金幼孜：《滦京百咏集序》，文渊阁《四库全书》本。

情咏怀诗、题画诗，亦属于上都文学。当然，元代有的作品题材关涉上都，甚至直接歌咏上都，但这些并非文人在上都或往返两都而作的，是作者纯粹的有关上都的想象之作，这些作品我们也将其纳入上都文学范畴，但只是作为上都文学的外延。之所以这样处理，主要是为了便于我们更好地理解元代文人眼中的上都形象。

本书的绪论部分主要梳理元上都文学的发展脉络。上都，位于滦河上游的金莲川草原，最初是东胡和匈奴两个古老的北方游牧民族的"瓯脱地"。[2]辽金时期，金莲川草原成为帝王"春水秋山，冬夏捺钵"[3]之所，金朝还在沿边三十八州设兵屯守，包括元朝时隶属上都的桓州、昌州（治狗泺，今内蒙古锡林郭勒太仆寺旗白城子）、抚州（治柔远，今河北张北县），又置燕子城（燕赐城）、北羊城、狗泺三处榷场，这样，金莲川地区就成为金朝控制北边的重要阵地。金章宗泰和六年（1206），成吉思汗统一草原各部，建立了大蒙古国。成吉思汗六年（1211），蒙古军举兵南下，破居庸关，金莲川草原成为大蒙古汗国的草原营地，成吉思汗曾多次驻夏于此。[4]之后，成吉思汗将金莲川草原的桓州、抚州、昌州分封为"札剌儿部、兀鲁郡王营幕地"，《元史》载："上都路，唐为奚、契丹地。金平契丹，置桓州。元初为札剌儿部、兀鲁郡王营幕地。"[5]

辽金三百余年的时间内，上都所在地金莲川草原几经易主，此地

---

2 据陈高华、史卫民考证，东胡的活动以今天辽河上游的西拉木伦河和老哈河流域为中心，匈奴则以今天黄河河套和阴山山脉地区为中心。两族之间有一千余里的弃地无人居住，"各居其边为瓯脱"。瓯脱，意为界上屯守处。参见陈高华、史卫民：《元大都上都研究》，中国人民大学出版社 2010 年版，第 142 页。

3 金世宗从大定十二年（1172）始，每年或隔年赴金莲川，往返时间四至五个月之久。参见刘浦江：《春水秋山——金代捺钵研究（上）》，《文史》第 49 辑，1999 年12 月版；刘浦江：《春水秋山——金代捺钵研究（下）》，《文史》总第 50 辑，2000年 7 月版。

4 元太祖七年、八年（1212—1213）均在抚州驻夏。参见《圣武亲征录》，贾敬颜校注，内蒙古人民出版社 1985 年版，第 166 页。

5 宋濂等：《元史》卷五八《地理志一·上都路》，中华书局 1976 年版，第 1349 页。

的文学活动要么是文人经行此地时对匆匆行程的见闻记录，要么是扈从帝王游猎时的即兴创作。这些文学活动形式单一，作品零散，更重要的是由于只是途经，匆匆而过，对金莲川草原的描写主要集中于对自然地理、风俗人情等生态文化的简要勾勒，缺少历史人文关怀和诗人自己的情感。即便如此，辽金、蒙古汗国时期的金莲川草原，应是文学发展史上不可忽略的。这样的局面一直延续到蒙哥汗元年（1251）忽必烈以太弟身份总领漠南事务，继而在此继承大统，金莲川因上都特殊的政治地位，才开始有较为集中的文学活动，文人有了越来越多的文学作品，上都迎来了文学发展上崭新的春天和不可替代的历史使命。

　　1260年忽必烈在开平即位，1263年升开平城为上都，1358年上都宫城被烧毁，两都巡幸停止，此后的十年间直至元亡，上都文学终结。上都文学的百年发展历程，大体可分为两个时期。

一、兴起与缓慢发展（1251—1321）

　　从蒙哥汗元年（1251）忽必烈开始以金莲川草原为根据地治理漠南地区，到仁宗朝（1312—1320），再到英宗至治元年（1321）文臣扈从制度的形成，历世祖、成宗、武宗、仁宗四朝，共七十年，这一时期为上都文学的兴起与缓慢发展期。此时期的上都文学主要包括金莲川藩府文学、元初至仁宗朝南方和北方文人的上都创作。

　　1234年蒙古灭金，广大漠南地区包括金莲川草原成为蒙古统治区。自1251年忽必烈受命总领漠南汉地军国庶事，北中国的历史就进入了忽必烈时代。首先是忽必烈驻地金莲川，创建开平城，建立藩府，藩府文人群开启了金莲川的文学活动。十年后，1260年，以金莲川为根据地的忽必烈打败了与之争夺蒙古汗位的阿里不哥，在开平即汗位，中统四年（1263）开平升为上都。金莲川藩府文人在这十余年的时间内，成为开平文学活动的主要成员。他们在政务之余，进行唱和雅集，刘秉忠、郝经等就创作了不少的上都诗歌。二人与上都皆有深厚的渊源，刘秉忠是元代上都、大都的总设计者，是忽必烈最为信任的汉族文人，身居高位，任职中枢机构；郝经也为忽必烈器重，常扈从左右。二人都见证了开平宫建成大典、忽必烈在开平即位等政治大事。开平城就是上都的前身，始建于宪宗六年（1256），经三年乃成。郝经撰有《开平新宫五十韵》，该诗应是为宪宗九年（1259）开平城新宫的建成而作。全诗开头以气势夺人："日月旋天盖，星辰合斗枢。"回顾蒙古骑兵纵横天下、统一北方的历史功绩，继而表达了对忽必烈政权的太平之世的期许："治平须化日，杀伐岂良图。""欲成仁义俗，先定帝王都。"金莲川藩府文人群，有史可考者就有六十余位，他们大多是金末山东、山西、陕西、河北等不同地域的儒学、文学精英。他们的文学活动陆续于忽必烈朝、成宗朝、武宗朝结束。据任红敏博士论文《金莲川藩府文人群体之文学研究》可知，这样庞大的金莲川藩府文人群体，他们在政务之余创作文学，创造了北方文坛的繁荣景象。[6]

忽必烈即位后入仕元廷的上都文学创作者主要有王恽、胡祇遹、耶律铸等，如王恽于中统元年（1260）随驾开平，作有《中堂事记》三卷，为中统元年九月至翌年九月间在开平值省日记，载于王恽《秋涧集》卷八〇至卷八二。南北统一后至仁宗朝，南方文士有机会来到上都，上都文学呈现出新的风貌。1276 年，临安陷，南宋三宫请降，祈请使团北上，他们成为第一批来到上都的南方人士。由于蒙古族代表的草原文化崇尚宗教、重实用，因此，南北统一初期最早被征召、重用的是僧道、医卜、工匠等。龙虎山玄教道士就是其中的一类，他们成为最早被征召到上都并进行文学活动的南方文人，如张留孙、陈

---

6 参见任红敏：《金莲川藩府文人群体之文学研究》，南开大学博士学位论文，2009 年。

义高、吴全节、朱思本、马臻等。至元二十三年（1286）程钜夫奉诏求贤于江南，延揽南方耆德清望之人，其中还多有辞章之士，这些文坛名流有的被召至上都觐见。还有只身游历京师并获成功的南方文人，如陈孚、冯子振等。

这一时期北方文人也有风格鲜明的上都文学创作。上都文学创作者中的北方文人多以巡幸扈从身份来上都。他们有的是翰苑文臣，有的是文学修养较高的监察御史、中书省官吏等，由于文集散佚，已无法窥见他们的上都文学活动之全貌。如忽必烈时期的张之翰、阎复、程钜夫，成宗、武宗、仁宗时期的元明善、张养浩、潘昂霄、李之绍等，但仅从所存作品，也可看出他们的文学活动更为积极，如山东章丘人刘敏中。刘敏中自至元八年（1271）入职翰院至延祐五年（1318）卒，历仕四朝，自至元十三年（1276）起，在至元十七年（1280）、至元十八年（1281）、大德四年（1300）、至大元年（1308）曾五次往返于上都和大都之间，创作了数量不少的上都诗歌。《初赴上都至赤城望云道中》中"高下野桃红曼曼，萦回沙水碧泠泠。人家剩有升平象，满地牛羊草色青"[7]四句，描写了草原辽阔宁静的美，抒发了对一统盛世的感受。《滦河觜》将南北统一之初南方文人与北方文人北上上都的情形作对比："宿雨霏微浥路尘，清风便旋送人行。烟昏野色牛羊晓，水满沙痕凫雁春。四海车书混同后（时江左初平），两都冠盖往来频。长衫羸马无人识，簿领区区叹此身。"[8]从自己的视角记录了两都冠盖往来频繁的升平盛世下，南方文人的落寞形象。

南北统一之初，南方龙虎山玄教道士得到了元廷的重用。玄教道士群体，如张留孙、陈义高、马臻、朱思本、吴全节、薛玄曦、夏文泳等长期留居两都，与达官显宦、文人雅士有十分活跃的文学交游。他们多为诗书画艺兼通的文化高士，创作了不少上都诗歌，表现出与

7　刘敏中：《中庵先生刘文简公文集》卷四，《北京图书馆古籍珍本丛刊》本。
8　刘敏中：《中庵先生刘文简公文集》卷一八，《北京图书馆古籍珍本丛刊》本。

北方文人、南方一般文人不同的诗歌风格。如马臻的《黑山》一诗：

> 暮造黑山头，下马马力疲。大野无行客，仆夫愁渴饥。草根积霜露，月照光离离。王孙喜我至，邀我入毡帷。琵琶左右动，劝我金屈卮。此中风俗淳，颇似上古时。顾惭丘壑姿，心迹与世遗。际此圣明代，历览山水奇。不学古行役，空伤木兰诗。[9]

全诗重在叙述，一句一画面，具体形象，如同向人诉说。诗末直接抒发自己历览奇景的兴奋之情，先抑后扬，情感转换流畅自然，有豪逸俊迈之气。

与此同时，南方一般文人的上都创作还不成气候，一是因为南方在朝文人的总体数量不多，二是因为只有极少数能够扈从上都，以陈孚、冯子振、袁桷为代表。

陈孚，浙江台州人，世祖时扈从上都，作有近三十首诗，其创作水平得到四库馆臣称赞："其上都纪行之作，与前二稿工力相敌。盖摹绘土风，最所留意矣。"[10]陈孚诗作内容丰富，多描写上都风情、吊古咏怀之作。在纪上都之行的所见所感中，直接抒发了面对天下一统的盛大气象激动、兴奋的情绪。

冯子振，湖南攸州人，是南宋亡后游历京师的文人中成功的一个。至元二十四年（1287），冯子振第一次北上大都，为承事郎、集贤待制。二十七年（1290）首次扈从上都，二十九年（1292）因桑哥事受到弹劾，此后多次往返上都、大都、江南三地。成宗元贞元年（1295）进京，大德四年（1300）进上都，随后返乡。大德六年（1302）又来至大都，七年（1303）从大都赴应昌[11]，途中经上都。

---

9 马臻：《霞外诗集》卷三，文渊阁《四库全书》本。

10 永瑢等：《四库全书总目提要》卷一六六，中华书局1987年版，第1434页。

11 应昌城又名鲁王城，为上都所辖，故址在今内蒙古自治区赤峰市克什克腾旗西北达里诺尔湖西南的达尔罕苏木，是元代蒙古地区的重要城市。

此后，至治三年（1323）再次进京。一生至少三次赴上都，创作了数量较多的上都诗词曲赋，以《居庸赋》最为著名。《居庸赋》首尾五千言，内容丰赡磅礴，雄浑正大，闳衍巨丽，用神来之笔，将沟通两都、隔离胡汉的"大门"居庸关之奇美的景观，与承平一统的大元帝国的雄姿相结合。与陈孚相比，其所表现的大元盛世气象更加具体、强烈。

袁桷，庆元鄞县（今浙江宁波）人，因扈从上都，创作了两部上都诗歌别集。仁宗延祐元年（1314）有《开平第一集》，收诗二十三首诗；延祐六年（1319）有《开平第二集》，收诗四十二首。这两部诗集开创了上都诗歌单独结集的先河，也是从袁桷后，上都诗作结集者日渐增多。

二、兴盛与终结（1321—1368）

文臣扈从制度的形成直接推动了元代上都文学创作的繁荣。至元二十二年（1285）大都新城建设竣工，以大都为冬都、上都为夏都的两都制度形成，对上都文学活动的发展产生了重要影响。上都的地位由实际上的唯一都城变成了夏都，大多数文臣只有通过扈从才能有机会来到上都。而每年的扈从人员"皆国族、大臣，及环卫有执事者"，对于汉族文臣而言，有的"仕至白首，或终身不能至其地也"。[12]对地位较高的北方文臣而言，这一局面一直延续到成宗、武宗朝；对地位更低的南方文臣而言，扈从上都的机会极为渺茫。直到汉文化程度较高的仁宗即位，才有极少数在成宗、武宗朝就任职翰林的南方文臣得以扈从上都，如四明人袁桷、宣城人贡奎就是这一时期较早来到上都的南方扈从文臣。因此，在文臣扈从制度形成之前，上都文人群体并

12　马祖常：《石田文集》卷八《上都翰林分院记》，文渊阁《四库全书》本。

未形成一定的规模。同时，英宗以前的扈从文臣大多数都是北方文人，而北方文人由于长期处于北方草原民族契丹、女真的统治之下，再加上地缘关系的作用，对居庸关以北的两都景观乃至丰富的草原文化都不存在陌生感，大多数文人来到上都并没有太大的惊奇感和创作冲动。因此，北方文人主导的上都文学时期，无论是作品创作还是文学活动，都缺少活力，没有形成较为活跃的、积极的文学创作主流，作品体现出的情感也较为平和、舒缓。

英宗至治元年（1321），设立上都翰林分院，建立了文臣扈从制度，直接推动了上都文人群的形成，助推了上都文学创作的兴盛。1324 年泰定帝即位，开设经筵讲习制度，皇帝巡幸上都时经筵扈从。文宗是元代历史上少有的有为之君，在位期间，开奎章阁，建学士院，延揽名儒，讲授儒学，撰《经世大典》，对文人的重视程度超越了此前的元代帝王，能够巡幸扈从的文人群体更为壮大。这一时期，有的文人一生扈从多次，有的还因身兼数职，扈从上都十数次，如虞集曾任国子助教、翰林编修、翰林直学士、经筵进讲官、奎章侍讲学士，今存上都诗歌三十余首。种种因素直接助推了上都文学走向繁荣。

这一时期的上都文学的繁荣主要表现在文人创作热情高涨，文学活动积极。上都诗歌的繁荣开端于英宗至治元年（1321）文臣扈从制度的实施，大批文人可以同时扈从上都，有了文人雅集唱和的活动氛围。如至治元年（1321），集贤直学士袁桷与翰林待制王士熙（字继学）、翰林学士李之绍（字伯宗）、都事陈景仁、潘昂霄（字景梁）、李彦方等一同扈从上都，雅集唱和。他们一行六人在前往上都途中就十分兴奋地开展唱和，"晓度桑干雪新作，倚松参坐斗题诗"；到了李陵台，他们感慨"汉武不知歌四牡，千年竞作五言诗"；行走于驰道，则表示"侍猎能追上林赋，登台愿继柏梁诗"；到达上都，则"乐府新填更进诗"；上都宫廷内宴进行时，则"宫词久矣无王建，把笔争传应制诗"。[13]他们之间两两相互的唱和也很频繁，袁桷与李之绍的唱和有《伯宗再次韵复叙旧》《和伯宗诗》等，与李彦方的唱和有《李陵台次韵李彦方应奉》《再次韵答李彦方》，王士熙与李之绍的唱和有《上京次李学士韵五首》，袁桷与王士熙的唱和有《次韵继学途中竹枝词十首》《次韵继学竹枝宛转词十首》，王士熙又将己作寄给在大都的好友马祖常，又有《和王左司竹枝词十首》等。这次扈从上都的唱和诗还有很多，只是作品多已不存。这样活跃的上都文学创作局面在英宗以前是从未出现过的。

当时，几乎每个前往上都的文人创作热情都很高，即使情绪低落，也以诗咏怀。许有壬自述："日长始退，恒兀兀独坐，间得朋友歌诗，率尔赓和，心有感触，亦形咏歌。"[14]今存的一千五百余首上都诗歌百分之八十都是这一时期创作的。其时，上都文学繁荣的主要标志是有十余部上都诗歌别集出现，成果丰硕。如英宗至治元年（1321）袁桷的《开平第三集》、至治二年（1322）《开平第四集》；文宗至顺元年（1330）胡助的《上京纪行诗》、柳贯的《上京纪行诗》；顺帝至正十二年（1352）周伯琦的《扈从集》；后至元三年（1337）许有壬的《文过集》（一百二十首）、杨允孚的《滦京杂咏》、张昱的《辇下曲》；至正九年（1349）迺贤、韩与玉、涂颖三人的总集《上京纪行诗》等。除这些诗集外，在别集中还存有个别文人的大量作品，如释楚石梵琦《北游诗》一百余首、胡助《纯白斋类稿》五十余首、周伯琦《近光集》近七十首、虞集上都诗作五十余首、许有壬《至正集》六十余首、马祖常上都诗作近一百首等，不一一列举。这些人的上都诗歌创作规模，足以与诗集并列。正如揭傒斯所说："自天历、至顺以来，当天下文明之运，春秋扈从之臣，涵陶德化，

13　袁桷：《清容居士集》卷一五，《四部丛刊》影印上海涵芬楼藏元刊本。
14　许有壬：《文过集自序》，《至正集》卷三五，文渊阁《四库全书》本。

苟能文词者，莫不抽情抒思，形之歌咏。"[15]在这高涨的创作热情感染下，上都文学达到兴盛，也是一种必然。

由此，为上都纪行诗集、作品而作的题咏、序跋数量也就多了起来。如吴师道、贡师泰、虞集等为黄溍《上京纪行诗十二首》组诗题跋，虞集、吕思诚、王士熙、陈旅、柳贯、吴师道、苏天爵、宋濂等为胡助《上京纪行诗》诗集题跋，揭傒斯、王沂、欧阳玄、谢端、许有壬等为许有壬《文过集》题跋，欧阳玄、贾祥麟、王逢等为周伯琦《扈从集》题跋等。而这些题咏、序跋，关于上都诗歌的创作观念、审美功能、文学精神等方面也形成了相对一致的诗学观念，如"观风备览"与"传盛世之音"之诗学功能观、"山川发雄文"与"率尔赓和"之诗歌创作观，以及对盛世文风的自觉追求。这对上都文学创作最终形成的盛世文风起到引导作用。

自顺帝至正十八年（1358）上都被红巾军烧毁直到元亡的十年间，元朝停止了两都巡幸，上都文学沉寂。至正二十八年（1368），明军攻下大都，元室北迁，顺帝逃遁到上都。在此之际，任职于元廷的刘佶创作的《北巡私记》以及顺帝在上都所辖地应昌所作的怀念两都之歌，成为上都文学终结的标志。

表 0-1 上都纪行诗专集一览表

序号	作者	籍贯	专集名称	创作时间	专集性质	收录情况	存佚情况	刊行情况	备注
1	袁桷（1266—1327）	庆元鄞县（今浙江宁波鄞州区）	《开平第一集》	延祐元年（1314）	诗歌别集	23	存23	未单独刊行存于《清容居士集》卷一五	一
2			《开平第二集》	延祐六年（1319）	诗歌别集	42	存42	未单独刊行存于《清容居士集》卷一五	

15 揭傒斯：《跋上京纪行诗》，胡助《纯白斋类稿》附录，《豫章丛书》本。

续　表

序号	作者	籍贯	专集名称	创作时间	专集性质	收录情况	存佚情况	刊行情况	备注
3	袁桷（1266—1327）	庆元鄞县（今浙江宁波鄞州区）	《开平第三集》	至治元年（1321）	诗歌别集	62	存62	未单独刊行存于《清容居士集》卷一六	—
4			《开平第四集》	至治二年（1322）	诗歌别集	100	存100	未单独刊行存于《清容居士集》卷一六	
5	柳贯（1270—1342）	婺州浦江（今浙江浦江）	《上京纪行诗》	泰定元年（1324）	诗歌别集	40	存40	单独刊行	延祐七年（1320）作32首；泰定元年（1324）作8首
6	胡助（1274?—?）	婺州东阳（今浙江东阳）	《上京纪行诗》	至顺元年（1330）	诗歌别集	50	存46	单独结集未刊行	—
7	许有壬（1287—1364）	汤阴（今河南安阳）	《文过集》	后至元三年（1337）	诗歌别集	120	存59	单独结集未刊行存于《圭塘小稿》卷下	—
8	周伯琦（1298—1369）	鄱阳（今江西鄱阳）	《扈从集》	至正十二年（1352）	诗歌别集	34	存34	单独刊行	—
9	张昱生卒年不详	庐陵（今江西吉安）	《辇下曲》	顺帝至正时期	诗歌别集	102	存102	单独刊行	—
10	杨允孚（1316?—1374）	吉水（今江西吉水）	《滦京杂咏》	顺帝至正时期	诗歌别集	108	存108	未刊行	原名《滦京百咏》；元亡后续8首；作《滦京百咏》部分自注

11

续　表

序号	作者	籍　贯	专集名称	创作时间	专集性质	收录情况	存佚情况	刊行情况	备　注
11	迺贤（1309—1368）	庆元鄞县（今浙江宁波鄞州区）	《上京纪行诗》	至正九年（1349）	诗歌总集	不详	存三人上都诗作30余首	未刊行	—
	韩与玉（？—1354）	江浙武林（今浙江杭州）							
	涂颖生卒年不详	江西豫章							

第一章

世祖至武宗时期北方文人的
上都文学创作

　　1260年忽必烈在开平即位，1263年升开平为上都，上都因其特殊的政治地位，成为当时北方的文化活动中心之一。这一时期，能够具备前往上都条件的文人主要有金莲川藩府旧臣、其他旧金文人，以及投奔忽必烈政权的漠北蒙古文士三大类。后由于忽必烈延揽人才，用人制度以荐举为主，由藩府旧臣荐举进入翰林国史院等文化机构的文人，以及投奔忽必烈政权而来的漠北文人等，是元代南北统一前文人队伍的新成员。他们成为文人上都文学活动的一股新的力量，如王恽、胡祗遹、耶律铸等，惜乎其上都之作皆不存。此时期上都文学活动的主要成员依然是扈从的北方文人，他们有的是翰苑文臣，有的是文学修养较高的监察御史、中书省官吏等，如刘秉忠、张之翰、阎复、程钜夫，以及元明善、张养浩、潘昂霄、李之绍等。由于文集散佚严重，其上都之作亦多不存，我们仅能从《元史》或他人文集、总集中所存的零星记载窥见一二。王恽历仕世祖、成宗、武宗、仁宗四朝，因上都之旅而作的诗文今多有保存。本章主要探讨王恽因开平之行而作的《中堂事记》的史料价值及其上都诗歌创作。

第一节 "足备一朝掌故"： 王恽
《中堂事记》的史料价值

蒙哥汗二年（1252），忽必烈以太弟身份受命统领漠南事务，南进驻扎在金莲川草原，开府建衙。九年（1259），蒙哥汗薨。翌年三月，忽必烈在开平（上都的前身）即大汗位，四月对外发布《即位诏书》，曰："爰当临御之始，宜新弘远之规。祖述变通，正在今日。"五月发布《建元中统诏书》，中统意谓"中华开统""中原正统"，曰："祖宗以神武定四方，淳德御群下。朝廷草创，未遑润色之文；政事变通，渐有纲维之目。朕获缵旧服，载扩丕图，稽列圣之洪规，讲前代之定制。建元表岁，示人君万世之传；纪时书王，见天下一家之义。法《春秋》之正始，体大《易》之乾元。炳焕皇猷，权舆治道。可自庚申年五月十九日，建元为中统元年。惟即位体元之始，必立经陈纪为先。故内立都省，以总宏纲；外设总司，以平庶政。仍以兴利除害之事、补偏救弊之方，随诏以颁。於戏！秉箓握枢，必因时而建号；施仁发政，期与物以更新。敷宣恳恻之辞，表著忧劳之意。凡在臣庶，体予至怀！"[1]诏书的核心意思是要革新，而革新的关键是要推行"汉法"，即中原汉地王朝的典章制度和统治经验，宣告了蒙古政权统治政策的重大转变。建元中统，百废待兴，忽必烈就在建都邑、立国号、制朝仪、定制度、重农业、崇儒学等方面推行汉法。其中，中书省的设置就是元初推行汉法的一个重要内容。而有关中统之初中书省以及与之相关的诸多时政，在《元史》等史料中的记载大多缺失，或粗疏简陋。

---

1 宋濂等：《元史》卷四《世祖一》，中华书局 1976 年版，第 65 页。

中统元年（1260）九月，王恽任中书省详定官，奉命赴开平，"自中元（中统元年）九月奉檄北上，至是年（中统二年）辛酉九月，凡十有三月，实历三百八十四日"[2]。作有《中堂事记》，共三卷。《中堂事记》为中书省政务日记，几乎日日都有所记，内容极为丰富，不仅可补史阙，还能让我们更真实客观地了解元初一些重要文人、官吏的人格才干、生平事迹等，具有极为重要的史料价值。

一、　有关《中堂事记》的一些基本情况及研究基础

王恽（1226—1304），字仲谋，号秋涧。卫州汲县（今河南卫辉）人。从学于辞章大家王磐，亦尝求学于元好问。中统元年（1260）五月，由姚枢荐举为东平详议官。七月，为中书省详定官。《元史》载："恽有材干，操履端方，好学善属文，与东鲁王博文、渤海王旭齐名。史天泽将兵攻宋，过卫，一见接以宾礼。中统元年，左丞姚枢宣抚东平，辟为详议官。时省部初建，令诸路各上儒吏之能理财者一人，恽以选至京师，上书论时政，与渤海周正并擢为中书省详定官。二年春，转翰林修撰、同知制诰，兼国史院编修官，寻兼中书省左右司都事。治钱谷，擢材能，议典礼，考制度，咸究所长，同僚服之。"[3]后官历翰林修撰、中书省左右司都事、监察御史、翰林待制、山东东西道提刑按察副使、左司郎中、少中大夫、福建闽海道提刑按察使等。王恽在元初政坛、文坛都是有影响的重要人物。生平事迹还可见《秋涧先生大全文集》附录王公孺撰《文定王公神道碑铭》等。

2　王恽:《秋涧先生大全文集》卷八二《中堂事记》卷三,《四部丛刊》影印江南图书馆藏弘治刊本。本章所引《中堂事记》内容,为方便阅读,均在正文标出卷数,不另行注释。所用版本为王恽《秋涧先生大全文集》(卷八〇至卷八二),《四部丛刊》影印江南图书馆藏弘治刊本。

3　宋濂等:《元史》卷一六七《王恽传》,中华书局 1976 年版,第 3933 页。

关于《中堂事记》的撰写、修订情况，王恽在至元二十四年（1287）自序中有所说明：

> 余自稚岁读书，颇有志于世。甫及壮年，弹冠应聘。适际夫风云庆会，千载一遇之时。荷橐载笔，从事其间。以至密迩论思，酬酢吏务，沾香红药之阶，接武云龙之地，若有所遇而大有所为也。不图尔后蹭蹬于仕途者廿余年。回视向之雁行而请署者，川泳云飞，触目皆是，比量薄分，盖有无非命者。况今日就衰谢，百念灰冷，有求田问舍，躬耕种树而已。然觉吾胸中耿耿者尚在，及阅故书，复得当时直省日录，观其与诸贤聚精会神于一堂之上，所以开太平之基，播无疆之休者，班班可见。因略为修饰，题之曰《中堂事记》。庶几阅是编者，知予生长明时，虽无寸补，亦常餍饫邦家之光，为闾里之荣也。藏之箧笥，固不敢以千金享之，异时有索野史，求史臣中舍之所遗逸者，不无一得于斯焉。至元二十四年丁亥岁秋九月七日，前翰林修撰、同知制诰兼国史院编修官、左司都事王恽序。[4]

由此序可知，《中堂事记》是王恽于至元二十四年（1287）修订而成，且于此年书名正式题为《中堂事记》。也就是说，《中堂事记》最早作于中统元年（1260）至二年（1261）。二十七年后，当重新阅读立朝之初中统年间自己的这部开平政务日记时，作者大为感慨，忆起当年任职于中书省的众多英伟之人，认为其政绩和风采应该得到彰显，"观其与诸贤聚精会神于一堂之上，所以开太平之基，播无疆之休者，班班可见"。即便时过境迁，王恽也认为《事记》具有补史的价值："异时有索野史，求史臣中舍之所遗逸者，不无一

---

4 王恽：《秋涧先生大全文集》卷八〇《中堂事记序》，《四部丛刊》影印江南图书馆藏弘治刊本。

得于斯焉。"因此，"略为修饰，题之曰《中堂事记》"。[5]《中堂事记》后由王恽子公孺编定，江浙行省嘉兴路刊行，刻于英宗至治元年（1321）二月，刊成于二年正月。《中堂事记》最早收录于《秋涧先生大全文集》。明人叶盛节选燕京—开平纪行部分收录于《水东日记》卷三十五，清人韩泰华辑入《玉雨堂丛书》第一集，今人整理的《金元日记丛编》（上海书店出版社2013年版）也予收录。

《中堂事记》的史料价值历来为人所重视。《四库全书总目提要》云："《中堂事纪》三卷，载中统元年九月，在燕京随中书省官赴开平会议，至明年九月复回燕京之事，于时政缀录极详，可补史阙。"[6]特别是在《元史》"草率致误"[7]处甚多的情况下，王恽的《中堂事记》的史料价值显得尤为珍贵。吴梅在其《词学通论》中谓"其（王恽）所作《中堂事记》《乌台笔补》《玉堂嘉话》皆足备一朝掌故。文章经济，照耀一时，不徒以词章著焉"[8]，对王恽其人、其作都给予了高度评价。

20世纪学界最早对《中堂事记》的关注是在60年代至90年代。1962年劳延煊获哈佛大学博士学位的论文选题即是对王恽《中堂事记》的译注。虽为"译注"，却须以对内容的清晰把握和对文献的深入梳理为基本前提。1970年袁冀（袁国藩）在《大陆杂志》第十二期发表的《元王恽驿赴上都行程考释》[9]一文，是学界对《中堂事记》

5　对王恽晚年修改《中堂事记》之事，劳延煊曾列出三例证明：第一，《中堂事记（上）》记"胡祗遹，字绍开，武安人，终山东按察使"。按胡祗遹卒于至元三十年（1293），其最后历官是王恽于至元二十四年（1287）所不能记的。第二，《中堂事记》开首记曰："庚申年春三月十七日，世祖即位于开平府。"世祖所谓是忽必烈于至元三十一年（1294）卒后的庙号，即位之初是不会有的。第三，《中堂事记（上）》："李谦，字受益，今翰林侍读学士。"据《元史·李谦传》载，李谦于至元三十一年授翰林侍读学士，明年因足疾辞官。王恽称李谦今为翰林侍读学士，实非王恽初序此书时所及见的，是以足见王恽晚年曾修改《中堂事记》。

6　纪昀等：《四库全书总目提要》卷一六六，第3492—3493页。

7　赵翼：《廿二史札记》卷二九，广雅书局丛书本。

8　吴梅：《词学通论》，上海古籍出版社2006年版，第92页。

9　袁冀（袁国藩）：《元王恽驿赴上都行程考释》，《元史研究论集》，台湾商务印书馆1974年版，第301—326页。

的首篇文献考述类文章。1989 年陈学霖发表《王文统"谋反"事件
与元初政局》[10]，收录在其论著《史林漫识》，是最早一篇全面、客观
评价王文统这一元初重要人物的文章，《中堂事记》是其依据的主要
文献。1993 年贾敬颜因该集中"有经行开平笔录数则，言方舆者多转
载而一抄再抄，讹误滋多，今重加辑录，并疏证其地理之可知者，至
于人物，则但就纪行涉及者，稍事注释，便阅读而已"，发表《〈开平
纪行〉疏证稿》[11]一文，后收录于《五代宋金元人边疆行记十三种疏
证稿》（中华书局 2004 年版）。贾氏在袁氏考释的基础上，利用文献
材料注疏、考证，更为详细。1999 年骆鸞儒的香港大学硕士学位论文
《王恽研究》[12]第四章第一节第二部分有对《中堂事记》的简要考略，
指出其文献价值的重要性，但并未具体论述。此后，2007 年蔡春娟
《李瓘、王文统事件前后的王恽》、2012 年郭晓燕《简论〈中堂事记〉
及其史料价值》、2018 年廖田凌霜《〈中堂事记〉人物疏证》等文[13]，
都在前人研究的基础上，涉及了某一具体层面。从以上有关研究现状
可以看出，《中堂事记》的史料价值一直未被忽视，但还缺少更全面、

---

10 陈学霖：《王文统"谋反"事件与元初政局》，《史林漫识》，中国友谊出版公司
    2001 年版，第 53—108 页。
11 贾敬颜：《〈开平纪行〉疏证稿》，《元史论丛》第五辑，中国社会科学出版社 1993
    年版。
12 骆鸞儒：《王恽研究》，香港大学硕士学位论文，1999 年，第 16—118 页。
13 2007 年蔡春娟考证了中统到元初年间王恽因李瓘、王文统事件仕途受到的影响，
    以及史天泽对他的庇护。参见蔡春娟：《李瓘、王文统事件前后的王恽》，《中国史
    研究》2007 年第 3 期，第 105—110 页。2012 年郭晓燕认为"蒙元初资料较为匮
    乏，而《中堂事记》保存了大量第一手资料，准确、全面地反映了元初燕京行中
    书省机构设置与所颁汉法条画的实况……对研究元代典章制度，尤其是蒙元初行中
    书省官制的源流沿革有着非同寻常的参考价值"。参见郭晓燕：《简论〈中堂事记〉
    及其史料价值》，《宁夏社会科学》2012 年第 6 期。2018 年廖田凌霜在对论文研究
    意义的阐述中，认为《中堂事记》的意义在文献意义上可补充"书目"，可补充政
    事文献；在文体意义上具有与宋代、元代日记体不同的特征，但并未就此展开论
    述。参见廖田凌霜：《〈中堂事记〉人物疏证》，华中师范大学硕士学位论文，
    2018 年。

具体、深入的梳理和挖掘。

二、《中堂事记》的主要内容及其史料价值

第一，《中堂事记》记录的中统年间中书省的建制、官员任命、政令颁布、机构运转等，可补正史之阙。

中堂，是中书省的别称，是唐宋以来相关朝臣议政论事之所。[14]中书省是元代的最高政务机构，总领百官，与枢密院、御史台分掌行政、军事、监察大权。[15]《中堂事记》卷一主要记载了忽必烈在开平即位后中书省的相关事宜，这些内容与王恽中书省详定官的身份有关，可以说皆为其政务所涉，记录更为真实可靠，具有极为珍贵的补史阙之价值。

《元史》有关元代机构、职务设置、官员任命等的记录集中在《百官志》中，但《百官志》的记载往往以某一官职的历时性发展为线索，多不提及具体任职人员。例如，关于元初中书省的机构设置和官制情况的记载：

> 世祖即位，登用老成，大新制作，立朝仪，造都邑，遂命刘秉忠、许衡酌古今之宜，定内外之官。其总政务者曰中书省，秉兵柄者曰枢密院，司黜陟者曰御史台。体统既立，其次在内者，则有寺，有监，有卫，有府；在外者，则有行省，有行台，有宣慰司，有廉访。其牧民者，则曰路，曰府，曰州，曰县。官有

14　北宋高承《事物纪原》载："唐制，宰相常于门下省议事，谓之政事堂。永淳中，中书令裴炎移在中书省。开元十一年，张说奏改曰中书门下。宋朝行官制，除其名也。"见长泽规矩也编：《和刻本类书集成》第二辑，上海古籍出版社 1990 年版，第 33 页。

15　有关"中堂"这一机构，《元史》卷八五《百官志一》也有记载。

常职，位有常员，其长则蒙古人为之，而汉人、南人贰焉。于是
一代之制始备，百年之间，子孙有所凭借矣。（《元史》卷八五
《百官志一》）

《百官志八》又载中书省在历时性发展过程中的主要任职人员：

元统三年七月，中书省奏请自今不置左丞相。十月，命伯颜
独长台司，诏天下。至元五年十月，加右丞相伯颜为大丞相。六
年十月，命脱脱为右丞相，复置左丞相。至正七年，置议事平章
四人。十二年二月，以贾鲁为添设左丞。三月，以悟良哈台为添
设参知政事。七月，又以杜秉彝为添设参政。八月，以哈麻为添
设右丞。十三年六月，命皇太子领中书令，如旧制。十四年九
月，以吕思诚为添设左丞。二十七年八月，以枢密知院蛮子为添
设第三平章，以太尉帖里帖木儿为添设左丞相。（《元史》卷
九二）

这是《元史》有关"中书省"的最为集中的记载，至少缺少两大
主要详细内容：一是缺少掾属官员的任职名单，而掾属涉及的部门更
多，官吏数量更庞大，实为中书机构的主要执事群体；二是中书机构
主要官员的记录也相对粗疏。而从《元史》的《三公表》《宰相年
表》《诸王表》等内容来看，也只是主要记载机要重臣，如《宰相年
表》就只记载了世祖朝以来各朝的中书令、右丞相、左丞相、平章政
事、右丞、左丞、参知政事七大类官员。

对于中书省各职务，《元史·百官志》重点记载了其历时性的官
制发展，如中书令一职，《百官志一》载：

中书令一员，银印。典领百官，会决庶务。太宗以相臣为
之，世祖以皇太子兼之。至元十年，立皇太子，行中书令。大德

十一年，以皇太子领中书令。延祐三年，复以皇太子行中书令。置属，监印二人。（《元史》卷八五）

对"中书省掾属"官吏职务，《百官志一》载：

> 中书省掾属：监印二人，掌监视省印，有中书令则置。知印四人，掌执用省印。怯里马赤四人。蒙古必阇赤二十二人，左司十六人，右司六人。汉人省掾六十人，左司三十九人，右司二十一人。回回省掾十四人，左司九人，右司五人。宣使五十人。省医三人。玉典赤四十一人……（《元史》卷八五）

从以上引文我们可以看出，《元史》记载不能给我们提供较为具体的中书省官员任职名单。即便查阅分散在《元史》本纪、列传以及文人别集、总集的记载，依然无法得到关于元初，特别是中统年间的中书机构设置及官员安排的详尽的信息。而《中堂事记》恰恰给我们提供了一份相对完整的中统初年中书机构设置记录及其官员任职名单。我们仅摘录卷一所载的部分官员名单：丞相玛穆特（丞相祃祃）、平章政事王文统、平章政事赵璧、参知政事张易。左右司郎官八员：郎中三人，贾居贞、郭荣祖、晋汝贤；员外郎三人，王德容、张桐、邢敏；都事二人，刘郁、王德辅。提控令史四人：李惟寅、杨文卿、术甲谦、杨恕。左房省掾十五人：马璘、乐思齐、王文蔚、刘杰、王守正、宋筠、杨颙、杨湜、杨珍、蔡玠、冯处厚、高明、陈鼎、阎沂、李塈。右房省掾十一人：袁裕、李鼎、刘作、吴璧、张安仁、宋璋、梁德佐、张适、刘济、周鼎、张楫。架阁库官二人：边□、王和卿。典吏六人：刘谦、卢慎、侯康济、王显卿、赵文辉、张瓒。断事官八人：阿虎歹、麦肖、曲天八合赤、唐古觯、老塔察儿、亦捻哥、幹脱赤、忽都奉御；奏事官一人：杨仁风。客省使一人：班庭直。等等。

我们把这份名单与《元史》对比，无疑《中堂事记》更为完整，极具补阙价值。有了《中堂事记》，结合《元史》所载，元初中书省机构和人员任职情况及变化我们就基本清楚了：置官四员，以祃祃为右丞相，赵璧、王文统为平章政事，张易（即张启元）为参知政事，行中书省事于燕京。这些为中书省宰相和执政官，总领全国政务，合称宰执。《元史·宰相年表一》载，另设左丞、右丞，分别由张文谦、廉希宪担任。中统二年进行调整，不花、史天泽继任右丞相，塔察儿、王文统、赛典赤、廉希宪继任平章政事，商挺、杨果继任参知政事，张启元继任右丞。中书省设有幕府左右司，包括郎中、员外郎、都事等，称为首领官，统领吏职人员，处理中书省日常事务。吏职官员包括左右房省掾、提控令史、奏事官、典史、奉使、宣使、知省印、掌记、掌故、通译史、回回译史、书填勘合令史等，承担具体事务。职能官员，即负责具体部门事务的官员，包括客省使、详定官、断事官、省理问官、检法兼缘堂、架阁库官、讲集太常礼乐官、奏事官等。杂职官员，即负责仓库、交钞以及钱粮等的低级官吏，包括省医、肄习供卫事官、交钞提举司官、应办供顿官、堂厨局长、铸印局官、元宝总库官、万亿库官、交钞库官、榷货司官等。

　　另外，《中堂事记》所提到的详定官、理问官、肄习供卫事官、检法兼缘堂等职，皆不见于《元史·百官志》，由此可看出《中堂事记》对研究元初官制同样具有重要的参考价值。

　　第二，《中堂事记》所记中书省同僚不仅人员众多，而且大都载其字号、出身、履历、事迹、品行、性格、才学等，或以小字简略载于人名后，或单独较为详细描述，为我们全面客观了解元初中书机构官吏群体的构成情况，以及重要文人或重臣的个人具体情况提供了翔实的资料，而这些多为正史、文人别集所不载。以下摘录中书要臣的人员记载：

　　　　行中书省官四员：
　　　　丞相：玛穆特（祃祃），资严厉，凛然不可犯。〔初与赵相行六部于燕，至是就用为行省长官。][16]

平章政事：王文统，字以道，大定府人，前经义进士。

平章政事：赵璧，字宝臣，西京怀仁县人。[资弘伟，能任大事，以气量雄天下。]

参知政事：张易，字仲一，太原交城人。[资刚明尚气，临政善断，待士以诚，忤之不复与合。]

祃祃、王文统、赵璧都是元初重臣，《元史》皆有传，但都未有如《中堂事记》这样以"资严厉，凛然不可犯""资弘伟，能任大事，以气量雄天下"等语句概括其精神气质和吏治才干。《中堂事记》所载王文统之"前经义进士"身份，《元史》未提及。王文统最后被打上的政治标签是反叛世祖的奸臣，《元史》的撰写显然受到这一政治事件的影响，有意抹去了其经义进士的身份。《元史》无张易传，却多处记载了张易之事，他与刘秉忠同学，比秉忠稍晚进入忽必烈金莲川藩府："时刘秉忠、张文谦、张易、王恂同学于州西紫金山，荣使守敬从秉忠学。"（《元史》卷一六四《郭守敬传》）我们仅举几例《元史》中所涉张易之事：中统元年（1260），张易、刘秉忠等荐王文统，后王文统反，张易并未被世祖质疑而受到牵连。"八年九月，太庙柱杇，从张易言，告于列室而后修，奉迁栗主金牌位与旧神主于馔幕殿，工毕安奉。"（《元史》卷七四《祭祀志三》）至元十三年（1276），"而命（张）文谦与枢密张易为之主领裁奏于上，左丞许衡参预其事"（《元史》卷一六四《郭守敬传》）。至元十六年（1279）八月，"己丑，宋降臣王虎臣陈便宜十七事，令张易等议，可者行之"（《元史》卷一〇《世祖本纪》）。这些足以说明忽必烈对张易的信任。张易的结局很是悲惨，至元十九年（1282）三月，高和尚、千户

16　说明：本章所引《中堂事记》内容，[ ]里的内容是王恽小字所记，（ ）里的内容为笔者所注。

王著杀留守在大都的丞相阿合马、左丞郝祯后，矫太子命向时为枢密副使的张易征兵，而张易不察，给之以兵，最终被杀。此事在《张九思传》《阿合马传》《王思廉传》中都有记载。此事发生后，张九思为张易辩解，上不听。《张九思传》载："易既坐诛，而刑官复论以知情，将传首四方。九思启太子曰：'张易应变不审，而授贼以兵，死复何辞！若坐以与谋，则过矣，请免传首。'皇太子言于帝，遂从之。九思讨贼时，右卫指挥使颜进在行，中流矢卒，怨家诬为贼党，将籍其孥，九思力辩之，得不坐。"（《元史》卷一六九）这些记载都不能让我们真正了解张易的个性特征和才干，而王恽《中堂事记》的一句"资刚明尚气，临政善断，待士以诚，忤之不复与合"，将其精神气质和吏治才华托举而出。

《中堂事记》对中书机构的其他官员的记述几乎也都如此，有的甚至会更为详细。我们摘录如下，令大家可一目了然：

左右司郎官八员：

郎中三人：

贾居贞，字仲明，真定获鹿人。[金尚书右丞益谦之孙，资聪敏，有《左氏》学，通诸国译语。]

郭荣祖，字荣叔，燕人，部令史出身。[广详雅，能酬应事变。自大兴府参谋为今职。]

晋汝贤，字才卿，燕人，班祗令史出身。[资阴克，有干局。]

......

详定官三人：

杨威，字震亨，太原太谷县人。[治《春秋》义。]

张永锡，字孝纯，太原人。

周止，字定夫，滨州人。资强发有口，多记前人利害事条，因言事见称，在当时有足观者。都堂悬其卷于幕中，用劝来者，自是游道颇广。尝权右司都事。

……

肄习供卫事官一人：

樊兴嗣，字作坚，燕人。［时令彩画銮驾一切仪仗服色等物，及教习随取到控鹤等人，授供卫大使。］

……

掌记一人：

魏初，字太初，顺圣人。［魏学佺孙，思廉之子。初掌书记，继为关防令史，令编类一切户口、差税、宣课、地略、堡塞等事。宣课自领省立额几何，迄今增益几何，余皆类此。］[17]

这些官吏文士，在其他史籍、文集等中，有的从未被提及，有的只有只言片语。《中堂事记》对某一人的记录，因为是日记体，往往在不同日期多有涉及，将它们连缀在一起，我们可以窥知某人的生平仕履、出身、政治事迹、才干特长、精神气质、交际往来等。仅以详定官为例，如周止［字定夫（甫）］其人其事，《元史》中无记载，仅程钜夫《雪楼集》中《跋姚雪斋赠周定甫诗后》一篇有对其生平履历的简述，《新元史》亦有三条记录。程钜夫《跋姚雪斋赠周定甫诗后》对周止的仕履记述如下：

右少师姚文献公赠周君定甫先生诗一卷。定甫事世祖潜邸，中统建元，召为中书，详定官制。明年，置行省平阳，授左右司郎中。又明年，建十路宣慰司，迁北京平滦广宁宣慰司参议。至元元年，诏以中书都事从姚公董选西京、平阳、太原。时姚公为左丞。六年，立提刑按察司，佥河南按察司事。姚公赠诗，盖此

_____

17　王恽：《秋涧先生大全文集》卷八〇《中堂事记》卷一，《四部丛刊》影印江南图书馆藏弘治刊本。

时也。十年，迁辽东副使。十三年，改江东宣慰副使。十八年，
进湖南按察司。居五年，改湖北，以翰林侍读学士召，竟引年谢
归。定甫博学远识，所至立名节。姚公与周旋久，故知之深，号
一时贤公卿。顺德忠献王之平章湖广行省也，用其子德贞为掾。
大德中，余廉问湖北，识之，浑然才德君子也。延祐改元夏，忽
持是卷来谒。呜呼！翰墨犹新，典刑如昨，余与子亦俱老矣，能
无慨乎！尚世守之哉！六月日跋。（《雪楼集》卷二五，文渊阁
《四库全书》本）

姚枢一文对周止的生卒、仕履、交游的记述较为翔实。《新元史》
对周止的三处记载相较而言，甚为简陋，且都不是将其作为主要人物
记述的，价值相对小很多：

> （中统二年四月）丁巳，命平章政事王文统举读史一人，文
> 统以中书详定官周止应其选。（《新元史》卷七《世祖一》）
> （至元五年），（张）德辉请老，命举任风宪者。疏乌古伦真、
> 张邦彦、徒单公履、张蒙、张肃、李榘、张昉、曹椿年、西方
> 宾、周止、高逸民、王博文、刘郁、孙汝楫、王恽、胡祗遹、周
> 砥、李谦、魏初、郑宸，凡二十人。（《新元史》卷一六七《张德
> 辉传》）
> （中统二年），帝命举读史者一人，文统以中书详定官周止应
> 其选。（《新元史》卷二二二《王文统传》）

我们将《中堂事记》所涉周止的记载文字罗列于下，即可看出其
对周止个人史料的突出价值。《中堂事记》载有六处：

> （详定官）周止，字定夫，滨州人。资强发有口，多记前人
> 利害事条，因言事见称，在当时有足观者。都堂悬其卷于幕中，

用劲来者，自是游道颇广。尝权右司都事。（卷一）

（中统二年二月）五日丁酉，行省官奉旨北上。后三日，恽与偕行者周定夫巳刻遇河南经略使史公于居庸南口，相与迎谒道左。（卷一）

（中统二年三月）五日丙寅，未刻，丞相祃祃与同僚发自燕京。是夕，宿通玄北郭。偕行者：都事杨恕，提控术甲谦，详定官周止，省掾王文蔚、刘杰。（卷一）

（中统二年四月）十一日壬寅，保定总管蔡国公嗣子和略（"和"为"弘"之误，"和略"即张弘略）以本道钞法事来议，都堂为经画之。巳刻，张参政、廉右丞会王相第，令详定官周止缕读众士嘉谟而详听焉。金曰："不为无益也。"继会九道宣抚定议官制、轻减民赋等事。申刻，东北云起，蓊若泼墨，雨东来，散丝千门间，乍暑沾润，为一快也。（卷二）

（中统二年四月廿四日）午刻，诸相大合食于省堂之西偏。奉旨命平章王文统举读史一人，遂以详定官周止膺选。（卷二）

（中统二年十一月）初行六部所，会东平路民赋账册，或有言未尽者，堂议欲覆实之。令周止、刘芳、王恽等置局磨勘，都事刘郁领其事于上。恽等力言其不可，不允。至于再三，曰："往事不宜究问。此若一行，非徒无益，适足取怨，兼众怒不可犯也。宜详思。"遂寝。（卷二）

《中堂事记》有关周止的记载，涉及具体时间、具体事件、个性特长、人际交游、职务活动等，生动具体。将之与程钜夫《跋姚雪斋赠周定甫诗后》的记述相整合，即可得到一份相对完整详细的周止生平事迹文献。

比较以上三书对周止其人其事的记录，很显然，《中堂事记》更为具体生动、全面。而详定官杨威，在元代史籍、文人别集中均无相关记载，《中堂事记》记有两条：

（详定官）杨威，字震亨，太原太谷县人。[治《春秋》义。]（卷一）

以星变陈书："省官宜解机务，以避贤者，不然且有大咎。"[先生名威，字震亨，洛之永安人。资刚直敢言，通天文，知兵。金末，尝从军陕右，以劳充帅府议事官。至元十年，襄阳降，安抚吕文焕过磁，先生以诗让之，有云："设若汝不来，宋祚能有几？须知李陵生，何若张巡死。"吕以白金赠之，不受。寿八十，终州教官。有文集若干卷。其为文，思致甚敏，诗乃其所长云。]（卷一）

对时任右丞的廉希宪的人格魅力和风节亦有所评介："廉名希宪，字介甫，瀚海人。资沉毅，临大事不可夺其廉正，有大臣风节。"（卷一）

以上记述浅显易懂，无须多解。类似这样的文人记载，《中堂事记》有很多，足以说明该书是我们了解元初中书省官员以及一些与之有交往的文人的重要文献。

第三，《中堂事记》记录了中统初年中书省堂议政务处理、部门制度、法规颁布等情况，如堂议钞法、堂议省规十条、堂议官吏奖罚等，还记录了很多堂议主题、背景及过程，真实具体，读之犹如在场。我们仅列举几例于下，即可一目了然：

时堂议："拟令诸掾巾裹一，衣皂服，仍佩书袋于上。"或曰："书袋废已久，骤用恐骇观听。若巾裹服止皂、褐二色，尽表于众。"遂行焉。（卷一）

十一月甲子朔二日乙丑，时夜禁甚严，虑公干有碍，令有司置夜行白油木牌，虽官府贵近，非此不敢辄出。往时一切无赖等人，侵暴不法之事，尽行敛息。时应乘驿马皆从省府给降札子，堂议"亡金时马札子上画墨桃纪数，今宜印以墨马"，遂用之。

如三匹者，三马；五匹者，五马。仍用省印，以傅其上。

这些记述较为完整地呈现了堂议的背景及结论，具体可感。《元史》涉及堂议之处有两个特点：其一，《元史》中极少提及"堂议"二字，《中堂事记》所载堂议之事多不为《元史》所载；其二，《元史》关于堂议的描述大多简单明了，或直接是堂议结论，缺少过程，多以"诏""诏定"这样的词汇表达堂议结束、上报君王后的结果。如《中堂事记》载堂议"省规十条"：

> （中统二年五月）廿二日，申刻，堂议定"省规一十条"。其一曰：凡三日一奏事，军国急务，不拘此限。其二曰：置勤政簿一扇，凡公议已定事，详见于簿。读一译，不得增减言。得日标题于逐款之上，还省立检，圆覆定行。其三曰：圆议定时，首领官先拟定其事，自下而上，相次剖决议定、题押批判。若事关利害，情见不同者，各具奏禀。其四曰：圆议时，非定员不与知，本房者不在回避之限。若事涉机密者，以次请退。其五曰：同僚赴省，日出为期，停午乃起，旬一日暇。事遇急速，不拘此限。有疾故者，须令报知，庶免延待而已。其六曰：省府官并属官各家，不许受词讼公文。其七曰：如遇阙员，圆议公选，不得用门下人补充。其八曰：省府通译史，额定选充，余者不与。其九曰：奏事上前，宣读、通译人各一员。其十曰：凡告事、说事者，听毕，避其人，公议定，然后回答。佥曰："所画理到。"遂施行焉。（卷二）

《中堂事记》将省规十条写得清楚明白，而《元史》有关省规的记载只有卷一五五《史天泽传》一处："（中统二年夏五月）又定省规十条，以正庶务。"

《中堂事记》记载的有些堂议事项及结论，成为后代编史的直接史料来源。如有关"上书奖赏"的堂议，《中堂事记》载：

> 时众陈言等人以中元所降诏书内一款节该："有上书陈言者，
> 皆得实封呈献。若言不可采，并无罪责；如其可用，朝廷优加迁
> 赏，以旌忠直。"至是日，有言以求用，堂议："令详定官分间其
> 言为三等：如体用兼备、切中机宜、文彩可观者为上；虽乏文华，
> 其指陈利害，有兴除之方者为中；余皆为下。除见区处人数外，
> 其余量给路费，省会宁家听候。"（卷一）

这一内容《元史》无载，《新元史·世祖本纪一》载：

> 惟即位体元之始，以立纲陈纪为先。朕宵衣旰食，孜孜求
> 治。然天下之大，万事之众，岂能遍知。自今凡政令之未便，人
> 情之未达，朝廷得失，军民利害，有上书陈言者，皆得实封呈
> 献。若言不可采，并无罪责；如其可用，朝廷优加迁赏，以旌忠
> 直。军人临阵而亡，及被伤而死者，仰各管头目用心照管，仍仰
> 各路宣抚使量给衣粮，优恤其家。百姓犯死刑者，州府审问狱
> 成，便行处断，则死者不可复生，断者不可复续，万一差误，悔
> 将何及。今后仰所在官司推问得实，具事情始末及断定招款，申
> 宣抚司再行审复无疑，呈省闻奏，待报处决。（《新元史》卷七）

很显然，"军人临阵而亡"前的语句基本采自《中堂事记》。

《中堂事记》的堂议记载，也展示了元初中书省所秉承的政务处
理、法规制定以利于百姓为上的准则，以及对朝廷官员应恪尽职守的
规训，如：

> 壬寅，夜大风雪，寒苦。时中省官僚未明已即事，过晡始
> 散。是早，僚属有后至者，省官谕之曰："风雨晦暝，常情例懒。

30

在公者，当夙兴益励，可以办集而微其余也。"阃省为惕然。又曰："百姓宜安，刑罚宜省，税敛宜薄，冤抑宜察，追呼宜简，判决宜审，用度宜节，兴作宜谨，燕会宜戒，思患宜豫防。此虽古语，于治道且尽，可不慎哉！"（卷一）

　　在《元史》对堂议制度记载不详、堂议活动多不载的情况下，《中堂事记》记载的诸多堂议活动无疑为我们了解元初这一制度的具体运转、执行情况提供了重要的史料，也让我们了解到元初百废待兴之际，朝廷的重要政令颁布的大致过程。

　　第四，《中堂事记》较《元史》更全面、客观地保留了中统年间重臣王文统的吏治才华和政治贡献，也使我们能够更客观地了解王文统父子因李璮叛乱被诛这一政治事件的真实情境。

　　窝阔台汗三年（1231），李璮继父李全之位，为山东行省大都督，拥兵自重，割据一方。在李璮叛乱、王文统任职中书省平章政事以前，王文统与李璮的关系密切，李璮为文统之婿，文统为李璮的主导性智囊人物，名声极盛。忽必烈在潜邸时即闻其名，因姚枢反对，说"此人学术不纯，以游说干诸侯，他日必反"[18]，未能入藩府。蒙哥汗九年（1259），忽必烈领军攻打鄂州时，得刘秉忠、张易的举荐，云"山东王文统，才智士也，今为李璮幕僚"（《元史》卷一二六《廉希宪传》）。忽必烈心向往之，后召廉希宪询问，回答亦是如此。中统元年（1260），遂命文统为中书省平章政事。五十年之后，程钜夫为儒生薛玄撰《薛庸斋先生墓碑》谈及王文统云："王文统聚历代奇谋诡计为一书，先生（薛玄）见而责之曰：'士君子如欲平治，自有圣贤格言，此何为者？'遂绝，勿以通。"[19]很显然，程钜夫对王文统的评价受到了反叛者、奸臣政治标签的影响，而这一评价应是当时的

18　姚燧：《牧庵集》卷一五《中书左丞姚文献公神道碑》，《四部丛刊》本。
19　程钜夫：《雪楼集》卷九，文渊阁《四库全书》本。

主流。

《中堂事记》与《元史·王文统传》相较，一是所涉王文统内容多达三十处，更为丰富、具体；二是与《王文统传》所写其出身、评价有不一致处；三是突出了王文统的政治才干和中统初年的政治功绩，评价更为客观、公允。具体我们将这些文献分类、对比来看。《元史》有关王文统的记载主要集中在本传中，在本纪及他人传记中也时有涉及。《中堂事记》因限于日记体例，对王文统的记载不集中、不成体系，显得更为分散，但并不影响我们对王文统的客观了解。

《中堂事记》更客观、详细地记述了王文统的政治才干、仕宦事迹，突出了他的吏治之才。我们将《中堂事记》与本传对照来看，对其政治功绩，《王文统传》载：

> 世祖在潜藩，访问才智之士，素闻其名。及即位，厉精求治，有以文统为荐者，亟召用之。乃立中书省，以总内外百司之政，首擢文统为平章政事，委以更张庶务。建元为中统，诏谕天下，立十路宣抚司，示以条格，欲差发办而民不扰，盐课不失常额，交钞无致阻滞。寻诏行中书省造中统元宝交钞，立互市于颍州、涟水、光化军。是年冬，初行中统交钞，自十文至二贯文，凡十等，不限年月，诸路通行，税赋并听收受。
>
> 明年二月，世祖在开平，召行中书省事祃祃与文统，亲率各路宣抚使俱赴阙。世祖自去秋亲征叛王阿里不哥于北方，凡民间差发、宣课盐铁等事，一委文统等裁处。及振旅还宫，未知其可否何若，且以往者，急于用兵，事多不暇讲究，所当振其纪纲者，宜在今日。故召文统等至，责以成效，用游显、郑鼎、赵良弼、董文炳等为各路宣抚司，复以所议条格诏谕各路，俾遵行之。未几，又诏谕宣抚司，并达鲁花赤管民官、课税所官，申严私盐、酒醋、曲货等禁……然文统虽以反诛，而元之立国，其规

模法度，世谓出于文统之功为多云。[20]

本传对王文统任职平章政事期间的政治才干和功绩作出了概括性评价。他总揽中枢内外百司庶务，拟定政事条规，制定、执行财经措施，平定阿里不哥叛乱，安定汉地百姓，都政绩显著，得忽必烈信任。但总体而言，对王文统的具体政务和政绩的描写简陋。又如《王文统传》所载有关其为人的评价：

> 王文统，字以道，益都人也。少时读权谋书，好以言撼人。遍干诸侯，无所遇，乃往见李璮。璮与语，大喜，即留置幕府，命其子彦简师事之，文统亦以女妻璮。由是军旅之事，咸与谘决，岁上边功，虚张敌势，以固其位，用官物树私恩，取宋涟、海二郡，皆文统谋也。
>
> ……
>
> 文统为人忌刻，初立中书时，张文谦为左丞。文谦素以安国利民自负，故凡讲论建明，辄相可否，文统积不能平，思有以陷之，文谦竟以本职行大名等路宣抚司事而去。时姚枢、窦默、许衡，皆世祖所敬信者，文统讽世祖授枢为太子太师，默为太子太傅，衡为太子太保，外佯尊之，实不欲使朝夕备顾问于左右也。默尝与王鹗及枢、衡俱侍世祖，面诋文统曰："此人学术不正，必祸天下，不可处以相位。"世祖曰："若是，则谁可为者？"默以许衡对，世祖不怿而罢。鹗尝请以右丞相史天泽监修国史，左丞相耶律铸监修辽史，文统监修金史。世祖曰："监修阶衔，俟修史时定之。"[21]（《元史》卷二六〇）

20　宋濂等：《元史》卷二六〇《王文统传》，中华书局 1976 年版，第 4594 页。
21　同上书，第 4595 页。

上述文献实际上都指向两点：一是王文统确有吏治之才，在山东得地方霸主李璮宠信，后得到忽必烈的信任，在中央任中书平章政事，地位高，元初的一些重要制度的制定、政务的处理都有其功劳；二是撰史者有意贬低王文统的为人，认为他善用权谋，刻薄量小，因其政治功绩无可抹杀，想要通过其"小人"的人格定位阐释或印证其奸臣的政治标签。因此，我们读本传的时候，感觉是有矛盾的、拧巴的，这说明撰史者受特殊的、敏感的政治因素影响很大。

《中堂事记》与《元史》相较，前后表达更为一致。涉及王文统的内容有三十处，所记生动具体，更真实、客观。

其一，《中堂事记》记述了王文统的出身、为人、仕履及包括王恽在内的其他人对其的评价：

> 平章政事王文统，字以道，大定府人，前经义进士。（卷一）
> 十八日己卯……上召前济南宣抚宋子贞、真定宣抚刘肃、河东宣抚张德辉、北京宣抚杨果于内殿，以擢用辅弼为问。杨果等前奏曰："王文统材略规模，朝士罕见其比，然以骤加登庸，物论不无新旧之间。如史天泽，累朝旧臣，勋硕昭著，若使宅百揆，大厌人望。令文统辈经画其间，则省事成矣。"上曰："置史某相位，朕念之久矣，卿等所言，允协朕意。"因赐食而退。（卷二）

通过记录王文统几次奏请、应对的结果及忽必烈的态度，我们可以了解到忽必烈对王文统的信任、恩宠，这两条在《元史》中未载。我们再看《中堂事记》以下记载：

> 廿六日丁巳，辰刻入见，上以钱谷大计问平章文统，敷对明敏，虑无遗策。[凡军国大事，皆有成算，然后撮其要领，使例相比附，制为问□，虽纵横问难，不出所预。]（卷二）

　　（十九日庚辰）诸相入见，将退，上慰平章文统曰："卿春秋高，恐劳于奏请，今后可运筹省幄，若有大议须面陈者，及朕有所咨访，入见；小事令人奏来，不必烦卿也。"（卷二）

　　（五日丙申）王相同左右司郎中贾居贞始入朝陛见，上喜甚。既退，侍中和者思传旨，命与诸相集议六曹并九道宣抚事于中书堂。（卷二）

　　王恽称王文统在面奏事宜时能够"敷对明敏，虑无遗策"，这是对他政治才干的极高赞誉；从"凡军国大事，皆有成算，然后撮其要领，使例相比附"的评价中，也可见出敬佩之意。所用"上慰""上喜甚"等描述，能体现出忽必烈对他的信任和喜爱。

　　其二，《中堂事记》比较多地记录了王文统的日常政务活动，让我们看到他政务繁重，上对皇帝奏事或被诏问，下与同僚议事，处理内政外交事宜：

　　（十四日）乙亥……未刻，诸相退朝圆坐，按问李宣抚、王正之等事。既而廉右丞传旨，召平章王文统，遂入见上于香阁。夜漏下廿刻方退。（卷二）

　　（十三日甲辰）晡时，张参政、廉右丞会王相第，以奏允诸务来审听焉。（卷二）

　　（十五日丙午）是日巳刻，廉右丞、张参政会王相第，呼金齿蛮使人，问其来庭之意，及国俗、地理等事。言语侏离，重译而后通。（卷二）

　　（三十日辛酉）是日，九通所造狐貂衣裘其数毕具，王相命省掾王文蔚并恽用棋方抹子通类比附，使见估直高下，孰省孰费，且曰："兹盖史臣年表遗法，固非吏辈所能知也。"盖有所谓而云。（卷二）

　　（七日戊辰）王相令访问枋口，去路六十里，属济源县，所开水利即今溉民田几何？仲扮曰：“水旧名古秦渠，盖魏末司马孚创修，至隋卢贲复开治。唐太和间，河阳节度使大加疏导，溉河内、河阳、温、济、武陟五县民田五千余顷。宋天圣初，枋堰始坏。”至是，仲扮复为起废。又云：“初兴役时，掘地丈余，得柏枋数十段，称曰枋口，岂因是得名乎？”（卷二）

（九日庚子）晴，暖。诸相圆坐都省，集两曹掾吏雠九道民事。

王文统身为中书平章政事，除了处理一般性政务外，其贡献和才干主要集中在经济事务上，具体而言在理财、赋税上。这在《中堂事记》中有突出的记录：

（十一日壬寅）保定总管蔡国公嗣子弘略以本道钞法事来议，都堂为经画之。巳刻，张参政、廉右丞会王相第，令详定官周止缕读众士嘉谟而详听焉。佥曰：“不为无益也。”继会九道宣抚定议官制、轻减民赋等事。（卷二）

（廿七日戊午）上命平章王文统与前省官庭辨中元民赋虚实比上年多寡之数，若人为语塞。（卷二）

（廿二日癸丑）入见。午刻，诸相圆坐，雠校九道宣抚殿最。时东平抚司民赋有未足者，某官对云云。省官曰：“不闻诏条，使户口增差发办，方为称职。”某官以不敏谢。及议中外新旧官改授定制。（卷二）

（廿九日庚申）王相以簿书委积，重为规画，授诸掾成算，以备不时顾问。（卷二）

（十五日丙子）停午至察罕脑儿，时行宫在此……上命平章王文统草答高丽手诏，其辞有“诵经供佛，为国祈福，良可嘉”之语。选怯薛丹某官借职伯卫将军，以高逸民借职礼部员外郎为副，使其国。（卷一）

元初忽必烈朝的财政经济关系重大，王文统恰有这方面的才干，这或者是忽必烈宠信他的主要原因。以上可看出王文统在财政方面的才干，而这些事迹在《元史》多未提及。

其三，《中堂事记》记录了王文统与同僚等的私下交往，可以看出他并非忌刻量小之人，与后来的评价不符。

《元史》多贬斥王文统心胸狭窄、好谋权术，与同僚关系极为紧张，以致李璮事出，王文统迅速被罗织罪名，以同谋罪处死。实际上，我们看《中堂事记》中有多处记载了王文统与同僚私下交往的事迹，当然这些交往不排除政治秩序规约下的官方或同僚之间的正常活动：

> （廿九日庚寅）……王相置酒私第，会刘才卿、宋周臣、姚公茂、王百一、窦汉卿、张耀卿、许仲平、李士都，盖留别故也。（卷二）
>
> （四日甲午）真定宣抚刘肃授吏、户、礼三部尚书，以上都太仓使宋绍祖、邢人郝子明为郎中，益都等路宣抚宋子贞授兵、刑、工三部尚书，以太医院官焦仲益、李子敬为右三部侍郎。[刘，前进士，自职官勾补省掾。北渡后，佐东平幕。上闻其有经济才，召治邢州。省部之建，谘其议论为多。]……（六日丙申）申刻，宋、刘二尚书来谢。王相曰："公等皆朝廷遴选，谢于私门，未敢闻命。"辞不见。（卷三）
>
> （七日丁酉）……午刻，藏春上人以王相南下，令僧逸以良马二疋来饯。（卷三）
>
> （十二日壬戌）……未刻，王相陛辞皇后及皇太子于青宫，太子慰奖甚厚。有元老克壮谋猷之谕。申刻，复入朝，遂陛辞焉。遂出自南门，郊饯者廉平章、杨参政、贾郎中，及留冬诸掾属。比至南平，藏春令左右迎候于道者踵相接也，上人待遇甚恭，极宾主之礼。（卷三）

以上几则，《元史》未载，这让我们看到一个人的政务之余更为生活化的一面，鲜活生动。

第五，《中堂事记》是我们了解 13 世纪中叶燕京——开平往返路线自然地理、驿站交通等的重要文献，为元代两都间交通路线的考证提供了参照，具有十分重要的方舆地理价值。

明人叶盛《水东日记》节录了《中堂事记》中"有关于道里风土"的内容，并指出其价值："往年在京师读周伯温《近光集》，颇知胜国时北出道里风土之详。近见张耀卿参议《纪行》、王学士仲谋《中堂事记》，皆吾徒今日所不可不知者。《纪行》录全文，《事记》则节取有关于道里风土者耳。"[22]清四库馆臣以及今人袁国藩、贾敬颜等人都很关注这一价值。中统二年（1261）三月五日丙寅未刻，王恽一行人发自燕京，前往开平。我们摘录其中的一部分，以窥其纪行特征：

> （中统二年三月）六日丁卯，午憩海店，距京城廿里。凡省部未绝事务，于此悉行决遣。是晚，宿南口新店，距海店七十里。
>
> （七日）卯刻，入居庸关。世传始皇北筑时，居庸徙于此，故名。两山巉绝，中若铁峡。少陵云："峡形藏堂隍，壁色立积铁"者，盖写真也。控扼南北，实为古今巨防。午憩姚家店。是夜，宿北口军营。月犯东井钺星。或者云斧钺，用兵之兆。距南口姚店三十里而远。
>
> （八日）辰刻，度八达岭。于山两间俯望燕城，殆井底然。出北口，午憩棒棰店。天容日气与山南绝异，以暄凉较之，争逾月矣。午饭榆林驿。其地大山北环，举目已莽苍沙碛，盖古妫川地也。是夜，宿怀来县，南距北口五十三里。县东南里许有酿

22　叶盛：《水东日记》卷三五，文渊阁《四库全书》本。

泉，井水作淡鹅黄色，其曰玉液，即此出也。官为置务，岁供御醪焉。

九日庚午，泊统墓店。询其名，土人云店北旧有统军墓，故称。是夜，宿雷氏驿亭。地形转高，西望鸡鸣山，南眺桑干上流，自奉圣东诸山下注，白波汹涌，若驱山而东。鸡鸣山者，昔唐太宗东征至其下，闻鸡鸣，故名。东南距怀来七十里之远。

十一日壬申，候玛相，为一日留，盖有所需也。距雷氏驿九十里。

十三日甲戌，至定边城，憩焉。盖金所筑故城也。是夜，宿黑崖子，距青麓九十里。

十四日乙亥，抵榷场峪，盖金初南北互市之所也。是夜，露宿双城北十里小河之东南，距黑崖西北一百有五里。

十五日丙子，停午至察罕脑儿，时行宫在此。申刻，大风作，玄云自西北突起，少顷四合，雪花掌如，平地尺许。乱滦河而北，次东北土楼下，群山纠纷，川形平易，因其势而广狭焉。泉流萦纡，揭衣可涉，地气甚温。大寒扫雪，寝以单韦，煦如也。沙草酰茂，极利畜牧。按《地志》：滦野，盖金人驻夏金莲、凉陉一带，辽人云王国崖者是也。上命平章王文统草答高丽手诏，其辞有"诵经供佛，为国祈福，良可嘉"之语。

二十三日甲申，次鞍子山南，距滦河四十里。

二十四日乙酉，次桓州。故城西南四十里有李陵故台，道陵敕建祠宇故址尚在。

二十五日未刻，朔风发发，雨霰交作。传令："方春牧马，不胜寒克，瘦弱者悉用毡毳搭覆其背，否者以法从事。"

二十六日丁亥，晨霜蔽野，如大雪，日极高，阴凝始释。距鞍子山廿有五里。是日完州人来自和林城，说迤北正三月间地草自燃，东自和林，西至炊州，其燃极草根而止，水湿处愈甚，人往来者须以毡濡水覆其上可越。又有黑风掠人面如灼，兵械及山

39

椒遇夜皆有火出，在山者如列炬然。或者云："火，兵象。"皆北
兵自焚消烁之兆。

二十七日戊子，次新桓州，西南十里外南北界壕尚宛然也。
距旧桓州三十里。

二十八日己丑，饭新桓州。未刻，扈从銮驾入开平府，盖龙
飞之地。岁丙辰始建都城，龙冈蟠其阴，滦江经其阳，四山拱
卫，佳气葱郁。都东北不十里有大松林，异鸟群集，曰察必鹊
者，盖产于此。山有木，水有鱼，盐货狼藉，畜牧蕃息，大供居
民食用。然水泉浅，大冰负土，夏冷而冬冽，东北方极高寒处
也。按《方舆志》："盖东汉乌桓地也。"距新桓州四十有五里。

二十九日庚寅，风霾四塞，日三丈许方解。

三十日辛卯，立夏，风色尤惨淡无光。

夏四月癸巳、壬辰朔，日气极清明有辉。

二日癸巳，阴惨尽日。

三日甲午，极晴和。

四日乙未，颇觉暑气。

由以上摘录的文献我们可以看出《中堂事记》如下特征及文献
价值：

其一，内容详略相间，并未强求文字规模的统一，其记录的原则
为有则多写，无则少写，甚至不写，体现了王恽作为一代文献大家据
实以录、客观严谨的写作精神。有的段落以寥寥数字或记天气，或记
驿站、里程；有的段落则或引经据典以考述、印证，或细写自然山
川、地理物候、民风民俗，或记述奇闻逸事，犹如一篇游记类散文，
且颇具学者气质。

其二，正由于其实录精神，其内容不仅涉及面广，且具体明白、
记录时间密集，为我们了解 13 世纪中叶居庸关以北广大地区的天气
物候、自然地理、交通驿站、历史遗迹、都城建设等提供了珍贵的史

料，多为后世考述所据。

在这里，我们仅以两都驿站交通为例具体说明，这一点学界已有研究。元代两都间驿站交通，据元中后期周伯琦《扈从集序》所言，其途有四：一曰东辇道，一曰西辇道，一曰御史巡检道，一曰驿道。《扈从诗前序》明确地交代了四条交通路线的情况："大抵两都相望，不满千里。往来有四道，曰驿路，曰东路二，曰西路。东路二者，一由黑谷，一由古北口。古北口路，东道御史按行处也。伯琦往年分署上京，但由驿路而已；黑谷辇路，未之前行。因忝法曹，肃清毂下，遂得见所未见。"《扈从诗前序》所记由大都前往上都之东路辇道的具体行程及站名依次为：自大都，经大口、皇后店、龙虎台、居庸关、瓮山、车坊、黑谷、龙门、黑石头、黄土岭、程子头、穆尔岭、颉家营、拜达勒、沙岭、哈扎尔、什巴尔台、察汗诺尔、郑谷店、明安驿、泥河儿、李陵台驿、双庙儿、桓州、南坡店，而达上都。《扈从诗后序》所记由上都返回大都之西路辇道的具体行程及站名依次为：自上都，经六十里店、察汗诺尔、辉图诺尔、鸳鸯泺、苦水河儿、回回柴、呼察图、兴和、野孤岭、得胜口、沙岭、宣德府、坳儿岭、鸡鸣山、雷家驿、阻车、统幕、狼居西山、怀来、榆林驿、妫头、居庸关、大口，而返大都。且谓："国制：凡官署之幕职掾曹，当扈从者，东西出还，甲乙番次。惟监察御史扈从，与国人世臣环卫者，同东西之行。"

袁国藩利用《中堂事记》、元人文集等文献，结合周伯琦《扈从集》中的记载，在《元代两京间驿路考释》一文中得出结论："南段：自大都，出健德门北行，经大口、龙虎台。逾南口、弹琴峡、八达岭，至岔道口，遂与东辇道分途。复折而西北，经榆林、怀来，至于土木。中程：自统幕，舍西辇道，折而东北，越长安岭、李老峪、浩门岭，至于赤城，复溯白河北行，经沙岭、云州堡、龙门峡，遂与东辇道并出独石口。更北度偏岭，经担子洼，至牛群头，遂与西辇道复合于斯。北段：自牛群头，复西北行，至察罕诺尔，逆上都河左岸北上，经明安、李陵台、新桓州、南坡店，遂抵上都。"[23] 也就是说两都间驿道的南段、北程，均与辇道相同，仅仅是中段与辇道分途。这是元代中晚期的两都交通路线情形，能够看出，元初中统年间燕京—开平间的驿站以及其他生态文化与之是有差异的。

第六，《中堂事记》对王恽个人的政务活动、政治见解、草拟之各类制文等多有记载，为我们了解王恽其人及其创作情况提供了依据，也保留了为数不少的其他官员所撰之文。

《中堂事记》所记之政务活动，王恽基本参与其中。对于其独到的政治见解，王恽也多有记录。如以下这则有关"心术与功利"的言论，体现了王恽的理性思辨能力以及为人臣当不失"居正之心"而有成的主张：

> （中统二年四月）十日辛丑，王、张（文谦）、廉（希宪）三相洎贾郎中（居贞）会议政事，因论功利等事，且曰："世代下衰，其势有不得不尔者。"时恽亦预坐，因徐起而言曰："功利既不能弛，心与术亦不可不辨也。且心以居正为体，术以应变为用，终之体不失而有成者为上。此大臣所先务也。"三相愕而起。（卷二）

王恽身为详定官，多拟定牒文等，对这些牒文《中堂事记》几乎都有全文记录：

> （中统二年五月五日）左司都事杨恕传都堂钧旨，令恽草移宋三省牒文。向夕，阴晦，大风。其牒草云："大蒙古国行中书省移宋三省：皇帝即位之初，重惜南北生灵之故，一视同仁，首主和议，特遣信使，敬奉国书，讲信修睦。往年征进大军，即令

23　袁国藩：《元代两京间驿路考释》，《元史研究论集》，台湾商务印书馆 1974 年版，第 287—300 页。

分还本屯，仍严敕边将，非奉上命，毋得妄动。爰自行人衔命已来，载更岁律，寂无来音，其余讲修之事，将如何哉？不惟有失忱辞，反启边衅，以至攻围我上蔡，侵轶我邓鄢，袭华阳，扰随州，劫掠真阳，数犯涟水，皆出于使轺已入彼境之后。夫信与义，自古所恃以为国者也。一旦捐弃，曲直所在，自有任其责者矣。若和议可必，即当速遣重使与我行人偕来。其或逗遛岁月，别有异议，请选师徒，具戈甲，预致师期，相与会猎于江南之地可也。于斯二者，惟所择焉。比来阃将，屡请出师，以报侵疆之役，省府谨守圣训，弗允所请。不识日者数举，果何为而然耶？今大驾北狩，已是南还，陛见之日，何以为奏？冀早示定议，毋坐失良图，以贻后悔。"（卷二）

（中统二年五月八日）是日，都堂命恽编类历代水利、营屯田、漕运、钱币、租庸调等法及汉、唐已来宫殿制度等事。（卷二）

《中堂事记》也记录了一些其他官员撰写的文字，如：

（中统二年四月）十五日丙午，有旨，就上都长春宫作清醮三昼夜，为民祈福。奏告文字交王鹗定撰者，其辞有："既获昇祚之福，宜隆敷锡之恩。六辔属还归之际，一家孚保乂之休。言念苍生，不无累扰。或凶荒之灾相望，或转徙之苦相成。虽敕有司，俾修善政，更祈照鉴，普洽鸿私。"（卷二）

这些牒文恰也可补正史之阙，因所涉内容具有多面性，其史料价值也更多面。

第七，《中堂事记》记录了一些外国风俗以及元初的外交事务。

《中堂事记》有对百夷风俗及与其交往的记录，如：

（中统二年四月十五日）是日巳刻，廉右丞、张参政会王相第，呼金齿蛮使人，问其来庭之意，及国俗、地理等事，言语侏离，重译而后通。国名百夷，盖群蛮之总称也。其国在大理西南数千里外，而隶六诏焉。曰阿吉者，捻送部长阿列所遣；曰钵布者，玉龙川部长塔亨所遣。偕来者八人，始自戊午冬发于本土，至是方达上都。其人衣冠装束，髻发于项，裹之绛毡，复以白叠布盘绕其首。衣以皂缯，无衿领之制。膝以前裂而编之，如悬索然。眉额间涂丹墨为饰，金其齿，盖国俗之贱者也。意思野逸，殆惊麋然。其土宜稻，有牛马山羊、鸡豚鹅鸭之属。兵械有刀槊手弩，而无弓矢甲胄。既而遣还，上命中山人刘芳借职兵部郎中使其国。都堂命恽草诏，其辞有："嘉尔等跋涉修阻，怀德远来。首输事大之诚，克谨畏天之戒。转为宣畅皇猷，告谕邻附。俾知国家威灵，无远弗届之意。"（卷二）

（中统二年五月）七日戊辰，卯刻，百夷奉使刘芳成行。已刻，入见，多所陈奏，皆常例事。内一条，禁不得以马挽车引碾及无故屠宰，重兵力也。（卷二）

对发郎国风俗的记录也不少，如：

（中统二年五月七日）是日，发郎国遣人贡献卉服诸物。其使自本土达上都已逾三年，说其国在回纥极西徼，常昼不夜，野鼠出穴，乃是入夕。人死，众竭诚吁天，间有苏者。蝇蚋悉自木出。妇人颇妍美，男子例碧眼黄发。所经途有二海，一则逾月，一则期月可度。其船艘大可载五六百人。其所献盏罍，盖海鸟大卵，分而为之。酌以凉醨即温，岂世所谓温凉盏者耶？上嘉其远来，回赐金帛甚渥。（卷二）

这一条记录与《元史》以及其他文人作品所记大体一致，且更为具体生动。

亦有对回纥人进贡橐驼、大宛马的记录，如：

> （中统二年五月八日）又一回纥医者，贡橐驼三十头，鞍具幪帕全，光彩照地，鸣鼓吹螺，自皋门而入。又一回纥贽栗色宛马入拜，玉面鹿身，耸立如画，所谓脱必察者也。申刻，省起诸相候廉右丞疾。（卷二）

王恽《中堂事记》所涉内容丰富，极具文献价值。除以上所述外，还有很多其他方面的内容，可以说俯拾即是，如：

> （中统二年二月八日）是日，遇张国公于中店，说见赍《亡金实录》，赴省呈进。省官时缮写进读《大定政要》，得此更为补益之。（卷一）

可以看出，蔡国公张柔进奉的《亡金实录》为《大定政要》所取材。两月后，"（四月六日）未刻，诸相入见，进《大定政要》，因大论政务于上前。圣鉴英明，多可其奏"。这让我们能够了解《大定政要》的编写进程、忽必烈对此书的态度等。总之，《中堂事记》的价值还有待学界进一步具体、深入的挖掘。

第二节 世祖至武宗时期北方文人的上都诗歌

一、刘秉忠、张之翰、阎复、程钜夫等人的上都之作

刘秉忠是忽必烈藩府旧臣，也是忽必烈极为重要的谋臣。他博学

多能，善谋划，曾主持营建上都、大都，立朝仪，定官制，建议以大元为国号。中统年间，授光禄大夫、太保，参领中书省事、同知枢密院事等职。刘秉忠诗文成就高，《永乐大典》残卷中有刘秉忠诗二百三十八首，其中半数以上不见于《藏春集》。查洪德认为《藏春集》以外的诗歌数量应相当可观，考其本有诗文集三十二卷，为元商挺编，今仅存《藏春集》六卷。卷二、卷三、卷四中有二十余首往返两都（开平、燕京）的行旅诗，这些诗歌主要借助描写行旅所见之景与事，抒发对历史、人生的思考，表达虽置身仕途，心却向往归田的自由、散淡的性情，富有哲理意味。经历了金末战争的惨烈，当刘秉忠再经过曾作为政权分治与文化异质见证的壁垒居庸关时，写下了《过居庸关》一诗。他联想到中州函谷关和蜀道的艰险，对居庸关的天险进行了描写；抒发了自己对居庸关这个天然屏障的深刻认知：居庸关并不能保障燕幽之地不受侵扰。诗云：

> 车箱来往若流泉，绝壁巉岩倚翠烟。限破中州四十里，凿开大路几千年。函关不谓平如地，蜀道谁知险似天。万里挥鞭犹咫尺，谁能掌上保幽燕。[24]

《过也乎岭》也表达着积极入仕的政治抱负：

> 一夜阴云风鼓开，岭头凝望动吟怀。烟分雪阜相高下，日出毡车竞往来。天定更无人可胜，智衰还有力能排。中原保障长安道，西北天高控九垓。[25]

---

24 刘秉忠：《藏春集点注》，李昕太、张家华、张涛点注，花山文艺出版社 1993 年版，第 158 页。
25 同上书，第 159 页。

　　也乎岭，又名野狐岭，在今河北张家口市万全区东北、长城内侧。野狐岭势极高峻，相传雁飞过此，遇风辄堕。金人曾在此以兵四十万御蒙古大军，终以战败。此诗描写了刘秉忠随军过野狐岭的情景。他认为，虽然有金朝重兵抵御，但蒙古军终能力排险阻，控制战局，最终胜利。这反映出刘秉忠辅佐忽必烈政权的雄心壮志。《桓抚道中》也是如此：

　　　　老烟苍色北风寒，驿马趋程不敢闲。一寸丹心尘土里，两年尘迹抚桓间。晓看太白配残月，暮送孤云还故山。要趁新春贺正去，蓬头能不愧朝班。[26]

　　桓、抚，指桓州、抚州。桓州以乌桓故地名，治所在今内蒙古正蓝旗西北。抚州在今张北县，是后来两都间驿路的必经之地。蒙哥在和林即位大汗，忽必烈以皇弟之尊受命主持漠南汉地事务，此后的二三十年时间，他们常驻桓、抚二州之间。1256年春，忽必烈命刘秉忠在桓州东、滦水北择地建开平府城，营造宫室，作为王府常驻之所。刘秉忠为完成忽必烈交给的任务，不怕寒风尘土，兢兢业业，常常来回驰驿在这条道路，这首诗歌反映的就是这一情况。而他自己殚精竭虑，即便蓬头垢面，被人所笑，也毫不计较，显示了刘秉忠作为儒释道兼修的文士名流，达则兼济天下、追求建功立业的积极入世精神。刘秉忠的两都唱和诗多表达另一番情感，如《桓州寄乡中友人》："梦蝶庄周未梦前，春心都付日高眠。冻云阁雪飞檐外，鸣雁因风到枕边。判断行藏无两字，栖迟桓抚又三年。故人不似中天月，一月须还一度圆。"[27]还有《客桓州寄颜仲复》《遣怀寄颜仲复二首》《忆颜仲

26　刘秉忠：《藏春集点注》，李昕太、张家华、张涛点注，花山文艺出版社1993年版，第161页。
27　同上书，第162页。

复》等，将对颜仲复的思念之情，与自己的孤独心境、对仕途生涯的厌倦和对自由恬淡生活的向往紧密相连。《遣怀寄颜仲复二首》直接抒发对仕途的厌倦和对理想生活的向往：

> 名利场中名利儿，寸心徒用恶寻思。人才自有安排处，物理宁无否泰时。纵量倾残一壶酒，畅情吟杀七言诗。诗成酒醉东风晚，月照梨花第一枝。
>
> 朱颜白发任流年，睥睨揶揄置两边。皆醉皆醒人岂尔，一鸣一息物当然。飞腾起处须从地，智力穷时便到天。惟有无生话无尽，何如缄口坐痴禅。[28]

刘秉忠兼通儒释道，诗歌在叙事、咏怀中自然地融入哲理，意蕴丰富，情感平和，这也是刘秉忠诗歌的主要风格。

张之翰扈从上都时作有《龙虎台》诗："龙虎台高拱帝京，巍然欲与此山平。山花开近重阳节，野鹤来听万岁声。天下洪基蟠壮丽，云间佳气郁峥嵘。年年积粟峰头月，长照君王象辂行。"[29]以两都途中的龙虎台之雄峻气势与帝王巡行的壮阔场面互衬，突出表现了元帝国的盛世气象。阎复扈从上都，应制赋诗二首，寓规讽意，得到忽必烈的称赞。[30]程钜夫除在上都创作的酬唱往来之作，如《清平乐》[31]《临江仙·寿尹留守》等外，还作有应人之请的楼台题咏、诗集题跋，如

---

28 刘秉忠：《藏春集点注》，李昕太、张家华、张涛点注，花山文艺出版社1993年版，第193页。
29 张之翰：《龙虎台》，杨镰主编《全元诗》第十一册，中华书局2013年版，第149页。
30 宋濂等：《元史》卷一六〇，中华书局1976年版。至元八年（1271），用王磐荐，为翰林应奉以才选充会同馆副使兼接伴使，扈驾上都，赋应制诗二篇，寓规讽意。世祖顾和尔果斯曰："有才如此，何可不用？"
31 《清平乐》小序云："西野使君自辽左寄诗词至滦阳，猥承见及，次韵代讯。"程钜夫著：《程钜夫集》卷三〇，张文澍校点，吉林文史出版社2009年版，第465页。

《寄题郎官湖太白祠亭》，为佥事黎崱（字景高）所修的汉阳太白祠亭题咏。全诗在夸饰了祠亭一番之后，抒发对元帝国天下一统的赞叹，"万古为一时，四海为一泓。神交滇淳外，气合如弟兄"，最后以"我归玉堂署，君亦来上京。示我新记文，忽疑梦乍惊。题诗谢谪仙，心与孤鸿征"[32]作结。后"寓滦阳，李东甫携其家集见示"[33]，因之又作有《题李氏家集》。

二、 元明善、张养浩、潘昂霄、李之绍等人的上都之作

成宗、武宗、仁宗时期的元明善、张养浩、潘昂霄、李之绍等人的上都之作也多不存。元明善一生诗文创作宏富，惜乎"诗存十分之一，文存十分之二"[34]。他在仁宗朝曾多次扈从上都，从袁桷所作《元复初学士旧岁同官集贤，会于上都。改除翰林学士，见其饮酒数十觥，倍常时。今年以疾，卒不起。睹行院题壁，为四韵以挽》[35]可知，元明善曾在上都作题壁诗，并得到虞集等后来扈从上都的翰院文臣的唱和。

山东历城人张养浩，今存《上都道中二首》《过中都》《中都雷家站枕上》《中都道中》等上都纪行诗。他常在诗中直抒胸臆，如《过中都》："三月龙沙春未知，云山环野玉参差。半空蜃气云间阙，一路骊珠马上诗。丰沛汉皇汤沐邑，豳岐周室治平基。我来历览开天处，亿万斯年理固宜。"[36]天下一统的时代自豪感十分鲜明。山东东平

32　程钜夫：《程钜夫集》卷二九，张文澍校点，吉林文史出版社 2009 年版，第412 页。

33　同上书，第 317 页。

34　缪荃孙：《清河文集跋》，《藕香零拾丛书》本。

35　袁桷：《清容居士集》卷一六，《四部丛刊》影印上海涵芬楼藏明刊本。

36　张养浩：《张文忠公文集》卷一八，《四部丛刊》本。

平阴人李之绍，极富才华，创作丰富。袁桷《次韵伯宗同行至上都》夸赞他前往上都时的创作热情："出处愧我异，爱君笔悬河。"[37]延祐六年（1319），李之绍与好友袁桷同赴上都，二人往来唱和频繁。袁桷所作《伯宗再次韵复叙旧》《伯宗游华严寺次韵二首》都是对其的唱和。

三、 王恽的上都诗歌创作

王恽一生多次前往上都，除《中堂事记》外，还创作了一些诗词，并参与宴饮雅集，也值得关注。

中统二年（1261）六月十四日，刘秉忠与史天泽会于行馆，"命诸公赋诗"。参加宴集的还有杨果（西庵）、刘秉忠（仲晦）、王恽等许多其他文人雅士。这一年，王恽还作有一首给刘秉忠的诗——《上太保刘公诗》。这次活动记录在《中堂事记》卷三：

> （中统二年六月）十四日甲子，藏春来自南庵。午刻，会食史相行馆。寥休以洒墨玉盂罦赠公。及观所作玉镜，命诸公赋诗，西庵有"幸自得辞涂抹手，照人无用太分明"之句，仲晦为忻然也。[38]

王恽在上都的诗歌创作，有《上太保刘公诗》《闻诏》《开平晚归七月一日授翰职》《朝谒柳林行宫二诗并叙》等纪事抒怀诗。这类诗往往以景起句，以事、情结句，或相互映照，或相互对比，突出个人情感。如《开平晚归七月一日授翰职》描绘了宏阔辽远的草原上，

---

37 袁桷：《清容居士集》卷一五，《四部丛刊》影印上海涵芬楼藏明刊本。
38 王恽：《秋涧先生大全文集》卷八二，《四部丛刊》影印江南图书馆藏弘治刊本。

野草、山岗、破旧的老巷因帝王巡幸而熠熠生辉，自己也因收到家书而喜不自禁：

> 龙首冈边野草深，秋风滦水动归心。百年蓬巷开圭窦，一日恩光照士林。吟鬓有光浮镜玉，家书封喜认泥金。料应晓月帘栊底，乾鹊飞来报好音。[39]

王恽还有抒情咏怀诗，突出为"客"的主体情绪。如《开平夏日言怀》：

> 土屋罂灯板榻虚，一瓶一钵似僧居。半编翰草从人读，两鬓霜华向晓梳。客子衾裯残梦短，暑天风物暮秋初。故园松菊荒多少，岂不怀归畏简书。[40]

起句白描了自己扈从上都时似僧居一般的简陋屋舍，由眼前之物，写到随从、属下阅读自己所写的半编文辞，感叹两鬓霜华，垂垂老矣，却仍须在暑天、暮秋之际履行扈从之职。客居他乡，遥念故园，触动归居之思。

我们再看咏怀诗《中秋吟》：

> 二年中秋客滦阳，滦江陆海天中央。秋风吹空一万里，谁复斫桂增清光。平分秋气无少陂，但觉霜露非寻常。玉绳灭没澹鹉鹊，众宿何有争光芒。烟霄幸附应时翼，佳节共下今宵堂。凤池鸣佩有余暇，白兔捣药秋正香。故人携酒喜见过，慰我久客同一觞。谪仙杯杓思浩浩，芙蓉城阙天茫茫。眼中宾主侯与宋，胡床

39　王恽：《秋涧先生大全文集》卷一五，《四部丛刊》影印江南图书馆藏弘治刊本。
40　同上。

更对墙东王。九迁初不羡时贵，一醉径入无何乡。人生相逢贵适
意，浮世聚散真参商。当时少陵客，爱国心遑遑。夜深饮散卧不
寐，醉听金钥锵仓琅。夜如何其夜未艾，披衣颠倒寻封章。只今
潦倒百事废，感叹岁月徒悲伤。书来索诗叙往事，盛集难再须揄
扬。兴来追作固狂斐，念君久要曾不忘。郑重西楼花上月，金波
重约醉秋凉。[41]

《中秋吟》反映了王恽在与故友共饮时的复杂情感。他感叹世事
变迁，想到自己过往的拳拳爱国之心，而如今岁月不堪数，故借酒表
达自己一时的情绪。作为新朝中书掾属文臣，这是政权更迭后的正常
反应。再加之与故人相见之喜，情感波澜起伏，诗句又一气呵成，自
然真挚，触动人心。我们从"书来索诗叙往事"一句也可看出，中统
二年，王恽在开平期间也写过一些赠答题序之作。

王恽还作有往返于燕京、开平之间的纪行诗词，如诗《隆福行宫
三首》《观光四首》，词《木兰花慢·居庸怀古》、《木兰花慢》（怅居
庸北口）。我们看《观光四首》：

严森弓剑拱重围，荡荡高空日月辉。先帝老臣今有几，瞻依
恒敕近天威。

三秋迎驾走居庸，一道青山返照红。新店到都才九十，坐车
乘马两龙东。

抱关休讶去翩翩，霜满征衣月满鞍。只为冕旒初未拜，至今
眠食未能安。

红云现处拜瑶亭，皂盖归时午夜行。半醉喜乘欢劝酒，居庸
关下听鸡声。[42]

---

41 王恽：《秋涧先生大全文集》卷一〇，《四部丛刊》影印江南图书馆藏弘治刊本。
42 王恽：《秋涧先生大全文集》卷三二，《四部丛刊》影印江南图书馆藏弘治刊本。

　　前两首描写自己随帝王巡幸所见所想。从"先帝老臣今有几"可看出这组诗为王恽晚年之作，感叹岁月不居，僚友零落。后两首描写扈从人员的劳顿与喜忧，采用先景后人、先整体后具体的叙事手法，在不动声色的先扬后抑中，延伸了诗人对巡幸本身的深刻思考。

第二章

世祖至武宗时期南方文人的
上都文学创作

　　南北统一初期，就有一些南方文人只身前往上都，通过觐见皇帝、皇太子，结交高官贵族，或是献技、献辞章等途径寻求政治出路。如成宗大德年间，杭州文人范玉壶曾游上都，作有《上都》一诗："上都五月雪飞花，顷刻银妆十万家。说与江南人不信，只穿皮袄不穿纱。"[1] 程钜夫在江南访贤时，应召而至的南方宿儒，如台州黄岩人赵与㠭、建昌人燕公楠、庐陵人周应极等，或在上都觐见，或扈从而至上都。然而，关于这两类南方文人在上都的文学活动的文献记载却很少。

　　这一时期来到上都且有文学活动的南方文人主要是元廷文臣，这些文人主要有以下两类：成宗、武宗朝北上入职翰林的南方扈从文臣，如陈孚、冯子振、袁桷、贡奎、邓文原等；扈从上都的玄教道士，如张留孙、马臻、朱思本、吴全节、薛玄曦等。他们成为这一时期上都之旅及文学活动的新成员。

---

[1] 杨瑀：《山居新话》："范玉壶作《上都》诗云云。余屡为滦阳之行，每岁七月半，郡人倾城出南门外祭奠，妇人悉穿金纱，谓之赛金纱，以为节序之称也。"杨瑀：《山居新话》，《知不足斋丛刊》本。

第一节　冯子振的上都纪行诗词曲赋

　　至元二十四年（1287），冯子振第一次北上大都。直到泰定二年
（1325），历时三十八年，在此期间，他曾多次前往上都，并几次往返
于上都、大都、江南三地。冯子振还创作了一些上都纪行作品，这在
元代中期大批南方文人北进京师前是很少见的。关注冯子振的上都纪
行作品，目的和研究意义有二。首先，冯子振是较早前往上都的南方
文人之一。至元十三年（1276）临安陷落后，南宋宫廷乐师汪元量、
昭仪王清惠等亦有上都纪行创作，这些创作发生在冯子振前往上都之
前。冯子振的创作在文体、情感、表现手法、风格上，都表现出与北
方文人的不同，这既丰富和拓展了元代上都纪行创作，也代表了早期
南方文人的上都纪行之作，一定程度上反映了早期南方文人前往上都
的心态。其次，尽管冯子振上都纪行作品今存数量不多，但文体多
样，诗、曲、赋兼备，且在当时的上都纪行创作中影响极大。特别是
在文体上，如《鹦鹉曲》《居庸赋》，在有元一代上都纪行作品中是独
一无二的。

一、冯子振生平及其与上都的渊源

　　冯子振（1257—1324 以后）[2]，字子振，号海粟，自号怪怪道人，
又号瀛洲客，湖南攸州（今湖南攸县）人。卒年不详，仅知泰定元年

2　孙楷第：《元曲家考略摘抄稿》，《文学遗产》1983 年第 4 期；孙国斌：《再论冯子
　　振——读王毅先生〈海粟集辑存〉后》，《中国文学研究》1993 年第 2 期。

（1324）尚在世。世祖至元年间为承事郎、集贤待制。曾以诗称誉权相桑哥，二十八年（1291）桑哥败，受到朝臣纠弹，幸赖世祖为他辩解，才未被牵连。《元史》记载："（至元二十九年二月）御史台月儿鲁、崔彧等言：冯子振、刘道元指陈桑哥同列罪恶，诏令省台臣及董文用、留梦炎等议。其一言：'翰林诸臣撰《桑哥辅政碑》者，廉访使阎复已免官，余请圣裁。'帝曰：'死者勿论，其存者罚不可恕也。'"又载："（至元二十九年五月）丁未，中书省臣言：'妄人冯子振尝为诗誉桑哥，且涉大言，及桑哥败，即告词臣撰碑引谕失当，国史院编修官陈孚发其奸状，乞免所坐遣还家。'帝曰：'词臣何罪！使以誉桑哥为罪，则在廷诸臣，谁不誉之！朕亦尝誉之矣。'"[3]此后，冯子振多次往来于大都、上都、江南之间。约武宗至大四年（1311）冬，冯子振被罢职，旋即流寓江南。仁宗皇庆元年（1312）春，冯子振已活动于江南，与元代著名画家朱德润交游甚密；终仁宗一朝（1312—1320），一直寓居平江。英宗至治元年（1321），冯子振曾在杭州一带游历过。赵孟頫《方外交疏》云："处西湖之上，居多志同道合之朋……至治元年十二月日疏。"[4]文后所列"志同道合之朋"有廉希贡、仇远、冯子振等十四人。在游历杭州期间，冯子振经赵孟頫介绍，结识了中峰明本禅师，与明本唱和《梅花百咏》。至治三年（1323）春，冯子振离开江南，再赴大都，直到泰定二年（1325）。冯子振此次留京期间，往来于元仁宗之姊祥哥剌吉大长公主之门，成了她的清客。他奉这位公主之命，为她收藏的书画写了不少题画诗和跋文。[5]此后他的行迹见于记载者极少，很可能是一直寓居扬州，直至去世。在此期间，他与著名诗僧张雨交往密切。《元史》卷一九〇《儒学传·陈孚传》后有传，其生平事迹也见于其他史书、志书，如《元

3　宋濂等：《元史》卷一七，中华书局1976年版，第362页。
4　卞永誉：《式古堂书画汇考》，文渊阁《四库全书》本。
5　参见卞永誉：《式古堂书画汇考》卷八、卷三八、卷四一、卷四六、卷四八，文渊阁《四库全书》本。

史类编》卷三五、《元史新编》卷四七、《新元史》卷二三七、《大明一统志》卷六三等。作品收入《元诗选》三集、《元诗纪事》卷九，皆附有作者小传。

　　冯子振以文章称著天下，又精于书法，博洽经史，知识广博，才华横溢。《元史新编》称其"于书无所不记，其为文，酒酣耳热，命侍吏二三人润笔以俟。子振据案疾书，随纸数多寡，顷刻辄尽。事料酝郁，美如簇锦"。元末金华宋濂赞叹："海粟冯公以博学英词名于时，当其酒酣气豪，横厉奋发，一挥万余言，少亦不下数千，真一世之雄哉！"[6]冯子振文思敏捷，著述颇多，惜乎到元末即多散佚。散曲今存四十七首，隋树森《全元散曲》收四十四首，《录鬼簿》列名为"前辈名公"，《太和正音谱》列名在"俱是杰作"一百五十人当中。有与中峰禅师唱和《梅花百咏》一卷，收入《一百题咏绝句》，《四库全书》也收入集部总集类。《元诗选》三集收诗七十三首，其中《梅花百咏》三十八首，题为《海粟集》。《全元诗》第十八册收录一百六十三首。《全元文》卷六一八收其赋、书、序、记、碑、谢启等共十二篇。今有王毅整理《海粟集辑存》。

　　至元二十四年（1287），冯子振第一次北上大都；二十七年（1290），首次赴上都；二十九年（1292），因桑哥事被弹劾，此后多次往返上都、大都、江南三地。成宗元贞元年（1295）进京，大德四年（1300）进上都，后因父亲病逝，回家守丧。大德六年（1302）又来至大都，七年（1303）从大都赴应昌（今内蒙古自治区赤峰市克什克腾旗西北达里诺尔湖西南的达尔罕苏木），途经上都。至治三年（1323）再次进京，到泰定二年（1325）是否还去过上都，已无法考证。他一生至少三次前往上都，创作了数量较多的上都纪行之作。今存冯子振上都纪行所咏对象，主要有居庸关、桑干河、松林、缙山、金莲川、上都等，分属于赋、曲、诗三种文体。

6　宋濂：《宋学士文集》卷二五《题冯子振〈居庸赋〉》，《四部丛刊初编》本。

二、 上京纪行辞赋： 重写实与铺排的《居庸赋》

冯子振《居庸赋》，首尾五千言，雄浑正大，闳衍巨丽，在元代文坛影响甚大。作者自云："大德壬寅，予至自上京，与客谈居庸之胜绝，疲于应答，遂作此赋，今十六年矣。"[7]大德壬寅即1302年，这段话是仁宗延祐五年（1318），六十二岁的冯子振在平江为当地人邓静春重书《居庸赋》并作跋记时写下的追忆之语。由此还可知，此赋的创作乃因"与客谈居庸之胜绝，疲于应答"而作，且并非作于上都，而是从上都返回后在大都所作。

这篇赋结构宏大，内容丰赡磅礴，用神来之笔，将通往两都、隔离胡汉的"大门"——居庸关的奇美景观，与天下一统、百姓承平的大元帝国的雄姿结合起来。赋从想象中之居庸起笔："淮南刘安著天下之塞九，其一居庸居其间。向吾之未始至也，意其巉绝万仞，噫嘻剑阁之不可攀！"接下来，马上进入对自己要亲眼所见的情景的叙述："至元庚寅，吾以一僮二马，俨然桑干流水之径，逶迤而从之。"这一段作为赋的开篇，将读者从以往文人的想象之词带入作者亲历其境的真实描写之中。紧接着，作者对作为九塞之一的居庸关的雄奇险要进行总体描绘，并伴随着浩荡壮阔的巡幸场面，极言居庸之雄伟、奇险。随后，作者分别从不同角度描绘了自己所见的居庸关：居庸之高、险，旭日正中、夕阳在藩之时的居庸之景，冬夏两季的居庸之貌，以及从南北不同方位观察到的居庸。此外，作者还描写了历史上的战争和今日巡幸中的居庸，全面展现了居庸的全貌。惊叹之余，作者不忘阐明自己创作此赋的初衷："吾于是片段南北居庸之奇，间执东西行者之口。慨几越于长城，将归休乎梦薮。缘是不惮掇拾，自忘固陋。

7　卞永誉：《式古堂书画汇考》，文渊阁《四库全书》本。

他日庶几倦游京国，半生藉手之画卷；抑以尉荐不出里阈，故纸埋头之病叟。"可以说，赋文壮阔斑斓，风格豪放酣畅，文气雄迈。夸饰铺陈与细致写生相结合，尽情展现居庸关之自然平静之美、奇险雄壮之美，并融合帝王巡幸的盛大与塞外民风的恬静、淳朴，以进一步烘托居庸之美。明人吴讷云："鸿烈解言中国有九关，惟剑阁为至险。唐李谪仙作剑阁赋仅百二十字。今观元冯海粟赋居庸，首尾几五千言，何闳衍巨丽之若是也！"[8]从创作主旨上看，这篇赋表面写居庸之景，实则是赞颂世祖一统天下之功。居庸关从历朝历代的护国军事防御地，变为今日两都巡幸的游览胜地，其历史文化标签也由历朝的胡汉分界、战争之所变为大元之疆土、百姓和平安乐之居所。作者还寄希望于世祖以礼乐教化治理天下，"方将道德为维，恺悌为边，礼乐为钥，诗书为键，岂但百居庸之塞而已哉？"

值得注意的是，《居庸赋》虽然也极尽语言的华丽铺排，却很少像汉赋那样堆砌毫无实际意义的词汇，以追求华美的风格、夸耀学问的丰赡。《居庸赋》在描写居庸之奇险雄伟时，通篇都采用写实的手法，语言生动灵活，却不虚华造作；铺排宏衍，却不涉虚泛套语。因此，它所呈现出的风格既不同于以往居庸诗赋之多写意、想象之语，也与汉赋极尽奢华铺排的风格有所区别。《居庸赋》展现了元代文人对大元帝国海宇混一的时代自豪感，充分抒发了对帝王一统功业的赞叹以及对巡幸见证和平的赞美之情，这也与汉赋的兼具讽谏之旨不同。同时，居庸关是从大都出发通往上都的第一个关塞，也是古代胡汉分界点，元代文人对此多有歌咏，其中以诗歌为最多。而冯子振《居庸赋》在篇幅的长度和视角的多样性上都占绝对优势，比诗歌更为恢宏壮阔、生动全面。因此，在歌咏居庸关的所有作品中，《居庸赋》在元代的影响最大，以至于大学士宋濂都赞为"遗墨之出，争以重货购之，或刻之乐石，或藏诸名山，往往有之，则为人宝爱可知

8　卞永誉：《式古堂书画汇考》，文渊阁《四库全书》本。

矣。余藏此卷者久，极为珍秘"[9]。而元代耆宿郑元祐对《居庸赋》的赞美甚至达到了"题诗愧无一字补，翁名星垂万万古！"[10]的高度。

三、 上都纪行散曲： 取上都景续《鹦鹉曲》

冯子振小令今存四十七首[11]，其中《正宫·鹦鹉曲》四十二首。虽然数量不是很多，但是其散曲在元代有极高的地位，且以"豪辣灏烂"著称。贯云石《阳春白雪序》云："冯海粟豪辣灏烂，不断古今，心事天与，疏翁（卢挚）不可同舌共谈。"邓子晋《太平乐府序》曰："昔酸斋贯公与澹斋游，曰'我酸则子澹'，遂以号之。常相评今日词手，以冯海粟为豪辣灏烂，乃其所畏也。""豪辣"指豪放泼辣，就文气而言；"灏烂"指壮阔斑斓，就表现风格而言。"豪放"是核心，"重赖意境之超逸以造成豪放，乃豪放之第一义也……端由修辞法之特殊，不仅倚赖意境，此乃豪放之第二义也……全用白描，无论雅俗之材料，都不借重妆点，此恰与清丽一派相反，故亦认为豪放，乃完全脱离意境之豪放而豪放者，豪放之第三也"[12]。即超逸的意境、非凡的修辞、质实的语言，大体上"豪辣灏烂"不出此三。这可以说是对冯子振《正宫·鹦鹉曲》四十二首总体艺术风貌最恰切的评价。但是具体到每一首，又不全然如此，如上都纪行中的三首。而且，冯子振是元代以散曲纪行上都的唯一文人，这三首代表了元代上都纪行的小令风格。

有关《正宫·鹦鹉曲》的创作时间和地点，冯子振自序云：

9　宋濂：《宋学士文集》卷二五《题冯子振〈居庸赋〉》，《四部丛刊初编》本。

10　卞永誉：《式古堂书画汇考》，文渊阁《四库全书》本。

11　王毅：《冯子振的散曲艺术》，《中国文学研究》2010 年第 4 期。

12　任讷：《散曲概论》，见王毅《海粟集辑存》，岳麓书社 1990 年版，第 133 页。

　　白无咎有《鹦鹉曲》云："侬家鹦鹉洲边住，是个不识字渔父。浪花中一叶扁舟，睡煞江南烟雨。觉来时满眼青山，抖擞绿蓑归去。算从前错怨天公，甚也有安排我处。"余壬寅岁留上京，有北京伶妇御园秀之属，相从风雪中，恨此曲无续之者。且谓前后多亲炙士大夫，拘于韵度，如第一个"父"字便难下语；又"甚也有安排我处"，"甚"字必须去声字，"我"字必须上声字，音律始谐，不然不可歌，此一节又难下语。诸公举酒，索余和之，以汴、吴、上都、天京风景试续之。[13]

　　这篇小序交代了《鹦鹉曲》的写作背景，具体情境是在冯子振与众多文人宴饮时，他向在座诸公讲述自己壬寅年（1302）在上都时，与伶妇御园秀等讨论白无咎《鹦鹉曲》之事。御园秀认为此曲韵险，难以为和。这里传达了两点信息，一是或许当时冯子振已经受邀和曲，不知出于什么原因未作；二是即使没有受邀，冯子振在上都之时应该已经有了和此曲之意。当他回忆完这段往事，诸公便请冯子振当场作《鹦鹉曲》唱和之词。可知，这四十二首《鹦鹉曲》是冯子振在宴席即兴唱和之作，创作的具体时间和地点已经无法得知。王毅认为《鹦鹉曲》是大德六年（1302）冬，冯子振从应昌回大都后创作的。其实不一定是在大都所作，结合作者情绪、所写内容、咏景特点以及白作的影响范围，大致可以推测《鹦鹉曲》应作于作者归乡之后，创作时间距大德六年较远。从序中"余壬寅岁留上京"一语，可以看出肯定不是当年所作。另外，《鹦鹉曲》的实际数目可能也不止四十二首。孔克齐《至正直记》卷上"鹦鹉曲"条载："海粟即援尾续百余首，《山亭逸兴》云云，《愚翁放浪》云云。"当然，尽管孔氏所说的"百余首"可能并非亲眼所见，只是听人所说，但这也足以说明冯子振《鹦鹉曲》在元代的影响之大。

13　王毅：《海粟集辑存》，岳麓书社 1990 年版，第 40 页。

冯子振《鹦鹉曲序》中说，这些曲子是为和白无咎《鹦鹉曲》而作。白无咎，就是白贲（约1270—1330前），著名曲家白珽之子，曾作《鹦鹉曲》小令，传诵甚广，影响很大，旁人却难以为和。冯子振取"汴、吴、上都、天京"四地之景以续之，其中多游历吊古、写情记事之作。歌咏两都沿途风景的有三首，分别为《至上京》《松林》《忆鸡鸣山旧游》。作品结构上都是先景后情：先纪行路所见之景，多用白描勾勒画面；然后引发吊古之思，或直接抒己之怀，在今昔之景的对比中，表达自己深沉的历史情怀和"不如归去"的人生感慨。如第三十三首《至上京》：

> 澶河西北征鞍住，古道上不见耕父。白茫茫细草平沙，日日金莲川雨。【幺】李陵台往事休休，万里汉长城去。趁燕南落叶归来，怕迤逦飞狐冷处。

这是一首吊古小令。当作者亲自踏上古称"胡地"的塞外，行走在居庸古道上，眼前所见不是战争的厮杀场面和恶劣荒凉的自然环境，而是一望无际的细草平沙。即便刮风下雨，也不过是草原上的和风细雨，一切显得美妙而宁静。然而，这份宁静实际上是历史长河荡涤后的结果，作者借此表达了一种深邃的历史情怀。再如《松林》：

> 山围行殿周遭住，万里客看牧羊父。听神榆树北车声，满载松林寒雨。【幺】应昌南旧日长城，带取上京愁去。又秋风落雁归鸿，怎说到无言语处。

又如《忆鸡鸣山旧游》：

> 鸡鸣山下荒丘住，客吊古问驿亭父。几何年野屋丛祠，灭没犁烟锄雨。【幺】默寻思半晌无言，逆旅又催人去。指峰前代好

磨笄，是血泪当时洒处。

　　这两首在结构、情感、表现手法、风格上也是如此，这里不多作分析。

　　值得注意的是，这三首上都纪行小令在整体创作风格上，既不"豪辣灏烂"，也不同于一般散曲的俚俗风趣或轻松灵活，而是呈现出整丽畅达、朴质自然的特点。它们富于画面感、抒情的真切感，以及历史的深沉感。这种风格和表现手法与后来南方文人的上都纪行诗作更为相似，显示了冯子振在元代散曲创作上的开拓性贡献。在这一点上，我们可以将冯子振的上都纪行小令与大致同期的马致远作品作一比较，从而更清晰地看出冯子振创作的特征。与马作相比，冯作更加突出了天下一统、胡汉一家、百姓安乐的太平盛世气象。这种风格和情感是元代上都创作的主流。马致远（约 1250—1321 以后），字千里，号东篱，大都（今北京）人，与关汉卿、郑光祖、白朴并称"元曲四大家"。元代盛如梓《庶斋老学丛谈》卷二录马致远《天净沙·秋思》三首，并于词前注曰："北方士友传沙漠小词三阙，颇能状其景。"[14]我们来看这三首被称为"上京纪行词"[15]的《天净沙·秋思》：

　　　　枯藤老树昏鸦，小桥流水人家。古道西风瘦马。夕阳西下，断肠人在天涯。
　　　　平沙细草斑斑，曲溪流水潺潺。塞上清秋早寒。一声新雁，黄云红叶青山。
　　　　西风塞上胡笳，月明马上琵琶。那底昭君恨多。李陵台下，淡烟衰草黄沙。

14　盛如梓:《庶斋老学丛谈》,《知不足斋丛书》本。
15　杨镰:《元诗史》, 人民文学出版社 2003 年版, 第 645 页。

在词中，作者通过平沙、西风、细草、胡笳、琵琶、昭君、李陵台、老树、乌鸦、大雁等意象，构建了塞外秋天的寂寥景色，表达了一种文人羁旅生涯中深沉而难以言说的愁思。无论是在写作手法、意象运用还是所传达的文人对大元帝国的情感上，马作都与冯作有所区别。因此，可以看出冯之小令在元代上都纪行创作和散曲创作中具有独特的艺术价值。

四、"几年朔客渡桑干"：上都纪行诗的思乡之情

冯子振还有三首上都纪行诗，结构和情感与上述小令一致：

> 几年朔客渡桑干，野水潺潺滴沥寒。回首燕南烟雨外，西风沙雁报平安。（《桑干河》）
> 榆林东北缙山围，百嶂千峰画卷挥。鞍影摇摇人意懒，秋风及早送将归。（《缙山道中》）
> 金莲川上富秋光，的皪花枝不着房。只合潘妃微步惜，凌波罗袜寄芬芳。（《金莲川》）[16]

前两句都是对眼见之景的描写，后两句都是抒发情感。相形之下，小令的表达更为深邃悠远，蕴含着吊古之思；诗则直接由对景的描写过渡到抒发自己的思乡怀远之情。

清人黄文玠曾评价冯子振："海粟公以集贤院学士与赵王孙辈，文彩风流，掩映一时，清词丽制，层见叠出。"足见，冯子振不仅在元代受到极高的推崇，后世也依然如此。由本文所论可发现，在冯子振存量不多的作品中，后世对他的评价很多集中于《居庸赋》以及

---

16 王毅：《海粟集辑存》，岳麓书社1990年版，第38页。

《正宫·鹦鹉曲》四十二首。这些作品主要反映了冯子振几次上都之旅的见闻，由此可以窥见其文学才情之高，以及上都纪行创作在元代文坛的受追捧程度。同时，冯子振作为较早走进上都的南方文人，其上都纪行创作不仅表现了与当时占主导地位的北方文人不同的创作倾向，而且在内容上，不论是对元朝一统天下的赞叹，对帝王巡幸盛大场面、草原风光和风土人情的赞美，还是对自己思乡之情的抒发，都引领了后来元上都纪行诗创作的潮流。他所纯熟运用的古今对比、白描、铺排等技巧，也是后来南方文人创作上都纪行诗时所普遍使用的。可以看出，冯子振在元代上都纪行诗创作上具有引领和开拓的意义。由于冯氏在当时文坛的巨大影响力，他成为元代前期少数从事上都纪行诗创作的南方文人的代表之一。

第二节　"沨沨乎治世之音"：陈孚《玉堂稿》中的上都诗歌

陈孚《观光稿》上都纪行诗主要有《弹琴峡》《怀来县》《雕窠道中二首》《桑干岭》《李老峪闻杜鹃呈应奉冯昂霄》《赤城驿》《云州》《秦长城》《金莲川》《明安驿道中四首》《李陵台约应奉冯昂霄同赋》《夜宿滦河觜儿》《桓州》《开平即事二首》。从诗题来看，有专门写景的，也有借景抒怀纪事的。

陈孚有近三十首诗上都扈从诗，存于《陈刚中诗集》卷三《玉堂稿》中。其创作水平得到四库馆臣称赞，"其上都纪行之作，与前二稿工力相敌，盖摹绘土风，最所留意矣"，堪称"沨沨乎治世之音"。[17]陈孚诗作内容丰富，多写上都风情和吊古咏怀之情。在上都之

17　纪昀等：《四库全书总目提要》卷一六六，中华书局1987年版，第1434页。

行的所见所感中，他直接抒发了面对天下一统的帝国盛大气象时的激动兴奋的情绪。

一、 陈孚其人及其"因功扈从"的履历

陈孚（1259—1309?），字刚中，台州临海人，是元初少数能够扈从皇帝前往上都的南方文士之一。陈孚自幼聪颖，曾出家避乱，又因上《大一统赋》闻于朝野。他出使安南有功，得以随驾上都，后因遭人嫉妒，秩满后回到乡郡，因公殉职，年六十四。其生平所作的诗文收录在《陈刚中诗集》里，共有三卷——《观光稿》《交州稿》《玉堂稿》，总计有近三百首诗。《玉堂稿》收录他在任翰林期间的作品，包括上都纪行部分，从《出健德门赴上都分院》到《开平即事》，共二十四首，诗体多样，以七律、古体居多。其中，咏史、咏怀的题材约占一半，且多兼具纪行诗的形式。另外，超过一半的作品是酬唱赠答的诗歌，直接表达了他为国为民的理想抱负，较为直白浅近。

陈孚以文取仕，北上京师。《元史·儒学二》记载，陈孚自幼"清峻颖悟，读书过目辄成诵，终身不忘"[18]。他天资聪颖，可以说是一块天生的璞玉。在台州临海，陈氏是当地望族，史料考证其祖上为南宋爱国诗人陈克。陈孚的父辈陈贻范与陈贻序因好学不倦，都中了进士，始建"庆善藏书楼"，成为台州第一位建立私人藏书楼之人。至元间，将庆善楼扩建，更名为"万卷楼"，陈孚便成了万卷楼的首任楼主。由此可见，陈孚不仅拥有先天禀赋，还得益于后天良好环境，这两种因素共同助力了他的仕途之路。

《南村辍耕录》卷八中详细记述了陈孚出家为僧以避乱的经历，并记录了他的一首题壁诗："我不学寇丞相，地黄变发发如漆。又不

18　宋濂等：《元史》卷一九〇《陈孚传》，中华书局 1965 年版，第 4313 页。

学张长史，醉后挥毫扫狂墨。平生绀发三十丈，几度和云眠石上。不合感时怒冲冠，天公罚作圆顶相。肺肝本无儿女情，亦岂惜此双鬂青！只忆山间秋月冷，搔首不见蓬松影。"[19]此作可以说是陈孚步入仕途前见于记载的最早的诗，表达了他立志建立功勋，不愿青春虚度的决心。他父亲看到这首诗就预感"此子欲归俗"，半年后，陈孚果然归俗成家。此后，"至元中，孚以布衣上《大一统赋》，江浙行省为转闻于朝，署上蔡书院山长，考满，谒选京师"[20]。陈孚凭借着深厚的文学功底，以文取仕，迈出了通往大都的第一步。

陈孚因功而扈从上都。"二十九年，世祖命梁曾以吏部尚书再使安南，选南士为介。朝臣荐孚博学有气节，调翰林国史院编修官，摄礼部郎中，为曾副。"[21]出使任务虽有波折，但陈孚以其强硬态度和卓越才气警示了安南世子，让元朝大国的威严震慑了西南边疆。因而，"使还，除翰林待制，兼国史院编修官"，甚至"帝方欲置之要地，而廷臣以孚南人，且尚气，颇嫉忌之，遂除建德路总管府治中，再迁治中衢州，所至多著善政"。[22]陈孚由此得到忽必烈的器重，并能扈从上都，在英宗至治元年（1321）文臣扈从制度推行以前，对于南方文人而言，这是极高的荣耀。

二、"愿叩刚风上帝关"：陈孚上都咏怀、咏史诗

陈孚在北上居庸关的途中，对所见的自然景观感到无比兴奋。他描绘了沿途的雄伟与奇异：居庸关之险要、龙虎台之雄伟、弹琴峡之清冷、仙人枕之悠然、洪赞山之奇异、龙门峡之险峻、独石之高耸、

19　陶宗仪：《南村辍耕录》，中华书局 1959 年版，第 97 页。
20　宋濂等：《元史》卷一九〇《陈孚传》，中华书局 1965 年版，第 4313 页。
21　同上。
22　同上。

金莲川草原之无垠。这些景观以及草原文化给他带来了感官冲击，也引发了他心理情绪的波动。例如，在《云州》中，他写道："天险龙门峡，悬崖兀老苍。千蹄天马跃，一寸地椒香。夜雪青毡帐，秋烟白土房。路人遥指语，十里是温汤。"几乎一句一景，令人目不暇接。他对一路所见的土风民俗也感到新异无比，如《明安驿道中四首》描写草原的射猎：

> 野鹊山头野草黄，野狐岭上月茫茫。五更但觉天风冷，帐顶青毡一寸霜。
>
> 貂鼠红袍金盘陀，仰天一箭双天鹅。雕弓放下笑归去，急鼓数声鸣骆驼。
>
> 黄沙浩浩万云飞，云际草深黄鼠肥。貂帽老翁骑铁马，胸前抱得黄羊归。
>
> 风吹滦水涌如淮，十万雕弓饮马来。长啸一声鞭影动，金鞍飞过李陵台。[23]

诗人用"跃马长城外，方知眼界宽"[24]来概括自己对新异草原风情的感受。他对上都的急切想象也自然流露，如在《龙虎台》中所写："双塔耸琅玕，星辰手可攀。伟哉丹凤辇，驻此巨鳌山。地拱中黄上，天回太紫间。微臣遥稽首，想象见龙颜。"[25]直接抒发了自己即将到达上都的喜悦。在更接近上都的驿站，诗人作有《夜宿滦河觜儿》："貂裘尘土黑如鸦，海角孤臣扈翠华。万里亲庭应鹤发，一生客路又龙沙。囊中药卷苁蓉叶，盘里蔬堆芍药芽。渐见马前添喜气，明朝天近玉皇家。"更增添了对草原帝都兴奋、激动的想象。当到达上

23　陈孚：《陈刚中诗集》卷三《玉堂稿》，文渊阁《四库全书》本。
24　同上。
25　同上。

都时，他作有《开平即事二首》：

> 百万貔貅拥御闲，滦江如带绿回环。势超大地山河上，人在
> 中天日月间。金阙觚棱龙虎气，玉阶阊阖鹭鸳班。微臣亦有河汾
> 策，愿叩刚风上帝关。
>
> 天开地辟帝王州，河朔风云拱上游。雕影远盘青海月，雁声
> 斜送黑山秋。龙冈势绕三千陌，月殿香飘十二楼。莫笑青衫穷太
> 史，御炉曾见衮龙浮。

这两首诗不仅写尽了陈孚眼中上都的恢宏盛大的帝都气象，也表达了
他自觉即便作为南人太过"穷酸"，也此生无憾的感慨。元初与蒙古
政权的隔膜和排斥，在陈孚的诗中已荡然无存。这与他在《雕窠道
中》中的情感是一致的："江左故人知我否？马蹄声里过秋风。"[26]

陈孚还凭吊遗迹，抒发历史感怀。在《秦长城》中，他写道：
"白骨渺何处，腥风卷寒沙。蒙恬剑下血，化作川上花。祖龙一何愚，
社稷付征杵。"这是对秦灭亡的深刻评说。当他见到金莲川草原上金
章宗与李妃避暑的泰和宫，他作有《金莲川》："昔人建离宫，今存但
古瓦。秋风吹白波，犹似哀泪洒。村女采金莲，芳香红满把。岂知步
莲人，艳骨掩泉下。人生如蜉蝣，百年无坚者。安得万斛酒，浩歌对
花泻。"这首诗抒发了他对历史的深沉思考。眼前的居庸关，则引发
了他"欲叩往事云漠漠，平沙风起鸣冻雀"[27]的历史思考。这些吊古
诗格调悲壮，意蕴深沉，富有哲思。

陈孚来到上都，不仅对历史、人生有所感怀，对奇异风景感到惊
叹和兴奋，还有作为南人的那份孤寂和飘零之感，这在其纪行诗中也
得到了直接抒发。在《出健德门赴上都分院》中，他写道："三年去

---

26 陈孚：《陈刚中诗集》卷三《玉堂稿》，文渊阁《四库全书》本。
27 同上。

乡井，已觉身飘零。今朝别此去，又有千里行……邻家三数姬，对我清泪倾。问我膳饭否，虑我衣裳轻。大笑挥之去，我岂儿女情。"[28]在《观光楼》中，他感叹："谁怜家万里，有客拥衾眠。"[29]在《桑干岭》中，他自问："道傍谁欤三叹息？布袍古帽江南客。"在《李老峪闻杜鹃呈应奉冯昂霄》中，他感慨："杜鹃尔何来，吊我万里远……问我此何鸟，怪我苦悲惋。"这些诗句所表达的漂泊游子的孤独思乡之情，与他在大都为官时的感受不同。在《至元壬辰呈翰林院请补外》中，他写道："微臣官蚁虱，无力报乾坤……愤激樱桃赋，凄凉苜蓿诗。"[30]而上都纪行诗中的这种孤寂漂泊感，往往是在诗人怀着极大的憧憬和兴奋之情后抒发的，是自己作为南人来到上都，兴奋喜悦与孤苦凄凉复杂交织的草原生活感受，是由内心情感出发的对一统帝国的体验。

可以看出，陈孚的诗歌，无论在内容还是情感上，都与北方文人有所不同。其诗歌中兴奋昂扬的基调源于作为南方文人来到草原后的激动、兴奋，展现了南北统一后南方文人的真实感受和政治心态。在这一点上，后来的冯子振、袁桷等南方扈从文人与他是一致的。

三、"春容谐雅"： 陈孚上都诗的艺术风格

相较于《陈刚中诗集》中另外两卷在他地所作的诗歌，《玉堂稿》展现出治世的雅正之音，文辞典雅，情感中正春容。四库馆臣评《玉堂稿》云："《玉堂稿》多春容谐雅，泬泬乎治世之音。"[31]"春容"意为舒缓从容，"谐雅"意为谐和雅正。所谓"治世之音"与

---

28 陈孚：《陈刚中诗集》卷三《玉堂稿》，文渊阁《四库全书》本。
29 同上。
30 同上。
31 永瑢等：《四库全书总目》，中华书局 1965 年版，第 1434 页。

"雅"是息息相关的。"治世"与乱世相对，指天下太平的盛世。"雅"是《诗经》体裁之一种，从音乐性质上而言，乃"朝廷之音"，[32]"雅者，正也，正乐之歌也"[33]。

（一）上都诗的情感与思想

陈孚的上都诗多抒发在一统政权下建功立业的正统思想和激动向往之情。如《呈李野斋学士》《闻胡紫山被召以诗寄呈》等，情感上直抒胸臆，饱含"愿为苍生起，休辞鬓雪斑"的宏大愿景，语言典雅又有治世富丽之感，雍容雅正。《出健德门赴上都分院》云：

> 北楼急鼓绝，南楼疏钟鸣。盥栉未及竟，驺官戒晨征。三年去乡井，已觉身飘零。今朝别此去，又有千里行。怀君岂不愿，王命各有程。小车如鸡栖，轧轧不得停。出门见居庸，万仞参天青。邻家三数姬，对我清泪倾。问我善饭否，虑我衣裘轻。大笑挥之去，我岂儿女情。[34]

这首诗前四句描绘的是前赴上都前的紧张、激动的心情。"北楼急鼓绝"一句里的"绝"是指没有断绝，也就是说北边楼上的鼓声响个不停，似乎是在催促着人出行。这时诗人不禁生起了一丝愁绪："三年去乡井，已觉身飘零。"离家已有数年，而"今朝别此去，又有千里行"，看似陈孚要为此沉浸于怀乡之感，下一句却转折："怀君岂不愿，王命各有程。"虽然离家越发遥远，可这是王命，陈孚义不容辞。出健德门至居庸关，只见这万仞山峰直插青天，远行在外，老人忧虑自己的衣食，可陈孚一扫前面的愁思："大笑挥之去，我岂儿女

32　郑樵：《通志二十略》，王树民点校，中华书局1995年版，第1980页。
33　朱熹集注：《诗集传》，中华书局上海编辑所1958年版，第99页。
34　陈孚：《陈刚中诗集》卷三《玉堂稿》，文渊阁《四库全书》本。

情。"既表现了陈孚不拘小节的豪迈之情，又体现了他对待政事的认真态度。

《独石》一诗写道：

> 何载天星堕绿苔，千寻忽作铁崔嵬。风沙道上人谁识，曾见天台雁荡来。[35]

陈孚一行从燕京出发北行至独石口，看到此处南卧孤根"独石"，北通险绝隘口。在陈孚眼中，独石十分特别，它是从天上而来的"天星"坠落到了绿苔上，可是在这满是风沙的道路上，没有人能够认识到它的不凡。最后一句"曾见天台雁荡来"点出了石头的身世，其实这里就是诗人的一个自比。他从台州来到燕京、草原，可是没有人真正认识到他的价值。这首诗巧妙地用一块独石作比，表达了诗人虽一心为国效力，却苦于无人赏识的遗憾。诗人一方面描绘沿路古迹风物，旅途中不乏长久漂泊、远离家乡的思念之情，但在这之后往往又笔锋一转，由飘零之苦、思念之切转向自己报效朝廷、实现自身抱负的志向，情感真挚平和。

（二）上都诗的语言风格

陈孚上都诗歌语言典雅庄重，如《李陵台约应奉冯昂霄同赋》："落日悲笳鸣，阴风起千嶂。何处见长安，夜夜倚天望。臣家羽林中，三世汉飞将。尚想甘泉宫，虎贲拥仙仗。臣岂负朝廷，忠义凤所尚。汉天青茫茫，万里隔亭障。可望不可到，血泪堕汪漾。空有台上石，至今尚西向。"[36]首句写景，奠定了全诗悲凉的感情基调。诗人借用李陵的口吻，铺陈其不幸遭遇与无辜冤屈。结尾处"可望不可到，

35　陈孚：《陈刚中诗集》卷三《玉堂稿》，文渊阁《四库全书》本。
36　同上。

血泪堕汪洋"堪称全诗感情最深处，用"堕"表现出落泪之沉重，与李贺的"忆君清泪如铅水"有异曲同工之妙。

《秦长城》的突出特点是情景交融、善用典故："驰（驱）车出长城，饮马长城窟。朔云黄浩浩，万里见秋鹘。白骨渺何处，腥风卷寒沙。蒙恬剑下血，化作川上花。祖龙一何愚，社稷付征杵。长城土未干，秦宫已焦土。千载不可问，似闻鬼夜哭。矫首武陵源，红霞满川谷。"[37] 诗人"驱车出长城"，在长城外，只见这朔方的云被浩浩的黄沙沾染，秋鹘在万里长空下翱翔。他的思绪飞驰，追忆起秦时修筑这万里长城的情景。不知当年掩埋于城下的白骨如今又在何处，只有腥风卷起寒沙。蒙恬剑上沾染的鲜血，滴落在山岭上，化作了血色的花儿。始皇帝多么愚蠢，千秋社稷竟被那些拿着杵的百姓颠覆。长城的土还未干，秦王的宫殿却付之一炬，成了一片焦土。事历千载，已无可追问，只听见鬼魂在夜里哭泣。最后一句用典：那避秦之地武陵源，却是满山谷的烂漫红花，犹如一片红霞。这既讽刺了秦始皇的愚蠢，也形成了鲜明对比：秦宫成了一片焦土，而武陵源却焕发出勃勃生机。陈孚在面对秦始皇这段大起大落的历史时，没有像贾谊在《过秦论》中那样分析秦朝覆灭的原因，而是将情感集中在今昔对比上。途经长城，引发了他对历史变迁的感叹，以及对曾经辉煌顷刻间化作焦土的惋惜。

陈孚的上都诗作一改江南文士的细腻精巧，多写草原的壮阔与优美，或咏史抒怀。在结构上，他的诗歌富有特色，多以写景起句，在景色描绘中铺垫出情感基调，再通过用典或设景承接，逐渐铺开所咏之事与情，然后转入对历史事件、历史人物的议论之中。陈孚的议论往往没有直接的功过是非评判，末尾以景结，情景交融，含蓄蕴藉，意味深长。其语言典雅庄重，整体呈现出元代前期难得的春容谐雅的治世之音。

37　陈孚：《陈刚中诗集》卷三《玉堂稿》，文渊阁《四库全书》本。

第三节　南宋祈请使团上都之行的文学叙事

　　至元十三年（1276）临安陷落，南宋朝廷名存实亡。在这场长达几十年的血雨腥风中，有胜利就有失败，南宋王权的代表要北上元廷请降。这一事件无论是对南宋的皇族权贵、文臣武将，还是对一般文士和百姓，都是刻骨铭心的痛。有很多南宋遗老、文人的诗歌涉及此事，如王逢《感宋遗事二首有引》："至元十三年正月，伯颜丞相入杭。二月起，宋三宫赴上都，五月，见世祖皇帝。寻命幼主为检校大司徒，封瀛国公。十二日，内人安康朱夫人、安定陈夫人，二侍儿失其姓，浴罢肃襟，闭门焚香于地，并雉经死。衣中有清江纸书云：'不免辱国，幸免辱身。不辱父母，免辱六亲。艺祖受命，立国以仁。中兴南渡，逾三百春。躬受宋禄，羞为北臣。大难既至，守于一贞。焚香设誓，代书诸绅。忠臣义士，期以自新。丙子五月吉日泣血书。'"作二诗，其一云："五月无花草满原，天回南极夜当门。龙香一篆魂同返，犹借君王旧赐恩。"其二云："天遣南姝死北燕，宋朝家法最堪传。当时赐葬崇双阙，混一当过亿万年。"[38]诗歌的落脚点是元朝统一南北、海宇混一是历史发展趋势。对于这一事件，《元史》《宋史》《新元史》均有记载；而随行者、直接见证者严光大撰写的《祈请使行程记》，为我们具体真切地了解此历史事件的始末以及相关人物的状况提供了极为重要的史料。

38　王逢：《梧溪集》卷一《感宋遗事二首有引》，文渊阁《四库全书》本。

一、 严光大《祈请使行程记》： 亡宋祈请使团上都觐见
的官方记述

至元十三年（1276）正月，元朝破南宋都城临安。二十四日，元朝要求南宋派遣宰执亲往燕京朝觐，由此，南宋祈请使团正式组建。二月初九日，祈请使团一行人自临安启程，闰三月初十日抵达大都。四月十二日，使团从大都再次出发，五月初二日在上都朝觐忽必烈。这是临安陷落后第一批前往元大都和元上都的南方文人群体。

宋朝制度规定，凡出使者须笔录沿途见闻、出使交聘等情况，返回后呈报朝廷，如范成大的《揽辔录》、何铸的《奉使杂录》（佚）便是此类记录。这种出使记录因秉承按日实录、记述简省的原则，具有正史性质，文献价值突出。今存的《祈请使行程记》由至元十三年随行的日记官严光大所著，记录了从杭州至大都、上都的沿途所见所感及重要的政治活动。其中，从大都赴上都的行程以及在上都朝觐忽必烈的始末是该书的重要内容。该书未有单行本，存于元人刘一清的《钱塘遗事》卷九，题为《丙子北狩》。

在风格上，《祈请使行程记》不同于王恽的《中堂事记》，也不同于一般两都纪行诗文。它逐日记录，采用官方视角，表达客观，语言简省，信息丰富，史料价值突出。

第一，详细记录了南宋祈请使团成员的构成情况及其在元的政治待遇。《祈请使行程记》开篇即胪列南宋祈请使团及元朝馆伴使的情况："祈请使：左相吴坚（天台人）、右相贾余庆（海州人）、参政刘岊（重庆人）、枢密文天祥（吉州人）、参政家铉翁（眉州人）。奉表献玺纳土官：监察御史杨应奎（庐州人）、大宗丞赵若秀（临安人）。日记官：宗丞赵时镇（庐州人）、阁赞严光大（绍兴人）。书状官：御带高州太守徐用礼（临安人）、潮州通判吴庆月（临安人）、惠州通判

朱仁举、处州通判沈庚会、浙东路钤吴嘉兴。掌管礼物通事官：总管高举（江陵人）、总管吴顺。提举礼物官：环卫总管潘应时、总管吴椿、环卫总管刘玉信（扬州人）。掌仪官：浙东路钤詹困。带行官属五十四员，随行人从二百四十人，扛抬礼物将兵三千人。北朝馆伴使：巴延丞相贴差特穆尔万户；阿珠元帅贴差焦愈相。"[39]《宋史》只载祈请使官："（德祐二年二月）壬寅，犹遣贾余庆、吴坚、谢堂、刘岊、家铉翁充祈请使。"（《宋史》卷四七《瀛国公本纪》）实际上，北上的祈请使官共四位。《祈请使行程记》第二段写到德祐丙子（1276）二月初九日，"此日会文天祥于军前，忠义激烈，分辨夷夏。遂激北朝丞相之怒，遂点差坚战头目守之。初十日，枢使谢堂纳赂免行，遂回"。也就是说，文天祥、谢堂均未前往。谢堂因贿赂未行，文天祥因被扣押。文天祥也在《指南录后序》中明确表示自己不是祈请使官："未几，贾余庆等以祈请使诣北。北驱予并往，而不在使者之目。"对于这一事件本身，《宋史》的记载较为简单，元顺帝敕编《宋季三朝政要》对该事以及赴北人员有一段记载："（宋德祐二年二月）乙卯（初九），北使请三宫北迁。丁巳，宋少帝、全太后出宫，太皇太后以疾留大内，隆国夫人黄氏、朱美人、王夫人以下百余人从行，福王与芮，参政谢堂、高应松，驸马都尉杨镇，台谏阮登炳、邹琪、陈秀伯，知临安府翁仲德等以下数千人，太学、宗学生数百人皆在遣中……四月乙丑朔，吴坚等先赴上都。十五，三宫赴上都。丁巳，沂王薨。五月丙申，见大元皇帝于行宫焉。太皇太后卧病，主者自宫中舁其床以出，卫者七十人从行，八月乃行，降封为寿春郡夫人，至燕七年而崩。全皇后为尼于正智寺。少帝降封瀛国公。"[40]这份名单主要呈现了北上三宫及台臣政要的主要人员、随从规模以及元朝对部分人员的封赏安置情况。与之相比，《祈请使行程记》所记显然

39　严光大：《祈请使行程记》，刘一清《钱塘遗事》卷九，文渊阁《四库全书》本。
40　《宋季三朝政要》卷五，文渊阁《四库全书》本。

更为具体。据《祈请使行程记》，我们将赴上都请降的祈请使团主要人员（除三宫）情况统计如下。

表 2-1　赴上都请降的祈请使团主要人员（除三宫）情况

序号	姓名	籍贯	使团任职	南 宋 任 职	元 朝 赐 官
1	吴坚	天台	祈请使	左丞相 兼枢密使	—
2	贾余庆	海州	祈请使	右丞相 同签书枢密院事 知临安府	—
3	刘岊	重庆	祈请使	参知政事 监察御史 同签书枢密院事	—
4	家铉翁	眉州	祈请使	参知政事 签书枢密院事	—
5	杨应奎	庐州	奉表献玺纳土官	监察御史	—
6	赵若秀	临安	奉表献玺纳土官	大宗丞	—
7	赵时镇	庐州	日记官	宗丞	—
8	严光大	绍兴	日记官	阁赞	转武翼郎，升阁赞，添差福建路马步军副总管，福州驻扎
9	徐用礼	临安	书状官	御带高州太守	转行武功大夫，带御器械，知高州
10	吴庆月（用）	临安	书状官	潮州通判	转朝奉郎，添差通判潮州，赐绯
11	朱仁举	—	书状官	惠州通判	转奉议郎，差通判惠州事，赐绯
12	沈庚会	—	书状官	处州通判	转奉议郎，差通判处州事，赐绯

序号	姓名	籍贯	使团任职	南 宋 任 职	元 朝 赐 官
13	吴嘉兴	—	书状官	浙东路钤	—
14	高举	江陵	掌管礼物通事官	总管	转武经郎，带行环卫官，添差西路副总管，临安府驻扎
15	吴顺	—	掌管礼物通事官	总管	—
16	潘应时	—	提举礼物官	环卫总管	—
17	吴椿	—	提举礼物官	总管	—
18	刘玉信	扬州	提举礼物官	环卫总管	—
19	詹困	—	掌仪官	浙东路钤	转武功郎，浙东路分，绍兴府驻扎

除此表外，《祈请使行程记》提到的赴上都请降的重要人物还有全太后、恭帝赵㬎、福王、沂王、同知枢密院事谢堂、隆国夫人、王昭仪等。

第二，为我们了解宋元交替之际南宋群臣的整体形象提供了重要参考。《祈请使行程记》记载了祈请使吴坚在上都觐见忽必烈时的一段对话。皇帝问吴丞相云：“汝老矣，如何为丞相领事？”答云：“自陈丞相以下遁去，朝廷无人任职，无人肯做，故臣为相未久。念臣衰老，乞归田里。”吴坚的回答，将一个身在高位却毫无责任担当、缺乏国家意志和尊严以及个人气节的昏懦形象刻画了出来。实际上，吴坚曾以老病求免于元朝首领伯颜，并得伯颜应允。然而，到了二月初九日，祈请使北行临发前，伯颜突然反悔。这在《祈请使行程记》中也有记录：“当登舟时，南北朝阿里议事传巴延命，留吴相。”文天祥在诗中讽刺他无殉国之志：“至尊驰表献燕城，肉食那知以死争。当代老儒居首撰，殿前陪拜率公卿。”（《使北》其二）《祈请使行程记》

还记载了祈请使谢堂贿赂元朝首领得以免于北上之事："初十日，枢使谢堂纳赂免行，遂回。"但一个月后，他与恭帝等宫室人员又被一起押解至大都，并于闰三月与祈请使团在大都会合，又赴上都。关于几位祈请使的评价，在《宋史》列传或文人作品中多有提及，正与此印证。如文天祥在《使北序》中对这四人作了评价："左丞相吴坚、右丞相贾余庆、枢密使谢堂、参政家铉翁、同知刘岊五人，奉表北庭，号祈请使。贾幸国难，自诡北人，气焰不可向迩；谢无识附和；吴老儒，畏怯不能争；刘狎邪小人，方乘时取美官，扬扬自得；惟家公非愿从者，犹以为赵祈请，意北主或可语，冀一见陈说，为国家有一线，故引决所未忍也。"[41]亡国之际，重臣的担当、气节最能体现出来，可惜南宋除了文天祥、张世杰之外，再无其他有担当的臣子。

　　第三，具体记录了南宋请降事件始末，补《宋史》之阙。《祈请使行程记》记录了从临安出发到大都、上都等地每日的主要事件、行程、见闻以及主要人员的结局，更重要的是，它记录了祈请使团到达上都后请降活动的具体事宜。例如，在到达上都后的四月廿三日至廿七日，"不许私行"。廿八日，对主要人员的居住安排进行了详细描述："太后、嗣君、官人、宫使至昭德门里官舍安歇。福王子传制在隆国处安歇，谢枢密在房子下，夫人留伴燕京会同馆。沂王以疾不入城。"廿九日载，"沂王疾亟"[42]。四月三十日和五月初一日，主要人员先后祭拜元朝太庙、忽必烈家庙，"枢密院以□月□旦日请太后、嗣君、福王，同宰执、属官、宫人、中使并出西门外草地，望北拜太庙。五月初一日，早出西门五里外，太后、嗣君、福王、隆国夫人、中使作一班在前，吴坚、谢堂、家铉翁、刘岊并属官作一班在后，北边设一紫锦罘罳，即家庙也。庙前两拜，太后及内人各长跪，福王、

41　文天祥：《文天祥全集》卷一三，熊飞等校点，江西人民出版社1987年版，第487页。

42　严光大：《祈请使行程记》，刘一清《钱塘遗事》卷九，文渊阁《四库全书》本。

宰执如南礼。又一人对罘罳前致语，拜两拜而退"。五月初二日，觐见忽必烈，举行请降仪式，后大宴：

> （五月）初二日，太后、嗣君、福王、隆国夫人、中使等天晓尽出南十余里，宰执同属官亦列铺，设金银玉帛一百余桌在草地上，行宫殿下作初见进贡礼仪。行宫殿宇宏丽，金碧晃耀。诸妃、诸王但升殿，卷帘列坐。皇帝、皇后共坐溜中，诸王列坐两序，太后、嗣君、福王、宰执以次展礼，腰金服紫。属官绯绿，各依次序立班，作朝甚肃。皇帝云："不要改变服色，只依宋朝甚好。"班退升殿，再两拜，就留御宴。

《祈请使行程记》所载使团在上都觐见忽必烈以及请降仪式的这些具体细节，不见于《宋史》，又与《元史·世祖本纪》所载视角、风格不同，我们试作一对比。《元史·世祖本纪》载：

> 五月乙未朔，伯颜以宋主㬎至上都，制授㬎开府仪同三司、检校大司徒，封瀛国公。以平宋，遣官告天地、祖宗于上都之近郊。遣使代祀岳渎。己亥，伯颜请罢两浙宣慰司，以忙古带、范文虎仍行两浙大都督府事，从之。[43]

《元史·伯颜传》载：

> 五月乙未（二日），伯颜以宋主至上都，世祖御大安阁受朝，降授宋主㬎开府仪同三司、检校大司徒，封瀛国公。宋平，得府三十七、州百二十八、关监二、县七百三十三。命伯颜告于天地宗庙，大赦天下。帝劳伯颜，伯颜再拜谢曰："奉陛下成算，阿

---

43 《元史》卷九《世祖六》，中华书局1976年版，第182页。

术效力，臣何功之有。"复拜同知枢密院，赐银鼠青鼠只孙二十袭。裨校有功者百二十三人，赏银有差。[44]

对此事，《宋史》只载："五月丙申，朝于上都。降封开府仪同三司、瀛国公。"[45]很显然《祈请使行程记》所记更为具体，既有时间的前后延续性，又有具体活动的描述。而随使团至上都的南宋宫廷乐师汪元量所写《湖州歌九十八首》中，第六十六首至九十八首主要记述了上都请降后大宴之事以及主要人员后期生活的慨叹，与《祈请使行程记》所记视角、重点、风格均不同。

第四，记述了上都之行一路所见的自然地理、生产生活等生态文化。四月十二日，祈请使团部分人员从大都出发赴上都，"省院诸色人点差一甲随行，余留燕京"。严光大记录了每日行程的时间、地点，所见自然地理、草原风情等。我们看以下几日记录即可一目了然：

> 十六日，离洪站十里到云州，无城，一巷人家。至州二十里，地名龟门山，峭壁对峙，有神灵。甚晚宿雕巢站。
>
> 十七日，车马行，晚宿独石站。自昌平站，至独石站，亡墙草庐，皆是汉儿官人管待，名汉儿站。
>
> 十八日，宿牛群站，此去皆草地，此乃鞑靼家官人管待，名鞑靼站。并无房子，只是毡帐。鞑靼人多吃马牛乳、羊酪，少吃饭，饥则食肉。路中每十里一急递铺，九州自此通路去。
>
> 二十日，宿凉亭站，亦无人家，无水可吃。取水于十里外，只烧马粪。
>
> 廿一日，宿李三站，无人家。

44　《元史》卷一二七《伯颜传》。《宋史》卷四七《瀛国公本纪》载："五月丙申，朝于上都。降封开府仪同三司、瀛国公。"载所赐官名与《伯颜传》稍不同。

45　脱脱等：《宋史》卷四七《瀛国公本纪》，中华书局 1985 年版，第 939 页。

廿二日，车马行四十里，至上都开平府，入昭德门，泊城内第三街官房子。自燕京至上都八百里，一步高一步，井深数十丈，水极冷，六月结冰，五月、六月汲起冰，六月雹如弹丸大。一年四季常有雨雪，人家不敢开门，牛羊冻死，人面耳鼻皆冻裂。秋冬雪积，可至次年四月方消。屋宇矮小，多以地窟为屋。每掘地深丈余，上以木条铺为面，次以茨盖。上仍种麦菜，留窍出火。有地屋掘地三四尺，四围土墙。此地极冷，每年六月皇帝过此避暑，冰块厚者数尺。夜瞻星象，颇大。盖地势高故也。

《祈请使行程记》的形式受限于官方实录文体，作为日记官的严光大所记内容虽然篇幅、规模不算大，描写既不细致，也无更多的具体数据，却能够为我们基本呈现 13 世纪中叶居庸关以北广袤草原的自然和人文生态文化，足以与周伯琦《扈从集》前后二序以及前赴上都文人的相关诗文相补充。诗文作品更重视个人抒怀，正史更重视事件本身，《祈请使行程记》则更能体现官方视角和客观记录。而廿二日所记的上都民间屋宇、种植、生活居住等草原风情更具体可感，为元代上都诗文作品及正史所不载。

二、"三宫万里知安否"： 南宋宫廷乐师汪元量的上都诗词

作为宫廷乐师的汪元量也是祈请使团的一员，一起前往上都，他今存的在上都所作的以及与上都有关的诗作不少，整体上表现了一种深沉的亡国之悲。严光大的《祈请使行程记》中未提及他的姓名，这源于他在南宋的政治地位不高。

（一）汪元量的生平事迹及上都诗词考述

汪元量（1241—约 1317 以后），字大有，号水云，亦自号水云子、楚狂、江南倦客，钱塘（今杭州）人。精于琴、画、诗词，度宗时，给事宫禁，以善鼓琴侍于谢太后、王昭仪（清惠）。至元十三年（1276），临安陷落，元量随恭帝、太皇太后谢氏、全太后、诸宫妃及其他祈请使团成员被押解大都，并至上都请降。时文天祥被监禁燕京，他常去探望，作《妾薄命》，勉天祥以忠贞大节。作《拘幽》以下十操，天祥倚歌而和之。天祥有杜诗集句《胡笳十八拍》，与元量共商略之，又为汪元量《行吟》一卷作跋，二人于大都诗歌唱和频繁。十九年（1282）十二月初九日，文天祥被杀，当日，世祖命送宋旧主赵㬎、赵与票居上都，赵与芮留大都，汪元量亦一同至上都。《元史·世祖纪》载："（至元十九年十二月）乙未，中书省臣言：'平原郡公赵与芮、瀛国公赵㬎、翰林直学士赵与票宜并居上都。'帝曰：'与芮老矣，当留大都，余如所言。'继有旨，给瀛国公衣粮发遣，惟与票勿行。"这一点，王国维亦考证曰："惟据《湖山类稿》，则水云与王昭仪实从少帝北行。"[46]汪元量作《浮丘道人招魂歌》九首挽之，称颂其"忠肝义胆不可状，要与人间留好样"。二十一年（1284）二月，复遣赵㬎等至居延、天山[47]，汪元量、王昭仪均同行，汪元量作《居延》《天山观雪王昭仪相邀割驼肉》诗。二十二年（1285），随赵㬎等人回大都。此时元量盖接受翰林院某种官职，得以出入宫中。二十三年（1286），世祖遣使代祀岳渎东海，被命为使者，行程万余里。二十五年（1288），上书世祖，获准得以黄冠南归。别大都时，宋旧宫人及燕赵诸公子饯别赋诗，可谓"北征十三载"（汪

46　王国维：《王国维文学美学论著集》，周锡山评校，上海三联书店 2018 年版，第 213 页。

47　居延，为古地名，在今甘肃居延海附近。天山，即祁连山，在今甘肃走廊与青海交界处。

元量《南归对客诗》）。次年抵钱塘，后游历今江苏、浙江、江西、湖南、四川等地，会晤诸友。三十一年（1294），在杭州西湖畔丰乐桥外筑小楼五间，为湖山隐处，时年五十四。其卒年不可确考，约在仁宗延祐四年（1317）以后不久，七十七岁后。有诗集《水云集》一卷、诗词集《湖山类稿》五卷、词集《水云词》一卷。《湖山类稿》原书佚，今有孔凡礼辑订《增订湖山类稿》，收诗四百八十首。

汪元量赴上都今可考者共两次，第一次是至元十三年（1276）四月，第二次是至元十九年（1282）十二月。现存于《湖山类稿》卷三的十四首诗均是赴上都之作，按照次序分别是：《出居庸关》《长城外》《寰州道中》《李陵台》《苏武洲毡房夜坐》《居延》《昭君墓》《开平雪霁》《天山观王昭仪相邀割驼肉》《草地》《开平》《草地寒甚毡帐中读杜诗》《阴山观猎和赵待制回文》《酬方塘赵待制见赠》，以及词作《忆秦娥》七首。前十三首的创作地点从诗题即可判断。《酬方塘赵待制见赠》有"吾曹犹未化，烂醉且穹庐"之句，从"穹庐"一词即可判断这首诗也是作于上都。《忆秦娥》七首中，"香罗拭泪行穷阴"一句中的"穷阴"应指居庸关以北之地。这些诗词不论是描写沿途见闻，还是唱和赠答，在情感上主要表达了诗人的亡国之痛，如"昔往不堪经滟滪，此行重得看潇湘。三宫万里知安否？何日檀栾把寿觞"[48]。

（二）"未知死何处"：汪元量的上都诗词及其价值

汪元量的上都诗词在内容上主要描写了赴上都途中的所见所感，直抒胸臆，感人肺腑，集中表达了他内心深重的"未知死何处""哀哀泪流血"的亡国之悲与身世之感。

1."哀哀泪流血"：从《出居庸关》到《开平》

前文提到，汪元量曾两次赴上都，今存的这些诗词无法考证到底

48　汪元量：《汪元量集校注》卷三《南岳道中二首》（其一），胡才甫校注，浙江古籍出版社 1999 年版，第 143 页。

是至元十三年四月所写，还是至元十九年十二月所写。从内容所写季节来看，写冬季、春季的诗歌应是十九年所写。这些诗歌今天读来可谓字字含泪、句句悲戚，从大都启程时写的《出居庸关》就是如此：

> 平生爱读书，反被读书误。今辰出长城，未知死何处。下马古战场，荆榛莽回互。群狐正纵横，野枭号古树。黑云满天飞，白日翳复吐。移时风扬沙，人马俱失路。踌躇默吞声，聊歌远游赋。[49]

这首诗表达了北出长城、生死未卜的担忧与绝望。他还借助历史悲情人物引发感怀，亲吊昭君墓，想到昭君当年定然是"琵琶语如诉"（《昭君墓》），虽历千载，自己的命运与她何其相似。《李陵台》诗云：

> 伊昔李少卿，筑台望汉月。月落泪纵横，凄然肠断裂。当时不爱死，心怀归汉阙。岂谓壮士身，中道有摧折。我行到寰州，悠然见突兀。下马登斯台，台荒草如雪。妖氛霭冥蒙，六合何恍惚。伤彼古豪雄，清泪泫不歇。吟君五言诗，朔风共呜咽。[50]

当见到历史遗迹李陵台时，汪元量感怀因兵败被迫投降匈奴的一代豪雄李陵的人生悲剧，如今自己又身经国亡家破，遭赴草原，禁不住泪水涟涟。诗歌情景交融，借景抒情，情感真切。

汪元量的上都诗歌情感真挚，直抒胸臆，在描写上体现了深重的情感，首首都有奔涌不尽的悲戚之情，如泣如诉，感人至深，令人动

49　汪元量：《汪元量集校注》卷三，胡才甫校注，浙江古籍出版社 1999 年版，第 116 页。
50　同上书，第 117 页。

容。如《寰州道中》和《开平》两首诗：

> 穷荒六月天，地有一尺雪。孤儿可怜人，哀哀泪流血。书生不忍啼，尸坐愁欲绝。鼙鼓夜达明，角笳竞于邑。此时入骨寒，指堕肤亦裂。万里不同天，江南正炎热。[51]（《寰州道中》）

> 冷霰撒行车，呻吟独搔首。须臾大如席，风卷半空走。母子鼻酸辛，依依自相守。书生倒行囊，沽来一尊酒。暂时借温和，耳热岂长久。万木舞阴风，言语冰在口。毡房耿无眠，兀兀听刁斗。[52]（《开平》）

这两首诗直接描写草原自然环境的恶劣，在南北对比中表达了思乡之情和黍离之悲。诗中的"孤儿"指幼主赵㬎，"书生"指作者自己，在沙塞冱寒的天气环境里，描写了自己与亡国旧主一行人的艰危并历。耳畔时时响起作战时的鼙鼓声声，角笳传递着缕缕思念。看似写"指堕肤亦裂"的入骨寒冷，实际更写出了作者内心的悲痛无助。然而，在万里穷荒孤独无援的亡国之人，只能"独搔首""鼻酸辛"，或"沽来一尊酒"聊以暖身，最终在深夜寒冷的毡房中一夜无眠，呆呆地听着军营中巡更的刁斗之声。

汪元量的上都诗作多用"死""泪""哀""血""万里""穷荒""极阴"等字眼，语言质朴自然，用语直接，用勾勒式描写呈现出鲜明的画面，场面感强烈。如《苏武洲毡房夜坐》："明发启帐房，冷气将入。饥鹰傍人飞，瘦马对人立。御寒挟貂裘，蒙头帽毡笠。凄然绝火烟，阴云压身湿。赖有葡萄醅，借暖敌风急。"[53]凛冽的寒风透入帐房，作者虽然穿戴厚实华丽，却仍是一副"瘦马对人

51　汪元量：《汪元量集校注》卷三，胡才甫校注，浙江古籍出版社 1999 年版，第116页。
52　同上书，第120页。
53　同上书，第117页。

立”的孤苦落魄、天涯沦落的形象。再如《开平雪霁》：“雪霁山崔嵬，平荒绝人迹。猎猎大风寒，杳杳远天碧。腐儒策蹇驴，觅句绕沙碛。一吟三徘徊，日卓人影直。孤鸿云中来，对我声呖呖。”[54] 在辽阔荒远的冬季草原，狂风呼啸，天际无边，一个骑着蹇驴、绕着沙碛，寻觅美妙诗句的“腐儒”形象跃然纸上。汪元量的上都诗作每首几乎都有一二写景句以衬托情感，情景交融，意味蕴藉。如《昭君墓》：“还知身后名，青草覆孤墓。”[55]

汪元量《湖山类稿》卷二有词《忆秦娥》七首。该组词以回忆的口吻写“行穷阴”事，第二首有“行穷阴”语，就所写季节、地点、情感格调而言，应是赴上都或天山、居延期间所作。词以回忆的口吻描写了在寒冷枯寂的自然环境和悲戚无奈的心态下的亡国之痛、故国之思，抒发了“万般哀怨，一种离愁”。摘录几首于下：

> 雪霏霏，蓟门冷落人行稀。人行稀，秦娥渐老，着破宫衣。　强将纤指按金徽，未成曲调心先悲。心先悲，更无言语，玉箸双垂。（其二）
>
> 天沉沉，香罗拭泪行穷阴。行穷阴，左霜右雪，冷气难禁。　几回相忆成孤斟，塞边鼙鼓愁人心。愁人心，北鱼南雁，望到而今。（其三）
>
> 水悠悠，长江望断无归舟。无归舟，欲携斗酒，怕上高楼。　当年出塞拥貂裘，更听马上弹箜篌。弹箜篌，万般哀怨，一种离愁。（其四）
>
> 马萧萧，燕支山中风飘飘。风飘飘，黄昏寒雨，直是无憀。　玉人何处教吹箫，十年不见心如焦。心如焦。彩笺难

54　汪元量：《汪元量集校注》卷三，胡才甫校注，浙江古籍出版社 1999 年版，第 119 页。
55　同上书，第 118 页。

寄，水远山遥。（其七）[56]

冬雪飘飘，行人稀少，北徙的一行人如同离群的孤雁，破旧的衣裳包裹着老迈的身躯，孤寂寥落又无可奈何，只能涕泪涟涟。更哪堪，行穷阴，霜雪极寒，愁闷无边，如同千年前昭君出塞，只有万般哀怨，不得南归。马萧萧，风飘飘，黄昏寒雨，孤寂的人只能心焦泪下。这几首词自然朴实，多寻常言语，兼以白描手法，不用典故藻采，营造了十分感人的情景场面。

2. 汪元量的上都唱和诗

汪元量北上上都期间还有几首与赵待制、王昭仪的唱和诗。这些诗如同对亲友的诉说，情感表达直白，语言自然质朴。如《阴山观猎和赵待制回文》《酬方塘赵待制见赠》。赵待制，即宋室赵与票。阎复《赵与票墓志铭》记载："至元十四年，公以驿来朝，自是入翰林为待制，为直学士。"待制、直学士皆是赵与票在元廷时所历官。从《阴山观猎和赵待制回文》诗题还可看出，汪元量曾随驾阴山观猎，诗中没有亡国的悲戚之音，主要描写围猎的盛大场面："围猎看人放海青，黑山峡口路交横。飞鸿雨湿云天远，去马风寒雪塞平。归客北边关柝击，过军西畔寨灯明。巍巍殿帐毡房暖，衣铁冷深更鼓鸣。"[57]在《酬方塘赵待制见赠》诗中，他直接倾诉了自己内心的孤苦和无助："久谓儒冠误，穷愁方弃书。十年心不展，万里意何如。司马归无屋，冯驩出有车。吾曹犹未化，烂醉且穷庐。"[58]汪元量在大都期间，也与从上都返燕的卢挚相唱和，如《卢奉御自上都回见访》："昨宵我梦中南

---

56 汪元量：《汪元量集校注》卷三，胡才甫校注，浙江古籍出版社 1999 年版，第 245—247 页。

57 同上书，第 121 页。

58 同上书，第 122 页。

去，今日君从直北来。说尽穷阴无限事，呼童携酒上金台。"[59]卢挚是元初重要的大臣和文坛名流，显然，二人关系很近。

　　汪元量也与王昭仪唱和。王昭仪，名清惠，字冲华，度宗昭仪，史称王夫人、王昭仪。王昭仪的生平事迹，《宋史》后妃传无，《宋史·江万里传》载："帝（度宗）在讲筵，每问经史疑义及古人姓名，似道不能对，万里从旁代对。时王夫人颇知书，帝常语夫人以为笑。似道闻之，积惭怒，谋逐之。"[60]陈世崇《随隐漫录》又载："初，东宫以春、夏、秋、冬四夫人（指朱春儿、朱夏儿、王秋儿、周冬儿）直书阁，为最亲。王能属文，为尤亲，虽鹤骨癯貌，但自上即位后，万几之暇，批答画闻，式克钦承，皆出其手。然则王非以色事主，度皇亦悦德者也。"[61]王秋儿即王昭仪，能参与批答画闻，足见她的才华以及度宗对她的宠信。上都请降后，全太后出家为尼姑，昭仪削发为女道士，作为南宋"太后嫔御北"的一员，与汪元量一样，至元十三年、十九年两次赴上都。王国维认为，王昭仪陪从上都是当时的形势使然，"时少帝年方十二岁，谢、全二后未行，昭仪自不能不往，观于香云别馆手授诗书，则少帝教养之职，昭仪实任之，其从少帝北行，自不待言"[62]。据汪元量的诗来看，王昭仪北上后的主要责任是教授旧主赵㬎："万里修途似梦中，天家赐予意无穷。昭仪别馆香云暖，手把诗书授国公。"[63]（《湖州歌》第八十八首）

　　王昭仪的上都诗主要存于《宋旧宫人诗词》中，她与汪元量唱和往来频繁，有《李陵台（和水云韵）》："李陵台上望，答子五言诗。客路八千里，乡心十二时。孟劳欣已税，区脱未相离。忽报江南使，

59　汪元量：《汪元量集校注》卷三，胡才甫校注，浙江古籍出版社1999年版，第97页。
60　脱脱等：《宋史》卷四一八《江万里传》，中华书局1985年版，第12524页。
61　陈世崇：《随隐漫录》卷二，文渊阁《四库全书》本。
62　王国维：《王国维自述》，安徽文艺出版社2014年版，第133页。
63　汪元量：《汪元量集校注》，胡才甫校注，浙江古籍出版社1999年版，第81页。

新来贡荔枝。"[64] 汪元量《秋日酬王昭仪诗》云："愁到浓时酒自斟，挑灯看剑泪痕深。黄金台迥少知己，碧玉调高空好音。万叶秋声孤馆梦，一窗寒月故乡心。庭前昨夜梧桐雨，劲气潇潇入短襟。"王昭仪又有《捣衣诗呈水云》诗："妾命薄如叶，流离万里行。黄尘燕塞外，愁坐听衣声。"[65] 可以看出，二人的唱和诗情感表达自然，互诉悲苦，真切感人；情感与格调与上述汪诗一样，更个人化，读来如同朋友互诉心肠一般。

（三）《湖州歌九十八首》中的"上都十筵"

汪元量北流两都十三年的主要生活，在《湖州歌九十八首》中多有描述：

> 一人不杀谢乾坤，万里来来谒帝阍。高下受官随品从，九流艺术亦沾恩。（其八十）
>
> 僧道恩荣已受封，上庠儒者亦恩隆。福王又拜平原郡，幼主新封瀛国公。（其八十一）
>
> 金屋妆成物色新，三宫日用御厨珍。其余宫女千余个，分嫁幽州老斫轮。（其八十二）
>
> 每月支粮万石钧，日支羊肉六千斤。御厨请给葡萄酒，别赐天鹅与野麋。（其八十三）
>
> 三宫寝室异香飘，貂鼠毡帘锦绣标。花毯褥袥三万件，织金凤被八千条。（其八十四）
>
> 客中忽忽又重阳，满酌葡萄当菊觞。谢后已叨新圣旨，谢家田土免输粮。（其八十五）

64　汪元量：《汪元量集校注》附录，胡才甫校注，浙江古籍出版社1999年版，第263页。
65　同上书，第264页。

　　雪里天家赐炕羊，两壶九酝紫霞觞。三宫夜给千条烛，更赐
高丽黑玉香。（其八十六）

　　三殿加餐强自宽，内家日日问平安。大元皇后来相探，特赐
丝绸二百单。（其八十七）

　　可以说，元廷对南宋三宫及随从官员的待遇较为优容：有频繁的
宴请；对主要人员封官晋爵，对三宫赏赐丰厚，又多所馈赠，甚至免
除了谢太后家田地的税粮；对不愿仕元者则放还江南。因此，《湖州
歌九十八首》的整体格调较为轻松、明亮。从内容上看，从第七十首
至第七十九首，集中写至元十三年（1276）上都请降后元廷的筵席以
及后续的设宴情况。严光大《祈请使行程记》载，至元十三年五月初
二日，太后、嗣君、福王、隆国夫人、中使等在上都请降后，"班退
升殿，再两拜，就留御宴"[66]。《湖州歌》描写了十次设宴，可以推断
基本是在上都发生的。而据《元史》记载，世祖该年于二月辛酉（二
十五日）幸上都，八月庚辰（十八日）自上都返燕京，距五月初二日
有三月余。对元廷来说，这是天下一统的开始，大肆庆祝是正常的；
从优待请降三宫的态度来看，在上都三个多月的时间内宴请十次也是
极有可能的。这是唯一描写三宫请降后元廷对他们具体待遇的作品，
是对《宋史》《元史》《祈请使行程记》等史料的重要补充。

　　皇帝初开第一筵，天颜问劳意绵绵。大元皇后同茶饭，宴罢
归来月满天。（其七十）

　　第二筵开入九重，君王把酒劝三宫。驼峰割罢行酥酪，又进
椒盘嫩韭葱。（其七十一）

　　第三筵开在蓬莱，丞相行杯不放杯。割马烧羊熬解粥，三宫
宴罢谢恩回。（其七十二）

66　严光大：《祈请使行程记》，刘一清《钱塘遗事》卷九，文渊阁《四库全书》本。

第四排筵在广寒，葡萄酒酽色如丹。并刀细割天鸡肉，宴罢归来月满鞍。（其七十三）

第五华筵正大官，辘轳引酒吸长虹。金盘堆起胡羊肉，乐指三千响碧空。（其七十四）

第六筵开在禁庭，蒸麋烧鹿荐杯行。三宫满饮天颜喜，月下笙歌入旧城。（其七十五）

第七筵排极整齐，三宫游处软舆提。杏浆新沃烧熊肉，更进鹌鹑野雉鸡。（其七十六）

第八筵开在北亭，三宫丰燕已恩荣。诸行百戏都呈艺，乐局伶官叫点名。（其七十七）

第九筵开尽帝妃，三宫端坐受金卮。须臾殿上都酣醉，拍手高歌舞雁儿。（其七十八）

第十琼筵敞禁庭，两厢丞相把壶瓶。君王自劝三宫酒，更送天香近玉屏。（其七十九）

十次宴请，各有对参与人、地点、菜品、饮品、活动场面等的描写，写实性突出，读来令人信服。历来学界也将汪元量北行的诗歌内容看作写实性描写，并将其作为史料文献对待。王国维就以汪元量《湖山类稿》中的北行诗、南归后的诗来证史，考述出不少史籍所不载的事实，或纠正史籍的讹误记载。王国维《观堂集林》卷二十有《书〈宋旧宫人诗词〉〈湖山类稿〉〈水云集〉后》一文，以诗证史，认为："南宋帝后北狩后事，《宋史》不详，惟汪水云《湖山类稿》尚纪一二，足补史乘之阙。"[67]王国维得出一系列结论，例如，他依据周密《浩然斋雅谈》载王昭仪所作《满江红》词及文天祥、邓剡和作，以及《宋史·江万里传》《随隐漫录》《宋旧宫人诗词》《湖山类

---

67 王国维：《王国维文学美学论著集·书〈宋旧宫人诗词〉〈湖山类稿〉〈水云集〉后》，周锡山评校，上海三联书店 2018 年版，第 212 页。

稿》等，认为"《宋旧宫人诗词》，乃王夫人以下十四人送汪水云南归，以'劝君更尽一杯酒，西出阳关无故人'十四字分韵赋诗，其实皆伪作也"[68]。再如，他考察汪元量与赵待制的塞北唱和诗，得出"《元史·世祖纪》谓惟与票不行，与票当是与芮之讹。世祖怜与芮年老，而于与票无言，不应反遣与芮而留与票，且其官称翰林直学士，或称待制，皆入元后之官"[69]这一结论。又如，分析阎复《赵与票墓志铭》、《元史·世祖纪》以及汪元量南归后在京师的一些诗歌，诸如《万安殿夜直》《送初庵傅学士归田里》《南归后答徐雪江》《北岳降香》，以及以下二十五首等，对汪元量在宋亡后留置京师的政治地位及其人格节操作出结论，"汪水云以宋室小臣，国亡北徙，侍三宫于燕邸，从幼主于龙荒，其时大臣如留梦炎辈当为愧死，后世人多以完人目之，然中间亦为元官，且供奉翰林，其诗俱在，不必讳也"，"则水云在元颇为贵显，故得橐留官俸，衣带御香，即黄冠之请，亦非羁旅小臣所能，后世乃以宋遗民称之，与谢翱、方凤等同列，殊为失实。然水云本以琴师出入宫禁，乃倡优卜祝之流，与委质为臣者有别，其仕元亦别有用意，与方、谢诸贤迹异心同，有宋近臣，一人而已"。[70]他的《湖州歌九十八首》是王国维借以证史的重要材料。通过以上论述我们可以看出，汪元量所写上都十笺，以及其他上都诗歌都能补史籍所未载，让我们了解南宋三宫及祈请使团的生活安置、政治待遇等。诗歌还对一行人的情感态度、日常生活等作了历时性描写，让我们感受到了他们的情感由亡国后的沉痛悲戚到渐渐得以舒缓的过程。

68　王国维：《王国维文学美学论著集》，周锡山评校，上海三联书店 2018 年版，第212 页。

69　同上书，第 213 页。

70　同上书，第 215 页。

第三章

英宗至元末文人的上都文学创作

上都特殊的地理位置，绵延千里的两都间行旅，独特的自然风光、风土民情以及草原帝都的蒙古族风情和宫廷生活等，不断刺激着文人的兴奋点，带给文人前所未有的感官冲击和独特的内心感受，激发文人的时代自信和观风备览的文学精神，促使他们创作了大量的文学作品。这些作品在题材内容、表现手法、文学气象、文学形式等方面都呈现出独特的美学风貌。

英宗至治年间文臣扈从制度的实行，直接激发了元代文人的上都文学创作，元代中后期成为上都文学的高峰。本章将上都文学作品按照题材分为游历吊古、上都风情、抒情咏怀三大类，分而论之，以期从整体上呈现元代上都文学创作风貌。

第一节　上都游历吊古诗："大荒沙漠境全真，平楚天低绝见闻"

在元上都大量的文学活动成果中，数量最多、最早引人注目的就是文人的游历吊古之作。每年文人赴上都，几乎都从大都出发，并在两都间的路途中创作大量的游历吊古之作。

文人前往草原，一般都从大都出发，走驿道[1]，过长城，向北八百余里，即为上都，上都再北即为和林。中间以沙岭为界，之前为山路，之后则为平地、草原。

上都与大都之间共有四条道路，如周伯琦所言："大抵两都相望，不满千里，往来者有四道焉：曰驿路，曰东路二，曰西路。东路二者，一由黑谷，一由古北口。"[2]皇帝去上都一般走东路，俗称"辇道"，因途经黑谷（北京延庆区西北），又称"黑谷东道"。[3]皇帝由上都返回大

1　驿道因途经云州（旧望云县，治今赤城县北云州），又称"望云道"。驿道所经行的路线是：从大都健德门开始，经昌平、新店（昌平区辛店）、居庸关、榆林驿（河北怀来县榆林堡）、怀来（怀来旧城）、统墓店（怀来土木堡镇）、洪赞（怀来杏林堡南）、枪竿岭（土木堡正北长安岭）、李老谷（长安岭北山谷）、龙门站（赤城县龙关）、雕窝站（赤城县雕鹗堡）、赤城站（赤城县）、云州（赤城县北云州镇）、独石口站（赤城县独石口）、翻越偏岭（沽源县长梁）、过牛群头驿（沽源县南）、察罕脑儿（沽源县北小红城）、明安（沽源县东北）、李陵台驿（内蒙古正蓝旗西南黑城子）、桓州（正蓝旗西南）、望都铺（正蓝旗西）到达上都（正蓝旗敦达浩特镇东北）。党宝海：《蒙元驿站交通研究》，昆仑出版社2006年版，第283页。

2　黑谷辇路，全长七百五十余里，专供皇帝使用。周伯琦《扈从集前序》载："至正十二年，岁次壬辰，四月，予由翰林直学士、兵部侍郎拜监察御史。视事之第三日，实四月二十六日，大驾北巡上京，例当扈从……以是月十九日抵上京，历巴纳凡十有八，为里七百五十有奇，为日二十四。大抵两都相望，不满千里，往来者有四道焉：曰驿路，曰东路二，曰西路。东路二者，一由黑谷，一由古北口。古北口路东道，御史按行处也。予往年职馆阁，虽屡分署上京，但由驿路而已，黑谷辇路未之前行也。因忝法曹，肃清毂下，遂得乘驿，行所未行，见所未见。每岁扈从，皆国族大臣，及环卫有执事者。若文臣，仕至白首，或终身不能至其地也。"另一条经古北口赴上都的东路，全长八百七十余里，专供监察御史和军队使用。这条道路由大都出发，经顺州（北京顺义）、檀州（密云）、古北口（今同）、宜兴州（河北滦平县北兴州村小城子），沿滦河西北上行，至上都东凉亭（内蒙古多伦县北白城子）。

3　这条道路设十八个纳钵（契丹语，此处指皇帝行帐），开始是由大口（北京海淀北）、黄堠店（北京西北）、皂角、龙虎台（昌平区西北）、棒槌店（延庆区东口）、到官山（延庆区独山）。从官山直到沙岭（沽源县丰元店），只有纳钵，不设驿站。由沙岭北上，经失八儿秃（即牛群头，沽源县南）、郑谷店、泥河儿（以上两地均在察罕脑儿附近）、双庙儿（李陵台附近）、六十里店（北距上都六十里）、南坡店（正蓝旗西）到上都。需要指出的是，这条道路禁止常人行走。党宝海：《蒙元驿站交通研究》，昆仑出版社2006年版，第284页。

都走西路[4]，这条道除供皇帝返回大都外，主要用来运输物资。驿道南段、北程与辇道相同，仅中段与辇道分途，是元代两都之间实际上的最重要的交通要道，也是元代文臣、一般文人前往上都所走的道路。

文人们在这条道路上往来于两都，并创作了大量的游历吊古之作。从地理环境看，两都间绵延千里，以沙岭为界。沙岭即为驿道中的偏岭，之前为山路，之后则为平地、草原。一路地形殊异，风物独特，山川奇险雄伟，气候无常，多文人"行所未行，见所未见"，激发文人的文学创作激情，即便多次经行，仍"往复次舍，所遇辄赋"。[5]正如江西人胡助所歌咏的："两京隔千里，气候殊寒暄。声利汩清思，山川发雄文。平生所未到，屐蹄敢辞烦？"[6]正所谓"凡山川道路之险夷，风云气候之变化，銮舆早晚之次舍，车服仪卫之严整，甲兵旗旄之雄壮，军旅号令之宣布，祃师振武之仪容，破敌纳降之威烈，随其所见，辄记而录之"[7]，这些殊异于中原、江南的自然地理风光和大量的历史遗迹，成为前赴上都的文人的重要创作素材，并形成了上都诗歌文学活动成果中的重要类别。后世关注上都纪行诗也多着眼于此，以致缺少对它的艺术关注。

元代是"四极之远，载籍之所未闻，振古之所未属者，莫不涣其

4　经南坡店、六十里店、双庙儿、泥河儿、郑谷店、盖里泊（内蒙古锡林郭勒盟太仆寺旗南巴彦查干诺尔）、遮里哈刺（河北张北西北安固里淖）、苦水河儿、回回柴、忽察秃（张北县西）、兴和路（张北县）、野狐岭（张家口市西北）、得胜口、沙岭（张家口沙岭子）、宣德府（宣化）、鸡鸣山（宣化下花园南）、丰乐（怀来新保安附近）、阻车、统墓店、怀来县、妫头（即棒槌店），至此与东道合，过龙虎台、皂角、黄堠店、大口，到达大都。在大蒙古国时期这条道路是两都间的主要驿道，设有大量驿站。望云道开通后它的重要性下降，驿站数量大减。党宝海：《蒙元驿站交通研究》，昆仑出版社 2006 年版，第 284 页。

5　虞集：《题周伯琦扈从集》，顾瑛辑《草堂雅集》卷一四，文渊阁《四库全书》本。

6　胡助：《纯白斋类稿》卷二《同吕仲实宵城外早行》，《丛书集成初编》本。

7　金幼孜：《金文靖集》卷七《滦京百咏集序》，文渊阁《四库全书》本。

群而混于一"[8]的统一王朝，元人常有一种高度的盛世自信，如"今天下为一家，而九州同文，万方同轨。士生斯时，以盛壮之年，有强毅之力，周游遐览，多其识而丰其蕴，独非愿欤?"[9]这种盛世自信也体现在游历风气的盛行上。上都，地处居庸关以北千里之外，在历经千年的汉民族统治中原的时期，此地都是与华对立的胡地，以长城为界，南北难以逾越。因此，即使是在汉唐盛世，也无法突破居庸关这一南北之门，而进入北地。当元代文人有机会亲临其地，怀着"际此圣明代，历览山水奇。不学古行役，空伤木兰诗"[10]的激动和神往，游览山水成为他们的内心意愿。他们常常在作品中直接表达激动的心情。"今日车书逢混一，不辞垂老看毡乡"[11]，文人正是以饱览自然山水的游历者心态出发的，因此，在他们的眼里，一切都是奇异之美，一切都是那样动人心弦。

一、上都游历诗:"不学古行役，空伤木兰诗"

（一）对奇崛雄伟的山川的惊叹

文人们途经居庸关、李老峪、雕窝、龙门、独石口、野狐岭、桑干岭、李陵台等地，既有险峻的关隘，也有摩天的峻岭；既有沧桑的历史遗迹，也有广袤无际的草原。它们或雄奇瑰异，或浑莽辽阔，或险象丛生，或细草平沙，都成为文人惊叹之余不断歌咏的对象。居庸关是从大都出发通向上都的第一个关塞，也是古代胡汉分界点，文人对其多有歌咏。如写居庸关重要的战略地理位置:"两都扼喉南北镇，

8　许有壬:《至正集》卷三五《大一统志序》，文渊阁《四库全书》本。
9　梁寅:《石门集》卷七《赠周孟辉序》，文渊阁《四库全书》本。
10　马臻:《霞外诗》卷三《黑山》，文渊阁《四库全书》本。
11　张翥:《张蜕庵诗集》卷三《上京秋日三首》（其二），《四部丛刊》本。

九州通道东西行。"[12]文人也偏好千里松林，因为它不仅是文人行宿的驿站，而且还是唐时胡汉分界线。马祖常的《上京书怀》，袁桷的《登堠台》《上京杂咏》《开平十咏》《行路难》，皆有歌咏此大松林之句。张嗣德还将"松林夜雨"列为滦京八景之一，言松林之耐寒不凋，"百万苍虬几雪霜""剑戟森严坚岁暮"[13]；颂松林之广袤浩瀚，"滦人薪巨松，童山八百里"[14]。诸如此类的对山川自然之景的描写，不胜枚举。

文人对所经过之处的山川险岭几乎都有描绘，他们往往用铺排、夸饰的赋的手法和奇崛的语言描摹这些自然奇观。如龙门峡，由于"绝壁之下，乱石林立，波漱其鳞，风水吞吐，其音澎湃"，陈孚、袁桷、刘敏中、黄溍、周伯琦、王沂、柳贯、胡助、张翥、迺贤、萨都剌、杨允孚、宋褧、陈旅、郑元祐、傅与砺以及僧人楚石梵琦，道士马臻、陈义高等数十位文人都有对它的歌咏，以展现龙门的险绝之象。如迺贤《龙门》：

> 峥嵘龙门峡，旷古称险绝。疏凿非禹功，开辟自天设。联冈疑路断，峭壁忽中裂。云蒸雨气暝，石触水声咽。羸骖涉沟涧，执辔屡愁蹶。忆昔两牸羊，怒斗蛟龙穴。暴雨忽倾注，淫潦怒奔决。人马多漂流，车轴尽摧折。我行愁阴霾，惨惨情不悦。日落樵唱来，三叹肠内热。[15]

诗人写夏季暴雨中的龙门峡，峡深壁陡，溪水湍急，以至于出现"过峡中，见二羊斗山椒树间，顷刻大雨，水溢，姬妾辎重皆为漂溺"[16]的令人惊骇的场面。文人领略了瑰丽奇美的自然山川，深受震撼，往往直抒胸臆，表达心中抑制不住的兴奋。例如："居庸古关塞，

---

12 柳贯：《柳待制文集》卷五《晨度居庸至南关门》，《四部丛刊》缩印元至正刊本。

13 张嗣德：《滦京八景》，《皇元风雅后集》卷三，文渊阁《四库全书》本。

14 白珽：《续演雅十诗》，《湛渊集》不分卷，文渊阁《四库全书》本。

15 迺贤：《金台集》卷二，文渊阁《四库全书》本。

16 此为迺贤《龙门》诗的题注。

我老今见之。"（胡助《居庸关》）"长年见说枪竿岭，今日身亲到上头。"（胡助《枪竿岭二首》）"在公抱隐忧，出塞得奇观。"（许有壬《和虞伯生学士壁间韵》）即使多年后回忆，他们仍然叹服于自然的山川之美。如袁桷在《平山说》回忆自己当年上都扈从途中所见的山川雄绝之美：

> 余尝出居庸，上桑干，始识其衍迤之势。千里若一，方若布席，圆若拱璧，毡庐蔽空，凝云积雪，杳不察其高下。故其行者如升虚，骑者如凌风，忘登顿之劳，繇是达于金山，靡有纪极。而视两戒之说，倍蓰未足以议也。王侯设险以防国，德不胜不足以恃，是则幽州之北，山不以险称。雄绝万世，朝九州以函诸夏，岂峻极于天者，非山之谓与？[17]

袁桷回忆自己登上桑干岭时所见的壮美之景，全篇以夸饰的手法描写"衍迤之势"，结合"行者如升虚，骑者如凌风"的亲身体验，描绘了桑干岭之雄绝。虽如此，元朝却不恃山川之险峻，而成就了"朝九州以函诸夏"的王者气度，袁桷也借此表达了对大元一统盛世的由衷赞叹。

（二）对草原风光和上都景观的欣喜

"出关度峻坂，下视原野阔。涧溪多萦回，冈岭互盈缺。旧游如梦寐，古道无改辙。"[18]过了险峻的山川就是滦河平原，偏岭是山区与草原的分界线。偏岭以北，沿着牛群头驿站、察罕诺尔行宫、明安驿、李陵台驿、桓州驿，都处在辽阔的草原上，一直延伸到上都，连

17　袁桷：《清容居士集》卷四四，《四部丛刊》影印上海涵芬楼藏明刊本。

18　黄溍：《金华黄先生文集》卷八《丁亥春二月起自休致入直翰林夏四月抵京师六月赴上京述怀六首》（其二），《四部丛刊》缩印常熟瞿氏上元宗氏日本岩崎氏藏元刊本。

绵三百多里。至元十三年（1276）元灭南宋，南宋祈请使团四月十二日从大都出发，赴上都入觐忽必烈，途经牛群头时，严光大在《祈请使行程记》中记述，牛群站是草地的起始点，"此去皆草地。此乃鞑鞑家官人管待，名鞑鞑站。路中每十里一急递铺"[19]。滦河平野，辽金以来称金莲川，上都就坐落在这片草原上。人们的视野瞬间由高山峻岭、榛莽丛生的山陵地带进入幅员辽阔、茫茫无边的草原，如许有壬所说的"遂得寻诗地，都忘出塞劳"[20]。担子涯在偏岭之下，在这里就能感受到草原的辽阔，文人对此不断歌咏。黄溍云："自从始出关，数日走崖谷。迢迢度偏岭，险尽得平陆。陂陀皆土山，高下纷起伏。连山暗丰草，不复见林木。行人烟际来，牛羊雨中牧。"[21]廼贤云："朝发牛群头，夕憩担子涯。"[22]牛群头驿位于坝上草原地带，地势较高，与驿道南段相比，地形地貌、沿途各种动植物都令人耳目一新："群山纠纷，川形平易，因其势而广狭焉。泉流萦纡，揭衣可涉"[23]，"近山马昂鬃，远山凤腾羽。百谷奔乱流，屈曲长蛇赴"[24]。

金莲川草原幅员辽阔，广袤无垠，牲畜遍野，元代文人有大量直接歌咏金莲川草原的作品。如张翥的"水绕云回万里川，鸟飞不下草连天。歌残敕勒风生帐，猎罢焉支雪没鞯"[25]，就是对金莲川草原"远山平野浩茫茫"[26]的壮美景色的描绘。上都就地处茫茫金莲川草原

---

19 严光大：《祈请使行程记》，刘一清《钱塘遗事》卷九，清光绪刻《武林掌故丛编》本。

20 许有壬：《至正集》卷一二，文渊阁《四库全书》本。

21 黄溍：《金华黄先生文集》卷一《上京道中杂诗十二首·担子涯》，《四部丛刊》缩印常熟瞿氏上元宗氏日本岩崎氏藏元刊本。

22 廼贤：《金台集》卷二《担子涯》，文渊阁《四库全书》本。

23 王恽：《秋涧先生大全文集》卷八〇《中堂事记》上，《四部丛刊》影印江南图书馆藏弘治刊本。

24 袁桷：《清容居士集》卷一五《滦河》，《四部丛刊》影印上海涵芬楼藏明刊本。

25 张翥：《蜕庵诗集》卷三《上京秋日三首》（其二），《四部丛刊续编》影印常熟瞿氏铁琴铜剑楼藏明刊本。

26 张翥：《蜕庵诗集》卷三《上京秋日三首》（其一），《四部丛刊续编》影印常熟瞿氏铁琴铜剑楼藏明刊本。

上，远远望去，龙冈蟠其阴，滦江经其阳，四山拱卫，佳气葱郁，
"蜿蜒西龙冈，绿草摇晴波"[27]。站在上都城，瞭望浩瀚苍茫的金莲川
草原，一切美景尽收眼底。萨都剌有诗云："大野连山沙作堆，白沙
平处见楼台。行人禁地避芳草，尽向曲栏斜路来。""牛羊散没落日
下，野草生香乳酪甜。"[28]柳贯有诗云："旃庐小泊成部署，沙马野驼
连数群。"[29]草原水草丰美，牛羊成群，其间点缀着沙丘、湖泊、河流、
泉眼、榆树林及连绵不绝的高低远山，自然风光极具特色，夏天气候
宜人。广袤与苍茫中，一草一木、一动一静，都充满生机。文人们不
禁惊叹上都的自然之美，"却将此地建陪京，滦水回环抱山转"[30]。

　　以上都为中心俯瞰四周，对上都及周边美景的歌咏数不胜数。由
于文人往来上都历经百年，慢慢形成了比较固定的具有上都特色的八
大景观。元代第四十一代玄教教主张嗣德有《滦京八景》组诗[31]，描
绘了陵台晚眺、凤阁朝阳、龙冈晴雪、敕勒西风、乌桓夕照、滦江晓
月、松林夜雨、天山秋狝八处景观。揭傒斯又有对敕勒秋风、乌桓夕
照、滦河晓月、松林夜雨、天山秋猎、陵台晚眺等景观的描绘。[32]对照
二者的标目，台湾学者李嘉瑜认为"滦京八景在元代应是已经框定的
风景命题"[33]，可与对大都八景[34]的歌咏相颉颃。从对今存上都作品的
统计来看，对上都八景的固定歌咏在元代似乎并没有形成时代创作风

27　袁桷:《清容居士集》卷一五《登堟台》,《四部丛刊》影印上海涵芬楼藏明刊本。

28　萨都剌:《萨天锡诗集》卷下《上京即事》,汲古阁刻《元人十种诗》本。

29　柳贯:《柳待制文集》卷五《滦水秋风词》,《四部丛刊》影印江阴缪氏艺风堂藏元
　　至正刊本。

30　马祖常:《石田文集》卷五《北歌行》,文渊阁《四库全书》本。

31　张嗣德:《滦京八景》,《皇元风雅后集》卷三,文渊阁《四库全书》本。

32　揭傒斯:《揭文安公诗集》卷七,《豫章丛书》本。

33　李嘉瑜:《上都纪行诗的"边塞"书写——以长城、居庸关为论述主轴》,《台北教
　　育大学语文集刊》2008年,第7页。

34　陈孚《陈刚中诗集》卷一《观光稿》有《咏神京八景》,对大都八景进行歌咏,如
　　太液秋风、琼华春阴、居庸叠翠、卢沟晓月、西山晴雪、蓟门飞雨、玉泉垂虹、金
　　台夕照等。

气，因为诸如上述的八景组诗仅此两例。然而，单独对滦水、龙冈、李陵台、金莲川、松林、打猎等景观或人物活动的描写却很频繁，作品数量很大，几乎前往上都的文人都有相关的歌咏。对上都景观的描绘还是以张嗣德的《滦京八景》最为著名。这些景观的描写视角都是以上都为中心，对上都具有代表性的景色进行描绘。其中，有对两都之间广袤松林（《松林夜雨》）和李陵台的描绘（《陵台晚眺》），有对儒臣早朝大安阁（《凤阁朝阳》）和帝王阴山游猎（《天山秋狝》）等人事活动的描写，有对金莲川草原的描绘（《敕勒西风》《乌桓夕照》），有对滦水、龙冈的专门歌咏，构成了极富特色的八景。如对龙冈雪晴美景、乌桓城夕照晚景的歌咏，都是对上都所独有的绝妙风景的描绘。

> 阴山积雪亘春秋，霁景玲珑灿十洲。玉展画屏当黼扆，翠凝香雾绕龙楼。吟怀暖动鼠须笔，酒力寒轻狐白裘。清暑年年动游幸，冰壶六月坐垂旒。（《龙冈晴雪》）
>
> 乌桓列部挺提封，落照千山返映红。远树参差连塞北，断霞明灭际辽东。牛羊下夕群屯雾，鹰隼横秋势掠风。亦有隐沦怀济世，何时归猎载非熊。（《乌桓夕照》）

《龙冈晴雪》突出上都地处高寒，常年积雪，在雪晴之日如"玉展画屏"般的美景，《乌桓夕照》突出乌桓故地[35]夕阳下的壮美之景：松柏连绵，彩霞缥缈，牛羊悠闲地吃草，雄鹰在空中翱翔。

文人游览上都，观赏上都城各处美景也是他们上都生活的重要内容，他们创作了很多游览上都佳景的作品。如周伯琦《七月七日同宋

35　乌桓即乌桓故地，汉乌桓城。金置桓州，治清塞县（今正蓝旗四郎城）。元初废，入开平，至元二年（1265）复置，位于上都西六十里，是上都通往大都的必经之地。迺贤《塞上曲》："乌桓城下雨初晴，紫菊金莲漫地生。"迺贤《金台集》卷二，文渊阁《四库全书》本。

显夫学士暨经筵僚属游上京西山纪事二首》就是对上京西山景色的
歌咏。

> 联冈叠阜卫神都，万幕平沙八阵图。朝柱星垣周社稷，宗藩
> 盘石汉规模。官堤亘野丰青草，禁御深林暗碧榆。地辟天开到今
> 日，九重垂拱制寰区。
>
> 盘盘绝顶抚崝嵘，目尽天涯一掌平。海气腾空摇铁刹，山风
> 卷雾净金城。鞲鹰秋健诸酋帐，苑马宵肥七校营。相顾依然情未
> 已，携壶明日约同倾。[36]

诗人站在上京的西山上，以高俯低的视野将上都所处地理风光尽
收眼底，不禁油然而生无比的自豪感，对眼中之景也赋予了神圣的守
卫光环。

总体来看，游览居庸关以北的自然风光，令文人们目不暇接，又
备感新奇。写山川荒岭景色突出奇险，风格奇崛、高古；写草原自然
风光突出壮丽，风格清新、活泼。除了以诗词曲赋来记述路途游览之
景之外，还有更为细致的散文。如虞集《题滦阳胡氏雪溪卷》，虽是
一篇诗序，实则却是一篇赴上都途中的游览之文。全文如下：

> 去年，予与侍御史马公同被召。出居庸未尽，东折入马家瓮
> 望缙山，度龙门百折之水，登色泽岭，过黑谷，至于沙岭乃还。
> 道中奇峰秀石，杂以嘉木香草，辇道行其中，予二人按辔徐行，
> 相谓颇似越中，但非扁舟耳。适雨过，流潦如奔泉，则亦不甚相
> 远。郭熙《画记》言画山水，数百里间必有精神聚处乃足记，散
> 地不足书。此曲折有可观，恨不令郭生见之。滦阳胡太祝乃以
> "雪溪"自号，岂所见与予二人同乎？然滦水未秋冰已坚，寻常

---

36 周伯琦：《近光集》卷二，文渊阁《四库全书》本。

已不可舟，况雪时耶？当具溪意云尔。因为赋诗云。

虞集对自己一路经过的缙山、龙门、色泽岭、黑谷、沙岭等令人惊奇的自然山水的描绘，立体生动，如在眼前。

（三）记两都沿路的生态文化

元代文人纪行游历，除了观览山川、草原等驿道自然风光，还常常有意识地记述自己的行程，甚至采用以史笔实录的方式。元代诗文集中有大量的对两都驿站的歌咏和记述，诗题多以驿站、经行地名或标志性自然山川命名，以表明自己所处的地点。诗题常见如"上京途中""途中作""经某某地""过某某地""驾发某某地""晓发某某地""夜宿"，内容上通过对行程、地点、方位等的描写，展现游历的动态过程。这种游动的地理标识，通常是按照行程的时间顺序进行安排的。如王守城《题上京纪行诗后》云："大驾北巡，与扈从之臣同发者，自黑峪道达开平为东道；朝官分曹之后行者，由桑干岭、龙门山以往为西道，皆出居庸关口北始分，至牛群头驿乃合。各经五六百里，其山川奇险不相上下，而东道水草茂美，牧畜尤便。"[37]这段文字对扈从官员所走东道、西道的规制，以及两道的分合、水草畜牧等情况作了简要的叙述。

江西籍文人周伯琦对上都往返行程的记述最为用心，也最为详细。周伯琦深得顺帝隆宠，一生扈从十数次，至正十二年壬辰（1352），周伯琦由翰林直学士兵部侍郎拜监察御史，得以跟随皇室成员走东西两路，并用两篇长序（《扈从集》前后序）详细记述往返行程。《扈从集》共三十四首诗，其中前往上都时记行程的有二十四首，返还大都时记行程的有十首。第一首写从大都出发，开篇周伯琦就表明了自己的创作旨归："乘舆绳祖武，岁岁幸滦京。夏至今年早，山

---

37 胡助：《纯白斋类稿》附录，《丛书集成初编》本。

行久雨晴。日瞻黄道肃，夜拱北辰明。随步窥形胜，周诹记里程。"
因此，周伯琦对两都沿途的生态文化和地理空间的记述最为周详。他
不仅按次序详细记述了具体的行程起始、所经的驿站，还对文臣扈从
人员所走路线的规制进行了叙述。他对每个驿站、地名、地理环境进
行了详细描述，并对地名加以解释，让人能一目了然地了解前后驿站
的地理方位、距离里程、周边生态环境、居民生活状况等自然和文化
生态，成为两都间舆地史料最翔实的记述，后世的舆地考证多赖于
此。而且，前后两序所记内容也前后照应，避免了重复和雷同。例
如，对同一驿站的记述，周伯琦从不同视角展开。以察罕诺尔为例，
《扈从集前序》云："至察罕诺尔，云然者，犹汉言白海也。其地有水
泺，汪洋而深不可测，下有灵物，气皆白雾。其地有行在宫曰亨嘉
殿，阙廷如上京而杀焉。置云需总管府，秩三品，以掌之。沙井水甚
甘洁，酿酒以供上用。居人可二百余家，又作土屋养鹰，名鹰房。云
需府官多鹰人也。驻跸于是，秋必猎校焉。此去巴纳曰郑谷店，曰明
安驿、泥河儿，曰李陵台驿、双庙儿，遂至桓州，曰六十里店。"[38]这
段文字详细描述了察罕诺尔的地理环境、建筑规制、水源品质、养鹰
房等情况，并指出此地是帝王秋猎之所。而在《扈从集后序》中，为
了避免重复，周伯琦只简单提及察罕诺尔地名，随即转入对辉图诺尔
的描述："遂以二十二日发上都而南，是日，宿六十里店巴纳。明日，
过桓州，至李陵台驿、双庙儿。又明日，至明安驿、泥河儿。翼旦，
至察汗诺尔。由此转西，至辉图诺尔，犹汉言后海也。曰平陀儿，曰
石顶河儿，土人名为鸳鸯泺。其地南北皆水泺，势如湖海。水禽集育
其中，以其两水，故名曰鸳鸯。或云水禽惟鸳鸯最多，国语名其地曰
哲呼哈喇巴纳，犹汉言远望则黑也。两水之间壤土隆阜，广袤百余
里。居者三百余家，区脱相比。诸部与汉人杂处，颇类市井，因商而
致富者甚多。有市酒家赀至巨万，而连姻贵戚者，地气厚完可见也。

38　周伯琦:《扈从集前序》，文渊阁《四库全书》本。

俗亦饲牛，力穑粟麦，不外求而赡。凡一饲五牛，名曰一日耕地五六顷，收粟可二百斛。问其农事多少，则曰牛几具。察汗诺尔至此百余里，皆云需府境也。界是而西，则属兴和路矣。巴纳曰苦水河儿，曰回回柴，国语名和尔图，汉言有水添也。隶属州保昌，曰呼察图，犹汉言有山羊处也。"[39]这段文字建立了察罕诺尔与辉图诺尔、白海与黑水之间的地理空间关系，并指出了两地间居民当时已经形成蒙汉等多族杂居的局面，且经济上比较发达。可见，前后两序对同一路段的叙述各有取舍。

记述行程中所见生态文化的还有专门的纪行文和文人笔记。纪行文如《中堂事记》《马可·波罗行记》《祈请使行程记》《北巡私记》，文人笔记如杨瑀《山居新语》、熊太古《冀越集记》、孔齐《至正直记》等。这些纪行文或笔记多为简略之语，虽然不如周伯琦《扈从集序》那样详细周密，也不如诗歌歌咏对象密集，但由于关注点和记述事物的视角不同，对同一驿站、地点就会有不同的描述。如牛群头驿站，至元十三年（1276）《祈请使行程记》中记载："十八日宿牛群站，此去皆草地，此乃鞑靼家官人管待，名鞑靼站，并无房子，只是毡帐，鞑靼人多吃马牛乳、羊酪，少吃饭，饥则食肉。"周伯琦《扈从集前序》则曰："遂历黑觜儿至失八儿秃，地多泥淖，又名牛群头。其地有驿，有邮亭，有巡检司，阛阓甚盛。驿路至此相合，北皆刍牧之地，无树木，遍生地椒、野茴香、葱韭，芳气袭人。草多异花，五色，有名金莲花者，似荷而黄。"胡助《宿牛群头》诗则云："荞麦花开草木枯，沙头雨过苗蘑菇。牧童拾得满筐子，卖与行人供晚厨。"[40]由此可以看出，牛群头驿站由蒙古人管理，附近实际是没有住户的，属于草原地带，春季荒凉，夏季多花草。胡助的诗歌显然更富于诗情画意，运用了诗歌的语言表现手法，只是限于体裁，不能将景物一一

39　周伯琦：《扈从集后序》，文渊阁《四库全书》本。
40　胡助：《纯白斋类稿》卷一四《宿牛群头》，《丛书集成初编》本。

写尽。由此可见，纪两都沿途生态文化之作具有重要的史料价值。

（四）奇异而丰富的草原物产

文人游历所见，还有奇异而丰富的草原物产。过居庸关，就是古代的塞外，这里的物产颇具地域特点。上都作品中有大量描写居庸关以北的丰富物产的内容。草原的地理气候与山地不同，"地气甚温，大寒扫雪，寝以单韦，煦如也"[41]。草原物产更盛。植物类主要有金莲、紫菊、芍药、地椒、野韭、长十八、蒲绒、苁蓉、荞麦、胡榛、蕨菜、野茴香、回回葱、沙葱、山葱、解葱、黄连芽、壮菜、戏马菜、苜蓿蔓菁、莜麦和沙菌等，动物类主要有海东青、白翎雀、天鹅、白雀、黄羊、黄鼠、青鼠、貂鼠、高陀鼠、白银鼠、火鼠、白狼、青兕、麋鹿、白貉、獐子、野狐、獐麂、角端、角鸡、章鸡、石鸡、野鸡、安达海和白鱼等。[42]这些动植物绝大多数是居庸关以北独有的珍贵物种，对于文人而言，大多是前所未见的，因此经常被歌咏。例如，对沙地蕨菜的描写，如"野蕨堆盘见蕨芽，珍馐眩眼有天花。宛人自卖葡萄酒，夏客能烹枸杞茶"[43]；对蘑菇的描写，如"沙头蘑菇一寸厚，雨过牛童提满筐"[44]；白珽有对"迤北八珍"如醍醐、野驼蹄、鹿唇、驼乳糜等珍稀食材的歌咏。草原独特的物产也直接影响了上都居民的饮食。上都诗文多将独特的物产与饮食相联系进行创作。如许有壬作于后至元三年（1337）的《上京十咏》，用十首诗集中歌咏草原奇异的物产，其序曰："元统甲戌，分台上京，饮马酒而甘，尝为作诗。丁丑分省，日长多暇，因数土产可纪者尚多，又赋九

41　王恽：《秋涧先生大全文集》卷八〇《中堂事记》上，《四部丛刊》影印江南图书馆藏弘治刊本。

42　参见刘宏英：《元代上京纪行诗研究》，北京师范大学博士学位论文，2009年，第68—90页。

43　许有壬：《至正集》卷二七《竹枝十首和继学韵》，文渊阁《四库全书》本。

44　柳贯：《柳待制文集》卷五《后滦水秋风词》，《四部丛刊》影印江阴缪氏艺风堂藏元至正刊本。

题，并旧作为上京十咏云。"⁴⁵ 十咏包括马酒、秋羊、黄羊、黄鼠、糁面、芦菔、白菜、沙菌、地椒、韭花，或为饮料，或为主食，或为调料，或为菜品，全与饮食有关，写来自然生动。第一首《马酒》："味似融甘露，香疑酿醴泉。新醅撞重白，绝品挹清玄。骒子饥无乳，将军醉卧毡。祠官闻汉史，鲸吸有今年。"马奶酒是蒙古人的常用饮品，至今仍为蒙古人所喜爱，开篇就以"甘露""醴泉"比附马奶酒。《黑鞑事略》中记载："马之初乳，日则听其驹之食，夜则聚之以沛，贮以革器，颒洞数宿，味微酸，始可饮，谓之马奶子。"⁴⁶ 再如《黄鼠》诗："北产推珍味，南来怯陋容。瓠肥宜不武，人拱若为恭。发掘怜禽狝，招来或水攻。君毋急盘馔，幸自不穿墉。"表现了对草原地产黄鼠可作为菜肴饮食的奇异心情。许有壬以十首诗的篇幅描绘了多种草原美食及其制作方法，并记述了品尝的感受。

综上所述，元代中国是空前统一的多民族国家，文化上多元一体，来自不同文化体系的文人聚集在一起，虽在各个方面体现出差异，但在对草原文化的书写上，却展现了一致的态度和热情。上都创作基本分为两条路数，一是围绕自然人文景观进行白描、铺排，以客观展现草原生态环境下的独特景观，突出居庸关以北蒙古高原特有的景观。一些题画诗，如数量较多的风竹、墨竹题画诗，对本生于南方，象征君子高洁情操的竹子，赋予了上都的高寒环境和高冷气韵。如袁桷《李仲宾墨竹图》"笔底玄云冰雪姿，瀛洲玉佩映参差"⁴⁷。写得最生动的是袁桷《题李士弘学士画明复斋风竹》《次韵虞伯生墨竹画壁》二首：

> 虚声出素壁，冷冷天地秋。矧此三伏凉，居然索重裘。荡摩

45　许有壬：《至正集》卷一三，文渊阁《四库全书》本。

46　彭大雅：《黑鞑事略》，许霆注，《丛书集成初编》本。

47　袁桷：《清容居士集》卷一五《李仲宾墨竹图》，《四部丛刊》影印上海涵芬楼藏明刊本。

神光旋，戞击玄露浮。浩荡白玉京，顷刻潇湘洲。昂昂员峤仙，笔底寒飕飕。高斋袭道气，深根淡无求。（《题李士弘学士画明复斋风竹》）[48]

墨云参差平地涌，碧窗淅沥寒风生。截为崆峒白玉管，蛰龙夜啸幽凤鸣。六月雪花飘上京，峥嵘直与星斗平。出门忽作江海兴，推枕先闻金石声。（《次韵虞伯生墨竹画壁》）

另一路数是文人们在草原文化的熏染和长期生活的感受下，直接抒发内心情感，表达对草原文化的热爱、接纳、羡慕、向往，或不适、思乡、煎熬等感受和情绪。

总之，元代文人极为看重自己游历草原、游历上都的人生经历。他们在饱览自然风光之余，多写所见所闻，并将其与行程中的时间和地点相连，彰显了纪实态度。正如周伯琦所云："凡历巴纳二十有四，为里一千九十又五，此辇路西还之所经也。北自上都至白海，南自居庸至大口，已见前序，故得而略，独详其所未经者耳。国制，凡官署之幕职椽曹当扈从者，东西出还，甲乙番次多不能兼，惟监察御史扈从，与国人世臣环卫者同，东西之行，得兼历而悉览焉。昔司马迁游齐、鲁、吴、越、梁、楚之间，周遍山川，遂奋发于文章，焜耀后世。今予所历，又在上谷、渔阳重关大漠之北千余里，皆古时骑置之所不至，辙迹之罕及者，非我元统一之大，治平之久，则吾党逢掖章甫之流，安得传辂建节，拥侍乘舆，优游上下于其间哉！既赋五言古诗十首，以纪其实，复为后序，以著其概，不惟使观者得以扩闻见，抑以志吾生之多幸也欤！"[49]这种纪实的创作态度，使得很多作品都具有较高的保存草原文化的历史文献价值。这种文献价值不仅体现在对草原文化的具体事物、地点、景观、事件等的详细记录上，更体现在

48　袁桷：《清容居士集》卷一五，《四部丛刊》影印上海涵芬楼藏明刊本。
49　周伯琦：《扈从集后序》，文渊阁《四库全书》本。

文人长达百年的历程中所展现出的从元初到元末的变化和延续，十分
珍贵。同时，具有史料价值的篇幅较长的纪行文、序跋等，文人在创
作时也很注重谋篇布局和表现手法，更突出了草原生态文化在时空中
的地理关系，以及具体的物景民情等。因此，文人前往上都的游历之
作相较于其他题材而言，史料价值更为突出。

二、 上都吊古咏史诗："俚言虽莫稽，陈迹尚可访"

自古以来，汉族与北方游牧民族为了争夺生存空间，在这里发生
了无数次的战争，这里也成了极富古意的历史文化场所。文人们行走
在居庸古道上，穿越白水黑山间，他们找寻着无数的历史遗迹，脑海
中浮现出历史上的大小战役和事件，勾连着曾经的纷争之地涌现的无
数历史人物。他们或有着悲惨的命运，或经历和亲的凄凉，或提出睿
智的谋略，或坚守忠贞的节操。在以往历代汉族文人都很少能够涉足
此地的情况下，元代文人能够亲临其地，抚今追昔之思显得更加浓
郁。从元初的北方旧金文人到元末南方文人，不论是扈从、游历之
士，还是僧道、域外之人，都有无尽的吊古之情，创作出数量不少的
吊古之作。这些作品学界以往多将其列为咏史诗、边塞诗，并放置在
历时性发展的背景上，考察它们的创作特征。[50]然而，从概念上看，只
要是对具体的历史事件或历史人物有所感慨或感悟而作的，都可称为
咏史诗；而只有文人亲临历史人物或事件曾经发生的场所时所作的历
史感怀之诗，才能称为吊古诗。将吊古诗归为咏史诗，是考虑到其中

50　如：曾宪森：《论元代少数民族边塞诗》，《中央民族大学学报》1997 年第 2 期。阎
　　福玲：《汉唐边塞诗主题研究》，南京师范大学博士学位论文，2004 年。郭小转：
　　《多元文化背景中元代边塞诗的发展》，中央民族大学博士学位论文，2012 年。杨
　　富有：《元上都咏史诗的内容及其意义分析》，《内蒙古民族大学学报》（社会科学
　　版）2012 年第 5 期。

有大量的历史感怀；将其归为边塞诗，则是着眼于其中古之边塞的自然图景和意象。但在元代，这个地理空间已不再是边塞，尽管这些吊古之作有着与传统边塞诗、咏史诗相似的自然景物描写和历史主题。元代这些吊古之作正是由于元代文人们能够亲临其地、抚今追昔，其本身也就具有了鲜明的特征。这种鲜明的特征是在元朝一统天下、每年巡幸上都、文人亲临其地等背景下产生的。

（一）抚今追昔之思绵延古今

在两都绵延千里的旅途中，元代文人们的吊古之思更加普遍、绵长，他们对自己所能追溯的最远古的神祇（女娲、黄帝轩辕）到蒙之灭金一统天下，都进行了一次思想的历史之旅。

文人对于所经行之处的任何历史遗迹或历史影子都产生了极大的兴趣，诗文中多有寻找、追寻、探听等表述，甚至配合心中已有的历史经验，表达自己的吊古之思。例如，"却寻长城窟，饮马水不腥"[51]"崇崇道旁土，云是古长城""我欲重寻旧题处，湿云寒藓满岩扃"[52]。在众多对历史遗迹的访寻中，对李陵台遗迹的访寻最为引人注目。到了元代，李陵台已经荒颓，甚至看不到迹象。耶律铸在《发凉陉偏岭南过横山回寄淑仁》中写道："想得玉溁河北畔，有人独上李陵台。"注云："土俗呼为李陵台者，在偏岭东北百里，李陵失利在无定河外，意其好事者名其山为李陵台也。"柳贯说"俚言虽莫稽，陈迹尚可访"[53]，迺贤在行经枪竿岭时，见到"山腰长城遗迹尚存"，可见文人们都在尽力地打探、找寻，甚至考证李陵台之所。李陵台即便已经如

51　黄溍：《金华黄先生文集》卷一《上京道中杂诗十二首·榆林》，《四部丛刊》缩印常熟瞿氏上元宗氏日本岩崎氏藏元刊本。

52　张翥：《蜕庵诗集》卷四《扈从之上京过龙门》，《四部丛刊续编》影印常熟瞿氏铁琴铜剑楼藏明刊本。

53　柳贯：《柳待制文集》卷二《望李陵台》，《四部丛刊》影印江阴缪氏艺风堂藏元至正刊本。

此模糊不清，尚有道士张嗣德将其列为"滦京八首"之一，足以见出元代文人对其的关注程度。柳贯《望李陵台诗》："李陵思乡台，驻马一西向。"陈孚《李陵台约应奉冯昂霄同赋》："空有台上石，至今尚西向。"[54]乃至于面对地处佳气郁葱的草原的上都城，文人们也有不尽的访迹追踪之意。如宋褧《冻雨晚晴自成物门归院马上口占》云："碧山缭绕昼阴垂，云湿宫城雨湿衣。芳草远含春意态，微阳闲弄晚光辉。滦河委曲经千里，魏阙嵯峨壮九围。满目郁葱佳气在，莫从陈迹访依稀。"[55]

文人不仅刻意找寻历史遗迹，有时还会因风吹草动而勾起对历史场景的想象。南北统一之初的陈孚就有这样的诗歌："昔闻桑干名，今日登桑干……门外毡车风雨来，平地轰轰惊霹雳。汉唐百战场，绿草今满碛。野夫耕田间，犹有旧铁戟。道傍谁欤三叹息？古袍古帽江南客。"[56]陈孚带着对桑干岭的经验认识，找寻往昔之桑干岭，看到毡车往来川流不息，车轮隆隆作响，他都会想到汉唐时的战场之景。就算是看到元初的尘土飞扬，文人也会想起战场英雄："天阔云中郡，刚风起沉寥……遥看尘起处，深羡霍嫖姚。"[57]霍去病在汉武帝时期曾任嫖姚将军。路过驿站，站名都会引发文人对历史的追思。不仅吊古之思绵延悠长，几乎所有的历史遗迹都会成为元代文人吊古的对象，如居庸关、长城、弹琴峡、昭君墓、李陵台、轩辕台、蒙金作战之所野狐岭、金之界墙、金莲川金之离宫等，数不胜数。他们往往借此阐发自己对历史人物、历史事件的看法。

54 王恽：《秋涧先生大全文集》卷八〇《中堂事记》上，《四部丛刊》影印江南图书馆藏弘治刊本。

55 宋褧：《燕石集》卷七《冻雨晚晴自成物门归院马上口占》，文渊阁《四库全书》本。

56 陈孚：《陈刚中诗集》卷三《桑干岭》，文渊阁《四库全书》本。

57 袁桷：《清容居士集》卷一五《滦河云州》，《四部丛刊》影印上海涵芬楼藏明刊本。

（二）重塑历史争议人物

在对历史人物进行评价时，元代文人往往更加宽容，尤其是对于历史争议性人物李陵，几乎都将其视为悲剧英雄。而在历代咏史诗中，李陵多因人格节操问题被贬多于被褒，其人格常被否定。然而，在元代上都纪行之作中，与李陵有关的吊古诗多达四十余首，数量居吊古诗之首，很多文坛名公对此主题都有涉及，如袁桷、贡奎、柳贯、胡助、陈孚、许有壬、张翥、张鸣善，色目诗人马祖常、逎贤，玄教道士陈义高、马臻，僧人楚石梵琦，高丽诗人李穀等。这些诗歌大多突出李陵的望乡之义、高台之形等主题，认可他在人格上对汉廷的忠心，把他塑造成悲剧英雄，对其遭遇表示无奈和同情，认为李陵的投降是汉廷的薄情所致。如张翥、胡助的两首：

> 路出桓州山缦回，仆夫指是李陵台。树遮望眼仍相吊，云结乡愁尚未开。海上羝羊秋牧罢，陵头石马夜嘶哀。英雄不死非无意，空遣归魂故国来。[58]（张翥《过李陵台》）
>
> 西照荒台远，犹惭太史公。君恩如水覆，臣罪与天通。汗简家声坠，降旛士气空。河梁他日别，凄断牧羊风。[59]（胡助《李陵台》）

再如贡奎《李陵台》：

> 赴死宁无勇，偷生政有为。事疑家已灭，身辱义何亏。汉网千年密，河梁五字悲。荒寒迷宿草，欲问意谁知。[60]（贡奎《李

58　张翥:《张蜕庵诗集》卷四,《四部丛刊续编》本。
59　胡助:《纯白斋类稿》卷七,《丛书集成初编》本。
60　贡奎:《云林集》卷四《李陵台》,文渊阁《四库全书》本。

陵台》）

贡奎更是对李陵的人格大加赞扬，突出其忠贞节操，认为李陵投降匈奴只是暂时的缓兵之计，目的是更好地报效汉廷。然而，命运捉弄，武帝灭李氏家族之举，令李陵无法返汉，其有辱节义之事也被坐实。这种对李陵事件的解读和对其人格的赞扬，超越了以往。

借李陵的悲剧命运，诗人还往往表达一种普遍意义的历史变幻之感，超越了对人物本身的评价。如黄溍《李陵台》："日暮官道边，土室容小憩。汉将安在哉？荒台犹仿佛。低徊为之久，怀古增歔欷。"现在的李陵台已成芜废荒凉的遗迹，当年登台望乡的李陵早已消逝在时间的洪流中，诗人"低徊为之久，怀古增歔欷"，表达的应该是一种古今变幻的历史观。再如胡助《再赋李陵台》：

> 李陵台畔秋云黄，沙平草软肥牛羊。当时不是汉家地，全躯孝敬宁思乡。塞垣西北逾万里，此去中原良迩止。安得有台滦水侧，好事千古空相传。可怜归期典属国，雪埋幽窖无人识。

作者将李陵的投降、望乡与现在的滦京胜景作时空对照，将古今、边塞与京城对照，抒发的还是超越人物悲剧命运的历史变幻观念。

在吊古之作中，除了对历史争议人物表示极大的宽容外，思乡主题也比较普遍。南方文人来至此地，远离家乡几千里，思乡之情在所难免。特别是在对李陵的评价上，当李陵筑高台望乡的行为与文人内心的思乡情感产生内在衔接时，这种情感的倾向性会影响文人对李陵的评价，普遍突出他的思乡情绪。如汪元量的上都吊古诗。汪元量是随南宋祈请使团来到远距临安几千里的上都的，作为亡国的旧臣，在面对新朝时，首先想到的是忠君节操，思念故国和乡愁是在所难免的。因此，他的吊古诗中对李陵、苏武的评价别有一番自己当时的情感体味。如汪元量《李陵台》："伊昔李少卿，筑台望汉月。月落泪纵横，凄然肠断裂。当时不爱死，心怀归汉阙。岂谓壮士身，中道有摧折。我行到襄州，悠然见突兀。下马登斯台，台荒草如雪。妖氛霭冥蒙，六合何恍惚。伤彼古豪雄，清泪泫不歇。吟君五言诗，朔风共鸣咽。"[61]诗中并不提及李陵投降匈奴之事，只关注李陵的思乡，将李陵的思乡与自己的思乡融合在一起，动人心弦。其《居延》诗也是如此："忆昔苏子卿，持节入异域。淹留十九年，风霜毒颜色。啮毡曾牧羝，跣足走沙碛。日夕思汉君，恨不生羽翼。一朝天气清，持节入汉国。胤子生别离，回视如块砾。丈夫抱赤心，安肯泪沾臆。"[62]诗中描述苏武持节被羁留十九年的苦难，强调苏武思乡归汉的情感，借苏武形象抒发自己对元朝所抱定的态度和人生选择。

（三）胡汉战争的理性之思

在元代以前，边塞诗确实有以战争为主题的，这也是有人将元代的吊古诗看作边塞诗的一个主要原因。然而，边塞诗对战争的描写多集中在战争场面、军旅生活、士卒思乡以及对远赴边塞建功立业的积极乐观的人生追求的歌颂。相比之下，元代上京纪行中的吊古诗更多地体现了对战争的反思，以冷静、理性的心态看待历史上的大小战争以及胜负、英雄与士卒，抒发自己的历史感。如耶律铸经过长城时感叹："为谁到古长城外，又自经今战地边。木烛岭空悬素月，炉门山只锁荒烟。"[63]僧人楚石梵琦面对漠北时感怀："旷野多遗骨，前朝数用兵。烽连都护府，栅绕可敦城。健鹘云间落，妖狐塞下鸣。却因班定远，牵动故乡情。"[64]

61　汪元量：《增订湖山类稿》，中华书局 1984 年版，第 82 页。

62　同上书，第 83 页。

63　耶律铸：《双溪醉隐集》卷五，文渊阁《四库全书》本。

64　释楚石梵琦：《漠北怀古十六首》（其四），《楚石北游诗》，吴定中、鲍翔麟校注，浙江古籍出版社 2010 年版，第 86 页。

吊古诗多把历史遗迹、战争、白骨等突出战争负面性的意象联系在一起，当然，这不是元代才有的，在汉乐府诗中也有，如"君独不见长城下，死人骸骨相支柱"[65]。然而，元代的吊古诗却有更深刻、理性的思考，如前引陈孚《秦长城》。

陈孚通过描绘长城的自然景观与白骨、腥风、寒沙，营造出一种肃杀阴森的氛围。诗中提到的漫山遍野的鲜花，象征着蒙恬率军征战匈奴时剑下的鲜血。始皇建长城，却未能保全其万世梦想，反而因此耗费国力、暴虐百姓，加速了秦国的灭亡。这一切都显得如此短暂，"长城土未干"，秦宫却早已成为焦土废墟。站在长城下，历史已经过去，许多王朝也已消逝，不朽的只有夜哭的鬼魅，这正是战争带来的结果。这种超越具体历史事件的反思，体现了对战争和朝代兴亡的深刻历史观念，不再局限于战争本身的胜负与正义与否，也不再作空泛的议论，而是就眼前所见，表达对历史的思考。

长城无法挽救王朝的灭亡，那么什么才是永保万世的法宝？柳贯《过长城》进一步深化了这一思考：

> 道德藩墉亿万年，长城谩与朔云连。秦人骨肉皆为土，汉地封疆已罢边。饮马窟深泉动脉，牧羝沙暖草生烟。神京近在玄溟北，九域开荒际幅员。

在柳贯的认知中，永恒存在的是道德筑起的藩篱。看似迢远的长城，即使与朔云相连，依旧徒劳无用。历经千年，秦人骨肉已成土，曾经的汉地封疆如今已无边界。以往的胡汉纷争之地、地理上的边塞，已成为海宇混一的正常生活空间，成为元代两都途中引人注目的一道风景，"神京近在玄溟北"。

65　郭茂倩：《乐府诗集》，上海古籍出版社 1998 年版，第 437 页。

三、"大统叶天运，神武开皇谟"：游历吊古诗的盛世气象

（一）盛世之情的抒发

　　游历、吊古之作的情感基调是昂扬激越的。文人们在抒写游览之景、吊古之思时，对元朝一统盛世的赞叹、对帝王功业的赞美和强烈的时代自豪感表现得尤为突出和普遍。这种情感通过以下方式展现：一是对巡幸这一旷世之举的观览，二是对殊异于江南的自然地理风光的惊叹、描绘，三是对能够扈从、游历并生于其时的幸运感的抒发。在谋篇布局上，这种情感的表达往往出现在诗作的结尾。如袁桷《居庸关》："扈跸朝上京，严装戒修途。首夏天宇肃，寒云惨不舒。足弱跨鞍窘，喋喋询前途。萦纡入南口，松籁吹笙竽。在昔恃险隘，当关守千夫。一朝天马来，岩崿成康衢。大统叶天运，神武开皇谟。信矣经启功，聿超神禹图。"居庸关"在昔恃险隘，当关守千夫"，而如今"一朝天马来，岩崿成康衢"。诗人通过这一今昔对比，表达了时代自豪感。再如，刘敏中在《至元丙子初赴上都赤城至望云道中》中，通过对两都途中所见美景的描绘，发出"人家剩有升平象"[66]的感怀。这种文人的时代自信和高涨的情绪在上京纪行诗的序跋中有着更为直接和明确的表述，在其他题材作品中也很突出，在此不单独作为创作特征加以阐述。

（二）情景交融的表现手法

　　游历吊古之作的情景交融创作手法非常明显。无论是文人的游览

---

[66] 刘敏中：《中庵先生刘文简公文集》卷四《至元丙子初赴上都赤城至望云道中》，《北京图书馆古籍珍本丛刊》本。

之作，还是描写追寻古迹的吊古诗，都离不开对景物的描写。作者往往将人与游历之地、眼前之景与情融合来写。如迺贤《发大都》《枪竿岭》《还京道中》等诗：

> 南阳有布衣，杖策游帝乡。忧时气激烈，抚事歌慨慷。天高多霜露，岁晏单衣裳。执手谢亲友，驱马出塞疆。云低长城下，木落古道旁。凭高眺飞鸿，离离尽南翔。顾我远游子，沉思郁中肠。更涉桑干河，照影空彷徨。（迺贤《发大都》）

> 饮马长城下，水寒风萧萧。游子在绝漠，仰望浮云飘。前登枪竿岭，冈岑郁岧峣。崩崖断车辙，曾梯入云霄。幽崽构绝壁，微径纡山椒。人行在木末，日落闻鸣蜩。履险力疲苶，凭高思飘飘。何当脱羁鞅，归种南山苗。（迺贤《枪竿岭》）

> 客游倦缁尘，梦寐想山水。停骖眺远岑，悠然心自喜。晨霞发暝林，夕溜泻清沚。出峡凉风驰，入谷寒云起。霜清卉木疏，日落峰峦紫。迢递越河关，参差望宫雉。家僮指归路，居人念游子。久嗟行路难，深乖摄生理。终期返南山，高揖谢城市。（迺贤《还京道中》）[67]

迺贤生活在江南，曾跟随扈从队伍与好友一起游历上都。这三首诗都采用借景咏怀的手法，情景相融，表达了游历上京途中百感交集的情怀。

即使是同一个歌咏对象，作为纯粹的自然山水和作为吊古对象进行创作时，文人的景物描写和地理环境渲染的格调也不同。例如对李陵台的歌咏。作为游历观览的对象，许有壬笔下的李陵台周边是广袤无边、淡远悠然的草原风光，清新而壮阔。如"马驰如蚁散平冈，帐

67　迺贤：《金台集》卷二，文渊阁《四库全书》本。

室风来百草香。羱盏泛酥皆墨渖,瘿盘分炙是黄羊"[68],笔触简练,诗人远眺所见的是"马驰如蚁散平冈"的草原的广阔和自在,在帐室中又闻到随风而来的百草芳香,品味着草原的羊奶醇香和新鲜的黄羊美味。整个一幅优美的草原风光图,丝毫没有李陵作为历史人物的存在感,写得轻快飘扬。再如"李陵台下驻分台,红药金莲遍地开。斜日一鞭三十里,北山飞雨逐人来"[69],快马驰骋在旷野的草原上,看到的是李陵台周边的红药、金莲花开遍草原。周伯琦《李陵台》云:"岁时何衮衮,风物尚悠悠。川草花芬郁,沙禽语滑柔。"[70]历史早已荡平了一切,如今的李陵台悠悠可人,花朵芬芳遍野,自由自在的沙禽低语旖旎。可见李陵台作为自然的地理风光时是多么令人心驰神往。

当李陵台一旦与李陵"历史"相连接,作为吊古的对象时,文人笔下的李陵台又换了另一副凄迷荒颓的样子。如袁桷《李陵台》其二:"雪衮黄沙风衮灰,眼穿犹上望乡台。陇西可是无回雁,不寄平安一字来。"这样的景物描写,为突出李陵欲归不得的哀伤。迺贤《李陵台》:"落日关塞黑,苍茫路多歧。荒烟淡漠色,高台独巍巍。"马臻《李陵台怀古》:"在昔李将军,提师奋威武……惟有山上云,凄迷送秋雨。"诗人觉得李陵人生悲剧的遭遇如秋雨般凄迷。再如柳贯《望李陵台》:"平沙北流水,青山在其上。李陵思乡台,驻马一西向……草根含余凄,峰尖入寒望。"[71]诗人为了突出李陵浓郁的思乡之情、战场奋勇杀敌的悲剧英雄形象,对眼中所见的李陵台景观的描写,也充满了"草根含余凄,峰尖入寒望"的凄凉景象,情景融合。

68　许有壬:《至正集》卷二四《李陵台谒左大夫》(其一),文渊阁《四库全书》本。

69　许有壬:《至正集》卷二四《李陵台谒左大夫》(其二),文渊阁《四库全书》本。

70　周伯琦:《李陵台》,《扈从集》不分卷,文渊阁《四库全书》本。

71　柳贯:《柳待制文集》卷二《望李陵台》,《四部丛刊》影印江阴缪氏艺风堂藏元至正刊本。

　　由此可以看出，前往上都的文人，在面对带给自己无限视觉冲击的奇异丰富的景观时，在亲临其地、凭吊古今的过程中，他们的情绪和情感不断受到冲击，对一切游历、吊古所见之景观、事物、风土等的描写，都是为了更好地抒发自己的内心情感，而不是被动地为了写景而写景。文人在景观面前是主动的、积极的。他们一切从心出发，从自己的生活体验和感受出发，面对带给自己无限新异感的草原文化，所有诗文词曲赋都是自己内心情感的真实流露，甚至是一瞬间情感的喷薄。因此，游历吊古之作总是那么自然真率，处处充满生命的活力。这与以往历代的边塞之作和想象的边塞书写不同。

第二节　上都风情诗："帐殿横金屋，毡房簇锦城"

　　包括上都城在内的居庸关以北的广大地域，在元代以前对文人来说都是一片想象之地。因此，从城市品格上看，上都便具有京城与异域两种属性。在元代被称誉为"滦京八景"的龙冈、滦江、松林、天山、乌桓、敕勒川、大安阁、李陵台，都是以上都城为中心的景观，壮美而神秘。上都就位于这样一个山川拱卫、前傍滦水、后枕龙冈的草原上。大安阁是上都的标志性地景，以其独特的建筑风格和恢宏雄伟的气势，表征着上都作为政治中心的尊贵与神圣，"圣上龙飞之地，天下视为根本"[72]。它伴随着巡幸上都所举行的各种大型宫廷宴会、宗教活动、游猎等，尽展了上都的繁盛与奢华的蒙古风情。而正因为是帝都，上都也成为四海来朝的多元文化交流和汇集之都。同时，上都作为迥异于汉地的异域，其独特的地理物候和蒙古民俗风情，吸引

72　苏天爵：《元名臣事略》卷七《平章廉文正》，《四部丛刊》本。

着无数文人，创作了大量的上都风情之作。

一、 草原帝都之神圣、盛大："阊阖云低接紫宫，水精凉殿起薰风"

（一）神圣的草原帝都

作为帝都所在，上京从来都不可能只是单纯地理学意义上的城市。美国文化地理学家乔尔·克特金在《城市的历史》中指出："在中国，纵使政权及神权递嬗，只要皇帝所在之处，就是圣地。"[73]上都在元代不仅是草原都城，还是神圣性十足的帝都，这在文人笔下几乎都有所体现。文人将上都形象附着上飞龙、神天、帝王州等神圣字眼，甚至多有神京、圣京之称。如："上国兴王地，神州避暑宫……滦河天上出，银汉定相通。"[74]还有将上都比喻为天上的瑶池宫者："天上瑶宫是吾居，三年犹恨往来疏。滦阳侍臣骑马去，金烛朝天拟献书。"[75]有的直接抒发自己前往上都的"近天"的兴奋情绪，"出塞行瞻日，趋朝喜近天"[76]。

文人往往对上都都城坐落的自然地理环境，以及都城的建造、宫殿的雄伟等进行神圣性的构建。如："龙冈积翠护新宫，滦水秋波太液风。要使竹枝传上国，正是皇家四海同。"[77]"闻说开都日，双龙据

73　乔尔·克特金：《城市的历史》，谢佩奴译，联经出版社 2006 年版，第 93 页。

74　周伯琦：《近光集》卷一《至正元年复科举取士制承中书檄以八月十九日至上京即国子监为试院考试乡贡进士纪事》，文渊阁《四库全书》本。

75　王士熙：《竹枝词十首》（其九），顾嗣立编《元诗选二集》卷一一，中华书局 2002 年版，第 554 页。

76　柳贯：《柳待制文集》卷四《同杨仲礼和袁集贤上都诗十首》，《四部丛刊》影印江阴缪氏艺风堂藏元至正刊本，浙江古籍出版社 2004 年版，第 62 页。

77　王士熙：《竹枝词十首》（其十），顾嗣立编《元诗选二集》卷一一，中华书局 2002 年版，第 554 页。

海中。良何方献策，精卫竟成功。灵去为云雨，皇居焕电虹。黄图三辅右，载笔纪昭融。"[78] "圣祖初临建国城，风飞雷动蛰龙惊。月生沧海千山白，日出扶桑万国明。"[79]诗人自注又云"上京大山，旧传有龙居之"，对上都所依龙冈进行神圣性附会。再如袁桷诗云：

> 茫茫广莫区，屈曲层城建。昔云水云陂，伐木严筑键。寒沙杂软草，其下有冰片。双龙赴魏阙，云气时隐见。巍峨中天居，百里见行殿。[80]

这首诗描述了上都建城的过程和扈从文人眼中神圣又巍峨的宏大气象。建造上都时，因为地处草原，又多泉水，必须用木桩严密地封堵泉眼，垫入质感如同冰片的砂岩围基，上铺寒沙软草。传说中，这里有龙栖居而成为龙池，向龙借地才能得以施建；如今虽然水涸龙飞，但仍在云气中或隐或现，从百里之外犹能望见高耸壮丽的都城，上都的神圣性和仙境般的环境自然呈现。在这里，上京的建城神话被巧妙地融入诗中，金莲川草原上的水泽被附会为龙池，上都则建城于龙兴之地，神圣性得到突显。而对于"圣上龙飞之地，天下视为根本"的上都的神圣性，孔齐在《至正直记》中更有直接详细的表达：

> 上都本草野之地，地极高甚寒，去大都一千里。相传刘太保迁都时，因地有龙池，不能干涸，乃奏世祖当借地于龙，帝从之。是夜三更雷震，龙已飞上矣。明日以土筑成基，至今有焉。[81]

---

78 周伯琦：《近光集》卷一《上京杂诗十首》（其九），文渊阁《四库全书》本。

79 杨允孚：《滦京杂咏》卷上，《知不足斋丛书》本。

80 袁桷：《清容居士集》卷一六《开平昔贤有诗片云三尺雪一日四时天曲尽其景遂用其语为十诗》（其一），《四部丛刊》影印上海涵芬楼藏明刊本。

81 孔齐：《至正直记》卷一《上都避暑》，庄葳、郭群校点，《宋元笔记小说大观》，上海古籍出版社 2001 年版，第 6560 页。

在描述上都草原的地理特征后，为突出上都龙飞之地的神性，以今之所见"以土筑成基，至今有焉"的可信性为证，目的是渲染和诱使人相信上都的神性，这无疑是传说式的叙述。

为突出上都的神圣，很多作品还将上都描绘得如仙境般美妙。如袁桷"天阙虚无里，城低纳远山"[82]"阊阖云低接紫宫，水精凉殿起薰风"[83]等营造的天上仙境般的视觉形象。上都自然物产也被附以神圣的光环，如袁桷歌咏上都物产："芍药围红斗，摩姑缀玉钉。渐知尘骨换，振佩接青冥。"[84]他认为食用上都所产的芍药、蘑菇都会"尘骨换""接青冥"。

上都的神性还通过巡幸及朝堂仪式中尊卑有差的跪拜来建构，如贡师泰对上都威仪盛况的歌咏："百年典礼威仪盛，一代衣冠意气豪。"[85]袁桷对跪拜礼仪的描绘有"侍臣仰天威，长跪四方奏"[86]"王官跪酒头叩地，朱轮独坐颜酡烘"[87]"鸣鞭静跸宫门闭，长跪齐声呼万岁"[88]等，都体现了上都作为帝都的至高无上的威严和神圣。

（二）盛大的蒙古宫廷风情

文人往往通过描写神圣、盛大的帝王巡幸，奢华的宫廷宴饮，壮阔的天子游猎，规模宏大的游皇城、四方使者朝觐等场景，展现以帝王为中心的极具蒙古族风情的宫廷生活。

82 袁桷:《清容居士集》卷一五《上京杂咏》（其二），《四部丛刊》影印上海涵芬楼藏明刊本。

83 袁桷:《清容居士集》卷一五《次韵继学途中竹枝词》（其十），《四部丛刊》影印上海涵芬楼藏明刊本。

84 袁桷:《清容居士集》卷一五《上京杂咏》（其五），《四部丛刊》影印上海涵芬楼藏明刊本。

85 贡师泰:《玩斋集》卷四《上都诈马大燕》（其二），文渊阁《四库全书》本。

86 袁桷:《清容居士集》卷一五《龙虎台》，《四部丛刊》影印上海涵芬楼藏明刊本。

87 袁桷:《清容居士集》卷一五《皇城曲》，《四部丛刊》影印上海涵芬楼藏明刊本。

88 袁桷:《清容居士集》卷一五《装马曲》，《四部丛刊》影印上海涵芬楼藏明刊本。

文人用诸多笔墨极力描绘帝王巡幸的场面、礼仪、随从和护卫队伍、旅程用度等，突出巡行行为本身的盛大、荣耀、尊贵。当圣驾巡幸上都时，帝王乘坐大象驮着的带帐篷的帝辇，皇后、嫔妃和太子、诸王、大臣大多乘坐宫车或火室房子，有时干脆骑马。拉车的牲畜有马、牛、牦牛和骆驼。浩浩荡荡的巡幸场面吸引了文人大量的关注和描绘。如杨允孚"北顾宫庭暑气清，神尧圣禹继升平。今朝建德门前马，千里滦京第一程"，从大都出发写起，用大量篇幅描写了赴上都巡幸的浩大隆重的场面：

> 纳宝盘营象辇来，画帘毡暖九重开。大臣奏罢行程记，万岁声传龙虎台。
>
> 宫车次第起昌平，烛炬千笼列火城。方才居庸三四里，珠帘高揭听啼莺。
>
> 先帝妃嫔火室房，前期承旨达滦阳。车如流水毛牛捷，鞍缕黄金白马良。
>
> 翎出王侯部落多，香风簇簇锦盘陀。燕姬翠袖颜如玉，自按辕条驾骆驼。
>
> 夜宿毡房月满衣，晨餐乳粥碗生肥。凭君莫笑穹庐矮，男是公侯女是妃。

到了上都，"又是宫车入御天，丽姝歌舞太平年。侍臣称贺天颜喜，寿酒诸王次第传"[89]。于是，巡幸为富丽堂皇的上都风情拉开了序幕。极具蒙古族风情的诈马宴、游皇城、游猎、祭祀等，逐一展现出上都宫廷生活的富贵与奢华。

文人还集中描写了上都的大型宫廷宴饮，以展现上都作为草原帝都的繁盛、奢华与高贵。"诈马宴"，又称"质孙（只孙、济逊）

---

89 杨允孚：《滦京杂咏》，《知不足斋丛书》本。

宴"，是元代最为重要的宫廷宴享大会。正如元人所说："北方有诈马
筵席，最具筵之盛也。诸王公贵戚子弟，竞以衣马华侈相高。"[90]诈马
宴源于窝阔台时期的选汗大会，有固定的仪式和内容。其内容有宴
饮、歌舞，各种杂技、竞技与游戏，盛陈奇兽，诵读札撒，颂扬帝
德，是一个大型的狂欢盛会。[91]诈马宴为前往上都的文人所反复歌咏，
如柳贯、胡助、张昱、王祎、王沂、马祖常、贡师泰、迺贤、宋褧、
王结、杨允孚、张昱、周伯琦，以及僧人楚石梵琦等，都有关于诈马
宴的描写。周伯琦《诈马行有序》描写最为生动具体，又铺张扬厉。
贡师泰《上都诈马大燕五首》组诗、迺贤《失剌斡耳朵观诈马宴奉次
贡泰甫授经先生韵五首》组诗，以及王结《上京大宴诗》、宋褧《诈
马宴上京作》等对诈马宴的不同片段的描绘也十分具体生动。除此之
外，其他文人的诈马宴题材创作也各具特色。他们从不同的视角描写
诈马宴的某一个侧面，或对宴会程序进行宏大的描述，或对宴会具体
细节进行描绘。如杨允孚对隆盛绚丽的诈马宴的举办场地、程序、活
动环节、空间格局等进行了如电影镜头般的动态展现，简括而富有流
动感：

　　　　大安阁下晚风收，海月团团照上头。谁道人间三伏节，水晶
宫里十分秋。
　　　　北极修门不暂开，两行宫柳护苍苔。有时金锁因何掣，圣驾
棕毛殿里回。
　　　　千官万骑到山椒，个个金鞍雉尾高。下马一齐催入宴，玉阑
干外换宫袍。
　　　　锦衣行处狨猊习，诈马筵前虎豹良。特敕云和罢弦管，君王

90　叶子奇：《草木子》，上海古籍出版社 2012 年版，第 53 页。
91　李军：《"诈马"考》，《历史研究》2005 年第 5 期。有关诈马宴，历史学界如韩儒
　　林、纳古单夫等均有所考证。

有意听尧纲。

除了进行较为整体全景式的铺张描绘外，还有从一个侧面、具体事物或中间环节等进行片段性的特写的，这类诗篇也多气势磅礴、绚丽奢华。如袁桷在《装马曲》中咏盛装的马："彩丝络头百宝装，猩血入缨火齐光。锡铃交驱八风转，东西夹翼双龙冈。伏日翠裘不知重，珠帽齐肩颤金凤。绛阙葱茏旭日初，逐电回飙斗光动。宝刀羽箭鸣玲珑，雁翅却立朝重瞳。沉沉棕殿云五色，法曲初奏歌薰风。酾官庭前列千斛，万瓮蒲萄凝紫玉。驼峰熊掌翠釜珍，碧实冰盘行陆续。须臾玉卮黄帕覆，宝训传宣争俯首。黑河夜渡辛苦多，画戟雕闳总勋旧。龙媒嘶风日将暮，宛转琵琶前起舞。鸣鞭静跸宫门闭，长跪齐声呼万岁。"[92]前半部分是对名马盛装的描绘，极为富丽华贵。"双龙冈""棕殿"写的是上京诈马宴的会场环境，"法曲初献""万瓮葡萄""驼峰熊掌"及"宝训传宣"，分咏奏乐、宴饮和宣示祖训。

帝王巡幸上都的大型娱乐活动，除举行"诈马宴"之外，还包括狩猎、游皇城、祭祀等，这些活动也是文人集中描写的对象。文人通过描绘这些恢宏壮丽、形象生动的活动场面，为我们展现了蒙古族真实的传统习俗。当然，狩猎也是帝王个人的爱好，所谓"天朝习俗乐从禽，为按名鹰出柳阴。立马万夫齐指望，半空鹅影雪沉沉"[93]。写帝王围猎盛大场面，如"万骑橐鞬列旃旌，周庐严肃驾将兴"[94]"一声画鼓肃霜威，千骑平岗卷晴雪。长围渐合汤山东，两翼闪闪牙旗红"[95]；描绘忽必烈狩猎时展现出的蒙古民族的骁勇善猎，如"飞鹰

92　袁桷：《清容居士集》卷一五《装马曲》，《四部丛刊》影印上海涵芬楼藏明刊本。

93　张昱：《辇下曲》，《张光弼诗集》，《四部丛刊》影印常熟瞿氏铁琴铜剑楼藏明钞本。

94　胡助：《纯白斋类稿》卷一四《滦阳杂咏十首》，《丛书集成初编》本。

95　王恽：《秋涧先生大全文集》卷六，《四部丛刊》影印江南图书馆藏弘治刊本。

走犬汉人事，以豹取兽何其雄"[96]。写帝王游皇城活动和仪式也极为壮观，如袁桷《皇城曲》："岁时相仍作游事，皇城集队喧憧憧。吹螺击鼓杂部伎，千优百戏群追从。宝车瑰奇耀晴日，舞马装罾摇玲珑。红衣飘裾火山耸，白伞撑空云叶丛。王官跪酒头叩地，朱轮独坐颜酡烘。蚩氓聚观汗挥雨，士女簇坐唇摇风。"[97]这些诗句描绘了帝王游皇城的壮观场面，展现了壮大的队伍在鼓乐喧天、车马隆响中在上都城东、城西间的游动，以及千优百戏、红衣飘裾、白伞撑空、百官跪地、万民观看等热闹非凡又盛大繁华、庄严肃穆的场面。

　　上都作品还描写了以"与众生被除不祥，导迎福祉"[98]为目的的宗教祭祀活动。由帝师率领僧人和倡优百戏组成的队伍在上都城游行，其间皇帝、后妃、公主、贵臣和近侍都穿着华丽服饰，坐观于彩楼："禁卒、外卫、中宫、贵人、大家设幕以观。"[99]百姓围观，场面壮观而肃穆。张昱《辇下曲》有对南郊祭祀场面的描绘，写得也极为恢宏：

　　　　旂常万乘缀疏旄，玉瓒升坛藉白茅。前月太常班卤簿，安排法驾事南郊。

　　　　清庙上尊元不罩，爵呈三献礼当终。巫臣马湩望空洒，国语辞神妥法官。

　　　　辽东羞贡入神厨，祭鲔专车一丈余。寝庙岁行春荐礼，有加铏豆杂鲜腒。

　　　　国俗祠神主中溜，毡车毡俑挂宫灯。神来鼓盏自飞动，妖自

<hr>

96　王恽：《秋涧先生大全文集》卷六《飞豹行》，《四部丛刊》影印江南图书馆藏弘治刊本。

97　袁桷：《清容居士集》卷一五《皇城曲》，《四部丛刊》影印上海涵芬楼藏明刊本。

98　宋濂等：《元史·祭祀》卷七七，中华书局 1976 年版，第 1926 页。

99　虞集：《道园学古录》卷四二《赵思恭神道碑》，《四部丛刊》影印上海涵芬楼藏明刊本。

人兴如有凭。

狼髋且抛何且咒，女巫凭此卜妖祥。手持扑撒挥三祀，躅洁祈神受命长。[100]

王沂在《上京》诗中描绘的帝王上都的佛家法事场面也是极为宏大的：

黄金布地宝陈华，香漾蔷薇洗佛牙。甘露穴中遗舍利，神光五色莹无瑕。

曼衍鱼龙杂梵仪，金仙来降凤城时。都人稽首瞻雕辇，漠漠祥云护彩旗。[101]

总之，歌咏上都盛大、奢华的蒙古风情的作品，不仅数量众多，而且文人摹写集中，创作手法上多采用赋的手法，对繁盛精致的物品和壮阔宏大的活动场面进行细致描摹，以突显上都的神圣与富丽。如上述周伯琦《诈马行》诗，可看作诗赋。还有直接以赋体歌咏诈马宴的，如顺帝年间郑泳的《诈马赋》，全文一千余字，依次记录和描述了作文的缘起、诈马宴的会场环境、排列在平坡上的盛装马匹、官员所服质孙之衣的特点，以及角抵、射箭等竞技活动和百戏杂陈、奏乐宴饮的热闹场面。文中铺张渲染了作者身预诈马宴盛会时所见到的盛大场景，既丰富细腻，又几乎是对真实场景的记述，与汉赋虚构的艺术处理和讽谏的主旨截然不同。"前数里之左右兮，有两山之对峙；矧诈马之聚此兮，易葱芊之绮丽。额镜贴而曜明兮，尾银铺而插雉；雉丛身而騣裊兮，铃和鸾而合清徽。镫锁铁而金嵌兮，鞍砌玉而珠

---

100 张昱：《张光弼诗集》卷三《辇下曲》，《四部丛刊》影印常熟瞿氏铁琴铜剑楼藏明钞本。

101 王沂：《伊滨集》卷一二《上京十首》（其一、其二、其三），文渊阁《四库全书》本。

比；鞦靮辔靶，亦皆重宝。"[102]前四句写殿前数里地的草坡上排列着马群，它们被盛装打扮，原本葱郁的草地因此变得绮丽耀眼。后八句则具体描写了马的装饰：它们的额头上贴了金片，闪着亮光；马尾上插着长长的雉羽，摇曳生姿；马颈上的鸾铃叮咚作响；马镫和马鞍分别被嵌上金片、饰以珠玉，缰绳和革套上也缀满了宝物，显得极为绚丽珍贵，突显出马的名贵与漂亮。全赋在铺排、宏大的叙事中，还融入了大量的写实手法。序部分完全以史笔叙述诈马宴的规矩，对举行的时间、地点、参与人员及服饰、规模等进行了详细的介绍："皇上清暑上京，岁以季夏六月大会亲王，宴于棕王之殿三日。百官五品之上赐只孙之衣，皆乘诈马入宴。富盛之极，为数万亿，林林戴戴，若山拥而云集。"赋中还对棕王殿（即棕毛殿）的建筑形式进行了描写："覆以栟榈之皮""缅以黄绒之施"，"下系铁杙"以固定，"周回廉隅，满望平芜"。同时，还描写了只孙之衣"惟织纹之暗起"的织造特点，"三朝三易，一日一色""必具名而请奏""始蒙恩而有锡"的穿着和颁奏规定，"饮朱阑"而"举圣训之音旨，陈嘉谟与嘉猷"（即宣读成吉思汗的大札撒）的会场程序。至于上都的富贵，释楚石梵琦在诗中写道："今代称文士，谁能赋《两都》。内盘行玛瑙，中宴给醍醐。夜雪关河断，春风草木苏。不才惭彩笔，何得近青蒲。"[103]这些场景让文人们惊叹不已，觉得难以用诗文充分表达。

二、淳朴的草原风土民情："小妇担河水，平沙簇帐房"

元代诗文集中的草原书写，还展现了令人新异的草原生产生活等

102　郑泳：《义门郑氏奕叶文集》卷二，文渊阁《四库全书》本。

103　释楚石梵琦：《上都十五首》（其七），《楚石北游诗》，吴定中、鲍翔麟校注，浙江古籍出版社 2010 年版，第 74 页。

民风民俗，为我们呈现了一幅幅以上都草原日常生活为核心的风情画卷。在前往上京的途中，文人们不断歌咏与中原、江南迥异的风土民俗。如楚石梵琦的《黑谷二首》《当山即事二首》就是对黑谷、当山两地居民畜牧与农耕相结合的生产方式以及饮食、居住等生活民俗的生动描绘：

> 石洞鸣秋水，柴门暗晓烟。棠梨红可食，苜蓿翠相连。马识新耕地，驼知旧饮泉。家家厌酥酪，物物事烹煎。（楚石梵琦《黑谷二首》其一）
>
> 北去终无极，南还未有期。犹嫌江路远，不与土风宜。晚翠看卢橘，春香忆楚葵。兹山吾可老，饮水啖棠梨。（楚石梵琦《黑谷二首》其二）[104]
>
> 土窟金缯市，牙门羽木枪。地炉除粪火，瓦碗软蒸羊。小妇担河水，平沙簇帐房。一家俱饱暖，浮薄笑南方。（楚石梵琦《当山即事二首》其一）
>
> 水草频移徙，烹庖称有无。肉多惟饲犬，人少只防狐。白氎千缣氈，清尊一味酥。豪家足羊马，不羡水田租。（楚石梵琦《当山即事二首》其二）[105]

当然，以上都为中心，有关蒙古族粗犷质朴的日常生产、生活和风土民情的歌咏数量最多、最为集中。正如危素所说："当封疆阻越，非将与使弗至其地，至亦不暇求其物产而玩之矣。我国家受命自天，乃即龙冈之阳、滦水之滋以建都邑，且将百年。车驾岁一巡幸，于是四方万国罔不奔走听命，虽曲艺之长，亦求自见于世，而咸集辇

104　释楚石梵琦：《楚石北游诗》，吴定中、鲍翔麟校注，浙江古籍出版社2010年版，第97页。
105　同上书，第98页。

下……谓九州所产，昔之人择其可观者，莫不托诸豪素，而是名家矣。顾幸生于混一之时，而获见走飞草木之异品，遂写而传之。"[106] 以草原文化为主的上都独特的风土民情，对来自中原、江南的文人来说，极具吸引力。文人笔下呈现的上都风情也是极为丰富和生动的。文人不仅对这些风土民情加以客观的描写，还往往对上都居民给予特写，在民与俗、动与静的交织中，以一幅幅形象生动的画面展现了上都淳厚又多姿的风土民情。

（一）粗犷质朴的生产、生活民俗

上都地处广袤的金莲川草原，百姓的生产方式以游牧为主。他们每日都放牧牛羊，对此文人多有描写。放牧的生产方式直接决定了上都百姓的生活方式和习俗，主要体现在衣食住行的蒙古风情上，这也是文人普遍描写的对象。

文人作品中有对上都居民服饰习俗的描写。如"上都五月雪飞花，顷刻银妆十万家。说与江南人不信，只穿皮袄不穿纱"[107] "胡女裁皮服，奚儿挽角弓"[108]，就是描写在草原寒冷的天气里，居民穿长袍皮袄以御寒的风俗。不仅如此，还要戴上毛制的帽子，"紫貂裁帽稳，银鼠制袍新"[109]。而中原、江南地区的精致的锦类服饰就不适合穿，"马酒茶相似，驼裘锦不如"[110]。极寒的天气也使前往上都的文人都必须穿着貂裘等才能御寒，如"貂帽狐裘冷如铁，痴云作雪还未雪"[111]

106　危素：《说学斋稿》卷三《赠潘子华序》，文渊阁《四库全书》本。
107　范玉壶：《上都》，杨瑀《山居新话》，《知不足斋丛刊》本。
108　释楚石梵琦：《开平书事》（其四），《楚石北游诗》，吴定中、鲍翔麟校注，浙江古籍出版社，2010 年版，第 85 页。
109　同上。
110　释楚石梵琦，《漠北怀古》（其三），《楚石北游诗》，吴定中、鲍翔麟校注，浙江古籍出版社 2010 年版，第 90 页。
111　贡师泰：《玩斋集》卷二《次赤城驿》，文渊阁《四库全书》本。

"重貂袭裘帽，矫矫若纨素"[112] "风高马惊嘶，露下黑貂薄"[113] "貂帽驼裘休叹侬，从官车骑莫从容"[114]等，否则禁不住寒冷的侵袭。

对上都居民的饮食习俗，文人也有描写，如"野帐吹烟煮羊肉"[115]，生动描绘了草原地区以肉类为主的饮食习惯。当地居民还有生吃马肝的喜好。云中人陈伯通[116]《海青马生肝三首》中的后两首云：

> 催荐厨中语未阑，控拳豪客簇雕鞍。翠翻云叶并刀乱，冰透霜花楚玉寒。一吮味甘牙齿滑，十分香彻鼻头酸。梦魂不到鲈鱼鲙，醉眼江湖特地宽。（其二）
>
> 惊呼乳盎意匆匆，便觉余香鼻观通。露滴冰盘蓝玉软，风生霜刃碧囊空。舞娃惊溅罗衣绿，酒客潜消醉脸红。若使昔人知此意，羊头烂熟不成功。（其三）[117]

这两首诗生动地描写了生吃马肝、吃未煮熟的羊头、喝奶酒等饮食习俗。诗人夸赞生马肝的美味超过南方细切的鲈鱼，而羊头煮熟后再吃就不好吃了。这种饮食习惯充满了奇异色彩。实际上，这也是对事实的描写。今天，草原牧民依然有生吃马肝的习惯，喜欢吃半生半熟或三四分熟的肉类，蒙古族认为这样既有营养，又口感鲜嫩。

---

112 柳贯：《柳待制文集》卷一《发通州至小直沽》，《四部丛刊》影印江阴缪氏艺风堂藏元至正刊本。

113 迺贤：《金台集》卷二《次上都崇真宫呈同游诸君子》，文渊阁《四库全书》本。

114 吴当：《王继学赋柳枝词十首书于省壁至正十有三年扈跸滦阳左司诸公同追次其韵》（其八），《学言稿》卷六，文渊阁《四库全书》本。

115 张昱：《张光弼诗集》卷三《塞上谣》（其六），《四部丛刊》影印常熟瞿氏铁琴铜剑楼藏明钞本。

116 盛如梓《庶斋老学丛谈》卷三载，陈伯通宣慰，云中人，跛而眇。自述云："肢伤一体娄师德，目眇三分李雁门。"有《海青马生肝诗》，颇工。

117 陈伯通：《海青马生肝》，盛如梓《庶斋老学丛谈》卷三，《丛书集成初编》本。

　　文人作品中还有描写上都居民居住习俗的。蒙古族人习惯居住在便于搬动的毡包中，这种毡包俗称蒙古包。如"塞雨初干草未霜，穹庐秋色满沙场"[118]"西关轮舆多似雨，东关帐房乱如云"[119]等诗句，生动地描绘了蒙古包的数量之多。还有对大汗所居的华丽恢宏的毡包即失剌斡耳朵的描绘，如"帐殿横金屋，毡房簇锦城"[120]。柳贯在《观失剌斡耳朵御宴回》中描写得最为详细："毳幕承空柱绣楣，彩绳亘地掣文霓。辰旗忽动祠光下，甲帐徐开殿影齐。芍药名花围簇坐，蒲萄法酒拆封泥。御前赐酺千官醉，思觉中天雨露低。"自注："车驾驻跸，即赐近臣洒马奶子御筵，设毡殿失剌斡耳朵，深广可容数千人。"失剌斡耳朵系蒙古语，汉意为黄帐、金帐，其外施白毡，也有包银鼠、黑貂之皮者，内以黄金抽丝与彩色毛线织物为衣，柱与门以金裹，钉以金钉，帐内极为深广、华贵。上都居民住土屋者也很多，大量的诗句对此有所描绘，如"筑城侵地断，居室与天连"[121]"土屋层层绿，沙坡簇簇黄"[122]，描写土屋连绵之多；"土屋难安寝，飞沙夜击门"[123]，描写居住土屋时草原风沙敲击门窗的声响。还有将土屋、毡房并列来写的，"毡房联涧曲，土屋覆山椒"[124]"土屋粘蜜房，文毡围锦窠"[125]，以居住房屋之多样、密集，突出了上都的居民之多，

118　柳贯：《柳待制文集》卷五《还次桓州》，《四部丛刊》影印江阴缪氏艺风堂藏元至正刊本。

119　宋本：《上京杂诗》（其二），《永乐大典》（第四册）卷七七〇，中华书局1986年版，第3578—3579页。

120　袁桷：《清容居士集》卷一五《上京杂咏十首》（其七），《四部丛刊》影印上海涵芬楼藏明刊本。

121　释楚石梵琦：《开平书事》（其二），《楚石北游诗》，吴定中、鲍翔麟校注，浙江古籍出版社2010年版，第79页。

122　袁桷：《清容居士集》卷一五《上京杂咏》（其二），《四部丛刊》影印上海涵芬楼藏明刊本。

123　释楚石梵琦：《开平书事》（其十二），《楚石北游诗》，吴定中、鲍翔麟校注，浙江古籍出版社2010年版，第83页。

124　袁桷：《清容居士集》卷一五《云州》，《四部丛刊》影印上海涵芬楼藏明刊本。

125　袁桷：《清容居士集》卷一五《登候台》，《四部丛刊》影印上海涵芬楼藏明刊本。

充满生气。

还有大量的对牧民日常生活的描写。如"毡房纳石茶添火，有女褰裳拾粪归"[126]，描写上都居民使用的燃料是从野外拾来的马粪及松柴等木料。"杂沓毡车百辆多，五更冲雪渡滦河。当辕老妪行程惯，倚岸敲冰饮橐驼"[127]"每厌冰霜苦，长寻水草居。控弦随地猎，剁木近河渔"[128]，描写上都居民出行使用毡车，以及劳动环境的恶劣和游牧生活的艰辛。打猎是游牧民族特有的生产和生活技能，是他们生活的重要组成部分，上都风情诗也多有描写百姓游猎生活场景的，如"旋卷木皮斟醴酪，半笼羔帽敌风沙。丈夫射猎妇当御，水草肥甘行处家"[129]，描写了上都蒙古民族男子打猎、女子主家的日常生活。

（二）以人为主：对上都居民日常生活的描写

上都风情之作，除了客观地描写草原生产生活和习俗之外，还大量地描写在草原生活着的居民，有普通百姓，也有宫廷各色人物，甚至还出现了很多对舞女、歌姬等侑酒女郎的描写，展现了他们的日常劳作和闲暇生活。有对上都侑酒歌女的豪爽泼辣的描写："曾见上都杨柳枝，龙江女儿好腰肢。西锦缠头急催酒，舞到秋来人去时。"[130]有对头插小花的蒙古族少女的描写："双鬟小女玉娟娟，自卷毡帘出帐前。忽见一枝长十八，折来簪在帽檐边。"[131]有对草原女性自由奔跑场

---

126 杨允孚：《滦京杂咏》卷下，《知不足斋丛书》本。

127 迺贤：《金台集》卷二《塞上曲》（其二），文渊阁《四库全书》本。

128 释楚石梵琦：《漠北怀古十六首》（其十二），《楚石北游诗》，吴定中、鲍翔麟校注，浙江古籍出版社 2010 年版，第 84 页。

129 柳贯：《柳待制文集》卷五《后滦水秋风词》，《四部丛刊》影印江阴缪氏艺风堂藏元至正刊本。

130 王士熙：《上都柳枝词》（其一），顾嗣立《元诗选·二集》卷一一。

131 迺贤：《金台集》卷二《塞上曲》（其三），文渊阁《四库全书》本。

面的描写："圆象无停运，日驭转西陆。凉野多归人，翩翩共驰逐。"[132]有对仁候巡幸队伍的杖藜老者的喜悦神态的描写："细沙新筑御家坡，恰有清尘小雨过。扶杖老翁先喜舞，翠华闻已渡滦河。"[133]有对蒙古族少女热情好客、豪爽不羁，又能歌善舞的形象的描写："胡姬二八面如花，留宿不问东西家。醉来拍手趁人舞，口中合唱阿剌剌。"[134]有对蒙古族少年醉酒行为的描写："马上黄须恶酒徒，搭肩把手醉相扶。见人强作汉家语，哄着村童唱塞姑。"[135]有对蒙古族卖酒女郎的描写："玉貌当垆坐酒坊，黄金饮器索人尝。胡奴叠骑唱歌去，不管柳花飞过墙。"[136]千姿百态，各具风情，男女老少都展现出迥异于中原、江南百姓的生活情趣。尤其对女性着墨最多。如杨允孚《滦京杂咏》对蒙古族女性的描写：

> 翎赤王侯部落多，香风簇簇锦盘陀。燕姬翠袖颜如玉，自按辕条驾骆驼。
>
> 元夕华灯带雪看，佳人翠袖自禁寒。生平不作蚕桑计，只解青骢鞯绣鞍。
>
> 汲井佳人意若何，辘轳浑似挽天河。我来濯足分余滴，不及新丰酒较多。
>
> 紫菊花开香满衣，地椒生处乳羊肥。毡房纳石茶添火，有女

132　黄溍：《金华黄先生文集》卷四《丁亥春二月起自休致入直翰林夏四月抵京师六月赴上京述怀》（其六），《四部丛刊》缩印常熟瞿氏上元宗氏日本岩崎氏藏元刊本。

133　叶衡：《上京杂咏十首》（其九），钱熙彦编次《元诗选补遗》，中华书局 2002 年版，第 38 页。

134　张昱：《张光弼诗集》卷三《塞上谣八首》（其六），《四部丛刊》影印常熟瞿氏铁琴铜剑楼藏明钞本。

135　张昱：《张光弼诗集》卷三《塞上谣八首》（其四），《四部丛刊》影印常熟瞿氏铁琴铜剑楼藏明钞本。

136　张昱：《张光弼诗集》卷三《塞上谣八首》（其二），《四部丛刊》影印常熟瞿氏铁琴铜剑楼藏明钞本。

褰裳拾粪归。[137]

这些诗作都是直接描写蒙古族女性日常生产中的驾车、备鞍、汲井打水、拾粪烧茶、卖豆浆等劳作，并没有掺杂任何关于恶劣生活环境或女性劳作悲苦的描写，而是用极为轻松的笔调描写蒙古族女性的勤劳朴实。也有对上都蒙古少年生活的描写，如张昱《辇下曲》中的几首：

> 少年马后抱熊黑，便佞相倾结所知。一日搭名帮草料，好官多属跨驴儿。
>
> 闲家日逐小公侯，蓝棒相随觅打球。向晚醉嫌归路远，金鞭梢过御街头。
>
> 斗鹌初罢草初黄，锦袋牙牌日自将。闹市闲坊寻搭对，红尘走杀少年狂。
>
> 争抱荆筐拾马留，贫儿朝夕候鸣驺。不知金印为何物，肯要人间万户侯。[138]

描写了蒙古少年的活泼可爱、爱好玩耍甚至有些游手好闲的形象，以及他们打猎、玩球、斗鹌、打牙牌的丰富日常娱乐生活，都是采用白描手法，清新自然，富于形象性和画面感。

吴莱的《北方巫者降神歌》描写尤为细腻：

> 天深洞房月漆黑，巫女击鼓唱歌发。高梁铁镫悬半空，塞向墐户迹不通。酒肉滂沱静几席，筝琶朋指凄霜风。暗中铿然那敢

---

137 杨允孚：《滦京杂咏》，《知不足斋丛书》本。

138 张昱：《张光弼诗集》卷三《辇下曲》，《四部丛刊》影印常熟瞿氏铁琴铜剑楼藏明钞本。

触，塞外诸神唤来速。陇坻水草肥马群，门巷光辉耀狼纛。举家
侧耳听语言，出无入有凌昆仑。妖狐声音共叫啸，健鹘影势同飞
翻。瓯脱故王大猎处，燕支废碛黄沙树。休屠收像接秦宫，于阗
请骓开汉路。古今世事一渺茫，楚機越女几灾祥。是邪非邪降灵
场，麒麟披发跨地荒。

该诗歌生动地描绘了女巫降神的过程，从降神音乐、降神仪式、降神
场面等几个方面展示了萨满教降神活动的场景，以诗歌的形式生动表
现了元上都本土民族宗教文化的多神性与丰富性等特点。这里特别值
得关注的宗教文化价值在于：多神信仰的民族宗教文化体系本身即具
有开放性和灵活性，这正是元上都多元宗教文化共存的思想基础。

三、上都多元的世界风情："土风多国语，闾井异寻常"

大元帝国以草原般宽广的胸怀拥抱世界，展开了十分频繁的中外
政治、经济、文化、宗教等交往，上都自然成为国外人士聚集的重要
城市之一。元朝不仅与四大汗国有外交往来，还与高丽、安南、占
城、缅甸、暹罗、罗斛、真腊，以及远至阿拉伯半岛、非洲和欧洲的
许多国家都有往来。各国来至上都的人们主要有朝觐元帝的使者，以
及大批的商旅、宗教人士、游客等。他们穿着不同的服饰，长着不同
的面孔，操着不同的语言，从事着各色各样的职业，上都由此具有了
"奇怪物变、风俗嗜好、语言衣食有绝异者，史不胜书也"[139]的多元文
化汇集的世界风情。这种世界风情对前往上都的文人具有极大的吸引

139　虞集：《道园学古录》卷一〇《跋和林志》，《四部丛刊》影印上海涵芬楼藏明
　　刊本。

力，他们往往用诗文对此加以热情的歌咏。

（一） 歌咏草原的商贸活动

虞集说："昔世祖皇帝在潜藩，建牙纛、庐帐于滦河之上，始作城郭宫室，以谨朝聘，出政令，来远迩，保生聚，以控朔南之交。及乎建国，定都于燕，遂以是为上都，而治开平焉。大驾岁一巡幸，未暑而至，先寒而南，宫府侍从宿卫咸在，凡修缮供亿一责于留守之臣。然地高寒，鲜土著种艺之利，在野者，畜牧散居以便水草；在市者，则四方之商贾与百工之事为多，怀柔抚绥，使薄来而厚往，然后奇货用物，本末纤巨，莫不毕至充溢盛大，以称名都焉。"[140]由于元代对上都的商贸活动有各种优待政策，极具经商头脑的阿拉伯、波斯、突厥等"色目商贾"，纷纷前往上都。他们的到来不仅为上都商贸市场增添了无限生机，所谓"四方之商贾与百工之事"汇于上都；而且，为上都增添了无限异域风情，如袁桷《开平十咏》其七对此就有直接的歌咏：

> 煌煌千贾区，奇货耀出日。方言互欺诬，粉泽变初质。开张通茗酪，谈笑合胶漆。忆昔关市宽，崇墉积如铚。梯航际穷发，均输乃疏术。[141]

每当扈从巡幸队伍到来，上都的商品需求量增大时，商人们纷沓而来，设摊经营。他们来自天南海北，在此陈列各色奇异的商品，说着各种语言谈生意，呈现出一派多国物品汇集、多国商贾参与的集贸市场繁闹景象。当国外商贾的小商品贸易与本土走街串巷的贩卖相融

---

140 虞集：《道园学古录》卷一三《上都留守贺惠愍公庙碑》，《四部丛刊》影印上海涵芬楼藏明刊本。
141 袁桷：《清容居士集》卷一五，《四部丛刊》影印上海涵芬楼藏明刊本。

合时，上都商贸的多元色彩愈发鲜明。杨允孚描写了上都本土商贩街头卖鼠，以及西域老者骑着大象穿梭于街道的场景："老翁携鼠街头卖，碧眼黄髯骑象来。"[142]袁桷还写到了商贾时常出没于毡房，身穿红衣的僧侣往来不绝的景象："白毡时逢贾，朱衣定指僧。"[143]除此之外，上都的酒肆商业也很发达，"玉貌当垆坐酒坊，黄金饮器索人尝"[144]"复仁门边人寂寂，太平楼上客纷纷"[145]。有描写饮酒者欢乐场面的，如"滦河美酒斗十千，下马饮者不计钱。青旗遥遥出华表，满堂醉客俱少年。侑杯小女歌竹枝，衣上翠金光陆离"[146]；也有描写远观中的酒肆位置的，如"滦水桥边御道西，酒旗闲挂暮檐低""卖酒人家隔巷深，红桥正在绿杨阴"[147]等。可以说，上都文人为我们展现了一个汇聚着本土与西域乃至欧洲商人的世界性都市，不同国别的商人们在上都进行繁复的商贸活动，使上都充满了多元商贸的世界风情。

（二）歌咏草原帝都多元的宗教活动

元朝自忽必烈起对各派宗教都采取兼收并蓄的政策，故而上都城内汇集了佛教、道教、天主教、伊斯兰教、基督教等多种宗教。各种宗教的传教士和信徒不仅来自世界各地，他们朝拜的寺庙殿宇也并存不悖。这种宗教的多元化使上都呈现出世界多元文化风情。张昱《辇下曲》就有数首描写了这种繁复而充满活力的多元宗教景象：

> 高昌之神戴羖首，仗剑骑羊气猛烈。十月十三彼国人，萝卜

142　杨允孚：《滦京杂咏》，《知不足斋丛书》本。

143　袁桷：《清容居士集》卷一五《鲁子翚御史分按辽阳作长律五十韵爱其精密今岁亦扈跸开平因次其韵》，《四部丛刊》影印上海涵芬楼藏明刊本。

144　张昱：《张光弼诗集》卷三，《四部丛刊》影印常熟瞿氏铁琴铜剑楼藏明钞本。

145　宋本：《上京杂诗》（其一），《永乐大典》（第四册）卷七七，中华书局1986年版，第3578页。

146　马祖常：《石田文集》卷五《车簇簇行》，文渊阁《四库全书》本。

147　杨允孚：《滦京杂咏》，《知不足斋丛书》本。

面饼贺神节。

十字寺神呼韩王，身骑白马衣戎装。手弹箜篌仰天日，空中
来仪百凤凰。

旃檀佛像身丈六，三十二相俱完全。流传释家亲受记，止于
大国来西天。

西番灯盏重百斤，刻铭供佛题大臣。黄酥万瓮照无尽，上祝
皇釐下己身。

花门齐侯月生眉，白日不食夜饱之。缠头向西礼圈户，出浴
升高叫阿弥。

西天咒师首蜷发，不澡不颒身亦殷。倒垂璎珞披红屬，出入
宫闱无覥颜。

似将慧日破愚昏，白日如常下钓轩。男女倾城求受戒，法中
秘密不能言。

肩垂绿发事康禅，淡扫蛾眉自可怜。出入内门装饰盛，满宫
争迓女神仙。[148]

诗中所提到的宗教几乎涵盖了上述所有宗教种类，这些宗教徒长相奇
特、着装奇异，宗教活动也各不相同，成为上都人们观览的一道文化
风景。

（三）歌咏草原帝都国际性的语言交流活动

上都的多元文化风情还体现在语言交流上，这在诗文中多有描
写。上都所属地区，本地人使用蒙古语，周伯琦《扈从集后序》记
述："车驾……越三日至察汗淖儿，由此转西至怀秃脑儿，犹汉言后
海也。其地南北皆水，水禽集育其中，国语名其地曰遮里哈剌纳钵，
犹汉言远望则黑也。土风多国语，间井异寻常。"而每年世界各地的

148　张昱：《张光弼诗集》，《四部丛刊》影印常熟瞿氏铁琴铜剑楼藏明钞本。

人随着巡幸队伍来到此地，多种语言并行，相互学习母语之外的其他语种的现象很普遍。仅张昱《辇下曲》就有两首诗描写了多元的语言文化交流和学习现象："玉德殿当清灝西，蹲龙碧瓦接榱题。卫兵学得高丽语，连臂低歌井即梨。""马上黄须恶酒徒，搭肩把手醉相扶。见人强作汉家语，哄着村童唱塞姑。"分别写上都蒙古怯薛侍卫学习高丽语，以及蒙古少年学说汉语，嘴里又唱着蒙古歌谣的多种语言交流的现象。不同语言的学习、交流与大量来自西域、欧洲的商旅、僧人、使者之间的交流碰撞，共同铸就了上都这样一个充满世界风情的帝都。

四、上都的风情文学描摹：体物写生与组诗形式

对来自中原、江南的文人而言，不论是独具蒙古风情的盛大奢华的宫廷生活、普通百姓风土民情，还是四海来朝的多元文化汇聚的世界风情，都让他们感到目不暇接，新奇而兴奋。因此，文人们的善于体物写生的才能得到充分发挥，既"曲尽其景"，又善于提炼。同时，他们还多采用组诗的形式，以描写多面、立体的上都风情。

（一）善于体物写生

上都风情之作不仅数量众多，而且成为后世对元代文学选录、评论的主要对象之一。如明人罗大巳就对上都风情诗赞叹不已："耳目所及，穷西北之胜，具江山人物之形状，殊产异俗之瑰怪，朝廷礼乐之伟丽，与凡奇节诡行之可警世厉俗者，尤喜以咏歌记之，使人诵之。"[149]《四库提要·陈刚中诗集》云："其上都纪行之作，与前二稿工力相敌，盖摹绘土风，最所留意矣。"在今天看来，这些作品在体

149　罗大巳：《滦京杂咏跋》，杨允孚《滦京杂咏》，《知不足斋丛书》本。

物写生上是极为突出的，这在元代也是被广泛认可的。如袁桷就有组诗题为《开平昔贤有诗："片云三尺雪，一日四时天。"曲尽其景，遂用其语为十诗》。"片云三尺雪，一日四时天"，的确做到了"曲尽其景"，把上都一日多变的草原高寒气候写得淋漓尽致。组诗中描写气候的诗句有"寒沙杂软草，其下有冰片"（其一）、"顷刻变昏昼，阴晴常日三"（其三），写得真实细致而形象生动。

文人们还往往对上都某一风情加以总结提炼，让人一下子就感受到上都风情的独特之处，仅举两首为例：

> 羲和当中街，重衾惨颜色。询彼住冬人，封户雪逾尺。松烟暗疏箔，罗坐围丈席。南邻时相通，北门恍未识。冰天与火井，受地各有职。（袁桷《开平昔贤有诗："片云三尺雪，一日四时天。"曲尽其景，遂用其语为十诗》其四）
> 驾鹅帖云飞，下惧鹰眼疾。空墟无鸦栖，坏穴见鼠出。杨枝尚敛色，吐絮朝伏日。羌巴杂蛮獠，异服状非一。风土谅不同，删述在史笔。（袁桷《开平昔贤有诗："片云三尺雪，一日四时天。"曲尽其景，遂用其语为十诗》其六）[150]

"冰天与火井"形象地概括了上都冰寒的天气与居民烧松枝取暖的民俗，"风土谅不同"概括了上都居民混杂、穿着奇异服饰等地域特征。全诗下笔精细，形象具体，又视野广阔，极富概括力。

（二）作为一种文学创作形式的组诗

组诗在上都文学活动成果中分量很大，据笔者统计，三首以上的组诗共六百九十七首，分属于二十七位诗人；十首以上的组诗有二十三组，共四百三十九首，分属于十七位诗人。这些组诗在内容上又以

150　袁桷:《清容居士集》卷一五，《四部丛刊》影印上海涵芬楼藏明刊本。

描写上都风情为主，使组诗成为上都风情之作的代表性体裁。如张昱
《辇下曲》一百零二首中的大部分诗作、杨允孚《滦京杂咏》一百零
八首中的三十余首、释楚石梵琦《上都十五首》、王沂《上京十首》、
周伯琦《上京杂诗十首》、叶衡《上京杂咏十首》、郑彦昭《上京行
幸词六首》、马祖常《丁卯上京四绝》、袁桷《上京杂咏十首》及再
次韵、宋本《上京杂诗十七首》等大型组诗中的部分诗作，都是集中
描写上都风情的作品。这些作品以庞大的规模，对不同具体风情进行
一一描绘，再组合为一个整体，以展现上都丰富多彩又令人目不暇
接、备感新奇的风土人情。如迺贤《塞上曲》五首，全是描写上都风
土人情的作品：

> 秋高沙碛地椒稀，貂帽狐裘晚出围。射得白狼悬马上，吹笳
> 夜半月中归。
> 杂沓毡车百辆多，五更冲雪渡滦河。当辕老妪行程惯，倚岸
> 敲冰饮橐驼。
> 双鬟小女玉娟娟，自卷毡帘出帐前。忽见一枝长十八，折来
> 簪在帽檐边。
> 马乳新挏玉满瓶，沙羊黄鼠割来腥。踏歌尽醉营盘晚，鞭鼓
> 声中按海青。
> 乌桓城下雨初晴，紫菊金莲漫地生。最爱多情白翎雀，一双
> 飞近马边鸣。[151]

这些诗作从多个维度，对上都蒙古民族的诸多生活场景进行了细腻且
生动的描绘：夜半才归的打猎民俗，老妇赶驾毡车出行的从容适意，
草原少女野花簪帽的天真烂漫，踏歌而舞又按放海东青助兴的群欢活
动，以及雨后初晴，开遍紫菊、金莲的广袤草原上马儿的撒欢嘶鸣，

151　迺贤：《金台集》卷二，文渊阁《四库全书》本。

优美的白翎雀在天空盘旋的壮阔幽静等，涵盖了生产、生活、娱乐、自然物产等多个方面，构成了一幅幅立体的风情画卷。再如袁桷《上京杂咏十首》及再次韵，共二十首诗，将上都风土民俗展现得淋漓尽致，具体细腻，活泼可爱，自然生动，令人过目难忘，常被学界反复提及。

第三节　上都咏怀诗：盛世自信与
思乡之情的交融

　　在游历吊古、上都风情之作中，很多都寄托了作者的情怀，如对壮美自然风光的赞叹、对一统帝国和伟大帝王功业的赞美、对历史人物命运的惋惜，以及对淳美民风的歌颂等。这些都是人与物（景）的对话，是文人面对外部客观世界时对客观事物的歌咏。然而，上都作品中还有大量的直接抒发情怀之作。如果说前者更多是基于一统盛世时代的风云际会，激发了文人的自豪感，那么后者则是文人对事、对己更具私有性的自我表达。人们一旦离开了自己熟悉的乡土，来到陌生的环境，都会以外来者的身份观察和体会身边的事物，因此，文人创作了较多专门的纪事之作，如围绕帝王巡幸事件、自己在上都生活的纪事，表达了文人对上都王道政治理想的感怀，以及对自己上都清雅生活的赞叹。同时，由于文人"客"的身份，他们也多抒发对上都高寒气候、蒙古族生活方式的不适应，以及羁旅之苦、时日漫长的寂寥孤单等，还有对自己身体老病的担忧、浓郁的乡愁等。然而，不论文人们如何看待上都之行，抒发着什么样的情感，"扈跸朝上京"[152]是身为人臣的责任与荣耀，不远万里游历上都是文人有生之幸事。文人

152　袁桷：《清容居士集》卷一五《居庸关》，《四部丛刊》影印上海涵芬楼藏明刊本。

们在一趟又一趟的固定旅程中，将扈从的荣耀、游历的庆幸与上京之行紧密联结，高涨的时代自豪感依然是主旋律。

一、 歌咏一统功业与时代自信："百年典礼威仪盛，一代衣冠意气豪"

（一）讴歌一统盛世

在游历、吊古之作中，有对元朝一统盛世、帝王功业的赞美。这种赞美往往建立在以下几个方面：对巡幸这一旷世之举的观览，文人能够扈从、游历的生于斯时的幸运，对南北自然地理风光殊异和民风淳朴的惊叹，以及由此带来的视觉和心理冲击。这些作品中对一统盛世的赞叹和强烈的时代自豪感，在作品的结构安排上，基本出现在诗作的结尾，不计入咏怀之作中。此外，还有直接歌咏帝国一统盛世和帝王一统功业的咏怀诗。如周伯琦《上京杂诗十首》其一：

> 皇图基正统，朔易建神京。地厚南坡暖，天低北斗明。禁垣金耸阁，朝市石为城。盛业超前古，侯王作干桢。[153]

开篇便强调元朝政权的正统地位，营造"北斗明"的神京氛围。因上都在北方，用北斗喻政权之极正，直接赞颂元朝那凌越往古的一统盛业，如同北斗的光芒映照天地。张昱的《辇下曲》也直接歌咏了帝国一统下皇权的威严和四海之民汇聚于上都的盛大气象：

153　周伯琦：《近光集》卷一，文渊阁《四库全书》本。

州桥拜伏两珉龙，向下天潢一派通。四海仰瞻天子气，日行黄道贯当中。

方朝犹是未明天，玉戚轮竿已俨然。百兽蹲威绘旛下，万臣效职内门前。[154]

诗歌描绘了帝国盛世的威仪，不仅万臣效职，还四海仰瞻。袁桷也有"先皇雄略函诸夏，拟胜周家宴镐京"[155]的赞叹。又如贡师泰《上都诈马宴五首》其五：

清凉上国胜瑶池，四海梯航燕一时。岂谓朝廷夸盛大，要同民物乐雍熙。当筵受几存周礼，拔剑论功陋汉仪。此日从官多献赋，何人为诵武公诗。[156]

该诗并没有如上都风情诗那样正面描绘诈马宴的举行过程和场面，以突出其盛大奢华，而是由盛大奢华的诈马宴，直接生发出对一统帝国的盛大、四海来朝的威严、民物雍熙的和谐的赞颂，表达出一种"即使是汉代也无法与之相比"的时代自豪感。贡师泰还有一首咏怀诗《上京大宴和樊时中侍御》，其中有着更为直接的抒发：

一元开大统，四海会时髦。畿甸包幽蓟，天门启应皋。群黎皆属望，百辟尽勤劳。蕃国来探献，边陲绝绎骚。剑韬龙尾匣，弓属虎皮櫜。列圣尊皇极，元臣异节旄。宗盟存带砺，世胄出英豪。岁驾严先跸，居人望左纛。平沙班诈马，别殿燕棕毛。凤簇珍珠帽，龙盘锦绣袍。扇分云母薄，屏晃水晶高。马湩浮犀碗，

---

154 张昱：《张光弼诗集》卷三，《四部丛刊》影印常熟瞿氏铁琴铜剑楼藏明钞本。
155 袁桷：《清容居士集》卷一五，《四部丛刊》影印上海涵芬楼藏明刊本。
156 贡师泰：《玩斋集》卷四，文渊阁《四库全书》本。

驼峰落宝刀。暖茵攒芍药，凉瓮酌葡萄。舞转星河影，歌腾陆海涛。齐声才起和，顿足复分曹。急管催瑶席，繁弦压紫槽。明良真旷遇，熙洽喜重遭。化类工成冶，声同士赴錾。隆恩虽款洽，醉舞敢呼号。拜命荣三锡，论功耻二桃。重华跻舜禹，盛业继夔皋。燕飨存寅畏，游畋戒逸遨。乾坤春拍拍，宇宙乐陶陶。争献公车颂，光荣胜衮褒。[157]

作者借对诈马宴的粗线条描绘，赞美一统盛世下的天下和乐。当天下一统，四海汇于上都，百姓充满期盼，藩国前来觐见。虽然上都远在北之边陲，却物产极盛，文治太平。曾经用于作战的弓弩、宝剑也早已收于珍贵的匣橐之中，派不上用场。宗亲会盟，列宴上都，吃穿用度和耳目之娱都是那么丰盛和精美，这种奢华的欢乐场景正如"化类工成冶，声同士赴錾"所描述的那样。而缔造一统之盛的元代帝王功业，也犹如"重华跻舜禹，盛业继夔皋"般伟大，普天之下都呈现出"乾坤春拍拍，宇宙乐陶陶"的景象。当文人置身其中，感受上都其乐融融的太平生活时，不禁发出"吾皇万万岁"的祝愿："玉帛朝诸国，公侯宴上京。泼寒奇技奏，兜勒古歌呈。地设山河险，天开日月明。愿将千万岁，时祝两三声。"[158]

（二）歌咏上都王道政治

对一统盛世、帝王功业的赞颂，又与直接歌咏上都王道政治相关联。在仁宗延祐以前，文人很少直接歌咏王道政治，主要通过对帝王巡幸的描绘，称颂帝国疆域广阔、四海觐拜的盛世霸业。对于帝王形象的展现，偶尔会刻画其射猎技艺的高超，但更多的是对其武功的歌

157　贡师泰:《玩斋集》卷五，文渊阁《四库全书》本。

158　释楚石梵琦:《上都十五首》（其十四），《楚石北游诗》，吴定中、鲍翔麟校注，浙江古籍出版社 2010 年版，第 78 页。

咏。而对王道政治的歌咏，主要集中在仁宗以后，多通过儒臣执事的
纪事和被儒化的帝王形象描绘来实现，多有对上都儒学、科举、经筵
进讲等文治事业的歌咏，直接抒发对王道政治的赞叹。如对上都儒
学、分教上都之事，虞集、柳贯、胡助、许有壬、张昱等文人都有所
歌咏。许有壬表达了"但期得真才，持用拯黎庶。风俗回雍熙，帑庾
日丰裕"[159]的美好愿望。柳贯《五月八日至上都国子监作》在描绘了
巡幸队伍到达上都的庄重威严仪式之后，想到自己此来上都分教国子
监的职务，表达了对上都偃武修文、培养人才的文治政策的赞颂：
"今晨得佳马，骁行趋上京。却顾沙卷幕，前瞻车载旌。翠华戒鸣蹕，
肃肃远有声。驰道无十里，云开双阙明。迹既阻奉引，班非陪列卿。
言寻圜璧宫，纡徐临雄城。莱地三数亩，虚堂十余楹。稍加溉扫勤，
得遂憩息清。韩公博士年，实教东都生。今我最冗官，怀铅从北征。
古来玄朔地，雅颂亦铿轰。丰芑德甚广，韦编义尤精。前修有轨辙，
后生多俊英。抑将授何业，可使器早成。宁无子衿刺，仅免吏牍婴。
高居谢暑浊，旷矣羲皇情。"[160]张昱《辇下曲》则表达了对国子生人
数众多和帝王重视人才培养、科举取士的赞扬："胄监诸生盛国容，
大官羊膳两厨供。六经尽是君臣事，卿相才多在辟雍。""文明天子念
孤寒，科举人材两榜宽。别殿下帘亲策试，唱名才了便除官。"[161]诸如
此类还有许有壬《监试上都二首》、周伯琦《至上京即国子监为试院
考试乡贡进士纪事》等。周诗通过描绘恢复科举后士子踊跃参加的场
面、考试严肃的氛围、考官认真的态度、成功者的荣耀等，表达了对
于元朝统治者恢复科举之举的赞美之情。

　　在有关上都经筵进讲的歌咏中，对王道政治的赞叹更为集中。经
筵是元代帝王为研读经传史鉴而特设的御前讲席，由翰林儒臣担任进

159　许有壬：《至正集》卷四《监试上都次杨廷镇韵》，文渊阁《四库全书》本。

160　柳贯：《柳待制文集》卷二，《四部丛刊》缩印元至正刊本。

161　张昱：《张光弼诗集》，《四部丛刊》影印常熟瞿氏铁琴铜剑楼藏明钞本。

讲经筵官，"泰定元年春，皇帝始御经筵"[162]。皇帝巡幸上都也须经筵官扈从，随时为帝王进讲。王结、马祖常、虞集、胡助、周伯琦等都曾因此扈从上都，并有作品歌咏此事，如以下几首：

经筵进讲天人喜，宣索金缯赐讲臣。已觉圣躬忘所倦，教将古训更前陈。

儒臣奉诏修三史，丞相衔兼领总裁。学士院官传赐宴，黄羊挏酒满车来。[163]（张昱《辇下曲》）

太微前陈中天居，万年树影高扶疏。汉家诸臣经术士，殿中劝讲三王书。[164]（马祖常《和王左司竹枝词十首》其九）

流杯池边是镐宫，金舆翠幰逗微风。妙川玉液清如水，湛露承恩乐大同。（马祖常《和王左司竹枝词十首》其十）

隐隐苍龙阙角西，星辰次舍宿金奎。期门上日排熊武，尚食新秋荐犊麛。王德体元观太始，坤珍乘运戒先迷。欲知圣学成仁大，鱼在深渊鸟在栖。[165]（柳贯《伯庸少卿在上京有诗贻经筵诸公书来录以见示次韵继作俟南还奉呈》）

水精宫殿柳深迷，朝罢千官散马蹄。只有词臣留近侍，经筵长到日轮西。[166]（叶衡《上京杂咏十首》其二）

这些诗歌都是通过记述经筵进讲来歌颂帝王的文治功业的，而周伯琦的纪事和歌咏在其中最为集中。江西文臣周伯琦，后至元六年

162　虞集：《道园学古录》卷一一《书赵学士简经筵奏议后》，《四部丛刊》影印上海涵芬楼藏明刊本。

163　张昱：《张光弼诗集》，《四部丛刊》影印常熟瞿氏铁琴铜剑楼藏明钞本。

164　马祖常：《石田文集》，文渊阁《四库全书》本。

165　柳贯：《柳待制文集》卷五，《四部丛刊》影印江阴缪氏艺风堂藏元至正刊本。

166　叶衡：《上京杂咏十首》（其二），《元诗选补遗》，钱熙彦编次，中华书局2002年版，第38页。

（1340）由编修官升除翰林修撰同知制诰兼国史院编修官，次日扈从元顺帝巡幸上京。[167]此后，周伯琦日渐受到皇帝宠信，常备感皇恩深重。他常通过记述经筵进讲，对元帝王学习汉文化之举进行颂美，进而歌咏帝王圣德和王道政治："比屋可封知有日，经天纬地是吾君。"[168]"人文经纬星辰上，圣道流行宇宙间。咫尺天光如下听，刍荛敢不竭愚顽。"[169]在周伯琦看来，皇帝对汉文化的学习有益于儒家王道政治的推行，上都将成为广受王化之区："休养嘉承平，禹迹迈古先。汉唐所羁縻，今则同中原。大哉舆地图，垂创何其艰。张皇我六师，金汤永深坚。"[170]诸如此类还有："圣王晓御水晶宫，香绕龙衣瑞气融。章句敢言裨海岳，勋华荡荡与天崇。"[171]都是对王道政治和帝王重视文治功业的直接歌咏，表达了作者的赞叹之情。帝王巡幸上都期间，不仅接受经筵进讲，还会设宴款待或赏赐经筵侍臣。顺帝元统二年（1334）七月壬辰，"帝幸大安阁。是日，宴侍臣于奎章阁"[172]，周伯琦诗题有《七月廿日钦承特命以崇文丞兼经筵参赞官进讲慈仁宫谢恩作》《越三日恩赐衣币纪恩作》[173]。在周伯琦看来，帝王在上都款待经筵文臣的做法，与汉唐文治武功全盛时期相比，也不逊色。其诗云："天颜每为讲经怡，锦绣丛中酒一卮。因笑沉香亭畔客，清狂只解赋新词。"[174]对个人而言，因经筵进讲而获得皇帝恩赐的衣物和钱

167　周伯琦：《近光集》卷一《岁庚辰四月廿七日车驾北巡次大口有旨伯琦由编修官升除翰林修撰同知制诰兼国史院编修官明日署事扈从上京》，文渊阁《四库全书》本。

168　周伯琦：《近光集》卷一《十一月廿八日承诏篆题宣文阁榜作》，文渊阁《四库全书》本。

169　周伯琦：《近光集》卷一《至正改元岁辛巳正月廿八日由翰林修撰特拜宣文阁授经郎兼经筵作》，文渊阁《四库全书》本。

170　周伯琦：《野狐岭》，《扈从集》不分卷，文渊阁《四库全书》本。

171　周伯琦：《水晶殿进讲鲁论作》，《扈从集》不分卷，文渊阁《四库全书》本。

172　宋濂等：《元史》卷三八《顺帝本纪一》，中华书局 1976 年版，第 823 页。

173　周伯琦：《扈从集》卷二，文渊阁《四库全书》本。

174　周伯琦：《近光集》卷二《东便殿进讲赐酒时牡丹盛开作》，文渊阁《四库全书》本。

币，是臣子受到君主知遇之恩的体现，是极为荣耀的。

元代文人通过对上都教育、科举、经筵进讲等方面的歌咏，表达了对王道政治的赞美。不管是"声教万方隆""留司造士充"的纪事描写，还是"勋华荡荡与天崇""休养嘉承平，禹迹迈古先"的抒情赞美，从元代统治、用人制度、帝王功业本身来看，并不是对上都的真实写照，也不是台阁文人仅仅用来粉饰太平之作，而是表达了文人对理想政治、理想帝王的美好愿望。因此，在作品中，文人往往会针对具体事情给出实现"圣统乾坤久，人文日月崇"的文治教化盛世的途径。如周伯琦对上都乡试的具体描绘，都是对乡试成效的美好想象，如《是年复科举取士制承中书檄以八月十九日至上京即国子监为试院考试乡贡进士纪事》所谓"理到无优劣，辞修有拙工。神明终日鉴，造化四时公。雠校稽鱼豕，诠题辨鹖鸿。固知骸系博，敢以聩为聪。天净文星丽，寒收士气丛"[175]。周伯琦《五月八日上京慈仁宫进讲纪事》有云：

> 黼扆临西内，文臣侍大廷。曙光团露瓦，暑气散风棂。香案陈群玉，彤帷对六经。精微恭奏御，渊默静垂听。共际天颜怿，因承圣德馨。琼浆能洗髓，霞酝可延龄。腥体深沦浃，丹心欲镂铭。锦铺川草碧，龙绕甸山青。芍药摇樊槛，枌榆护迥垌。巡方虞典礼，讲学汉官庭。道统齐天地，彝伦炳日星。八荒暨声教，万国永仪刑。[176]

作者描绘了经筵进讲时的庄重场面、进讲者的细致恭敬，以及皇上倾听时的认真耐心，同时也交代了进讲内容为"六经"，突出了进讲者

175　周伯琦：《扈从集》卷二《是年复科举取士制承中书檄以八月十九日至上京即国子监为试院考试乡贡进士纪事》，文渊阁《四库全书》本。

176　周伯琦：《扈从集》卷二，文渊阁《四库全书》本。

的期待，流露出承担进讲使命的硕儒的思想感情。他们除了将之视为一己人生的荣耀外，对"道统""彝伦""齐天地""炳日月"的讴赞，以及对"八荒""万国""暨声教""永仪刑"的儒治社会的热切期盼，也体现出这些儒学传承者强烈的历史使命感和责任感。所谓"圣学有传光大业，前星在侍舞斓斑"[177]，明确表达了诗人对儒学传承与复兴的美好期待。

对王道政治的歌咏，还直接体现在对四方之国的教化感召上，以及文人迫切的求仕愿望的表达上。欧阳玄记述道："至正二年壬午七月十八日丁亥，皇帝御慈仁殿，拂郎国进天马……臣惟汉武帝发兵二十万，仅得大宛马数匹，今不烦一兵而天马至，皆皇上文治之化所及。"他在《天马颂》中直接以"天子仁圣万国归，天马来自西方西"[178]对帝国一统盛世和王道教化四方发出赞叹。南方游历文人迺贤在《次上都崇真宫呈同游诸君子》中赞美了天下承平的国势，表达了出仕朝廷的愿望：

> 鸡鸣涉滦水，惨淡望沙漠。穹庐在中野，草际大星落。风高马惊嘶，露下黑貂薄。晨霞发海峤，旭日照城郭。嵯峨五色云，下覆丹凤阁。琳宫多良彦，休驾得栖泊。清尊置美酒，展席共欢酌。弹琴发幽怀，击筑咏新作。生时属承平，幸此帝乡乐。愿言崇令德，相期保天爵。[179]

还有元代前期道士陈义高《扈跸作》"丹诏香传紫禁泥，九重台殿晓云低。碧桃露重初莺语，青草风微去马嘶。剑佩元依新日月，旌旗惯识旧山溪。野人扈从惭无补，空落诗名在陇西"[180]，以及前引"微臣

177　周伯琦:《近光集》卷二《六月七日慈仁宫进讲》，文渊阁《四库全书》本。
178　欧阳玄:《圭斋文集》卷一，《四部丛刊》影印上海涵芬楼藏明成化刊本。
179　迺贤:《金台集》卷二，文渊阁《四库全书》本。
180　陈义高:《秋岩集》卷下，文渊阁《四库全书》本。

亦有河汾策，愿叩刚风上帝关"等，都是直接抒发对上都王道政治的
赞美，表达个人建功进言的愿望。

（三）歌咏时贤，赞叹君臣事功的伟大

元代歌咏时贤的作品不多。张昱《辇下曲》中有几首歌咏元代前
期风云人物的诗歌，抒发对他们的敬佩之情，以及对元代君臣共同建
功立业的赞叹，如下：

> 八思巴师释之雄，字出天人惭妙工。龙沙仿佛鬼夜哭，蒙古
> 尽归文法中。
>
> 学贯天人刘太保，卜年卜世际昌期。帝王真命自神武，鱼水
> 君臣今见之。
>
> 许衡天遣至军前，未丧斯文赖此传。大学一编尧舜事，致君
> 中统至元年。
>
> 运际昌期不偶然，外臣豪杰得神仙。一言不杀感天听，教主
> 长春亿万年。
>
> 宋亡死节文丞相，不受宣封信国公。祠庙至今松柏在，世皇
> 盛德及孤忠。
>
> 太祖雄姿自圣神，一时睿断出天真。要将儒释同尊奉，宣谕
> 黄金铸圣人。[181]

以上张昱共歌咏了六位有着伟大事迹的历史风云人物。他们分别是：
西藏萨迦派领袖八思巴（1235—1280），他被忽必烈尊为帝师，创造
了蒙古新字；刘秉忠（1216—1274），他辅佐忽必烈汗成帝业，诗中
强调其卜相推命之术及君臣间如鱼水般融洽的关系；许衡（1209—
1281），他从姚枢得二程及朱氏之学，为忽必烈讲开国为政之要，儒

181　张昱：《张光弼诗集》，《四部丛刊》影印常熟瞿氏铁琴铜剑楼藏明钞本。

家道统赖此而传；全真道教主丘处机（1148—1227），他于雪山三度会晤成吉思汗，劝谕止杀、主猎、爱民，由是救活生灵无数；南宋丞相文天祥（1236—1283），他于江西抗元被执，被囚解至大都，不肯屈降而就义殉国，元主为建祠崇祀，名垂千古；统一蒙古高原、开创蒙元帝国的成吉思汗（1162—1227），诗中赞颂了他的睿断才智，以及儒释同尊的文化创制之举。文人通过歌咏时贤的伟大功业，表达了钦慕之情。

　　上都文人这种清雅生活，一方面体现了文人对回归诗文赋咏艺术生活方式的自得其乐，另一方面，这种清雅生活状态实质上也是元代文人无奈的选择。具体可从以下两个方面理解。第一，汉族文臣多处于政治边缘群体，不能实现立功之政治抱负，在政治生活中就是"客"的身份，是外人。许有壬《文过集》中的诗句也有明确表达："尚服三庚进紫绡，清冰沙底未全消。鱼龙陆海无宫市，鼓吹铙歌有征招。自在千年苍鹿健，闹妆三日玉骢骄。最怜学士神仙福，终日吟诗不造朝。"[182]一切的繁华热闹似乎都与文臣无关。第二，元朝帝王巡幸上都的目的之一是会同诸侯，联络感情，且带有寻根的蒙古文化色彩。宴享、游猎等享乐之风在上都是常态，君臣上下政务删繁就简，本就处于政治边缘的文人群体更是无事可做。因此，在这种出于无奈的清雅生活中，随着时间的蔓延，各种闲愁便纷然而出。不少扈从大臣对这种文人清雅生活进行解嘲，抒发了对这种生活状态的无奈情绪。如许有壬《文过集》中《次虞伯生跋马伯庸诗韵二首》："齿发年年改，风霜日日寒。谁知台辅客，恰似广文官。""酒觞时一热，诗骨自多寒。智不如樗里，文犹可稗官。"[183]用上都气候之"寒"说诗之寒、人心之寒。柳贯在自题《上京纪行诗》中也云："窃为诗一二，

182　许有壬：《圭塘小稿》别集卷下《和谢敬德学士杂诗三首》，文渊阁《四库全书》本。

183　许有壬：《圭塘小稿》别集卷下《次虞伯生跋马伯庸诗韵》，文渊阁《四库全书》本。

以赋物写景，然抒吾怀之耿耿，而闵吾生之孑孑，情在其中矣。"[184]这些诗作都明确表达了文人在上都生活的各种愁苦。

因此，在上都生活数月之久的文人，其情感除了对帝国之盛、时代自信的强烈感受，以及对清雅生活的赞叹歌咏外，还饱含着无奈生活下的浓郁愁苦。这些愁苦集中体现在他们对"客"这一身份的自我认定上。几乎每一个前往上都的文人都有类似用语和感受，如"车外尘沙十丈黄，车中客子黑貂裳"[185]"道傍谁欤三叹息，布袍古帽江南客"[186]"几年朔客渡桑干"[187]"青山绕驿客重来"[188]"天高露如霜，客子衣尽白"[189]"嗟余犹是征途客，四上开平数雁翎"[190]"紫塞秋高风辇回，龙门有客去还来"[191]等，此类用语非常频繁和普遍。

因此，上都文人的各种苦愁都汇聚成了"客愁"，客愁也成为上都文人咏怀最为个体化、私密化的情感的表达。上都文人的"客愁"主要表现为羁旅之苦和对上都生活不适应的远游之苦，以及浓郁的思乡之情。有时文人会给予这些客愁集中的书写，如黄溍《同王章甫待制校文上京八月十五夜宿龙门驿》："凉风堕黄榆，万马皆南驰。而我方北首，度关鸣鸣鸡。石路幽更阻，仆夫惨不怡。徐驱待明发，泱漭穷烟霏。貂裘者谁子，怪我逢掖衣。为言霜露多，遑遑独安之。我非不自爱，简书今有期。忆昔州县间，折腰向小儿。荏苒二十年，白首初登畿。同袍如燕鸿，去住常相违。悠然慨平生，与世何参差。暝投

184　柳贯：《柳待制文集》卷一六《题北还诸诗卷后》，《四部丛刊》影印江阴缪氏艺风堂藏元至正刊本。
185　陈孚：《陈刚中诗集》卷三《雕窠道中二首》，文渊阁《四库全书》本。
186　陈孚：《陈刚中诗集》卷三《桑干岭》，文渊阁《四库全书》本。
187　冯子振：《桑干河》，《海粟集辑存》，岳麓书社1990年版，第38页。
188　贡奎：《云林集》卷六《李陵台次韵杨学士》（其一），文渊阁《四库全书》本。
189　虞集：《道园学古录》卷一《至治壬戌八月十五日榆林对月》，《四部丛刊》影印上海涵芬楼藏明刊本。
190　袁桷：《清容居士集》卷一五《再次韵》，《四部丛刊》影印上海涵芬楼藏明刊本。
191　马祖常：《石田文集》卷三《还过龙门》，文渊阁《四库全书》本。

龙门驿，高馆临回溪。青崖拱白月，水木含余晖。秋色故潇洒，我行殊未迟。相从况魁彦，炯若珊瑚枝。衰暮奚足云，一觞聊共持。"[192] 全诗几乎抒发了上述所有情感，但是为了更充分剖析文人在上都复杂丰富的情感，需要对各类愁苦的抒怀分别加以分析。

二、 文人的羁旅之苦与思乡之情："顾我远游子，沉思郁中肠"

（一） 羁旅之苦

虽然山川雄伟险峻，足以震撼心灵；草原风光旖旎静好，足以引人徜徉，然而，两都之间绵延千里，在文人们领略自然的奇美、物种的稀见、旷野的舒阔的同时，他们的体力也面临着考验。这是一次长途跋涉的旅行，对他们而言，还要翻山越岭，涉水履冰，更有让人难以忍受的无常的高寒气候，以及因衣衫单薄带来的寒冷之苦。这是一种别样的羁旅之苦，既令人感到艰难，又刻骨铭心。

几乎所有的前往上都的文人都有对羁旅之苦的描写。由于往返两都的漫长路途、较差的路况、不佳的交通工具、简陋的住宿条件等客观情况，以及长途跋涉带来的疲劳，文人在羁旅途中必然会感受到各种各样的不适。如胡助《上京纪行诗七首·李老谷》："人言桑干北，六月少炎热。我行李老谷，流汗还病渴。疲马鞭不进，况复碍车辙……投宿山店小，子规夜啼血。南归空有怀，闻之愧刚决。顾方上滦阳，玉堂看秋月。更阑不成寐，声声山竹裂。期是明年春，相闻在吴越。"[193]

192　黄潘：《金华黄先生文集》卷一，《四部丛刊》缩印常熟瞿氏上元宗氏日本岩崎氏藏元刊本。

193　胡助：《纯白斋类稿》卷二，《丛书集成初编》本。

这种羁旅之苦，与上都的气候之恶，以及文人衣衫的单薄有关。袁桷有诗题《开平昔贤有诗："片云三尺雪，一日四时天。"曲尽其景，遂用其语为十诗》用"片云三尺雪，一日四时天"形容上都变幻莫测的高寒天气。袁桷《五月廿六日大寒二十二韵》是对大寒天气的生动写照："地界幽都正，风传委羽来。阴机坚积沍，空窾起荒埃。炎帝辞施设，玄神擅展裁。气疑翻溟涬，势欲压恢台。北户严云结，中街宿雾霾。睫流惊炙毂，吻咽讶衔枚……沉寥河汉接，惨淡雪霜堆。重甲身僵仆，铢衣说诡诙。已知邹子的，更觉杜生哀。泽国朝曦赫，畬田潦雨催。鸿钧陶石烁，金鉴煮冰摧。旧俗惭卑窘，新闻骋博该。广寒今已到，姑射不须陪。"可见，上都大寒天气，几乎万物成冰，生活受到很大的挑战。而上都平常的气候也是以寒冷、风沙为主的。熊太古在其笔记《冀越集记》"上都开平路"条就写道："开平，古乌桓之国，今南行一站即桓州，自冬涉春，冰冻不解。四月草木萌蘖，春花五月开，夏花六月开，秋花七月、八月，后霜雪冰冻，不复解矣。"[194]而严光大作为南宋祈请使队伍中的一员，对上都平常情况下的寒冷气候也作了客观记述："自燕京至上都八百里，一步高一步，井深数十丈，水极冷，六月结冰，五月、六月汲起冰，六月雹如弹丸大。一年四季常有雨雪，人家不敢开门，牛羊冻死，人面耳鼻皆冻裂……此地极冷。每年六月皇帝过此避暑，冰块厚者数尺，夜瞻星象，颇大，盖地势高故也。"[195]这些描写都是对上都天气的真实写照，与《元史》、文人纪行文等相吻合。[196]

冰雹相杂、雨雪混下，"牛羊冻死，人面耳鼻皆冻裂"等情形是

194　熊太古：《冀越集记》卷上"上都开平路"条，乾隆四十七年钞本。

195　刘一清：《钱塘遗事》卷九严光大《祈请使行程记》有"廿二日车马行四十里至上都开平府"条，光绪刻《武林掌故丛编》本。

196　如王恽《开平纪事》载："二十六日丁亥，晨霜蔽野如大雪，日极高，阴凝始释。"又载："然水泉浅，大冰负土，夏冷而冬冽，东北方极高寒处也。"王恽：《秋涧先生大全文集》卷八十《中堂事记》上，《四部丛刊初编》影印江南图书馆藏弘治刊本。

很常见的，这样的寒冷天气，对于大多数来自中原、南方的文人来说，是难以适应的。而且，文人大多衣衫单薄，抵不住寒冷和风沙的侵袭，经常抒发不耐寒冻的悲凄之情。如迺贤"我行避驰道，弗得穷幽踪。衣裘倏凉冷，积雾浮空蒙"[197]"高秋远行迈，入谷云气暝。稍稍微雨来，渐怯衣裳冷"[198]，贡师泰"隙日斜窥户，尖风直透衣"[199]，周伯琦"黑云侵帽湿，碧树拂衣寒"[200]，黄溍"飒然衣裳单，咫尺异寒燠"[201]，袁桷"午潦曾持扇，朝寒却衣绵"[202]。这种羁旅之苦更为令人感到悲哀的是，文人的衣衫单薄很多是贫穷所导致的，哪怕是官衔很高的文臣也是清贫的。因此，羁旅之苦又与文人的贫穷相交织，如周伯琦"清贫儒者分，岁月任峥嵘"[203]，柳贯"经游还绝塞，际遇复清朝。天暑无蒙绤，轻寒已御貂。盘空虆屡荐，觞至酒频浇。贫病谙为客，何惭带减腰"[204]。

这种羁旅之苦，往往还因伴随着衰暮老病而更加浓烈。这在扈从文臣如虞集、柳贯、黄溍、许有壬等人的诗文中有大量的书写，如黄溍"衰迟力不逮，劳心但忡忡"[205]。许有壬《文过集》中也有对自己身体疾患带来的痛苦的书写，最集中书写这种长途跋涉中所受的迟暮老病之苦的是江浙文人袁桷。袁桷诗作中多有这样的表达："衰年行

197　迺贤：《金台集》卷二《大驾巡幸往返皆驻跸台上》，文渊阁《四库全书》本。

198　迺贤：《金台集》卷二《李老谷》，文渊阁《四库全书》本。

199　贡师泰：《玩斋集》卷三《洪栈驿》，文渊阁《四库全书》本。

200　周伯琦：《近光集》卷一《过枪竿岭二首》，文渊阁《四库全书》本。

201　黄溍：《金华黄先生文集》卷一《上京道中杂诗十二首·担子洼》，《四部丛刊》缩印常熟瞿氏上元宗氏日本岩崎氏藏元刊本。

202　袁桷：《袁桷集》卷一五《上京杂咏》，《四部丛刊》影印上海涵芬楼藏明刊本。

203　周伯琦：《近光集》卷二《立秋日书事五首》，文渊阁《四库全书》本。

204　柳贯：《柳待制文集》卷四《同杨仲礼和袁集贤上都诗十首》（其八），《四部丛刊》影印江阴缪氏艺风堂藏元至正刊本。

205　黄溍：《金华黄先生文集》卷四《丁亥春二月起自休致入直翰林夏四月抵京师六月赴上京述怀》（其五），《四部丛刊》缩印常熟瞿氏上元宗氏日本岩崎氏藏元刊本。

六十，那得老风沙”[206]"年衰胫力拘，望远弥窘步"[207]。至治二年
（1322），袁桷甚至不乘鞍马，而是"买小车，卧行八日至开平"[208]；
即便如此，仍然是"伏日车中闭，炎蒸不自由。转旋疑病酒，掀簸似
惊舟"[209]。以至于袁桷在《次韵李齐卿呈闲闲嗣师》诗中一再表达行
路之难，当然这不仅仅是叹道路之难了："清都逼紫微，瑶光流玉坛。
阴崖太古雪，伏日生午寒。澄怀集遐思，黑发竹皮冠。玄关转轻雷，
银潢激层澜。取彼白石词，寄以朱丝弹。一弹去日短，再弹行路难。
两曜疾飞隼，归云生树端。远游感夙昔，努力慎风餐。"[210]其中的诗句
"一弹去日短，再弹行路难"，就是对自己羁旅之苦的最好咏叹。更何
况袁桷曾多次扈从上都，早已没有了最初的新奇之情，有的只是跋涉
千里的劳顿折磨，其《端午日，縣车中抵开平，客中三度端阳，怆然有
怀》对此有直接的抒发："居庸昔日逢端午，子规声声劝归去。旧岁滦
阳万寿宫，九节菖蒲泛琼醑。今年车中饱掀簸，盲风北来雨如注。"[211]

（二）上都生活之不适

对于上都的生活习俗、风情的歌咏在第二节有所详述。然而，由
于蒙汉文化的差异，无论风土民情是多么淳美，都有文人们发出"北
去终无极，南还未有期。犹嫌江路远，不与土风宜"[212]的感叹。其中，

---

206 袁桷：《清容居士集》卷一六《客舍书事八首》（其二），《四部丛刊》影印上海涵芬楼藏明刊本。
207 袁桷：《清容居士集》卷一五《晓发》，《四部丛刊》影印上海涵芬楼藏明刊本。
208 袁桷：《清容居士集》卷一六《开平四集序》，《四部丛刊》影印上海涵芬楼藏明刊本。
209 袁桷：《清容居士集》卷一六《伏日》，《四部丛刊》影印上海涵芬楼藏明刊本。
210 袁桷：《清容居士集》卷一五《次韵李齐卿呈闲闲嗣师》，《四部丛刊》影印上海涵芬楼藏明刊本。
211 袁桷：《清容居士集》卷一六《端午日，縣车中抵开平，客中三度端阳，怆然有怀》，《四部丛刊》影印上海涵芬楼藏明刊本。
212 释楚石梵琦：《楚石北游诗》，吴定中、鲍翔麟校注，浙江古籍出版社2010年版，第97页。

饮食是与文人生活关系最为密切的。上都以牛、羊肉食为主，多为文人所不惯，楚石梵琦甚至还说："焉知有葵藿，甚美过羊羹。"[213] 对饮食的不习惯，多有文人书写，仅以员炎《扇尾羊》为例：

> 冯翊春草香芊绵，柔毛食饱饮苦泉。卧沙稀肋琼箸细，带霜小耳春茧圆。扇尾一方移种类，风头万里摇腥膻。吾生本无食肉相，不烦浣手愁烹煎。[214]

可以想见，对于不甚喜欢吃肉的文人来说，这些对蒙古人而言美味可口的扇尾羊，在文人闻来就仅剩下腥膻之味了。上都不仅以肉食为主，蔬菜还相当稀少，连韭菜都成了难得的东西。上都生活的不适还与上都城的生活条件有关。正是由于生活的不如意，在文人眼里，上都也变得灰暗不堪了。如袁桷《伏日书怀二首》其二：

> 晨起万灶烟，墨云何轮囷。念昔种松者，用志良苦辛。寒沙草漫漫，万骑来无津。树之似云栅，积雪迷秋春。大车栋复楹，小车榱与薪。空余千岁脂，成此官路尘。我衣素修洁，暂污不敢嗔。俯焉拾余煤，作书记其因。[215]

这首诗中的上都完全不是风和日丽、凉爽宜人，或宫殿富丽、贾市繁荣的帝都形象了，而是一片灰暗的图景。天际所见尽是"晨起万灶烟，墨云何轮囷"；穿行城市街道，感受到的则是松烟，沉淀下降后"空余千岁脂，成此官路尘"。之后，诗人直接表达对上都城市生活的不适应，"我衣素修洁，暂污不敢嗔"。上都城的生活居住环境，有时

---

213 释楚石梵琦：《开平书事》（其八），《楚石北游诗》，吴定中、鲍翔麟校注，浙江古籍出版社 2010 年版，第 82 页。

214 陈衍：《元诗纪事》卷四，上海古籍出版社 1987 年版，第 105 页。

215 袁桷：《清容居士集》卷一五，《四部丛刊》影印上海涵芬楼藏元刊本。

不论是晴天、雨天，对于文人来说都是不舒服的。这在袁桷"开平四集"中的《客舍书事》《上京杂咏》等组诗中也都有所表达，晴天是"尘深望眼迷"[216] "霏霏土雨迷"[217] "官衢漾浅沙"[218] "游尘卷飞蓬"[219] "寒蓬卷细尘"[220]等；雨日则见泥泞深深，如"泥深易没车"[221] "门巷泥深笑独清"[222]等。可以想见，上都城泥泞的街道和弥漫的灰尘，对于袁桷以及很多文人来说，都是不适应的，甚至是不喜欢的。袁桷《客舍书事八首》是律诗，结构上，前六句写的都是上都的民间风情；尾联抒怀，八首中有七首都表达了对上都生活的不适应和思乡之情，如"畏寒难出户，尽日得高眠""衰年行六十，那得老风沙""年年游上国，那识望乡愁""寒更传警夜，飞骑急憧憧""飘零堪慰藉，小雨垫乌纱""白头关塞外，犹作未归人"等。足以见出，对于江南文人而言，上都的生活不适感是极强烈的。

（三）思乡之情

1. 远游者的普遍乡愁

上都文人的思乡情怀是普遍而浓郁的，但这种乡愁并不是到了上都才有的，它既是元代文人思乡情绪在上都的延续，在上都的思乡之

216　袁桷：《清容居士集》卷一六《客舍书事八首》（其二），《四部丛刊》影印上海涵芬楼藏元刊本。

217　袁桷：《清容居士集》卷一五《上京杂咏十首》（其四），《四部丛刊》影印上海涵芬楼藏元刊本。

218　袁桷：《清容居士集》卷一六《客舍书事八首》（其六），《四部丛刊》影印上海涵芬楼藏元刊本。

219　袁桷：《清容居士集》卷一五《次韵伯宗同行至上都》，《四部丛刊》影印上海涵芬楼藏元刊本。

220　袁桷：《清容居士集》卷一六《客舍书事八首》（其七），《四部丛刊》影印上海涵芬楼藏元刊本。

221　袁桷：《清容居士集》卷一五《上京杂咏十首》（其九），《四部丛刊》影印上海涵芬楼藏元刊本。

222　袁桷：《清容居士集》卷一五《上都客舍王弘为作风竹》，《四部丛刊》影印上海涵芬楼藏元刊本。

情又是整个元代的作品中最为浓郁和感人的。中国人自古以来就有着浓厚的安土重迁的乡情观念。《汉书·元帝纪》载永光四年（前40）十月诏："安土重迁，黎民之性；骨肉相附，人情所愿也。"《潜夫论·实边篇》亦云："且夫士重迁，恋慕坟墓，贤不肖之所同也。民之于徙，甚于伏法。伏法不过家一人死尔，诸亡失财货，夺土远移，不习风俗，不便水土，类多灭门，少能还者。代马望北，狐死首丘，边民谨顿，尤恶内留。"思乡也成为中国文学的永恒主题。对于思乡，陶东风在《中国文学的思乡主题》一文中有精彩的论述，他说：

> 思乡的基础是离乡，处于流浪状态中，在乡的人不会思乡。只有当一个人在实际的存在状态中陷入了无家可归或有家难归的困境，"乡"才会成为一种补偿价值，成为流浪儿的精神支柱，成为思的对象。当一个人已获得现实之家后，心中之家或梦中之家就将消失，因为补偿已经没有必要。这样，思乡就常常与作客相联系。他乡再美也是"异乡"，而不是家乡，可见家乡的价值是精神性，与外在的美、与物质生活的富饶都无关……"客"的身份永远是流浪者，是不能介入这个世界的"局外人"，是飘泊天涯的游子。[223]

由此可见，对于元代文人而言，离家远游再到上京，有一种离家更远的感受。虽然元朝已经受到草原文化等各种社会条件的影响，文人的安土重迁思想已经松动，游历成为风气；但是，游历的行为本身从开始到结束，伴随着的思乡情绪是不会变的。这不关乎民族、信仰、地位或身份。随便翻开元人文集，文学作品中的远游客愁都极为普遍。如迺贤《发大都》"顾我远游子，沉思郁中肠。更涉桑干河，

223　陶东风：《中国文学的思乡主题》，《求索》1992年第4期。

照影空彷徨", "顾我远游子" 是针对自己从江南北游大都的经历而言, 诗人并不是到上都才成为游子。只是在空间距离上, 上都比大都更远, 孤寂飘零感更浓。这是对北游大都游子情绪的一种延续, 绝不是前往上都时或到上都后才出现的。在大都抒发游子情绪的诗句还有"独怜倦游客, 白首不胜情"[224] "天寒游子客衣单, 梦绕家林到夜阑"[225] "仆本南海人, 暂为北京客"[226] 等, 多不胜数。袁桷在大都就有"从宦京师, 藐然孤身"[227] "节物似怜游宦客, 风埃终愧醒吟人"[228] "梦绕故园追过雁, 眼穿乡愁认归舟"[229] 的反复咏叹。虞集曾写以苦寒为主题的组诗, 柳贯的和作《次伯庸韵赋苦寒三首》也描绘了在富贵繁华的大都, 南方文士饱受"严风铄肌骨"的贫寒之苦的悲哀, 最为典型: "我衣疏布缝, 彼裘众毛集。将微御冬具, 奈此飞霰夕。衣完幸掩胫, 裘温更重袭。燠寒非尔私, 宁观侯其复。"(其一)"且无金辟寒, 顾有犀镇帷。穷年一莞席, 仰胁涕流渐。敲门求束缊, 彼固吝所施。美哉南檐曝, 一煦吾敢私。"(其二)[230] 这些贫寒之苦、羁旅之苦、思乡之情, 乃至由此而生的归隐之思等远游的悲叹, 是元代文士普遍的情绪。但是在上都咏怀之作中, 远游之叹不仅是普遍的、鲜明的, 还是最为浓郁的。可以这样说, 文人们的上京之旅乃客中之游, 京师已是他乡, 上京更在这个客居的他乡之外。在离故乡更远的上京, 他们的思乡之情只会更加浓郁。

224　吴师道:《礼部集》卷六《送甘生南归》, 文渊阁《四库全书》本。

225　王祎:《王忠文公集》卷三《枕上有怀》, 文渊阁《四库全书》本。

226　释楚石梵琦:《春日花下听弹琵琶效醉翁体》,《楚石北游诗》, 吴定中、鲍翔麟校注, 浙江古籍出版社 2010 年版, 第 149 页。

227　袁桷:《清容居士集》卷三三《亡妻郑氏事状》,《四部丛刊》影印上海涵芬楼藏元刊本。

228　袁桷:《清容居士集》卷一一《客中端午简善之》,《四部丛刊》影印上海涵芬楼藏元刊本。

229　袁桷:《清容居士集》卷一二《寄城南友人》,《四部丛刊》影印上海涵芬楼藏元刊本。

230　柳贯:《柳待制文集》卷一,《四部丛刊》影印江阴缪氏艺风堂藏元至正刊本。

2. 上都文人思乡之普遍

上都的乡愁更为普遍，主要表现为前往上都的文人几乎都有这种情绪。不论是扈从文臣、释道人士，还是游历文人，也不论是南方文人、北方文人，还是少数民族文人，都是如此。先看北方文人上都思乡的几首诗：

> 百年行止料皆难，今是昨非豹一斑。辜负凤心泉石畔，累垂短发缙绅间。梦回枕上闻归雁，雨霁城中见远山。三径就荒松菊在，人生底事不能闲。[231]（刘秉忠《寓桓州》）

> 土屋嚣灯板榻虚，一瓶一钵似僧居。半编翰草从人读，两鬓霜华向晓梳。客子衾裯残梦短，暑天风物暮秋初。故园松菊荒多少，岂不怀归畏简书。[232]（王恽《开平夏日言怀》）

> 穷逅惟沙漠，昔闻今信然。行人鬓有雪，野店灶无烟。白草牛羊地，黄云雕鹗天。故乡何处是？愁绝晚风前。（张养浩《上都道中二首》其一）

以往北方文人的上都思乡很少被人明确提及，其实元代自始至终北方文人也都不适应草原的生活方式。著名元史学家陈高华就曾说，抚州城的重建，就是为解决这一问题而实施的。文中说金莲川幕府的大多数文人习惯于城居，难以适应草原生活方式。为解决这一矛盾，忽必烈于宪宗四年（1254）八月"复立抚州"，以赵柄为抚州长官，充作幕府人员的暂时住所。[233]因此，从金莲川藩府文人开始，北方文人的思乡之情就是鲜明的。中后期的北方文人与南方文人一起，共同作

---

231 刘秉忠：《藏春集》，李昕太、张家华等点注，花山文艺出版社1993年版，第195页。
232 王恽：《秋涧先生大全文集》卷一五，《四部丛刊》影印江南图书馆藏弘治刊本。
233 参见陈高华、史卫民：《元大都上都研究》，中国人民大学出版社2010年版，第155页。

为蒙古族政权上的"外人"，抱怨对草原文化的不适应，抒发思乡
之情。

少数民族文人的乡愁也是普遍的，如自小就生活在蒙古汉廷都城
和林的契丹人耶律铸，以及自小生活在中原、江南的色目人马祖常、
迺贤等，都是如此：

> 红芍花开端午时，江南游客苦相疑。上京不是春光晚，自是
> 天家日景迟。[234]（马祖常《五月芍药》）

> 高秋远行迈，入谷云气暝。稍稍微雨来，渐怯衣裳冷。萦纡
> 青崦窄，杳窱烟林迥。峰回稍开豁，夕阳散微影。霜叶落清涧，
> 寒花媚秋岭。途穷见土屋，人烟杂虚井。平生爱山癖，憩此惬幽
> 静。月落闻子规，怀归心耿耿。[235]（迺贤《李老谷》）

以往少数民族的上都思乡也是很少被明确提出的。很多学者还认为由
于少数民族与蒙古族一样，同属于草原游牧民族，来到上都，有种
"回家"的情感和文化认定，更具有文化寻根意识，这是区别于汉族
文人的基本特征。如在杨义《重绘中国文学地图通释》中谈到游牧文
化政权下的文学时，以元代文学为例，认为中原人士与蒙古色目人士
的主客位置的变换，改造了元代边塞诗的内质和情调。[236]实际上，这
些少数民族文人来到上都，都产生了明显的思乡之情。

以江浙和江西人为主的南方文人的思乡之情，常被学界提及，与
北方文人、少数民族文人相比，他们的思乡之情更为强烈，仅举一例
就可看出，甚为感人：

234　马祖常：《石田文集》卷四，文渊阁《四库全书》本。
235　迺贤：《金台集》卷二，文渊阁《四库全书》本。
236　杨义：《文学地理学会通》，中国社会科学出版社 2013 年版，第 79 页。

　　三月十九日，客行桑干坂。杜鹃啼一声，清泪凄以潸。故园渺何处？万里隔云巘。燕子三见归，我车犹未返。杜鹃尔何来？吊我万里远。同行二三子，相顾一笑莞。问我此何鸟，怪我苦悲惋。掉头不复言，日落千山晚。[237]（陈孚《李老峪闻杜鹃呈应奉冯昂霄》）

3. 上都文人思乡之深

　　文人们看到一草一木、一山一水、日月星河，或者接到家书，一切能触动自己的事物，都会勾起思乡的情绪，如元初文人王恽《开平晚归七月一日授翰职》："龙首冈边野草深，秋风滦水动归心。百年蓬巷开圭窦，一日恩光照一林。吟鬓有光浮镜玉，家书封喜认泥金。料应晓月帘栊底，乾鹊飞来报好音。"[238]虞集在端午节写道："龙沙冰井夏初融，簪笔长随避暑宫。蜡烛烟轻留贾谊，铜盘露冷赐扬雄。南村久病思求艾，北客多情问转蓬。忽听满船歌白纻，翻疑昔梦倚春鸿。"[239]"忽听满船歌白纻"，因而以为是回到了家乡。文人们做梦会回到家乡，元初道士马臻在《滦都寓兴》中写道："昨夜分明梦到家，庭前开遍石榴花。龙门不放东风过，五月平滦雪满沙。"[240]深夜不眠也会思乡，如虞集《泰定甲子上京有感次韵马伯庸待制》："翰音迎日毂，仪羽集云路。寂寞就书阁，老大长郎署。为山望成岑，织锦待盈度。我行起视夜，星汉非故处。"[241]文人们反复咏叹这种思乡之苦："一弹去日短，再弹行路难。两曜疾飞隼，归云生树端。远游感凤昔，努力慎风餐。"[242]又如袁桷《次韵圆上人三首》：

237　陈孚：《陈刚中诗集》卷三，文渊阁《四库全书》本。

238　王恽：《秋涧先生大全文集》卷一五，《四部丛刊》影印江南图书馆藏弘治刊本。

239　虞集：《道园遗稿》卷三《端午节饮客与赵伯高》，文渊阁《四库全书》本。

240　马臻：《霞外诗集》卷三，文渊阁《四库全书》本。

241　虞集：《道园学古录》卷一，《四部丛刊》影印上海涵芬楼藏明刊本。

242　袁桷：《清容居士集》卷一五《次韵李齐卿呈闲闲嗣师》，《四部丛刊》影印上海涵芬楼藏元刊本。

　　大荒沙漠境全真，平楚天低绝见闻。此处无愁谁会得，琵琶
一曲问昭君。

　　我家鄞水望江神，君住鄞山半岭云。同向天涯作行客，定知
猿鹤有移文。

　　万解千言任所之，一花五叶总牟尼。九龙峰锁难分别，会见
芙蕖长玉池。[243]

　　"此处无愁谁会得"是说在上都愁苦之广泛，思乡情绪之浓郁。而且
随着扈从上都次数的增加，这种乡愁会日益加剧。开平第一集中很少
有表达乡愁的诗作；从第二集开始，便处处点缀着"过翼时频数，乡
心日夜悬"的思乡情绪了；第三、第四集中，如《王澹游墨竹》"客
向流离浑老尽"、《近为卢真人作桐柏山赋，以旧贤四咏，复令赋诗，
次韵再次韵》（其四）"嗟余犹是征途客，四上开平数雁翎"等，就
是很普遍的思乡咏怀了。再如《视草堂岁久倾圮述怀二首》（其一）：
"视草堂前草木青，微臣三入鬓星星。坏墙雨透蜗生角，旧灶泥深菌
露钉。深恐雨钟催晓箭，独听寒殿响风铃。堂堂诸老冰澌尽，病叟应
归种茯苓。"又如袁桷《客舍书事八首》其七：

　　宿雾成疏雨，寒蓬卷细尘。云飞疑到地，草长不知春。香几
蜂喧密，寒房燕语真。白头关塞外，犹作未归人。

客舍外宿雾延绵，渐成微雨，漫天沙尘仍然笼罩着眼前的寒天枯草，
云飞欲坠；室内则是"蜂喧密""燕语真"的春日景象。最后，诗人
感怀自己竟在关塞之外，无法归乡，将凄凉的客中风景与身处异域的
乡愁相融合。袁桷《客舍四咏》也是这种情绪的抒发，作者借孤云、
孤灯、孤雁、孤鹤传达深深的孤独感和浓烈的思乡之情。这些形单影

243　袁桷：《清容居士集》卷一六，《四部丛刊》影印上海涵芬楼藏元刊本。

只的事物，亦即孤独的诗人的象征；异乡的孤独感越强，思乡的情绪自然就越浓郁。文人们甚至开始想象自己退隐山林后的美好生活，如许有壬《文过集》中的《再用前韵答王仁甫左丞》：

> 寒暑催浮景，功名负圣时。胶荣今老矣，得酒且中之。才不能匡世，吾将任采诗。藩篱可翔集，何用刷天池。（其一）
>
> 青年无可畏，况到二毛时。啸傲思元亮，风流愧牧之。莫谈今日梦，但咏古人诗。已作家书去，先开数亩池。（其二）[244]

可见，文人上都生活之不如意、思乡情绪之浓。因此，当文人们能够从上都返回大都，大多会有一种难掩的兴奋和归家的感受，虽然大都也不是家。色目士人迺贤在《还京道中》中表达了难以掩饰的喜悦："客游倦缁尘，梦寐想山水。停骖眺远岑，悠然心自喜。晨霞发暝林，夕溜泂清沚。出峡凉风驰，入谷塞云起。霜清卉木疏，日落峰峦紫。迢递越关河，参差望宫雉。家童指归路，居人念游子。各嗟行路难，深垂摄生理。终期返南山，高揖谢城市。"胡助《上都回》中有对上都生活、羁旅之途的总结性质的抒怀，表达了想尽快"到家"的强烈感情："去时两马行迟迟，回时四骑如飞驰。良友勖我虞险阻，不知渐老筋力衰。赤松风度銮坡客，襄阳浩然爱哦诗。回仙笑谈时绝倒，路人逢我呼太医。秋光晴日殊可喜，向所未见今得窥。一朝风雨天莫测，泥途烂漫衣淋漓。黄昏下马投土室，薰然暖榻舒四肢。五更睡熟又催起，此身安乐知何时。居庸山水新霁色，左右清景轩须眉。健德门前一杯酒，崎岖已复还京师。长歌纪述上都回，聚散行止非人为。"[245]而我们知道，大都也不是他们的家；但相比于上都，对文人而言，大都在此时就是他们的家。

244　许有壬：《至正集》卷一三，文渊阁《四库全书》本。

245　胡助：《纯白斋类稿》卷五，《丛书集成初编》本。

　　为表达羁旅之苦和思乡之切，文人往往突出空间距离之广大和时间之漫长。如逎贤"饮马长城下，水寒风萧萧。游子在绝漠，仰望浮云飘"[246]，楚石梵琦"万里故乡隔，扁舟何日还。黄云蓟北路，白雪辽西山。马倦客投店，鸡鸣人出关。吾思石桥隐，绝顶尚容攀"[247]"塞北逢春不见花，江南倦客苦思家。千寻石戴孤峰驿，一望云横万里沙。去路多嫌葱岭碍，归途半受雪山遮。张骞往往游西域，未许胡僧进佛牙"[248]。"关河万里""绝漠"等字眼在上京纪行之作中非常普遍。这种写法既是对两都空间距离事实上的描述，当与羁旅联系在一起时，也成了文人表达劳顿之苦的手段。文人在诗作中还突出时间之长，如胡助《秋夜长》："秋夜长，月微茫，七月已似十月凉。风传禁柝车马静，沙际毡庐灯火光。梦回酒醒衾絮薄，不知此身在滦阳。群雁飞鸣向南去，问君何时还故乡。"[249]

　　另外，南方文人的上都思乡咏怀之作多有江南意象。从上面所举的大量诗例可以看出，北方文人的诗歌没有出现江南意象，他们表达思乡情感的主要方式是直抒胸怀，或寓情于眼前之景中；只有在南方文人的作品中才大量出现江南意象。除了我们所熟悉的南方文人，如袁桷、虞集、胡助、周伯琦等外，不常被提及的南方文人也是如此，如江西人吴当"神京高寒春力微，晴絮飞时花尚稀。忽忆钱塘斜日岸，箫鼓画船扶醉归"[250]，王懋瞻"野草侵阶水绕门，西风飒飒雨纷纷。小轩坐对炉熏冷，却忆溪南一片云"。[251]很多学者将之称为江南意

246　逎贤:《金台集》卷二《枪竿岭》，文渊阁《四库全书》本。

247　释楚石梵琦:《楚石北游诗》，吴定中、鲍翔麟校注，浙江古籍出版社 2010 年版，第 96 页。

248　同上书，第 62 页。

249　胡助:《纯白斋类稿》卷五，《丛书集成初编》本。

250　吴当:《王继学赋柳枝词十首，书于省壁。至正十有三年，扈跸滦阳，左司诸公同追次其韵》（其五），《学言稿》卷六，文渊阁《四库全书》本。

251　王懋瞻:《上都寄许参政》，《皇元风雅》卷一四，元建阳张氏梅溪书院刻本。

象，并多有论述。[252]其实，这只是文人思乡的一种不自觉的表达手法，借熟悉的家乡之景与上都北国风情对比，更加衬托自己的思乡之情，并不是元代文人的刻意为之，故求新异。

---

252 如李嘉瑜：《不在场的空间——上京纪行诗中的江南》，《台北教育大学语文 集刊》2010 年第 18 期；邱江宁：《奎章阁文人群体与元代中期文学研究》，人民出版社2013 年版；施贤明：《元代江南士人群体研究》第五章第二节 "'域外文学'中的江南意识——以色目诗人迺贤为例"，北京师范大学博士学位论文，2013 年，第204—213 页；施贤明：《论葛逻禄诗人迺贤的江南情怀》，《民族文学研究》2014年第 1 期等。

第四章

玄教道士的上都文学创作

第一节　元代两都的玄教道士群体及特征

玄教是正一教的分支，创建始自正一教第三十六代天师张宗演。张宗演于至元十三年（1276）得荐于忽必烈，忽必烈命其主领江南道教，玄教开始步入快速发展期。"正一天师者，始自汉张道陵，其后四代曰盛，来居信之龙虎山。相传至三十六代宗演，当至元十三年，世祖已平江南，遣使召之。至则命廷臣郊劳，待以客礼……命主领江南道教，仍赐银印。"[1]张留孙为宗演弟子，因医治帝后的高超技艺获得极大信任，加号玄教大师、佩银印，留侍朝廷，"建崇真宫于两京"[2]。后又任职集贤院，总摄江淮荆襄等道教事务。[3]直到至治元年（1321）十二月卒，张留孙历仕世祖、成宗、武宗、仁宗四朝，爵位累至一品，备受宠遇。张留孙在京弟子众多，袁桷具体指出了张留孙弟子："再传曰：李立本、陈义高。义高明朗通豁，器行瑰特，赠粹文

1　宋濂等：《元史》卷二〇二《释老·张宗演传》，中华书局1976年版，第4526页。
2　袁桷：《清容居士集》卷三四《玄教大宗师张公家传》，《四部丛刊》本。
3　元明善编，周召续编：《龙虎山志》卷中，中华续道藏本。

冲正明教真人。皆卒世。今以次传者曰：余以诚、何思荣、吴全节、孙益谦、李奕芳、毛颖达、夏文泳、薛廷凤、陈日新，余若干人。"[4]在他的带领下，玄教道士群体在京师的力量之大可见一斑。吴全节受到成宗的信任，隆崇其遇，至元三十一年（1294），"成宗至自朔方，召见，赐古雕玉蟠螭环一，敕每岁侍从行幸，所司给庐帐、车马、衣服、廪饩，着为令"[5]。元贞元年（1295），命张与材为正一派第三十八代天师，二年，诏至京，授太素凝神广道真人尊号，掌管江南道教。大德八年（1304），授张与材为正一教主，主领三山符箓，治理元代道教各派。可以说，在张宗演奠定的政治基础上，从世祖中期始至顺帝中后期，中经张留孙、吴全节等人的努力，玄教道士群体在京师的势力极大。每年皇帝巡幸上都，大都崇真宫玄教大宗师及道士扈从上都，与上都崇真宫道士一起为帝王服务，举行斋醮活动、处理道教日常事务等，直到元末动荡，失去了元廷政权的依托，玄教在明初迅速衰落。

京师的玄教势力，先后以元代四任大宗师为核心。他们积极参与政治活动，建言献策，向朝廷举荐人才，在元廷中有着独特的政治地位。如第一代大宗师张留孙精于占卜，深谙为政体要、处世之道，与元廷大臣相处和谐，不失时机地给予援手。赵孟頫为其撰写碑文云："士大夫赖公荐扬，致位尊显者数十百人，及以过失获谴，赖公救解，自贷于死者亦如之。"[6]为文臣多方周济解难，而不居功自傲。袁桷《玄教大宗师张公家传》中称张留孙"排解荐助，人不知所自，亦不肯自以为功，绝口不言朝政。贵客至，争短长，酒尽三爵，即假寐。客去，礼复初"[7]。张留孙出众的为政和处事智慧，以及高尚的人格情

4　袁桷：《清容居士集》卷三一《通真观徐君墓志铭》，《四部丛刊》本。
5　宋濂等：《元史》卷二〇二《释老·吴全节传》，中华书局1976年版，第4528页。
6　赵孟頫：《上卿真人张留孙碑》，《道家金石略》陈垣编纂，陈智超、曾庆瑛校补，文物出版社1988年版，第910—913页。
7　袁桷：《清容居士集》卷三四《玄教大宗师张公家传》，《四部丛刊》本。

操，使得"大臣故老、心腹之臣，莫不与开府（张留孙）有深契焉"。他清峻端重，美须髯，音吐如洪钟，被誉为"神仙宰相"[8]。袁桷评价说："以笃硕之姿，冲静之量，执俭与勤，靡有恣放。际遇五朝，贵盛莫尤。口绝否臧，身守谦让。大盈益虚，小德弥谅。众罔置疵，异莫敢谤。纲缊无垠，如云在天。"[9]张留孙成为南方文人在京师的政治核心人物。同时，张留孙精通诗文书画，大儒吴澄评价其诗文成就为"词翰两如神"[10]，翰院文臣多与之交游唱和、题画作书。张留孙也是京师文坛极具影响的人物。德才兼备是张留孙的进京随从弟子的基本特征，虞集在《张宗师墓志铭》中评价他们："多聪明特达，有识量材器，可以用世，而退然奉其教惟谨。师友之间，雍雍恂恂，如古君子家法，然则公之道德其可窥测哉。"获得元廷封号的，"今弟子五十四人，号真人者七，佩银章者四，以宣命者一十六人"[11]。诚然如此，如第三代大宗师夏文泳（1277—1349）为吴全节弟子，也有极高的人格魅力和政治、文学影响，黄溍在《玄教大宗师夏公神道碑》中评价他："生而开爽英发，早岁就学，读书日记数千言，不喜徇世俗纷华之习"，"公素清慎博雅，为开府公所赏识。大德四年始至京师，与大宗师特进上卿吴公同侍开府公左右，日相切磨，而学益以进"，"一时贤士大夫、馆阁名流皆与为方外交"[12]。再如陈日新有奇材异质，虞集《陈真人道行碑》称其"好读书，而乐接世务……好为诗，清丽自然，有足传者"[13]。可以说，赴阙道士因须协助玄教首领处理繁杂事

8　虞集：《道园学古录》卷五〇《张宗师墓志铭》，《四部丛刊》影印上海涵芬楼藏明刊本。
9　袁桷：《清容居士集》卷四三《祭张宗师》，《四部丛刊》本。
10　吴澄：《吴文正公全集》卷四六《天师留国公哀诗》，《四部丛刊》本。
11　虞集：《道园学古录》卷五〇《张宗师墓志铭》，《四部丛刊》影印上海涵芬楼藏明刊本。
12　黄溍：《金华黄先生文集》卷二七，《四部丛刊》本。
13　虞集：《道园学古录》卷五〇《陈真人道行碑》，《四部丛刊》影印上海涵芬楼藏明刊本。

务，一般都"选其徒之才且艺者、贤有德者、壮可行者若干人从"[14]，也就是政治素质、文学才艺都要出色。这些进京的导师很多须留居大都、上都，如陈义高、朱思本、张次房、冯瑞景、叶继靖等都在京师十数年，有的政治职务还很高。

总之，玄教道士群体以其自身高超的符箓技能，以及高妙的政治眼光，在元廷复杂多变的政治场中如鱼得水，周济政治地位整体较低的翰苑文臣。很多文臣如何荣祖、高昉、李孟、敬俨等也"多所咨访"，在政治上与他们形成良性的倚重关系。他们还德才兼备，儒学、诗文书画修养极高，文学名流多喜与之交游，与他们建立了深厚的感情。即便在上都，翰苑文臣扈从至此，也多与之诗文往来，或直接以崇真宫为据点雅集唱和。但玄教道士群体的文集多不存，我们仅从与之有诗文往来的他人文集中所存作品，考察玄教道士在上都的文学活动情况。

第二节　玄教大宗师吴全节的上都文学活动

玄教第一代大宗师张留孙文集不存，从今存虞集《张宗师墓志铭》、吴澄《天师留国公哀诗》、袁桷《祭张宗师》、张文圭《挽张宗师》、曾元烈《挽张宗师》、贡奎《挽张宗师》等悼文可以看出，张留孙与元代中期南方文学名流的关系极为密切。而张留孙在京师时间极长，从世祖至元十三年（1276）至英宗至治元年（1321），共四十余年，对他来说，往来两都是极为平常之事。因此，张留孙在上都应有不少的文学活动，但作品无一留存至今。相对而言，虽然吴全节文

14　李存：《番阳仲公李先生文集》卷一七《送龚太和随天师入朝序》，文渊阁《四库全书》本。

集也已散佚，但与之交游的其他文人的上都文学文献保存得好一些，本节主要梳理吴全节的上都文学活动情况。

一、"玉堂学士"：吴全节的生平事迹与文坛影响

吴全节（1269—1346），张留孙弟子，第二代玄教大宗师。字成季，号闲闲，饶州人。出身儒门，少时入江西龙虎山上清宫学道。至元二十四年（1287），与张留孙一同进京，"遂留不归"，成为张留孙在京师处理玄教事务的得力助手，常往来两都。自此后五十年间，吴全节历世祖、成宗、武宗、仁宗、英宗、文宗六朝。三十一年（1294），成宗即位，赐古雕玉蟠螭环一，敕每岁侍从行幸，所司给庐帐、车马、衣服、廪饩。元贞元年（1295），制授冲素崇道法师、南岳提点。大德二年（1298），制授冲素崇德法师、大都崇真万寿宫提点。此后，或奉诏代祀名山，或被请祷雨，或奉旨降御香于江南。大德十年（1306），制授江淮荆襄等处道教都提点。次年，武宗即位，制授玄教嗣师、总摄江淮荆襄等处道教都提点、崇文弘道玄德真人，佩玄教嗣师印，视二品。至大元年（1308），赐七宝金冠、织金文之服。三年（1309），赠其祖昭文馆大学士，封其父司徒、饶国公，母饶国太夫人，名其所居之乡曰荣禄，里曰具庆。至治二年（1322）五月，英宗在上都授"吴全节为玄教大宗师，特进上卿"。十二月回到大都，"以掌道教张嗣成、吴全节、蓝道元各三授制命、银印，敕夺其二"[15]。继张留孙之后，吴全节任玄教大宗师，佩一品印，自此掌教二十五年。天历二年（1329）八月，"遣道士苗道一、吴全节修醮事于京师，毛颖远祭遁甲神于上都南屏山、大都西山"[16]。吴全节道教

15　宋濂等：《元史》卷二八《英宗二》，中华书局1976年版，第626页。
16　宋濂等：《元史》卷三三《文宗二》，中华书局1976年版，第739页。

修为高深，在燕京崇真宫期间，又向南宗道士赵淇学道法，熟知符箓，醮占灵验，深得帝王崇信，在元廷中具有极高的政治地位。他还具有极高的政治智慧和处世之道，虞集在《河图仙坛之碑》中说他"平生以泯然无闻为深耻。每于国家政令之得失、人才之当否、生民之利害、吉凶之先征，苟有可言者，未尝敢以外臣自诡而不尽心焉"；加之才学优长，乃师张留孙"每与廷臣议论，及奏对上前，及于儒者之事，必曰：'臣留孙之弟子吴全节深知儒学，可备顾问。'"虞集还赞他"尤识为政大体"，积极举荐贤能，"荐引贤良惟恐不及，忧患零落，惟恐不尽其推毂之力。至于死生患难，经理丧具，不以恩怨异心"。他曾向成宗推荐洛阳太守卢挚任集贤学士，还举荐吴澄、阎复等儒臣。他还参与政事。自金以来，孔子之嗣失统，吴全节于延祐年间曾力言朝廷，遂以其五十四代孙袭封。正是吴全节极高的参政才能和极大的参政热情，武宗、仁宗才两度欲其去道袍而任辅弼。在掌教期间，他秉承师志，用六年时间建成了大殿、大门、东西两院，塑了神像，朝廷赐名"东岳仁圣宫"；并在其东配殿供有开山祖师张留孙的塑像，加强了玄教在京师的进一步发展。

吴全节学问广博，儒道兼修，被誉为"玉堂学士"[17]；又与翰苑文臣频繁交游，虞集说他"博览群书，遍察群艺，而于道德性命之要粹如也"[18]。吴全节擅诗文、书画，在京师文坛有极为重要的影响力。著有《看云录》若干卷，《代祠稿》诗二百余篇，今不存。吴澄赞为："其诗如风雷振荡，如云霞绚烂，如精金良玉，如长江大河。"[19]至正六年（1346）卒。

对于吴全节及其师张留孙在两都文坛的影响，虞集《河图仙坛之碑》云："至元、大德之间，重熙累洽，大臣故老心腹之臣，莫不与

17　危素：《危太朴文集》卷一〇《先天观诗序》，《四部丛刊》本。
18　以上所引虞集之语，均出自虞集：《道园学古录》卷二五《河图仙坛之碑》，《四部丛刊》影印上海涵芬楼藏明刊本。
19　吴澄：《吴文正集》卷二二《吴闲闲宗师诗序》，《四部丛刊》本。

开府（张留孙）有深契焉。至于学问典故，从容裨补，有人所不能知。而外庭之君子，巍冠褒衣，以论唐虞之治，无南北皆主于公（吴全节）矣。若何公荣祖、张公思立、王公毅、高公防、贾公钧、郝公景文、李公孟、赵公世延、曹公鼎新、敬公俨、王公约、王公士熙、韩公从益诸执政，多所咨访。阎公复、姚公燧、卢公挚、王公构、陈公俨、刘公敏中、高公克恭、程公钜夫、赵公孟頫、张公伯纯、郭公贯、元公明善、袁公桷、邓公文原、张公养浩、李公道源、商公琦、曹公元彬、王公都中诸君子，雅相友善。交游之贤，盖不得尽纪也。"[20]可以说，玄教第一、二代大宗师张、吴，正是以其卓群的才华和独特的政治地位，成为政坛、宗教、文坛等领域的核心人物，为第三、四代玄教大宗师在京师的发展和影响奠定了稳固的基础。

二、"兴追风雅客难孤"：吴全节的上都文学活动

吴全节从至元二十四年（1287）进京为管理玄教事务者始，到至正六年（1346）的近六十年间，长期居于京师。《吴全节传》载，"（吴）全节雅好结士大夫，无所不倾其交，长者尤见亲而敬，推毂善类，惟恐不尽其力。至于振穷周急，又未尝以恩怨异其心，当时以为颇有侠气云"[21]。玄教道场崇真宫两都均有，吴全节作为玄教大宗师，往来两都实为常事。特别是至元三十一年（1294）成宗即位后，要他每年扈从上都并着为令的五十余年，每年扈从期间，他都能与不少翰苑文臣聚于上都，或诗歌唱和，或雅集题赠。由于其极高的政坛和文坛影响力，吴全节成为上都文学活动的核心人物。

20 虞集：《道园学古录》卷二五，《四部丛刊》影印上海涵芬楼藏明刊本。
21 《元史》卷二〇二《释老·吴全节传》，中华书局 1976 年版，第 4539 页。

（一）吴全节与虞集、胡助在上都的诗文题赠

虞集是元代中期的文坛盟主，字伯生，号道园，世称邵庵先生，临川崇仁（今江西抚州）人。他一生扈从上都次数极多，吴全节与他在上都的交集颇多，二人在上都的文学活动应不少。但由于虞集作品也多有散佚，今存上都作品不多。他们在往返上都途中以及在上都期间都会因各种缘由诗歌往来。虞集在上都次韵吴全节，作有《闲闲宗师和前韵，期望过当，复用韵以谢二首》，其二云："书卷连床度晓昏，怀归犹复恋君恩。养生赖得南华论，好客时倾北海尊。山木向秋俱老大，海霞迎日共清温。蓬莱正与鳌峰接，几见浮云起石根。"[22]内容不仅仅指自己的翰苑文臣职务，书卷连床、南华论等词句，还表明二人平日有关读书、养生的讨论颇为频繁，当然并非单指在上都期间。显然，这两首诗是虞集对吴的又次韵诗，尾句有"鳌峰"二字，可判断必为在上都时作。有一次，吴全节赴上都时在赤城站因大雨停留[23]，虞集有《次韵吴成季宗师赤城阻雨》一诗："人间伏日当早休，道上马车如水流。神仙不愁风雨夕，父老已知禾黍秋。谁怜司马久多病，惟有杜康能解忧。北溟之鹍六月息，载我八极歌远游。"[24]内容带有调侃、劝解意味：人间杂事纷纷扰扰，没完没了，恰因下雨，权当天留贵人片刻闲。

最值得我们注意的是至顺元年（1330）的上都"看云图"题咏活动。看云楼，在今江西鹰潭市余江区，据《江西通志》卷四一载，是"元吴全节投老之所，顺帝书匾赐之"。因吴全节在元代道门、文坛极

22　虞集：《道园学古录》卷三，《四部丛刊》影印上海涵芬楼藏明刊本。
23　对于这次阻雨，陈旅有《吴宗师赤城阻雨次甘泉韵》："三十六盘啼杜鹃，杜鹃啼尽到平川。千山白雨作秋气，六月赤城堪昼眠。银渚星槎留使客，竹宫风帐候神仙。衰余病起桥门下，目送晴云度楚天。"（《元诗选初集》卷三七）从"竹宫风帐候神仙"句可看出写的是吴全节赴上都在赤城站因大雨停留之事。
24　虞集：《道园学古录》卷三，《四部丛刊》影印上海涵芬楼藏明刊本。

负盛名，文人们纷纷题咏看云楼，如贡师泰《题吴宗师看云楼》、宋褧《看云楼》，还有人作画《看云图》。至顺元年（1330），虞集、吴全节、胡助在上都观赏《看云图》，虞集当场作书《看云记》。这次雅集活动的盛况，可以从今存胡助的唱和诗窥其大概：

> 稽古雄文自典谟，先生忠义立朝孤。秋生滦水情偏逸，爽入鳌峰思不枯。经世大书光制作，奎章诸老盛仪图。岷峨山色青长好，一任浮云自有无。（胡助《再用韵答虞学士》）
>
> 宣室从容昔进谟，玉烟剑气鹤飞孤。千年骨换丹砂熟，几局残棋白石枯。天上仙人承露掌，山中老子看云图。碧窗隐几清秋日，万籁萧萧听到无。（胡助《三用韵答吴宗师见和》）
>
> 八分古隶轶君谟，思入风云态不孤。墨润长惊双凤翥，笔干时见一槎枯。诸儒滦水清秋会，老子函关紫气图。自昔通家成故事，覆玄讲易世间无。（胡助《四用韵赞虞公为宗师书看云记》）[25]

显然，前两首是酬答诗，分别答虞集、吴全节。从内容上看，二人诗中所问都是关乎这次观书、题画、属文活动的，足见三人交流、切磋、探讨兴致的浓厚程度。《再用韵答虞学士》夸赞上都因为有了虞集等人这样的硕儒变得气象巍峨，俨然一幅"盛仪图"；又次韵答吴全节，用"天上仙人承露掌，山中老子看云图"诗句赞美其德高；后又专门作诗《四用韵赞虞公为宗师书看云记》赞美虞集书法水平的高超。

（二）吴全节在上都对江西文坛诗歌创作盛世气象的引领

李存是吴全节的好友，也是江西文坛名流，与吴全节唱和频繁。

25　胡助：《纯白斋类稿》卷八，《丛书集成初编》本。

吴全节在上都时也常与之唱和，并对江西诗坛有所引领。李存（1281—1354），字明远，更字仲公，饶州安仁（今江西鹰潭市余江区）人。他颖悟赅博，是江东大儒，早年从陈立太传陆九渊之学。诗文、医术皆精通，与祝蕃、舒衍、吴谦合称"江东四先生"。《四库全书总目提要》卷一六七评云："存所学笃实，非金溪流派堕于玄渺，并失陆氏本旨者比。故其诗文皆平正醇雅，不露圭角，粹然有儒者之意。"今存所著《俟庵集》三十卷。生平事迹见危素撰《俟庵墓志铭》及《新元史》卷二三七本传。

吴全节在上都时期，与李存的唱和诗应不少，今存李存诗《次吴宗师见寄韵》《次韵吴宗师和元参议道宫墨竹诗》等。[26]最值得注意的是元统二年（1334）吴全节在上都所寄二诗之事，可以说对江西文坛的影响很大。今吴全节诗不存，李存《俟庵集》卷一八存《和吴宗师滦京寄诗》及序，对此事有较为详细的记录：

> 元统二年夏，玄教大宗师吴公从驾上都，叹帝业之弘大，睹朝仪之光华，赋诗二章，他日手书以寄其乡人李某。且曰："苟士友之过从者宜出之，与共歌咏太平也。"于是闻而来观者相继，传录于四方者尤众。咸以为是作也，和而庄，丰而安，婉而不曲，陈而不肆，其正始之遗音乎！
>
> 往往闻人说上都，白沙青草世间无。千官拥驾云朝起，万帐随营雪夜铺。业广殷周天所与，兴追风雅客难孤。不知范蠡当时意，独肯扁舟老五湖。（其一）
>
> 紫驼白象壮行仪，但觉炎威日日微。露透地椒清宝仗，风生天棘满旌旗。金盘蔼蔼行新馔，玉体翛翛进夹衣。自得仙吟因想像，半生元不离门畿。[27]（其二）

---

26 李存《俟庵集》卷二，文渊阁《四库全书》本。
27 李存：《俟庵集》卷一八《和吴宗师滦京寄诗序》，文渊阁《四库全书》本。

吴全节诗不存，从李存的诗序可以看出，吴全节诗应是集中体现了盛世气象。他把自己的诗当作示例，邮寄给李存；再借助李存在江西文坛的影响，将歌咏盛世这一诗歌创作取向在江西传播。此举引发诗人踊跃赓和，实现了地方与京师文坛诗歌的同频共振，对元代中期盛世诗风的形成起了引领、示范作用。李存的两首诗借助听闻与想象，描写了帝王巡幸上都的盛大场面。簇拥御驾的文武朝官，扈从随营的万千庐帐，紫驼白象拉的辇车，遮天蔽日的仪仗旌旗，都意在张扬盛世和平的气象。

（三）吴全节其他的上都唱和、题序

前往上都的文人多因赠物、赠诗或题壁、题画与吴全节唱和赠答。吴全节在上都常赠送牡丹花、琼芽饮、笔墨、酒等给扈从而来的翰苑好友，虞集、马祖常、袁桷等人都曾接受一些馈赠，他们往往以诗答谢，因之往来唱和。虞集有《谢吴宗师送芍药名酒》《谢吴宗师送牡丹并简伯庸尚书》《谢吴宗师惠墨》《再和》等，马祖常有《吴宗师送牡丹二首》《再答薛玄卿并谢墨二首》，袁桷有《端午谢吴闲闲惠酒》等。袁桷是元代中期较早入仕元廷的江浙文人，字伯长，号清容居士，庆元鄞县（今浙江宁波）人。他一生四次扈从上都，每次开平之行，都将所作之诗结为一部诗集。在袁桷的"开平四集"中，有三集都有因吴全节而作的诗歌，或因吴全节而与他人唱和的诗歌。《开平第二集》有《次韵李齐卿呈闲闲嗣师》《尚尊赐张上卿薛玄卿赋诗次韵》《再次韵》《复成二篇》，《开平第三集》有《次韵薛玄卿南还题驿二首》《端午谢吴闲闲惠酒》，《开平第四集》有《崇真宫阒无一人，经宗师丹房，惟蒲苗杨柳，感旧有作》《闲闲真人未至》《寓舍，玄卿旧住，今归龙虎山，书壁言怀》《喜吴宗师至》。

文人们在上都常因题咏崇真宫壁画或题壁诗而唱和。崇真宫是玄教的道场，上都崇真宫陈炼师壁间有大学士李衎所画的墨竹图。对这幅画，不仅崇真宫道士们纷纷题咏，前来上都的文人也诗兴大发。李衍（1245—1320），字仲宾，号息斋道人，晚年号醉车先生，大都人。仁宗皇庆元年（1312）任吏部尚书，拜集贤殿大学士、荣禄大夫。李衍善画墨竹，其子士行也善画竹。他与袁桷常提及的著名画家李倜（士弘）[28]是宗亲，与赵孟頫、高克恭并称为元初画竹三大家，著有《竹谱详录》。题咏上都崇真宫墨竹的有袁桷、虞集、揭傒斯、迺贤、倪仲恺等。如袁桷至治元年（1321）扈从上都时，作有《李仲宾墨竹图》《次韵虞伯生墨竹画壁》；揭傒斯有《题上都崇真宫陈真人屋壁李学士所画墨竹，走笔作》；迺贤有《题崇真宫陈炼师壁间竹梅，邀倪仲恺同赋》。元明善也为墨竹壁画题诗。当元明善去世后，玄教大宗师吴全节有次韵。元诗、吴诗今皆不存，李存《俟庵集》卷二作有《次韵吴宗师和元参议道宫墨竹诗》，可以为证。诗云："东西海水先秋寒，上有郁郁三神山。山人或在玉京住，山中竹石那得随渡黄河湾。是谁好事写于壁，风枝雪叶依屡颜。人知寓物不留物，我并无寓闲而闲。中书参议亦高致，倡以妙语题其间。不须驾鹤仍鞭鸾，坐阅物理如循环。有时见此非诗非壁亦非画，但觉鼎内朗朗金丹还。"[29]诗中将吴、元、李三人比作诗画界的三神仙，并分别描写三人的才华、风姿。元明善去世后，虞集也次韵其上都翰苑题壁诗，作有《题上都崇真宫壁继复初参政韵》，诗云："故人一去宿草寒，而我几度南屏山。琳宫素壁见题字，辄堕清泪如洞湾。文章百年世何有？如以钝拙镌屡颜。瞥然有感亦易散，奈此细读多高闲。沉思不见托魂梦，何异落月留梁间？走为麒麟飞为鸾，黄金作珙玉作环。重来岂无造化意？我以白发迟公还。"[30]表达了对元明善深深的缅怀之情和对其文章才华

---

28 李倜（？—1331），字士弘，号员峤，元代河东太原（今属山西）人，大德中，出为临江路总管，后为延平路总管，两浙盐运使。工诗文，善书画，尤以墨竹最著名。书法宗晋唐，以右军为尚，曾临右军帖多本，与赵孟頫善，每临一帖便求其题跋，魏公赞其书为"落笔云烟"。

29 李存：《俟庵集》卷二，文渊阁《四库全书》本。

30 虞集：《道园遗稿》卷二，《四部丛刊》本。

的赞叹。由以上两首可以看出，二人与元明善的唱和都与上都崇真宫有关，与吴全节关系密切。有关吴全节与元明善、虞集之间的关系，还有一段文苑佳话。《元明善传》载："真人吴全节，与明善交尤密，尝求明善作文。既成，明善谓全节曰：'伯生见吾文，必有讥弹，吾所欲知。成季为我治具，招伯生来观之，若已入石，则无及矣。'明日，集至，明善出其文，问何如，集曰：'公能从集言，去百有余字，则可传矣。'明善即泚笔属集，凡删百二十字，而文益精当。明善大喜，乃欢好如初。集每见明经之士，亦以明善之言告之。"[31] 应吴全节请求，元明善写好文章后，虞集删百二十字而使文章愈加精当，元与虞的个人感情因此也更深密了。这在当时南北文风并立、南方文人未被北方文人接纳的时期，是难能可贵的。

元统二年（1334），四十八岁的许有壬拜治书侍御史，五月扈从上都，但与吴全节并不同时。他写了《寄闲闲宗师》《和闲闲宗师至上京韵二首》表达对吴全节的思念。后至元元年（1335），许有壬扈从上都有《文过集》，收诗一百二十首。其中，《龙冈赐燕二首》小序云"以下二首和吴宗师韵"，是许有壬用吴全节的诗韵而作：

> 至元新制汉官仪，万马东西历翠微。袨服盛装三日燕，和铃清振九斿旗。（其一）
> 明珠火齐辉椶殿，上酝珍羞及布衣。但愿普天均此乐，莫拘千里咏邦畿。（其二）[32]

诗歌描写了顺帝改元后巡幸上都的盛况，以及自己歌咏一统盛世的喜悦和责任。当许有壬把《文过集》给吴全节看后，吴全节又为之作序，今存。序云："公天资高爽，豁达有气义，著为文章有光焰，溜

31　宋濂等：《元史》卷一八一《元明善传》，中华书局 1976 年版，第 4174 页。
32　许有壬：《至正集》卷一六，文渊阁《四库全书》本。

溜乎高屋建瓴水，于世教且深有关焉……一日谒公，公出示巨帙一百余篇观之，信乎传者之不诬。体物记事，寄赠题品，各极其妙。层澜峻峰，大音雅操，沛然自得，皆六艺中流出。"（《中书参知政事许公文过集序》）吴全节对许有壬其人、其诗给予了高度赞誉。

第三节　玄教道士陈义高、马臻等人的上都创作

一、诗意通达：陈义高的上都唱和、咏怀诗

陈义高（1255—1299），字宜父（甫），号秋岩，闽人，张留孙弟子。幼颖悟，年十二能赋。至元十三年（1276），随张留孙觐见忽必烈，留居京师十余年，协助张留孙处理教务，常往来两都。又深得太子真金器重，曾随其抚军。至元十七年（1280），世祖时尝为侍从。二十五年（1288），提点洪州玉隆宫。二十八年（1291），入晋王真金长子甘麻剌邸，从镇朔漠。三十一年（1294），授崇正灵悟凝和法师、大都崇真万寿宫提点。成宗元贞初，参纂《世祖实录》。大德三年（1299）卒。著有《沙漠稿》《秋岩稿》《西游稿》《朔方稿》等诗文集。今存《秋岩诗集》二卷，为四库馆臣自《永乐大典》中辑出。正史无传，生平事迹见张伯淳《养蒙文集》卷四《秋岩先生陈尊师墓志铭》。

陈义高擅长诗文，在京师多与翰苑名流交游，切磋诗艺。袁桷云："义高明朗通豁，器行瑰特。"[33]张伯淳为其作《墓志铭》云："余

33　袁桷：《清容居士集》卷三一《通真观徐君墓志铭》，《四部丛刊》本。

初入词林，与秋岩先生陈宜父为世外友。其纵谈三千年宇宙间事，亹亹忘倦。酒酣为诗文，意生语应，笔陈不能追，有谪仙、贺监风致。高古处可追陶、谢，类非烟火食语。"[34] 今存有卢挚、姚燧、阎复、赵孟頫、程钜夫、留梦炎、袁桷等与之唱和的诗篇。四库馆臣评曰："其诗大抵源出元、白，虽运意遣词少深刻奇警之致，而平正通达，语无格碍，要自不失为雅音也。"（《四库全书总目提要》卷一六六）我们从陈义高的上都诗实际创作来看，这一评价实属不高。

　　陈义高从至元十三年（1276）随张留孙入京，常往来两都，其上都文学活动是丰富的。其上都诗作主要有上都唱和、纪行抒怀等。

（一）凝重而通达： 陈义高的上都唱和赠答诗

　　大德四年庚子（1300），刘敏中扈从上都期间，作《上都长春观和安御史于都事陈秋岩唱和之什》十首。从诗题可看出，陈义高与安御史、于都事已先有唱和，后刘敏中与之唱和，这一活动的地点为上都长春观。陈义高在上都还与程钜夫、吴全节、崔中丞、阎复、姚燧等人诗歌酬唱，《秋岩诗集》今存《次程雪楼御史见寄韵》《九日明朝是寄吴成季》《塞上闻鸡呈崔中丞》《闻塞笛有怀赵泽詹廉使》《送琴与阎子静承旨》《得姚牧庵左丞书赋此以答》等。从诗歌内容来判断，这些诗作主要抒发了对僚友"忆从相别醉吟乡，漠北燕南几雪霜。四海竞传三语掾，一书偏慰九回肠"[35] 的思念，以及自己的思乡之情；在诗歌创作结构上也有特色。我们看其乐府歌行诗《望乡歌寄卢疏斋》：

　　　　天漠漠兮夜茫茫，草萧飒兮金风凉。白日淡兮雾惨，沙碛冷

34　张伯淳：《养蒙文集》卷四《崇正灵悟凝和法师提点文学秋岩先生陈尊师墓志铭》，文渊阁《四库全书》本。

35　陈义高：《秋岩集》卷下《得姚牧庵左丞书赋此以答》，文渊阁《四库全书》本。

兮云黄。有人兮独立而惆怅，悲歌兮南望而思乡。溯孤鸿之影灭
兮，书不得而远寄；惊兔走之伏莽兮，那思驰骋而发狂。上驼车
于半坡，渺哑轧之余响。认寒庐之几点兮，浮炊爨之烟苍。天将
寒兮感物变，岁欲暮兮单衣裳。三载不浴兮，黧瘦质之尘垢；鬓
根点雪兮，乱飞蓬之秋霜。心一去兮万余里，望不及兮云飞扬。
怀千载之向上兮，人已云远；留万古之遗恨兮，绵绵久长。高台
荒兮哀李陵，节旄落兮感苏郎。蔡琰悲愤兮，儿呼母而失声；公
主悲歌兮，愿为鹄而骞翔。彼丈夫女子之不同兮，其情况则一
耳；今我之念昔兮，谁后我而悲伤。奉天宇之开廓兮，去留野鹤
之容易；垂我王之悯顾兮，总归吾土而徜徉。如醉梦兮意撩乱，
重怅望兮回中肠。怅望兮苦歌思之沉郁，抱琴兮托遗调于宫商。[36]

陈义高将这种情感与草原苍茫高寒的自然地理环境、居留草原而不得
回乡的历史人物相融合，抒发了浓烈的思乡之情和孤寂飘零感，写景
上也独具北方草原的地域特色。这种情感与几乎所有扈从上都文臣的
思乡相一致，只是陈义高诗更加凝重，更加通达。这首诗不仅与遥远
的汉朝这个时间点相结合，还与远隔万里的家乡这个空间点相结合，
借助于草原独有的自然景象，表达厚重的、不可释怀的情思。它有一
种与自然、历史融合后的悲壮、通达，"垂我王之悯顾兮，总归吾土
而徜徉"，更是糅合了一般文人用不同的诗文才能表达的内心感受和
人生意愿。

（二）理性而真挚：上都咏史抒怀诗

而这种不同，又在陈义高的十余首上京纪行诗中有所体现。这些
诗以古体诗居多，内容丰富，有的具有吊古性质，在写法上由眼前所
见之景追思历史，抒发对历史人物、事件的看法。如我们熟知的对李

36 陈义高：《秋岩集》卷上，文渊阁《四库全书》本。

陵台的怀古诗:

> 将军少年真英雄,陇西家世凌边锋。奇材剑客五千士,自当一队驰威风。浚稽山前突戎骑,被围未蹈生擒计。强弓劲弩百万兵,流血成丹皆战惊。谁知管敢漏机密,遂使空拳冒锋镝。归无面目见君王,将身未免降勍敌。继曾杀李绪,尚欲谋归去。蒙恩虽已深,实起怀乡心。高陵筑台望乡国,中郎去后空哀吟。累土高一尺,望天近一尺。谁为削平山,望见长安陌。望乡不见春复秋,将军一去台空留。我家住在南海上,今日登台重凄怆。辽天漠漠飞黄云,草中但见牛羊群。家山不识在何处,教人空自忆将军。[37]

全诗在结构上分为前后部分。前半篇幅主要歌咏李陵与匈奴作战时的英勇无畏、少年英雄,后半篇幅主要描写李陵以少对多而兵败归降后身在匈奴心在汉的浓烈的故国之思。结构上由遥想历史,到眼前现实的李陵台,写法上叙述与抒情相结合,语言直白而正义。同时,陈义高对李陵的这一认知和评价,与自汉至宋与李陵相关的咏史诗歌不同。后者多认为李陵投降是对汉的不忠,以苛责为主。《饮马长城窟》在追思历史中反思战争,视野更为广阔:

> 我来长城下,饮马长城窟。积此古怨基,悲哉筑城卒。当时掘土深,望望筑城高。萦纡九千里,死者如牛毛。骨浸窟中水,魂作泉下鬼。朝风暮雨天,啾啾哭不已。昔人饮马时,辛苦事甲兵。今我饮马来,边境方清宁。马饮再三噢,似疑战血腥。昔人有哀吟,吟寄潺湲声。潺湲声不住,欲向何人诉。青天不得闻,

---

37 陈义高:《秋岩集》卷上《李陵台》,文渊阁《四库全书》本。

　　白日又欲莫。此恨应绵绵，平沙结寒雾。[38]

　　"饮马长城窟"是乐府旧题，原辞已不传。这首乐府诗在结构上也是一分为二。前部分主要描写了战争年代带给士卒的悲壮惨烈，生人百无一，"魂作泉下鬼"，虽历经千年，依然令人仿佛听到"啾啾不已"的哭声。后部分主要写建立一统政权后，边境清平，带给人们的是对战争的反思，只愿和平长久，不再有战争。整首诗在具体的描写中突出了对战争的厌恶和对如今和平的欣慰。全诗在描写和想象的叙事中抒发情感，直白真挚，尾句"此恨应绵绵，平沙结寒雾"又增强了情感主旨，诗境也显得含蓄而韵味深长。

　　陈义高也会直接抒发自己往返上都的羁旅之苦，如《庚辰春再随驾北行二首》《毡车行》：

　　　　天地苍茫阔，其如旅况何？冰融河水浊，沙接塞云多。土穴居黄鼠，毡车驾白驼。栖栖无所乐，远近听朝歌。（《庚辰春再随驾北行二首》其一）
　　　　四更催蓐食，结束闹比邻。人去留残迹，车行拥后尘。云开还有月，风冷不知春。幸得狐裘在，温存逆旅身。[39]（《庚辰春再随驾北行二首》其二）
　　　　江南野客惯乘舟，北来只梦烟波秋。于今天下皆王土，欲得回辕到彼游。[40]（《毡车行》）

　　作为南方人，惯于乘船，又饱受高寒之冷，自然会感到生活不适。陈义高的上都诗还描写了天下一统带给百姓的太平生活，如《驾

38　陈义高：《秋岩集》卷上，文渊阁《四库全书》本。
39　同上。
40　同上。

行道中见老农》："老农村里别无营，饱饭惟知乐太平。天子驾来应下顾，低头鞭犊自春耕。"[41]全诗对老农的悠闲生活加以简括，淡淡地叙述，语言自然平易，情感真挚。

总之，陈义高的诗歌与同时期扈从上都翰苑文臣的上都诗是不同的。一是他的上都诗在结构、手法上有自己独有的特征，情感抒发直白自然；二是在手法上多叙述，在描写中传达情感、认知；三是对历史的认知更为理性、通透。陈义高的上都诗整体表现出凝重通达、理性真挚的自然美与通透美。

二、以"我"为中心：马臻的上都纪行、纪事诗

马臻（1254—1326后），字志道，号虚中，钱塘人，隐迹西湖之滨，人称紫霞道士。精通诗画，为一时名士。据《元史·成宗三》载，大德五年（1301）春，马臻随从正一教天师张与材应召北上，在大都行内醮大典。五月十六日，在上都朝见成宗，作《大德辛丑五月十六日，滦都棕殿朝见，谨赋绝句三首》。十月，随成宗车驾返回大都。冬，内醮礼成。大德六年（1302）春，南归。也就是说，他在两都的时间最多不过大半年。有《霞外诗集》十卷，存诗千余首，其人其诗为时人称赏。仇远评价他说："其资也粹，其学也正，其言也文……士大夫慕与之交。不过习清虚、谈淡泊，无一言及势力声利，而世之能寒热人者。"[42]明末毛晋《元人十种诗》所选"吴浙英灵"[43]，马臻位列其中。

大德五年（1301）这一次上都之行，是马臻一生中仅有的一次。

41　陈义高：《秋岩集》卷下，文渊阁《四库全书》本。

42　仇远：《霞外诗集序》，《元人十种诗》，毛晋编，中国书店1990年版，第793页。

43　徐炜：《元人十种诗序》，《元人十种诗》卷首，毛晋编，中国书店1990年版，第1—2页。

马臻画有《桑干》《龙门》二图，龚开在《霞外诗集序》中云："大德辛丑（五年），嗣天师张真人（与材）如燕，主行内醮。玄教名流，并翼然景从，王子緐、马志道（臻）在焉。明年，来归，志道出《往来吟卷》及手画《桑干》《龙门》二图，仆幸得一见随喜。"[44]马臻从草原返回钱塘后，将二图出示给好友；若干年后，自己作题画诗："昔我经龙门，晨发桑干岭。回盘郁青冥，驱车尽绝顶。驿骑倦行役，苦觉道路永。引领望吴楚，日入众山暝。归来惬栖迟，山水融心境。寸毫写万里，历历事可省。理也存自然，畴能搜溟滓。"[45]

马臻上都诗作今存近二十首，主要有上京纪行诗、风情诗、咏怀诗。马臻纪行诗擅长叙事，以"我"为中心，描写我在行旅中的具体生活感受，如《黑山》一诗：

> 暮造黑山头，下马马力疲。大野无行客，仆夫愁渴饥。草根积霜露，月照光离离。王孙喜我至，邀我入毡帷。琵琶左右动，劝我金屈卮。此中风俗淳，颇似上古时。顾惭丘壑姿，心迹与世遗。际此圣明代，历览山水奇。不学古行役，空伤木兰诗。[46]

全诗重在叙述，一句一画面，具体形象，如同向人诉说。最后，直接抒发自己历览奇景的兴奋之情，先抑后扬，情感转换流畅自然，有豪逸俊迈之气。这种叙事特征在吊古诗、上都风情诗中也十分鲜明。如《开平寓舍》，是这一时期此类诗规模较大的，对上都独特的风土人情给予了集中的描写：

> 雨阴六月摧骄阳，开平客舍白日长。官街污泥没马股，出门

44　马臻：《霞外诗集序》，文渊阁《四库全书》本。
45　马臻：《霞外诗集》卷七《题画龙门山桑干岭图》，文渊阁《四库全书》本。
46　马臻：《霞外诗集》卷三，文渊阁《四库全书》本。

忽似河无梁。土风不解重鱼鸟，东邻西舍惟烹羊。山人肺腑蔬笋气，对此颇觉神不扬。昨日楼头望远色，海雾不动晨光凉。青山四面拱城阙，龙盘虎踞争翱翔。乃见宸京势宏大，囊括造化吞洪荒。惟甘槁木卧林塾，岂意野服朝明光。太平天子崇道德，绘丽琳宇开清扬。列仙缥缈环佩下，五里十里闻天香。惟皇上帝降百祥，煌煌大业垂无疆。山人歌诗忽起舞，山川草木腾文章。山川悠悠望不极，白云飞去之何方。故乡亲舍白云下，怅望山川空断肠。何当振翮附黄鹄，万里天风吹渺茫。[47]

开篇紧扣诗题"开平寓舍"，近距离描写开平城雨后泥泞的街道和草原民族喜牛羊肉的饮食风俗；接下来写自己"昨日楼头望远色"，描写了帝都恢宏雄伟的气象；最后将远眺之实景化为眺望家乡之虚景，由景入情，抒发了对万里之遥的家乡的思念。全诗整丽流畅，富有章法，情感转折自然。更为重要的是，虽然最后表达的是思乡之情，虽然上都"土风不解重鱼鸟"，全诗笼罩着淡淡的哀愁，感情基调依然是明朗的，也没有丝毫对草原的厌恶。《龙门道中》也是一首草原风情诗："八月龙门路，冰霜水不波。草枯行地鼠，风冷过天鹅。栈道行车少，人家闭户多。殷勤策羸马，夜宿趁雕窝。"[48] 该诗还自注："龙门为驿名。"具体写出了两都之间重要的景观——龙门峡的冰霜严寒，虽是五月，却已草枯风冷，一片寂寥。这与翰苑文人描写的龙门险峻、水流湍急的景象完全不同，更显内心平静。

马臻的思乡之情在上都咏怀诗中表现得更加直接和深入骨髓，富有感染力。如《滦都旅夜二首》：

> 不语登高楼，裴回日将夕。凉风吹秋来，万叶谢深碧。悠悠

---

47 马臻:《霞外诗集》卷三，文渊阁《四库全书》本。
48 同上。

念远道，坐见山月出。下听城郭中，歌笑杂啼泣。物理不可穷，
令人长太息。

　　黄鹄垂两翼，徒怀四海心。游子中夜起，揽衣步前庭。萧条
行天云，惨淡西风砧。客愁结肺腑，气咽不能吟。不吟亦不寐，
历历寒更深。[49]

这与南方扈从文人思乡的孤寂、凄凉之情是一样的，只是这种悲戚情
感不只局限于文人的自我哀怜，而是上升到了历史和哲理高度。马臻
与陈义高一样身为道士，且具有一种更为通透的人生态度和历史卓
见。当然，马臻也有直接表达思乡的诗作，如《滦都寓兴》："昨夜分
明梦到家，庭前开遍石榴花。龙门不放东风过，五月平滦雪满沙。"[50]
结构上，在梦与现实的描写中，将上都的寒雪平沙的自然气候与家乡
庭前清新宁静的石榴花对比，表达思乡情绪，诗歌清新澄净。

　　马臻还有上都纪事诗，记述在上都觐见成宗一事。如《大德辛丑
五月十六日，滦都棕殿朝见，谨赋绝句三首》：

　　黄道无尘帐殿深，集贤引见羽衣人。步虚奏彻天颜喜，万岁
声浮玉座春。（其一）

　　殿中锡宴列诸王，羽襡分班近御床。特旨向前观妓乐，满身
雨露湿天香。（其二）

　　清晓传宣入殿门，箫韶九奏进金樽。教坊齐扮群仙会，知是
天师朝至尊。（其三）[51]

这三首诗为我们提供了这样一些历史信息：一是马臻觐见成宗的地点

49　马臻：《霞外诗集》卷三，文渊阁《四库全书》本。
50　同上。
51　同上。

在棕殿，由集贤院官吏带领，成宗对他极为满意。二是马臻参加了成宗宴饮诸侯的诈马宴，见识了这一奢侈繁华的盛宴；成宗还令他近前观看妓乐，足见其恩宠。三是某日清晨，张与材天师朝见成宗；在声乐齐奏中，教坊众人随行位列，似为作醮之典礼，规模宏大，盛况非凡。

马臻也有上都纪行怀古诗，作有《李陵台怀古》：

> 在昔李将军，提师奋威武。步卒五千人，纵横尽貔虎。谋猷始欲成，管敢摧一语。汉恩既未报，肝胆日益苦。岂知万里外，骨肉膏草莽。昭帝固任贤，义断难复取。登台望汉地，山川眇如许。北风吹不消，恨入台下土。我行青山下，矫首一怀古。复笑秦家城，弯环列遗堵。惟有山上云，凄迷送秋雨。[52]

这首诗在内容和写法上与陈义高的《李陵台》相似，既赞叹了李陵的浴血奋战、英勇杀敌，也重点描写了因武帝轻信投敌之说致使李陵全家被杀的历史事实，以及李陵筑望乡台的一片赤诚。后又写诗人思古而生发出的感慨："复笑秦长城，弯环列遗堵。"尾句情景交融，以景衬情，诗歌意味更显深长。

三、"北上开平复南去"：袁桷次韵薛玄曦的南还题驿诗

薛玄曦（1289—1345），字玄卿，自号"上清外史"。祖籍河东（今山西运城一带）人，迁贵溪（今属江西）。年十二入道龙虎山，性喜游，"出游渤海碣石间，纵观古灵仙之迹，人莫知其所在"。后游京

52　马臻：《霞外诗集》卷三，文渊阁《四库全书》本。

师，受荐而任职于两都。此后，长期留居帝辇之下，往来于两都之间。延祐四年（1317），提举大都万寿宫。周旋诸公之间，"接闻绪论，学日益粹"[53]。七年（1320），升提点上都崇真万寿宫。泰定元年（1324），奉诏征嗣天师，既至，被旨住镇江之乾元宫；未行，扈从滦阳至龙虎台，喟然叹曰："楚云江树，迢阻万里，引领亲舍，宁无恻然于中乎！"③即日辞归，士大夫咸送以诗，虞集为之序。[54]由此可以看出薛玄曦在元代文坛的影响。至正三年（1343）四月八日，上御明仁殿，集贤以闻，制授弘文裕德崇仁真人，佑圣观住持兼领杭州宫观，不得辞，乃拜命而遣弟子摄其事。至正五年（1345）二月七日卒，年五十七。著有《上清集》若干卷、《樵者问》一卷，荟萃群贤诗文为《琼林集》若干卷。生平事迹见黄溍《弘文裕德崇仁真人薛公碑》、虞集《送薛玄卿序》等。

薛玄曦学问渊博，善书法、诗文，被时人推许；又喜好交游，与文坛名流相交甚密。虞集云："玄卿为人清明而能静，为学弘博，好古书法，为诗有飘飘凌云之风，其材固足望也。"[55]黄溍《弘文裕德崇仁真人薛公碑》云："惟公夙负才气，倜傥不羁。读书日记万言，自孔老之学至于天文地理，阴阳数术，靡所不通。善为文，而尤长于诗。豫章揭公留琼林月余，斋三日，乃为作序。称其老劲深稳如霜松雪桧，百折莫能挠；清拔孤峻如豪鹰俊鹘，千呼不肯下。萧条闲远如空山流泉，深林孤芳，自形自色，不与物竞，人以为知言。公书札极丽逸，片楮出，人争欲得之。有闻公之风而未之见者，或使图其像以去。见心亭后有土阜隆然，人称之曰薛公墩，其见重于时如此。"[56]作为玄教著名道士，可以看出薛玄曦的诗文影响力在京师是很大的。

薛玄曦往来两都，从仁宗延祐七年（1320）主持上都崇真万寿宫

53　黄溍：《金华黄先生文集》卷二九《弘文裕德崇仁真人薛公碑》，《四部丛刊》本。
54　同上。
55　虞集：《道园学古录》卷四六《送薛玄卿序》，《四部丛刊》本。
56　黄溍：《金华黄先生文集》卷二九，《四部丛刊》本。

始，至泰定元年（1324）南返主持镇江乾元宫，在上都时间有四年之久。但薛玄曦的上都作品多不存，今存与之有关的袁桷的诗作。薛玄曦纪扈从上都的纪行诗《大驾度居庸关》云："居庸雄据万重山，南北门分作汉关。鼓角动时森虎卫，旌旗行处识龙颜。禅宫路转风烟合，御苑春深草树闲。待得长杨围猎罢，又随车骑此中还。"[57]诗中高度赞叹南北统一后的居庸关，说它也成为巡幸队伍的见证，着重描写居庸的雄伟险要，与巡幸队伍的雄壮气势相应。语言遒劲深稳，情感饱满，一种新的时代气象借由大驾过居庸关的场景烘托出来。

英宗至治元年（1321），袁桷第三次扈从上都。途中，袁桷作《次韵薛玄卿南还题驿二首》，其一曰："思君月落见参旗，碧眼微醺倍陆离。北上开平复南去，却如返棹剡溪时。"其二曰："碧窗云冷思萋萋，晓拓黄庭眼未迷。宜向山阴道中住，听风听雨听猿啼。"[58]次韵，说明薛玄曦前已有题壁诗，袁桷在此表达思念之情。至治二年（1322），袁桷第四次扈从上都，居于上都崇真宫，作《寓舍玄卿旧住今归龙虎山书壁言怀》抒发思念之情："明玕出海见奇姿，价压连城贾客知。往岁曾为大鹏赋，今秋且作小山词。黑头好景传杯乐，白眼长年按剑疑。君去我来同此榻，雁回何处写相思。"[59]当他想起平时二人欢畅的诗赋唱和，不禁思绪万千，以诗为记。

四、"慷慨舒长缨"： 朱思本的上京纪行诗

朱思本（1273—1333），字本初，号贞一，临川（今江西抚州）人。祖父以科举仕宋，自幼熟读经史，后因厌世混浊，入龙虎山为道

57　顾嗣立编：《元诗选二集》卷二五《上清外史薛玄曦》，中华书局 1987 年版，第107 页。
58　袁桷：《清容居士集》卷一五，《四部丛刊初集》本。
59　袁桷：《清容居士集》卷一六，《四部丛刊初集》本。

士。至元十三年（1276），随天师张与材北上京师，后成为张留孙、吴全节管理道教事务的得力助手。直到英宗至治元年（1321）主持江西玉隆万寿宫，留居京师三十余年，"从张仁靖真人（张留孙）扈直两京最久"[60]。顺帝元统元年（1333）去世。生平见《龙虎山志》、《元诗选癸集》壬集、《元诗纪事》卷三三小传。

虞集与朱思本相交二十余年，谓其勤思喜读，"每于酬应之暇，即自洗涤，以读书为事"[61]。他学识广博，精于舆地之学。至大四年（1311）至延祐七年（1320）的十年间，朱思本利用代祀五岳四渎等名山大川的机会，周游南北，足迹遍及今河北、山西、山东、河南、江苏、安徽、浙江、江西、湖北、湖南等地。他实地考察，访问当地父老，寻求故迹遗址，考察郡邑沿革，核实山河名称，验证《要迹图》《樵川混一六合郡邑图》等古地图，以计里开方之法，著有精确程度超过前人的《舆地图》二卷。又著有《北海释》《和宁释》《西江释》等地志考释文章。朱思本"身操儒行隐黄冠"[62]，擅长诗文，其诗文创作水平是元代道流中的佼佼者，在京师多与翰苑名流切磋诗文，深体为诗之道。尝作诗云："学诗真与学仙同，换骨元非一日功。见绕九秋风露足，纤埃磨尽见寒空。"《元诗选》小传称其"博洽文雅，见称于卿相间"。著有诗文集《贞一斋稿》二卷。此书或题为《贞一稿》《贞一斋诗文稿》《贞一斋杂著》等，所收皆为四十岁以后之作，范梈、刘有庆、欧阳玄、虞集、吴全节、柳贯等为之作序跋，且评价颇高。范梈序评其诗如"六朝庾、鲍而唐太白之流也"，虞集序赞其"慎所当言，而不鼓浮夸以为精神也；言当于是，不为诡异以骇观听也；事达其情，不托蹇涩以为奇古也；情归乎正，不肆流荡以失本原也"。他是元代诗名颇显的方外诗人。

60　柳贯：《柳待制文集》卷一四《玉隆万寿宫兴修记》，《四部丛刊》本。
61　虞集：《贞一稿序》，嘉庆宛委别藏本。
62　吴宽：《题元朱本初道士贞一稿后》，《家藏集》卷二三，文渊阁《四库全书》本。

在上都，朱思本与扈从文臣唱和频繁，十分畅快。他在《发都中》诗中写道："畴昔居上京，结交翰墨场。壮志日以舒，归心已遗忘。重来感斑鬓，故旧半存亡。"[63]"畴昔居上京"道出这是一首追忆诗，"结交翰墨场"表明自己在上都与翰苑文臣等人的文学交游之盛。《发山中》写了赴上都时众人的送行，以及自己不拘泥于分别愁苦，表达了慷慨积极的人生态度，诗云："毂旦发名山，驾言趋上京。车马如云集，把酒送我行。须臾陟东岭，回盼仙人城。晚圃秋正浓，露华缀金英。胡为舍此去，乃与尘俗萦。人生有行役，岂必皆蝇营。威凤高其翔，千载相和鸣。勿作儿女别，慨慷舒长缨。"[64]

总之，玄教道士多兼宗儒道，诗文书画精通，在大都、上都周旋于达官显宦、文人雅士间，如鱼得水。文臣多与之相交，互为声援，结为一生挚友。元明善、许有壬、胡助、陈旅、贡师泰、黄溍、欧阳玄、虞集、马祖常、袁桷等人文集中，都保存了大量与玄教人士在京师的唱和赠答、抒怀之作。这种情谊和文学互动一直延续至上都。玄教道士在上都不仅抒发情怀、描写风情，也积极与文人诗歌往来。我们不能因玄教道士作品多不存，而忽视这一群体在上都的文学影响和文学价值。

---

63 朱思本：《贞一稿》卷二，嘉庆宛委别藏本。
64 杨镰主编：《全元诗》第 27 册，中华书局 2013 年版，第 43 页。

第五章

上都纪行诗序跋题咏及其对
元代诗学的影响

文人在上都的文学创作，以记自己草原帝都之行的诗歌为最多，我们统称这些诗歌为上京纪行诗。大量上京纪行诗的创作，是儒家文化圈文人有史以来第一次持久草原生活体验的产物。当文人长途跋涉来到草原，又在草原帝都生活几月甚至几年之久，这样独特的文学创作背景，使文人具有不同于以往的创作心态，其诗歌创作也呈现出不同于传统诗歌的异质美学风貌。如题材上集中抒发对丰富奇异的草原自然风情、风格多元的草原帝都、奢华铺扬的宫廷宴饮的赞美，以及对与草原有关的历史人物事件的宽容评价；艺术上重写实、白描，甚至不顾语言的粗粝等。

如何评价这些诗歌，成为元代文坛的大事。从现有文献来看，文人对上都纪行诗进行诗学上的品评、鉴赏，始于仁宗、英宗时期，盛于文宗、顺帝时期，其评论方式以序跋题咏为主，评论者多翰苑文臣。虽然上都纪行诗及其序跋题咏十之八九都已散佚，但从今存的诗歌（九十余位文人，一千多首诗）和序跋题咏（三十余篇）的数量上，依然可以窥见对元代上都纪行诗进行品评的风靡程度。如胡助《上京纪行诗》诗集，今存虞集、吕思诚、王士熙、陈旅、柳贯、吴师道、苏天爵、宋濂等题跋十五篇，前后自序两篇。许有壬《文过集》，今存揭傒斯、王沂、欧阳玄、谢端、许有孚等题跋五篇，自序一篇。即便是由江浙文人编选的收录地方普通文人迺贤、韩与玉、涂颖游历上都之作的《上京纪行诗》总集，也保存了地方名流张仲深、刘仁本的题咏。再如迺贤曾请众多文坛名流为翰院文臣黄溍的《上京纪行诗十二首》题咏，这一事实在贡师泰的《题黄太史上京诗稿后》中有所记载："黄太史文名天下，而上京道中诸诗尤为杰作。葛逻禄易之得其稿以传，且谒诸君为之题，其知太史亦深矣。易之尚善葆之。"[1] "谒诸君为之题"，说明当时京师文人为该组诗所作的题咏数量相当可观。不久，迺贤南归，携带此组诗到江浙，又得到当地文坛的不断题咏。

元代上都纪行诗创作者及序跋题咏的作者，基本囊括了元代中后期文坛的主流人物，其传播范围也往往从以两都为核心的北方文坛，传播到以江浙、江西为核心的南方文坛，南北文坛也在唱和赠答、序跋题咏中得到交流。就内容而言，这些序跋题咏主要集中在创作观念、审美功能、文学精神等诗学观念的表达上。上都纪行诗所表达的诗学观念是元代诗学的重要组成部分，显示了不同于传统诗学的特征，极具诗学史意义。上都文学中心的独特地位，使其引领了元代文坛风气，促进了元代中后期南北诗风的融合，推动了上都形象以及草原文化在元代南北的传播。

第一节 "山川发雄文""率尔赓和"的创作观

居庸关以北的广袤土地自古为北方少数民族的生息之所。上都位于滦河上游的金莲川草原，这里曾是东胡、匈奴的"瓯脱地"[2]，也是

---

1 贡师泰：《玩斋集》卷八《题黄太史上京诗稿后》，文渊阁《四库全书》本。
2 据陈高华、史卫民所述，东胡的活动以今天辽河上游的西拉木伦河和老哈河流域为中心，匈奴则以今天黄河河套和阴山山脉地区为中心。两族之间有一千余里的弃地无人居住，"各居其边为瓯脱"。瓯脱，意为界上屯守处。元上都城所在地区，应是当时东胡瓯脱的一个组成部分。参见陈高华、史卫民：《元大都上都研究》，中国人民大学出版社 2010 年版，第 142 页。

辽金帝王的四时捺钵之所[3]，历经千余年。当元代建立了南北统一、华夷一体的一统政权，不仅疆域超迈以往，观念上也超越了历代的华夷之分、胡汉对立。对汉地文人而言，居庸关以北曾经都是经验的、想象的、神秘的，随着每年帝王的巡幸，以上都为代表的草原又披上了一层神圣的面纱，游历上都是元代文人十分向往的。他们一旦有机会来到草原，"际此圣明代，历览山水奇。不学古行役，空伤木兰诗"[4]的自信昂扬、激动兴奋便会油然而生。这种由外部自然地理环境对诗人创作心态产生重要影响，进而影响诗歌创作审美风貌的文学现象，引起了元代文坛的普遍关注。元代文人在对上都纪行诗的品评、鉴赏和自我创作归纳中，极力阐扬了"山川发雄文"的创作动力说和"率尔赓和"的创作态度说。

一、"山川发雄文"的创作动力说

刘勰《文心雕龙·物色》："若乃山林皋壤，实文思之奥府，略语则阙，详说则繁。然屈平所以能洞鉴风骚之情者，抑亦江山之助乎！"[5]他首揭"江山之助"一词，说明山水之阅历有助于文学创作，有助于文思的激发。这在后世多有论及，苏舜钦的"幸有江山聊助思"[6]、

---

3 金莲川及其附近地区，辽时分属中京道和西京道管辖，金时隶属西京路管辖。有关辽代的金莲川"四时捺钵"，参见傅乐焕：《辽代四时捺钵考五篇》，《辽史丛考》，中华书局1984年版。有关金代的捺钵，刘浦江考述，从大定十二年（1172）始，金世宗每年或隔年赴金莲川，往返时间四五个月之久。参见刘浦江：《春水秋山——金代捺钵研究》（上），《文史》第49辑，1999年12月；刘浦江：《春水秋山——金代捺钵研究》（下），《文史》第50辑，2000年7月。
4 马臻：《霞外诗》卷三《黑山》，文渊阁《四库全书》本。
5 刘勰：《文心雕龙》，庄适注，司马朝军校，崇文书局2014年版，第111页。
6 苏舜钦：《送子履》，《苏舜钦诗诠注》，杨重华注，重庆出版社1988年版，第306页。

黄庭坚的"江山为助笔纵横"[7]等都是对这种观点的强调和创作体验的总结。可见,古代文人肯定了游四方、广见闻、增博览的生活体验是激发文人志气、增加文人修养、助益诗文创作的重要途径。相较于以往,元代文人对此的认识更加深入,将游历提升到了不得不为的人生高度。如元代大儒吴澄在《送何太虚北游序》云:"士可以不游乎?男子生而射六矢,示有志乎上下四方也,而何可以不游也!夫子上智也,适周而问礼,在齐而闻《韶》,自卫复归于鲁,而后雅、颂各得其所也。夫子而不周、不齐、不卫也,则犹有未问之礼,未闻之《韶》,未得所之雅、颂也。上智且然,而况其下者乎?士何可以不游也!"[8]同时,从游历地域范围来看,以往的游四方基本限定在中原,包括实行宋金征聘制度期间,每年也只有极为少量的使臣能够来到北方的草原。而元代华夷一体,水陆等交通发达,这也为文人游历广阔的地域提供了便捷的物质条件。

"山川发雄文"的创作动力说在上都纪行诗序跋题咏中有鲜明而集中的表达。"山川发雄文"源于古代文论中的"江山助奇"或"江山之助"说,并不新鲜,但是由于此江山、山川乃居庸关以北的草原物候风情,以及帝王巡行的草原帝都,这就为"江山之助"等扩展了表现范围。更重要的是,元人"山川发雄文"是对"江山助奇"的笃信和进一步的阐发与印证,认为它不仅助文人之气,影响文人之意志,还深深地影响诗文创作的审美风貌。

"山川发雄文"一句,出自元人胡助在扈从上都途中所作的《同吕仲实宿城外早行》诗,诗云:"两京隔千里,气候殊寒暄。声利泪清思,山川发雄文。平生所未到,扈跸敢辞烦。"[9]诗歌描叙自己见到与中原、江南迥异的草原自然地理,增助了文人之气,由外部环境的

---

7 黄庭坚:《忆邢惇夫》,《黄庭坚全集》,刘琳、李勇先、王蓉贵校,四川大学出版社2001年版,第255页。

8 吴澄:《吴文正集》卷三四《送何太虚北游序》,《四部丛刊》本。

9 胡助:《纯白斋类稿》卷二《同吕仲实宿城外早行》,《丛书集成初编》本。

新异变化激发了创作热情，影响了文人的心态、气质、意志。如果说这仅仅是诗人创作时的即兴感发，那么序跋题咏中大量类似的描写叙述和品评式的表达，则是诗学意义上的理性提炼。至顺元年（1330），胡助以翰院编修身份扈从上都，并于此期间创作了《上京纪行诗》诗集，经自己删减精选，收诗五十首。自序云："沿途马上览观山水之盛也，日以吟诗为事。比至上都官署，寓于视草堂之西偏，文翰闲暇，吟哦亦不废。"[10] 今存虞集、吕思诚、王士熙、陈旅、柳贯、吴师道、苏天爵、王理、黄溍、李术鲁翀、曹鉴、宋濂等序跋十五篇，评论者皆为元中后期文坛名流，足见诗作及诗评影响之大。柳贯在自己的《上京纪行诗》自序中也有类似表达："延祐七年，贯以国子助教分教北都生，始出居庸，逾长城，临滦水之阳而次止焉。自夏涉秋，更二时乃复，计其关途览历之雄，宫御物仪之盛，凡接之于前者，皆足以使人心动神悚。而吾情之所触，或亦肆口成咏，第而录之，总三十二首……龙光炳焕，照耀后先；山川闳奇，振发左右，则夫纪载而铺张之，有不得以其言语之芜拙而并废也。"[11] 他们都在叙述自己前往上都时，因所见迥异中原之山川地理、物候风土激荡了诗赋创作的热情，有所感兴，肆口成咏，而不忍"以其言语之芜拙而并废也"。这既是诗人对"山川发雄文"创作体验的描述，也是诗人对自己诗歌创作的总结。从接受者角度看外部环境对诗人上都纪行诗创作影响的品评鉴赏也不少，如苏天爵对黄溍《上京纪行诗十二首》组诗所作的《题黄应奉上京纪行诗后》云："至顺二年夏，予与晋卿偕为太史属，扈行上京。览山河之形势，宫阙之壮丽，云烟草木之变化，晋卿辄低徊顾恋，若有深沉之思者，予固知其能赋矣。既而果得纪行诗若干

10　胡助：《纯白斋类稿》卷二〇《上京纪行诗序》，《丛书集成初编》本。
11　柳贯：《柳待制文集》卷一六《上京纪行诗序》，《四部丛刊》影印江阴缪氏艺风堂藏元至正刊本。

首。"[12] 他认为黄潜因上都之行，目睹经历了"山河之形势，宫阙之壮
丽，云烟草木之变化"，正是这种外部环境的刺激，才乘兴创作出轰
动文坛的《上京纪行诗十二首》，成就其最负盛名的诗作。当然，也
有一些诗评作者没有去过上都，没有草原生活体验，对他们来说，品
评上都纪行诗多出于文人传诵，如江浙文人刘仁本、张仲深的诗评更
加强调文人游历上都时所见山河大美、帝王巡幸大典等外部生活体验
对诗歌创作的巨大影响。刘仁本《题马易之韩与玉涂叔良上京纪行诗
卷》云："景运将兴礼乐期，邦家培植太平基。銮和法驾时巡幸，扈
从词臣发秘思。文物两都班固赋，山川万里杜陵诗。于今十载风尘
里，展卷空怀草木悲。"[13] 张仲深《上京纪行诗一卷》："世祖龙飞奠两
圻，岁时巡跸重依违。千官扈从趋黄屋，三子联镳总白衣。眼底关山
生藻思，马头楮颖发光辉。诗成京国争传诵，太史遥瞻动少微。"[14] 由
此可见，"山川发雄文"创作动力说，不论是对诗人自我创作体验的
总结，还是他者对上都纪行诗的品评鉴赏，都是普遍而明确的，正如
刘敏中所说的"宏才博学，必待山川之胜有以激于中而后肆于外"[15]。
而刘敏中一生多次扈从上都，创作了成就斐然的诗作，虽然此语是他
身在南方时说的，却是他自己一生游历与创作关系体验的注脚。

　　"山川发雄文"诗学观念还以对具体诗作品评的方式强调了外部
环境对文人创作风格的深刻影响。欧阳玄为许有壬上京纪行诗集《文
过集》而作的《中书参知政事许公文过集序》云："本朝儒者参预大
政而以诗鸣者，吾得三人焉。其一金进士，其仕当南北混一之交，其

12　苏天爵：《滋溪文稿》卷二八《题黄应奉上京纪行诗后》，陈高华、孟繁清点校，
　　中华书局 1997 年版，第 474 页。

13　刘仁本：《羽庭集》卷三《题马易之韩与玉涂叔良上京纪行诗卷》，文渊阁《四库
　　全书》本。

14　张仲深：《子渊诗集》卷四《上京纪行诗一卷》，文渊阁《四库全书》本。

15　刘敏中：《中庵先生刘文简公文集》卷一六《江湖长短句引》，《北京图书馆古籍珍
　　本丛刊》本。

风犹有金源之风；其一齐鲁世家子，所与居游，又多京国华腴，其诗自有富贵之气，及南渡江汉，诗乃清厉；其一家本梁赵，流寓荆楚，筮仕并营，其诗盖负豪爽之资，每北渡居庸，诗益奇俊，盖安阳公也。三参预皆有治才，诗其余事而以鸣者，人多其有余力也。至元三年之夏，安阳公扈从上京，赋诗百二十余首，名曰《文过集》。向余所谓奇俊者，殆山川之助欤！公才刃纵横，无少凝滞，气机出入，杂以讥评，用之于政、于文皆然。"[16]《文过集》诗一百二十首，是许有壬后至元三年（1337）以中书参议扈从上都期间而作。欧阳玄把许有壬上都诗作与诗人在其他地方所作的诗作对比，认为上都诗歌更加奇俊，给予肯定和赞美；并进一步认为这种奇俊风格可以从内而得，也可以从外而得，即一则源于山川之助，二则源于北人豪爽性格和酣畅的才气。这个评价与许有壬自己评价的"不工之语，时托箴讽"指向性一致，都强调江山之助对诗歌创作的巨大影响，只是所关注的角度不同而已。玄教宗师吴全节全面肯定许有壬《文过集》诗歌风格的多样性，也是以地域等外部环境的变化作为重要因素："公天资高爽，豁达有气义，著为文章有光焰，溜溜乎高屋建瓴水，于世教且深有关焉……一日谒公，公出示巨帙一百余篇观之，信乎传者之不诬。体物记事，寄赠题品，各极其妙。层澜峻峰，大音雅操，沛然自得，皆六艺中流出。"[17]

二、"率尔赓和"的创作态度说

上都纪行诗序跋题咏还直接表达了"率尔赓和"的创作态度，并

16　欧阳玄：《中书参知政事许公文过集序》，许有壬《至正集》卷三五，文渊阁《四库全书》本。
17　吴全节：《中书参知政事许公文过集序》，许有壬《至正集》卷三五，文渊阁《四库全书》本。

赞扬与此有密切关系的自然率真的诗风。元诗语言率真自然、内容平实通达的特点，一方面是元代意识形态相对宽松的结果；另一方面也与文人不刻意追求苦吟、雕琢、精深，而着意于率意而为、尽兴而发的诗歌创作态度有关。

许有壬在上都创作的诗集《文过集》自序云："丁丑分省，予以五月二日发京师，八日达上京……参议左右曹，非有疑禀，不至都堂。日长闲退，恒兀兀独坐。间得朋友歌诗，率尔赓和，心有感触，亦形咏歌。乘兴有至一二十首，而无心营度一字。"[18]胡助也对有诗友相伴、相互唱和的创作动力有明确表述，其《上京纪行诗》自序云："六月下浣，始与检阅官吕仲实偕行。仲实权从游于升学者也，今又同在史馆，故乐与之偕。沿途马上览观山水之盛也，日以吟诗为事。比至上都官署，寓于视草堂之西偏，文翰闲暇，吟哦亦不废……南还之日，又与翰林经历张秦山、应奉孟道源及仲实同行，亦日有所赋。"[19]二人都是在上都创作多产的文人。这些诗歌的创作，得于闲暇，得于有诗友相伴唱和，得于自己的率意乘兴而作。文人们往往途中即兴赋诗唱和，不假思索，不加修饰，率意而为，尽情表达，毫不在乎诗歌是否语言精致、内蕴深厚。许有壬的"乘兴""而无心营度一字"，是对这种率意创作方式和乘兴创作态度最为直接的表达。这种创作态度带来诗歌率性、真挚、自然、轻快的特征。上都纪行诗这样的审美风格，不论是抒发自己内心的欢快惊奇、苦闷牢骚，还是被盛世感召的激越豪情、忠贞之意，对奇险景物的描摹、对盛宴场面的铺陈、对民俗风情的勾勒，都是自然而然的，是文人特定心绪下的真实流露，也是上都纪行诗创作实践的真实写照。马祖常在上都所作《和王左司韵三首》其一中说"走笔题诗三百首，敲门先送大中

18　许有壬：《至正集》卷三五《文过集自序》，文渊阁《四库全书》本。

19　胡助：《纯白斋类稿》卷二〇《上京纪行诗自序》，《丛书集成初编》本。

郎"[20]，谈论的也是这种完全为外物所感而不吐不快、率真快意、不假思索的即兴作诗状态。这种率意而为、即兴而发的创作态度，不是个别人一时之慨，而是元代文人较具代表性的表达，这也导致上都纪行诗在语言和诗境上整体倾向于浅近直白，甚至如明清人所指责的一般，语言近乎粗粝。不得不说，这是率尔赓和创作态度的重要影响。

第二节　"观风备览""存一代之典"的文学功用观

上都不仅有独具特色的自然地理和风土人情，还因其是连接中原、沟通蒙古诸部的中心，世界文化的聚散地，而成为"奇怪物变，风俗嗜好，语言衣食有绝异者"[21]的多元文化混杂之地。许多外国使者、传教士、商人还在上都受到皇帝的接见，如阿拉伯、波斯、突厥等色目商贾就是上都的常客。正如虞集《上都留守贺惠愍公庙碑》所说："昔世祖皇帝在潜藩，建牙纛、庐帐于滦河之上，始作城郭宫室，以谨朝聘，出政令，来远迩，保生聚，以控朔南之交。及乎建国定都于燕，遂以是为上都，而治开平焉。大驾岁一巡幸，未暑而至，先寒而南，宫府侍从宿卫咸在，凡修缮供亿一责于留守之臣。然地高寒，鲜土著种艺之利，在野者，畜牧散居，以便水草。在市者，则四方之商贾，与百工之事为多。怀柔抚绥，使薄来而厚往，然后奇货用物，本末纤巨，莫不毕至。充溢盛大，以称名都焉。"[22]尽管上都地寒，不

20　马祖常：《石田文集》卷四，文渊阁《四库全书》本。

21　虞集：《道园学古录》卷一〇《题和林志》，《四部丛刊》影印上海涵芬楼藏明刊本。

22　虞集：《道园学古录》卷一三《上都留守贺惠愍公庙碑》，《四部丛刊》影印上海涵芬楼藏明刊本。

宜种植，但是由于各种优待政策，"四方之商贾与百工之事"充斥着
上都的商贸市场。袁桷《开平十咏》其七专门描写了上都商业区的繁
荣景象："煌煌千贾区，奇货耀出日。方言互欺诋，粉泽变初质。开
张通茗酪，谈笑合胶漆。忆昔关市宽，崇墉积如铚。梯航际穷发，均
输乃疏术。"[23]因此，如此自然和人文奇异景观，对文人的诗歌创作和
诗学观念有了新的时代要求，"观风备览""存一代之典"便是这种
时代背景和上都地域背景的产物，同时又彰显了文人强烈的文学精
神。"观风备览"是传统诗学观念中兴观群怨诗学功能的延续，强调
诗歌本身呈现的观风功能，包括一切自然地理、民俗风情等。"存一
代之典"是从创作主体出发，强调所观览事物应体现国家典制等宏大
事件。文学精神的张扬主要体现在对上都文学创作审美功能的追求
上，具体表现在创作的可观览性和传盛世之音两方面。这两种创作观
念也有着内在的联系。可观览性，即序跋题咏中频繁使用的"观风备
览"与"存一代之典"。传盛世之音，即从诗歌功能角度赋予文学作
品所承担的历史和时代使命。

　　西周时就以采诗观风。元代疆域辽阔，天下一统，交通发达，采
诗观风成为风气。元代非常重视观风这一诗歌功能，赵孟頫就有关于
诗歌"可以观民风，可以观世道，可以知人，可以多识草木鸟兽之
名"[24]功能的论述。上都不以采诗观风，而是直接创作以观风，即要
"观风备览""存一代之典"，这也成为前往上都文人创作的目的和历
史责任，这在序跋题咏中有大量的直接表述。

　　胡助前往上都便以此为创作旨归，在《扈从集》自序中明确叙
述了两都间禁路的生态文化环境，并认为自己有责任用诗文之笔记
录所见自然地理、风情物候，供人观览，以展盛世之风，这在上文

23　袁桷：《清容居士集》卷一六《开平十咏》（其七），《四部丛刊》影印上海涵芬楼
　　藏元刊本。
24　赵孟頫：《松雪斋集》卷六《薛昂夫诗集序》，《四部丛刊初编》本。

有所提及。这样的创作目的，在柳贯、张昱、杨允孚等自序中屡有表述。张昱《辇下曲序》云："鄙近虽不足以上继风雅，然一代之典礼存焉。"[25]不仅创作如此，在序跋评诗时，是否具有可观览性成为评价诗歌的重要标准。贾祥麟对周伯琦《扈从集》就是从这个角度给予高度评价的："一以赞规摹之大，一以彰声教之隆。居安虑危，见于言外，既而澄清蕃宣，东南是赖。短章大篇，奚啻千百，未遑铨次。预以是集锓梓传播，以备史氏纂一代之雅颂，职方为全书者有所稽焉。"[26]不论是胡助对自己诗歌创作强调的"继风雅"、存一代之典，还是诸多文坛名流赞叹胡助上都纪行诗的"赞规摹之大""彰声教之隆"，都十分鲜明地突出表达和强调了诗歌所承载的兴观功能，体现了文人的现实关怀。

在诗歌功用的可观览性上，元人认为上都纪行诗创作可示人以应对咨问，也可娱己，以安晚年。袁桷在《开平第一集》自序中就明确表示这些诗歌要"录示尔曹"[27]，冯子振《居庸赋》也是由于应对不暇而为供人观览才创作的。当然，关于娱己以安迟暮的创作动机的表述还是很多的。袁桷一生四赴上都，并创作"开平四集"，在第四集的末尾，袁桷有"开平四集诗百首，不是故歌行路难。竹簟暑风茅屋下，它年拟作画图看"[28]的表达。柳贯在自序中言"今朝夕俟汰，庶几退藏田里，以安迟暮"[29]。虞集一生十数次扈从上都，在为胡助《上京纪行诗》作跋时也表示："集老且病，将乞身归田，竹簟风轻，

25　张昱：《张光弼诗集》卷三《辇下曲序》，《四部丛刊》影印常熟瞿氏铁琴铜剑楼藏明钞本。

26　贾祥麟：《扈从集跋》，周伯琦《扈从集》卷末，文渊阁《四库全书》本。

27　袁桷：《清容居士集》卷一五《开平第一集序》，《四部丛刊》影印上海涵芬楼藏元刊本。

28　袁桷：《清容居士集》卷一六《戏题开平四集》，《四部丛刊》影印上海涵芬楼藏元刊本。

29　柳贯：《柳待制文集》卷一六《上京纪行诗并序》，《四部丛刊》影印江阴缪氏艺风堂藏元至正刊本。

茅檐日暖，得此卷诵之，能无天上之思耶？卷中《龙门》后诗尤佳，欧阳玄功亦云。"[30]

　　"观风备览""存一代之典"的创作目的，直接影响了上都纪行诗纪实性的审美倾向，这在序跋题咏中多有总结，也给予赞誉。吴师道《题黄晋卿应奉上京纪行诗后》云："居庸北上一千里，供奉南归十二诗。纪实全依太史法，怀亲仍写使臣悲。牛羊野阔低风草，龙虎台高树羽旗。奇绝兹游陪禁从，不才能勿愧栖迟。"[31]吴师道把上都纪行诗的这种"纪实性"和《史记》相提并论，足见其对诗歌纪实性的重视和倡导。王守城《题上京纪行诗后》云："大驾北巡，与扈从之臣同发者，自黑峪道达开平为东道；朝官分曹之后行者，由桑干岭、龙门山以往为西道，皆出居庸关口北始分，至牛群头驿乃合。各经五六百里，其山川奇险不相上下，而东道水草茂美，牧畜尤便。"[32]此段对扈从官员往来两都间东道、西道的规制，以及两道路线走向、物产畜牧等加以纪实性交代。最为典型的是周伯琦《扈从集》自序，前序近八百字，后序一千余字，都在记述自己往返上都的行程情况。周伯琦对往返同一路段的描述各有取舍、详略有体，其用意包含了读者视角和创作者视角，以期让自己的诗歌和序文能够起到让读者理解、明白内容的作用，最大限度地发挥"观风备览""存一代之典"的诗歌功用。

第三节　"传盛世之音"与自觉追求
盛世气象的文学精神

　　分裂与统一是中国历史的两大现象，西周时即有明确的"天下"

30　顾瑛辑：《草堂雅集》卷一三《虞翰林题〈纪行〉》，文渊阁《四库全书》本。
31　吴师道：《礼部集》卷七，文渊阁《四库全书》本。
32　胡助：《纯白斋类稿》附录卷二，文渊阁《四库全书》本。

观念，天下一统是历代统治者的追求。当元代结束了唐末以来几百年的分裂，元代文人在精神上开始张扬"大一统"的大元气象。查洪德先生对此有过阐述，认为元人突破了传统一统观的内涵，建立了自己的新的理解。元人之所谓"大一统"，有两个方面的含义：一是夸耀"混一海宇之盛"；二是宣扬中原文化远被四夷，是文化之"大一统"。[33]这种张扬"大一统"的文化倡导，在上都文学活动成果中有鲜明的体现，在序跋中也有更为集中具体的阐述。序跋多有对元代疆域超迈往古的描绘、赞叹，并由此而激发文章应传盛世之音的责任感。如王逢《览周左丞伯温壬辰岁拜御史扈从集，感旧伤今，敬题五十韵》，全诗从天下一统、两都巡幸之制开始写起，极尽对巡幸盛大场面、两都途中风物、到达上都后的礼仪的描摹，最后表明：元朝是超迈往古的，自己生逢斯世，应观风以展太平之盛。"华夷今代一，畿甸上京遥。游豫循常度，恬熙属累朝。六飞龙夹日，独角豸昂霄。御史箴何忝，贤臣颂早超。咨诹新境俗，观采众风谣。"[34]这不仅是文人的兴动之下的抒怀，更成了文人的文化使命。周伯琦把传播盛世之音当作自己的责任，其《扈从集前序》云："予往年职馆阁，虽屡分署上京，但由驿路而已，黑谷辇路未之前行也。因忝法曹，肃清毂下，遂得乘驿，行所未行，见所未见。每岁扈从皆国族大臣，及环卫有执事者。若文臣，仕至白首，或终身不能至其地也。实为旷遇，所至赋诗以纪风物，得二十四首，惜笔力拙弱，不能尽述也。虽然，观此亦大略可知矣。"[35]来到一般文臣很少涉足的禁路，周伯琦以为自己有责任将沿途地理、风物以史笔加以记录，供人观览，这也是一种盛世情怀。而对于元朝疆域之广、文治之盛，周伯琦也有很深的感触："非我元统一之大治平之久，则吾党逢掖章甫之流，安得传轺建节，拥侍

33　查洪德：《"海宇混一"鼓舞下的元代盛世文风》，《南开学报》2008 年第 4 期。
34　王逢：《梧溪集》卷四，《知不足斋丛书》本。
35　周伯琦：《扈从集前序》，文渊阁《四库全书》本。

乘舆，优游上下于其间哉！"他认为自己有责任"以著其概，不惟使观者得以扩闻见，抑以志吾生之多幸也欤"[36]。

柳贯在泰定元年（1324）也对自己的上都纪行创作发表了这样的见解，其《题北还诸诗卷后》云："间谂之翰林修撰杨君廷镇，以为苏李后上下数千年，诗人赋客，未必能以此时深涉此土。今吾徒驱驰使事，单操寸管，以分剖铢黍于经术、词艺之门，非皇灵广被，文轨混同，亦安能自与于斯哉？故鞭镫疲曳之余，窃为诗一二，以赋物写景。"[37]他深觉自己能亲临上都，感受一统之和平、文轨之混同，实属机遇难得，认为有责任将亲历所见和内心的自豪感受付诸诗文，借此来传递时代的盛世精神。上都所承载的元代大一统的大元气象和文化精神，就这样在前往上都的文人那里得以传递。这既是文学精神的张扬，也是元代文人自身价值的体现。

对"盛世气象"的审美追求，必然要求文人有传盛世之音的使命感，王祎《上京大宴诗序》就是对文人的这种文学精神的最好总结："故观是诗，足以验今日太平极治之象，而人才之众，悉能鸣国家之盛，以协治世之音。祖宗作人之效，亦于斯见矣……今赓唱诸诗，其所铺张扬厉，亦不过摹写瞻视之所及，而圣天子盛德之至，垂拱无为，所以致今日太平，极治者隐然自见，岂非小雅诗人之意欤？"[38]在对诈马宴盛大的排场和衣食用度等进行汉赋般的夸饰后，他直接表达了内心无比的荣耀感。元代上都摹写诈马宴的诗作都是"瞻视之所及"的文人的真实所见，是对繁华奢侈的上都宫廷宴会和太平盛世的真实写照，是传盛世之音的诗歌表达，体现了元代文人集体的文学精神。

盛世气象的审美追求和肩负文化使命的文人精神，还与国运士

36　周伯琦：《扈从集后序》，文渊阁《四库全书》本。
37　柳贯：《柳待制文集》卷一六，《四部丛刊》影印江阴缪氏艺风堂藏元至正刊本。
38　王祎：《王忠文公集》卷六，文渊阁《四库全书》本。

气、文人自信的气质息息相关。苏天爵《跋胡编修上京纪行诗后》是直接阐述盛大的国运对文人士气影响的极具代表性的一篇跋文：

> 尝闻故老云：宋在江南时，公卿大夫多吴、越之士，起居服食，率骄逸华靡。北视淮甸，已为极边。及当使远方，则有憔悴可怜之色。呜呼，士气不振如此，欲其国之兴也难矣哉。今国家混一海宇，定都于燕，而上京在北又数百里，銮舆岁往清暑，百司皆分曹从行。朝士以得待清燕，乐于扈从，殊无依依离别之情也。余友胡君古愚生长东南，蔚有文采，身形瘦削，若不胜衣。及官词林，适有上京之役，雍容闲暇，作为歌诗。所以美混一之治功，宣承平之盛德，余于是知国家作兴士气之为大也。后之览其诗者，与太史公疑留侯为魁梧奇伟者何以异。[39]

苏天爵认为，宋元两代士大夫在北方边地的不同表现，反映了两代士气之不同，而士气之不同源于国运之不同。正因宋元两朝国运不同、士气不同，在边地的创作气象才不同。元代文人展现出"殊无依依离别之情也"的乐观旷达，在创作中则着意于"美混一之治功，宣承平之盛德"，这是与宋代边地文学创作风格迥异的根源所在。苏天爵在跋文中所说的其实就是盛世气象。而上都纪行诗整体所展现出的盛世气象，使得即便是抒发愁苦之作，也没有激愤之情、讽刺之味，正如虞集《题黄晋卿上京道中纪行诗后》云："少陵入蜀路岖崎，故有凄凉五字诗。供奉翰林随翠辇，应知同调不同辞。"[40]他认为虽然黄溍在上都之旅中饱受路途颠簸，也有各种不适的凄凉情绪，可谓"同调"；但是黄诗与杜甫入蜀诗相比，更多地体现了秉笔直书、自然而然的情

39　苏天爵：《滋溪文稿》卷二八，陈高华、孟繁清点校，中华书局 1997 年版，第 470 页。

40　虞集：《道园遗稿》卷五，文渊阁《四库全书》本。

之真淳。这些论述与上都纪行诗"自信篇章贵，能歌击壤年"[41]（马祖常《次韵继学三首》其二）的文人自信心互为表里，与文人之间的相互赞誉也若合符契。

　　总之，中国古代诗歌对草原的书写，远起于《诗经》，到南北朝、唐朝出现了诸如《敕勒川》以及边塞诗之类的有关草原的书写。此后，辽金、两宋因朝聘制度的实行，也有较以往更多的文人草原书写，但与元代相比还属寥寥。更重要的是，其内容多是对草原文化的贬斥，诗歌格调是衰萎的，在一统观上是华夷对立的，也鲜有涉及传统诗学的表述。而元人上都纪行诗的感情基调是昂扬自信的，其序跋题咏是文人们首次集中对草原文化题材诗歌的诗学表达，也是通过对一统盛世的观览和草原帝都的体验而进行的文人精神的自觉发扬，是元代诗学不容忽视的重要内容。而这些诗学观念在语言上的草原风味和以叙述为主的表达方式，也极富特色，很容易使人于草原之大美如同身临其境。

　　更值得我们注意的是，这些诗学观念，通过领袖人物的积极倡导，还对元代诗坛起到了引领作用。如被誉为"玉堂学士"的吴全节，是第二代玄教大宗师，在京三十余年，诗文书画、经史义理无所不通。元统二年（1334）扈从上都时，他寄诗给在饶州安仁的好友李存，今存李存《和吴宗师滦京寄诗序》载："元统二年夏，玄教大宗师吴公从驾上都，叹帝业之弘大，睹朝仪之光华，赋诗二章，他日手书以寄其乡人李某。且曰：'苟士友之过从者宜出之，与共歌咏太平也。'于是闻而来观者相继，传录于四方者尤众。"[42]从中可见出，当京师有影响力的文人把代表盛世气象的上都诗歌传递给地方文人后，地方文坛所作出的及时呼应和仿效创作的情况。而地方文人在仿效创作的同时，也会深刻地感知到京师文坛所倡导的盛世气象的诗学观念

41　马祖常：《石田文集》卷二，文渊阁《四库全书》本。

42　李存：《俟庵集》卷一八，文渊阁《四库全书》本。

和创作实践典范。就这样，在两都和地方文坛的不断沟通流转中，上都纪行诗及其序跋题咏所表达的诗学观念，就通过作品的唱和传阅、序跋题咏的撰写以及诗文集的编选等方式，实现了不断的创作示范与模仿以及诗学观念的传递与接受。元代上都纪行诗创作及其序跋题咏所蕴含的诗学思想，前后延续近百年，它带动了元代文坛几乎所有的主流精英，不仅将草原文化的书写推向了历史顶峰，还引领了元代诗坛的风气，对推动南北诗风的融合和盛世诗风的形成有重要影响。

结　论

　　1260年，忽必烈在开平即汗位。中统四年（1263）五月，升开平为上都。直到至正二十八年（1368）元朝灭亡，上都文学活动历时一百零五年。在百年中，它伴随着两都帝王巡幸、文臣扈从，走过了兴起、发展到繁盛、终结的历史进程，完成了作为草原帝都的文化和文学使命。这个过程，有些气壮山河，因为它牵动着元代文坛几乎所有的主流精英。也正因如此，对上都文学活动的研究更富价值和意义，也亟待我们继续对它进行追问和探索。

　　通观上都文学作品，内容多为帝王巡幸的壮阔场面、使者朝见进贡的帝国威仪、疆域的超迈往古、草原文化的奇异与和美等盛世旷举与壮美风光。文人们由衷表达了天下一统的盛世情怀，作品呈现出鲜明的盛世气象。文人对草原文化至大至美、奇异丰富的惊叹，仿佛是一瞬间情感的喷薄，自然真率。同时，由于文人亲临其地，一切从自己的生活体验和感受出发，对描写对象都极尽具体细致、生动形象，处处充满生命的活力，迥异于以往历代多源于想象的边塞之作，如唐代的边塞诗；也迥异于精神卑弱的宋金的出使诗等。

　　每年聚集上都的文人，还与大都留守文臣遥相呼应，唱和赠答，传递情感。当他们回到大都，又将上都所作诗文传阅交流，作序跋题咏，结集刊刻。因此，元代文坛在"大都—上都—大都"的沟通和轮转中，最终实现了两都诗文观念的汇合，共同推动了南北文风的融合和盛世文风的形成，引领了元代文坛的风气。上都文学活动与南方文坛也有一定的关系。以翰苑文臣为核心的上都文人，既是地方文化名人，又是大都文坛名流；游历上都的文人也是地方文坛的活跃者。因此，他们除了在上都与江浙、江西文人的较为频繁的唱和题赠外，还随着文臣的仕宦南方、归老南方，以及游历文人的由京归乡，以他们自身的凝聚力，在南方文坛进行上都文学活动成果的传阅、编选、唱和、题咏，完成了一次次对草原帝都形象的传播。如江浙文人冯子振、黄溍、柳贯、胡助、迺贤、王祎等，以及江西文人虞集、吴全节、周伯琦等。元代文人在上都与大都、江浙、江西文坛的互动和起到的引领作用，也一次次完成了历史赋予他们的使命。如胡助（1274？—？），婺州东阳（今属浙江）人。仁宗延祐至顺帝朝供职翰苑，官至太常博士。京师为官期间，曾十数次扈从上都。其中，至顺元年（1330）在上都作《上京纪行诗》，收诗五十首；回到大都，请虞集、王士熙、柳贯、吴师道、苏天爵、陈旅、王理、黄溍、孛术鲁翀、曹鉴等十五位文坛名流为其序跋题咏。这种文学互动，不仅是在风格、气象、情感、手法等对上都诗歌的单方面评价，更重要的是，在诗作的阅览、序跋的写作中，实现了京师文坛对上都诗作风格和诗学观念的思考以及两地思想的交流、整合，极大提升了上都文学的文坛热度、文学地位。

　　总之，作为元代的草原都城，上都集中代表和体现了以蒙古族为主的北方草原文化。在这个地方，元代以前以及在元代之后的明清，都没有形成较有影响力的文学势力，更没有出现像元代上都这样作为文化和文学活动中心的辉煌。唯独在元代，它打破了传统文学以中原、江南为中心的地域格局，并形成了元代上都文学特有的审美风貌，在元代文学史、中国古代文学史上的意义无疑是不能被学界忽视的。

附　录

元上都文学系年

　　元代上都大事及上都文学活动，以年为序，内以月系。收录范围上始蒙哥汗元年（1251）忽必烈掌管漠南汉地，下讫1368年元朝灭亡。收录内容重在突出上都发生的大事，以及文人的上都文学活动。在体例上，先列史事，后述文学。上都历史大事主要指发生在上都的重要事件，也部分收录与上都相关的重要事件。在年份内，先列出帝王巡幸上都往返时间，再按照月份先后列出具体事迹。上都事迹主要以节录《元史》等原文为证，并标明卷数。月份不明者，列于本年末尾。上都文学活动主要指文人在上都所作或因上都之行所作的诗词文赋等，以及雅集唱和、赠答题画等文学活动，也收录部分送别文人赴上都的作品，节录相关文人别集、总集等文献材料为证，并标明出处。非特殊情况，不录所涉具体作品原文。本上都文学活动系年以简要为原则，文学活动所涉文人首次出现时，对文人生平事迹作简要介绍。上都文人活动时间不能考述年份者，置于元末。

蒙哥汗元年（1251）

　　"岁甲辰，帝在潜邸，思大有为于天下，延藩府旧臣及四方文学之士，问以治道。岁辛亥，六月，宪宗即位，同母弟惟帝最长且贤，故宪宗尽属以漠南汉地军国庶事，遂南驻爪忽都之地。"（《元史》卷

四《世祖纪一》）

二年（1252）

"岁壬子，帝驻桓、抚间。"（《元史》卷四《世祖纪一》）

张德辉与元好问一同北上哈拉和林觐见忽必烈。元好问今存诗《龙门杂诗二首》《塞上曲》或与本次北觐有关。"壬子，德辉与元裕（之）北觐，请世祖为儒教大宗师，世祖悦而受之。因启：'累朝有旨蠲儒户兵赋，乞令有司遵行。'从之。仍命德辉提调真定学校。"（《元史》卷一六三《张德辉传》）

元好问

元好问（1190—1257），字裕之，号遗山，忻州秀容（今山西忻州）人。鲜卑族后裔，系出北魏拓跋氏。生父元德明亦有诗名。从郝天挺学，六年而业成，淹贯经传百家。兴定五年（1221）进士，授权国史院编修，历镇平、内乡、南阳令，天兴初擢尚书省掾，除左司都事，转行尚书省左司员外郎。金亡不仕，辗转齐鲁燕赵间，以保存金源文献，修一代国史自任。蒙哥汗七年（1257）卒，年六十八。元好问是金元之际文学大家。徐世隆《遗山先生文集序》称其拯救斯文之功："自中州祈丧，文气奄奄几绝，起衰救坏，时望在遗山。遗山虽无位柄，亦自知天之所以畀付者为不轻，故力以斯文为己任。周流乎齐鲁燕赵晋魏之间，几三十年，其迹益穷，其文益富，其声明益大以肆。"著述除遗山先生诗文集，还有《中州集》十卷附《中州乐府》一卷、《续夷坚志》四卷等。《金史》卷一二六有传，生平事迹还可见郝经《遗山先生墓铭》（《陵川集》卷三五）。

四年（1254）

八月，忽必烈驻金莲川草原，在桓州、抚州间。"岁甲寅，夏五月庚子，驻六盘山……秋八月，至自大理，驻桓、抚间，复立抚州。冬，驻瓜忽都之地。"（《元史》卷四《世祖纪一》）

"世祖在潜邸，使右丞赵宝臣谕特立曰：'前监察御史张特立，养素丘园，易代如一。今年几七十，研究圣经，宜锡嘉名，以光潜德。可特赐号曰中庸先生。'又谕曰：'先生年老目病，不能就道。故令赵宝臣谕意，且名其读书之堂曰丽泽。'复降玺书谕特立曰：'白首穷经，诲人不倦，无过不及，学者宗之。昔已赐嘉名，今复谕意。'"（《新元史》卷二四一《张特立传》）

五年（1555）

春，忽必烈驻桓州、抚州间。"岁乙卯，春，复驻桓、抚间。冬，驻奉圣州北。"（《元史》卷四《世祖纪一》）

郝经

郝经九月被忽必烈征召至金莲川藩府，十一月至。"岁壬子，今上以皇太弟开府于金莲川，征天下名士而用之，故府下诸公累荐公于上。乙卯秋九月，上遣使召公，不起。十一月，召使复至，公乃叹曰：'读书为学，本以致用也。今王好贤思治如此，吾学其有用矣！'岁丙辰正月，见于沙陀，上问以帝王当行之事，公援引二帝、三王治道以对，且告以'亲亲而仁民，仁民而爱物'之义。自朝至晡，上喜溢不倦。自后连日引对论事，甚器重之，且命条奏所欲言者。公乃上立国规模二十余条，以为创法立制，必有一定规模，然后可行。故有一国规模，有天下规模，有万世规模。当今依仿前代，建立万世规模，皆当时天下国家大事。上复问当今急务，公举天下蠹民害政之尤者十一条上之，切中时弊，上皆以为善。虽不能即用，至中统后，凡更张制度，用公之言十六七。"（苟宗道《故翰林侍读学士国信使郝公行状》）

郝经（1223—1275），字伯常，泽州陵川人。出身儒学世家，自小聪颖卓群，勤奋好学，师从元好问。金亡北渡，徙居保州。乃马真后二年（1243），馆于顺天张柔，声名日隆，"海内名诸侯闻伯常之风者，莫不饬使介，走书币，庶几屈为宾友"（卢挚《翰林侍读学士国信使郝公神道碑铭》）。蒙哥汗六年（1256），忽必烈召见于漠北。八年（1258），赐第怀州，赐田河阳。郝经见证了开平宫的建成、忽必烈在开平即位等历史大事，作《开平宫五十韵》等。中统元年（1260），以翰林侍读学士的身份为国信使，出使南宋，被拘于真州十六年。至元十二年（1275）返回大都，不久病亡。著有《陵川集》。《元史》卷一五七有传。

六年（1256）

三月，刘秉忠相地于桓州东、滦水北，始建开平城。"岁丙辰，春三月，命僧子聪（刘秉忠）卜地于桓州东、滦水北，城开平府，经营宫室。冬，驻于合剌八剌合孙之地。宪宗命益怀州为分地。"（《元史》卷四《世祖纪一》）

"上都路，唐为奚、契丹地。金平契丹，置桓州。元初为札剌儿部、兀鲁郡王营幕地。宪宗五年，命世祖居其地，为巨镇。明年，世祖命刘秉忠相宅于桓州东、滦水北之龙冈。中统元年，为开平府。五年，以阙庭所在，加号上都，岁一幸焉。至元二年，置留守司。五年，升上都路总管府。十八年，升上都留守司，兼行本路总管府事。户四万一千六十二，口一十一万八千一百九十一。领院一、县一、府一、州四，州领三县，府领三县、二州，州领六县。"（《元史》卷五八《地理志一》）

刘秉忠

刘秉忠是忽必烈藩府十分重要的文臣，深得忽必烈信任，是大都、上都的总设计师，长期与上都保持密切的关系。其作品散佚严重，今仅存其上都诗《寓桓州》《云内道中》《四月望日途中大风》《关外感秋二首》《桓州寄乡中友人》《过界墙》《行中小憩》《忆窦侍讲先生》《过居庸关》《过也乎岭》《桓抚道中》《古燕感怀》《闻笛》《驼车行》等。

刘秉忠（1216—1274），字仲晦，初名侃，因从释氏，又名子聪，自号藏春散人。邢州（今河北邢台）人。其先瑞州人也，世仕辽，为官族。庚辰岁，木华黎取邢州，立都元帅府，以其父润为都统。年十三，为质子于帅府。十七，为邢台节度使府令史。天宁虚照禅师遣徒招致为僧，以其能文辞，使掌书记。后游云中，留居南堂寺。世祖在潜邸，海云禅师被召，过云中，闻其博学多才艺，邀与俱行，世祖大爱之，遂留藩邸。后从世祖征大理、伐宋，每劝天地有好生之德。中统元年（1260），世祖即位，问以治天下之大经、养民之良法，秉忠采祖宗旧典，参以古制之宜于今者，条列以闻。至元元年（1264），拜光禄大夫，位太保，参领中书省事。初，帝命秉忠相地于桓州东滦水北，建城郭于龙冈，三年而毕，名曰开平。继升为上都，而以燕为中都。四年（1267），又命秉忠筑中都（即后来的大都）城，始建宗庙宫室。八年（1271），奏建国号曰大元，而以中都为大都。他如颁章服，举朝仪，给俸禄，定官制，皆自秉忠发之，为一代成宪。十一年（1274），扈从至上都，其地有南屏山，尝筑精舍居之。八月卒，年五十九。十二年（1275），赠太傅，封赵国公，谥文贞。成宗时，赠太师，谥文正。仁宗时，进封常山王。今存《藏春集》六卷。《元史》卷一五七有传。

八年（1258）

忽必烈往返上都时间史籍未载。

开平城基本建成。在城东北隅建龙光华严寺。

夏，忽必烈于城内主持佛道大辩论。

十一月戊申（三日），忽必烈受命指挥攻南宋东路军，在城东北祃牙后起行。"岁戊午，冬十一月戊申，祃牙于开平东北，是日启行。"（《元史》卷四《世祖纪一》）

郝经作《开平宫五十韵》，今存。

九年（1259）

蒙哥汗在攻打南宋时驾崩，正在攻打鄂州的忽必烈闻此消息北返燕京，时在漠北的阿里不哥欲称大汗。时先朝诸臣阿蓝答儿、浑都海、脱火思、脱里赤等谋立阿里不哥。"阿里不哥者，睿宗第七子，帝之弟也。于是阿蓝答儿发兵于漠北诸部，脱里赤括兵于漠南诸州，而阿蓝答儿乘传调兵，去开平仅百余里。皇后闻之，使人谓之曰：'发兵大事，太祖皇帝曾孙真金在此，何故不令知之？'阿蓝答儿不能答。继又闻脱里赤亦至燕，后即遣脱欢、爱莫干驰至军前密报，请速还。丁卯，发牛头山，声言趣临安，留大将拔突儿等帅诸军围鄂。闰月庚午朔，还驻青山矶。辛未，临江岸，遣张文谦还谕诸将曰：'迟六日，当去鄂退保浒黄洲。'命文谦发降民二万北归。宋贾似道遣宋京请和，命赵璧等语之曰：'汝以生灵之故来请和好，其意甚善，然我奉命南征，岂能中止？果有事大之心，当请于朝。'是日，大军北还。己丑，至燕。脱里赤方括民兵，民甚苦之，帝诘其由，托以宪宗临终之命。帝察其包藏祸心，所集兵皆纵之，人心大悦。是冬，驻燕京近郊。"（《元史》卷四《世祖纪一》）

世祖中统元年（1260）

三月戊辰（一日），忽必烈返抵开平。

三月，忽必烈率先在开平举行忽里台大会，即位大统，任祃祃、赵璧、董文炳为燕京路宣慰使。"中统元年春三月戊辰朔，车驾至开平。亲王合丹、阿只吉率西道诸王，塔察儿、也先哥、忽剌忽儿、爪都率东道诸王，皆来会，与诸大臣劝进。帝三让，诸王大臣固请。辛卯，帝即皇帝位，以祃祃、赵璧、董文炳为燕京路宣慰使。"（《元史》卷四《世祖纪一》）

忽必烈即位得汉臣积极响应。"阿里不哥构乱北边，遣脱忽思发兵河朔，大肆凶暴。真定名士李槃尝奉庄圣太后命侍阿里不哥讲读，脱忽思怒槃不附己，械之，希宪访槃于狱，言于世祖而释之。世祖命希宪赐膳于宗王塔察儿，希宪即以己意白王，宜首建翊戴之谋，王然之，许以身任其事。归启其言，世祖曰：'若此重事，卿何不惧之甚耶！'庚申，至开平，宗室诸王劝进，谦让未允，希宪复以天时人事进言。且曰：'阿里不哥于殿下为母弟，居守朔方，专制有年，或觊望神器，事不可测，宜早定大计。'世祖然之。明日即位，建元中统。希宪上言：'高丽王子倎久留京师，今闻其父死，宜立为王，遣还国，以恩结之。'又言：'鄂兵未还，宜遣使与宋讲好，救诸军北归。'帝皆从之。"（《元史》卷一二六《廉希宪传》）

四月，立中书省，以王文统为平章政事，张文谦为左丞。"夏四

223

月戊戌朔，立中书省，以王文统为平章政事，张文谦为左丞。以八春、廉希宪、商挺为陕西四川等路宣抚使，赵良弼参议司事，粘合南合、张启元为西京等处宣抚使。"（《元史》卷四《世祖纪一》）

四月，"是月，阿里不哥僭号于和林城西按坦河"。（《元史》卷四《世祖纪一》）

五月，在开平建元中统。"丙戌，建元中统，诏曰：祖宗以神武定四方，淳德御群下。朝廷草创，未遑润色之文；政事变通，渐有纲维之目。朕获缵旧服，载扩丕图，稽列圣之洪规，讲前代之定制。建元表岁，示人君万世之传；纪时书王，见天下一家之义。法《春秋》之正始，体大《易》之乾元。炳焕皇猷，权舆治道。可自庚申年五月十九日，建元为中统元年。惟即位体元之始，必立经陈纪为先。故内立都省，以总宏纲；外设总司，以平庶政。仍以兴利除害之事、补偏救弊之方，随诏以颁。於戏！秉箓握枢，必因时而建号；施仁发政，期与物以更新。敷宣恳恻之辞，表著忧劳之意。凡在臣庶，体予至怀！"（《元史》卷四《世祖纪一》）

"甲午，以阿里不哥反，诏赦天下。"（《元史》卷四《世祖纪一》）

六月，"六月戊戌，诏燕京、西京、北京三路宣抚司运米十万石，输开平府及抚州、沙井、靖州、鱼儿泺，以备军储。""乙卯，诏东平路万户严忠济等发精兵一万五千人赴开平。乙丑，以石长不为大理国总管，佩虎符。诏十路宣抚司造战袄、裘、帽，各以万计，输开平"。（《元史》卷四《世祖纪一》）

七月，"秋七月戊辰，敕燕京、北京、西京、真定、平阳、大名、东平、益都等路宣抚司，造羊裘、皮帽、裤、靴，皆以万计，输开平"。（《元史》卷四《世祖纪一》）

元代有供车驾巡幸之用的扈从军。"宿卫者，天子之禁兵也。元制，宿卫诸军在内，而镇戍诸军在外，内外相维，以制轻重之势，亦一代之良法哉……用之于大朝会，则谓之围宿军；用之于大祭祀，则谓之仪仗军；车驾巡幸用之，则曰扈从军；守护天子之帑藏，则曰看守军；或夜以之警非常，则为巡逻军；或岁漕至京师用之以弹压，则为镇遏军。今总之为宿卫，而以余者附见焉。"(《元史》卷九九《兵志二·宿卫》)

上都站赤"急递铺兵"："古者置邮而传命，示速也。元制，设急递铺，以达四方文书之往来，其所系至重，其立法盖可考焉。世祖时，自燕京至开平府，复自开平府至京兆，始验地里远近，人数多寡，立急递站铺。每十里或十五里、二十五里，则设一铺，于各州县所管民户及漏籍户内，签起铺兵。中统元年，诏：随处官司，设传递铺驿，每铺置铺丁五人。各处县官，置文簿一道付铺，遇有转递文字，当传铺所即注名件到铺时刻，及所辖转递人姓名，置簿，令转送人取下铺押字交收时刻还铺。"(《元史》卷一〇一《兵志四·站赤》)

郝经

四月，忽必烈在开平因出使南宋议和之事召见郝经。郝经在赴开平途中，作《居庸关铭》一文。临行之时，郝经面奏忽必烈《便宜新政》《备御奏目》。《居庸关铭序》云："中统元年皇帝即位于开平，则驻跸之南门，又将定都于燕。"(《陵川集》卷二一)《故翰林侍读学士国信使郝公行状》载："明年庚申三月，上即皇帝位于开平。四月，遣使召公，欲令使宋。公适自江上回，或劝公称疾勿行，公曰：'吾读书学道三十余年，竟无大益于世。今天下困弊已极，幸而天诱其衷，主上有意息兵，是社稷之福也。傥乘几挈会，得解两国之斗，活亿万生灵，吾学为有用矣！'遂赴召。夏四月，见于开平，以公为翰林侍读学士，赐佩金虎符，充国信大使，赍国书入宋，告登宝位，布通好弭兵息民意。仍诏沿边诸将，毋得出境侵抄。及陛辞，公请与一二蒙古偕行，帝不许，曰：'只卿等往。彼之君臣皆书生也，且贾似道在鄂时已尝请和于我矣。'将出，帝赐蒲萄酒三爵，且命公曰：'朕初即位，凡事草创。卿今远行，所当言者可亟上之。'公乃具草，言帝临御之初，当大有为，以定万世之业，皆佐王经世之略，凡十六条。其言备御西王、罢诸道世袭，尤为切至，帝皆节次行之。"

耶律铸

耶律铸自中统元年（1260）逃奔忽必烈，此后的二十余年间，多在大都、上都、和林，较少出任地方官，所作北征阿里不哥随军纪行诗很独特。与上都相关的诗作今存《金莲川》（驾还幸所也）、《经扼狐岭得胜口会河战场》、《过居庸关》等。

> 耶律铸（1221—1285），字成仲，辽东丹王耶律倍九世孙，耶律楚材次子，义州弘政（今辽宁义县）人。铸生于西域，聪敏善属文，尤工骑射。楚材薨，嗣领中书省事，时年二十三。宪宗八年（1258），从宪宗征蜀，屡出奇计。宪宗卒，阿里不哥与忽必烈争位，铸弃妻子，挺身自朔方来归，世祖嘉其忠，即日召见，赏赐优厚。中统二年（1261），拜中书左丞相。是年冬，诏将兵备御北边，后征兵扈从，败阿里不哥于上都之北。至元元年（1264），加光禄大夫。奏定法令三十七章，吏民便之。二年（1265），行省山东。未几征还。四年（1267），改荣禄大夫、平章政事。五年（1268），复拜光禄大夫、中书左丞相。十年（1273），迁平章军国重事。十三年（1276），诏监修国史。朝廷有大事，必咨访焉。十九年（1282），复拜中书左丞相。二十年（1283）冬十月，坐不纳职印、妄奏东平人聚谋为逆、间谍幕僚及党罪囚阿里沙，遂罢免，仍没其家赀之半，徙居山后。二十二年（1285）卒，年六十五。至顺元年（1330），赠推忠保德宣力佐治功臣、太师、开府仪同三司、上柱国、懿宁王，谥文忠。耶律铸汉文化水平极高，诗文词赋兼擅，今存《双溪醉隐集》六卷。《元史》卷一四六《耶律楚材传》后附铸。

二年（1261）

世祖于二月丙午幸上都，自上都返回时间史籍未载。

二月丙午（十四日），忽必烈由燕京赴开平，召燕京行省官至开平理事。

二月，"丙午，车驾幸开平"。（《元史》卷四《世祖纪一》）

六月，"丁巳，敕诸路造人马甲及铁装具万二千，输开平"。（《元史》卷四《世祖纪一》）"中统二年夏六月，诏宣圣庙及所在书院有司，岁时致祭，月朔释奠。八月丁酉，命开平守臣释奠于宣圣庙。成宗即位，诏曲阜林庙，上都、大都诸路府州县邑庙学、书院，赡学土地及贡士庄田，以供春秋二丁、朔望祭祀，修完庙宇。自是天下郡邑庙学，无不完葺，释奠悉如旧仪。"（《元史》卷七六《祭祀志五》）

八月，"丁酉，命开平守臣释奠于宣圣庙"。（《元史》卷四《世祖纪一》）

十月，忽必烈率大军北征阿里不哥。

十一月，大军回师，忽必烈率汉军诸万户和武卫军返驻潮河川。

"每岁，驾幸上都，以八月二十四日祭祀，谓之洒马奶子。用马一，羯羊八，彩段练绢各九匹，以白羊毛缠若穗者九，貂鼠皮三，命蒙古巫觋及蒙古、汉人秀才达官四员领其事，再拜告天，又呼太祖成吉思御名而祝之，曰：'托天皇帝福荫，年年祭赛者。'礼毕，掌祭官四员，各以祭币表里一与之；余币及祭物，则凡与祭者共分之。"（《元史》卷七七《祭祀志六·国俗旧礼》）

王恽

王恽为燕京中书详定官，中统二年（1261）九月奉诏北赴开平，至三年（1262）九月返燕京，计十三个月，作《中堂事记》三卷。"自中元九月奉檄北上，至是年辛酉九月，凡十有三月，实历三百八十四日。"（王恽《中堂事记》卷三）该书"于时政缀录极详，可补史阙"（《四库全书总目提要》卷一六六）。"其所作《中堂事记》《乌台笔补》《玉堂嘉话》皆足备一朝掌故。文章经济，照耀一时，不徒以词章著焉。"（吴梅《词学通论》）在此期间，王恽还作《鹤媒赋并序》（《秋涧集》卷一）。王恽今存十余首上都诗作，如《闻诏》《开平夏日言怀》《开平晚归七月一日授翰职》《中秋吟》《观光四首》等，但多不记时间，一并记于此。《题汉使任少公招李陵归汉图后》云："中统辛酉春予扈跸北上，次桓之北山，或曰此李陵台也。徘徊四顾，朔风边草为之凄然。于是咏河梁之诗，叹曹柯之议。又且惜武皇信相术而族陵家，安在其为雄材大略也？自辛酉迄今三十余年，复睹斯画，因感而书此，以为人臣忠止之劝。"（《秋涧集》卷七三）与上都之行有关，摘录于此。

王恽（1226—1304），字仲谋，号秋涧。卫州汲县（今河南卫辉）人。从学于王磐，曾得元好问指授。中统元年（1260），由东平评议官选至京师，擢为中书省详定官。二年（1261）春，转翰林修撰。至元五年（1268），建御史台，首拜监察御史。九年（1272），授承直郎、平阳路总管府判官。十四年（1277），入为翰林待制，拜朝列大夫，出为河南北道提刑按察副使，燕南河北道提刑按察副使。十九年（1282）春，改山东东西道提刑按察副使。二十二年（1285）春，以左司郎中召还。二十六年（1289），授少中大夫福建闽海道提刑按察使。二十九年（1292）春，上万言书，极陈时政，授翰林学士、嘉议大夫。成宗元贞元年（1295），加通议大夫、知制诰同修国史，奉旨纂修《世祖实录》。大德八年（1304）卒，赠翰林学士承旨、资善大夫，追封太原郡公，谥文定。王恽有才干，操履端方，好学善属文。著有《相鉴》五十卷，《汲郡志》十五卷，《承华事略》《中堂事记》《乌台笔补》《玉堂嘉话》，并杂著诗文合为一百卷，为《秋涧

集》。《元史》卷一六七有传，生平事迹还可见《秋涧集》附录
王公孺撰《文定王公神道碑铭》等。

三年（1262）

世祖巡幸上都往返时间，史籍未载。

二月，将兴州、松山县、望云县划归开平府。"二月丙申……以
兴、松、云三州隶上都。"（《元史》卷五《世祖纪二》）

二月，山东李璮反叛，平章政事王文统受牵连，不久，与子一同
被诛。此事之重大，震惊朝野。《元史》卷二〇六《王文统传》原文
如下：

王文统，字以道，益都人也。少时读权谋书，好以言撼人。
遍干诸侯，无所遇，乃往见李璮。璮与语，大喜，即留置幕府，
命其子彦简师事之，文统亦以女妻璮。由是军旅之事，咸与谘
决，岁上边功，虚张敌势，以固其位，用官物树私恩，取宋涟、
海二郡，皆文统谋也。世祖在潜藩，访问才智之士，素闻其名。
及即位，厉精求治，有以文统为荐者，亟召用之。乃立中书省，
以总内外百司之政，首擢文统为平章政事，委以更张庶务。建元
为中统，诏谕天下，立十路宣抚司，示以条格，欲差发办而民不
扰，盐课不失常额，交钞无致阻滞。寻诏行中书省造中统元宝交
钞，立互市于颍州、涟水、光化军。是年冬，初行中统交钞，自
十文至二贯文，凡十等，不限年月，诸路通行，税赋并听收
受……又明年二月，李璮反，以涟、海三城献于宋。先是，其子
彦简，由京师逃归，璮遣人白之中书。及反书闻，人多言文统尝
遣子荛与璮通音耗。世祖召文统问之曰："汝教璮为逆，积有岁
年，举世皆知之。朕今问汝所策云何，其悉以对。"文统对曰：

229

"臣亦忘之，容臣悉书以上。"书毕，世祖命读之，其间有曰："蝼蚁之命，苟能存全，保为陛下取江南。"世祖曰："汝今日犹欲缓颊于朕耶？"会璮遣人持文统三书自洺水至，以书示之，文统始错愕骇汗。书中有"期甲子"语，世祖曰："甲子之期云何？"文统对曰："李璮久蓄反心，以臣居中，不敢即发，臣欲告陛下缚璮久矣，第缘陛下加兵北方，犹未靖也。比至甲子，犹可数年，臣为是言，姑迟其反期耳。"世祖曰："无多言。朕拔汝布衣，授之政柄，遇汝不薄，何负而为此？"文统犹枝辞傍说，终不自言"臣罪当死"，乃命左右斥去，始出就缚。犹召窦默、姚枢、王鹗、僧子聪及张柔等至，示以前书曰："汝等谓文统当得何罪？"文臣皆言："人臣无将，将而必诛。"柔独疾声大言曰："宜剐！"世祖又曰："汝同辞言之。"诸臣皆曰："当死。"世祖曰："渠亦自服朕前矣。文统乃伏诛。子荛并就戮。诏谕天下曰：人臣无将，垂千古之彝训；国制有定，怀二心者必诛。何期辅弼之僚，乃蓄奸邪之志。平章政事王文统，起由下列，擢置台司，倚付不为不深，待遇不为不厚，庶收成效，以底丕平。焉知李璮之同谋，潜使子荛之通耗。迩者获亲书之数幅，审其有反状者累年，宜加肆市之诛，以著滔天之恶。已于今月二十三日，将反臣王文统并其子荛，正典刑讫。於戏！负国恩而谋大逆，死有余辜；处相位而被极刑，时或未喻。咨尔有众，体予至怀。"然文统虽以反诛，而元之立国，其规模法度，世谓出于文统之功为多云。

《元史》卷一二六《廉希宪传》载王文统事件，录原文如下：

李璮反山东，事连王文统，平章赵璧素忌希宪勋名，因言文统由张易、希宪荐引，遂至大用，且关中形胜之地，希宪得民心，有商挺、赵良弼为之辅，此事宜关圣虑。帝曰："希宪自幼事朕，朕知其心，挺、良弼皆正士，何虑焉。"蜀伶人费正寅以私怨谮希宪因李璮叛，亦修城治兵，潜畜异志。帝因惑之，命中书右丞南合代希宪行省，且覆视所告事，卒无实状。诏希宪还京师。陛见，言曰："方关陕叛乱，川蜀未宁，事急星火，臣随宜行事，不谋佐贰，如寅所言，罪止在臣，臣请逮系有司。"帝抚御床曰："当时之言，天知之，朕知之，卿果何罪！"慰谕良久。进拜中书平章政事。一日夜半，召希宪入禁中，从容道藩邸时事，因及赵璧所言。希宪曰："昔攻鄂时，贾似道作木栅环城，一夕而成，陛下顾扈从诸臣曰：'吾安得如似道者用之。'刘秉忠、张易进曰：'山东王文统，才智士也，今为李璮幕僚。'诏问臣，臣对：'亦闻之，实未尝识其人也。'"帝曰："朕亦记此。"

《元史》卷一五八《姚枢传》载王文统事件，录原文如下：

> 李璮谋叛，帝问："卿料何如？"对曰："使璮乘吾北征之衅，濒海捣燕，闭关居庸，惶骇人心，为上策。与宋连和，负固持久，数扰边，使吾罢于奔救，为中策。如出兵济南，待山东诸侯应援，此成擒耳。"帝曰："今贼将安出？"对曰："出下策。"初，帝尝论天下人材，及王文统，枢曰："此人学术不纯，以游说干诸侯，他日必反。"至是，文统果因璮伏诛。

五月，"自燕至开平立牛驿，给钞市车牛"。（《元史》卷五《世祖纪二》）

八月，燕京行省官南返。

九月，"庚寅，敕京师顺州至开平置六驿"。（《元史》卷五《世祖纪二》）

滦河，源出金莲川中，由松亭北，经迁安东、平州西，濒滦州入海也。王曾《北行录》云："自偏枪岭四十里，过乌滦河，东有滦州，

231

因河为名。"(《元史》卷六四《河渠志一》)

十二月,"割北京、兴州隶开平府。建行宫于隆兴路"。(《元史》卷五《世祖纪二》)

"元中统三年,以郡为内辅,升隆兴路总管府,建行宫。"(《元史》卷五八《地理志一》)

四年（1263）

世祖于二月甲子（十三日）幸开平,八月壬申（二十五日）自上都返。

二月,"甲子,车驾幸开平"。(《元史》卷五《世祖纪二》)

三月,"命北京元帅阿海发汉军二千人赴开平"。(《元史》卷五《世祖纪二》)

四月,"宣德至开平置驿……戊寅,召窦默、许衡乘驿赴开平"。(《元史》卷五《世祖纪二》)

五月,"癸未,诏北京运米五千石赴开平,其车牛之费并从官给……戊子,升开平府为上都,其达鲁花赤兀良吉为上都路达鲁花赤,总管董铨为上都路总管兼开平府尹。辛卯,诏立燕京平准库,以均平物价,通利钞法。乙未,敕商州民就戍本州,毋禁弓矢。丙申,立上都马、步驿。丁酉,以元帅杨大渊、张大悦复神山有功,降诏奖谕"。(《元史》卷五《世祖纪二》)"升上都路望云县为云州,松山县为松州。"(《元史》卷五《世祖纪二》)

六月,立上都惠民药局。

八月,"升宣德州为宣德府,隶上都"。(《元史》卷五《世祖纪二》)

八月,"车驾至自上都"。(《元史》卷五《世祖纪二》)

上都留守司兼本路都总管府的机构情况,载于《元史》卷九○

《百官志六》，录原文如下：

上都留守司兼本路都总管府，品秩职掌如大都留守司，而兼治民事。车驾还大都，则领上都诸仓库之事。留守六员，正二品；同知二员，正三品；副留守二员，正四品；判官二员，正五品；经历二员，都事四员，照磨兼管勾一员，令史四十四人，译史六人，回回令史三人，通事、知印各二人，宣使一十二人。国初，置开平府。中统四年，改上都路总管府。至元三年，又给留守司印。十九年，并为上都留守司兼本路都总管府。其属附见：

修内司，秩从五品，掌营修内府之事。大使一员，从五品；副使三员，正七品；直长三员，正八品。至元八年置。

祗应司，秩从五品，掌妆銮油染裱褙之事。大使一员，从五品；副使二员，正七品；直长三员，正八品。

器物局，秩从五品，掌造铁器，内府营造钉线之事。大使一员，副使一员，直长二员。

仪鸾局，秩正五品，大使二员，副使三员，直长二员。至大四年，罢典设署，改置为局。

兵马司，秩正四品，指挥使三员，副指挥使二员，知事一员，提控案牍一员，司吏八人。至元二十九年置。

警巡院，秩正六品，达鲁花赤一员，警巡使一员，副使二员，判官二员，司吏八人。

开平县，秩正六品，达鲁花赤一员，尹一员，丞一员，主簿一员，尉一员，典史一员，司吏八人。

平盈库，大使一员，副使一员。至元三十年置。

万盈库，达鲁花赤、监支纳、大使、副使各一员。中统初置。

广积仓，达鲁花赤、监支纳、大使、副使各一员。中统初，置永盈仓。大德间，改为广积仓。

万亿库，秩正五品，达鲁花赤一员，提举一员，同提举、副提举各一员，提控案牍一员，司吏六人，译史一人。至元二十三年置。

行用库，提点一员，大使一员，副使一员。

税课提举司，秩正五品，提举二员，同提举、副提举、提控案牍各一员。元贞元年置。

八作司，品秩职掌，悉与大都左右八作司同，达鲁花赤一员，提领、大使、副使各一员。至元十七年置。

饩廪司，掌诸王驸马使客饮食，大使一员，副使一员。至元二年，置上都应办所。延祐五年，改为饩廪司。

尚供总管府，秩正三品，掌守护东凉亭行宫，及游猎供需之事。达鲁花赤一员，总管一员，并正三品；同知一员，从四品；副总管一员，从五品；判官一员，正六品；经历、知事、提控案牍各一员，令史、译史、知印、奏差有差。至元十三年，置只哈赤八剌哈孙达鲁花赤。延祐二年，改总管府。其属附见。

香河等处巡检司，巡检一员，司吏一人。

景运仓，秩从五品，提点一员，从五品；大使一员，正六品；副使一员，正七品。至元二十一年置。

法物库，秩从九品，大使、副使各一员。至元二十九年置。

云需总管府，秩正三品，掌守护察罕脑儿行宫，及行营供办之事。达鲁花赤一员，总管一员，并正三品；同知一员，从四品；副总管一员，从五品；判官一员，正六品；经历一员，知事一员，提控案牍一员。延祐二年置。

"世祖中统四年，设群牧所，隶太府监。寻升尚牧监，又升太仆院，改卫尉院。院废，立太仆寺，属之宣徽院。后隶中书省，典掌御位下、大斡耳朵马。其牧地，东越耽罗，北逾火里秃麻，西至甘肃，南暨云南等地，凡一十四处，自上都、大都以至玉你伯牙、折连怯呆

儿，周回万里，无非牧地。"（《元史》卷一〇〇《兵志三·马政》）

"太庙祀事暨诸寺影堂用乳酪，则供牝马；驾仗及宫人出入，则供尚乘马。车驾行幸上都，太仆卿以下皆从，先驱马出健德门外，取其肥可取乳者以行，汰其羸瘦不堪者还于群。自天子以及诸王百官，各以脱罗毡置撒帐，为取乳室。车驾还京师，太仆卿先期遣使征马五十酝都来京师。酝都者，承乳车之名也。既至，俾哈赤、哈剌赤之在朝为卿大夫者，亲秣饲之，日酿黑马乳以奉玉食，谓之细乳。每酝都，牝马四十。每牝马一，官给刍一束、菽八升。驹一，给刍一束、菽五升。菽贵，则其半以小稻充。自诸王百官而下，亦有马乳之供，酝都如前之数，而马减四之一，谓之细乳。刍粟要旬取给于度支，寺官亦以旬诣闲厩阅肥瘠。又自世祖而下山陵，各有酝都，取马乳以供祀事，号金陵挤马，越五年，尽以与守山陵使者。"（《元史》卷一〇〇《兵志三·马政》）

"五年四月，以西北诸王率众款附，拟今岁朝王公群牧于上都，又遣必阇赤古乙独征稹入朝，修世见之礼。"（《元史》卷二〇八《外夷传一·高丽》）

世祖至元元年（1264）

世祖于二月癸酉（二十八日）幸上都，九月辛巳（十日）自上都返。

二月，诏史权等汉军万户赴上都参加大朝会（忽里台）。"癸酉，车驾幸上都。诏诸路总管史权等二十三人赴上都大朝会。弛边城军器之禁。"（《元史》卷五《世祖纪二》）"乙卯，诏高丽国王王禃来朝上都，修世见之礼。"（《元史》卷五《世祖纪二》）

六月，"乙巳，召王鹗、姚枢赴上都。宋制置夏贵率兵欲攻虎啸山，敕以万户石抹纠札剌一军益钦察戍之。戊申，高丽国王王禃来

朝"。(《元史》卷五《世祖纪二》)

七月，阿里不哥率众来降，忽必烈主持召开忽里台，处置阿里不哥及其乱党。

八月，丁巳，以改元大赦天下。"诏曰：应天者惟以至诚，拯民者莫如实惠。朕以菲德，获承庆基，内难未戢，外兵未戢，夫岂一日，于今五年。赖天地之畀矜，暨祖宗之垂裕，凡我同气，会于上都。虽此日之小康，敢朕心之少肆。比者星芒示儆，雨泽愆常，皆阙政之所繇，顾斯民之何罪。宜布惟新之令，溥施在宥之仁。据不鲁花、忽察、秃满、阿里察、脱火思辈，构祸我家，照依太祖皇帝扎撒正典刑讫。可大赦天下，改中统五年为至元元年。於戏！否往泰来，迓续亨嘉之会；鼎新革故，正资辅弼之良。咨尔臣民，体予至意！"(《元史》卷五《世祖纪二》)

九月，"辛巳，车驾至自上都"。(《元史》卷五《世祖纪二》)

十月，下诏禁止上都畿内捕猎。"冬十月……乙巳，禁上都畿内捕猎。"(《元史》卷五《世祖纪二》)

元年，中书省臣建议提升开平政治地位，加号上都，燕京分立省部，以正名，燕京改称中都。"大都路，唐幽州范阳郡。辽改燕京。金迁都，为大兴府。元太祖十年，克燕，初为燕京路，总管大兴府。太宗七年，置版籍。世祖至元元年，中书省臣言：'开平府阙庭所在，加号上都，燕京分立省部，亦乞正名。'遂改中都，其大兴府仍旧。四年，始于中都之东北置今城而迁都焉。(京城右拥太行，左挹沧海，枕居庸，奠朔方。城方六十里，十一门：正南曰丽正，南之右曰顺承，南之左曰文明，北之东曰安贞，北之西曰健德，正东曰崇仁，东之右曰齐化，东之左曰光熙，正西曰和义，西之右曰肃清，西之左曰平则。海子在皇城之北、万寿山之阴，旧名积水潭，聚西北诸泉之水，流入都城而汇于此，汪洋如海，都人因名焉。恣民渔采无禁，拟周之灵沼云。)九年，改大都。十九年，置留守司。二十一年，置大都路总管府。户一十四万七千五百九十，口四十万一千三百五十。(用至

元七年抄籍数。）领院二、县六、州十。州领十六县。"（《元史》卷
五八《地理志一》）

　　"开平。（上。）府一：顺宁府，唐为武州。辽为德州。金为宣德
州。元初为宣宁府。太宗七年，改山东路总管府。中统四年，改宣德
府，仍隶上都路。至元三年，以地震改顺宁府。领三县、二州。三
县：宣德，（下。倚郭。至元二年，省本府之录事司并龙门县并入焉。
二十八年，又割龙门去属云州。）宣平，（下。）顺圣。（下。本隶弘
州，今来属。）二州：保安州，（下。）唐新州。辽改奉圣州。金为兴
德府。元初因之。旧领永兴、缙山、怀来、矾山四县。至元二年，省
矾山入永兴。三年，省缙山入怀来，仍改为奉圣州，隶宣德府。五
年，复置缙山。延祐三年，以缙山、怀来仍隶大都。至元三年，以地
震改保安州。领一县：永兴。（下。倚郭。）蔚州，（下。）唐改为安边
郡，又改为兴唐县，又仍为蔚州。辽为忠顺军。金仍为蔚州。元至元
二年，省州为灵仙县，隶弘州。其年，复改为蔚州，隶宣德府。领五
县：灵仙，（下。）灵丘，（下。）飞狐，（下。）定安，（下。）广灵。
（下。）州四：兴州，（下。）唐为奚地。金初为兴化军，隶北京，后为
兴州。元中统三年，属上都路。领二县：兴安，（下。至元二年置。）
宜兴。（中。至元二年置。）松州，（下。）本松林南境，辽置松山州。
金为松山县，隶北京路大定府。元中统三年，升为松州，仍存县。至
元二年，省县入州。桓州，（下。）本上谷郡地，金置桓州。元初废，
至元二年复置。云州，（下。）古望云川地，契丹置望云县。金因之。
元中统四年，升县为云州，治望云县。至元二年，州存县废。二十八
年，复升宣德之龙门镇为望云县，隶云州。领一县：望云。兴和路，
（上。）唐属新州。金置柔远镇，后升为县，又升抚州，属西京。元中
统三年，以郡为内辅，升隆兴路总管府，建行宫。户八千九百七十
三，口三万九千四百九十五。领县四、州一。县四：高原，（下。倚
郭。中统二年隶宣德府，三年来属。）怀安，（下。元初隶宣德府，中
统三年来属。）天成，（下。元初隶宣德府，中统三年来属。）咸宁。

（下。元初隶宣德府，中统三年来属。）州一：宝昌州，（下。）金置昌州。元初隶宣德府，中统三年隶本路，置盐使司。延祐六年，改宝昌州。永平路，（下。）唐平州。辽为卢龙军。金为兴平军。元太祖十年，改兴平府。中统元年，升平滦路，置总管府，设录事司。大德四年，以水患改永平路。户一万三千五百一十九，口三万五千三百。领司一、县四、州一。州领二县。录事司。县四：卢龙，（下。倚郭。）迁安，（下。至元二年，省入卢龙县，后复置。）抚宁，（下。至元二年，与海山俱省入昌黎。三年复置。四年，又与海山俱入昌黎。七年复置，仍省昌黎、海山入焉。十一年，复置昌黎，以属滦州，今昌黎属本县。）昌黎。（下。至元十一年复置，仍并海山入焉。详见抚宁县。）州一：滦州，（下。）在卢龙塞南，金领义丰、马城、石城、乐亭四县。元至元二年，省义丰入州。三年复置，先以石城省入乐亭，其年改入义丰。四年，马城亦省。领二县：义丰，（下。倚郭。至元二年省入州，三年复置。）乐亭。（下。）元初尝于县置漠州，寻废，复为乐亭县，隶滦州。德宁路，（下。）领县一：德宁。（下。）净州路，（下。）领县一：天山。（下。）泰宁路，（下。）领县一：泰宁。（下。）集宁路，（下。）领县一：集宁。（下。）应昌路，（下。）领县一：应昌。（下。）全宁路，（下。）领县一：全宁。（下。）宁昌路，（下。）领县一：宁昌。（下。）砂井总管府，领县一：砂井。"（《元史》卷五八《地理志一》）

二年（1265）

世祖于二月丁巳（十七日）幸上都，八月戊子（二十三日）自上都返。

二月，"丁巳，车驾幸上都"。（《元史》卷六《世祖纪三》）

五月，"敕上都商税、酒醋诸课毋征，其榷盐仍旧；诸人自愿徙

居永业者，复其家"。(《元史》卷六《世祖纪三》)

八月，"戊子，车驾至自上都"。(《元史》卷六《世祖纪三》)

魏初

魏初扈从上都期间，参加宫廷宴饮，或质孙宴，但时间不详。所作上都之作不存，存诗《送刘祥卿之上都》。

魏初，字大初，弘州顺圣人。生卒年不详，约元世祖至元初(1264)前后在世。从祖璠，金贞祐三年(1215)进士，补尚书省令史。中统元年(1260)，始立中书省，辟为掾史，兼掌书记。未几，以祖母老辞归，隐居教授。会诏选进读之士，有司以初应诏。帝雅重璠名，方之古直，询知初为璠子，叹奖久之，即授国史院编修官，寻拜监察御史。帝宴群臣于上都行宫，有不能釂大卮者，免其冠服。(魏)初上疏曰："臣闻君犹天也，臣犹地也，尊卑之礼，不可不肃。方今内有太常、有史官、有起居注，以议典礼、记言动；外有高丽、安南使者入贡，以观中国之仪。昨闻锡宴大臣，威仪弗谨，非所以尊朝廷、正上下也。"疏入，帝欣纳之，仍谕侍臣自今毋复为此举。(《元史》卷一六四《魏初传》)出佥陕西四川按察司事，历陕西河东按察副使，入为治书侍御史。又以侍御史行御史台事于扬州，擢江西按察使，寻征拜侍御史。行台移建康，出为中丞，卒年六十一。《元史》卷一六四、《新元史》卷一九一皆有传。

三年（1266）

世祖于二月癸未（十九日）幸上都，九月戊午（二十九日）自上都返。

二月，"癸未，车驾幸上都"。(《元史》卷六《世祖纪三》)

七月，"诏上都路总管府，遇皇帝巡幸，行留守司事。忽必烈还大都，仍掌总管府事"。(《元史》卷六《世祖纪三》)

九月，"戊午，车驾至自上都"。(《元史》卷六《世祖纪三》)

十二月，"建大安阁于上都"。(《元史》卷六《世祖纪三》)

忽必烈常宴饮大臣于上都大安阁。"帝尝奉皇太后燕大安阁，阁中有故箧，问邦宁曰：'此何箧也？'对曰：'此世祖贮裘带者。臣闻有圣训曰："藏此以遗子孙，使见吾朴俭，可为华侈之戒。"'帝命发箧视之，叹曰：'非卿言，朕安知之。'时有宗王在侧，遽曰：'世祖虽神圣，然啬于财。'邦宁曰：'不然。世祖一言，无不为后世法；一予夺，无不当功罪。且天下所入虽富，苟用不节，必致匮乏。自先朝以来，岁赋已不足用，又数会宗藩，资费无算，且暮不给，必将横敛掊怨，岂美事耶。'太后及帝深然其言。俄加大司徒、尚服院使，遥授丞相，行大司农，领太医院事，阶金紫光禄大夫。"(《元史》卷二〇四《李邦宁传》)

"上都路。金桓州地。元初为札剌儿、兀鲁特两部分地。宪宗六年，世祖命刘秉忠建城于桓州东、滦水北之龙冈。中统元年，赐名开平府。五年，建为上都。有重城。外城用十六里三百三十四步，南、北各有一门。东、西各二门。内城周六里三百三十步，东、西、南各一门。正南门曰明德门，内有大明殿，门左曰星拱，右曰云从。有仪天殿，门左曰日精，右曰月华。宝云殿，侧有东西暖阁。宸丽殿，侧有东西香殿。玉德殿，后有寿昌堂、慈福殿。有紫檀阁、连香阁、延春阁。其前拱辰堂，为百官议政之所。后御膳房、凝晖楼，侧有绿珠、瀛洲二亭。有金露台。世祖又迁宋汴京之熙春阁于上都，为大安阁。阁后为鸿禧、睿思二殿。城东南又有东、西凉亭，为驻跸之处。至元二年，置留守司。五年，置上都路总管府。十八年，升上都留守司，兼行本路总管府事。户四万一千六十二，口十一万八千一百九十一。"(《新元史》卷四六《地理志》)

四年（1267）

世祖于二月丁亥（二十九日）幸上都，九月癸丑（二十九日）自上都返。

正月，"戊午，立提点宫城所。析上都隆兴府自为一路，行总管府事；立开元等路转运司。城大都"。（《元史》卷六《世祖纪三》）

二月，"车驾幸上都"。（《元史》卷六《世祖纪三》）

五月，"敕上都重建孔子庙"。（《元史》卷六《世祖纪三》）

九月，"车驾至自上都"。（《元史》卷六《世祖纪三》）

耶律希亮

八月，耶律希亮入觐忽必烈于上都大安阁。"至是，世祖遣不华出至二王所，因以玺书召希亮，驰驿赴阙。六月，由苦先城至哈剌火州，出伊州，涉大漠以还。八月，入觐世祖于上都之大安阁，备陈边事，及羁旅困苦之状。世祖怜之，赐钞千锭、金带一、币帛三十，命为速古儿赤、必阇赤。至元八年，授奉训大夫、符宝郎。"（《元史》卷一八〇《耶律希亮传》）

耶律希亮（1246—1327），字明甫，耶律楚材之孙，铸之子也。九岁，宪宗命希亮师事北平赵衍，能赋诗。中统元年（1260），世祖即位，阿里不哥反，被阿里不哥兵驱押，涉雪逾天山，至北庭都护府、昌八里城、逾马纳思河，抵叶密里城。三年（1262）六月，希亮单骑从行二百余里，至出布儿城。又百里，至也里虔城，而哈剌不花之兵奄至，希亮又从二王兴师，还至不剌城，与哈剌不花战，败之，尽歼其众。四年（1263）四月，阿里不哥兵复至，希亮又从征，至浑八升城。世祖以玺书召希亮，驰驿赴阙。八月，入觐世祖于上都之大安阁。至大二年（1309），武宗访求先朝旧臣，特除翰林学士承旨、资善大夫，寻改授翰林学士承旨、知制诰兼修国史。泰定四年（1327）卒，年八十一。希亮性至孝，困厄殿方，家赀散亡已尽，仅藏祖考画像，四时就穹庐陈列致奠，尽诚尽敬。朔漠之人，咸相聚来观，叹曰："此中土之礼也。"所著诗文及从军纪行录三十卷，目之曰《愫轩集》。谥忠嘉。《元史》卷一八〇有传。

五年（1268）

世祖幸上都时间史料未载，九月乙丑（十七日）自上都返。

正月，"庚子，上都建城隍庙"。（《元史》卷六《世祖纪三》）

七月，"辛亥，召翰林直学士高鸣，顺州知州刘瑜，中都郝谦、李天辅、韩彦文、李祐赴上都，以山东统军副使王仲仁成眉州"。（《元史》卷六《世祖纪三》）

九月，"车驾至自上都"。（《元史》卷六《世祖纪三》）

高丽人洪福源第五子君祥随兄觐见忽必烈于上都，得到赏识。"君祥，小字双叔，福源第五子也。年十四，随兄茶丘见世祖于上京，帝悦，命刘秉忠相之，秉忠曰：'是儿目视不凡，后必以功名显，但当致力于学耳。'令选师儒诲之。""海州安抚丁顺约降，孛鲁罕令君祥以闻，时伯颜方朝上京，见君祥，甚喜，遂从南伐。"（《元史》卷一五四《洪福源传附君祥》）

王利用

至元年间，翰林待制王利用奉旨程试上都、隆兴等路儒士，选拔人才。（《元史》卷一七〇《王利用传》）

王利用，字国宾，通州潞县人。辽赠中书令、太原郡公籍之七世孙，高祖以下皆仕金。幼颖悟，弱冠与魏初同学。初事世祖于潜邸，中书辟为掾，辞不就。中统初，命监铸百司印章，历太府内藏官，出为山东经略司详议官，迁北京奥鲁同知，历安肃、汝、蠡、赵四州知州，入拜监察御史。擢翰林待制，兼兴文署，奉旨程试上都、隆兴等路儒士。升直学士，与耶律铸同修实录。出为河东、陕西、燕南三道提刑按察副使、四川提刑按察使。大德二年（1298），改安西、兴元两路总管。未几，致仕，居汉中。成宗朝，起为太子宾客，首以切于时政者疏上十七事。利用每自言，平生读书，于"恕"字有得焉。廉希宪当时名相，简重慎许可，尝语人曰："方今文章、政事兼备者，王国宾其人也。"卒年七十七。武宗即位，追赠柱国荣禄大夫、同平章事，封为潞国公，谥文贞。《元史》卷一七〇有传。

六年（1269）

世祖驻上都开始时间不详，九月辛未（二十八日）返燕京。

正月，"丙申，罢宣德府税课所，以上都转运司兼领"。（《元史》卷六《世祖纪三》）

六月，高丽国王王禃遣子王愖至上都朝见忽必烈。（《元史》卷六《世祖纪三》）

六月，监察御史呈："尝闻《五行传》曰，简宗庙，废祭祀，则水不润下。近年雨泽愆期，四方多旱，而岁减祀事，变更成宪，原其所致，恐有感召。钦惟国家四海乂安，百有余年，列圣相承，典礼具备，莫不以孝治天下。古者宗庙四时之祭，皆天子亲享，莫敢使有司摄也。盖天子之职，莫大于礼，礼莫大于孝，孝莫大于祭。世祖皇帝自新都城，首建太庙，可谓知所本矣。《春秋》之法，国君即位，逾年改元，必行告庙之礼。伏自陛下即位以来，于今七年，未尝躬诣太庙，似为阙典。方今政化更新，并遵旧制，告庙之典，理宜亲享。"

时帝在上都，台臣以闻，奉旨若曰："俟到大都，亲自祭也。"（《元史》卷七七《祭祀志六》）

九月，"车驾至自上都"。（《元史》卷六《世祖纪三》）

七年（1270）

世祖于三月甲寅（十五日）幸上都，十月己丑（二十二日）自上都返。

正月，"世祖至元七年，以帝师八思巴之言，于大明殿御座上置白伞盖一，顶用素段，泥金书梵字于其上，谓镇伏邪魔获安国刹。自后每岁二月十五日，于大明殿启建白伞盖佛事，用诸色仪仗社直，迎引伞盖，周游皇城内外，云与众生祓除不祥，导迎福祉……十四日，帝师率梵僧五百人，于大明殿内建佛事。至十五日，恭请伞盖于御座，奉置宝舆，诸仪卫队仗列于殿前，诸色社直暨诸坛面列于崇天门外，迎引出宫。至庆寿寺，具素食，食罢起行，从西宫门外垣海子南岸，入厚载红门，由东华门入延春门而西。帝及后妃公主，于玉德殿门外，搭金脊吾殿彩楼而观览焉。及诸队仗社直送金伞还宫，复恭置御榻上。帝师僧众作佛事，至十六日罢散。岁以为常，谓之游皇城。或有因事而辍，寻复举行。夏六月中，上京亦如之"。（《元史》卷七七《祭祀志六》）

二月，"丙子，帝御行宫，观刘秉忠、孛罗、许衡及太常卿徐世隆所起朝仪，大悦，举酒赐之"。（《元史》卷七《世祖纪四》）

三月，"甲寅，车驾幸上都"。（《元史》卷七《世祖纪四》）

三月，许衡扈从上都。"（许衡）从幸上京，乃论列阿合马专权罔上、蠹政害民若干事，不报。因谢病请解机务。帝恻然，召其子师可入，谕旨，且命举自代者。衡奏曰：'用人，天子之大柄也。臣下泛论其贤否则可，若授之以位，则当断自宸衷，不可使臣下有市恩之渐

也。'"（《元史》卷一五八《许衡传》）

五月，以上都地里遥远，商旅往来不易，命令免除课税。"尚书省臣言：'诸路课程，岁银五万锭，恐疲民力，宜减十分之一。运司官吏俸禄，宜与民官同，其院务官量给工食，仍禁所司多取于民，岁终，较其增损而加黜陟。上都地里遥远，商旅往来不易，特免收税以优之，惟市易庄宅、奴婢、孳畜，例收契本工墨之费。管民官迁转，以三十月为一考，数于变易，人心苟且，自今请以六十月迁转。诸王遣使取索诸物及铺马等事，自今并以文移，毋得口传教令。'并从之。"（《元史》卷七《世祖纪四》）

"至元七年，遂定三十分取一之制，以银四万五千锭为额，有溢额者别作增余。是年五月，以上都商旅往来艰辛，特免其课。凡典卖田宅不纳税者，禁之。二十年，诏各路课程，差廉干官二员提调，增羡者迁赏，亏兑者陪偿降黜。凡随路所办，每月以其数申部，违期不申及虽申不圆者，其首领官初犯罚俸，再犯决一十七，令史加一等，三犯正官取招呈省。其院务官俸钞，于增余钱内给之。是年，始定上都税课六十分取一；旧城市肆院务迁入都城者，四十分取一。二十二年，又增商税契本，每一道为中统钞三钱。减上都税课，于一百两之中取七钱半。二十六年，从丞相桑哥之请，遂大增天下商税，腹里为二十万锭，江南为二十五万锭。二十九年，定诸路输纳之限，不许过四孟月十五日。三十一年，诏天下商税有增余者，毋作额。元贞元年，用平章刺真言，又增上都之税。至大三年，契本一道复增作至元钞三钱。逮至天历之际，天下总入之数，视至元七年所定之额，盖不啻百倍云。"（《元史》卷九四《食货志二》）

七月，"免军户田租，戍边者给粮。命达鲁花赤兀良吉带给上都扈从畋猎粮"。（《元史》卷七《世祖纪四》）

"至至元七年，斡罗陈万户及其妃囊加真公主请于朝曰：'本藩所受农土，在上都东北三百里答儿海子，实本藩驻夏之地，可建城邑以居。'帝从之。遂名其城为应昌府。二十二年，改为应昌路。元贞元年，济宁王蛮子台亦尚囊加真公主，复与公主请于帝，以应昌路东七百里驻冬之地创建城邑，复从之。大德元年，名其城为全宁路。"（《元史》卷一一八）

十月，"车驾至自上都"。（《元史》卷七《世祖纪四》）

八年（1271）

世祖于三月甲申（二十一日）幸上都，八月壬子（二十一日）自上都返。

三月，"甲申，车驾幸上都"。（《元史》卷七《世祖纪四》）

六月，"上都、中都、大名、河间、益都、顺天、怀孟、彰德、济南、真定、卫辉、平阳、归德、顺德等路，淄、莱、洺、磁等州蝗"。（《元史》卷五○《五行志一》）

七月，"上都、中都、河间、济南、淄莱、真定、卫辉、洺磁、顺德、大名、河南、南京、彰德、益都、顺天、怀孟、平阳、归德诸州县蝗"。（《元史》卷七）

八月壬子，"车驾至自上都"。（《元史》卷七《世祖纪四》）

十一月，"上都万安阁成。十二月辛卯朔，诏天下兴起国字学"。（《元史》卷七《世祖纪四》）

"右卫，秩正三品。中统三年，初置武卫。至元元年，改为侍卫。八年，改为左、右、中三卫，掌宿卫扈从，兼屯田。国有大事，则调度之。"（《元史》卷八六《百官志二》）

"延福司，秩正三品，令、丞各四员，典簿二员，照磨一员，掌供帐及扈从盖造之人。大德十一年置，后并入群牧监。"（《元史》卷八九《百官志五》）

"蒙古国子学，秩正七品，博士二员，助教二员，教授二员，学正、学录各二员，掌教习诸生。于随朝百官、怯薛台、蒙古、汉儿官员家，选子弟俊秀者入学。至元八年，置官五员。后以每岁从驾上都，教习事繁，设官员少，增学正二员、学录二员。三十一年，增助教一员、典给一人。后定置博士二员，正七品；助教二员，教授二员，并正八品；学正、学录各二员，典书一人，典给一人。"（《元史》卷八七《百官志三》）

阎复

阎复扈从上都，作应制诗二首。"至元八年，用王磐荐，为翰林应奉，以才选充会同馆副使，兼接伴使。扈驾上京，赋应制诗二篇，寓规讽意，世祖顾和礼霍孙曰：'有才如此，何可不用！'"（《元史》卷一六〇《阎复传》）阎复二诗今不存。

阎复（1236—1312），字子靖，号静轩，又号静斋、静山，高唐（今属山东）人。弱冠入东平学，师事名儒康晔。宪宗九年（1259）为东平行台掌书记，擢御史掾。至元八年（1271），用王磐荐，为翰林应奉，以才选充会同馆副使，兼接伴使。扈驾上京，赋应制诗二篇，寓规讽意，世祖顾和礼霍孙曰："有才如此，何可不用！"十二年（1275），升翰林修撰。十四年（1277），出佥河北河南道提刑按察司事，阶奉训大夫。十六年（1279），入为翰林直学士，以州郡校官多不职，建议定铨选之法。十九年（1282），升侍讲学士，明年，改集贤侍讲学士，同领会同馆事。二十三年（1286），升翰林学士。二十八年（1291），尚书省罢，复立中书省，世祖欲授以执政，谢辞。御史台改提刑按察司为肃政廉访司，首命阎复为浙西道肃政廉访使。任翰林学士时因奉旨撰僧格辅政碑。僧格败，复等坐是免官。三十一年（1294），成宗即位，除集贤学士，阶正议大夫。大德元年（1297），仍迁翰林学士。二年（1298），拜翰林学士承旨，阶正奉大夫。十一年春（1307），进阶荣禄大夫，遥授平章政事。皇庆元年（1312）卒，年七十七，谥文康。阎复历世祖、成宗、武宗三朝，久居翰林，以文学自任，时称文章大家。赵孟頫赞其"海内文章归浑厚，浙西人物望澄清"（《松雪斋诗集》卷三《送阎子静廉访浙西》），对其矫变江南宋季残留的卑陋文风寄予厚望。所为文章，春和融粹，绝去町畦，茂藻浑厚，力矫平易。有《静轩集》五十卷。《元史》卷一六〇有传，生平事迹也可见袁桷《清容居士集》卷二七《文康阎公神道碑铭》。

九年（1272）

世祖于二月戊申（十九日）幸上都，八月乙巳（二十一日）自上都返。

二月，"车驾幸上都"。（《元史》卷七《世祖纪四》）

八月乙巳，"车驾至自上都"。（《元史》卷七《世祖纪四》）

十年（1273）

世祖于三月癸酉（二十日）幸上都，九月丙午（二十七日）自上都返。

三月，"车驾幸上都"。（《元史》卷八《世祖纪五》）

四月，南宋襄阳守将吕文焕降元，到上都朝觐忽必烈。忽必烈召大臣部署攻南宋方略。"夏四月癸未朔，阿里海牙以吕文焕入朝，授文焕昭勇大将军、侍卫亲军都指挥使、襄汉大都督，赐其将校有差。时将相大臣皆以声罪南伐为请，驿召姚枢、许衡、徒单公履等问计。公履对曰：'乘破竹之势，席卷三吴，此其时矣。'帝然之。诏罢河南等路行中书省，以平章军国重事史天泽、平章政事阿术、参知政事阿里海牙行荆湖等路枢密院事，镇襄阳；左丞相合丹，参知行中书省事刘整，山东都元帅塔出、董文炳行淮西等路枢密院事，守正阳。天泽等陛辞，诏谕以襄阳之南多有堡寨，可乘机进取。仍以钞五千锭赐将士及赈新附军民。甲申，免隆兴路榷课三年。丁酉，敕南儒为人掠卖者官赎为民。辛丑，罢四川行省，以巩昌二十四处便宜总帅汪良臣行西川枢密院，东川阆、蓬、广安、顺庆、夔府、利州等路统军使合刺行东川枢密院，东川副统军王仲仁同签行枢密院事，仍命汪良臣就率所部军以往。"（《元史》卷八《世祖纪五》）

九月，"车驾至自上都"。（《元史》卷八《世祖纪五》）

胡祗遹

胡祗遹大致于扈从上都，作《再过居庸二首》《过枪竿岭》纪行诗。《再过居庸二首》有诗句"滚滚随行旅，惶惶愧此身""再过居庸口，悠悠今十年"（《紫山大全集》卷五）。由此可推断，大致是至元十年（1273）左右创作。

> 胡祗遹（1227—1293），字绍闻，磁州武安人。中统初（1260），张文谦荐为员外郎。明年，入为中书详定官。至元元年（1264），授应奉翰林文字，寻兼太常博士，调户部员外郎，转右司员外郎，寻兼左司。改河东山西道提刑按察副使。十三年（1276），为荆湖北道宣慰副使。十九年（1282），为济宁路总管。召拜翰林学士，不赴，改江南浙西道提刑按察使，未几，以疾归。二十九年（1292），朝廷征耆德者十人，祗遹为之首，以疾辞。三十年（1293）卒，年六十七。延祐五年（1318），赠礼部尚书，谥文靖。王恽称之为"经济之良材，时务之俊杰"（《秋涧集》卷九一《举明宣慰胡祗遹事状》）。今存《紫山大全集》二十六卷，《老子解》一卷，《易解》三卷，佚。《元史》卷一七〇有传。

十一年（1274）

世祖于二月壬申（二十五日）幸上都，九月癸巳（二十日）自上都返。

二月壬申，"车驾幸上都"。（《元史》卷八《世祖纪五》）

五月，丙戌，"敕北京、东京等路新签军恐不宜暑，权驻上都。""丙申，以皇女忽都鲁揭里迷失下嫁高丽世子王愖"。（《元史》卷八《世祖纪五》）

六月，"丙辰，免上都、隆兴两路签军"。"庚申，问罪于宋，诏谕行中书省及蒙古、汉军万户千户军士曰：'爰自太祖皇帝以来，与宋使介交通。宪宗之世，朕以藩职奉命南伐，彼贾似道复遣宋京诣我，请罢兵息民。朕即位之后，追忆是言，命郝经等奉书往聘，盖为生灵计也。而乃执之，以致师出连年，死伤相藉，系累相属，皆彼宋自祸其民也。襄阳既降之后，冀宋悔祸，或起令图，而乃执迷，罔有悛心，所以问罪之师，有不能已者。今遣汝等，水陆并进，布告遐迩，使咸知之。无辜之民，初无预焉，将士毋得妄加杀掠。有去逆效顺，别立奇功者，验等第迁赏。其或固拒不从及逆敌者，俘戮何疑。'甲子，分遣忙古带、八都、百家奴率武卫军南征。"（《元史》卷八《世祖纪五》）

七月，高丽王禃死，命同知上都留守司事张焕册封王愖为高丽国王。"癸巳，高丽国王王禃薨，遣使以遗表来上，且言世子愖孝谨，可付后事。敕同知上都留守司事张焕册愖为高丽国王。"（《元史》卷八《世祖纪五》）

七月，建乾元寺、太一宫。

七月，受命统率攻南宋军队的将领伯颜等人辞行南下。

九月，"车驾至自上都"。（《元史》卷八《世祖纪五》）

十二年（1275）

世祖于二月庚午（二十九日）幸上都，八月辛酉（二十三日）自上都返。

二月，"车驾幸上都"。（《元史》卷八《世祖纪五》）

五月，忽必烈将伯颜召回上都，调整攻南宋部署。"丁亥，召伯颜赴阙，以蒙古万户阿剌罕权行中书省事，遣肃州达鲁花赤阿沙签河西军。万户爱先不花违伯颜节制，擅撤戍兵，诏追夺符印，使从军自效。淮东宣抚陈岩乞解官，终丧三年，不许。申严屠牛马之禁。庚寅，宋五郡镇抚使吕文福来降。壬辰，宋都统制刘师勇、殿帅张彦据常州。"（《元史》卷八）

八月，伯颜离上都南下。"癸卯，伯颜陛辞南行，奉诏谕宋君臣，相率来附，则赵氏族属可保无虞，宗庙悉许如故。"（《元史》卷八《世祖纪五》）

"辛酉，车驾至自上都。"（《元史》卷八《世祖纪五》）

马可·波罗

至元十二年（1275）夏，马可·波罗与其父、叔一行人抵达上都，觐见忽必烈。于二十六年（1289）返国，在元代生活十四年之久。后由其口述成《马可·波罗行纪》，第七十四章载：

> 从上述之城首途，向北方及东北方间骑行三日，终抵一城，名曰上都，现在在位大汗之所建也。内有一大理石宫殿，甚美，其房舍内皆涂金，绘种种鸟兽花木，工巧之极，技术之佳，见之足以娱人心目。此宫有墙垣环之，广袤十六哩，内有泉渠川流草原甚多。亦见有种种野兽，惟无猛兽，是盖君主用以供给笼中海青、鹰隼之食者也。海青之数二百有余，鹰隼之数尚未计焉。汗

每周亲往视笼中之禽，有时骑一马，置一豹于鞍后。若见欲捕之兽，则遣豹往取，取得之后，以供笼中禽鸟之食，汗盖以此为乐也。此草原中尚有别一宫殿，纯以竹茎结之，内涂以金，装饰颇为工巧。宫顶之茎，上涂以漆，涂之甚密，雨水不能腐之。茎粗三掌，长十或十五掌，逐节断之。此宫盖用此种竹茎结成。竹之为用不仅此也，尚可作屋顶及其他不少功用。此宫建筑之善，结成或拆卸，为时甚短，可以完全拆成散片，运之他所，惟汗所命。结成时则用丝绳二百余系之。汗在此草原中，或居大理石宫，或居竹宫，每年三阅月，即六月、七月、八月是已。居此三月者，盖其地天时不甚炎热而颇清凉也。迫至每年八月二十八日，则离此他适。君等应知汗有一大马群，马皆牝马，其色纯白，无他杂色，为数逾万。汗与其族皆饮此类牝马之乳，他人不得饮之。惟有一部落，因前此立有战功，大汗奖之，许饮此马乳，与皇族同。此部落人名称曰火里牙惕（Horiad）。此种牝马经行某地，贵人见之者，不论其地位如何高贵，须让马行。否则绕道半日程以避之。盖无人敢近此马，见之宜行大礼。每年八月二十八日，大汗离此地时，尽取此类牝马之乳，洒之地上。缘其星者及偶像教徒曾有言曰，每年八月二十八日宜洒乳于地，俾地上空中之神灵得享，而保佑大汗及其妻女财产，以及国内臣民，与夫牲畜、马匹、谷麦等物。洒乳以后，大汗始行。

　　有一异事，前此遗忘，今须为君等述之者。大汗每年居留此地之三月中，有时天时不正，则有随从之巫师星者，谙练巫术，足以驱除宫上之一切风云暴雨。此类巫师名称脱孛惕（Tebet）及客失木儿（Quesimour），是为两种不同之人，并是偶像教徒。盖其所为者尽属魔法，乃此辈谊人谓是神功。此辈尚有别一风习，设有一人犯罪，依法处决者，取其尸体熟而食之，然善终之尸体则不食。尚有别一异事为此二种人所能为者，亦请为君等述之。大汗在其都城大宫之内，坐于席前。席高八肘，位于廷中。其饮盏相距至少有十步之远，内盛酒或其他良好饮料。此辈巫师巫术之精，大汗欲饮酒时，致能作术使饮盏自就汗前，不用人力。此事常见之，见之者不只万人，此乃实事，毫无伪言。我国术人明悉巫术者，将告君等此事洵可为之也。偶像之节庆既届，此辈巫师往告大汗曰："我辈某偶像节庆之期已届（言时举其名）。陛下深知若无祭享，此偶像将使天时不正，损害吾人财产。所以请赐黑首之羊若干以享之，并请颁给沉香、檀香及他物若干（此辈任意索取各物），以备奉祀我辈偶像，俾其默佑我辈之一切财物。"于是大汗命左右诸臣如数付之。诸巫师得之以后，遂往享其偶像。大燃灯火，焚数种香，熟祭肉，置于偶像前。已而散之于各处，谓其偶像可以取之，惟意所欲。其庆贺之法概如是也。各偶像各有其名，各有其节庆之日，一如我辈圣者每年有其纪念之日也。此辈亦有广大寺院，其大如一小城。每寺之中有僧二千余人，衣服较常人为简。须发皆剃。其中有娶妻而有多子者。尚有别种教师名称先生（sensin），守其教戒，节食苦修。终身仅食糠，浇以热水，此外不食他物，仅饮水，日日持斋，是盖为一种过度苦行生活也。此辈亦有其大偶像，为数不少。然偶亦拜火，及其他不属本派之偶像。不娶妻室。其衣黑色而兼蓝色，卧于席上。其生活之苦竟至不可思议。其偶像皆女形，质言之，其名皆属女名也。兹置此事不言，请为君等叙述"诸汗之大汗"之伟迹异事，是为鞑靼人之大君，其名曰忽必烈，极尊极强之君主也。（《马可·波罗行纪》第七十四章"上都城"，冯承钧译，上海古籍出版社2014年版，第136—142页）

十三年（1276）

世祖于二月辛酉（二十五日）幸上都，八月庚辰（十八日）自上都返。

二月，"辛酉，车驾幸上都"。（《元史》卷九《世祖纪六》）

三月，命上都和雇、和买按照大都常例实行。"敕上都和顾、和买并依大都例。"（《元史》卷九《世祖纪六》）

闰三月，"辛亥，命副枢张易遣宋降臣吴坚、夏贵等赴上都。戊午，淮西万户府招降方山等六寨"。（《元史》卷九《世祖纪六》）

四月，令水达达分地岁输皮革在上都交纳。"庚辰，以水达达分地岁输皮革，自今并入上都。"（《元史》卷九《世祖纪六》）

"乙酉，召昭文馆大学士姚枢、翰林学士王磐、翰林侍讲学士徒单公履赴上都。庚寅，修太庙。"（《元史》卷九《世祖纪六》）

四月十二日，南宋祈请使从大都出发赴上都献纳降表，请降，至廿二日抵上都，五月初二日在上都觐见元世祖。南宋请降事件，载于刘一清《钱塘遗事》卷九，题为《丙子北狩》，实为严光大的《祈请使行程记》。《祈请使行程记》按每日行程记，载录如下：

> 祈请使：左相吴坚（天台人）、右相贾余庆（海州人）、参政刘岊（重庆人）、枢密文天祥（吉州人）、参政家铉翁（眉州人）。奉表献玺纳土官：监察御史杨应奎（庐州人）、大宗丞赵若秀（临安人）。日记官：宗丞赵时镇（庐州人）、阁赞严光大（绍兴人）。书状官：御带高州太守徐用礼（临安人）、潮州通判吴庆月（临安人）、惠州通判朱仁举、处州通判沈庚会、浙东路钤吴嘉兴。掌管礼物官通事：总管高举（江陵人）、总管吴顺。提举礼物官：环卫总管潘应时、总管吴椿、环卫总管刘玉信（扬州人）。掌仪官：浙东路钤詹困。带行官属五十四员，随行人从二百四十人，扛抬礼物将兵三千人。北朝馆伴使：巴延丞相贴差特穆尔万户；阿珠元帅贴差焦愈相。

> 德祐丙子二月初九日，宣奉大夫、左相吴坚，自天庆观方丈出北关门，送通议大夫、右丞相兼枢密使贾余庆，银青光禄大

夫、枢密使谢堂，端明殿大学士、中奉大夫、充祈请使刘岊，承议郎守、监察御史、充奉表纳土官杨应奎，朝奉郎、充奉表纳土官赵若秀。当登舟时，南北朝阿里议事传巴延命，留吴相登舟。泊于北新桥岸下，终夜流涕。北军差军前索多相公勉谕之。此日会文天祥于军前，忠义激烈，分辨夷夏。遂激北朝丞相之怒，遂点差坚战头目守之。

初十日，枢使谢堂纳赂免行遂回。

……

（三月）初十日，马入燕京阳春门。

……

（四月）十二日，诸使及官属乘铺马出通玄门，晚抵昌平站。自此以往，步步皆沙漠之地。省院诸色人点差一甲随行，余留燕京。

十三日，车马行，晚宿榆林站。是日过碅口。

十四日，车行，晚宿怀来站。

十五日晚宿洪站。是日太后、嗣君、福王、沂王、谢枢密离燕京亦赴上都。

十六日，离洪站十里到云州，无城一巷人家。至州二十里，地名龟门山，峭壁对峙，有神灵。甚晚宿雕巢站。

十七日，车马行晚宿独石站。自昌平站，至独石站，亡墙草庐，皆是汉儿官人管待，名汉儿站。

十八日，宿牛群站，此去皆草地，此乃鞑靼家官人管待，名鞑靼站。并无房子，只是毡帐。鞑靼人多吃马牛乳、羊酪，少吃饭，饥则食肉。路中每十里一急递铺，九州自此通路去。

十九日晚，宿明安站。有床帐，无人家。

二十日，宿凉亭站，亦无人家，无水可吃。取水于十里外，只烧马粪。

廿一日，宿李三站，无人家。

255

廿二日，车马行四十里至上都开平府，入昭德门，泊城内第三街官房子。自燕京至上都八百里，一步高一步，井深数十丈，水极冷，六月结冰，五月、六月汲起冰，六月雹如弹丸大。一年四季常有雨雪，人家不敢开门，牛羊冻死，人面耳鼻皆冻裂。秋冬雪积，可至次年四月方消。屋宇矮小，多以地窟为屋。每掘地深丈余，上以木条铺为面，次以茨盖上。仍种麦菜，留窍出火。有地屋掘地三四尺，四围土墙。此地极冷，每年六月皇帝过此避暑，冰块厚者数尺。夜瞻星象，颇大。盖地势高故也。

廿三至廿七日，不许私行，不录。

廿八日，太后、嗣君、宫人、宫使至昭德门里官舍安歇。福王子传制在隆国处安歇，谢枢密在房子下，夫人留伴燕京会同馆。沂王以疾不入城。

廿九日，沂王疾亟。

三十日，枢密院以月旦日请太后、嗣君、福王，同宰执、属官、宫人、中使并出西门外草地，望北拜太庙。

五月初一日，早出西门五里外，太后、嗣君、福王、隆国夫人、中使作一班在前，吴坚、谢堂、家铉翁、刘岊并属官作一班在后，北边设一紫锦罘罳，即家庙也。庙前两拜，太后及内人各长跪，福王、宰执如南礼。又一人对罘罳前致语，拜两拜而退。

初二日，太后、嗣君、福王、隆国夫人、中使等，天晓尽出南十余里，宰执同属官亦列铺，设金银玉帛一百余桌在草地行宫，殿下作初见进贡礼仪。行宫殿宇宏丽，金碧熀耀。诸妃、诸王但升殿，卷帘列坐。皇帝、皇后共坐溜中，诸王列坐两序，太后、嗣君、福王、宰执以次展礼，腰金服紫。属官绯绿，各依次序立班，作朝甚肃。皇帝云："不要改变服色，只依宋朝甚好。"班退升殿，再两拜，就留御宴。皇帝问吴丞相云："汝老矣，如何为丞相领事？"答云："自陈丞相以下遁去，朝廷无人任职，无人肯做，故臣为相未久。念臣衰老，乞归田里。"

　　二月，"乙卯（初九），北使请三宫北迁。丁巳，宋少帝、全太后出宫，太皇太后以疾留大内，隆国夫人黄氏、朱美人、王夫人以下百余人从行，福王与芮，参政谢堂、高应松，驸马都尉杨镇，台谏阮登炳、邹㻏、陈秀伯，知临安府翁仲德等以下数千人，太学、宗学生数百人皆在遣中。三宫过真州，苗再成夺驾，几夺去。闰三月二十四日至燕京，吴坚等出迎，居会同馆。四月己丑朔，吴坚等先赴上都，十五，三宫赴上都。丁巳，沂王薨。五月丙申，见大元皇帝于行宫焉。太皇太后卧病，主者自宫中舁其床以出，卫者七十人从行，八月乃行，降封为寿春郡夫人，至燕七年而崩。全皇后为尼于正智寺。少帝降封瀛国公"。（《宋季三朝政要》卷五）

　　五月乙未（初一），伯颜携南宋帝赵㬎至上都，忽必烈封赵㬎为瀛国公。以平南宋，遣官祭告天地、祖宗于上都近郊。论功行赏征宋将领。"五月乙未朔，伯颜以宋主㬎至上都，制授㬎开府仪同三司、检校大司徒，封瀛国公。以平宋，遣官告天地、祖宗于上都之近郊。遣使代祀岳渎。己亥，伯颜请罢两浙宣慰司，以忙古带、范文虎仍行两浙大都督府事，从之。庚子，定度量。壬寅，宋三学生四十六人至京师。癸卯，复沂、莒、胶、密、宁海五州所括民为防城军者为民，免其租徭二年。乙巳，赐伯颜所部有功将校银二万四千六百两。阿术遣总管陈杰攻拔泰州之新城，遣万户乌马儿守之，以逼泰州。丁未，宋扬州都统姜才攻湾头堡，阿里别击走之，杀其步骑四百人，右卫亲军千户董士元战死。戊申，宋冯都统等自真州率兵二千、战船百艘袭瓜洲，阿术遣万户昔里罕、阿塔赤等出战，大败之，追至珠金沙，得船七十七艘，冯都统等赴水死。改博州为东昌路。"（《元史》卷九《世祖纪六》）

　　"五月乙未（二日），伯颜以宋主至上都，世祖御大安阁受朝，降授宋主㬎开府仪同三司、检校大司徒，封瀛国公。宋平，得府三十七、州百二十八、关监二、县七百三十三。命伯颜告于天地宗庙，大赦天下。帝劳伯颜，伯颜再拜谢曰：'奉陛下成算，阿术效力，臣何

功之有。'复拜同知枢密院，赐银鼠青鼠只孙二十袭。裨校有功者百二十三人，赏银有差。"（《元史》卷一二七《伯颜传》）

"宋平，幼主入朝上都，大宴，众皆欢甚。世祖察后色不怿，曰：'今我平江南，自此不用兵，众皆喜，尔胡不然？'后跪奏曰：'妾闻自古无千岁之国，毋致吾母子及此幸矣！'时宋府库宝物陈于殿前，世祖召视之，后遍视即去。世祖遣宦者追问，欲取何物。后曰：'宋人贮蓄以遗子孙，其子孙不能守，而归于我，我何取焉！'宋全太后至上都，不习风土，其宫人安定夫人陈氏、安康夫人朱氏及二小姬皆自缢邸中。世祖怒，命枭其首。全太后惊怖，后乘间从容为奏，听回江南，不允，再三请。世祖曰：'尔妇人无远虑，彼一国之母，遗民尚在，若听南归，万一浮言偶动，即难保全，非所以爱之也。时加存恤可耳。'后由是日厚全氏。"（《新元史》卷一〇四《后妃传》）

九月，南宋宗室赵与𥲡觐见，诏至上都。"赵与𥲡，字晦叔，宋宗室子，尝登进士第，为鄂州教授。至元十一年，丞相伯颜既渡江，与𥲡率其宗人之在鄂州者，诣军门上书，力陈不嗜杀人可以一天下，且乞全其宗党。后伯颜朝京师，世祖问宋宗室之贤者，伯颜首以与𥲡对。十三年秋九月，遣使召至上京，幅巾深衣以见，言宋败亡之故，悉由误用权奸，词旨激切，令人感动。世祖念之，即授翰林待制。朝廷立法，多所谘访，与𥲡忠言谠论，无所顾惜。进直学士，转侍讲。"（《元史》卷一六八《赵与𥲡传》）赵觐见忽必烈的时间应误，本条云"十三年秋九月，遣使召至上京"。《元史》卷九载忽必烈八月即从上都回返，时间有误差。

八月，"车驾至自上都"。（《元史》卷九《世祖纪六》）

张留孙

至元十三年（1276），忽必烈平定江南后，命天师张宗演北上大都，张留孙随行，得忽必烈欣赏，《元史·释老传》载："从天师张宗演入朝，世祖与语，称旨，遂留侍阙下。世祖尝亲祠幄殿，皇太子侍。"又"号之上卿，命尚方铸宝剑以赐，建崇真宫于两京，俾留孙居之，专掌祠事"。此后，张留孙留居京师二十余年，以两都崇真宫为道场。张留孙历仕世祖、成宗、武宗、仁宗四朝，爵位累积一品，备受宠遇。张留孙在京弟子众多，且德才兼备，与翰苑文臣交游频繁，《通真观徐君墓志铭》载："再传曰：李立本、陈义高，义高明朗通豁，器行瑰特，赠粹文冲正明教真人。皆盖世。今以次传者曰：余以诚、何思荣、吴全节、孙益谦、李奕芳、毛颖达、夏文泳、薛廷凤、陈日新，余若干人。"（袁桷《清容居士集》卷三一）

朱思本

朱思本（1273—1333），字本初，号贞一，临川（今江西抚州）人。祖父以科举仕宋，自幼熟读经史，后因厌世混浊，入龙虎山为道士。至元十三年（1276）随天师张与才北上京师，后成为张留孙、吴全节管理道教事务的得力助手，直到英宗至治元年（1321）主持江西玉隆万寿宫，留居京师三十余年，"从张仁靖真人（张留孙）扈直两京最久"（柳贯《玉隆万寿宫兴修记》），顺帝元统元年（1333）去世。生平见《龙虎山志》、《元诗选癸集》壬集、《元诗纪事》卷三三小传。朱思本"身操儒行隐黄冠"（吴宽《题元朱本初道士贞一稿后》），擅长诗文，《元诗选》小传称其"博洽文雅，见称于卿相间"。

汪元量

汪元量为祈请使团一员赴上都，作《苏武洲毡房夜坐》《居延》《开平雪霁》《李陵台》《上都雪霁》《阴山观猎和赵待制回文》《草地》《燕歌行》《函谷关》《长城外》。与王昭仪酬唱诗作。从大都返回杭州后，作《湖州歌九十八首》。其中从第六十六首至第九十八首，所记都是有关至元十三年（1276）北上上都期间事。第七十首至第七十九首，专写在上都忽必烈的诈马宴，录于此：皇帝初开第一筵，天颜问劳思绵绵。大元皇后同茶饭，宴罢归来月满天。（第七十）第二筵开入九重，君王把酒劝三宫。驼峰割罢行酥酪，又进椒盘嫩韭葱。（第七十一）第三筵开在蓬莱，丞相行杯不放杯。割马烧羊熬解粥，三宫宴罢谢恩回。（第七十二）第四排筵在广寒，葡萄酒酽色如丹。并刀细割天鸡肉，宴罢归来月满鞍。（第七十三）第五华筵正大宫，辘轳引酒吸长虹。金盘堆起胡羊肉，乐指三千响碧空。（第七十四）第六筵开在禁庭，蒸麋烧鹿荐杯行。三宫满饮天颜喜，月下笙歌入旧城。（第七十五）第七筵排极整齐，三宫游处软舆提。杏浆新沃烧熊肉，更进鹌鹑野雉鸡。（第七十六）第八筵开在北亭，三宫丰燕已恩荣。诸行百戏都呈艺，乐局伶官叫点名。（第七十七）第九筵开尽帝妃，三宫端坐受金卮。须臾殿上都酣醉，拍手高歌舞雁儿。（第七十八）第十琼筵敞禁庭，两厢丞相把壶瓶。君王自劝三宫酒，更送天香近玉屏。（第七十九）从第八十首至第九十七首，写南宋三宫留在上都一行人请降后的生活：一人不杀谢乾坤，万里来来谒帝阊。高下受官随品从，九流艺术亦沾恩。（第八十）僧道恩荣已受封，上庠儒者亦恩隆。福王又拜平原郡，幼主新封瀛国公。（第八十一）金屋妆成物色新，三宫日用御厨珍。其余宫女千余个，分嫁幽州老斫轮。（第八十二）每月支粮万石钧，日支羊肉六千斤。御厨请给葡萄酒，别赐天鹅与野麋。（第八十三）三宫寝室异香飘，貂鼠毡帘锦绣标。花毯褥裀三万件，织金凤被八千条。（第八十四）客中忽忽又重阳，满酌葡萄当菊觞。谢后已叨新圣旨，谢家田土免输粮。（第八十五）雪里天家赐炕羊，两壶九酝紫霞觞。三宫夜给千条烛，更赐高丽黑玉香。（第八十六）三殿加餐强自宽，内家日日问平安。大元皇后来相探，特赐丝绸二百单。（第八十七）万里修途似梦中，天家赐予意无穷。昭仪别馆香云暖，自把诗书授国公。（第八十八）万里羁孤夜忆家，边城吹角更吹笳。须臾敕使传言语，今日天庭赏雪花。（第八十九）雪子飞飞塞面寒，地炉石炭共团栾。天家赐酒十银瓮，熊掌天鹅三玉盘。（第九十）江南郡守列金阶，内里华筵日日排。文武官僚多二品，还乡尽带虎头牌。（第九十一）四川旧帅尚粗豪，万马来燕贡一遭。

奏授虎符三百面，内家更赐织金袍。（第九十二）九重黉烛照帘栊，三殿乘舆去贺冬。金面垂慈多喜色，史官书瑞奏年丰。（第九十三）晓望燕云正雪天，闭门毡帐恣高眠。内家遗钞三千锭，添赐三宫日用钱。（第九十四）东宫雪里燕三宫，妃子殷勤把酒钟。百十箜篌弹玉指，两行珠翠击金镛。（第九十五）夜来酒醒四更过，渐觉衾裯冷气多。踏雪敲门双敕使，传言太子送天鹅。（第九十六）两下金襕障御阶，异香缥缈五门开。都人罢市从容立，迎接南朝驸马来。（第九十七）（《增订湖山类稿》卷二）王国维评："南宋帝后北狩后事，《宋史》不详，惟汪水云《湖山类稿》尚纪一二，足补史乘之阙。"

王清惠

王清惠，字冲华，位昭仪，史称王夫人、王昭仪。作为南宋"太后嫔御北"的一员，赴上都请降。在此期间与汪元量多有酬唱诗作，存于《宋旧宫人诗词》、汪元量的《水云集》《湖山类稿》中。作《李陵台》（和水云韵）："李陵台上望，答子五言诗。客路三千里，乡心十二时。孟劳欣已释，区脱未相离。忽报江南使，新来贡荔枝。"汪和王诗："愁到浓时酒自斟，挑灯看剑泪痕深。黄金台迥少知己，碧玉调高空好音。万叶秋声孤馆梦，一窗寒月故乡心。庭前昨夜梧桐雨，劲气潇潇入短襟。"《宋旧宫人诗词》载："昭仪王清惠，字冲华。"《宋史·江万里传》载："帝（指度宗）在讲筵，每问经史疑义及古人姓名，贾似道不能对，万里从旁代对。时王夫人颇知书，帝常语夫人以为笑。"陈世崇《随隐漫录》载度宗为太子时，"王能属文，为尤亲，虽鹤骨癯貌，但上即位后，万几之暇，批答画闻，式克钦承，皆出其手"。王昭仪《捣衣诗呈水云》诗云："妾命薄如叶，流离万里行。黄尘燕塞外，愁坐听衣声。"

刘敏中

至元十一年（1274），刘敏中由中书省掾转兵部主事，拜承直郎、监察御史。十三年（1276）初次扈从上都，作《至元丙子初赴上都至赤城望云道中》《独石》《偏岭》《滦河嘴》等。此后分别于至元十七年（1280）、十八年（1281）、大德四年（1300）扈从上都。《七星山序》云："大德四年庚子夏四月，与潜庵郑君偕赴上都，憩独石驿，仰见驿东山巅有七小峰，森布离立，状若北斗然。访诸其人，云：'此七星山也。'意甚奇之。俯而自念，自至元丙子，至庚辰、辛巳逮今，凡四过此山而乃始识之，岂以其尘容俗状，方役役于得失奔走之中，而不暇顾也。而此山超然物表，静阅万古，岂复有得失奔走之患乎！然则兹山之识汝也，顾已久矣。"今存上都之行诗作三十余首，文《七星山》，词五首。

刘敏中（1243—1318），字端甫，号中庵，章丘（今属山东）人。幼卓异，得乡先生杜仁杰欣赏。至元十一年（1274），由中书掾擢兵部主事，拜监察御史。劾僧格，不报，辞归。起为御史台都事。出为燕南肃政廉访副使，入为国子司业。迁翰林直学士兼国子祭酒。成宗大德七年（1303），奉诏宣抚辽东山北诸郡，除东平路总管。擢陕西行台治书侍御史。九年（1305），召为集贤学士，商议中书省事。武宗即位（1308），召至上京，授集贤学士、皇太子赞善，仍商议中书省事。拜河南行省参知政事，俄改治书侍御史，出为淮西肃政廉访使，转山东宣慰使，遂召为翰林学士承旨。仁宗延祐五年（1318）卒，年七十六。追封齐国公，谥文简。敏中为诗文名家，韩性《中庵集序》赞云："声音与政通，而文词者声之寓也……国家肇造区夏，世祖皇帝昭显文治……中庵刘公以文学受简知，致身通显，朝廷典册，钜公铭诔，所著为多。"四库馆臣称其"其诗文率平正通达，无钩章棘句之习。在元人中亦元明善、马祖常之亚"（《四库全书总目》卷一六七《中庵集提要》）。著有《中庵集》二十五卷、《平宋录》三卷。《元史》卷一七八有传。

十四年（1277）

世祖于二月甲戌（十五日）幸上都，返燕京时间史籍未载。

正月，括上都猎户为兵。"括上都、隆兴、北京、西京四路猎户二千为兵。""命嗣汉天师张宗演修周天醮于长春宫，宗演还江南，以其弟子张留孙留京师。"（《元史》卷九《世祖纪六》）

二月，"二月辛酉，命征东都元帅洪茶丘将兵二千赴上都"。（《元史》卷九《世祖纪六》）

三月，"车驾幸上都。辛巳，命北京选福住所统军三百赴上都。""甲午，以郑鼎所部军士抚定静江之劳，命还家少休，期六月赴上都"。（《元史》卷九《世祖纪六》）

八月，忽必烈畋于上都北郊。辛未，"车驾畋于上都之北"。（《元史》卷九《世祖纪六》）

建崇真宫于上都，以居玄教道士。（《元史》卷二〇二《释老传》）

忽必烈诏见李克忠于上都大安阁。"十四年夏，至上都，召见大安阁，赐金符，擢奉训大夫、工部郎中，兼计议官。"（《新元史》卷一七二《李克忠传》）

置上都通政院。"通政院，秩从二品。国初，置驿以给使传，设脱脱禾孙以辨奸伪。至元七年，初立诸站都统领使司以总之，设官六员。十三年，改通政院。十四年，分置大都、上都两院；二十九年，又置江南分院；大德七年罢。至大元年，升正二品。四年罢，以其事归兵部。是年，两都仍置，止管达达站赤。延祐七年，复从二品，仍兼领汉人站赤。大都院使四员，从二品；同知二员，正三品；副使二员，从三品；金院一员，正四品；同金一员，从四品；院判一员，正五品；经历一员，从五品；都事一员，从七品；照磨兼管勾承发架阁一员，正八品；令史十三人，通事一人，知印二人，宣使十人。上都院使、同知、副使、佥院、判官各一员，经历、都事各一员，品秩并同大都；令史四人，译史三人，通事一人，知印一人，宣使十人。"（《元史》卷八八《百官志四》）

十五年（1278）

世祖巡幸上都时间史籍未载，十月庚申（十日）自上都返。

七月，上都守城军两千人免为民。"复上都守城军二千人为民。"（《元史》卷一〇《世祖纪七》）

十月，"庚申，车驾至自上都"。（《元史》卷一〇《世祖纪七》）

至元十五年，"（李谦）升待制，扈驾至上都，赐以银壶、藤枕"。（《元史》卷一六〇《李谦传》）

张康

夏四月，张康赴上都觐见忽必烈，授著作佐郎。"（张康）至上都见帝，亲试所学，大验，授著作佐郎，仍以内嫔松夫人妻之。凡召对，礼遇殊厚，呼以明远而不名。"（《元史》卷二〇三《张康传》）

张康，字汝安，号明远，潭州湘潭人。祖安厚，父世英。康早孤力学，旁通术数。宋吕文德、江万里、留梦炎皆推重之，辟置幕下。宋亡，隐衡山。至元十四年（1277），遣使召康，与崔斌偕至京师。十五年（1278）夏四月，至上都见帝，亲试所学，大验，授著作佐郎，仍以内嫔松夫人妻之。凡召对，礼遇殊厚，呼以明远而不名。尝面谕：凡有所问，使极言之。十八年（1281），上奏预言明年春京城当有盗兵，事干将相。后乞归田里，优诏不许，迁奉直大夫、秘书监丞。年六十五卒。《元史》卷二〇三有传。

十六年（1279）

世祖于二月甲辰（二十七日）幸上都，八月丁丑（二日）自上都返。

二月，立仪象圭表于上都。"太史令王恂等言：'建司天台于大都，仪象圭表皆铜为之，宜增铜表高至四十尺，则景长而真。又请上都、洛阳等五处分置仪表，各选监候官。'从之。""乙巳，命同知太史院事郭守敬访求精天文历数者。"（《元史》卷一〇《世祖纪七》）

三月，"庚戌，敕郭守敬繇上都、大都，历河南府抵南海，测验晷景"。甲辰，"车驾幸上都"。（《元史》卷一〇《世祖纪七》）

四月，诏以上都军四千为虎贲军，守上都城，其他地方来的镇戍士兵都遣还原籍。"敕以上都军四千卫都城，凡他所来戍者皆遣归。"（《元史》卷一〇《世祖纪七》）

五月，忽必烈命张留孙在行宫作设坛祭祀五昼夜。"命宗师张留孙即行宫作醮事，奏赤章于天，凡五昼夜。"（《元史》卷一〇《世祖纪七》）

八月，"丁丑，车驾至自上都"。（《元史》卷一〇《世祖纪七》）

十七年（1280）

世祖于三月甲辰（三日）幸上都，九月壬子（十三日）自上都返。

三月，"甲辰，车驾幸上都"。（《元史》卷一一《世祖纪八》）

五月，在察罕脑儿建立行宫。"五月辛丑朔，枢密院调兵六百守居庸南、北口。甲辰，作行宫于察罕脑儿。"（《元史》卷一一《世祖

纪八》）

六月，罢上都奥鲁官，以留守司兼管奥鲁事。"阿答海等请罢江南所立税课提举司，阿合马力争，诏御史台选官检核，具实以闻。阿合马请立大宗正府。罢上都奥鲁官，以留守司兼管奥鲁事。"（《元史》卷一一《世祖纪八》）

九月，"壬子，车驾至自上都"。（《元史》卷一一《世祖纪八》）

十八年（1281）

世祖于三月丙午（十一日）幸上都，闰八月丙午（十四日）自上都返。

二月，"立上都留守司"。（《元史》卷一一《世祖纪八》）

三月，"丙午，车驾幸上都"。（《元史》卷一一《世祖纪八》）

八月，龙虎山天师张宗演等人在寿宁宫作醮事。"设醮于上都寿宁宫。"（《元史》卷一一《世祖纪八》）

闰八月，"丙午，车驾至自上都"。（《元史》卷一一《世祖纪八》）

九月，"甲子……给钞赈上都饥民"。（《元史》卷一一《世祖纪八》）

十月，以钞赈济上都南四站。"丙辰，以兀良合带言，上都南四站人畜困乏，赐钞给之。"（《元史》卷一一《世祖纪八》）

十二月，"丁未，议选侍卫军万人练习，以备扈从"。（《元史》卷一一《世祖纪八》）

十九年（1282）

世祖于二月甲寅（二十四日）幸上都，八月甲寅（二十八日）自上都返。

二月，"改上都宣课提领为宣课提举司"。"甲寅，车驾幸上都。"（《元史》卷一二《世祖纪九》）

十一月，在上都建利用库。"十一月戊午，上都建利用库。"（《元史》卷一二《世祖纪九》）

十二月，以南宋亡君赵㬎等人定居上都。"乙未，中书省臣言：'平原郡公赵与芮、瀛国公赵㬎、翰林直学士赵与票，宜并居上都。'帝曰：'与芮老矣，当留大都，余如所言。'继有旨，给瀛国公衣粮发遣之，惟与票勿行。"（《元史》卷一二《世祖纪九》）

二十年（1283）

世祖于三月丙寅（十二日）幸上都，十月壬辰（十二日）自上都返。

正月，发钞三千锭籴粮于察罕脑儿，供给军匠。"发钞三千锭籴粮于察罕脑儿，以给军匠。""罢上都回易库。"（《元史》卷一二《世祖纪九》）

三月，"丙寅，车驾幸上都"。（《元史》卷一二《世祖纪九》）

五月，"己未，免五卫军征日本，发万人赴上都"。（《元史》卷一二《世祖纪九》）

六月，差遣五卫军人修筑行殿外墙。

七月，命上都商税六十分取一。"敕上都商税六十分取一。"（《元史》卷一二《世祖纪九》）

八月，"庚午，车驾至自上都"。（《元史》卷一二《世祖纪九》）

十月，"壬辰，车驾由古北口路至自上都"。（《元史》卷一二《世祖纪九》）

十二月，"甲午，给钞四万锭和籴于上都"。（《元史》卷一二

《世祖纪九》）

二十一年（1284）

世祖于三月丙寅（十七日）幸上都，八月庚午（二十五日）自上都返。

三月，"丙寅，乘舆幸上都"。（《元史》卷一三《世祖纪十》）

四月，高丽国王王睶携公主与子謜到上都朝见忽必烈。"戊申，高丽王王睶及公主以其世子謜来朝。"（《元史》卷一三《世祖纪十》）

八月，"庚午，车驾至自上都"。（《元史》卷一三《世祖纪十》）

二十二年（1285）

世祖于二月戊辰（二十五日）幸上都，八月丙辰（十六日）自上都返。

正月，设立上都路群牧都转运使司。壬午，"立上都等路群牧都转运使司、诸路常平盐铁坑冶都转运司"。（《元史》卷一三《世祖纪十》）

二月，"戊辰，车驾幸上都"。（《元史》卷一三《世祖纪十》）

三月，立上都规措所回易库。"庚子，诏依旧制，凡盐一引四百斤，价银十两，以折今钞为二十贯，商上都者，六十而税一。增契本为三钱。立上都规措所回易库，增坏钞工墨费每贯二分为三分。"（《元史》卷一三《世祖纪十》）

四月，"庚戌，监察御史陈天祥劾中书右丞卢世荣罪恶，诏世荣、天祥皆赴上都"。（《元史》卷一三《世祖纪十》）

五月，减上都商税。"丁丑，减上都商税。"（《元史》卷一三

《世祖纪十》）

八月，"丙辰，车驾至自上都。"（《元史》卷一三《世祖纪十》）

杨赛因不花觐见忽必烈于上都。"杨赛因不花，初名汉英，字熙载，赛因不花，赐名也。其先太原人……汉英，邦宪子也，生五岁而父卒。二十二年，母田氏携至上京，见世祖于大安阁。帝呼至御榻前，熟视其眸子，抚其顶者久之，乃谕宰臣曰：'杨氏母子孤寡，万里来庭，朕甚悯之。'遂命袭父职，锡金虎符，因赐名赛因不花。及陛辞，诏中书锡宴，赐金币彩缯，赍其从者有差。二十五年，再入觐，时年十二，帝见其应对明敏，称善者三。复因宰臣奏安边事，帝益嘉之。"（《元史》卷一六五《杨赛因不花传》）

二十三年（1286）

世祖于三月丙子（十日）幸上都，十月己亥（六日）自上都返。

"二十三年二月，帝御德兴府行宫，诏江南学校旧有学田，复给之以养士。"（《元史》卷八一《选举志一》）

三月，"丙子，大驾幸上都"。（《元史》卷一四《世祖纪十一》）

八月，"己亥，敕枢密院遣侍卫军千人扈从北征"。（《元史》卷一四《世祖纪十一》）

十月，"己亥，车驾至自上都"。己酉，减汰上都留守司官员冗员。"中书省具宣徽、大司农、大都、上都留守司存减员数以闻，帝曰：'在禁近者朕自沙汰，余从卿等议之。'"（《元史》卷一四《世祖纪十一》）

二十四年（1287）

世祖于闰二月庚寅（二十九日）幸上都，八月自上都返。

二月，"庚寅，大驾幸上都"。（《元史》卷一四《世祖纪十一》）

五月壬寅（十二日），因为东道蒙古宗王乃颜反叛，忽必烈率大军自上都出发征讨。"帝自将征乃颜，发上都。"（《元史》卷一四《世祖纪十一》）

八月，"乙丑，车驾还上都"。（《元史》卷一四《世祖纪十一》）

吴全节

至元二十四年（1287），吴全节与张留孙大宗师一同进京，遂留不归，成为张留孙在京师处理玄教两都事务的得力助手，常往来两都。自此后五十年间，吴全节历世祖、成宗、武宗、仁宗、英宗、文宗六朝，在两都长达四十余年。在上都多有翰苑文臣与之唱和赠答，今吴全节上都作品不存。

> 吴全节（1269—1346），字成季，号闲闲，晚号看云道人，饶州安仁（今江西余江县）人，元代著名玄教道士。其出身儒门，十三岁入龙虎山学道，师从玄教创教宗师张留孙，自幼兼修儒道，深得《周易》《老子》之要。至元二十四年（1287）随师至大都谒见元世祖，自此留京近五十年，历仕世祖、成宗、武宗、仁宗、英宗、文宗六朝，以"聪颖达悟，贞静文雅"受帝王宠信，渐成元廷心腹谋臣。他历任冲素崇道法师、玄教嗣师、玄教大宗师等职，总摄江淮荆襄等处道教，知集贤院道教事，主持国家祭祀、斋醮，参与朝政，善举能臣。如代祀岳渎归，向成宗举荐洛阳太守卢挚，使其得拜集贤学士；又曾为受谗言的翰林学士阎复斡旋，助其平安退隐。其儒道兼修，被时人称为"孔李通

家"，元代文学家许有壬赞其"人以（公）为仙，我以（公）为儒"。吴全节工草书，善诗文，有《看云集》《代祠稿》等，诗风"和而庄，丰而安"，被誉"正始之遗音"；又推动元大都东岳庙落成，删定《灵宝玉鉴》，为玄教发展奠定基础。至正六年（1346）卒，享年七十八岁，堪称元代道教与政治、文化交融的关键人物。

二十五年（1288）

世祖于三月庚寅（六日）幸上都，九月壬辰（十日）自上都返。

三月，"庚寅，大驾幸上都"。（《元史》卷一五《世祖纪十二》）

五月乙巳，"营上都城内仓"。（《元史》卷一五《世祖纪十二》）

六月，"辛酉，禁上都、桓州、应昌、隆兴酒"。（《元史》卷一五《世祖纪十二》）

十二月，"命上都募人运米万石赴和林，应昌府运米三万石给弘吉剌军"。（《元史》卷一五《世祖纪十二》）

二十六年（1289）

世祖于二月丁卯（十七日）幸上都，闰十月戊寅（二日）自上都返。

二月，"丁卯，幸上都"。（《元史》卷一五《世祖纪十二》）

七月戊寅（一日），忽必烈率军队北上征讨西北叛王海都。"秋七月戊寅朔，海都兵犯边，帝亲征。"（《元史》卷一五《世祖纪十二》）

"辛丑，发侍卫亲军万人赴上都。"（《元史》卷一五《世祖纪

十二》）

八月，"癸亥，诸王铁失、孛罗带所部皆饥，敕上都留守司、辽阳省发粟赈之"。（《元史》卷一五《世祖纪十二》）

十月，"北还，觐世祖于上京，世祖劳之曰：'汝在柳林，民不知扰，朕实嘉焉。'"（《元史》卷一一五《显宗传》）

二十七年（1290）

世祖于四月癸酉（一日）幸上都，自上都返回时间史籍未载。

二月辛卯，"发虎贲更休士二千人赴上都修城"。（《元史》卷一六《世祖纪十三》）

四月，"夏四月癸酉朔，大驾幸上都"。"丁酉，以钞二千五百锭赈昌平至上都站户贫乏者。"（《元史》卷一六《世祖纪十三》）

十月，"己卯，增上都留守司副留守、判官各一员"。（《元史》卷一六《世祖纪十三》）

十一月，"禁上都酿酒"。（《元史》卷一六《世祖纪十三》）

二十八年（1291）

世祖于二月癸未（十五日）幸上都，自上都返回时间史籍未载。

正月癸卯，"上都民仰食于官者众，诏佣民运米十万石致上都，官价石四十两，命留守木八剌沙总其事"。（《元史》卷一六《世祖纪十三》）

二月，以上都虎贲士两千人屯田。"以上都虎贲士二千人屯田，官给牛具农器，用钞二万锭。"（《元史》卷一六《世祖纪十三》）

二月癸未，"大驾幸上都，是日次大口，复召御史台及中书、尚

书两省官辨论桑哥之罪"。(《元史》卷一六《世祖纪十三》)

五月癸丑,"赈上都、桓州、榆林、昌平、武平、宽河、宣德、西站、女直等站饥民"。(《元史》卷一六《世祖纪十三》)

六月,"随处设站官二员,大都至上都置司吏三名,余设二名,祗应头目、攒典各一名。站户及百者,设百户一名"。(《元史》卷一○一《兵志四·站赤》)

八月,"省臣奏:'姚演言,奉敕疏浚滦河,漕运上都,乞应副沿河盖露囷工匠什物,仍预备来岁所用漕船五百艘,水手一万,牵船夫二万四千。臣等集议,近岁东南荒歉,民力凋弊,造舟调夫,其事非轻,一时并行,必致重困。请先造舟十艘,量拨水手试行之,如果便,续增益。'制可其奏,先以五十艘行之,仍选能人同事"。(《元史》卷六四《河渠志一》)

"二十八年,有言滦河自永平挽舟逾山而上,可至开平;有言泸沟自麻峪可至寻麻林。朝廷遣守敬相视,滦河既不可行,泸沟舟亦不通守敬因陈水利十有一事……三十年,帝还自上都,过积水潭,见舳舻蔽水,大悦,名曰通惠河,赐守敬钞万二千五百贯,仍以旧职兼提调通惠河漕运事。守敬又言:于澄清闸稍东,引水与北霸河接,且立闸丽正门西,令舟楫得环城往来。志不就而罢。三十一年,拜昭文馆大学士、知太史院事。"(《元史》卷一六四《郭守敬传》)

二十九年(1292)

世祖于三月庚戌(十八日)幸上都,八月甲辰(十六日)自上都返。

三月,"丙午,中书省臣言:'京畿荐饥,宜免今岁田租。上都、隆兴、平滦、河间、保定五路供亿视他路为甚,宜免今岁公赋。汉地河泊隶宣徽院,除入太官外,宜弛其禁,便民取食。'并从之"。(《元

史》卷一七《世祖纪十四》）

"庚戌，车驾幸上都。赐速哥、斡罗思、赛因不花蛮夷之长五十六人金纹绫绢各七十九匹，及弓矢、鞍辔。"（《元史》卷一七《世祖纪十四》）

闰六月，升上都兵马司为正四品。"闰六月辛卯朔，升上都兵马司四品，如大都。"（《元史》卷一七《世祖纪十四》）

八月，"甲辰，车驾至自上都"。（《元史》卷一七《世祖纪十四》）

十月，解除上都酒禁。"癸巳，弛上都酒禁。"（《元史》卷一七《世祖纪十四》）

十一月，增调侍卫军一千人赴上都屯田。"戊寅，枢密院奏：'一卫万人，尝调二千屯田，木八剌沙上都屯田二年有成，拟增军千人。'从之。"（《元史》卷一七《世祖纪十四》）

王恽

王恽于二十九年（1292）春在柳林行宫觐见忽必烈。"二十八年，召至京师。二十九年春，见帝于柳林行宫，遂上万言书，极陈时政。授翰林学士、嘉议大夫。"（《元史》卷一六七《王恽传》）作《朝谒柳林行宫二诗并叙》："至元癸巳二月四日，臣膺、恽，臣文海、俨、居信，朝谒春水行宫于泸曲之柳林，优蒙睿眷，诏录斗名以闻。引进者中丞崔，或沐天恩，敢缀为唐律二诗，以表殊常之遇，臣恽谨序。'汉家天子猎非熊，五柞长杨是近宫。万骑远临沧海右，五人同拜柳林东。自怜贱子承恩眷，重为斯文惜至公。更拟论思参政议，老臣何有沃渊衷。''千官扈跸翠华东，诏许诸生见雪宫。商岭采芝惭绮季，新丰需命似姚崇。名辉彤管犹通籍，简在儒臣要劝忠。步出禁闱传少俟，长杨高树动春风。'"（《秋涧先生大全集》卷二一）

三十年（1293）

世祖自二月丁未（二十日）幸上都，九月癸丑（一日）自上都返。

二月，"己丑，从阿老瓦丁、燕公楠之请，以杨琏真加子宣政院使暗普为江浙行省左丞。诏：'上都管仓库者无资品俸秩，故为盗诈，宜于六品、七品内委用，以俸给之。'"（《元史》卷一七《世祖纪十四》）

己丑，"益上都屯田军千人，给农具、牛价钞五千锭，以木八剌沙董之"。（《元史》卷一七《世祖纪十四》）

"甲辰，中书省臣言：'侍臣传旨予官者，先后七十人，臣今欲加汰择，不可用者不敢奉诏。'帝曰：'率非朕言，凡来奏者朕只令谕卿等，可用与否，卿等自处之。'又言：'今岁给饷上都、大都及甘州、西京，经费浩繁，自今赏赐悉宜姑止。'从之。"（《元史》卷一七《世祖纪十四》）

"丁未，车驾幸上都。"（《元史》卷一七《世祖纪十四》）

三月庚申，"平章政事李庭率诸军扈从上都"。（《元史》卷一七《世祖纪十四》）

五月丁丑，"中书省臣言：'上都工匠二千九百九十九户，岁糜官粮万五千二百余石，宜择其不切于用者，俾就食大都。'从之"。（《元史》卷一七《世祖纪十四》）

九月癸丑朔，大驾至自上都。（《元史》卷一七《世祖纪十四》）

陈孚

陈孚于至元三十年（1293）扈从上都，且是其一生仅有的一次扈从。"二十九年，世祖命梁曾以吏部尚书再使安南，选南士为介。朝臣荐孚博学有气节，调翰林国史院编修官，摄礼部郎中，为曾副……

使还，除翰林待制，兼国史院编修官。帝方欲置之要地，而廷臣以孚南人，且尚气，颇嫉忌之，遂除建德路总管府治中。"（《元史》卷一九〇《陈孚传》）即至元二十九年（1292）出使归来有功、进入翰林院后，时间不长，即调地方，此后再也没有回到中央。其二十四首上都纪行诗收录于《玉堂稿》，应作于至元三十年。《玉堂稿》一卷，收录陈孚在京师所作诗歌。《玉堂稿》中的上都纪行诗自《出健德门赴上都分院》始，到《开平即事》止，内容多记赴上都行程所见所感，如《明安驿道中》《李陵台约应奉冯昂霄同赋》《夜宿滦河觜儿》《开平即事》等。

    陈孚（1259—1309），字刚中，号笏斋，台州临海（今属浙江）人。幼清峻颖悟，读书过目成诵。世祖至元二十二年（1285），以布衣上《大一统赋》，署上蔡书院山长。三十年（1293），以翰林国史院编修官摄礼部郎中为副使随梁曾使安南，还除翰林待制，廷臣以孚为南人，且尚气，嫉忌之，遂除建德路总管府治中，历迁衢州、台州，多著善政。卒谥文惠。著有《陈刚中诗集》三卷（《观光稿》《交州稿》《玉堂稿》），有《安南录》等，不传。《元史·儒学》卷一九〇有《陈孚传》。四库馆臣评："《观光稿》为任上蔡书院山长考满谒选京师时之作，《交州稿》为使安南时往返道中之作，皆记道路所经，山川古迹，盖仿范成大使北诸诗而大致亦复相埒，《玉堂稿》多春容谐雅，沨沨乎治世之音。其上都纪行之作，与前二稿工力相敌，盖摹绘土风，最所留意矣。"（《四库全书总目提要》卷一六六）

三十一年（1294）

正月癸酉（二十二日），忽必烈崩于大都。"世祖崩，伯颜总百官以听……成宗即位于上都之大安阁，亲王有违言，伯颜握剑立殿陛，陈祖宗宝训，宣扬顾命，述所以立成宗之意，辞色俱厉，诸王股栗，趋殿下拜。"（《元史》卷一二七《伯颜传》）

四月壬午（二日），铁穆耳（忽必烈孙）由漠北率军抵上都。甲午（十四日），铁穆耳即帝位（元成宗），受文武百官朝贺于大安阁，派遣安童子兀都带等请谥于上都南郊。"夏四月，皇孙至上都。甲午，即皇帝位。丙午，中书右丞相完泽及文武百官议上尊谥。壬寅，始为坛于都城南七里。甲辰，遣司徒兀都带、平章政事不忽木、左丞张九思，率百官请谥于南郊。"（《元史》卷一七《世祖纪十四》）

四月，"夏四月壬午，帝至上都，左右部诸王毕会。先是，御史中丞崔彧得玉玺于故臣之家，其文曰'受命天于，既寿永昌'，上之徽仁裕圣皇后。至是手授于帝。甲午，既皇帝位，受诸王宗亲、文武百官朝于大安阁，诏曰：'朕惟太祖圣武皇帝受天明命，肇造区夏，圣圣相承，光熙前绪。迨我先皇帝体元居正以来，然后典章文物大备。临御三十五年，薄海内外，罔不臣属，宏规远略，厚泽深仁，有以衍皇元万世无疆之祚。我昭考早正储位，德盛功隆，天不假年，四海缺望。顾惟眇质，仰荷先皇帝殊眷，往岁之夏，亲授皇太子宝，付以抚军之任。今春宫车远驭，奄弃臣民，乃有宗藩昆弟之贤，戚畹官僚之旧，谓祖训不可以违，神器不可以旷，体承先皇帝凤昔付托之意，合辞推戴，诚切意坚。朕勉徇所请，于四月十四日既皇帝位，可大赦天下。尚念先朝庶政，悉有成规，惟慎奉行，罔敢失坠。更赖祖亲勋戚，左右忠良，各尽乃诚，以辅台德。布告远迩，咸使闻知。'诏除大都、上都两路差税一年，其余减丁地税粮十分之三。系官通欠，一切蠲免。民户逃亡者，差税皆除之。追尊皇考曰皇帝，尊太母元妃曰皇太后。庚子，遣摄太尉兀都带等请谥于南郊。遣礼部侍郎李衍、兵部郎中萧泰登赍诏使安南。中书省臣言：'陛下新即大位，诸王、驸马赐与，宜依往年大会之例，赐金一者加四为五，银一者加二为三。又江南分土之赋，初止验其版籍，令户出钞五百文，今亦当有所加，然不宜增赋于民，请因五百文加至二贯，从今岁官给之。'从之。乙巳，赐驸马蛮子带银七万六千五百两，阔里吉思一万五千四百五十两，高丽王王昛三万两"。（《元史》卷一八《成宗纪一》）

五月戊午，"遣摄太尉臣兀都带奉册上尊谥曰圣德神功文武皇帝，庙号世祖，国语尊称曰薛禅皇帝。是日，完泽等议同上先皇后弘吉剌氏尊谥曰昭睿顺圣皇后"。（《元史》卷一七《世祖纪十四》）

五月壬子，"始开醮祠于寿宁宫，祭太阳、太岁、火、土等星于司天台。戊午，遣摄太尉兀都带奉玉册玉宝，上大行皇帝尊谥曰圣德神功文武皇帝，庙号世祖；皇后尊谥曰昭睿顺圣皇后；皇考尊谥曰文惠明孝皇帝，庙号裕宗。赐国王和童金二百五十两，月儿鲁百五十两，伯颜、月赤察而各五十两，银、钞、锦各有差"。（《元史》卷一八《成宗纪一》）

成宗即位，伯帖木儿扈驾上都。"伯帖木儿度地置马站七所，令岁捕鱼，驰驿以进。成宗即位，俾仍其官。车驾幸上京，征其兵千人从，岁以为常云。"（《元史》卷一三一《伯帖木儿传》）

成宗即位，驿召（李谦）至上都。（《元史》卷一六〇《李谦传》）

成宗即位，诸侯王会于上都，大肆赏赐，贾昔剌子秃坚不花得到赏识。"成宗即位，诸侯王会于上京，凡刍饩宴享之节、赐予多寡、疏戚之分，无一不当其意，帝喜曰：'宣徽得秃坚不花足矣。'进同知宣徽院事。"（《元史》卷一六九《贾昔剌传》）贾昔剌，燕之大兴人也。本姓贾氏，其父仕金为庖人。昔剌体貌魁硕，有志于当世。子秃坚不花，袭世职为尚药、尚食局提点，世祖以故家子，独奇之，谓他日可大用，使在左右。从征乃颜。

成宗敕玄教道士吴全节每岁扈从上都。"全节字成季，饶州安仁人。年十三学道于龙虎山。至元二十四年至京师，从留孙见世祖。三十一年，成宗至自朔方，召见，赐古雕玉蟠螭环一，敕每岁侍从行幸，所司给庐帐、车马、衣服、廪饩，着为令。大德十一年，授玄教嗣师，锡银印，视二品。至大元年，赐七宝金冠、织金文之服。三年，赠其祖昭文馆大学士，封其父司徒、饶国公，母饶国太夫人，名其所居之乡曰荣禄，里曰具庆。至治元年，留孙卒。二年，制授特进、上卿、玄教大宗师、崇文弘道玄德真人、总摄江淮荆襄等处道教、知集贤院道教事，玉印一、银印二并授之……全节雅好结士大夫，无所不倾其交，长者尤见亲而敬，推毂善类，惟恐不尽其力。至于振穷周急，又未尝以恩怨异其心，当时以为颇有侠气云。"（《元史》卷二〇二《吴全节传》）

成宗元贞元年（1295）

成宗于二月丁酉（二十三日）幸上都，九月甲戌（三日）自上都返。

四月，"戊戌，给扈从探马赤军市马钞十二万锭"。（《元史》卷一八《成宗纪一》）

二年（1296）

成宗于三月丙子（八日）幸上都，十月壬子（十七日）自上都返。

正月甲申，"命西平王奥鲁赤今夏居上都"。（《元史》卷一九《成宗纪二》）

三月，"丙子，车驾幸上都"。（《元史》卷一九《成宗纪二》）

十月，"壬子，车驾至自上都"。（《元史》卷一九《成宗纪二》）

成宗大德元年（1297）

成宗于三月丙子（十四日）幸上都，九月壬午（二十二日）自上都返。

二月，"诏改元赦天下。免上都、大都、隆兴差税三年，给也只所部六千户粮"。（《元史》卷一九《成宗纪二》）

三月，"丙子，车驾幸上都"。（《元史》卷一九《成宗纪二》）

六月，令各部宿卫士运输上都粮食一万五千石于漠北。"己酉，令各部宿卫士输上都、隆兴粮各万五千石于北地。"（《元史》卷一九《成宗纪二》）

七月，"丙戌，以八儿思秃仓粮隶上都留守司，招籍宋两江镇守军。丁亥，免上都酒课三年。赐诸王不颜铁木而及其弟伯真宇罗钞四千锭，所部八万四千八百余锭，仍给粮一年"。（《元史》卷一九《成宗纪二》）

"秋七月，缅贼阿散哥也弟者苏等九十一人各奉方物入朝，命余人置中庆，遣者苏等来上都。八月，缅国阿散吉牙等昆弟赴阙，自言杀主之罪，罢征缅兵。"（《元史》卷二一〇《缅传》）

十月，"辛丑，减上都商税岁额为三千锭"。（《元史》卷一九《成宗纪二》）

设立虎贲卫亲军都指挥使司。

范居中

杭州人范居中与父玉壶在大德年间被旨赴都，今存诗《上都》："上都五月雪飞花，顷刻银妆十万家。说与江南人不信，只穿皮袄不穿纱。"（陈衍《元诗纪事》卷一一）

"范居中，字子正，冰壶其号也。杭州人。父玉壶，前辈名

儒，假卜术为业，居杭之三元楼前。每岁元夕，必以时事题于灯
纸之上，杭人聚观，远近皆知父子之名。其妹亦有文名，大德年
间被旨赴都，公亦北行。"（《录鬼簿》）"范玉壶作上都诗云云。
余屡为滦阳之行，每岁七月半，郡人倾城出南门外祭奠，妇人悉
穿金纱，谓之赛金纱，以为节序之称也。"（杨瑀《山居新话》）

"范居中，字子正，号冰壶。杭州人。生卒年不详。《录鬼
簿》列入'方今已死名公才人相知者'一类，小传称其大德年间
陪同妹妹北行赴都，后卒于家。据王钢《录鬼簿三种校订·前
言》，《录鬼簿》第一次修订传世当在至正二年（1342）至五年
（1345）间，则其活动约在元代中期，卒于至正二年前。《录鬼
簿》小传叙其家世生平甚详：'父玉壶，前辈名儒。假于术为业，
居杭之三元楼前。每岁之夕，必以时事题于灯纸之上，杭人聚
观，远近皆知父子之名。公子精神秀异，学问该博。尝出大言于
肆，以为笔不停思，文不搁笔，诸公知其才，不敢难也。善琴
操，能书法。以才高不见遇，卒于家。'在当时文坛享有一定声
誉，钟嗣成对其多才多艺极为称赞，为撰［凌波仙］吊词云：
'向、歆传家振家声，羲、献临池播令名。操焦桐只许知音听，
售千金价未轻，有谁知父子才能？冰如玉，玉似水，映壶天表里
澄清。'惜其所作书法作品，今已不见。杂剧作品，曾与施惠、
黄天泽、沈拱这三位当时名流合撰《鹔鹴裘》，亦佚。所作散曲，
仅存南北合腔《秋思》一套，写秋日思恋情人。"（徐征等主编：
《全元曲》第六卷，河北教育出版社1998年版，第4209页）

二年（1298）

成宗于二月乙酉（二十八日）幸上都，九月丙申（十二日）自上
都返。

正月，"乙卯，免上都至大都并宣德等十三站户和顾和买"。(《元史》卷一九《成宗纪二》)

二月，"乙酉，车驾幸上都"。(《元史》卷一九《成宗纪二》)

五月，给上都八剌合赤钞三千锭。

召郭守敬至上都主持开凿铁幡竿渠。(《元史》卷一九《成宗纪二》)

三年（1299）

成宗于二月庚辰（二十八日）幸上都，九月己亥（二十一日）自上都返。

二月，"庚辰，车驾幸上都"。(《元史》卷二〇《成宗纪三》)

夏，大雨山洪暴发，铁幡竿渠不足疏导，漂没人畜庐帐，行殿受到水灾威胁。

"上都留守司令史，于籍记各部令史内，或于正八品职官内选用，考满从七品迁用。宣徽院阙遗监令史，准本院依验元准月日挨补，考满同，自行踏逐者降等。遇阙如系籍记令史并常调提控案牍内及本院两考之上典吏内补充者，考满依例迁叙，自行选用者，止于本衙门就给付身，不入常调。"(《元史》卷八三《选举志三》)

四年（1300）

成宗于二月乙亥（二十九日）幸上都，闰八月庚子（二十八日）自上都返。

二月，"乙亥，车驾幸上都"。(《元史》卷二〇《成宗纪三》)

四月，"丁巳，免今年上都、隆兴丝银，大都差税地租"。(《元

史》卷二〇《成宗纪三》）

七月，"乙酉，缅国阿散哥也弟者苏等九十一人各奉方物来朝，诏命余人留安庆，遣者苏来上都"。（《元史》卷二〇《成宗纪三》）

十一月，"壬寅朔，诏颁宽令，免上都、大都、隆兴大德五年丝银、税粮，附近秣养马驼之郡免税粮十分之三，其余免十分之一；徒罪各减一半，杖罪以下释之；江北荒田许人耕种者，元拟第三年收税，今并展限一年，著为定例"。（《元史》卷二〇《成宗纪三》）

四年，部拟："上都留守司令史，仍听本司于正从八品流官内，或于上都见役寺监令史、河东、山北二道廉访司上名书吏内，就便选用。上都兵马司司吏，发补附近隆兴、大同、大宁路司吏相应。"（《元史》卷八三《选举志三》）

刘敏中

大德四年（1300），刘敏中第四次扈从上都，作《七星山》。刘敏中为上都邢氏家集题跋，《题邢氏家传》云："余每至开平，伯宜、伯才必曲为存籍接遇，意恳恳，使人不忘。大德癸卯，余奉使宣抚山北，岁中往复，得再会。逮今之来，凡五寒暑。而两夫子皆不得见矣……其侄遵道，持家传见示，书数语于后，以摅余哀云。实丁未中元后五日也。"（《中庵集》卷二〇）

五年（1301）

成宗于二月丁酉（二十七日）幸上都，十月壬午（十七日）自上都返。

二月，"丁酉，车驾幸上都"。戊戌，赐上都乾元寺地九十顷，钞一万五千锭。"上都乾元寺地九十顷，钞皆如兴教之数。"（《元史》卷二〇《成宗纪三》）

"五月，召见正一道三十八代天师张与材于上都幄殿。马臻亦随行。"（《元史》卷二〇《成宗纪三》）

"七月，赐上都工匠钞币二十一万七千四百锭。"（《元史》卷二〇《成宗纪三》）

马臻

大德五年（1301）马臻随张与材赴上都，并在棕殿觐见成宗。马臻画有《桑干》《龙门》二图，龚开在《霞外诗集序》中云："大德辛丑（五年），嗣天师张真人（与材）如燕，主行内醮。玄教名流，并翼然景从，王子鹥、马志道（臻）在焉。明年，来归，志道出《往来吟卷》及手画《桑干》《龙门》二图，仆幸得一见随喜。"马臻从草原返回钱塘后，出示给好友，若干年后，自己为二图又题诗《题画龙门山桑干岭图》："昔我经龙门，晨发桑干岭。回盘郁青冥，驱车尽绝顶。驿骑倦行役，苦觉道路永。引领望吴楚，日入众山暝。归来惬栖迟，山水融心境。寸毫写万里，历历事可省。理也存自然，畴能搜溟涬。"（马臻《霞外诗集》卷七）马臻今存上都诗作近二十首，内容主要有纪上都行程、上都风情，咏史咏怀等。

马臻（1254—1326 以后），字志道，号虚中，钱塘人，隐迹西湖之滨，人称紫霞道士。精通诗画，为一时名士。大德五年（1301）春，随从正一教天师张与材应召北上，在大都行内醮大典。五月十六日，在上都朝见成宗。十月，随成宗车驾返回大都。冬，内醮礼成。大德六年（1302）春，南归。有《霞外诗集》十卷，存诗千余首，其人其诗为时人称赏。仇远评价他："其资也粹，其学也正，其言也文……士大夫慕与之交。不过习清虚、谈淡泊，无一言及势力声利，而世之能寒热人者。"（仇远《霞外诗集序》）明末毛晋《元人十种诗》所选"皆吴浙英灵"中，马臻位列其中。（徐𤏳《元人十种诗序》）

张伯淳

张伯淳扈从上都，今不存其上都之作。

张伯淳，字师道，杭州崇德人。少举童子科，以父任铨受迪功郎、淮阴尉，改扬州司户参军，寻举进士，监临安府都税院，升观察推官，除太学录，入本朝。至元二十三年（1286），授杭州路儒学教授，迁浙东道按察司知事。二十八年（1291），擢为福建廉访司知事。岁余，有荐伯淳于帝前者，遣使召问。明年，授翰林直学士，进阶奉训大夫，谒告以归。授庆元路总管府治中。大德四年（1300），即家拜翰林侍讲学士。明年，造朝，扈从上都。又明年卒。有文集若干卷，藏于家。《元史》卷一八三有传。

六年（1302）

成宗于四月庚辰（十六日）幸上都，十月丙子（十六日）自上都返。

四月，上都发生大水灾，居民饥馑，减价粜粮万石进行赈济。"庚辰，上都大水民饥，减价粜粮万石赈之……车驾幸上都。"（《元史》卷二〇《成宗纪三》）

推行国子生、助教扈从上都制度。

尚野

大德六年，国子助教尚野扈从上都。《尚野传》载："大德六年，迁国子助教。诸生入宿卫者，岁从幸上都，丞相哈剌哈孙始命野分学于上都，以教诸生，仍铸印给之，上都分学自野始。"（《元史》卷一六四《尚野传》）

尚野，字文蔚，其先保定人，徙满城。野幼颖异，祖母刘，厚资之使就学。至元十八年（1281），以处士征为国史院编修官。二十年（1283），兼兴文署丞，出为汝州判官，廉介有为，宪司屡荐之。二十八年（1291），迁南阳县尹。仁宗在东宫，野为太子文学，多所裨益，时从宾客姚燧、谕德萧渼入见，帝为加礼。至大元年（1308），除国子司业，近臣奏分国学西序为大都路学，帝已可其奏，野谓国学、府学混居，不合礼制，事遂寝。四年（1311），拜翰林直学士、知制诰同修国史。皇庆元年（1313），升翰林侍讲学士。延祐元年（1314），改集贤侍讲学士，兼国子祭酒。六年（1319），卒于家，年七十六。赠通奉大夫、太常礼仪院使、护军，追封上党郡公，谥文懿。野性开敏，志趣正大，事继母以孝闻，文辞典雅，一本于理。

冯子振

至元二十四年（1287）冯子振第一次北上大都，二十七年（1290）首次赴上都。因桑哥事二十九年（1292）被弹劾。以后多次往返上都、大都、江南三地。成宗元贞元年（1295）再进京，大德四年（1300）再进上都，后父病回家守丧。大德六年（1302）又来至大都，七年（1303）从大都，赴应昌（今内蒙古自治区赤峰市克什克腾旗西北达里诺尔湖西南的达尔罕苏木），中经上都。此后，至治三年（1323）再次进京，到泰定二年（1325）是否还前往上都，已无法考证。一生至少三次前赴上都，创作了数量较多的上都之作。大德六年（1302），冯子振作《居庸赋》五千言，雄浑正大，闳衍钜丽。《居庸赋》序云："大德壬寅，予至自上京，与客谈居庸之胜绝，疲于应答，遂作此赋，今十六年矣。"《居庸赋》是仁宗延祐五年（1318），六十二岁的冯子振在平江为邓静春重书《居庸赋》并作题跋时的追忆之语。此赋的创作缘由即"与客谈居庸之胜绝，疲于应答，遂作此赋"。

冯子振与北京伶妇御园秀等在上都有散曲雅集活动，多年后，作

《正宫·鹦鹉曲》四十二首并序，追述这段往事。四十二首中，属于上京纪行的有第三十二首《松林》、第三十三首《至上京》以及第三十四首《忆鸡鸣山旧游》。

冯子振（1257—1324 以后），字子振，号海粟，自号怪怪道人，又号瀛洲客，湖南攸州（今湖南攸县）人。泰定元年（1324）尚在世。至正年间为承事郎、集贤待制。二十九年（1292），因桑哥事被弹劾，往来于大都、上都、江南之间。约武宗至大四年（1311）冬，被罢职，旋即流寓江南，于仁宗皇庆元年（1312）春，冯子振已活动于江南，与元代著名画家朱德润交游甚密。终仁宗一朝（1312—1320）一直寓居平江。至治元年（1321），曾与赵孟頫、廉希贡、仇远等游历杭州一带，交于中峰明本，与明本唱和《梅花百咏》。至治三年（1323）春，冯子振离开江南再至大都，直到泰定二年（1325）。冯子振此次留京期间，往来于仁宗之姊祥哥剌吉大长公主之门，为其清客，奉公主之命为其收藏的书画题诗作跋。此后他的行迹见于记载者极少，很可能是一直寓居扬州，直至去世，在此期间与著名诗僧张雨交往密切。《元史》卷一九○《陈孚传》附传。

七年（1303）

成宗于三月甲寅（二十六日）幸上都，九月戊午（四日）自上都返。

二月，"命西京也速迭而军及大都所起军，皆以四月至上都，五月赴北"。（《元史》卷二一《成宗纪四》）

三月，"甲寅，车驾幸上都"。（《元史》卷二一《成宗纪四》）

五月，开上都酒禁，所隶州县曾告饥者仍实行酒禁。"五月己丑，给和林军钞三十八万锭。开上都、大都酒禁，其所隶两都州县及山后、河东、山西、河南尝告饥者，仍悉禁之。"甲寅，疏通上都滦河。"甲寅，浚上都滦河。"（《元史》卷二一《成宗纪四》）

闰五月，"诏上都路、应昌府、亦乞列思、和林等处依内郡禁酒"。（《元史》卷二一《成宗纪四》）

七月，西北叛王派遣使者到上都，请求停战议和。（《元史》卷二一《成宗纪四》）

敬俨

敬俨扈从上都。"七月，迁中书左司都事，扈从上京。西京贾人有以运粮供饷北边而得官者，盗用至数十万石，以利啖主者，匿不发，俨按征之以输边。"（《元史》卷一七五《敬俨传》）

> 敬俨，字威卿，其先河东人，后徙易水。五世祖嗣徽，仕金，官至参知政事；曾祖子渊，乐陵令；祖鉴，同知嵩州事。皆以进士起家。父元长，有学行，官至太常博士。大德二年（1298），授吏部主事，改集贤司直。六年（1302），擢礼部员外郎。七年（1303），拜监察御史。

八年（1304）

成宗于二月丙午（二十四日）幸上都，九月癸丑（四日）自上都返。

二月，"丙午，车驾幸上都"。（《元史》卷二一《成宗纪四》）

四月，命国子监分教国子生于上都。"丁未，分教国子生于上都。"（《元史》卷二一《成宗纪四》）

九月，"九月癸丑，车驾至自上都"。（《元史》卷二一《成宗纪四》）

"国子学，秩正七品。置博士二员，掌教授生徒、考较儒人著述、教官所业文字。助教四员，分教各斋生员。大德八年，为分职上都，增置助教二员、学正二员、学录二员，督习课业。典给一员，掌生员膳食。至元二十四年，定置生员额二百人、伴读二十人。至大四年，生员三百人。延祐二年，增置生员一百人、伴读二十人。"（《元史》卷八七《百官志三》）

九年（1305）

成宗于三月丁未（一日）幸上都，九月庚申（十七日）自上都返。

二月，"免大都、上都、隆兴差税、内郡包银俸钞一年"。（《元史》卷二一《成宗纪四》）

三月，"三月丁未朔，车驾幸上都"。（《元史》卷二一《成宗纪四》）

七月，"赐威远王岳木忽而钞万锭，给大都至上都十二驿钞一万一千二百锭"。（《元史》卷二一《成宗纪四》）

九月，"庚申，车驾至自上都"。（《元史》卷二一《成宗纪四》）

十年（1306）

成宗于二月戊辰（二十八日）幸上都，十一月己巳（二日）自上都返。

二月，"戊辰，车驾幸上都"。（《元史》卷二一《成宗纪四》）

"十一月己巳，车驾还大都。"（《元史》卷二一《成宗纪四》）

十一年（1307）

正月癸酉（八日），成宗病死于大都。五月一日，海山率漠北镇军至上都，甲申，即位于上都。

五月甲子（一日），海山（成宗弟答剌麻八剌之子）率漠北镇军至上都。次日，海山母答己与弟爱育黎拔力八达自大都来会。举行忽里台，处死谋推元成宗后卜鲁罕称制的安西王阿难答等人。"五月，（海山）至上都。乙丑，仁宗侍太后来会，左右部诸王毕至会议，乃废皇后伯要真氏，出居东安州，赐死；执安西王阿难答、诸王明里铁木儿至上都，亦皆赐死。甲申，皇帝即位于上都，受诸王文武百官朝于大安阁，大赦天下，诏曰：'昔我太祖皇帝以武功定天下，世祖皇帝以文德洽海内，列圣相承，丕衍无疆之祚。朕自先朝，肃将天威，抚军朔方，殆将十年，亲御甲胄，力战却敌者屡矣。方诸藩内附，边事以宁，遽闻宫车晏驾，乃有宗室诸王、贵戚元勋相与定策于和林，咸以朕为世祖曾孙之嫡，裕宗正派之传，以功以贤，宜膺大宝。朕谦让未遑，至于再三。还至上都，宗亲大臣复请于朕。间者奸臣乘隙，谋为不轨，赖祖宗之灵，母弟爱育黎拔力八达禀命太后，恭行天罚。内难既平，神器不可久虚，宗祧不可乏祀，合辞劝进，诚意益坚。朕勉徇舆情，于五月二十一日即皇帝位。任大守重，若涉渊冰。属嗣服之云初，其与民更始，可大赦天下。存恤征戍军士及供给繁重州郡，免上都、大都、隆兴差税三年，其余路分，量重轻优免。云南八番、田杨地面，免差发一年。其积年逋欠者，蠲之；逃移复业者，免三年。被灾之处，山场湖泊课程，权且停罢，听贫民采取。站赤消乏者，优之。经过军马，勿得扰民。诸处铁冶，许诸人煽办。勉励学校，蠲儒户差役；存问鳏寡孤独。'"（《元史》卷二二《武宗纪一》）

"十一年春正月，成宗崩，时武宗为怀宁王，总兵北边，戊子，帝与太后闻哀奔赴……五月乙丑，帝与太后会武宗于上都。甲申，武宗即位。六月癸巳，诏立帝为皇太子，受金宝。"（《元史》卷二四《仁宗纪一》）

六月癸巳（一日），诏立爱育黎拔力八达为皇太子。甲午（二日），建行宫于旺兀察都，立宫阙为中都。枢密院发军两千五百人修缮上都鹰坊与官廨。"甲辰，枢密院请以军二千五百人缮治上都鹰坊及诸官廨，有旨：'自今非奉旨，军勿辄役。'"（《元史》卷二二《武宗纪一》）

七月，命铁古迭而等大臣以即位告祭于上都南郊、太庙。（《元史》卷二二《武宗纪一》）

八月，在上都"命张留孙知集贤院事，领诸路道教事"。（《元史》卷二二《武宗纪一》）

九月，"九月甲子，车驾至自上都"。（《元史》卷二二《武宗纪一》）

十二月，"大都、上都二驿，设敕授官二员，余驿一员"。（《元史》卷二二《武宗纪一》）

刘敏中

刘敏中征召至上都。"武宗即位，召（刘）敏中至上京，庶政多所更定，授集贤学士、皇太子赞善，仍商议中书省事，赐金币有加。"（《元史》卷一七八《刘敏中传》）

武宗至大元年（1308）

武宗于三月戊寅（十九日）幸上都，九月乙亥（二十日）自上都返。

二月，调上都卫军三千人赴旺兀察都行宫工役。"戊戌，以上都

卫军三千人，赴旺兀察都行宫工役。"（《元史》卷二二《武宗纪一》）

三月，"戊寅，车驾幸上都"。（《元史》卷二二《武宗纪一》）

五月，下令禁止蒙古宗王和西番僧扈从上都途中扰民。"丙子，以诸王及西番僧从驾上都，途中扰民，禁之。"（《元史》卷二二《武宗纪一》）

六月，"甲午，建行宫于旺兀察都之地，立宫阙为中都"。（《元史》卷二二《武宗纪一》）

七月，"旺兀察都行宫成。立中都留守司兼开宁路都总管府"。解除上都酒禁。（《元史》卷二二《武宗纪一》）

八月，"乙亥，车驾至自上都"。（《元史》卷二二《武宗纪一》）

周应极

周应极至大间被授翰林待制，并有机会扈从上都，今存《宿李陵台》一诗。《宿李陵台》："旷野平芜入壮怀，征鞍小驻李陵台。关河万里秋风晚，霜月一天鸿雁来。持节苏卿真壮士，开边汉武亦奇才。千年怀古无穷意，且向邮亭酌酒杯。"（《国朝文类》卷七）

周应极是周伯琦之父，江西饶州人。"周伯琦，字伯温，饶州人。父应极，至大间，仁宗为皇太子，召见，献《皇元颂》，为言于武宗，以为翰林待制。后为皇太子说书，日侍英邸。仁宗即位，迁集贤待制，终池州路同知总管府事。"（《元史》卷一八七《周伯琦传》）

二年（1309）

武宗于三月庚寅（七日）幸上都，九月丙戌（七日）自上都返。

三月，"庚寅，车驾幸上都"。（《元史》卷二三《武宗纪二》）

九月，"丙戌，车驾至大都"。(《元史》卷二三《武宗纪二》)

程钜夫

程钜夫被召至上都。"(至大)二年，召至上都。"(《元史》卷一七二《程钜夫传》)因身份地位，扈从上都次数应较多，文集多有散佚，上都之作具体时间多不可考，今存诗《寄题郎官湖太白祠亭》，有诗句："我归玉堂署，君亦来上京。示我新记文，忽疑梦乍惊。题诗谢谪仙，心与孤鸿征。"存题跋《题李氏家集》，云："后四十年，余寓滦阳，李东甫携其家集见示。中有贺公登第之诗，由是知东甫乃公族。"词有《清平乐·西野使君自辽左寄诗词至滦阳，猥承见及，次韵代讯》《临江仙·寿尹留守》二首。《临江仙》有"六月滦阳天似水，月弓初上新弦"句。

程钜夫(1249—1318)，名文海，避武宗庙讳，以字行。其先自徽州徙郢州京山，后家建昌。叔父飞卿，仕宋，通判建昌，世祖时，以城降。钜夫入为质子，授宣武将军、管军千户。深得忽必烈喜爱，授应奉翰林文字，寻进翰林修撰，屡迁集贤直学士，兼秘书少监。至元二十年(1283)，加翰林集贤直学士，同领会同馆事。二十三年(1286)，向忽必烈首陈："兴建国学，乞遣使江南搜访遗逸；御史台、按察司，并宜参用南北之人。"帝嘉纳之。二十四年(1287)，授集贤直学士，拜侍御史，行御史台事，奉诏求贤于江南。三十年(1293)，出为闽海道肃政廉访使，兴学明教，吏民畏爱之。大德四年(1300)，迁江南湖北道肃政廉访使。八年，召拜翰林学士，商议中书省事。至大元年(1308)，修《成宗实录》。二年(1309)，召至上都。三年(1310)，复拜山南江北道肃政廉访使。拜浙东海右道肃政廉访使，留为翰林学士承旨。皇庆元年(1312)，修《武宗实录》。三年(1313)，以病乞归，特授光禄大夫，赐上尊，命廷臣以下饮饯于齐化门外，给驿南还。敕行省及有司常加存问。延祐五年

（1318）卒，年七十。程钜夫以质子身份入仕元廷，历事四朝，四十余年间出入显要，在江南访贤荐举南方人才，在确定科举考试的内容、推崇尚实厚朴的文风等方面都有突出贡献。任职馆阁期间，朝廷典册多出其手，而凡"名山胜地、遐荒远裔，穹碑钜笔"，也多托其笔。其"大名震乎海内，鸿名行乎中朝，盖南北人士倚以为吾道元气者"（刘埙《与程学士书》）。四库馆臣评价："钜夫宏才博学，被遇四朝。忠亮鲠直，为时名臣。文章亦春容大雅，有北宋馆阁余风……然其诗亦磊落俊伟，具有气格……古诗落落自将，七言尤多道警。当其合作，不减元祐诸人（指苏东坡、司马光、黄庭坚等人），非竟不工韵语者。"（《四库全书总目提要》卷一六六）主修《成宗实录》《武宗实录》。有《雪楼集》四十五卷，今存三十卷，诏制册文、序记书文、诗歌纪行等各体兼备，内容丰富。

三年（1310）

武宗于三月壬辰（十四日）幸上都，九月丙戌（十二日）自上都返。

二月，"发钞百万锭至上都，备夏季朝会使用"。（《元史》卷二三《武宗纪二》）

三月，"壬辰，车驾幸上都"。（《元史》卷二三《武宗纪二》）

四月，"己巳，立怯怜口诸色人匠都总管府，秩正三品，提举司二，分治大都、上都，秩正五品"。（《元史》卷二三《武宗纪二》）

五月，"戊申，省上都留守司官七员。以行中书左丞忽都不丁为中书右丞。己酉，立上都、中都等处银冶提举司，秩正四品"。（《元史》卷二三《武宗纪二》）

六月，减上都留守司官七员。立上都银冶提举司。

294

大朝会，海都子察八儿等来朝，赐给海都位下所积二十余年五户丝币帛，其他宗王、后妃依照至大元年大朝会颁赐数额颁赏。

九月，"上都民饥，遣刑部尚书撒都丁发粟万石，下其价赈粜之"。(《元史》卷二三《武宗纪二》)

十月，"辛酉，以皇太后受尊号，赦天下。大都、上都、中都比之他郡，供给繁扰，与免至大三年秋税。其余去处，今岁被灾人户，曾经体覆，依上蠲免"。(《元史》卷二三《武宗纪二》)

四年（1311）

武宗闰七月元仁宗自上都起程返大都。

正月庚辰（八日），武宗病死于大都。

壬辰（二十日），爱育黎拔力八达宣布停止修建中都。

三月庚寅（十八日），爱育黎拔力八达在大都即位（仁宗）。

六月，省定上都兵马指挥为五员。"六月，以诸侯王、驸马等来朝，命发各卫色目、汉军八百二十六人至上京，复命指挥使也干不花领之。"(《元史》卷九九《兵志二》)

"武宗至大四年六月，帝御大安阁，枢密院官奏：'尝奉旨，令各门置军守备。臣等议，探马赤军士去其所戍地远，卒莫能至，拟发阿速、唐兀等军，参汉军用之，各门置五十人。'制可。"(《元史》卷九九《兵志二》)

七月，裁减虎贲司官员。赐上都贫乏宿卫士钞十三万九千锭。(《元史》卷二四《仁宗纪一》)

闰七月，在上都设立通政院，管理蒙古驿站，秩正二品。"上都立通政院，领蒙古诸驿，秩正二品。"(《元史》卷二四《仁宗纪一》)

仁宗皇庆元年（1312）

仁宗于四月癸酉（八日）幸上都，八月庚辰（十七日）自上都返。

三月，"仁宗皇庆元年三月，丞相铁木迭儿奏：'每岁既幸上京，于各宿卫中留卫士三百七十人，以备巡逻，今岁多盗贼，宜增百人，以严守御。'制可"。（《元史》卷九九《兵志二》）

四月，"癸酉，车驾幸上都"。（《元史》卷二四《仁宗纪一》）

五月，缙山县行宫建凉殿。"以蒙古驿隶通政院，置濮阳王脱脱木儿王傅官四员，给上都、滦阳驿马三百匹。"（《元史》卷二四《仁宗纪一》）

八月，"庚辰，车驾至自上都"。（《元史》卷二四《仁宗纪一》）

二年（1313）

仁宗于四月乙亥（十六日）幸上都，八月丁卯（十日）自上都返。

四月，"乙亥，车驾幸上都"。（《元史》卷二四《仁宗纪一》）

六月，上都民饥，出米五千石减价出售，进行赈济。

八月，"丁卯，车驾至自上都"。（《元史》卷二四《仁宗纪一》）

十一月，"十一月壬寅，敕汉人、南人、高丽人宿卫，分司上都，勿给弓矢。甲辰，行科举"。（《元史》卷二四《仁宗纪一》）

仁宗延祐元年（1314）

仁宗于三月戊申（二十四日）幸上都，八月戊子（七日）自上都返至大都。

三月，"戊申，车驾幸上都"。(《元史》卷二五《仁宗纪二》)

闰三月，遣人巡视大都至上都皇帝驻跸地点，侵占民田的按价给钱。"遣人视大都至上都驻跸之地，有侵民田者，计亩给直。"(《元史》卷二五《仁宗纪二》)

六月，命令蒙古宗王、贵族来朝见的人，夏季时刍牧至上都，不许随意到大都去。敕："诸王、戚里入觐者，趁夏时刍牧至上都，毋辄入京师，有事则遣使奏禀。"(《元史》卷二五《仁宗纪二》)

八月戊子，车驾至大都。(《元史》卷二五《仁宗纪二》)

袁桷

袁桷首次扈从上都，将上都之行所作诗歌结为《开平第一集》，总二十三首。《开平第一集序》："延祐改元五月三日分院，十五日始达开平，得诗数篇录示尔曹。"(《清容居士集》卷一五)第二次扈从为延祐六年（1319），作《开平第二集》，总四十一首。第三次扈从为至治元年（1321），作《开平第三集》，总六十二首。第四次扈从为至治二年（1322），作"开平四集"，总一百首。袁桷一生共四次扈从至上都，每次都将所作结集，今统称"开平四集"，共计收诗二百二十七首。此外，袁桷在上都积极与僚友唱和，今有十余首。袁桷未扈从时，与扈从上都文人间唱和、赠答诗也不少。

袁桷（1266—1327），字伯长，庆元鄞县（今浙江宁波）人。父祖皆仕宋，家富藏书，为文献故家。袁桷少承家学，博学多才，以行台荐授丽泽书院山长，不就。大德初，授翰林国史院检阅官。后升翰林应奉兼国史院编修，历翰林修撰、待制，除集贤直学士，改翰林直学士。英宗至治元年（1321），迁翰林侍讲学士。泰定初辞归，泰定四年（1327）卒于家。赠江浙行省参知政事，追封陈留郡公，谥文清。著有《清容居士集》《延祐四明志》《澄怀录》，今均存。《元史》卷一七二有传，生平事迹还见苏天爵撰《袁文清公墓志铭》。袁桷早年先后师事戴表元、王应麟、舒岳祥，其学精深核实。任职翰林、集贤两院期间，朝廷制策、勋臣碑铭多出其手。文章博赡奥雅，长于考据。诗工稳平实，造语精炼。在朝多与虞集、马祖常、王士熙等唱和，为一时之盛，当时文体为之一变。元末戴良评其："元之盛际，文清以学问辞章，名震天下，而片言只字，人视之如圭璋珠贝，愿一睹之而不可得。"（《九灵山房集》卷二九《跋袁学士诗后》）《四库全书总目》称其："其诗格俊迈高华，造语亦多工炼，卓然能自成一家。盖桷本旧家文献之遗，又当大德延祐间，为元治极盛之际，故其著作宏富，气象光昌，蔚为承平雅颂之声。文采风流，遂为虞、杨、范、揭等先路之导。其承前启后，称一代文章之巨公，良无愧色矣。"

二年（1315）

仁宗于四月乙巳（二十八日）幸上都，八月己丑（十三日）自上都返。

四月，"乙巳，车驾幸上都"。（《元史》卷二五《仁宗纪二》）

四月己巳，仁宗在上都"加授特进上卿、玄教大宗师张留孙开府仪同三司"。（《元史》卷二五《仁宗纪二》）

八月，"己丑，车驾至自上都"。（《元史》卷二五《仁宗纪二》）

王振鹏

画师王振鹏在仁宗朝作有上都《大安阁图》等。虞集《跋大安阁图》："世祖皇帝在藩以开平为分地，即为城郭，宫室取故宋熙春阁材，于汴稍损益之，以为此阁名曰大安，既登大宝以开平为上都，宫城之内不作正衙，此阁巍然，遂为前殿矣。规制尊稳秀杰，后世诚无以加也。王振鹏受知仁宗皇帝，其精艺名世，非一时侥幸之伦。此图

当时甚称上意，观其位置经营之意，宁无堂构之讽乎？止以艺言，则不足尽振鹏之拳拳矣。"（《道园学古录》卷一〇）

　　王振鹏，字朋梅，号孤云处士，永嘉人，曾在秘书监任职。元代著名画师，受知于仁宗皇帝，常受命画大都、上都著名建筑，画作有《大安阁图》《大明宫图》《大都池馆图样》《东凉亭图》等，以界画称旨，跻显仕。人言振鹏之艺，不能过之。至正中，清宁殿成，敕画史图其壁。赵雍以玉名闻，遣使召之，以道阻不果至。未几，卒。《新元史》卷二四二有其生平事迹。

三年（1316）

仁宗于三月癸亥（二十一日）幸上都，八月己卯（九日）自上都返。

正月，赐上都开元寺江浙田地二百顷，龙光华严寺一百顷。"壬戌，赐上都开元寺江浙田二百顷，华严寺百顷，赐赵王阿鲁秃部钞二万锭。"（《元史》卷二五《仁宗纪二》）

三月，"癸亥，车驾幸上都"。（《元史》卷二五《仁宗纪二》）

四月，"庚子，以上都留守憨剌合儿知枢密院事，升殊祥院秩正二品"。（《元史》卷二五《仁宗纪二》）

八月，"己卯，车驾至自上都"。（《元史》卷二五《仁宗纪二》）

九月，将上都宣德府奉圣州怀来、缙山两县划归大都路。"庚戌，割上都宣德府奉圣州怀来、缙山二县隶大都路，改缙山县为龙庆州，帝生是县，特命改焉。"（《元史》卷二五《仁宗纪二》）

四年（1317）

仁宗于三月辛卯（二十五日）幸上都，八月丙申（三日）自上都返大都。

三月，"辛卯，车驾幸上都"。（《元史》卷二六《仁宗纪三》）

五月，授上都留守阔阔出开府仪同三司、大司徒。"五月辛未，授上都留守阔阔出开府仪同三司、大司徒。"（《元史》卷二六《仁宗纪三》）

延祐四年六月十六日，上都留守司言："正月一日，城南御河西北岸为水冲啮，渐至颓圮，若不修治，恐来春水泛涨，漂没民居。又开平县言，四月二十六日霖雨，至二十八日夜，东关滦河水涨，冲损北岸，宜拟修筑。本司议，即目仲夏霖雨，其水复溢，必大为害，乃委官督夫匠兴役。开平发民夫，幼小不任役，请调军供作，庶可速成。"五月二十一日，留守司言："滦河水涨决堤，计修筑用军六百，宜令枢密院差调，官给其食。"制曰："今维其时，移文枢密院发军速为之。"虎贲司发军三百治焉。（《元史》卷六四《河渠志一》）

八月，"丙申，车驾至自上都"。（《元史》卷二六《仁宗纪三》）

五年（1318）

仁宗于四月戊午（二十八日）幸上都，八月戊子（三十日）自上都返。

二月，命令上都各寺观和权豪商贩的货物交纳税课。"敕上都诸寺、权豪商贩货物，并输税课。"（《元史》卷二六《仁宗纪三》）

四月，"戊午，车驾幸上都"。(《元史》卷二六《仁宗纪三》)
"上都饥。"(《元史》卷五〇《五行志一》)

七月，"置饩廪司，秩正八品，隶上都留守司。"(《元史》卷二六《仁宗纪三》)

"八月戊子，车驾至自上都。"(《元史》卷二六《仁宗纪三》)

孛术鲁翀

孛术鲁翀扈从上都。"帝方猎柳林，驻故东平王安童碑所，因献《驻跸颂》，皆称旨，命坐，赐饮尚尊。从幸上京，次龙虎台，拜住命翀传旨中书。"(《元史》卷一八三《孛术鲁翀传》)

> 孛术鲁翀，字子翬，其先隆安人。金泰和间，定女直姓氏，属望广平。祖德，从宪宗南征，因家邓之顺阳，以功封南阳郡侯。父居谦，用翀贵，封南阳郡公。初，居谦辟掾江西，复往江西从新喻萧克翁学。后复从京兆萧渼游，其学益宏以肆。渼深受翰林学士承旨姚燧赏识，以女妻之。大德十一年(1307)，用荐者，授襄阳县儒学教谕，升汴梁路儒学正。参与修《世皇实录》。至大四年(1311)，授翰林国史院编修官。延祐二年(1315)，擢河东道廉访司经历，迁陕西行台监察御史，赈济吐蕃，多所建白。五年(1318)，拜监察御史。擢翰林修撰，又改左司都事。泰定元年(1324)，迁国子司业。明年，出为河南行省左右司郎中。三年(1326)，擢燕南河北道廉访使。纂修《太常集礼》，书成而未上，有旨命翀兼经筵官。文宗时，上《天历大庆诗》三章，帝命藏之奎章阁。擢陕西汉中道廉访使。会立太禧院，除金太禧宗禋院，兼祗承神御殿事，诏遣使趣之还。迎驾至龙虎台。迁集贤直学士，兼国子祭酒。从幸上都，尝奉敕撰碑文，称旨，帝曰："候朕还大都，当还汝润笔赀也。"文宗崩，皇太后听政，命别不花、塔失海牙、阿儿思兰、马祖常、史显夫及翀六人，商论国政。元统二年(1334)，除江浙行省参知政事。逾年，归乡

里。明年，召为翰林侍讲学士，以疾辞，不上。后至元四年（1338）卒，年六十。赠通奉大夫、陕西行省参知政事、护军，追封南阳郡公，谥文靖。翀为学一本于性命道德，而记闻宏博，异言僻语，无不淹贯。文章简奥典雅，深合古法。用是天下学者，仰为表仪。其居国学者久，论者谓自许衡之后，能以师道自任者，惟耶律有尚及翀而已。有文集六十卷。

六年（1319）

仁宗于四月庚子（十六日）幸上都，八月庚子（十九日）自上都返。

三月，"乙未，给钞赈济上都、西番诸驿。""免大都、上都、兴和、大同今岁租税"。（《元史》卷二六《仁宗纪三》）

四月，车驾幸上都。命令京师诸司官吏向上都运送粮食，赈济蒙古饥民。"丙辰，命京师诸司官吏运粮输上都、兴和，赈济蒙古饥民。庚子，车驾幸上都。"（《元史》卷二六《仁宗纪三》）

六月，赐乾元寺钞万锭，供缮修费用。

七月，增置上都警巡院和开平县官员各两员。"增置上都警巡院、开平县官各二员。"（《元史》卷二六《仁宗纪三》）

八月，"庚子，车驾至自上都"。（《元史》卷二六《仁宗纪三》）

九月，"上都民饥，发官粟万石减价赈粜"。（《元史》卷二六《仁宗纪三》）

十月，上都民饥，发官粟万石减价出售，进行赈济。

十二月，"免大都、上都、兴和延祐七年差税……敕上都、大都冬夏设食于路，以食饥者"。（《元史》卷二六《仁宗纪三》）

袁桷

袁桷第二次扈从上都，作《开平第二集》，诗总四十二首。

马祖常

马祖常从仁宗延祐初年（1314）到顺帝元统元年（1333）多任职中央，扈从次数多，今存其上京纪行诗以及唱和上都诗作有近八十首。上都诗如《龙虎台应制》《龙门》《还过龙门》《鳌峰歌》《上京书怀》《上京翰苑书怀三首》《丁卯上京四绝》等，与上都唱和诗如《次韵王参议寄上京胡安常诸公四首》《和王左司柳枝词十首》《和王左司竹枝词十首》《次韵继学桑干岭》等。如《元史》载："文宗尝驻跸龙虎台，祖常应制赋诗，尤被叹赏，谓中原硕儒惟祖常云。"

马祖常（1279—1338），字伯庸，世为雍古部，居净州天山。高祖在金季为凤翔兵马判官，以死节赠桓州刺史，子孙因其官，以马为氏。父润，同知漳州路总管府事，家于光州。延祐初，科举法行，乡贡、会试皆中第一，廷试为第二人。授应奉翰林文字，拜监察御史。仁宗朝，除翰林待制。泰定建储，擢典宝少监、太子左赞善，寻兼翰林直学士，除礼部尚书。丁祖母忧，起为右赞善，复除礼部尚书，寻辞归。天历元年（1328），召为燕王内尉，仍入礼部，两知贡举，一为读卷官，时称得人。升参议中书省事，参定亲郊礼仪，充读册祝官，拜治书侍御史，历徽政副使，迁江南行台中丞。元统元年（1333），历同知徽政院事，遂拜御史中丞，后除枢密副使，顷之，辞职归光州，复除江南行台中丞，又迁陕西行台中丞，皆以疾不赴。后至元四年（1338）卒，年六十，谥文贞。《元史》卷一四三有传，生平事迹还见许有壬《至正集》卷四六《马文贞公神道碑铭》、苏天爵《滋溪文稿》卷九《马文贞公墓志铭》。马祖常为元中期名臣，也是影响颇大的西域人诗文作家。延祐初入翰林，先后与袁桷、王士熙、虞集、王结、许有壬、贡奎、欧阳玄等更倡迭和，主持风宪达二十余年，影响元代诗文盛世气象的形成，被后人誉为一时巨擘。许有壬撰《故资德大夫御史中丞赠摅忠宣宪协正功臣河南行省右丞上护军魏郡马文贞公神道碑铭》称其"为文精核，务去陈言，师先秦两汉"（《至正集》卷四六）。其诗崇质尚实，亦不薄文采，其诗文中和雅正，简洁精核。四库馆臣称其："其文精赡鸿丽，一洗柔曼卑冗之习。其诗才力富健……称其（指文章）接武隋、唐，上追汉、魏，后生争效慕之，文章为之一变。与会稽袁桷、蜀郡虞集、东平王构更迭倡和，如金石相宣，而文益奇。盖大德、延祐以后，为元文之极盛，而主持风气，则祖常等数人为之巨擘云。"（《四库全书总目》卷一六七）

李之绍

李之绍与袁桷等同赴上都，在此期间唱和许多诗篇。袁桷《开平第二集》存有《次韵伯宗同行至上都》《伯宗游华严寺次韵二首》《伯宗再次韵复叙旧》。

李之绍（1253—1326），字伯宗，号果斋，东平平阴（今属山东）人。幼时以名儒李谦为师。至元三十一年（1294）纂修《世宗实录》征名儒任史官，因马绍、李谦推荐，授将仕郎、翰林院国史编修官。大德二年（1298），闻祖母病，上书归乡。大德六年（1302）升应奉翰林文字，扈从上都。七年（1303）选为太常博士。九年（1305），因母病故，丁忧居家。至大三年（1310）赴任，仍授太常博士偕承事郎。四年（1311），升承直郎、翰林侍制。皇庆元年（1312）迁国子司业。延祐三年（1316），升奉政大夫、国子祭酒。四年（1317），十二月升朝列大夫，同金太常礼仪院事。六年（1319），改授翰林直学士，扈从上都。不久，因病回乡。七年（1320），回京任职。至治二年（1322），升翰林侍讲学士、知制诰，同修国史。三年（1323），告老还乡。泰定三年（1326），十二月卒，终年七十三。著有《果斋集》。《元史》卷一六四有传。

七年（1320）

英宗于四月戊辰（十九日）幸上都，十月戊午（十三日）自上都返。

正月辛丑（二十一日），仁宗崩。

曹元用

仁宗崩，因礼制问题曹元用在上都谏言英宗，得以采纳。"英宗在上京，召礼官集议，元用言：'古者宗庙有寝有室，宜以今室为寝，当更营大殿于前，为十五室。'"（《元史》卷一七二《曹元用传》）

> 曹元用，字子贞，世居阿城，后徙汶上。祖义，不仕。父宗辅，德清县主簿。元用资禀俊爽，幼嗜书，一经目，辄成诵。每夜读书，常达曙不寐。始以镇江路儒学正考满游京师，其文得翰林承旨阎复赏识，因荐为翰林国史院编修官。后御史台辟为掾史，转中书省右司掾，与清河元明善、济南张养浩同时号为"三俊"。除应奉翰林文字，迁礼部主事。改尚书省右司都事，转员外郎。及尚书省罢，退居任城。《元史》卷一七二有传。

二月，"己未，（皇太子硕德八剌）命储粮于宣德、开平、和林诸仓，以备赈贷供亿"。（《元史》卷二七《英宗纪一》）

"己巳，修镇雷佛事于京城四门，罢上都乾元寺规运总管府……壬申，召陕西行台御史大夫答失铁木儿赴阙。以辽阳、大同、上都、甘肃官牧羊马牛驼给朔方民户，仍给旷地屯种。"（《元史》卷二七《英宗纪一》）

三月庚寅，硕德八剌在大都即位（英宗）。裁减上都留守司留守五员。"庚寅，帝即位……戊戌，汰上都留守司留守五员，定吏员秩

止从七品如前制。”“壬寅，降前中书平章政事李孟为集贤侍讲学士，悉夺前所受制命。”（《元史》卷二七《英宗纪一》）

四月，“戊辰，车驾幸上都”。（《元史》卷二七《英宗纪一》）

五月，上都留守贺伯颜被处死。“庚辰，上都留守贺伯颜坐便服迎诏弃市，籍其家”。赈济上都城门卫士和驻冬卫士。“赈上都城门及驻冬卫士。”（《元史》卷二七《英宗纪一》）

七月戊寅，“命玄教宗师张留孙修醮事于崇真宫”。（《元史》卷二七《英宗纪一》）

八月，赐上都驻冬卫士钞四百万贯。“乙卯，赐上都驻冬卫士钞四百万贯。”（《元史》卷二七《英宗纪一》）

英宗从漠北返回上都。召见正一道三十九代天师张嗣成于上都。（《元史》卷二七《英宗纪一》）

帝幸凉亭，从容谓近侍曰：“顷铁木迭儿必欲置赵世延于死地，朕素闻其忠良，故每奏不纳。”左右咸称万岁。（《元史》卷二七《英宗纪一》）

九月，“罢上都、岭北、甘肃、河南诸郡酒禁”。（《元史》卷二七《英宗纪一》）

十月，“戊午，车驾至自上都”。“丁卯，为皇后作鹿顶殿于上都。”（《元史》卷二七《英宗纪一》）

十一月，免大都、上都、兴和三路差税三年。（《元史》卷二七《英宗纪一》）

柳贯

柳贯扈从上都，作《上京纪行诗》诗集，收录三十二首，三年后作序。《上京纪行诗序》云：“延祐七年，贯以国子助教分教北都生，始出居庸，逾长城，临滦水之阳而次止焉。自夏涉秋，更二时乃复，计其关途览历之雄，宫御物仪之盛，凡接之于前者，皆足以使人心动神悚，而吾情之所触，或亦肆口成咏，第而录之，总三十二首。噫，置窭家之子于通都万货之区，珍怪溢目，收揽一二而遗其千百，虽欲

306

多取悉致，力何可得哉？贯越西之鄙人，少长累遭家难，学殖荒落，
志念迂疏。顾父师之箴言在耳，常恶焉弗胜。乃兹幸以章句训故，间
厕西雍之武，以窃陪从臣之末。龙光炳焕，照耀后先，山川闳奇，振
发左右，则夫纪载而铺张之，有不得以其言语之芜拙而并废也。今朝
夕俟汰，庶几退藏田里，以安迟暮。而诸诗在稿，惧久亡去。吾友薛
君宗海雅善正书，探囊中得旧纸数枚，因请宗海为作小楷，联为卷，
岂直归夸田夫野老，以侈幸遇之万一，而顾瞻鼎湖薄天、万里遗弓之
痛，有概于心，尚何时而可已耶？后三年，至治三年十一月五日序。
东阳柳贯序。"（《柳待制文集》卷一六）泰定元年（1324）正月为诗
集题跋，作《题北还诸诗卷后》，文曰："贯念归既切，方次前诗卷轴
间，留为山中故实。属被命考试进士上京，抵冒寒冱，千里驿行，风
凌雪厉，志念艰窘。回想旧游，盖不啻鼎鱼之思沫，而蓼虫之语甘
也。间谂之翰林修撰杨君廷镇，以为苏李后上下数千年，诗人赋客未
必能以此时深涉此土。今吾徒驱驰使事，单操寸管，以分剖铢黍于经
术、词艺之间，非皇灵广被，文轨混同，亦安能自与于斯哉？故鞭镫
疲曳之余，窃为诗一二，以赋物写景。然抒吾怀之耿耿，而闵吾生之
孑孑，情在其中矣。《传》曰：'声成文谓之音。'若声与文，则吾不
知之也。泰定元年正月十一日，贯自题。"（《柳待制文集》卷一八）
清人彭元瑞《天禄琳琅书目后编》卷一九载："《上京纪行诗》，一函
一册，元柳贯撰。贯字道传，浦江人，大德中以荐入官。至正元年授
翰林待制，书一卷，凡诗四十首。贯以延祐七年由国子助教分教北都
所作三十二首，至泰定元年（1324）被命方试进士上京所作八首，属
薛汉作楷联卷并摹入版。贯自作序，汉作识，贯又自题并马祖常题
后，后洪武丁巳宋濂题。濂盖贯之门人也。汉字宗海，永嘉人，官国
子助教。祖常字伯庸，雍古部人，官枢密副使，谥文贞，有《石田
集》。"除《上京纪行诗》诗集外，柳贯还有在上都时期的唱和诗作，
如《同杨仲礼和袁集贤上都诗十首》等。

柳贯（1270—1342），字道传，号乌蜀山人，婺州浦江（今属浙江）人。成宗大德四年（1300）荐为江山县教谕，仁宗延祐四年（1317）授湖广儒学副提举，六年（1319）改国子助教，英宗至治元年（1321）迁博士，泰定元年（1324）擢太常博士，三年（1326）出为江西儒学提举，顺帝至正元年（1341）擢翰林待制兼国史院编修官。门人私谥文肃。柳贯与虞集、揭傒斯、黄溍并称"儒林四杰"，与黄溍、吴莱并称"义乌三先生"，诗文、儒学兼长。柳贯诗文在元代文坛影响极大，颇为人推崇，余阙《柳待制文集序》称："先生蚤从仁山金先生学，其讲之有原而淬砺之有素。故其为文，缜而不繁，工而不镂，粹然粉米之章，而无少山林不则之态。"黄溍《翰林待制柳公墓表》云："其文涵肆演迤，春容纡余，才完而气充，事详而词核，蔚然成一家言。老不废诗，视少作尤古硬奇逸，而意味渊永。后学之士争传诵之。"（《柳待制文集》附录）苏天爵在《柳待制文集序》中称："其为文也，本诸圣贤之经，考求汉唐之史。凡天文、地理、井田、兵制、郊庙之礼乐，朝廷之官仪，下至族姓、方技，莫不稽其沿袭，究其异同，参谬误以质诸文，观会通以措诸用。读公之文者，庶犹见其兆欤？故公施教训于成均，则胄子服其学；司议论于奉常，则礼官推其博。"（《柳待制文集》卷首）著有《柳待制文集》二十卷、《别集》二十卷、《字系》二卷、《近思录广辑》三卷、《金石竹帛遗文》若干卷。《元史》卷一八一《黄溍传》有附传。生平还可见宋濂《柳先生行状》、黄溍《翰林待制柳公墓表》、宋濂《浦阳人物记》卷下《文学篇》。

英宗至治元年（1321）

英宗于三月辛巳（八日）幸上都，九月丁酉（二十七日）自上都返。

正月，"甲申，召高丽王王璋赴上都"。（《元史》卷二七《英宗纪一》）

二月，"辛亥，调军三千五百人修上都华严寺"。"丁巳，畋于柳林，敕更造行宫"。（《元史》卷二七《英宗纪一》）

三月，"辛巳，车驾幸上都"。（《元史》卷二七《英宗纪一》）

五月，"丁亥，修佛事于大安阁"。"丙子，毁上都回回寺，以其地营帝师殿。"（《元史》卷二七《英宗纪一》）

上都留守贺伯颜被杀。"英宗在上都，铁木迭儿嫉留守贺伯颜素不附己，乃奏其以便服迎诏为不敬，下五府杂治，竟杀之。都民为之流涕。"（《元史》卷二〇五《铁木迭儿传》）

六月，"癸卯朔，日有食之。作金浮屠于上都，藏佛舍利"。"壬戌，龙虎山张嗣成来朝，授太玄辅化体仁应道大真人。""己巳，以上都留守只儿哈郎为中书平章政事。"（《元史》卷二七《英宗纪一》）

七月，"庚子，修上都城"。（《元史》卷二七《英宗纪一》）

八月，"戊申，祭社稷。上都鹿顶殿成"。"乙卯，中书平章政事铁木儿脱罢为上都留守。"（《元史》卷二七《英宗纪一》）

九月，"丁酉，荧惑犯太微垣右执法。车驾还大都"。（《元史》卷二七《英宗纪一》）

袁桷

袁桷第三次扈从上都，作《开平第三集》，诗共六十二首。《开平第三集序》云："至治元年二月庚戌，至京城。壬子，入礼闱，考进士。三月甲戌朔，入集贤院供职。四月甲子，扈跸开平，与东平王继学待制、陈景仁都事同行。不任鞍马，八日始达。留开平一百有五日，继学同邸。八月甲寅，还大都，得诗凡六十二首。道途良劳，心思凋落，姑录以记出处耳。是岁八月袁桷序。"（《清容居士集》卷一五）袁桷《开平第三集》有《重午联句》，到底哪些文人参与联句没有记载，但我们可从此次与袁桷一同扈从上都以及在《开平第三集》

与之唱和的情况推断，这次参与者可能有吴全节、王继学、陈景仁、潘景梁等。联句为五言诗，共二十四联，描写了上都端午节的具体活动。袁桷与李伯宗在上都交流讨论袁桷的诗歌作品，袁桷有《伯宗学士悉知鄙作唐律叙谢》一诗。

王士熙

王士熙以左司员外郎身份扈从上都，作《上京次李学士韵四首》《上都柳枝词七首》《次霍状元接驾韵》等，总二十五首。与他一同扈从上都的还有袁桷、李伯宗、陈景仁、曹元用等，这一年虞集、吴全节也在扈从之列。袁桷在出发时作《四月廿一日与继学同出健德门而伯庸以是日入都城作诗寄之》给马伯庸。他们在赴上都途中，以及在上都期间，唱和频繁，讨论诗作，且于重午联句。袁桷《开平第三集》中录有《重午联句》《次韵李伯宗学士途中述怀》《伯宗学士悉知鄙作唐律叙谢》《陈景仁都事以诗惠酒次韵》《次韵继学途中竹枝词十首》。其中，王士熙的《上京次李学士韵四首》，袁桷有《次韵继学道中竹枝词四首》与其唱和。王士熙的《竹枝词十首》得到很多文臣的唱和。《西湖竹枝集》载："《竹枝》本在滦阳所作者，其山川风景虽与南国异焉，而竹枝之声则无不同矣。"顾嗣立编《元诗选》在马祖常《和王左司竹枝词》末句小注称："《西湖竹枝词序》云：'中丞诗名敌虞王。西夏氏之诗，振始于《石田集》也。《竹枝》盖和继学之作，其音格矫健，类山谷老人。'"中丞即马祖常，顺帝时，他官至御史中丞。"虞"即虞集，"王"即王士熙。王左司亦为王士熙。除马祖常和诗，袁桷有《次韵继学途中竹枝词十首》，曹元用有《上京次王继学韵》《次马伯庸韵》（一作《和赵子昂韵二首》），许有壬有《竹枝十首和继学》，胡奎有《次韵王继学滦河竹枝词》，吴当有《竹枝词和歌韵自扈跸上都自沙岭至滦京所作九首》等。

王士熙（约1265—1343），字继学，或江亭，晚年又自号拥翠山人，东平人，王构子。博闻强记，诗文、书画无所不精，早年师从邓文原。仁宗时任国史院编修官，英宗至治初升为翰林待制。至治三年（1323）授中书省左司员外郎，曾奉特旨到国子监勉励学生，不久，擢升吏部尚书。泰定年间，为治书侍御史，泰定四年（1327）任中书参知政事。致和元年（1328）八月，大臣燕铁木儿等发动宫廷政变，迎图帖睦尔（文宗）于江陵（今湖北荆州），他与丘世杰等旧臣皆被下狱抄家，并流放琼州吉阳郡（今海南境内）。天历二年（1329）自贬所放还乡里，后被起用，一直任职地方。至顺三年（1332）六月，复起用为江东廉访使。后至元二年（1336）迁南台侍御史。至正二年（1342）升南台中丞，死于任上。追封赵国公，一说追封鲁国公，谥文献。王士熙有吏治才干，秉公持正。陈基在《送觉上人序夷》中评："是时中朝巨卿执法南行台，如济南张公梦臣，东平王公继学并慕。"（陈基《白斋稿》卷二一）王士熙能文章，善书画，在元代文坛极负盛名，虞集在《送刘叔熙远游序》中评："泰定执政东平王公继学，见书辄记，无复再览，领政事省，朝省吏牍过目无所遗，皆异材也。"（虞集《道园学古录》卷三二）《绘事备考》卷七载："好读书，能文章，自尹校以至宪司，手不释卷。复好丹青，学为山水，一往精诣，本于天性，非人力也。历官御史中丞。画之传世者《江山平远图》四，《夏景图》一，《夏山图》二。"著有诗集《王鲁公诗钞》（又名《江亭集》《王陌庵诗集》），多已佚，《元诗选二集》存王士熙诗一百十五首，《全元文》存文十六篇。《元史》卷一六四《王构传》附，生平事迹还可见《元诗选二集》小传、《新元史》卷一九一、《元诗纪事》卷一一。

二年（1322）

英宗于四月戊戌（一日）幸上都。

二月，"罢上都歇山殿及帝师寺役"。（《元史》卷二八《英宗纪二》）

三月，"壬辰，赈上都十一驿"。（《元史》卷二八《英宗纪二》）

"夏四月戊戌朔，车驾幸上都。"（《元史》卷二八《英宗纪二》）

五月丙申，英宗在上都。"以吴全节为玄教大宗师，特进上卿。"（《元史》卷二八《英宗纪二》）

六月丁卯朔，"车驾至五台山，禁扈从宿卫，毋践民禾"。（《元史》卷二八《英宗纪二》）

王结

王结扈从上都经筵进讲。"是岁，诏结知经筵，扈从上都。"（《元史》卷一七八《王结传》）

> 王结（1275—1336），字仪伯，易州定兴人。祖逖勤，以质子军从太祖西征，娶阿鲁浑氏，自西域徙戍秦陇，又徙中山，家焉。尝从太史董朴受经，深于性命道德之蕴。年二十余，游京师，上执政书，陈时政八事，其言剀切纯正，皆治国之大经大法，宰相不能尽用之。时仁宗在潜邸，或荐结充宿卫，乃集历代君臣行事善恶可为鉴戒者，日陈于前，仁宗嘉纳焉。武宗即位，以仁宗为皇太子。大德十一年（1307），命置东官官属，以结为典牧太监，阶太中大夫。仁宗即位（1312），迁集贤直学士。出为顺德路总管。迁扬州，又迁宁国，改东昌路。至治二年（1322），参议中书省事，未几，除吏部尚书，荐名士宋本、韩镛等十余人。泰定元年（1324）春，廷试进士，以结充读卷官。迁集贤侍读学士、中奉大夫。是岁，诏结知经筵，扈从上都。明

年，除浙西廉访使，中途以疾还。岁余，拜辽阳行省参知政事。召拜刑部尚书。文宗天历元年（1328），拜陕西行省参知政事，改同知储庆司事。二年（1329），拜中书参知政事，入谢光天殿，以亲老辞。又命为集贤侍读学士，丁内艰，不起。元统元年（1333），复除浙西廉访使，未行，召拜翰林学士、资善大夫、知制诰同修国史，与张起岩、欧阳玄修泰定、天历两朝实录。拜中书左丞。后至元元年（1335），诏复入翰林，养疾不能应诏。二年（1336）卒，年六十二。四年（1338）五月，诏赠资政大夫、河南江北等处行中书省右丞、护军，追封太原郡公，谥文忠。有诗文十五卷行于世。《元史》卷一七八有传。

虞集

虞集从仁宗延祐至顺帝至正初年，扈从上都十数次。至顺元年（1330），《虞翰林题古愚上京纪行集》云："集仕于朝三十年，以职事至上京者凡十数，驱驰之次，亦时有吟讽，不能如吾古愚往复次舍，所遇辄赋，若是其周悉者也。集老且病，将乞身归田。竹簟风轻，茅檐日暖，得此卷诵之，能无天上之思耶！卷中《龙门》后诗尤佳，欧阳元功亦云。至顺庚午十月廿八日虞集题。"（《元诗选三集》庚集）虞集扈从频繁还可见于其诗《次韵马伯庸少监四首》（其一），诗云："仍岁从巡幸，山川识重临。讲帷来济济，驰道止骎骎。五月衣裘薄，诸生坐席深。归耕何待老，莫问二疏金。"（《道园遗稿》卷二）《按弓图》云："朔风萧萧沙草枯，避暑南还八月初……我昔岁从行两都，每欲赋此嗟才疏。江村父老相携扶，数尺茅檐看画图。"（《道园遗稿》卷二）特别是泰定初年开始，几乎年年扈从。《虞集传》载："泰定初，除国子司业，迁秘书少监。天子幸上都，以讲臣多高年，命集与集贤侍读学士王结执经以从，自是岁尝在行。经筵之制，取经史中切于心德治道者，用国语、汉文两进读，润译之际，患夫陈圣学者未易于尽其要，指时务者尤难于极其情，每选一时精于其学者为之，犹数日乃成一篇，集为反覆古今名物之辨以通之，然后得以无忤，其辞之所达，万不及一，则未尝不退而窃叹焉。拜翰林直学士，俄兼国子祭酒。"（《元史》卷一八一）虞集与袁桷、马祖常等一同扈从上都，虞集有诗作《至治壬戌八月十五日榆林对月》。虞集《泰定甲子上京有感次韵马伯庸待制》云："翰音迎日毂，仪羽集云路。寂寞就书阁，老大长郎署。为山望成岑，织锦待盈度。我行起视夜，星汉非故处。"（《道园学古录》卷一）至顺二年夏，天子时巡上京。虞集在扈从之列，作《说法像赞》。《倪文光墓碑》："吴郡倪瑛与其弟珽使人持张先生贞居之书来，求制兄文光真人碑铭。"（《道园学古录》卷五〇）由于虞集"平生为文万篇，稿存者十二三"（《元史》卷一八一），今存上都之作散落于《道园学古录》《道园遗稿》中，有四十余首上都诗作，唱和诗十余首，以及序跋、题画之作等，如《题黄晋卿上京道中纪行诗后》《题滦阳胡氏雪溪卷并序》《王朋梅东凉亭图》《跋大安阁图》。

虞集（1272—1348），字伯生，世称邵庵先生，临川崇仁（今属江西）人。宋丞相允文五世孙，父汲官至翰林院编修官。自小受母杨氏口授《论语》《孟子》《左氏传》、欧苏文，闻辄成诵。大德元年（1297）至京师，以大臣荐，授大都路儒学教授，除国子助教。仁宗延祐元年（1314），迁集贤修撰，六年（1319），除翰林待制，兼国史院编修官。泰定初，除国子司业，迁秘书少监，虞集与集贤侍读学士王结扈从上都经筵侍讲，自是岁尝在行。拜翰林直学士，俄兼国子祭酒。文宗时任奎章阁侍书学士，受命与中书平章赵世延等修《经世大典》。文宗崩，集在告，欲谋南还，弗果。幼君崩，大臣将立妥欢帖穆尔太子，用至大故事，召诸老臣赴上都议政，集在召列。至正八年（1348）五月卒，年七十有七。卒赠江西行中书省参知政事、护军，封仁寿郡公，谥文靖。虞集为学博洽，在元为一代文宗，与杨载、范椁、揭侯斯号称"元诗四大家",集为"四大家"之首。虞集在元中期,提携后进,引领风气,为时宗主,人比之为宋之欧阳修。欧阳玄在《虞雍公神道碑》中称其为文:"自其外而观之,汪洋澹泊,不见涯涘。刺乎其中,深靓简洁,廉刿俱泯,造乎混成……至大、延祐以来,诏告册文,四方碑板,多出乎手。其撰次论建,与其陶冶性情,黼藻庶品之作,杂之古名贤之编,卓然自成一家言。"(《圭斋文集》卷九)赵汸在《邵庵先生虞公行状》中云:"其于为文,主之以理,成之以学。即规矩准绳之则,以尽方圆平直之体。不因险以见奇也,因丝麻谷粟之用,以达经纬弥纶之妙;不临深以为高也,陶镕粹精,充极渊奥,时至而化。虽若无意于作为,而体制自成,音节自合,有莫知其所以然者。比登禁林,遂擅天下,学者风动从之。由是国朝一代之文,蔼然先王之遗烈矣。"(《东山存稿》卷六)清四库馆臣称:"文章至南宋之末,道学一派,侈谈心性;江湖一派,矫语山林,庸沓猥琐,古法荡然。理极数穷,无往不复。有元一代,作者云兴,大德、延祐以还,尤为极盛。而词坛宿老,要必以集为大宗。此录所收,虽不足尽集之著作,然菁华荟粹已见大凡。迹其陶铸群材,不减庐陵之在北宋。明人夸诞,动云元无文者,其殆未之详检乎?"(《四库全书总目提要》卷一六七)虞集一生著述丰富,《虞集传》载其"平生为文万篇,稿存者十二三"(《元史》卷一八一)。有诗文集《道园学古录》五十卷、《道园类稿》五十卷、《翰林珠玉》六卷、《道园遗稿》六卷、《虞伯生诗续编》三卷,另有《杜律七言注》二卷、《邵庵先生文选心诀》一卷等。《元史》卷一八一有传,生平事迹还见赵汸《邵庵先生虞公行状》、欧阳玄《虞雍公神道碑》等。

袁桷

袁桷第四次扈从上都,作《开平第四集》,诗总一百首。《开平第四集序》云："至治二年三月甲戌，改除翰林直学士。四月乙丑，出健德门。买小车，卧行八日至开平，舍于崇真宫。有旨道士免扈从，宫中阒无人声。车驾五月中旬始至，书诏简绝，仅为祝文十三道。（已入内制）悲愉感发，一寓于诗，而同院亦寡倡和。率意为题，得一百篇。闰五月，上幸五台山，以实录未毕趣史院，官属咸还京。是月丁巳发，癸亥还寓舍。五月，滦阳大寒。闰月，道中大暑。观是诗者，亦足知夫驰驱之为劳，隐逸之为可慕也。六月丁卯朔，桷叙。"（《清容居士集》卷一六）

宋本

从至治元年（1321）进士及第授翰林修撰至元统二年（1334）为集贤学士兼国子祭酒，扈从上都机会应较多。今存上都诗歌，《滦河吟》《上京杂诗十七首》，唱和上都诗歌《次王参议韵寄胡员外及梁程两都事，三人先有诗至二首》等。

宋本（1281—1334），字诚夫，大都人。幼颖异超拔，稍长，尝从父祯官江陵，江陵王奎文，明性命义理之学，本往质所得，造诣日深。善为古文，辞必己出，峻洁刻厉，多微辞。年四十，始还燕。至治元年（1321），策天下士于廷，本为第一人，赐进士及第，授翰林修撰。泰定元年（1324）春，除监察御史，逾月，调国子监丞。二年（1325），转中书左司都事。四年（1327）春，迁礼部郎中。天历元年（1328）冬，升吏部侍郎。二年（1329），改礼部侍郎。是年，文宗开奎章阁，置艺文监，检校书籍，超大监。至顺元年（1330），进奎章阁学士院供奉学士。二年（1331）冬，出为河东廉访副使，将行，擢礼部尚书。元统元年（1333），兼经筵官，冬，拜陕西行台治书侍御史，不拜，复留为奎章阁学士院承制学士，仍兼经筵官。二年（1334）夏，转集贤直学士，兼国子祭酒，兼经筵如故。是年冬十一月卒，年五十四。阶官自承务郎十转至太中大夫。善为古文辞，峻洁刻厉，与弟褧齐名，人称之曰"二宋"。著有《至治集》四十卷。《元史》卷一八二有传。

至治三年（1323）

英宗于三月壬辰（一日）幸上都，八月癸亥（四日）自上都返。

也孙铁木儿（成宗兄甘麻剌之子）九月癸巳（四日）即位于岭北行省龙居河（泰定帝），泰定帝于十一月己丑（一日）至中都，十一月辛丑（十三日）至大都。

正月，"罢上都、云州、兴和、宣德、蔚州、奉圣州及鸡鸣山、房山、黄芦、三义诸金银冶，听民采炼，以十分之三输官……增置上都留守司判官二员，以汉人为之，专掌刑名"。（《元史》卷二八《英宗纪二》）

"二月癸亥朔，作上都华严寺、八思巴帝师寺及拜住第，役军六千二百人。"（《元史》卷二八《英宗纪二》）

"帝御大安阁，见太祖、世祖遗衣皆以缣素木绵为之，重加补缀，嗟叹良久，谓侍臣曰：'祖宗创业艰难，服用节俭乃如此，朕焉敢顷刻忘之！'"（《元史》卷二八《英宗纪二》）

三月壬辰朔，车驾幸上都。（《元史》卷二八《英宗纪二》）

"夏四月六日，上都分省参议速速，以都堂旨，太庙夹室未有制度，再约台院等官议定。"（《元史》卷七四《祭祀志三》）

五月，上都利用监库失火。"上都利用监库火，帝令卫士扑灭之。因语群臣曰：'世皇始建宫室，于今安焉。朕嗣登大宝，而值此毁，此朕不能图治之故也。'"（《元史》卷二八《英宗纪二》）

八月癸亥，"英宗南还，驻跸南坡。是夕，铁失等矫杀拜住，英宗遂遇弑于幄殿。诸王按梯不花及也先铁木儿奉皇帝玺绶，北迎帝于镇所。九月癸巳，即皇帝位于龙居河，大赦天下。诏曰：'薛禅皇帝可怜见嫡孙、裕宗皇帝长子、我仁慈甘麻剌爷爷根底，封授晋王，统领成吉思皇帝四个大斡耳朵，及军马、达达国土都付来。依着薛禅皇帝圣旨，小心谨慎，但凡军马人民的不拣甚么勾当里，遵守正道行来的上头，数年之间，百姓得安业。在后，完泽笃皇帝教我继承位次，大斡耳朵里委付了来。已委付了的大营盘看守着，扶立了两个哥哥曲律皇帝、普颜笃皇帝，俟硕德八剌皇帝。我累朝皇帝根底，不谋异心，不图位次，依本分与国家出气力行来；诸王哥哥兄弟每、众百姓每，也都理会的也者。今我的侄皇帝生天了也么道，迤南诸王大臣、军士的诸王驸马臣僚、达达百姓每，众人商量着：大位次不宜久虚，惟我是薛禅皇帝嫡派，裕宗皇帝长孙，大位次里合坐地的体例有，其余争立的哥哥兄弟也无有；这般，晏驾其间，比及整治以来，人心难测，宜安抚百姓，使天下人心得宁，早就这里即位提说上头，从着众人的心，九月初四日，于成吉思皇帝的大斡耳朵里，大位次里坐了也。交众百姓每心安的上头，赦书行有。'"（《元史》卷二九《泰定帝纪一》）

"八月，英宗暴崩于南坡，贼臣铁失遣使者自上京至，封府库，收百官印，有壬知事急，即往告御史中丞董守庸，守庸谓宫禁事，非子所当问。有壬即疏守庸及经历朵尔只班、监察御史郭也先忽都阿附铁失之罪以俟。十月，铁失伏诛。泰定帝发上都，御史大夫纽泽先还京师，有壬即袖疏上之。及帝至，复上章言：'帖木迭儿之子琐南，与闻大逆，乞赐典刑。其兄弟勿令出入宫禁。中书平章政事王毅、右丞高昉，横罹夺爵，而四川行省平章政事赵世延，受祸尤惨，皆请雪冤复职。'继上正始十事：一曰辅翼太子，宜先训导；二曰遴选长官，宜先培养；三曰通籍宫禁，宜别贵贱；四曰欲谨兵权，宜削兼领；五曰武备废弛，宜加修饬；六曰贼臣妻妾，宜禁势官征索；七曰前赦权以止变，宜再诏以正名；八曰帖木迭儿诸子，宜籍没以惩恶；九曰考验经费，以减民赋；十曰撙节浮蠹，以纾国用。帝多从之。"（《元史》卷一八二《许有壬传》）

九月癸巳（四日），"诸王按梯不花及也先铁木儿奉皇帝玺绶，北迎帝（也孙铁木儿）于镇所。九月癸巳，即皇帝位于龙居河"。（《元史》卷二九《泰定帝纪一》）

十一月己丑（一日），泰定帝至中都，"修佛事于昆刚殿"。（《元史》卷二九《泰定帝纪一》）

十一月辛丑（十三日），泰定帝至大都。（《元史》卷二九《泰定帝纪一》）

虞集、马祖常、袁桷榆林联句

八月，时驻上都的英宗诏虞集、马祖常、袁桷、邓文原等前往上都。众人行至榆林，闻英宗被弑，榆林联句，排遣苦闷。袁桷《清容居士集》卷一四有诗《至治三年八月十五日，乘驿骑抵榆林。于时善之祭酒，仲因学士，伯生、伯庸二待制同在驿舍，触感增怅。今忽同校文于江浙，因述旧怀》。该联句为五言，共十六联，也存于马祖常《石田文集》卷五，题为《至治癸亥八月望，同袁伯长、虞伯生过枪竿岭，马上联句》。因突发"南坡之变"，三人此次赴上都的结果是中途返回。到大都后，将此榆林联句又出示给好友柳贯看，柳贯作同韵五言十六联诗，题为《袁伯长侍讲，虞伯生、马伯庸二待制同赴北都，却还，夜宿联句，归以示予。次韵效体，发三贤一笑》（《柳待制文集》卷一）此次还有《枪竿岭》联句，为虞集、袁桷、马祖常的联诗："有岭名枪竿，其上若栈阁。白云乱石齿，青峰转帘脚。积冰太古阴，出矿无底壑。马饮沉灉泉，鹰荡扶摇幕。辙迹委垂绅，人声发虚橐。鸟飞接鸟背，羽没疑虎韝。雾松秋发长，霜果春颊薄。升樵不知疲，独往端有愕。兢兢矛头淅，抚抚井口索。凝睇见日观，引手探月廓。南下眇尘海，北广络沙漠。金桥群仙迎，玉幢百神凿。禽鸣蜀帝魂，铁铸石郎错。钩铃挂阑干，欑枪敛锋锷。属车建前旄，驰道徇严柝。载笔三人行，弭节半途却。"（袁桷《清容居士集》卷八）

贡师泰

贡师泰于至治三年（1323）、泰定二年（1325）先后扈从上都。

319

今存十余首上京纪行诗，如《洪赞驿楼》《上京》《居庸关》《居庸关早行》《枪竿岭》《李陵台》《吊古战场》《新店五月八日见上都是日袁伯长方南归涮上》《李陵台次韵杨学士三首》《送胡务本秀才往上京三首》《送马伯庸学士赴上都》等。

贡师泰（1298—1362），字泰甫，宁国之宣城人。父奎，以文学名家，至大、延祐间著名文坛，与吴澄、元明善、袁桷、虞集、马祖常、揭傒斯等为文友。师泰早肄业国子学为诸生。泰定四年（1327），释褐出身，授从仕郎、太和州判官。丁外艰，改徽州路歙县丞。江浙行省辟为掾，寻以土著，自劾去。大臣有以其名闻者，擢应奉翰林文字。丁内艰，服阕，除绍兴路总管府推官。考满，复入翰林为应奉，预修后妃、功臣列传，事毕，迁宣文阁授经郎，历翰林待制、国子司业，擢礼部郎中。十二年（1352），再迁吏部，与周伯琦同擢监察御史，两人皆南士之望，一时荣之。至正十四年（1354），除吏部侍郎。时江淮兵起，京师食不足，师泰奉命和籴于浙右，得粮百万石，以给京师。迁兵部侍郎。十五年（1355），迁福建廉访使。居亡何，除礼部尚书，未行，选为平江路总管。二十二年（1362），召为秘书卿，行至杭之海宁，得疾而卒。贡师泰为元末名臣，受业于吴澄，又先后游虞集、揭傒斯等人之门，文章学术，渊源有本。沈性序其集，谓其文章"言语妙天下，黝黝乎其幽，悠悠乎其长，煜煜乎其光。有虞（集）之宏，而雄健不减于马（祖常）；有揭（傒斯）之莹，而清俊则类于袁（桷）。其于理趣，尤俨然吴氏（澄）之尸祝也。故当时评先生之文者，列之于六大家之次"（沈性《重刊贡礼部玩斋集序》）。明初王祎序其集，谓"其学问培植深厚，见于文章者气充而能畅，辞严而有体。讲道学则精而不凿，陈政理则辨而不夸，诚足以成一家之言""考之唐宋，论文章则韩文公、欧阳文忠公，论政事则陆宣公、范文正公而已。公之文章实追韩欧之法，其于政事不犹陆范之志哉！"（王祎《玩斋集序》）所论不无过誉。清四库馆臣以贡师泰为元诗后劲，称其"诗格尤为高雅，虞杨范揭之后，可谓挺然晚秀矣"（《四库全书总目提要》卷一六八）。《元史》卷一八七有传，生平事迹还见朱镳编《年谱》，《玩斋集》附录《纪年录》。

薛汉

薛汉与柳贯亦师亦友。至治三年（1323），薛汉为柳贯《上京纪行诗》诗集作楷书。见前引柳贯《上京纪行诗序》。

薛汉（？—1324），字宗海，永嘉人。幼以力学称，以青田教谕迁诸暨州学正。知音律，被荐主杭州北郊乐。延祐五年（1318），入京待选，授休宁县主簿。将行，祭酒邓文原荐之，遂留止。泰定元年（1324）春，选国子助教，四月，扈从分教上都，八月还，九月三日卒于居贤坊寓舍。薛汉精于音律、古今制度名物，又善诗文、书法。与虞集、柳贯、马祖常、杨载唱和较多。著有《宗海集》一卷，佚。蒋易《皇元风雅》卷十录诗十八首，《元诗选二集》辛集录诗四十六首。

泰定元年（1324）

泰定帝于四月甲子（八日）幸上都，八月丁丑（二十四日）自上都返。

四月，"甲子，车驾幸上都。以诸王宽彻不花、失剌，平章政事兀伯都剌，右丞善僧等居守"。（《元史》卷二九《泰定帝纪一》）

五月，"甲辰，赦上都囚笞罪以下者"。（《元史》卷二九《泰定帝纪一》）

六月，"作礼拜寺于上都与大同路，给钞四万锭……大嵯殿成，作镇雷坐静佛……修黑牙蛮答哥佛事于水晶殿……帝受佛戒于帝师"。（《元史》卷二九《泰定帝纪一》）

六月，"车驾在上都。先是，帝以灾异，诏百官集议，（张）珪乃与枢密院、御史台、翰林、集贤两院官，极论当世得失，与左右司员外郎宋文瓒诣上都奏之"。（《元史》卷一七五《张珪传》）

七月，"丁未，禜星于上都司天监"。（《元史》卷二九《泰定帝纪一》）

"上都云州大雨。北山黑水河溢。"（《元史》卷五〇《五行志一》）

九月乙酉，"以宣德府复隶上都留守司"。（《元史》卷二九《泰定帝纪一》）

十一月，"甲辰，作歇山鹿顶楼于上都"。（《元史》卷二九《泰定帝纪一》）

虞集

虞集与集贤侍读学士王结扈从上都经筵侍讲。"泰定初，除国子司业，迁秘书少监。天子幸上都，以讲臣多高年，命集与集贤侍读学士王结执经以从，自是岁尝在行。经筵之制，取经史中切于心德治道者，用国语、汉文两进读，润译之际，患夫陈圣学者未易于尽其要，指时务者尤难于极其情，每选一时精于其学者为之，犹数日乃成一篇，集为反覆古今名物之辨以通之，然后得以无忤，其辞之所达，万不及一，则未尝不退而窃叹焉。拜翰林直学士，俄兼国子祭酒。"（《元史》卷一八一《虞集传》）作诗《泰定甲子上京有感，次韵马伯庸待制》，全诗为："翰音迎日毂，仪羽集云路。寂寞就书阁，老大长郎署。为山望成岑，织锦待盈度。我行起视夜，星汉非故处。"（《道园学古录》卷一）

王结

作《开平事》，存《口北三厅志》卷一五《艺文四》。"是岁，诏

322

结知经筵，扈从上都。"（《元史》卷一七八《王结传》）"泰定初……天子幸上都，以讲臣多高年，命集与集贤侍读学士王结执经以从，自是岁尝在行。"（《元史》卷一八一《虞集传》）

释楚石梵琦

释楚石梵琦于泰定元年（1324）四月随扈从队伍北游上都，作百余首上都纪行诗，存于《北游诗》。至治三年（1323）二月，英宗为新建寿安寺，诏善书僧人赴京用泥金缮写佛经，楚石梵琦为赵孟𫖯、邓文原荐举，时年二十八岁。《初入经筵呈诸友三首并序》云："世祖皇帝混一天下，崇重佛教，古所未有。泥金染碧，书佛菩萨罗汉之语满一大藏。由是圣子神孙，世世尊之，甚盛事也。赵孟𫖯、邓文原闻入选仔肩。皇帝即位之三年，诏改五花观为寿安山寺，选东南善书者书经以镇之。三百余人，余亦预焉。"六月，经京杭运河北上到大都，住在崇天门附近的万宝坊。泰定元年（1324）四月书经完毕，北游上都，八月返回大都，随即南返。楚石将北上两都的两年见闻、生活用诗歌加以记录，共三百一十五首，结为《北游诗》一卷。其中，从《送错师之上都》至《当山即事》均为上都纪行诗，共百余首，约占全集数量三分之一。在上都，为送别王炼师南返有一次宴饮雅集，楚石梵琦作有《席上分题得清凉国送王炼师还桐庐》，我们能从"席上分题"可以看出不止二三人，参与人数应不少。王炼师，为四明人，道士，生卒年不详，有诗名，元代中期曾游京师，广事干谒以求名，后游上都，劳而无功。在上都作有《上都》二首。

楚石梵琦（1296—1370），字楚石，法名梵琦，晚号西斋老人，明州象山（今浙江宁波）人。天资聪颖，少有奇名，被誉为神童。九岁在海盐天宁寺出家，师讷谟禅师，受其经业，后又依族祖晋洵禅师居湖州崇恩寺，继续读佛经，因讷谟与晋洵相识，梵琦便常往来海盐和湖州两地。稍长，深得诗文名公、书画家赵孟𫖯器重，并为之鬻僧牒得度。十六岁为大僧，法名梵琦，与僧道多有交往，在浙江余杭径山寺、宁波天童寺、杭州净慈寺等寺院名声斐著。至治二年（1322）留住径山。三年（1323）六月受荐进京，为新建的寿安寺用泥金缮写佛经。泰定元年（1324）四月书经完毕，释梵琦前往上都，八月返至大都。继而东归，再登径山，得到元叟行端的印可，成为大慧宗杲的五传弟子。冬，返回杭州。此后五十年间，六坐道场，先后担任海盐福臻寺、天宁寺，杭州大报国寺，嘉兴本觉寺，嘉兴光孝寺等寺院住持，其著作因此命名为《六会语录》。释梵琦一生禅净双修，德行彪炳。顺帝至正七年（1347）赐"佛日普照慧辩禅师"德号，十九年（1359）隐退。明初，三次奉诏赴金陵蒋山法会，云栖株宏誉之曰"本朝第一流宗师，无尚于楚石矣"。释梵琦性高明敏达，穷书赡学，精于诗文，工于书画，佛法论道，隐制奥作，亦千篇万章。有禅辩之才，善交游。"文章戒律，光照五山。尝被高帝之召，讲经南都。发秘开幽，俾后学知所归向。大江以南皆沾其膏馥，而挹其清华者，不啻几百人。"（吴定中、鲍翔麟校注：《楚石北游诗·明秀序》，浙江古籍出版社 2010 年版，第 7 页）其声名所至，遍被丛林，在元代佛门影响极大，且远播日本、高丽。释梵琦一生著述丰硕，文采炳蔚，声光蔼著，除《北游集》诗集外，其主要著作还有《西斋净土诗》《六会语录》《和天台三圣诗》《和永明寿禅师山居诗》《和林逋诗》《和陶潜诗》《凤山集》等（后四种今未见传本）。生平事迹见于宋濂《佛日普照慧辩禅师塔铭》、释至仁《梵琦和尚行状》、姚广孝《西斋和尚传》，以及明《皇明名僧辑略》、清《补续高僧传》、民国《新续高僧传四集》（1918）等碑传中。今人蔡惠明《高僧传新编》（1989）中有传，鲍翔麟亦撰有《梵琦禅师年谱》（2007）。

十二月，"大都、上都、兴和等路十三驿饥，赈钞八千五百锭"。（《元史》卷二九《泰定帝纪一》）

薛汉

泰定元年（1324）二月，薛汉选为国子助教，四月分教上都。虞集作《书上京国子监壁》有"神京极高寒，幽居了晨夜"诗句，薛汉和作《和虞先生上京夏凉韵》，诗曰："登台美皆春，覆盆惨长夜。谁能均苦乐，世道勤汛洒。滦京逼穹昊，重纩度朱夏。下方正喘汗，歊赫在炉冶。南北各异宜，敢讶行化者。倦游念苕雪，渔竿自堪把。"（《皇元风雅》卷一〇）

虞集、王结

虞集、王结扈从上都。"泰定初，除国子司业，迁秘书少监。天子幸上都，以讲臣多高年，命集与集贤侍读学士王结执经以从，自是岁尝在行。"（《元史》卷一八一《虞集传》）

二年（1325）

泰定帝于三月乙丑（十五日）幸上都，九月癸丑（六日）自上都返。

闰正月，修野狐、色泽、桑干三岭山路。（《元史》卷二九《泰定帝纪一》）

二月，"乙丑，车驾幸上都。"（《元史》卷二九《泰定帝纪一》）

三月，蒙古人自当扈从上都。英宗时，由速古儿赤擢监察御史。"泰定二年，扈从至上都。"（《元史》卷一四三《自当传》）

七月，修乾元寺。（《元史》卷二九《泰定帝纪一》）

八月，修上都香殿。（《元史》卷二九《泰定帝纪一》）

九月，"癸丑，车驾至大都"。（《元史》卷二九《泰定帝纪一》）

十一月，以岁饥罢皇后上都营缮。（《元史》卷二九《泰定帝纪一》）

三年（1326）

泰定帝于二月甲辰（二十九日）幸上都，九月庚申（十九日）自上都返。

五月，修上都复仁门。（《元史》卷三〇《泰定帝纪二》）

五月十日，上都留守司及本路总管府言："巡视大西关南马市口滦河递北堤，侵啮渐崩，不预治，恐夏霖雨水泛，贻害居民。"于是送都城所丈量，计用物修治，工部移文上都分部施行。七月二日，右丞相塔失帖木儿等奏："斡耳朵思住冬营盘，为滦河走凌河水冲坏，将筑护水堤，宜令枢密院发军千二百人以供役。"从之。枢密院请遣军千二百人。（《元史》卷六四《河渠志一》）

"秋七月甲辰，车驾发上都，禁车骑践民禾。"（《元史》卷三〇《泰定帝纪二》）

"泰定帝至乾元寺，敕铸五方佛铜像。发兵修野狐、色泽、桑干三岭道路。"（《元史》卷三〇《泰定帝纪二》）

八月，"辛丑，次中都，畋于汪火察秃之地"。（《元史》卷三〇《泰定帝纪二》）

九月，"丁未，增置上都留守判官一员，兼推官。""丁巳，弛大都、上都、兴和酒禁。"（《元史》卷三〇《泰定帝纪二》）

十一月，"庚戌，旭迈杰以岁饥请罢皇后上都营缮，从之"。"己巳，徙上都清宁殿于伯亦儿行宫。"（《元史》卷三〇《泰定帝纪二》）

赡思

泰定三年（1326），赡思被诏以遗逸征至上都，见帝于龙虎台，眷遇优渥。（《元史》卷一九〇《赡思传》）

瞻思，字得之，其先大食国人。国既内附，大父鲁坤，乃东迁丰州。太宗时，以材授真定、济南等路监榷课税使，因家真定。父斡直，始从儒先生问学，轻财重义，不干仕进。瞻思生九岁，日记古经传至千言。比弱冠，以所业就正于翰林学士承旨王思廉之门，由是博极群籍，汪洋茂衍，见诸践履，皆笃实之学，故其年虽少，已为乡邦所推重。延祐初，诏以科第取士，有劝其就试者，瞻思笑而不应。既而侍御史郭思贞、翰林学士承旨刘赓、参知政事王士熙交章论荐之。泰定三年（1326），诏以遗逸征至上都，见帝于龙虎台，眷遇优渥。天历三年（1330），召入为应奉翰林文字，进所著《帝王心法》。至顺四年（1333），除国子博士，丁内艰，不赴。后至元三年（1337），拜陕西行台监察御史，即上封事十条。四年（1338），改金浙东肃政廉访司事，以病免归。至正四年（1344），除江东肃政廉访副使。十年（1350），召为秘书少监，议治河事，皆辞疾不赴。十一年（1351），卒于家，年七十有四。二十五年（1365），赠嘉议大夫、礼部尚书、上轻车都尉，追封恒山郡侯，谥曰文孝。瞻思邃于经，而《易》学尤深，至于天文、地理、钟律、算数、水利，旁及外国之书，皆究极之。家贫，饘粥或不继，其考订经传，常自乐也。所著述有《四书阙疑》《五经思问》《奇偶阴阳消息图》《老庄精诣》《镇阳风土记》《续东阳志》《重订河防通议》《西国图经》《西域异人传》《金哀宗记》《正大诸臣列传》《审听要诀》及文集三十卷。

许有壬

泰定三年（1326）六月，许有壬四十岁，升右司郎中，分省上京。俄移左司郎中。"每遇公议，有壬屡争得失，都事宋本退语人曰：此贞观、开元间议事也。"（《新元史》卷二〇八《许有壬传》）许有壬一生扈从上都次数多，《如上京》开篇云："策骑年年遍两京，但惭无赋继张衡。"（《至正集》卷一六）今可考许有壬扈从上都五次，分别为泰定帝三年（1326）、文宗至顺二年（1331）、顺帝元统二年（1334）、后至元元年（1335）、至元三年（1337）。在上都所作诗文，除收诗一百二十首的《文过集》诗集外（今存五十九首），《至正集》等还存上都诗作二十余首，唱和上都诗作二十余首，题跋以及《上都分台题名记》《上都孔子庙碑》等多篇。

　　许有壬（1287—1364），字可用，汤阴（今属河南）人。幼颖悟，年二十，畅师文荐入翰林，不报，授开宁路学正，升教授，未上，辟山北廉访司书吏。擢延祐二年（1315）进士第，授辽州同知。六年（1319），除山北道廉访司经历。英宗至治元年（1321），迁吏部主事。二年（1322），转南台御史，入为监察御史。泰定元年（1324），初立詹事院，选为中议，改中书左司员外郎。文宗天历三年（1330），擢两淮都转运盐司使。顺帝元统二年（1334），累升治书侍御史，转奎章阁侍书学士，拜中书参政，改侍御史，辞归。后至元六年（1340），起为中书参政，进左丞，复辞归。至正六年（1346），又起为翰林承旨，改御史中丞，以疾归。十三年（1353），再起为河南行省左丞。十五年（1355），迁集贤大学士，寻改枢密副使，复拜中书左丞，转集贤大学士兼太子左谕德。十七年（1357）致仕，卒谥文忠。许有壬仕宦近五十年，历事七朝，以直言敢谏、不惧权贵见称。顾嗣立称其："有元词人由科举而登政府者，可用一人而已。"（《元诗选》初集许有壬小传）许有壬工辞章，与欧阳玄齐名，欧阳玄序其文，"谓其雄浑闳隽，涌如层澜，迫而求之，则渊靓深实，盖深许之也"（《元史》卷一八二《许有壬传》）。擅诗，尤多酬唱，揭傒斯评其曰："相下许公，早以经世之学擢延祐高科，自是登崇台，坐华省，文章誉满天下，矫然为当今名臣"，"凡志有所不得施，言有所不得行，忧愁感愤，一寓于酬唱"（《圭塘小稿》附录揭傒斯《文过集序》)。著有《至正集》《圭塘小稿》《圭塘欸乃集》。《元史》卷一八二有传。

四年（1327）

泰定帝于三月壬戌（二十三日）幸上都，闰九月己巳（四日）自上都返。

二月，"辛卯，白虹贯日，以尚供总管府及云需总管府隶上都留守司"。（《元史》卷三〇《泰定帝纪二》）

三月，"壬戌，车驾幸上都"。（《元史》卷三〇《泰定帝纪二》）

六月，"罢两都营缮工役"。（《元史》卷三〇《泰定帝纪二》）

九月，"阿察赤的斤献木绵大行帐"。（《元史》卷三〇《泰定帝纪二》）

十一月，"庚午，以思州土官田仁为思州宣慰使，召云南王帖木儿不花赴上都"。（《元史》卷三〇《泰定帝纪二》）

文宗天历元年（1328）

泰定帝于三月戊子（二十五日）至上都，七月庚午泰定帝崩于上都。

致和元年三月，省臣奏："江浙省并庸田司官修筑海塘，作竹蓬簾，内实以石，鳞次叠叠以御潮势，今又沦陷入海，见图修治，倘得坚久之策，移文具报。臣等集议，此重事也，旦夕驾幸上都，分官扈从，不得圆议。"（《元史》卷六五《河渠志二》）

"戊子，车驾幸上都。"（《元史》卷三〇《泰定帝纪二》）

致和元年春，大驾出畋柳林，以疾还宫。诸王满秃、阿马剌台，太常礼仪使哈海，宗正扎鲁忽赤阔阔出等，与金枢密院事燕铁木儿谋曰："今主上之疾日臻，将往上都。如有不讳，吾党扈从者执诸王、大臣杀之。居大都者，即缚大都省、台官，宣言太子已至，正位宸极，传檄守御诸关，则大事济矣。"三月，大驾至上都，满秃、阔阔出等扈从。西安王阿剌忒纳失里居守，燕铁木儿亦留大都。时也先捏私至上都，与倒剌沙等图弗利于帝，乃遣宗正扎鲁忽赤雍古台迁帝居江陵。七月庚午，泰定皇帝崩于上都。（《元史》卷三二《文宗纪一》）

八月，留守大都的燕铁木儿发兵入宫，谋迎立武宗二子为帝。壬子（二十一日），倒剌沙等人在上都拥立元泰定帝子阿剌吉八为帝。次日，分兵南下进攻大都。

九月壬申，"武宗次子图帖睦尔在大都即位，两方军队在大都附近混战。七月庚午，泰定皇帝崩于上都，倒剌沙专权自用，逾月不立君，朝野疑惧……时倒剌沙在上都，立泰定皇帝子为皇帝，乃遣兵分道犯大都，而梁王王禅、右丞相答失铁木儿、御史大夫纽泽、太尉不花等兵皆次于榆林，燕帖木儿与其弟撒敦、子唐其势等，帅师与战，屡败之。上都兵皆溃。十月辛丑，齐王月鲁帖木儿、元帅不花帖木儿以兵围上都，倒剌沙乃奉皇帝宝出降，两京道路始通。于是文宗遣哈散及撒迪等相继来迎，朔漠诸王皆奉帝南还京师，遂发北边。诸王察阿台、沿边元帅朵烈捏、万户买驴等，咸帅师扈行，旧臣孛罗、尚家奴、哈八儿秃皆从。至金山，岭北行省平章政事泼皮奉迎，武宁王彻彻秃、金枢密院事帖木儿不花继至。乃命孛罗如京师，两京之民闻帝使者至，欢呼鼓舞曰：'吾天子实自北来矣！'诸王、旧臣争先迎谒，所至成聚"。（《元史》卷三一《明宗纪》）

十月辛丑，"齐王月鲁帖木儿、东路蒙古军元帅不花帖木儿等率军突袭上都，倒剌沙等人奉皇帝玉玺出降。月鲁帖木儿等人收缴上都诸王符印，核查上都仓库钱谷"。（《元史》卷三一《明宗纪》）

戊午，文宗下诏："上都官吏，自八月二十一日以后擢用者，并

追收其制。"（《元史》卷三一《明宗纪》）

孛术鲁翀从幸上都，尝奉敕撰碑文，称旨，帝曰："候朕还大都，当还汝润笔赀也。"（《元史》卷一八三《孛术鲁翀传》）

揭傒斯

文宗天历初，开奎章阁，揭傒斯首擢为授经郎，扈从上都。揭傒斯从仁宗延祐年间荐入翰林，至顺帝至正初年，因扈从、征召、执事等缘由上都之行机会极多。今存其上都诗十余首，如《早起宴坐和虞学士壁间韵》《雨中感怀和壁间虞学士韵》《题上都崇真宫陈真人屋壁李学士所画墨竹走笔作》《题邢先辈西壁山水图》《题李安中白翎雀》，以及歌咏"滦京八景"之六景的《敕勒秋风》《乌桓夕照》《滦河晓月》《松林夜雨》《天山秋猎》《陵台晚眺》。元代第四十一代玄教正一教主张嗣德有《滦京八景》组诗，描绘了陵台晚眺、凤阁朝阳、龙冈晴雪、敕勒西风、乌桓夕照、滦江晓月、松林夜雨、天山秋狝等滦京八处景观。此外，还有上都唱和赠答，如《和张太乙秋兴十首》《送毛真人还龙虎山》《赠陈尊师归江东》。题跋，如《题临川黄炼师入京赠行诗卷》、为许有壬《文过集》所作跋文。

> 揭傒斯（1274—1344），字曼硕，龙兴富州（今江西丰城）人。读书刻苦，学通五经，得程钜夫、卢挚器重，钜夫因妻以从妹。延祐初，因荐授国史院编修官，升应奉翰林文字，迁国子助教。揭傒斯凡三入翰林，朝廷之事，台阁之仪，靡不闲习。天历初，开奎章阁，首擢为授经郎，又擢为奎章阁供奉学士，改翰林直学士。及开经筵，升侍讲学士同知经筵事。与修《经世大典》，总修辽、金、宋三史。卒于官，追封豫章郡公，谥文安。揭傒斯是"元诗四大家"之一，又是文章名家，与虞集、黄溍、柳贯并称"儒林四杰"。黄溍《元文安揭公神道碑》称："公为文，叙事严整而精核，持论一主于理，语简而洁；诗长于古乐府《选》

体，清婉丽密而不失乎情性之正，律诗伟然有盛唐风。"（《金华黄先生文集》卷二六）四库馆臣云："凡朝廷大典册及碑版之文，多出其手，一时推为巨制。独于诗则清丽婉转，别饶风韵，与其文如出二手。然神骨秀削，寄托自深，要非嫣红姹紫，徒矜姿媚者所可比也。"（《四库全书总目》卷一六七）《元史》卷一八一有传，生平事迹还可见黄溍《元文安揭公神道碑》、欧阳玄《豫章揭公墓志铭》。

危素

天历元年（1328），文宗开奎章阁学士院，专门设立经筵机构。揭傒斯此年升为经筵侍讲，危素与揭傒斯扈从上都，作《李节妇诗叙》。《李节妇诗叙》云："素以职业在经幄，从翰林学士侍讲揭公扈从滦阳，有以李君卿妻孟贞节为言者，揭公为之赋诗，而一时诸君子相继有作，素亦赋焉。滦阳在古为绝塞，然秉彝之在人心者，无间于古今远近。当是时，女妇之贞节岂无其人，而传记有所不及载，非可惜哉。顾今其地遂建都邑，天子岁一巡幸，事有系乎风教者，有司不敢以不闻，以故旌其门者，相望于闾巷。若孟之事，又得学士大夫为之记咏，以传诸天下。由是观之，虽其命之不幸，然犹幸生于斯世也。且夫夫妇妇，其万世之常道乎！隋李德武妻裴淑英读《烈女传》，见称述不改嫁者，乃谓所亲曰：不践二庭，妇人常理，何以此为传记耶？善夫！裴之言几知道者，虽然自先王之泽熄，世固有夫不夫而妇不妇者。则孟之所以少丧其夫不复他适，又抚其子至能服官从政，宜乎见称于君子也。刑部侍郎襄阳王公彦宝属素更为述之，将请朝之宗工硕人咏歌之，以为世劝。王公，刑官也，岂不曰出于礼则入于刑，所以防范其民者。盖得法外之意者，然则王公亦贤乎哉！"（《说学斋稿》卷三）危素一生多次扈从上都，在《赠潘子华序》中云："予五至开平，数与子华相见。"（《说学斋稿》卷三）今存危素在上都所作有《赠潘子华序》《祭揭侍讲文》，以及《上都分学书目》《上都分学书目序》《上都宜兴州孔子庙建两庑记》等。

宋褧

宋褧扈从上都，其《宇文子诚出掾河南行省二十韵》云："至顺元年十月初，故人舍我将南徙……忆我前年在滦阳，千里兵尘四郊垒。"（《燕石集》卷三）至正五年（1345）亦扈从上都。其上都诗时间多不可考，一并记于此，有《纪行述怀》《喜归大都玉署》《冻雨晚晴自成物门归院马上口占》《诈马宴》《送王仲方淮东廉使》等。唱和上都诗作有《和苏伯修应奉上都试院夜坐韵》《苏伯修修撰分院滦阳众仲（陈）君实（王）有诗送行读之洒然动人清兴走笔拟之》《闻驾幸开平不获瞻仰怅然有作》等。

> 宋褧（1294—1346），字显夫，大都（今北京）人。早年，褧与兄本随父宦游于江汉之间，为学精深坚古，多为辞章、记览之学。延祐六年（1319），携其所作歌诗从兄本来京师。时元明善、张养浩、王士熙方以文章显于朝，皆争荐之。英宗至治元年（1321），兄本登进士第一。泰定元年（1324），褧亦擢第，授秘书监校书郎。出任詹事院照磨、翰林编修，转大禧宗正院照磨，迁翰林修撰。后至元三年（1337），擢监察御史，出为山南道廉访司佥事，改陕西行台都事。旋召为翰林待制，迁国子监司业，与修辽、金、宋三史，拜翰林直学士兼经筵讲官。年五十三卒，追赠国子祭酒范阳郡侯，谥文清。苏天爵《燕石集序》中称其诗"清新飘逸，间出奇古"，赞其人"卓然能有所见，毅然能有所守"。危素《燕石集序》中云："公之于诗，精深幽丽，而长于讽谕，其文温润而完结，固足以成一家之言。"著有《燕石集》十五卷。生平见《元史》卷一八二《宋本传》附、苏天爵《文清宋公墓志铭》、清邹树荣《宋文清年谱》。

二年（1329）

文宗于五月丁丑北迎明宗皇帝。八月癸巳，文宗至上都。己亥，复即位于上都大安阁。己酉，自上都返大都。

正月，元文宗下诏，上都官吏除初入仕和骤升者罢免外，其他人仍复旧职。丙戌（二十八日），武宗长子和世㻋在和林即位（明宗），率众南下。

二月，"永平、大同二路，上都云需两府，贵赤卫，皆告饥，永平赈粮五万石，大同赈粜粮万三千石，云需府赈粮一月，贵赤卫赈粮二月"。（《元史》卷三三《文宗纪二》）

"三月辛酉，遣燕铁木儿奉皇帝宝于明宗行在所，仍命知枢密院事秃儿哈帖木儿、御史中丞八即刺，翰林直学士马哈某、典瑞使教化的、宣徽副使章吉、金中政院事脱因、通政使那海、太医使吕廷玉、给事中咬驴、中书断事官忽儿忽答、右司郎中孛别出、左司员外郎王德明、礼部尚书八刺哈赤等从行。复命有司奉金千五百两、银七千五百两、币帛各四百匹及金腰带二十，诣行在所，以备赐予。帝命廷臣曰：'宝玺既北上，继今国家政事，其遣人闻于行在所。'癸亥，命有司造乘舆服御，北迎大驾。改潜邸所幸诸路名：建康曰集庆，江陵曰中兴，琼州曰乾宁，潭州曰天临。"（《元史》卷三三《文宗纪二》）

四月，"癸卯，明宗遣武宁王彻彻秃、中书平章政事哈八儿秃来锡命，立帝为皇太子，命仍置詹事院，罢储庆司"。（《元史》卷三三《文宗纪二》）

五月，"丁丑，帝发京师，北迎明宗皇帝……上都迭只诸位宿卫士及开平县民被兵者，并赈以粮"。（《元史》卷三三《文宗纪二》）

六月，"庚戌，（图帖睦尔）次于上都之六十里店"。（《元史》卷三三《文宗纪二》）

七月，"丁巳，（图帖睦尔）次上都之三十里店"。丙子，图帖睦尔接受皇太子宝印。（《元史》卷三三《文宗纪二》）

八月乙酉，明宗至旺兀察都。丙戌，图帖睦尔入见。庚寅，燕铁木儿毒死明宗。图帖睦尔东还上都。（《元史》卷三三《文宗纪二》）

"癸巳，帝至上都。""己亥，帝复即位于上都大安阁，大赦天下。"（《元史》卷三三《文宗纪二》）

癸卯，"遣道士苗道一、吴全节修醮事于京师，毛颖远祭遁甲神于上都南屏山、大都西山"。（《元史》卷三三《文宗纪二》）

"丁未，以马扎儿台为上都留守。"（《元史》卷三三《文宗纪二》）

"己酉，车驾发上都。"（《元史》卷三三《文宗纪二》）

癸未，"上都西按塔罕、阔干忽刺秃之地，以兵、旱，民告饥，赈粮一月"。（《元史》卷三三《文宗纪二》）

张留孙死于英宗至治元年。九月庚申，"加封故领诸路道教事张留孙为上卿、大宗师、辅成赞化保运神德真君"。（《元史》卷三三《文宗纪二》）

十月，"大都至上都并塔思哈刺、旭麦怯诸驿，自备首思，供给繁重，天历三年官为应付"。（《元史》卷三三《文宗纪二》）

十二月，"赈上都留守司八刺哈赤二千二百余户、烛刺赤八百余户粮三月，钞有差；牙连秃杰鲁迭所居鹰坊八百七十户粮三月"。（《元史》卷三三《文宗纪二》）

辛亥，"改上都馒头山为天历山"。（《元史》卷三三《文宗纪二》）

陈旅

六月，陈旅以国子助教身份分教上都，作《六月度居庸关喜雨》《琼芽赋并序》等。《琼芽赋并序》云："栾阳之野多芍药，人掇其芽以为蔬茹。雄武邢遵道始治之以代茗饮，清脾甘芳，能辅气导血，非茗饮所能及也。至治中，有旨命如法以进，天子饮而嘉之。于是乎有

'琼芽'之名。夫芍药之为物，以花艳取重于流俗，至用为药饵，为烹腼之滋，皆不足以尽芍药之妙。自著《本草》以来，至今世始得因遵道以所蕴者见知天子，何其遇之晚也！余惟物之不遇于世者多矣，固有一无所遇而竟已者，而不欲以他伎自炫，至晚始一遇者，亦可悲也。余年四十又一，始为国子助教，天历二年夏扈从至上京，因过邢生，饮琼芽，而生征余赋。"（《安雅堂集》卷一）今存还有《吴宗师赤城阻雨次甘泉韵》《贡院中次苏伯修韵上都》《院中闻大驾先还再韵和伯修》《六月度居庸关喜雨》《和虞先生云州道上闻异香》，以及因苏天爵赴上都和诗《苏伯修往上京，王君实以高丽笠赠之，且有诗。伯修征和章，因述往岁追从之惊，与今兹暌携之叹云耳》。

陈旅（1288—1343），字众仲，元兴化莆田（今属福建）人。先世以儒学称，旅惟笃志于学。用荐者为闽海儒学官。后得马祖常勉励至京师，得虞集赏识，延至馆中，朝夕以道义学问相讲习，自谓得旅之助为多。与祖常交口游誉于诸公间。后中书平章政事赵世延力荐除国子助教，任职六年。元统二年（1334），出为江浙儒学副提举。至元四年（1338），入为应奉翰林文字。至正元年（1341），迁国子监丞，阶文林郎。又二年卒，年五十有六。"旅于文，自先秦以来，至唐、宋诸大家，无所不究，故其文典雅峻洁，必求合于古作者，不徒以徇世好而已。"（《元史》卷一八三《陈旅传》）有《陈众仲文集》十四卷。

文宗至顺元年（1330）

文宗于五月戊辰（十八日）自大都出发，丙戌大驾至上都。七月丁酉自上都返，己未至大都。

"至顺元年春正月丙辰，命赵世延、赵世安领纂修《经世大典》

事。"(《元史》卷三四《文宗纪三》）

五月，"丁卯，翰林国史院修《英宗实录》成。戊辰，车驾发大都，次大口……丙戌，大驾至上都"。（《元史》卷三四《文宗纪三》）

七月，"蒙古百姓以饥乏至上都者，阅口数给以行粮，俾各还所部"。处死上都留守马儿等。（《元史》卷三四《文宗纪三》）

"庚午，岁星犯氐宿。开平路雨雹伤稼。中书省臣言：'近岁帑廪虚空，其费有五：曰赏赐，曰作佛事，曰创置衙门，曰滥冒支请，曰续增卫士鹰坊。请与枢密院、御史台、各怯薛官同加汰减。'从之。"（《元史》卷三四《文宗纪三》）

闰七月，"卫士上都驻冬者，所给粮以三分为率，二分给钞。大驾将还，敕上都兵马司官二员，率兵士由偏岭至明安巡逻，以防盗贼。市橐驼百、牛三百，充扈从属军之用"。（《元史》卷三四《文宗纪三》）

"辛卯，以陕西行台御史中丞脱亦纳为中书参知政事。燕铁木儿言：'赵世延向自言年老，屡乞致仕，臣等以闻，尝有旨，世延旧人，宜与共政中书。御史之言，不知前有旨也。'帝曰：'如御史言，世延固难任中书矣，其仍任以翰林、奎章之职。'"（《元史》卷三四《文宗纪三》）

"丁酉，大驾发上都。"（《元史》卷三四《文宗纪三》）

八月，"己未，大驾至京师，劳遣人士还营"。（《元史》卷三四《文宗纪三》）

"己亥，以奎章阁纂修《经世大典》，命省、院、台诸司以次宴其官属。"（《元史》卷三四《文宗纪三》）

十一月，"赈上都滦河驻冬各宫分怯怜口万五千七百户粮二万石"。（《元史》卷三四《文宗纪三》）

程文

程文在文宗至顺元年（1330）至元统二年（1334）任职翰林院、

国子监期间，曾扈从上都。今存十余首上都诗作，如写北方草原民族饮食的诗歌《糁麦》《乳饼》《牛酥》《长十八花》《白菜》等，个人抒怀诗《久雨书壁》，与虞集、揭傒斯子法的唱和赠答诗《奉寄虞翰林三首》《和伯防观诈马》，以及《答章熊惠笔二首》《读薛伯安诗》等。从程文在上都所作《读薛伯安诗》看，薛是元代一位雅俗双栖作家，程文称其为博士，曾讲学邹鲁，与程文为好友。程文在上都以诗评诗，对薛诗大加赞叹，该诗今存《诗渊》中。

　　程文（1289—1359），字以文，号黟南生，江西婺源人。早年客居京师，得虞集称赏，两人过从密切。曾预修《经世大典》，并在翰林院、国子监任职。元统二年（1334），任休宁县黄竹岭巡检，调怀孟路儒学教授。历官南台御史，升任礼部员外郎，奉使江南。因战乱无法还朝，寓居绍兴、杭州，卒于钱塘西山僧舍，终年七十一。著有《程礼部集》，原本已佚，《诗渊》《永乐大典》存部分佚诗。生平事迹见《新安文献志》卷六六汪幼凤《程礼部文传》以及《元诗选癸集》庚集小传。

胡助

胡助扈从上都，作《上京纪行诗》诗集，总五十首，今仅存七首，《鳌峰》以后诗已佚，今存《纯白斋类稿》卷二中，诗题为《上京纪行诗七首》，分别为《同吕仲实宿城外早行》《昌平》《居庸关》《怀来道中》《李老谷》《赤城》《鳌峰》。胡助一生扈从不止一次，今存胡助上都诗作四十余首，如《龙门行》《上都回》《李陵台》《枪竿岭二首》《过桓州》《题望都铺》《宿牛群头》《滦阳述怀》《滦阳杂咏十首》《和仲实韵》《滦阳七夕分韵》，题材多纪行、咏怀、描写上都风情，以及与僚友唱和。其中，《滦阳七夕分韵青字》云："家家绮席设中庭，儿女喧哗拥碧軿。天上楼台当七夕，河边机杼会双星。桥横鹊背秋凝恨，果结蛛丝夜乞灵。晓别西风洗车雨，龙沙漠漠远山青。"（《纯白斋类稿》卷八）此次七夕节文人在上都的分韵赋诗的宴饮雅集，不见于其他文集，参与者应该不少。《上京纪行诗》诗集在当时影响极大。胡助《上京纪行诗序》云："至顺元年夏五月，大驾清暑滦阳。翰林诸僚佐扈从，而助亦在行中。会微疾差后至。六月下浣始与检阅官吕仲实偕行。仲实权从游于升学者也，今又同在史馆，故乐与之偕。沿途马上览观山水之盛也，日以吟诗为事。比至上都官署，寓于视草堂之西偏，文翰闲暇，吟哦亦不废。是时，学士虞先生乘传赴召，先生至于堂上留数十日，日侍诲言。先生属以目疾惮书，凡有所作往往口占，而助辄从傍执笔书焉。助或一诗成，必正于先生，而先生亦为之忻然，其所以启迪者多矣，兹非幸欤！南还之日又与翰林经历张秦山、应奉孟道源及仲实同行，亦日有所赋。若睹夫巨丽，虽不能形容其万一，而羁旅之思，鞍马之劳，山川之胜，风土之异亦略见焉。至京师辄录为一卷，凡得诗总五十首，以俟夫同志删云。其年八月吉日自序。"（《纯白斋类稿》卷二〇）为《上京纪行诗》题跋者有虞集、王守诚、王士熙、苏天爵、王理、黄溍、柳贯、孛术鲁翀、吕思诚、陈旅、曹鉴、吴师道、王沂、揭傒斯十四人之多，今皆存。其中，当年十月，虞集为《上京纪行诗》题跋，顾瑛《草堂雅集》卷一三载："右《滦京十咏》，古愚亲写以寄，虽已刊于《上京纪行集》中，人不多见，今再附于此，庶以见皇元典章文物之盛事。"虞翰林《题纪行集》云："集仕于朝三十年，以职至上京者凡十数，驰驱之次，亦时有吟讽，不能如吾古愚往复次舍，所遇辄赋，若是其周悉者也。集老且病，将乞身归田，竹簟风轻，茅檐日暖，得此卷诵之，能无天上之思耶？卷中龙门后诗尤佳，欧阳玄功亦云。至顺庚午十月廿八日虞集题。"（《草堂雅集》卷一三）

　　胡助（1274？—？）字履信，一字古愚，自号纯白道人，婺之东阳（今属浙江）人。早年读书乡里，年逾三十举茂才，授建康路儒学学录。延祐初调美化书院山长，秩满游京师，与翰苑名公元明善、王士熙、袁桷、虞集等唱和。授温州路儒学教授，用诸公荐，改授翰林国史院编修官。文宗至顺元年（1330），扈从上都。后调右都威卫儒学教授，秩满再任翰林编修，参修辽、金、宋三史，又迁太常博士。顺帝至正二年（1342），年几七十，致仕归，七十三岁作自传尚康健。"是集（《纯白斋类稿》）乃助所自编，本三十卷。历年既久，残阙失次。"（《四库全书总目》卷一六七）今存《纯白斋类稿》二十卷。生平事迹见《纯白先生自传》《元诗选》三集小传、《宋元学案补遗》卷七三小传。胡助一生两任史官，三任乡试考官，又与翰苑诸公往来，名著一时。明杜储《纯白斋类稿序》评其诗文云："作为诗文，澹而文，质而丽，脱去绮靡浮薄之态，而能成雍容典雅之音。其长篇则充畅而条达，其诗律多精缜而华润。"（《纯白斋类稿》卷首）四库馆臣评其："诗文皆平易近人，无深湛奇警之思，而亦无支离破碎之病，要不失为中声。"（《四库全书总目》卷一六七）

二年（1331）

文宗于五月丙申（二十二日）幸上都，九月庚寅（十八日）自上都返。

二月，"修上都洪禧、崇寿等殿"。（《元史》卷三五《文宗纪四》）

"诸王乞八言：'臣每岁扈从时巡，为费甚广，臣兄豫王阿剌忒纳失里、弟亦失班，岁给钞五百锭、币帛各五千匹。敢视其例以请。'制可。"（《元史》卷三五《文宗纪四》）

三月，"庚子，以将幸上都，命西僧作佛事于乘舆次舍之所"。（《元史》卷三五《文宗纪四》）

四月，"命兴和建屋居海青，上都建屋居鹰鹘"。（《元史》卷三五《文宗纪四》）

五月，"奎章阁学士院纂修《皇朝经世大典》成。诏以泥金书佛经一藏。丙申，大驾幸上都"。（《元史》卷三五《文宗纪四》）

七月，乙卯，祀太祖、太宗、睿宗御容于翰林国史院。

壬午，"监察御史张益等言：'钦察台在英宗朝，阴与中政使咬住造谋，诬告脱欢察儿将构异图，辞连潜邸，致出居海南。及天历初，倒剌沙据上都，遣钦察台以兵拒命，倒剌沙疑其有异志，复禽以归，即追言昔日咬住之谋以自解。皇上即位，不念旧恶，擢居中书，而又自贻厥咎，以致夺官籍产。旋复释宥，以为四川平章。今云南未平，与蜀接境，其人反覆，不可信任，宜削官远审，仍没入其家产。'台臣以闻，诏夺其制命、金符，同妻孥禁锢于广东，毋籍其家。仍诏谕御史：'凡憸人如钦察台者，其极言之，毋隐。'铁木儿补化辞御史大夫职，不允。"（《元史》卷三五《文宗纪四》）

"八月甲辰朔，西域诸王卜赛因遣使忽都不丁来朝。滦阳驿户增置马牛各一，免其和市杂役。赐上都孔子庙碑。""辛亥，大驾南还大都。"（《元史》卷三五《文宗纪四》）

"壬子，西域诸王答儿麻失里袭朵列帖木儿之位，遣诸王孛儿只吉台等来朝贡。"（《元史》卷三五《文宗纪四》）

十一月庚辰，"左、右钦察卫军士千四百九十户饥，命上都留守司赈之"。（《元史》卷三五《文宗纪四》）

虞集

虞集扈从上都，作《御马五云骥图赞》《倪文光墓碑》等。《御马五云骥图赞》："至顺二年夏，天子时巡上京。行幸之次，日阅其良，于是五云之骥出焉，盖神骏之尤杰者也……于是命善工图形，藏诸内阁，而命臣赞之。"（《道园学古录》卷二一）《倪文光墓碑》："至顺二年夏，予扈从上都，吴郡倪瑛与其弟班使人持张先生贞居之书来，求制兄文光真人碑铭。"（《道园学古录》卷五〇）

许有壬

时年四十五岁的许有壬扈从上都，许有壬有诗《至顺辛未（二年）六月见文宗皇帝于大安阁后廊，甲戌（元统二年）夏重来有感而作》："修廊晴旭射红尘，燕坐曾朝虮虱臣。静忆玉音犹在耳，绝怜金地只传神。桥陵弓剑成千劫，滦水旌旗仅四巡。大圣继天春万汇，感恩无奈泪沾巾。"（《至正集》卷一六）

苏天爵

苏天爵扈从上都。苏天爵《翰林分院名记》云："至顺二年夏五月，翰林国史院扈从天子清暑上京，自以下题名于壁，遵故事也。"（《滋溪文稿》卷二）王沂有《送苏伯修侍郎扈跸之上京》："晴川金鲤出芙蕖，持橐仙郎得句无。礼乐又新三代制，丹青应上两京图。云端驯象扶雕辇，仗外明驼络宝珠。拟待赐酺祠马祖，华光星里望骊驹。"（《伊滨集》卷九）今存苏天爵《上都庙学碑阴记》《跋胡编修上京纪行诗后》等。《跋胡编修上京纪行诗后》云："尝闻故老云，宋在江南时，公卿大夫多吴、越之士，起居服食，率骄逸华靡。北视淮甸，已为极边。及当使远方，则有憔悴可怜之色。呜呼，士气不振如此，欲其国之兴也难矣哉。今国家混一海宇，定都于燕，而上京在北又数百里，銮舆岁往清暑，百司皆分曹从行，朝士以得侍清燕，乐于扈从，殊无依依离别之情也。予友胡君古愚生长东南，蔚以文采，身形瘦削，若不胜衣。及官词林，适有上京之役，雍容闲暇，作为歌诗。所以美混一之治功，宣承平之盛德，余于是知国家作兴士气之为大也。后之览其诗者，与太史公疑留侯为魁梧奇伟者何以异。"（《滋溪文稿》卷二八）

苏天爵（1294—1352），字伯修，学者称滋溪先生。真定（今河北正定）人。父志道，官至岭北行省左右司郎中。苏天爵师出有门，少从安熙学（刘因私淑弟子）。后入国子学，吴澄、虞集、齐履谦先后为之师。延祐四年（1317），国子员试拔置第一，授大都路蓟州判官，改翰林国史院典籍官，迁应奉翰林文字，升修撰。元统初，累拜监察御史，迁翰林待制。顺帝至元间，累迁礼部侍郎，出廉访淮东，入为枢密判官，改吏部尚书，进参议中书省事。至正二年（1342），拜湖广行省参知政事，迁陕西行台侍御史，召为集贤侍讲学士兼国子祭酒。随廉访山东，拜江浙行省参知政事。历大都路总管，两浙都转运使。十二年（1352），淮右、江东反元事起，朝廷命天爵以江浙行省参知政事总兵于饶、信，卒于军。天爵为官，政绩卓著。为学博而知要，一生著述甚丰，有《国朝名臣事略》（《元朝名臣事略》）十五卷、编《国朝文类》（《元文类》）七十卷、《滋溪诗稿》七卷、《滋溪文稿》三十卷、《松厅章疏》五卷、《春风亭笔记》二卷，以及《辽金纪年》《宋辽金三史目录》等，未及脱稿者尚有《黄河原委》等，曾预修《英宗实录》《文宗实录》。《元史》卷一八三有传，生平事迹还可见宋濂《苏天爵传》（《畿辅通志》卷一〇三）、明王鏊《姑苏志》卷四二。

三年（1332）

文宗于五月庚寅（二十二日）自大都出发。八月己酉，文宗在上都驾崩。

正月，"诏上都留守司为燕铁木儿建居第"。（《元史》卷三六《文宗纪五》）

五月，"庚寅，大驾发大都，时巡于上都"。（《元史》卷三六《文宗纪五》）

"秋七月戊辰朔，诸王答里麻失里等遣使来贡虎豹。""壬辰，西域诸王不赛因遣哈只怯马丁以七宝水晶等物来贡。""甲午，北边诸王月即别遣南忽里等来朝贡。"（《元史》卷三六《文宗纪五》）

八月，癸卯，吴王木喃子及诸王答都河海、锁南管卜、帖木儿赤、帖木迭儿等来朝。"赐护守上都宫殿卫卒二千二百二十九人，人

钞二十五锭"。(《元史》卷三六《文宗纪五》)

"己酉，帝崩，寿二十有九，在位五年。癸丑，灵驾发引，葬起
辇谷，从诸帝陵。"(《元史》卷三六《文宗纪五》)

遗诏立明宗次子懿璘质班为帝。"宁宗冲圣嗣孝皇帝，讳懿璘质
班，明宗第二子也。母曰八不沙皇后，乃蛮真氏。初，武宗有子二
人，长明宗，次文宗。延祐中，明宗封周王，出居朔漠。泰定之际，
正统遂偏。天历元年，文宗入绍大统，内难既平，即遣使奉皇帝玺
绶，北迎明宗。明宗崩，文宗复即皇帝位。明宗有子二人，长妥欢帖
木耳，次即帝也。天历三年二月乙巳，封帝为鄜王。"(《元史》卷三
七《宁宗纪》)

十月庚子，懿璘质班即位于大都大明殿，大赦天下。(《元史》卷
三七《宁宗纪》)

"大都、上都、兴和三路，差税免三年。"(《元史》卷三七《宁
宗纪》)

十一月壬辰，"(宁宗)帝崩，年七岁"。(《元史》卷三七《宁宗纪》)

"三年八月己酉，文宗崩，燕铁木儿请文宗后立太子燕帖古思，
后不从，而命立明宗次子懿璘只班，是为宁宗。十一月壬辰，宁宗
崩，燕铁木儿复请立燕帖古思，文宗后曰：'吾子尚幼，妥欢帖睦尔
在广西，今年十三矣，且明宗之长子，礼当立之。'乃命中书左丞阔
里吉思迎帝于静江。至良乡，具卤簿以迓之。燕铁木儿既见帝，并马
徐行，具陈迎立之意。帝幼且畏之，一无所答。于是燕铁木儿疑之，
故帝至京，久不得立。适太史亦言帝不可立，立则天下乱，以故议未
决。迁延者数月，国事皆决于燕铁木儿，奏文宗后而行之。俄而燕铁
木儿死，后乃与大臣定议立帝，且曰：'万岁之后，其传位于燕帖古
思，若武宗、仁宗故事。'诸王宗戚奉上玺绶劝进。"(《元史》卷三
八《顺帝纪一》)

虞集

文宗崩，虞集被诏上都议政。"文宗崩，集在告，欲谋南还，弗

果。幼君崩，大臣将立妥欢帖穆尔太子，用至大故事，召诸老臣赴上
都议政，集在召列。"（《元史》卷一八一《虞集传》）

王沂

王沂从至顺三年（1332）至正二十二年（1362）身为馆阁文臣，
扈从上都机会甚多，曾主持上都乡试，《芍药茶三首》云："余往年试
上京乡贡士于集贤署。"（《伊滨集》卷一一）《寄许大参二首》云：
"去年风雨菊花时，曾诵滦京百首诗。今日六龙随警跸，却凭征雁寄
相思。长吟明月同千里，欲对芳尊把一卮。别意短长何所似，湘波不
尽碧参差。"（《伊滨集》卷八）今存上都诗作《张宜之以银烛寄以网
巾答二首》《发赤城》《白翎雀》《晓发》《沙岭》《秋兴三首》《枪竿
岭紫菊》《七月十三日书感》《发赤城》《题邢氏家传》《上京十首》
等近三十首。至正年间后期，作《送徐德符序》，其文云："余少时居
江南，识徐君德符时，年未三十，风骨爽秀……后三十年，余承乏太
史，德符长池州淮学。既代，来京师，昔之秀整之状，今化而为苍颜
华发……而余方从跸上京，出居庸关，过龙门峡，徘徊绝壁之下，乱
石林立，波漱其罅，风水吞吐，其音澎湃，犹韶濩间作。德符能援琴
写之，将见风云为之变化，涛澜为之汹涌，鱼龙为之悲啸。余亦超然
有得，欲遗埃壒而上征，德符买舟南归，而莫余从也。"（《伊滨集》
卷一四）上都唱和频繁，今存《次韵宋诚夫上都书事》《和魏伯时滦
京秋兴薇垣书事一首》等。

王沂，字思鲁，生卒年与马祖常大致。先世云中（今陕西榆
林）人，后徙真定（今河北正定）。《石田集》卷一三《监黄池
税务王君墓碣铭》及文集对其家世履历有所记述。王沂与马祖常
同榜，为仁宗延祐初进士。延祐四年（1317）佐郡伊阳，尝为嵩
州同知。文宗至顺三年（1332）为国史院编修官。顺帝元统三年
（1335）尝在国子学为博士。曾参与修撰宋、辽、金三史。三史
成书于至正五年（1345），书前列修史诸臣有"总裁官中大夫礼

部尚书王沂"之名，此时已位至列卿。据《壬寅纪异》诗有"壬寅仲春天雨雹，南平城中昼惊愕。自从兵戈十年来，颃洞风尘互沙漠"之句，又《邻寇逼境仓皇南渡》诗有"邻邑举烽燧，长驱寇南平，中宵始闻警，挈家速远行"之句，壬寅为至正二十二年（1362），距沂登第已近五十年，尚转侧兵戈间，则其年应在七十以上。曾主持上都乡试，著《伊滨集》二十四卷。明嘉靖《真定府志》卷五及卷二七、《元书》卷八九有传略。王沂跻身馆阁，《四库全书总目》称其诗文"春容和雅，犹有先正轨度"。王沂与傅若金、许有壬、周伯琦、陈旅等相唱和，在文坛影响大。

顺帝元统元年（1333）

六月己巳（八日），明宗长子妥欢帖睦尔在上都即位（顺帝），自上都返大都时间史籍未载。

"四年六月己巳，帝（妥欢帖睦尔）即位于上都。"（《元史》卷三八）

六月辛未，"命伯颜为太师、中书右丞相、上柱国、监修国史，兼奎章阁大学士，领学士院、太史院、回回、汉人司天监事；撒敦为太傅、左丞相"。（《元史》卷三八《顺帝纪一》）

九月甲寅，中书省臣言："官员递升，窒碍选法。今请自省、院、台官外，其余不许递升。"从之。（《元史》卷三八《顺帝纪一》）

陈颢

陈颢扈从上都。元统初，陈颢扈跸行幸上都，至龙虎台，顺帝命造膝前，而握其手曰："卿累朝老臣，更事多矣，凡议政事，宜极言无隐。"颢顿首谢不敏。（《元史》卷一七七《陈颢传》）

陈颢（1264—1339），字仲明，其先居卢龙，仕金为谋克监军。颢幼颖悟，日记诵千百言，稍长，游京师，登翰林承旨王磐、安藏之门。磐熟金典章，安藏通诸国语，颢兼习之。安藏乃荐颢入宿卫，寻为仁宗潜邸说书。会成宗崩，仁宗入定内难，以迎武宗，颢皆预谋。及仁宗即位，以推戴旧勋，特拜集贤大学士、荣禄大夫，仍宿卫禁中，政事无不与闻。科举之行，颢赞助之力尤多。颢时伺帝燕闲，辄取圣经所载大经大法有切治体者陈之，每见嘉纳。仁宗崩，辞禄家居者十年。文宗即位（1328），复起为集贤大学士。顺帝元统初，颢扈跸行幸上都，至龙虎台，帝命造膝前，而握其手曰："卿累朝老臣，更事多矣，凡议政事，宜极言无隐。"颢出入禁闼数十年，乐谈人善，而恶闻人过。大夫士因其荐拔以至显列，有终身莫知所自者，是以结知人主，上下无有怨尤。欧阳玄为国子祭酒，与颢同考试国子伴读，每出一卷，颢必拾而观之，苟得其片言善，即以置选列，为之色喜。玄叹曰："陈公之心，盖笃于仁而逾于厚者，真可使鄙夫宽、薄夫敦矣。"后至元四年（1338），致政，命食全俸于家。明年卒，年七十六。至正十四年（1354），赠摅诚秉义佐理功臣、光禄大夫、河南江北等处行中书省平章政事、柱国，追封蓟国公，谥文忠。

萨都剌

萨都剌或于此年扈从上都。萨都剌有诗《过居庸关》云"至顺癸酉岁"，即元统元年。今存萨都剌上都诗《白翎雀》《和中丞伯庸马先生赠别。中丞除南台，仆驰驿远迓，至上京，中丞改除徽政，以诗赠别》《和闲闲吴真人》，以及以上都为题材的少量宫词。《宣政同知燕京间报国哀时文皇晏驾》有诗句："东南山水失颜色，一夕秋风来上京。"（《雁门集》卷一）今存萨都剌《上京即事》十首最为著名。录于此：

一派箫韶起半空，水晶行殿玉屏风。诸王舞蹈千官贺，齐捧蒲萄寿两宫。

上苑棕毛百尺楼，天风摇曳锦绒钩。内家宴罢无人到，面面珠帘夜不收。

行殿参差翡翠光，朱衣花帽宴亲王。绣帘齐卷薰风起，十六天魔舞袖长。

中官作队道宫车，小样红靴踏软沙。昨夜内家清暑宴，御罗凉帽插珠花。

大野连山沙作堆，白沙平处见楼台。行人禁地避芳草，尽向曲阑斜路来。

院院翻经有咒僧，垂帘白昼点酥灯。上京六月凉如水，酒渴天厨更赐冰。

祭天马酒洒平野，沙际风来草亦香。白马如云向西北，紫驼银瓮赐诸王。

牛羊散漫落日下，野草生香奶酪甜。卷地朔风沙似雪，家家行帐下毡帘。

紫塞风高弓力强，王孙走马猎沙场。呼鹰腰箭归来晚，马上倒悬双白狼。

五更寒袭紫毛衫，睡迟东窗酒尚酣。门外日高晴不得，满城湿露似江南。

萨都剌（1307—1359以后），字天锡，号直斋。西域答失蛮氏。先世随蒙古军东来，父、祖镇云、代，留居雁门，遂为雁门人。少时经商，泰定四年（1327）进士，授镇江录事司达鲁花赤，秩满，入翰林国史院。出为南御史台掾史，历河南江北道廉访司经历、燕南河北道廉访照磨、福建闽海道廉访司知事等。晚年致仕，寓居杭州，以战乱避走绍兴、安庆等地，不知所终。有《雁门集》十四卷。萨都剌生平事迹不见碑传，正史亦无传。整理本《雁门集》附录有相关资料（上海古籍出版社1982年）。萨都剌诗、文、词成就突出。虞集曰："进士萨天锡者，最长于情，流丽清婉，作者皆爱之，而与前之诸公先后沦逝，识者然后知其不可复得也。"（《傅与砺诗集》卷首《清江集序》）干文传序评："其豪放若天风海涛，鱼龙出没；险劲如泰华云门，苍翠孤耸；其刚健清丽，则如淮阴出师，百战不折，而洛神凌波，春花秋月之婳娟也。有诗人直陈之事，有援彼状此托物兴词之义。可以颂美德而尽夫群情，可以感人心而裨乎时政。周人忠厚之意具在，乃一扫往宋委靡之弊矣。"（《雁门集序》）顾嗣立《元诗选》小传评其诗："清而不佻，丽而不缛，真能于袁、赵、虞、杨之外别开生面者也。"（《元诗选·戊集·天锡雁门集》）

张昱

张昱曾在京师旅居、任职期间前赴上都，有《辇下曲》一百零二首，皆为七言绝句，但具体年份不可考，推测是在文宗、顺帝朝。张昱《辇下曲序》云："昱备员宣政院判官，以僧省事简，搜索旧文稿于囊中。曩在京师时，有所闻见辄赋诗，有《宫中词》《塞上谣》共若干首，合而目之曰《辇下曲》。其据事直书，辞句鄙近，虽不足以上继风雅，然一代之典礼存焉。"《辇下曲》是张昱在大都生活期间所作。他有所闻见，辄为赋诗，秉承了"据事直书，辞句鄙近，虽不足以上继风雅，然一代之典礼存焉"的创作精神。四库馆臣评："《天宝宫词》《辇下曲》《宫中词》诸作，不独咏古之工，且足备史乘所未载。"其史料价值极高。张昱在大都任宣政院判官时，因僧省事简，闲暇整理旧稿成编，是将《宫中词》《塞上谣》共若干首合而题名为《辇下曲》。"辇下"为"辇毂之下"的简称，意为在皇帝车舆之下，借指京师，"仆赖先人绪业，得待罪辇毂下，二十余年矣"（张昱《张光弼诗集序》）。

张昱（1308？—1376 年以后），字光弼，初号一笑居士，庐陵（今江西吉安）人，生卒年不详。据陈学霖考述，明初陈彦博《张光弼诗集序》称昱于洪武九年（1376）持诗篇嘱其作序，而正统杨士奇为其诗集撰序，言昱于开国时蒙明太祖召见，以年迈遣归西湖，未几以春秋七十有三而终，推算张昱应生于武宗至大初年，卒于洪武九年之后。（陈学霖《史林漫识》之《辇下曲与大都研究史料》，中国友谊出版公司 2001 年，第 140 页）早岁旅居大都，与虞集、张翥等过从吟咏，尝供职宣政院为判官。至正年间，江浙行省左丞杨完者用昱参谋军府事，迁左右司员外郎，行枢密院判官。"仕元累升至行枢密院判，常赞忠谟于戎幕，元末政坏，遂弃官不仕，张士诚据有浙西礼致之，不屈。"（杨士奇《张光弼诗集序》）张士诚据苏州，礼请昱，坚辞不就，借题蕉叶以明志。明太祖朱元璋召至京师，悯其老，曰"可闲矣"，厚赐遣还，昱于是以"可闲老人"为号，归老于西湖山水间，与周伯琦、杨维桢交游甚好，隐逸以终。张昱性直亮，美丰仪，浸淫经传子史，为文章诗歌绰有古风。嗜酒好客，尊俎笑谈，终日无厌，而应事酬酢，决机敏捷。生平事迹见刘仁本《一笑居士传》（《羽庭集》卷六）、《明史》卷二八五、《元诗选》初集、《新元史》卷二三八、《元诗纪事》卷二五、《静志居诗话》卷四等。

杨允孚

杨允孚与顺帝朝曾前赴上都，今存《滦京杂咏》，收诗一百零八首。《滦京杂咏》前百首作于元朝，"今朝建德门前马，千里滦京第一程"，后八首作于明初，"试将往事记从头，老鬓征衫总是愁。天上人间今又昔，滦河珍重水长流"。应为追忆。四库馆臣评："其诗凡一百八首，题曰百咏，盖举成数。其曰滦京者，以滦河径上都城南，故元时亦有此称。诗中所记元一代避暑行幸之典，多史所未详，其诗下自注，亦皆赅悉，盖其体本王建宫词，而故宫禾黍之感，则与孟元老之《东京梦华录》，吴自牧之《梦粱录》，周密之《武林旧事》，同一用

意矣。"《滦京杂咏》今存罗大已、郭钰、金幼孜、杨士奇等人题跋歌
咏。罗大已《跋滦京杂咏》:"世所贵于能言者,非以其能自为言也。
穹壤之大,古今之异,生物之情态,殆万变而无穷。能者言之如水之
鉴物,烛之取影,如传神写照,短长肥瘦,老壮勇怯,其神情意度,
邪正丑好,或得之一览之间,或索诸冥搜之表,要各有以极其趣而后
已焉。夫岂有穷乎哉!百年以来海宇混一,往所谓勒燕然,封狼居胥
以为旷世希有之遇者,单车掉臂,若在庭户,其疆宇所至,尽日之所
出,与日之所没,可谓盛哉!杨君以布衣从当世贤士大夫游,幞被出
门,岁走万里。耳目所及,穷西北之胜,具江山人物之形状,殊产异
俗之瑰怪,朝廷礼乐之伟丽,与凡奇节诡行之可警世厉俗者,尤喜以
咏歌记之,使人诵之,虽不出井里,恍然不自知。其道齐鲁,历燕
赵,以出于阴山之阴,蹛林之北,身履而目击,真予所谓能言者乎!
予索居乡间,闻见甚狭,间独窃爱中台马公祖常、奎章虞公集、翰林
柳公贯,时能以雄辞妙笔写其一二。今得杨君是集,又为增益所未
见。俯仰今昔,又一时矣。君其尚有可言者乎?而君固已杜门裹足,
归老故山,方日与田夫野叟相尔汝,求以自狎,兵燹所过,莽为丘
墟,回视曩游,跬步千里。吾知君颓檐败壁之下,涤瓦楹,倒邻酿,
取旧编,与知者时一讽咏,未必不为之慨然以永叹,悠然而遐思。
岁在玄黓,困敦里诸生罗大已敬书于其集之末云。"郭钰《题杨和吉
滦京诗集》云:"钰也不识滦京路,送君几向滦京去。滦京才俊纷往
来,好景惟君独能赋。太平自是多佳句,况逢虞揭论心素。金鱼换酒
谪仙狂,彩舟弹瑟湘灵助。岂知归去烟尘惊,山中闭门华发生。云气
蓬莱心未已,梦中犹在东华行。贞元朝士几人在,少年诗思千载名。
西云亭上何日到,为君舞剑歌滦京。"(《静思集》卷三)杨士奇《杨
和吉诗集附萧德舆故宫遗录》云:"余生十余岁读刘云章先生(刘
霜)和杨和吉《滦京百咏》诗,思见和吉之作不可得。今年在北京,
康甥孟嘉馆授文明门,得此诗于其徒,又有和吉西云小草野人杂录,
悟非小稿,通为一集,而附萧德舆故宫遗录在后,皆胜国遗事,可以

资览阅，备鉴戒。和吉，名允孚，吾家泄塘之族。尝以布衣客燕都，往来两京，德舆名询，亦吉水人。洪武初，为工部主事，尝随中山武宁王治元故宫为亲王府，故皆能悉之。"（《东里续集》卷一九）

　　杨允孚，江西吉水人。据史铁良考述，生于延祐三年（1316）左右，卒年应在洪武五年（1372）至洪武九年（1376）之间。（史铁良《元末诗人杨允孚及其〈滦京杂咏〉》，《古籍研究》2005 年第 2 期）由布衣而官，应为正八品"直长"，是属宣徽院尚食局尚食供奉之官，是皇帝近侍。张昱《辇下曲》有"直长巡觞宣上旨，尽教满饮大金钟"句。元亡后，杨允孚归老故山，甘作遗民。虞集、揭傒斯、郭钰、刘霜与其诗歌交往密切。郭钰有《哀杨和吉》云："重到西亭泪自垂，更从何处共襟期。看花马上春云散，种柳门前秋雨悲。仙客已闻遗橘井，故侯犹待馆罗池。茫茫天壤名长在，赖有滦京百咏诗。"（《静思集》卷九）据杨士奇《杨和吉诗集附萧德舆故宫遗录》可知，杨允孚著有《滦京杂咏》《西云小草》《野人杂录》《悟非小稿》，总为一集。据道光《吉水县志》载，杨允孚还有《孝友吟》，惜已佚。

二年（1334）

　　顺帝于四月幸上都，九月辛卯（六日）自上都返。

　　二月，"甲子，塞北东凉亭雹，民饥，诏上都留守发仓廪赈之"。（《元史》卷三八《顺帝纪一》）

　　四月，"是月，车驾时巡上都"。（《元史》卷三八《顺帝纪一》）

　　五月，"己丑，诏威武西宁王阿哈伯之子亦里黑赤袭其父封。宦者孛罗帖木儿传皇后旨，取盐一十万引入中政院。辛卯，以唐其势代撒敦为中书左丞相，撒敦仍商量中书省事。壬辰，命中书平章政事撒

的领蒙古国子监"。(《元史》卷三八《顺帝纪一》)

六月,"辛巳,诏蒙古、色目人行父母丧。癸未,复立缮工司,造缯帛"。(《元史》卷三八《顺帝纪一》)

七月,"辛卯,祭太祖、太宗、睿宗三朝御容。罢秋季时享。壬辰,帝幸大安阁。是日,宴侍臣于奎章阁"。(《元史》卷三八《顺帝纪一》)

八月,"戊午,祭社稷"。"辛未,赦天下。"(《元史》卷三八《顺帝纪一》)

九月,"辛卯,车驾还自上都"。(《元史》卷三八《顺帝纪一》)

许有壬

时年四十八岁的许有壬扈从上都。元统二年(1334),许有壬拜治书侍御史,在皇宫后苑获观斗驼。五月,扈从上都与玄教大宗师吴全节等歌诗相和,如《和闲闲宗师至上京韵二首》等。转奎章阁学士院侍书学士。九月,拜中书参知政事,知经筵事。许有壬作《上京十咏》,序云:"元统甲戌,分台上京,饮马酒而甘,尝为作诗。丁丑分省,日长多暇,因数土产可记者尚多,又赋九题,并旧作为《上京十咏》云。"(《至正集》卷一三)

吴全节

元统二年(1334)玄教大宗师吴全节在上都寄两首诗给在饶州安仁的好友李存。今吴全节诗不存。李存《俟庵集》卷一八《和吴宗师滦京寄诗序》云:"元统二年夏,玄教大宗师吴公从驾上都,叹帝业之弘大,睹朝仪之光华,赋诗二章,他日手书以寄其乡人李某,且曰:苟士友之过从者宜出之,与共歌咏太平也。于是闻而来观者相继,传录于四方者尤众,咸以为是作也。"诗云:

往往闻人说上都,白沙青草世间无。千官拥驾云朝起,万帐随营雪夜铺。业广殷周天所与,兴追风雅客难孤。不知范蠡当时意,独肯扁舟老五湖。(其一)

紫驼白象壮行仪，但觉炎威日日微。露透地椒清宝仗，风生天棘满旌旗。金盘蔼蔼行新馔，玉体翛翛进夹衣。自得仙吟因想像，半生元不离门畿。（其二）

宋濂

元统二年（1334）甲戌，宋濂二十五岁，谒柳贯于浦江私第，柳贯出示薛汉所书《上京纪行诗卷》诗集。四十四年后，宋濂作《跋柳先生上京纪行诗后》。《跋柳先生上京纪行诗后》："濂以元统甲戌伏谒先生（柳贯）于浦江私第，出示《上京纪行诗卷》，乃永嘉薛宗海所书。时先生自江西儒台解印家居，上距分教滦阳赋诗之年，实延祐之庚申，已历十五春秋。洪武丁巳之正月，濂方谢事归田，幸获重观于萝山书舍，相去元统甲戌复四十有四年，于是先生墓上之草，亦三十六新矣！呜呼！六十年间，人事变迁，乃弗齐若是，不亦悲夫！先生之孙叔雍，以濂尝受业先生之门，请题识其末，三复之余，慨然为之兴怀。先生之诗，与薛君之字，人咸知贵之，有不待区区之赞也。"（《宋学士文集》卷四五）

顺帝后至元元年（1335）

顺帝于五月戊子（七日）幸上都，九月庚辰朔，车驾驻扼胡岭，丙戌（七日）自上都返。

五月，"戊子，车驾时巡上都。遣使者诣曲阜孔子庙致祭"。（《元史》卷三八《顺帝纪一》）

六月，"庚辰，伯颜奏唐其势及其弟塔剌海谋逆，诛之。执皇后伯牙吾氏幽于别所"。（《元史》卷三八《顺帝纪一》）

七月，伯颜杀皇后答纳失里（燕铁木儿女）于开平。"壬午，伯颜杀皇后伯牙吾氏于开平民舍。"（《元史》卷三八《顺帝纪一》）

"壬辰，加马札儿台银青荣禄大夫、开府仪同三司，领承徽寺。乙未，太阴犯垒壁阵。壬寅，专命伯颜为中书右丞相，罢左丞相不置。"（《元史》卷三八《顺帝纪一》）

"戊申，诛答里及剌剌等于市，诏曰：'曩者文宗皇帝以燕铁木儿尝有劳伐，父子兄弟显列朝廷，而辄造事衅，出朕远方。文皇寻悟其妄，有旨传次于予。燕铁木儿贪利幼弱，复立朕弟懿璘质班，不幸崩殂。今丞相伯颜，追奉遗诏，迎朕于南，既至大都，燕铁木儿犹怀两端，迁延数月，天隤厥躬。伯颜等同时翊戴，乃正宸极。后撒敦、答里、唐其势相袭用事，交通宗王晃火帖木儿，图危社稷，阿察赤亦尝与谋，赖伯颜等以次掩捕，明正其罪。元凶构难，贻我皇太后震惊，朕用兢惕。永惟皇太后后其所生之子，一以至公为心，亲挈大宝，畀予兄弟，迹其定策两朝，功德隆盛，近古罕比。虽尝奉上尊号，揆之朕心，犹为未尽，已命大臣特议加礼。伯颜为武宗捍御北边，翼戴文皇，兹又克清大憝，明饬国宪，爰赐答剌罕之号，至于子孙，世世永赖。可赦天下。'"（《元史》卷三八《顺帝纪一》）

八月，"戊午，祭社稷"。（《元史》卷三八《顺帝纪一》）

"己卯，议尊皇太后为太皇太后，许有壬谏以为非礼，不从。"（《元史》卷三八《顺帝纪一》）

"九月庚辰朔，车驾驻扼胡岭。丙戌，赦。丁亥，封知枢密院事阔里吉思为宜国公，太保、中书平章政事定住为宣德王。"（《元史》卷三八《顺帝纪一》）

九月，"丙戌，车驾还自上都"。（《元史》卷三八《顺帝纪一》）

许有壬

时年四十九岁的许有壬五月分省上京。十一月，诏罢科举，乃论学田租可给卫士衣粮。中书平章政事彻理帖木儿挟私憾，奏罢进士科。"时罢科举诏已书而未用玺，有壬力争之，伯颜怒曰：'汝风台臣言彻理帖木儿耶？'""翊日宣诏，特命有壬为班首以折辱之。有壬惧祸，不敢辞。治书侍御史布哈诮有壬曰：'参政可谓过河拆桥者矣。'

有壬以为大耻，称疾不出。"（《续资治通鉴》卷二〇七《元纪二十五》）"帝强起之，拜侍御史。"（《元史》卷一八二《许有壬传》）有壬沉痛地说："不图才三十年，遽至废格，虽奸人借进士瘢墨者若干，以簧鼓上听，而不才适在政府，封缴不武，匡救无术，有愧于七科五百三十七者多矣！"（《至正集》卷七一《题杨廷镇所藏首科策题》）

吴师道

吴师道于顺帝至元元年（1335）召为国子助教，阶承务郎，逾年升博士，进儒林郎，至正三年（1343）丁忧归，在此期间曾扈从上都。今存《留昌平四诗》《榆林驲夕佳轩》。张翥于至正元年（1341）以国子助教身份分教上都作《上京即事》，吴师道和作《次韵张仲举助教上京即事六首》。黄溍于至正二年（1342）授应奉翰林文字，转国子博士，扈从上都，作《上京道中杂诗十二首》，吴师道作《题黄晋卿应奉上京纪行诗后》。

吴师道（1283—1344），字正传，婺州兰溪（今属浙江）人。英宗至治元年（1321）举进士，授高邮县丞，改宁国路录事，爱民有声。顺帝至元元年（1335），迁文林郎池州建德县尹，召为国子助教，阶承务郎，逾年升博士，进儒林郎。至正三年（1343）丁忧归，明年以礼部郎中致仕，命未下而卒，年六十二。据其友张枢所撰墓表："所著书《兰阴山房类稿》二十卷，《易杂说》二卷，《书杂说十五首》六卷，《诗杂说》二卷，《春秋胡氏传附正》十二卷，《战国策校注》十卷，《绛守居园池记校注》一卷，《敬乡录》二十三卷。"今存《吴礼部集》（又名《兰阴山房类稿》）、《敬乡录》、《战国策校注》、《绛守居园池记注》、《吴礼部诗话》。《元史》卷一九〇有传，生平事迹还见张枢《元故礼部郎中吴君墓表》、杜本《墓志铭》、宋濂《吴先生碑》。

二年（1336）

顺帝于四月戊戌（二十二日）幸上都，九月戊辰（二十六日）自
上都返。

四月，"戊戌，车驾时巡上都。拜中书左丞耿焕为侍御史，王懋
德为中书左丞"。（《元史》卷三九《顺帝纪二》）

三月，将燕铁木儿弟撒敦在上都的住宅赐给太保定住。（《元史》
卷三九《顺帝纪二》）

六月，"丁丑，禁诸王、驸马从卫服只孙衣，系绦环。赠宗王忽
都答儿为云安王，谥忠武；罗罗歹为保宁王，谥昭勇"。"庚辰，命中
书平章政事阿吉剌知经筵事。"（《元史》卷三九《顺帝纪二》）

七月，"庚午，敕赐上都孔子庙碑，载累朝尊崇之意"。"以钞二
千锭赈新收阿速军扈从车驾者，每户钞二锭，死者人一锭。"（《元史》
卷三九《顺帝纪二》）

九月，"戊辰，车驾还自上都"。（《元史》卷三九《顺帝纪二》）

三年（1337）

顺帝于四月己卯（九日）幸上都，八月自上都返大都。

四月，"己卯，车驾时巡上都"。（《元史》卷三九《顺帝纪二》）

是月，诏："省、院、台、部、宣慰司、廉访司及部府幕官之长，
并用蒙古、色目人。禁汉人、南人不得习学蒙古、色目文字。"（《元
史》卷三九《顺帝纪二》）

五月，"乙巳，以兴州、松州民饥，禁上都、兴和造酒"。"甲寅，
诏哈八儿秃及秃坚帖木儿为太尉，各设僚属幕官。西番贼起，杀镇西

王子党兀班，立行宣政院，以也先帖木儿为院使，往讨之。""癸未，设醮长春宫。"（《元史》卷三九《顺帝纪二》）

七月，"癸卯，车驾出猎"。"丁未，车驾幸龙冈，洒马乳以祭。"（《元史》卷三九《顺帝纪二》）

"戊申，召朵儿只国王入朝。"

"壬子，车驾幸乾元寺。"

"庚申，诏：'除人命重事之外，凡盗贼诸罪，不须候五府官审录，有司依例决之。'"（《元史》卷三九《顺帝纪二》）

"修理文宗神主并庙中诸物。"

八月，"是月，车驾至自上都"。（《元史》卷三九《顺帝纪二》）

许有壬

时年五十一岁的许有壬扈从上都，多上都唱和赠答、咏怀、风情诗，将一百二十首诗结为诗集《文过集》。如《和虞伯生学士壁间韵》《和谢敬德学士题苏武泣别图韵》《次韵伯英二决明羹》《次虞伯生跋马伯庸诗韵》《送杰古愚上人奉诏归山》《寄赵秉彝》《再用前韵答王仁甫左丞》等。《文过集序》云："（后至元三年）丁丑分省，予以五月二日发京师，八日达上京。大臣日侍帷幄，时陪论奏，退则入省治常事，军国机务，一决于中。而京师留守，百事所萃，必疑不决暨须上闻者，始咨报，故分省簿书常简。参议左右曹，非有疑禀，不至都堂。日长始退，恒兀兀独坐，闲得朋友歌诗，率尔赓和，心有感触，亦形咏歌。乘兴有至一二十首，而无心营度一字。亦复动涉旬日，七月十七日，奏归日定，有司次第治行，予亦谕僮仆橐衣以俟。"（《至正集》卷三五）还大都，出《文过集》请吴全节、王沂、欧阳玄、谢端、揭傒斯为之序跋，今存于《圭塘小稿》附录。

四年（1338）

顺帝于四月己卯（十四日）幸上都，八月自上都返大都。

四月，"辛未，以探马赤、只儿瓦歹为中书平章政事"。（《元史》卷三九《顺帝纪二》）

"癸酉，以脱脱为御史大夫。"

"乙亥，命阿吉剌为奎章大学士兼知经筵事。"

"己卯，车驾时巡上都。"

秋七月壬寅，"诏以伯颜有功，立生祠于涿州、汴梁……戊午，为伯颜立打捕鹰房诸色人户总管府"。（《元史》卷三九《顺帝纪二》）

八月，"戊辰，祭社稷"。（《元史》卷三九《顺帝纪二》）

"己巳，申取高丽女子及阉人之禁。"

"是月，车驾还自上都。"

五年（1339）

顺帝于四月幸上都，八月丁亥（一日）自上都返大都。

正月，桓州、云需府、开平县饥，赈济钞、米。（《元史》卷四〇《顺帝纪三》）

三月，"滦河驻冬怯怜口民饥，每户赈粮一石、钞二十两"。（《元史》卷四〇《顺帝纪三》）

四月，"是月，车驾时巡上都"。（《元史》卷四〇《顺帝纪三》）

七月丙子，"开上都、兴和等处酒禁"。"丁丑，封皇姊月鲁公主为昌国大长公主。"（《元史》卷四〇《顺帝纪三》）

"八月丁亥，车驾至自上都。""戊子，祭社稷。"(《元史》卷四〇《顺帝纪三》)

"上都开平县、桓州，兴和宝昌州，濮州之鄄城，冀宁之交城，益都之胶、密、莒、潍四州，辽东沈阳路，湖南衡州，江西袁州，八番顺元等处皆饥。"(《元史》卷五一《五行志二》)

六年（1340）

顺帝于五月丙子（二十四日）幸上都，八月自上都返大都。

五月，"丙子，车驾时巡上都。置月祭各影堂香于大明殿，遇行礼时，令省臣就殿迎香祭之"。(《元史》卷四〇《顺帝纪三》)

"六月丙申，诏撤文宗庙主，徙太皇太后不答失里东安州安置，放太子燕帖古思于高丽。"(《元史》卷四〇《顺帝纪三》)

秋七月甲寅，"诏封微子为仁靖公，箕子为仁献公，比干加封为仁显忠烈公"。(《元史》卷四〇《顺帝纪三》)

"戊寅，命翰林学士承旨腆哈、奎章阁学士巎巎等删修《大元通制》。"(《元史》卷四〇《顺帝纪三》)

"八月壬午，以也先帖木儿为御史大夫。戊子，祭社稷。是月，车驾至自上都。"(《元史》卷四〇《顺帝纪三》)

周伯琦

周伯琦任职翰苑即多次扈从上都。今可考者五次：顺帝后至元六年（1340）、至正二年（1342）、至正五年（1345）、至正十二年（1352）、至正十三年（1353）。后至元六年（1340）扈从上都，周伯琦有《岁庚辰，四月廿七日，车驾北巡，次大口，有旨，伯琦由编修官升除翰林修撰同知制诰，兼国史院编修官。明日署事，扈从上京》(《近光集》卷一) 一诗，庚辰年即后至元六年。周伯琦《诈马行有序》云："国家之制，乘舆北幸上京，岁以六月吉日，命宿卫大臣及

360

近侍，服所赐济逊，珠翠金宝，衣冠腰带，盛饰名马，清晨自城外各持彩仗，列队驰入禁中。于是上盛服御殿临观，乃大张宴为乐，惟宗王戚里、宿卫大臣前列行酒，余各以所职叙坐合饮。诸坊奏大乐，陈百戏，如是者凡三日而罢。其佩服日一易，大官用羊二千嗷，马三匹，它费称是，名之曰济逊宴。济逊，华言一色衣也，俗呼曰诈马筵。至元六年岁庚辰，忝职翰林，扈从至上京，六月廿一日与国子助教罗君叔亨得纵观焉，因赋《诈马行》以记所见。"（《近光集》卷一）作《上京杂诗十首》等。

　　周伯琦（1298—1369），字伯温，号玉雪坡真逸，鄱阳（今属江西）人。父应极，至大间，官至翰林待制。仁宗即位，迁集贤待制，终池州路同知总管府事。伯琦随父游京师，入国学为上舍生，积分高等，以荫授将仕郎南海县主簿，三转为翰林修撰，后至元六年（1340）扈从上都。至正元年（1341），改奎章阁为宣文阁、艺文监为崇文监，伯琦为宣文阁授经郎，每进讲，辄称旨，且日被顾问。帝以伯琦工书法，命篆"宣文阁宝"等，自是累转官，皆宣文、崇文之间，而眷遇益隆矣。后特命佥广东廉访司事。二年（1342），扈从上都。六年（1346），扈从上都。八年（1348），召入为翰林待制，预修后妃、功臣列传，累升直学士。十二年（1352），除伯琦兵部侍郎，与贡师泰同擢监察御史。两人皆南士之望，一时荣之，扈从上都，走辇路。十三年（1353），迁崇文太监，兼经筵官，扈从上都，丁内艰。十四年（1354），起复为江东肃政廉访使，后为浙西肃政廉访使。十七年（1357），江浙行省丞相达识帖睦尔承制假伯琦参知政事，招谕平江张士诚，拜资政大夫、江浙行省左丞。于是留平江者十余年。士诚既灭，伯琦乃得归鄱阳，寻卒。周伯琦博学工文章，书法尤以篆、隶、真、草擅名当时。尝著《六书正伪》《说文字原》二书，有诗文集《近光集》《扈从集》。

顺帝至正元年（1341）

顺帝于四月幸上都。八月自上都返大都。

四月，"是月，车驾时巡上都"。（《元史》卷四〇《顺帝纪三》）

五月，"戊申，以崇文监属翰林国史院"。（《元史》卷四〇《顺帝纪三》）

闰五月，"甲午，赏赐扈从明宗诸王官属八百七人金、银、钞、币各有差"。（《元史》卷四〇《顺帝纪三》）

六月戊午，"禁高丽及诸处民以亲子为宦者，因避赋役"。（《元史》卷四〇《顺帝纪三》）

"戊辰，改旧奎章阁为宣文阁。"

"八月戊申，祭社稷。是月，车驾至自上都。"（《元史》卷四〇《顺帝纪三》）

成遵

成遵扈从上都。（《元史》卷一八六《成遵传》）

成遵，字谊叔，南阳穰县人也。幼颖悟刻苦，二十能文章。至顺辛未，至京师，受《春秋》业于夏镇，遂入成均为国子生。其才得虞集、陈旅赏识。时陈旅为助教，喜其文，数以语于奎章阁侍书学士虞集，集亟欲见之，旅令以己马俾遵驰诣集。集方有目疾，见遵来，迫而视之曰："适观生文，今见生貌，公辅器也。吾老矣，恐不及见，生当自爱重也。"元统改元（1333），中进士第，授将仕郎、翰林国史院编修官。明年，预修泰定、明宗、文宗三朝实录。后至元四年（1338），升应奉翰林文字。五年，辟御史台掾。至正改元（1341），擢太常博士。明年，转中书检校，寻拜监察御史。扈从至上京。三年（1343），自刑部员外郎出为

陕西行省员外郎，以母病辞归。五年（1345），丁母忧。八年
（1348），擢佥淮东肃政廉访司事，改礼部郎中。九年（1349），
改刑部郎中，寻迁御史台都事，升户部侍郎。十年（1350），迁
中书右司郎中。十四年（1354），调武昌路总管。十五年
（1355），擢江南行台治书侍御史，召拜参议中书省事。十七年
（1357），升中书左丞，阶资善大夫，分省彰德。十九年（1359），
被诬受赃，遵等竟皆杖死，为一大冤案。二十四年（1364），御
史台臣辩明遵等皆诬枉，诏复给还其所授宣敕。

张翥

张翥一生至少两次扈从上都，有诗《暴疾卧视草堂予再岁分院
矣》为证。至正初，张翥以隐逸荐，召为国子助教，分教上都。今存
《过李陵台》《上都从驾幸东凉亭》《行次独石驿大雨驲行廿里喜晴》
《中秋玩月崇真万寿宫》《上京大雨骤寒饮周从道所》《上京秋日三
首》《上京即事》《上京睹陈渭叟寄友书声及鄙人赋以答之二首》《寄
题任月山神骏图》等。张翥在上都得知乡里故人陈渭来信，信中谈及
赋文，以及因知"其诗曰《紫云编》，已刊四卷"时，写诗答其所论，
作《上京睹陈渭叟寄友书声及鄙人赋以答之二首》，张翥首先表达了
对老友陈渭诗作刊编的欣喜之情。

张翥（1287—1368），字仲举，号蜕庵，晋宁襄陵（今山西
临汾）人，寓钱塘（今浙江杭州）。早年随父游宦江南。顺帝至
正初，以隐逸荐，召为国子助教，分教上都生。寻退居淮东。会
朝廷修辽、金、宋三史，起为翰林国史院编修官。史成，历应
奉、修撰，迁太常博士，升礼仪院判官，又迁翰林，历直学士、
侍讲学士，乃以侍读兼祭酒。以翰林学士承旨致仕，加河南行省
平章政事，给俸终身，封潞国公。张翥诗文、词兼善，诗法受于
仇远，得其音律之奥。精道德性命之学，尝从学于江东大儒李

存，存之学传于陆九渊，翥从之学。有《蜕庵集》五卷、《忠义录》一卷，已佚。《元史》卷一八六、《新元史》卷二一一有传。释来复序其集称其："春空游云，舒敛无迹，此其冲淡也；昆仑雪霁，河流沃天，此其浑涵也；灏气横秋，华峰玉立，此其清峭也；平沙广漠，万马骤驰，此其俊迈也；风日和煦，百卉竞妍，此其流丽也。写情赋景，兼得其妙，读之使人兴起，诚为一代诗豪矣。"（《蜕岩集》卷首）清王士禛称："蜕庵元末大家，古今诗皆有法度。无论子昂、伯庸辈，即范德机、揭曼硕，未知伯仲何如耳。"（《居易录》卷四）清四库馆臣评其诗："清圆稳贴，格调颇高，近体、长短句极为当时所推，然其古体亦沉爽可诵，词多讽谕，往往得元白张王之遗，亦非苟作。"（《四库全书总目提要》卷一六七）况周颐《蕙风词话》评其词："新而不纤，虽浅语，却有深致。"（《蜕岩词》卷三）

潘子华

潘子华四十余年旅居大都、上都，画有不少上都花鸟之作。吴当有《潘子华画上京花鸟》诗云："滦阳三月雪正飞，陇树四月青红稀。白翎啄沙黄草薄，阿蓝短翅寒相依。南薰吹水振群蛰，满川花草浓云湿。穹庐露冷牛马肥，蒺藜沙上西风急。潘侯妙笔留神都，金莲紫菊谁家无。江南莺花春冉冉，谁写当年蛱蝶图。"（《学言稿》卷三）有《潘子华画上都花鸟》诗云："冰泮东风鸟力微，暖云将雨湿芳菲。不知天上寒多少，谁剪春罗作舞衣。"（《学言稿》卷六）

潘子华，元代著名画家，游历大都、上都四十余年，一生未得以仕。危素《赠潘子华序》对其生平事迹有所记述："开平昔在绝塞之外，其动植之物，若金莲、紫菊、地椒、白翎爵、阿蓝之属，皆居庸以南所未尝有。当封疆阻越，非将与使勿至其地，至亦不暇求其物产而玩之矣。我国家受命自天，乃即龙江之阳，

滦水之濊，以建都邑，且将百年车驾岁一巡幸，于是四方万国罔
不奔走听命，虽曲艺之长，亦求自见于世，而咸集辇下。钱唐潘
君子华工绘事，谓九州所产，昔之人择其可观者，莫不托之毫
素，而足名家矣。顾幸生于混一之时，而获见走飞草木之异品，
遂写而传之。故凡子华之所能者，皆自子华始非有所蹈袭模仿
也。皇上初即位，子华因从臣以所画进，上赐酒，劳问良久，自
是好事者争从子华取之，以为清赏之具，而子华之名固将与徐
熙、赵昌同为不朽矣。初，子华之父，以善写真，至元间召见，
三被诏，三进官。今子华年已七十，有司未有荐而用之者。然后
知抱道德，负才能而卒阨约于山林之下者，夫岂少哉！其遇不
遇，果县于天欤？子华羁旅四十年，陶然终日无所怨悔，而一于
其艺。庄子曰：用志不分，乃凝于神。宜乎子华之画，非众工所
能及也。予五至开平，数与子华相见，故序赠之。"（《说学斋稿》
卷三）

刘鹗

刘鹗或于至正初年扈从上都。今存《九月三日龙虎台接驾晚宿新
店》《居庸关》《经居庸北》等诗。《九月三日龙虎台接驾晚宿新店》
为其在龙虎台接驾所作，诗云："关南九月草凄凄，又见征人扈跸
归。日落毡车团野宿，天寒塞马觅群嘶。彷徨恋阙孤忠在，俯仰随人百计
非。犹幸诸公同笑语，归来茅店谩鸡栖。"（《惟实集》卷六）

　　刘鹗（1290—1364），字楚奇，吉安永丰（今属江西）人。
早年为吴澄赏识。泰定时在汴掌教齐安、河南书院，秩满归，建
浮云道院居之，学者称浮云先生。仁宗皇庆初为扬州学录，顺帝
至正元年（1341）擢儒学提举。未几，入为秘书郎，与虞集、揭
傒斯、欧阳玄诸名士唱和。后为南雄路经历，升翰林修撰。后红
巾军起，升广东廉访副使，有守城之功。移守韶州，授中宪大夫

广东行省元帅，复拜嘉议大夫江西省参政。后韶州陷，死，年七十五岁。有《惟实集》八卷、附录二卷。生平事迹见刘玉汝《元故中顺大夫海北广东道肃政廉访副使刘公墓志铭》《新元史》卷二一八本传。清四库馆臣评："鹗尝官翰林修撰，与虞集、欧阳玄、揭傒斯等游。所居浮云书院，诸人皆有题咏。玄为序其文集，称其诗六体皆善；傒斯序亦谓其高处在陶、阮之间。虽友朋推挹之词，例必稍过其量，然今观其集，大都落落不群，无米盐醝酨之气，可以想见其生平。二人所许，亦不尽出标榜也。且鹗身捍封疆，慷慨殉国，千秋万世，精贯三光。即其文稍不入格，亦当以其人重之。况体裁高秀，风骨清道，实有卓然可传者乎！"（《四库全书总目提要》卷一六七）对其为人、文学极为推重。

二年（1342）

顺帝于四月幸上都，九月辛未（三日）自上都返。

四月，"是月，车驾时巡上都"。（《元史》卷四〇《顺帝纪三》）

七月，"己亥，庆远路莫八聚众反，攻陷南丹、左右两江等处，命脱脱赤颜讨平之。立司狱司于上都，比大都兵马司"。（《元史》卷四〇《顺帝纪三》）

"是月，拂郎国贡异马，长一丈一尺三寸，高六尺四寸，身纯黑，后二蹄皆白。"（《元史》卷四〇《顺帝纪三》）

八月，"癸卯，罢上都事产提举司"。"戊申，祭社稷。"（《元史》卷四〇《顺帝纪三》）

"辛未，车驾至自上都。"

揭傒斯

揭傒斯扈从上都，七月十八日拂郎国进献天马，命周郎貌画天马，二十三日命揭傒斯写文赞之。"至正二年壬午七月十八日丁亥，皇帝御慈仁殿，拂郎国进天马。二十一日庚寅，自龙光殿敕周郎貌以为图。二十三日壬辰，以图进翰林学士承旨巙巙，传旨命偰斯为之赞。"（欧阳玄《圭斋文集》卷一《天马颂》）

黄溍

黄溍授应奉翰林文字，转国子博士，扈从上都。危素《大元故文献黄公神道碑》云："至顺二年，用马文贞公之荐召（黄溍）为应奉翰林文字，同知制诰兼国史院编修官，进阶儒林，扈从至开平作纪行诗十有二篇，世盛传之。"（《危学士全集》卷一一）黄溍作《同王章甫待制校文上京八月十五夜宿龙门驿》《滦阳邢君隐于药市，制芍药芽代茗饮号曰"琼芽"，先朝尝以进御云三首》《次韵虞阁学上京道中》《送王君冕同年归长安》《上京道中杂诗十二首》，以及《送王君冕同年归长安》等。《送王君冕同年归长安》开篇云："昔忝膺荐送，被褐趋上京。蒙恩赐清问，汇进陪时英。"（《金华黄先生文集》卷四）其中，《上京道中杂诗十二首》诗题分别为：《发大都》《刘蕡祠堂》《居庸关》《榆林》《枪竿岭》《李老谷》《赤城》《龙门》《独石》《担子洼》《李陵台》《上都分院》，迺贤见之甚为珍视，得多位名流题跋。贡师泰《题黄太史上京诗稿后》："黄太史文名天下，而上京道中诸诗尤为杰作。葛逻禄易之得其以传，且谒诸君为之题，其知太史亦深矣。易之尚善葆之。"（《玩斋集》卷八）迺贤，字易之，突厥葛逻禄氏人，"葛逻禄"为突厥语，汉译为马，故又名马易之。吴师道《题黄晋卿应奉上京纪行诗后》："居庸北上一千里，供奉南归十二诗。纪实全依太史法，怀亲仍写使臣悲。牛羊野阔低风草，龙虎台高树羽旗。奇绝兹游陪禁从，不才能勿愧栖迟。"（《礼部集》卷七）虞集《题黄晋卿上京道中纪行诗后》："少陵入蜀路岖崎，故有凄凉五字诗。供奉翰林随翠辇，应知同调不同辞。"（《道园遗稿》卷五）苏天爵《题黄应奉上京纪行诗后》："至顺二年夏，予与晋卿偕为太史属扈行上京，览山河之形势，宫阙之壮丽，云烟草木之变化，晋卿辄低徊顾恋，若有深沉之思者，予固知其能赋矣。既而，果得纪行诗若干首。古者诸侯卿大夫交接邻国，以微言相感必称诗，以谕其志。盖以别贤不肖，而观盛衰焉。今天下一家，朝野清晏，士多材知深美，非宣著于文辞，曷以表其所蕴乎？晋卿宋故儒家，自应乡荐，以太极赋名海内，困于州县几二十年。今枢密马公在中书日，始自选调拔置史馆。未几，丁外艰去官。昔欧阳子以梅圣俞身穷而辞愈工，尝曰：'世谓诗人少达而多穷，盖非诗能穷人，穷者而后工也。'晋卿之诗缜密而思清，岂天固欲穷之俾工其辞耶！"（《滋溪文稿》卷二八）

黄溍（1277—1357），字晋卿，婺州义乌（今属浙江）人。弱冠从方凤游。延祐开科登进士，授宁海丞。至顺元年（1330），以马祖常荐为应奉翰林文字，转国子博士，扈从上都，出提举浙江等处儒学。亟请侍亲归，以秘书少监致仕。顺帝至正七年（1347），起为翰林直学士，知制诰，同修国史。擢兼经筵官，升侍讲学士，同知经筵事。十年夏得请还南。卒谥文献。著有《日损斋稿》二十三卷、《义乌志》七卷、《日损斋笔记》一卷。《元史》卷一八一有传，生平事迹还可见宋濂《金华黄先生行状》、杨维桢《故翰林侍讲学士金华先生墓志铭》。傅亨评黄溍为"擅一代之文章，为诸儒之规范"。与虞集、揭傒斯、柳贯并称"儒林四杰"。与柳贯、吴莱并称"义乌三先生"。贡师泰《黄学士文集序》称："先生之文章，刮劖澡雪，如明珠白璧，藉之繻绮。"（《玩斋集》卷六）

苏天爵

苏天爵作《题黄应奉上京纪行诗后》。

周伯琦

至正二年（1342），周伯琦以宣文阁授经郎身份扈从上都，作《天马行应制作》，序云："至正二年岁壬午七月十有八日，西域佛郎国遣使献马一匹，高八尺三寸，修如其数，而加半色漆黑，后二蹄白，曲项昂首，神俊超越，视他西域马可称者皆在髃下。金辔重勒，驭者其国人，黄须碧眼，服二色窄衣，言语不可通，以意谕之，凡七渡海洋始达中国。是日天朗气清，相臣奏进，上御慈仁殿，临观称叹，遂命育于天闲，饲以肉、粟、酒、潼，仍敕翰林学士承旨臣巎巎命工画者图之，而直学士臣、揭傒斯赞之。盖自有国以来未尝见也，殆古所谓天马者邪？承诏赋诗题所画图，臣伯琦谨献诗。"（《近光集》卷二）

欧阳玄

欧阳玄历官四十余年，多任职中央，自延祐为国子博士始，至顺帝至正十七年（1357），扈从上都机会极多。至正二年（1342）在上都欧阳玄受命作《天马颂》。《天马颂》云："至正二年壬午七月十八日丁亥，皇帝御慈仁殿，拂郎国进天马。二十一日庚寅，自龙光殿敕周郎貌以为图。二十三日壬辰，以图进翰林学士承旨巎巎，传旨命傒斯为之赞。臣惟汉武帝发兵二十万，仅得大宛马数匹，今不烦一兵而天马至，皆皇上文治之化所及。臣虽驽劣，敢不拜手稽首，而献颂曰：天子仁圣万国归，天马来自西方西。玄云被身两玉蹄，高逾五尺修倍之。七渡海洋身若飞，海若左右雷霆随。天子晓御慈仁殿，西风忽来天马见。龙首凤臆目飞电，不用汉兵二十万，有德自归四海羡，天马来时庶升平，天子仁寿万国清，臣愿作诗万国听。"（《圭斋文集》卷一）《侍宴北省》《送郑浚常宪金》二诗也是欧阳玄在上都期间所作。

　　欧阳玄（1273—1357），字原功，号圭斋，其先家庐陵，后迁居浏阳（今属湖南）。仁宗延祐二年（1315），登进士第，除同知平江州事，调芜湖、武冈二县尹，召为国子博士，升国子监丞。致和元年，迁翰林待制，兼国史院编修官。文宗天历元年（1328），授艺文少监，纂修《经世大典》，升太监、检校书籍事。诏修宋、辽、金三史，欧阳玄为总裁官。元统元年（1333），改金太常礼仪院事，拜翰林直学士，编修四朝实录，俄兼国子祭酒，召赴中都议事，升侍讲学士，复兼国子祭酒。至正元年（1341），以翰林学士告归。十七年（1358）卒，追封楚国公，谥曰文。著有《圭斋文集》。《元史》卷一八二有传。生平还见张起岩《欧阳公神道碑铭》、危素《圭斋先生欧阳公行状》。欧阳玄历官四十余年，在朝之日，殆四之三。三任成均，而两为祭酒，六入翰林，而三拜承旨。修实录、《大典》、三史，皆大制作。屡主文衡，两知贡举及读卷官，凡宗庙朝廷雄文大册、播告万方制诰，多出玄手。欧阳玄为诗文大家，张起岩《欧阳公神道碑铭》称其"读书目五行下，八岁属文，十五下笔万言，文雄浑有体裁，学精敏有识趣，尤长于讲说义理。每讲篇出，士传诵之"（《圭斋文集》附录）。

三年（1343）

顺帝于四月幸上都，八月自上都返大都。

四月，"车驾时巡上都"。（《元史》卷四一《顺帝纪四》）

"六月壬子，命经筵官月进讲者三。"（《元史》卷四一《顺帝纪四》）

八月，"甲午，命朵思麻同知宣慰司事锁儿哈等讨四川上蓬琐吃贼"。"戊戌，祭社稷。""是月，车驾还自上都。"（《元史》卷四一《顺帝纪四》）

四年（1344）

顺帝于四月幸上都，八月自上都返大都。

四月，"是月，车驾时巡上都"。(《元史》卷四一《顺帝纪四》)

八月，"车驾还自上都"。(《元史》卷四一《顺帝纪四》)

侍讲学士、同知经筵事揭傒斯病逝于大都，顺帝时在上都，悲痛嗟悼。"四年，《辽史》成，有旨奖谕，仍督早成金、宋二史。傒斯留宿史馆，朝夕不敢休，因得寒疾，七日卒。时方有使者至自上京，锡宴史局，以傒斯故，改宴日。使者以闻，帝为嗟悼，赐楮币万缗，仍给驿舟，护送其丧归江南。"(《元史》卷一八一《揭傒斯传》)

五年（1345）

顺帝于四月幸上都，八月自上都返大都。

四月，"车驾时巡上都"。"八月戊午，祭社稷。是月，车驾还自上都。"(《元史》卷四一《顺帝纪四》)

宋褧

宋褧扈从上都，作《六月三日寄吁》等诗，诗小序云："至正乙酉，时在上京。"诗云："窗后红芳旭日明，堂前绿树晚风清。白头竟被虚名误，梦见儿曹笑语声。"(《燕石集》卷九)

周伯琦

至正五年（1345）扈从上都，周伯琦有《是年复科举取士制承中书檄以八月十九日至上京即国子监为试院考试乡贡进士纪事》(《近光集》卷一)。元代后期，自后至元二年（1336）科举后，停科，至正五年（1345）复科举。

六年（1346）

顺帝于四月丁卯（十九日）幸上都，八月自上都返大都。

四月，"丁卯，车驾时巡上都"。"以中书左丞吕思诚知经筵事。命左右二司、六部吏属于午后讲习经史。"（《元史》卷四一《顺帝纪四》）

七月，"癸巳，诏选怯薛官为路、府、县达鲁花赤"。"丙申，以朵儿直班为中书右丞，答儿麻为参知政事。""壬寅，以御史大夫亦怜真班等知经筵事。"（《元史》卷四一《顺帝纪四》）

八月，"戊申，祭社稷"。"是月，车驾还自上都。"（《元史》卷四一《顺帝纪四》）

崔敬

"（至正）六年，崔敬上疏，谏天子巡幸上都，宜御内殿。其略曰：'世祖以上都为清暑之地，车驾行幸，岁以为常，阁有大安，殿有鸿禧、睿思，所以保养圣躬，适起居之宜，存畏敬之心也。今失剌斡耳朵思，乃先皇所以备宴游，非常时临御之所。今陛下方以孝治天下，屡降德音，祗行宗庙亲祀之礼，虽动植无知，罔不欢悦，而国家多故，天道变更，臣备员风纪，以言为职，愿大驾还大内，居深宫，严宿卫，与宰臣谋治道。万机之暇，则命经筵进讲，究古今盛衰之由，缉熙圣学，乃宗社之福也。'"（《元史》卷一八四《崔敬传》）

崔敬，字伯恭，大宁之惠州人。通刑名法律之学。淮东、山南廉访司皆辟书吏。天历初，辟御史台察院书吏，历刑部令史、徽政院掾史，遂升中书掾。至元五年（1339），用累考及格，授刑部主事。六年（1340），迁枢密院都事，拜监察御史。又上疏，谏天子巡幸上都，宜御内殿。是年，出金山北廉访司事，按部全宁。至正初，迁河南，又迁江东。除江西行省左右司郎中，入为诸路宝钞提举，改工部侍郎。十一年（1351），迁同知大都路总管府事。除刑部侍郎，迁中书左司郎中。十二年（1352），历兵部尚书，为枢密院判官。十四年，迁刑部尚书。十五年（1355），复为枢密院判官，寻拜参知政事，行省河南，复为兵部尚书，兼济宁军民屯田使。十七年（1357），召为大司农少卿，遂拜中书参知政事。十八年（1358），除山东行枢密院副使，俄迁江浙行省左丞。卒，年六十七。赠资善大夫，江浙行省左丞如故，谥曰忠敏。

危素

危素至正六年（1346）扈从上都，在上都作《祭揭侍讲文》。《祭揭侍讲文》开篇云："维大元至正六年六月戊申朔、越二十有七日甲戌，故吏国子助教危素谨遣强毅，自上都持只鸡斗酒之奠，致祭于故翰林侍讲学士、同知经筵事揭文安公之灵。"（《危学士全集》卷一三）今存危素《赠潘子华序》，主要记述四十余年旅居两都的画师潘子华的画技及其生平事迹，回忆五次在上都与之交游的经历。

七年（1347）

顺帝于四月幸上都，九月戊申（九日）自上都返大都。

三月，"壬申，遣使修上都大乾元寺"。（《元史》卷四一《顺帝纪四》）

四月，"临清、广平、滦河等处盗起，遣兵捕之"。"车驾时巡上都。"（《元史》卷四一《顺帝纪四》）

六月，"诏免太师马札儿台官，安置西宁州，其子脱脱请与父俱行"。"以御史大夫太平为中书平章政事。"（《元史》卷四一《顺帝纪四》）

"秋七月甲寅，召隐士完者图、执礼哈琅为翰林待制，张枢、董立为翰林修撰，李孝先为著作郎。张枢不至。"（《元史》卷四一《顺帝纪四》）

九月，"癸卯，八怜内哈剌那海、秃鲁和伯贼起，断岭北驿道"。

"戊申，车驾还自上都。癸丑，上都斡耳朵成，用钞九千余锭。"（《元史》卷四一《顺帝纪四》）

"癸丑，上都斡耳朵成，用钞九千余锭。"

"甲寅，诏举才能学业之人，以备侍卫。"

黄溍

至正七年（1347），黄溍起为"翰林直学士、知制诰同修国史。寻兼经筵官，执经进讲者三十有二，帝嘉其忠，数出金织纹段赐之。升侍讲学士、知制诰同修国史、同知经筵事"（《元史》卷一八二《黄溍传》）。黄溍再次扈从上都，作《（至正）丁亥春二月起自休致入直翰林夏四月抵京师六月赴上京述怀六首》《（至正）丁亥六月十三日上京翰林开院喜雨院长开府公俾为诗以志之》等。

八年（1348）

顺帝于四月幸上都，八月自上都返大都。

四月，"车驾时巡上都。命脱脱为太傅"。（《元史》卷四一《顺帝纪四》）

五月，"丙戌，立司天台于上都"。（《元史》卷四一《顺帝纪四》）

七月，"乙卯，遣使祭曲阜孔子庙"。"丙辰，以阿刺不花为大司徒。"（《元史》卷四一《顺帝纪四》）

八月，"是月，车驾还自上都"。（《元史》卷四一《顺帝纪四》）

九年（1349）

顺帝于四月幸上都，八月自上都返大都。

四月，"丁丑，以知枢密院事钦察台为中书平章政事。己卯，以燕南廉访使韩元善为中书左丞"。"是月，车驾时巡上都。"（《元史》卷四二《顺帝纪五》）

"五月戊戌，命太傅脱脱提调斡耳朵内史府。"（《元史》卷四二《顺帝纪五》）

"秋七月庚寅，监察御史斡勒海寿劾奏殿中侍御史哈麻及其弟雪雪罪恶，御史大夫韩嘉讷以闻，不省，章三上，诏夺哈麻、雪雪官，出海寿为陕西廉访副使，韩家讷为宣政院使。""壬辰，诏命太子爱猷识理达腊习学汉人文书，以李好文为谕德，归旸为赞善，张仲为文学。李好文等上书辞，不许。""甲寅，以柏颜为集贤大学士。"（《元史》卷四二《顺帝纪五》）

"乙卯，罢右丞相朵儿只，依前为国王，左丞相太平为翰林学士承旨。"

闰月辛酉，"诏脱脱为中书左丞相，仍太傅；韩家讷为江浙行省平章政事。庚午，以也可札鲁忽赤撤思监为中书右丞，同知枢密院事，玉枢虎儿吐华为中书参知政事"。（《元史》卷四二《顺帝纪五》）

八月，"甲辰，以集贤大学士柏颜为中书平章政事，河南行省平章政事月鲁不花为宣政院使"。"庚戌，以司徒雅普化提调太史院、知经筵事。""是月，车驾还自上都。"（《元史》卷四二《顺帝纪五》）

贡师泰

九年（1349），贡师泰为宣文阁授经郎，五月扈从上都，兼经筵译文官，作《上都诈马大燕四首》。迺贤等唱和，《上京纪行诗》总集有迺贤《锡喇鄂尔多观诈马宴奉次贡泰甫授经先生韵》。贡师泰还作有《滦河曲》《次赤城驿》《居庸关观新寺》《将干岭》《赤城》《雕窝驿》《洪栈驿》等。黄溍于至正二年（1342）授应奉翰林文字，转国子博士，扈从上都，作《上京道中杂诗十二首》，今存贡师泰作《题黄太史上京诗稿后》。

　　贡师泰（1298—1362），字泰甫，号玩斋，宣城（今属安徽）人。父奎，官至集贤直学士。师泰早肄业国子学为诸生。泰定四年（1327）进士，授从仕郎、太和州判官。后至元三年（1337），除翰林应奉文字同知制诰兼国史院编修官，以兄官翰林，辞避南还。至正四年（1344）除绍兴推官，既任，考文江浙。九年（1349），为宣文阁授经郎，五月扈从上京，兼经筵译文官，进讲"君子喻于义，小人喻于利"，反复义利之辩，上悦，赐以金织文段。历翰林待制、国子监司业。十二年（1352），为吏部郎中、监察御史，分巡上都。十四年（1354），除吏部侍郎，改兵部。十五年（1355），除礼部尚书，十一月改平江路总管。上任逾月，张士诚兵陷城，抱印隐居吴淞江。历两浙盐运使、江浙参政。十九年（1359）除户部尚书，奉诏漕闽粟，以闽盐易粮由海道运京师。二十年（1360），除秘书监卿，返京道梗阻。二十二年（1362）夏，自闽归，卒于海宁，年六十五。师泰为元末名臣，又是诗文名家，沈性《玩斋集序》谓其文章"言语妙天下，黝黝乎其幽，悠悠乎其长，煜煜乎其光。有虞（集）之宏，而雄健不减于马（祖常）；有揭（傒斯）之莹，而清俊则类于袁（桷）。其于理趣，尤俨然吴氏（澄）之尸祝也。故当时评先生之文者，列之于六大家之次"（《玩斋集》卷首），以其为元诗后劲。清四库馆臣谓"诗格尤为高雅，虞杨范揭之后，可谓挺然晚矣"（《四库全书总目提要》卷一六八）。今存《玩斋集》十卷拾遗一卷。《元史》卷一八七有传，生平事迹还可见朱镳编《年谱》《纪年录》（《玩斋集》附录）等。

迺贤、涂颖、韩与玉

　　迺贤与好友豫章涂颖、武林韩与玉游历上都，后将三人上都诗歌结为《上京纪行诗》总集。我们从迺贤《金台集》考得迺贤现有上都诗作三十一首。主要内容为纪上都行程，描写草原风光、上都宫廷，如《塞上曲五首》《发大都》《龙虎台》《枪竿岭》《李老谷》《龙门》《独石》《担子洼》等，还记述在上都期间与翰苑文臣、好友的唱和雅集活动，作《次上都崇真宫呈同游诸君子》《锡喇鄂尔多观诈马宴奉次贡泰甫授经先生韵》五首、《雨夜同天台道士郑蒙泉话旧并怀刘子彝》等。《雨夜同天台道士郑蒙泉话旧并怀刘子彝序》云："蒙泉时奉，祠上京崇真宫，子彝尝于四明东湖筑天坛道院，以待蒙泉东归。"郑蒙泉即上京崇真宫道士。（《金台集》卷二）迺贤还有送友人之上都的诗歌，如《送危助教分监上京》《寄上京涂贞》等。程文于至正十一年（1351）作《至正九年夏至日伯页台哈布哈观于持志斋》："易之至京师以诗名雄诸公，问其道涂之所经耳，目之所属山川风俗人情物态，可喜可愕，一发于诗。然皆本诸性情，征诸政教。而不为烟云月露之归，追风雅之遗音，振金石之远响。上而公卿大夫，下而里闾韦布之士，莫不称之。一时之善为诗者，亦莫之能过也。余得其《金台集》若干首读，之弥月不厌。古人云：用功深者，其收名也。远诋不信乎？易之葛逻禄人，在中国西北数千万里之外，而能被服周公仲尼之道，家故有阀阅勋劳可借以取富贵，而弃不就，臒然一寒生，专以诗鸣世，亦奇伟不群之士哉！今居越云。至正辛卯史官新安程文书。"（迺贤《金台集》卷二附录）杨彝《题金台集》："右金台稿若干卷，葛逻禄君易之之所制也。易之自幼笃学为诗，既长，访古河朔，历览山川，以达其趣。八年之春，余在京师与易之遇，于故友会稽韩与玉氏相善也。与玉能书，时金华王子充为古文，易之与二人偕来江南，京师因目为'江南三绝'。而易之所为诗尤传诵士大夫间。余既归，久之，易之亦橐其稿以归，复与余相会于鄞，则其友已传刻之，取一二篇以读，则慷慨悲歌，而燕赵之风声气习。犹可想见及观承旨欧阳公、祭酒李公、侍讲黄公、故侍书虞公、侍讲揭文安公所为序引，深评远论，惟恐其不传也。其有得于此，可谓难矣。且诗自汉魏而下至唐为盛，而其间独推杜甫氏，以为不失风人之旨。"（《金台集》卷二附录）对其诗歌的评价包括《上京纪行诗》。

《上京纪行诗》是元代文人上都之旅的唯一一部诗歌总集，已佚。诗集辑于顺帝时期，收江浙四明迺贤、武林韩与玉、豫章涂颖三人游历上都所作的诗歌。具体收诗数目不详，今有部分存诗，如迺贤三十一首。诗集之名，最初应是《马易之韩与玉涂叔良上京纪行诗》，或简称《上京纪行诗》，明初《文渊阁书目》卷一二载为《元上京纪行诗》。刘仁本有《题马易之韩与玉涂叔良上京纪行诗卷》："景运将兴礼乐期，邦家培植太平基。銮和法驾时巡幸，扈从词臣发秘思。文物两都班固赋，山川万里杜陵诗。于今十载风尘里，展卷空怀草木悲。"（《羽庭集》卷三）张仲深有《上京纪行诗一卷》："世祖龙飞奠两坼，岁时巡跸重依违。千官扈从趋黄屋，三子联镳总白衣。眼底关山生藻思，马头楮颖发光辉。诗成京国争传诵，太史遥瞻动少微。"（《子渊诗集》卷四）

　　迺贤（1309—1368），字易之，别号河朔外史，本突厥葛逻禄氏，"葛逻禄"为突厥语，汉译为马，故又名马易之。世居金山（今新疆阿尔泰山）之西，其祖随蒙古军内迁中原，居南阳（今属河南），遂为南阳人。幼年时迁居庆元路鄞县（今浙江宁波）。后在京师求学，至正六年（1346）与会稽韩与玉、金华王子充同游京师。迺贤在京与贡师泰、危素、倪仲恺翰院文臣诗文交游密切。至正九年（1349）游历上都。后归。二十二年（1362），以布衣召为翰林编修，二十八年（1368），参桑哥实里军事，死于军中，有《金台集》二卷。

　　涂颖，字叔良，豫章人。与迺贤同游大都、上都，与翰林文臣程端礼、余阙关系密切，并客于翰林待制余阙家。陈基在《送涂叔良序》中云："豫章涂君叔良，从其乡先生杨显民氏，学在京师也。客翰林待制武威余公，而雅与新安程君以文善。"（《夷白斋稿》卷一六）涂颖有《上京次贡待制韵四首》，贡待制，即贡师泰。

韩与玉，名玙雅，武林人（今浙江杭州），生年不详，卒于至正十五年（1355）六月，诗作不存。韩与玉曾游历京师十年之久，未获官职，归乡不久即亡。张仲深有《武林韩与玉，名玙雅，与易之在京师交至密。至正十五年乙未归武林，病亡。六月闻讣。余虽未获缔交，以易之之故，数有翰墨附余。是年冬十月朔，偕易之暨武林杨彦常，乡中蒋伯威、叶孔昭应成，立祭于鄞江义塾，约赋诗以挽之》。

吴当

吴当一生扈从机会很多，可考者有两次，分别为至正九年（1349）、十三年（1353）。今存上都诗作四十余首。至正九年，吴当有诗《大驾南归至龙虎台，迎候者皆于昌平胄监岁馆旧县何氏至正九年八月监丞吴当独来馆人持祭酒司业旧题索赋》（《学言稿》卷六），还作有《追和王继学竹枝词九首》《与同僚和省壁王继学柳枝词十首》等。

吴当（1297—1361），字伯尚，抚州崇仁（今属江西）人。理学家吴澄孙，稍长，精通经史百家言。侍吴澄至京师，补国子生。至正五年（1345），以荫授万亿四库照磨，因荐改国子助教。参纂辽、金、宋三史，书成，除翰林修撰。后历国子博士，监丞、司业，迁翰林待制，改礼部员外郎。擢监察御史，礼部郎中。十五年（1355），除翰林直学士。诏特授江西肃政廉访使，被诬，解兵权。十八年（1358），诏拜中奉大夫，江西行省参知政事。时陈友谅已陷江西诸郡，被拘九江一年，终不为屈，后隐居庐陵吉水之谷坪，以疾卒，年六十五。《四库全书总目》谓其诗"风格遒健，忠义之气凛凛如生"，视为元末诗歌翘楚。著有《学言诗稿》《周礼纂言》（已佚）。《元史》卷一八七有传，生平事迹还可见明冯从吾《元儒考略》卷四。

王祎

王祎扈从上都，有幸参列诈马宴，作《上京大宴诗序》，今存有关上都题材诗有《次韵韩与玉上都道中阻雨见寄》《题画马》《白翎雀图》。《上京大宴诗序》云："至正九年夏五月天子时巡上京，乃六月二十有八日大宴实喇鄂尔多。越三日而竣事，遵彝典也。盖自世祖皇帝统一区夏，定都于燕，复采古者两京之制度，关而北即滦阳，为上都。每岁大驾巡幸，后宫诸闱、宗藩戚畹、宰执从寮、百司庶府，皆扈从以行。既驻跸则张大宴，所以昭等威，均福庆，合君臣之欢，通上下之情者也。然而朝廷之礼主乎严肃，不严不肃，则无以耸遐迩之瞻视。故凡预宴者，必同冠服，异鞍马，穷极华丽，振耀仪采，而后就列，世因称曰诈马宴，又曰济逊宴。诈马者，俗言其马饰之羚衔也；济逊者，译言其服色之齐一也。于戏盛哉，岂非国家之茂宪，昭代之伟观欤？列圣相承是遵、是式，肆今天子在位日久，文恬武嬉，礼顺乐畅，益用励精，太平润色丕业，于是彝典有光于前者矣。然则铺张扬厉形诸颂歌，以焯其文物声容之烜赫，固有不可阙者。此一时馆阁诸公赓唱之诗，所为作也。故观是诗，足以验今日太平极治之象，而人才之众，悉能鸣国家之盛，以协治世之音，祖宗作人之效，亦于斯见矣。祎尝于诗之小雅如鱼藻三章，实天子宴诸侯，而诸侯美天子之诗。然惟称王在镐京，以乐饮安居，他不复赞一辞者，诚以君德之盛，非形容所能尽。而乐饮安居，非盛德其孰能之？今赓唱诸诗，其所铺张扬厉，亦不过摹写瞻视之所及，而圣天子盛德之至，垂拱无为，所以致今日太平，极治者隐然自见，岂非小雅诗人之意欤？顾祎微贱，不获奔奏，厕诸公之列，窃推本作者之意，以为诗序。诗自宣文阁授经郎贡公为倡赓者，若干人总凡若干首。"（《王忠文公集》卷六）

王祎（1322—1374），字子充，号华川，义乌（今浙江义乌）人。幼敏慧，师柳贯、黄溍，有文名。顺帝至正八年（1348）北上京师，深得危素、张起岩、贡师泰等人器重，与之唱和甚密。黄溍受命编修《后妃功臣列传》，王祎同执笔。至正十年（1350）二月十六日，王祎与绍兴人韩与玉离开大都。王祎有诗《至正庚寅二月十六日同韩秀才发都门南归并怀陈检讨》（《王忠文公集》卷一）。入明，官历中书省掾、侍礼郎、知南康府事、漳州府通判，拜翰林待制、同知制诰兼国史院编修官。洪武六年（1373），出使云南，遇害，年五十二。王祎是理学家，与宋濂并称"浙东二儒"。著有《王忠文公集》二十四卷、《大事记续编》七十七卷、《重修革象新书》二卷等。

十年（1350）

顺帝于四月幸上都，至八月壬寅（二十日）。

四月，"是月，车驾时巡上都"。（《元史》卷四二《顺帝纪五》）

七月，"癸亥，以大护国仁王寺昭应宫财用规运总管府仍属宣政院"。（《元史》卷四二《顺帝纪五》）

"八月壬寅，车驾还自上都。"（《元史》卷四二《顺帝纪五》）

十一年（1351）

顺帝于四月幸上都，八月自上都返大都。

四月，"车驾时巡上都"。（《元史》卷四二《顺帝纪五》）

五月，"辛亥，颍州妖人刘福通为乱，以红巾为号，陷颍州。初，栾城人韩山童祖父，以白莲会烧香惑众，谪徙广平永年县。至山童，倡言天下大乱，弥勒佛下生，河南及江淮愚民皆翕然信之。福通与杜遵道、罗文素、盛文郁、王显忠、韩咬儿复鼓妖言，谓山童实宋徽宗八世孙，当为中国主。福通等杀白马、黑牛，誓告天地，欲同起兵为乱，事觉，县官捕之急，福通遂反。山童就擒，其妻杨氏，其子韩林儿，逃之武安。癸丑，文水县雨雹。壬申，命同知枢密院事秃赤以兵讨刘福通，授以分枢密院印"。（《元史》卷四二《顺帝纪五》）

七月，"命大司农达识帖睦迩及江浙行省参知政事樊执敬、浙东廉访使董守悫同招谕方国珍"。（《元史》卷四二《顺帝纪五》）

八月，"戊寅，祭社稷"。"丙戌，萧县李二及老彭、赵君用攻陷徐州。李二号芝麻李，与其党亦以烧香聚众而反。""是月，车驾还自上都。"（《元史》卷四二《顺帝纪五》）

十二年（1352）

顺帝于四月幸上都，八月自上都返大都。

正月，"癸亥，刑部添设尚书、侍郎、郎中、员外郎各一员，五爱马添设忽剌罕赤一百名"。拘刷上都汉人马匹，以备讨伐红巾军使用。（《元史》卷四二《顺帝纪五》）

闰三月，"命工部尚书朵来、兵部侍郎马某火者，分诣上都、察罕脑儿、集宁等处，给散出征河南达达军口粮"。（《元史》卷四二《顺帝纪五》）

四月，"甲子，翰林学士承旨欧阳玄以湖广行省右丞致仕，赐玉带及钞一百锭，给全俸终其身"。"大驾时巡上都。"（《元史》卷四二《顺帝纪五》）

五月，"戊寅，命龙虎山张嗣德为三十九代天师，给印章"。（《元史》卷四二《顺帝纪五》）

八月，"丁卯……诏：'脱脱以答剌罕、太傅、中书右丞相分省于外，督制诸处军马，讨徐州。中书省、枢密院、御史台分官属从行，禀受节制，爵赏有功，诛杀有罪，绥顺讨逆，悉听便宜从事。'是日，

发京师"。"是月，大驾还大都。"（《元史》卷四二《顺帝纪五》）

欧阳玄

欧阳玄扈从上都，返回大都前，欧阳玄于上都为周伯琦《扈从集》诗集作跋，文曰："夫惟天子时巡，治古之令典；儒臣扈从，弥文之盛观。是故卤有簿以纪侍卫之名，路有史以载见闻之实，其来盖已远矣。惟兹玄默执徐之岁，朱明仲吕之月，当宁面南南服，辟四方之路，以尽多士之才；执法侍上上京，持数寸之管，以申三尺之令。于时鄱阳周君伯温，褒然炎虚之秀，膺是崇台之除。乘鸾羽之洁清，从翠华之密勿。身历乎山川之美固，目睹乎星月之推迁。进而载驰载驱，退而爰咨爰度。抒思轺形清咏，回辕遂积多篇，汇以示余，属之叙引。观其憧憧行李之役，汲汲倾葵之诚。螭蚴旧传载笔，其有述乎；解鹰必用识丁，况能赋者。率尔卷端之弁，诒诸柱后之冠云。翰林学士承旨光禄大夫知制诰兼修国史冀郡欧阳玄书于视草堂。"（周伯琦《扈从集》附录）

周伯琦

至正十二年（1352），周伯琦拜监察御史，扈从上都，未走驿路，而走辇路。有《扈从集》诗集一卷，收录赴上都二十四首，返回大都十首，共三十四首。《扈从诗》卷末有其门生贾祥麟跋，谓伯琦"短章大篇奚啻千百，未遑铨次，预以是集锓梓传播，以备史氏纂一代之雅颂，职方为全书者，有所稽焉"。自贾氏后，一直以钞本流传，有《中国古籍善本书目》著录、藏南京图书馆的丁丙跋之清钞本，得鲍氏于嘉庆乙丑题记云"惜元刻亦有漶漫处，未能悉补"。清鲍廷博知不足斋丛书钞本，据元刻本所钞。有前后两序。《扈从集》前序云："至正十二年四月，伯琦由翰林直学士、兵部侍郎拜监察御史。视事之三日，大驾北巡上京，例当扈从……每岁扈从皆国族大臣及环卫有执事者，若文臣仕至白首，或终身不能至其地也，实为旷遇所至，赋诗以纪风物，得二十四首。惜笔力拙弱，不能尽述也。虽然，观此亦大略可知矣。鄱阳周伯琦自叙。"后序云："车驾既幸上都……今予所历又在上谷、渔阳、重关、大漠之北千余里，皆古时骑置之所不至，辙迹之罕及者，非我元统一之大，治平之久，则吾党逢掖章甫之流，安得传轺建节，拥侍乘舆，优游上下于其间哉！既赋五言古诗十首，以纪其实，复为后序。以著其概，不惟使观者得以扩闻见，抑以志吾生之多幸也欤。鄱阳周伯琦述。"

贡师泰

十二年，贡师泰升为监察御史，分巡上都，作《将干岭》《榆林有感》《上京和周伯温御史韵》《上京大宴和樊时中侍御》《和胡士恭滦阳纳钵即事韵五首》《挽李千户》《发通州》《送上都吴学录归河东就试》，以及《送成谊叔应奉分院上京并呈谢敬德学士》等诗。

十三年（1353）

顺帝于四月幸上都，八月自上都返大都。

四月，"是月，车驾时巡上都"。（《元史》卷四三《顺帝纪六》）

五月，"癸酉，以太尉阿剌吉为岭北行省左丞相"。（《元史》卷四三《顺帝纪六》）

六月丙申朔，"立詹事院，设詹事三员、同知二员、副詹事二员、丞二员"。（《元史》卷四三《顺帝纪六》）

六月甲辰，"以立爱猷识理达腊为皇太子诏天下，大赦……丙辰，诏皇太子位下立仪卫司，设指挥二员，给二珠金牌，副指挥二员，一珠金牌。赐吴王搠思监金二锭、银五锭、钞二千锭、币帛各九匹"。（《元史》卷四三《顺帝纪六》）

"八月癸卯，亲王阔儿吉思、帖木儿献马。""是月，车驾还自上都。"（《元史》卷四三《顺帝纪六》）

周伯琦

至正十三年（1353），周伯琦迁崇文太监兼经筵官，扈从上都，作《水晶殿进讲周易二首》《水晶殿进讲鲁论作》《五月八日上京慈仁宫进讲纪事》《六月七日慈仁宫进讲》《七月六日上京慈仁殿进讲纪事》《七月七日同宋显夫学士暨经筵僚属游上京西山纪事二首》《明日慈仁宫进讲毕钦承特命改授崇文监丞参检校书籍事是日同僚邀复游西山举酒为寿赋二首简谢雅意》《七月廿日钦承特命以崇文丞兼经筵参赞官进讲慈仁宫谢恩作》等诗。

吴当

吴当扈从上都，作《王继学赋柳枝词十首书于省壁至正十有三年扈跸滦阳左司诸公同追次其韵十首》（《学言稿》卷六），还作有《竹枝词和歌韵自扈跸上都自沙岭至滦京所作九首》等。

十四年（1354）

顺帝于四月幸上都，八月自上都返大都。

四月，"车驾时巡上都"。（《元史》卷四三《顺帝纪六》）

五月，"是月，诏修砌北巡所经色泽岭、黑石头河西沿山道路，创建龙门等处石桥"。（《元史》卷四三《顺帝纪六》）

七月，"壬申，诏免大都、上都、兴和三路今年税粮"。（《元史》卷四三《顺帝纪六》）

八月，"车驾还自上都"。（《元史》卷四三《顺帝纪六》）

十五年（1355）

顺帝于四月幸上都，八月自上都返大都。

正月，"丙子，上都饥，赈粜米二万石"。（《元史》卷四四《顺帝纪七》）

闰正月，"上都路饥，诏严酒禁"。(《元史》卷四四《顺帝纪七》)

四月，"车驾时巡上都"。"诏翰林待制乌马儿、集贤待制孙㧑招安高邮张士诚，仍赏宣命、印信、牌面，与镇南王孛罗不花及淮南行省、廉访司等官商议给付之。御史台劾奏中书左丞吕思诚，罢之。"(《元史》卷四四《顺帝纪七》)

五月，"癸未，中书参知政事实理门言：'旧立蒙古国子监，专教四怯薛并各爱马官员子弟，今宜谕之，依先例入学，俾严为训诲。'从之"。(《元史》卷四四《顺帝纪七》)

八月，"车驾还自上都"。(《元史》卷四四《顺帝纪七》)

十六年（1356）

顺帝于四月幸上都，八月自上都返大都。

四月，"车驾时巡上都"。(《元史》卷四四《顺帝纪七》)

"秋七月癸未，以翰林学士秃鲁帖木儿为侍御史。"(《元史》卷四四《顺帝纪七》)

八月，"是月，车驾还自上都"。(《元史》卷四四《顺帝纪七》)

十七年（1357）

顺帝于四月幸上都，八月自上都返大都。

四月，"是月，车驾时巡上都"。(《元史》卷四五《顺帝纪八》)

"五月乙亥朔，命知枢密院事孛兰奚进兵讨山东。""戊寅，平章政事亦老温帖木儿复武安州等三十余城。""丙申，命搠思监为右丞

相，太平为左丞相，诏天下。免民今岁税粮之半。"（《元史》卷四五
《顺帝纪八》）

六月，"是月，刘福通犯汴梁，其军分三道，关先生、破头潘、
冯长舅、沙刘二、王士诚寇晋、冀，白不信、大刀敖、李喜喜趋关
中，毛贵据山东，其势大振"。（《元史》卷四五《顺帝纪八》）

七月，"乙酉，命右丞相搠思监领宣政院事，平章政事臧卜知经
筵事，参知政事李稷同知经筵事，参知政事完者帖木儿兼太府卿"。
（《元史》卷四五《顺帝纪八》）

八月，"癸丑，刘福通兵陷大名路，遂自曹、濮陷卫辉路，答失
八都鲁之子孛罗帖木儿与万户方脱脱击之"。"是月，大驾还自上都。"
（《元史》卷四五《顺帝纪八》）

十八年（1358）

顺帝于四月幸上都，自上都返大都时间史籍未载。

四月，"庚寅，以翰林学士承旨蛮子为岭北行省平章政事"。"是
月，车驾时巡上都。"（《元史》卷四五《顺帝纪八》）

五月，"甲子，监察御史七十、燕赤不花等劾中书参知政事燕只
不花"。（《元史》卷四五《顺帝纪八》）

六月，"察罕帖木儿调虎林赤、关保同守潞州。拜察罕帖木儿陕
西行省平章政事，便宜行事。庚辰，关先生、破头潘等陷辽州，虎林
赤以兵击走之，关先生等遂陷冀宁路。乙酉，命左丞相太平督诸军守
御京城，便宜行事"。（《元史》卷四五《顺帝纪八》）

十二月癸酉（九日），"红巾军关先生、破头潘部由大同直趋上
都，攻陷都城，焚烧宫阙，驻师七日后东攻辽阳、高丽"。（《元史》
卷四五《顺帝纪八》）

郭嘉

郭嘉为守护上都，战死。"十八年，寇陷上京，嘉闻之，躬率义兵出御……嘉见贼势日炽，孤城无援，乃集同官议攻守之计，众皆失措，嘉曰：'吾计决矣。'因竭家所有衣服财物犒义士，以励其勇敢，且曰：'自我祖宗，有勋王室，今之尽忠，吾分内事也。况身守此土，当生死以之，余不足恤矣。'顷之，贼至，围城亘数十里，有大呼者曰：'辽阳我得矣，何不出降！'嘉挽弓射呼者，中其左颊，堕马死，贼稍引退，嘉遂开西门逐之，贼大至，力战以死。"（《元史》卷一九四《郭嘉传》）

郭嘉，字元礼，濮阳人。祖昂，父惠，俱以战功显。嘉慷慨有大志，始由国子生登泰定三年（1326）进士第，授彰德路林州判官，累迁翰林国史院编修官，除广东道宣慰使司都元帅府经历。未几，入为京畿漕运使司副使，寻拜监察御史。十八年（1358），寇陷上京，嘉躬率义兵出御，力战以死。事闻，赠崇化宣力效忠功臣、资善大夫、河南江北等处行省左丞、上护军，封太原郡公，谥忠烈。

十九年（1359）

"是岁以后，因上都宫阙尽废，大驾不复时巡。"（《元史》卷四五《顺帝纪八》）

七月，"庚子，诏以察罕脑儿宣慰司之地属资正院，有司毋得差占。察罕脑儿之地，在世祖时隶忙哥歹太子四千户，今从皇后奇氏请，故以属之资正院"。（《元史》卷四五《顺帝纪八》）

二十年（1360）

二月，"左丞相太平罢为太保，守上都"。（《元史》卷四五《顺帝纪八》）

陈祖仁

五月，陈祖仁劝谏顺帝不宜修缮上都宫阙。帝欲修上都宫阙，工役大兴，祖仁上疏，其略曰："自古人君，不幸遇艰虞多难之时，孰不欲奋发有为，成不世之功，以光复祖宗之业。苟或上不奉于天道，下不顺于民心，缓急失宜，举措未当，虽以此道持盈守成，犹或致乱，而况欲拨乱世反之正乎！夫上都宫阙，创自先帝，修于累朝，自经兵火，焚毁殆尽，所不忍言，此陛下所为日夜痛心，所宜亟图兴复者也。然今四海未靖，疮痍未瘳，仓库告虚，财用将竭，乃欲驱疲民以供大役，废其耕耨，而荒其田亩，何异扼其吭而夺之食，以速其毙乎！陛下追惟祖宗宫阙，念兹在兹，然不思今日所当兴复，乃有大于此者。假令上都宫阙未复，固无妨于陛下之寝处，使因是而违天道，失人心，或致大业之隳废，则夫天下者亦祖宗之天下，生民者亦祖宗之生民，陛下亦安忍而轻弃之乎！愿陛下以生养民力为本，以恢复天下为务，信赏必罚，以驱策英雄，亲正人，远邪佞，以图谋治道。夫如是，则承平之观，不日咸复，讵止上都宫阙而已乎！"疏奏，帝嘉纳之。（《元史》卷一八六《陈祖仁传》）

> 陈祖仁，字子山，汴人也。其父安国，仕为常州晋陵尹。祖仁性嗜学，早从师南方，有文名。至正元年（1341），科举复行，祖仁以《春秋》中河南乡贡。明年会试，赐进士及第，授翰林修撰、同知制诰，兼国史院编修官。历太庙署令、太常博士，迁翰林待制，出佥山东肃政廉访司事，擢监察御史，复出为山北肃政

廉访司副使，召拜翰林直学士，升侍讲学士，除参议中书省事。二十年（1360）五月，帝欲修上都宫阙，工役大兴，祖仁上疏劝阻。二十三年（1363），拜治书侍御史。明年七月，孛罗帖木儿入中书为丞相，除祖仁山北道肃政廉访使，召拜国子祭酒，迁枢密副使，累上疏言军政利害，不报，辞职。除翰林学士，遂拜中书参知政事。是时天下乱已甚，而祖仁性刚直，遇事与时宰论议数不合，乃超授其阶荣禄大夫，而仍还翰林为学士，寻迁太常礼仪院使。二十八年（1368）秋，大明兵进压近郊，有旨命祖仁及同佥太常礼仪院事王逊志等载太庙神主，从皇太子北行。祖仁等乃奏曰："天子有大事出，则载主以行，从皇太子，非礼也。"帝然之，还守太庙以俟命。俄而天子北奔，祖仁守神主，不果从。八月二日，京城破，将出健德门，为乱军所害，时年五十五。祖仁一目眇，貌寝，身短瘠，而语音清亮，议论伟然，负气刚正，似不可犯者。其学博而精，自天文、地理、律历、兵乘、术数、百家之说，皆通其要。为文简质，而诗清丽，世多称传之。

九月，"癸未，贼复犯上都，右丞忙哥帖木儿引兵击之，败绩"。（《元史》卷四五《顺帝纪八》）

十月，"红巾军再次进攻上都，元军出战失利"。（《元史》卷四五《顺帝纪八》）

十二月，"阳翟王阿鲁辉帖木儿拥兵数十万，屯于木儿古彻兀之地，将犯京畿，使来言曰：'祖宗以天下付汝，汝已失其太半；若以国玺付我，我当自为之。'帝遣报之曰：'天命有在，汝欲为则为之。'命知枢密院事秃坚帖木儿等将兵击之，不克，军士皆溃，秃坚帖木儿走上都"。（《元史》卷四五《顺帝纪八》）

杨瑀

杨瑀一生"屡为滦京之行"。至正二十年（1360），杨瑀致仕后，作《山居新话》，其中载有不少扈从期间之事。如："余屡为滦京之行，每宿于李老峪酒肆。其家比之他屋稍宽敞焉。其屋东大楣中发一灵芝，茎长三尺余，斜倚其上，人以为常。及余山居，宝云山上不时生芝，不以为奇。余思大成殿瑞芝，及宋徽宗时进芝称贺，以此观之，何足为贺也。""范玉壶作上都诗云：'上都五月雪飞花，顷刻银妆十万家。说与江南人不信，只穿皮袄不穿纱。'余屡为滦阳之行，每岁七月半，郡人倾城出南门外祭奠，妇人悉穿金纱，谓之赛金纱，以为节序之称也。""平江漆匠王□□者，至正间以牛皮制一舟，内外饰以漆，拆卸作数节，载至上都。游漾于滦河，中可容二十人，上都之人，未尝识船，观者无不叹赏。又尝奉旨造浑天仪，可以折叠，便于收藏，巧思出人意表，可谓智能之人。今为管匠提举。"

　　杨瑀（1285—1361），字元诚，杭州钱塘人。父昌，宋邠州万户。少警敏，有识见，尝事文帝于潜邸。天历间，召见于奎章阁，论治道及艺文事，留备宿卫。署广成局副使，擢中瑞司典簿，特赐牙符出入禁中。改广州清源县尹，帝爱其廉慎，留之。协帝除伯颜有功，授奉议大夫、太史院判官，旋擢同佥院事，赐金带、貂裘。未几，请告归。复起为宣政院判官，改建德路总管。二十年（1360），迁中奉大夫、浙东道宣慰使都元帅，瑀以年七十，累请老，卒于家。著有《山居新话》。《新元史》卷二一〇有传，《元史》卷一三八《脱脱传》有述其事迹等。

二十一年（1361）

"二十一年春正月癸丑朔，诏赦天下。"（《元史》卷四六《顺帝纪九》）

二十二年（1362）

五月，顺帝拟大兴工役，修复上都宫殿，中书参知政事陈祖仁上奏章劝止。"己未，中书参知政事陈祖仁上章，乞罢修上都宫阙。"（《元史》卷四六《顺帝纪九》）

二十三年（1363）

三月，"是春，关先生余党复自高丽还寇上都，孛罗帖木儿击降之"。（《元史》卷四六《顺帝纪九》）

二十四年（1364）

四月，"壬寅，秃坚帖木儿兵入居庸关。癸卯，知枢密院事也速、詹事不兰奚迎战于皇后店"。（《元史》卷四六《顺帝纪九》）

五月，"甲辰，皇太子率侍卫兵出光熙门，东走古北口，趋兴、松。乙巳，秃坚帖木儿兵至清河列营。时都城无备，城中大震，令百官吏卒分守京城，使达达国师至其军问故，以必得搠思监及宦官朴不花为对，诏慰解之，不听……庚戌，秃坚帖木儿陈兵自健德门入，觐帝于延春阁，恸哭请罪，帝就宴赉之"。（《元史》卷四六《顺帝纪九》）

七月，"丙戌，孛罗帖木儿前锋军入居庸关，皇太子亲率军御于清河，也速军于昌平，军士皆无斗志。皇太子驰还都城，白锁住引兵入平则门"。（《元史》卷四六《顺帝纪九》）

二十五年（1365）

九月，"扩廓帖木儿扈从皇太子至京师"。（《元史》卷四六《顺帝纪九》）

二十六年（1366）

"九月甲申，李思齐兵下盐井，获川贼余继隆，诛之。礼部侍郎满尚宾、吏部侍郎掩笃剌哈自凤翔还京师。"（《元史》卷四七《顺帝纪十》）

二十七年（1367）

四月，"辛卯，以知枢密院事失列门为岭北行省左丞相，提调分通政院"。（《元史》卷四七《顺帝纪十》）

二十八年（1368）

闰七月丙寅（二十八日）夜，顺帝携太子、后妃出大都健德门北逃。"丙寅，帝御清宁殿，集三宫后妃、皇太子、皇太子妃，同议避兵北行。失列门及知枢密院事黑厮、宦者赵伯颜不花等谏，以为不可行，不听。伯颜不花恸哭谏曰：'天下者，世祖之天下，陛下当以死守，奈何弃之！臣等愿率军民及诸怯薛歹出城拒战，愿陛下固守京

城。'卒不听。至夜半，开健德门北奔。八月庚午，大明兵入京城，国亡。"（《元史》卷四七《顺帝纪十》）

八月癸未（十五日）至上都。壬辰（二十四日），以上都焚毁，置行枢密院于察罕脑儿。

九月，诏高丽王发兵至上都，听候调遣。

十一月，以皇太子出屯红罗山。"后一年，帝驻于应昌府。"（《元史》卷四七《顺帝纪十》）

明年二月，丞相也速率兵四万攻扰大都。

三月，顺帝狩猎于上都近郊。太子请率军攻大都，未得允许。以王信为上都留守。

四月，明将常遇春率军北上，也速军迎战失利。

六月乙亥（十三日），顺帝率众北走应昌府，留河南王普化、中书平章政事鼎住守上都。己卯（十七日），明军攻占上都。

"又一年，四月丙戌，帝因痢疾殂于应昌，寿五十一，在位三十六年。太尉完者、院使观音奴奉梓宫北葬。五月癸卯，大明兵袭应昌府，皇孙买的里八剌及后妃并宝玉皆被获，皇太子爱猷识礼达腊从十数骑遁。"（《元史》卷四七《顺帝纪十》）

王逢

王逢，元末明初人，未赴上都，但作有与上都相关的诗歌，所作时间不可知，且置于此。有《感宋遗事二首有引》："至元十三年正月，伯颜丞相入杭。二月起，宋三宫赴上都，五月，见世祖皇帝。寻命幼主为检校大司徒，封瀛国公。十二日，内人安康朱夫人、安定陈夫人，二侍儿失其姓，浴罢肃襟，闭门焚香于地，并雉经死。衣中有清江纸书云：'不免辱国，幸免辱身。不辱父母，免辱六亲。艺祖受命，立国以仁。中兴南渡，逾三百春。躬受宋禄，羞为北臣。大难既至，守于一贞。焚香设誓，代书诸绅。忠臣义士，期以自新。丙子五月吉日泣血书。五月无花草满原，天回南极夜当门。龙香一篆魂同返，犹藉君王旧赐恩。天遣南姝死北燕，宋朝家法最堪传。当时赐葬崇双阙，混一当过亿万年。'"（《梧溪集》卷一）又有以上都风物、宫廷宴饮等为题材的诗歌《无题五首》《后无题五首》《塞上曲五首》以及《宫中行乐词六首》等。

　　王逢（1319—1388），字元吉，江阴（今属江苏）人。弱冠有文名。从陈汉卿学诗，汉卿乃虞集门人。至正中尝作《拟河清颂》，荐之皆以疾辞，隐居江上之黄山，自号席帽山人。又避地无锡梁鸿山、青龙江，寓所曰梧溪精舍，自号梧溪子。后徙上海乌泥泾，筑草堂，名居曰最闲园，自号最闲园丁。明初以文学征用，以老病辞。王逢之诗作，杨维桢评："予读其诗，悼家难，悯国难，采摭贞操，访求死节，网罗俗谣与民讴"，"亦杜史之流欤？"（杨维桢《梧溪集序》）评其诗"才气宏敞，而不失谨严。集中载宋、元之际忠孝节义之事甚备。每作小序以标其崖略，足补史传所未及，盖其微意所寓也"（《四库全书总目》）。有《梧溪集》七卷。《明史》卷二八五《戴良传》有附传，生平事迹还见钱谦益《列朝诗集小传》甲前集《席帽山人王逢》、朱彝尊《曝书亭集》卷六三《戴良传》附传。

叶衡

叶衡曾前赴上都，作《上京杂咏十首》，存于《文翰类选大成》卷八四。

　　叶衡，生卒年不详，字仲舆，号芝阳山人，饶州德兴（今江西德兴）人。生平事迹不甚详，据《重刊兴化府志》《元诗选补遗》小传大体可知：顺帝后至元三年（1337），任兴化县尹，为政有方，后民立石颂之，历数政绩。又任婺州知州。在京师，曾与姚燧游学，与黄溍、欧阳玄、宋本以诗文交游。或在此期间扈从上都。擅诗文，所著诗文多不存，《全元诗》收诗十八首。

参考书刊目录

一、 基本文献类

曹础基注，《庄子浅注》，中华书局 2000 年版。

陈邦瞻著，《元史纪事本末》，中华书局 1979 年版。

陈孚著，《陈刚中诗集》，文渊阁《四库全书》本。

陈高著，郑立于校点，《陈高集》，浙江古籍出版社 2014 年版。

陈鼓应著，《老子注译及评介》，中华书局 1984 年版。

陈基著，《夷白斋稿外集》，《四部丛刊》本。

陈田著，《明诗纪事》，上海古籍出版社 1993 年版。

陈义高著，《秋岩集》卷上，文渊阁《四库全书》本。

程端礼著，《畏斋集》，《四明丛书》本。

仇远著，《山村遗集》，《续修四库全书》本。

戴表元著，李军、辛梦霞校点，《戴表元集》，吉林文史出版社 2008 年版。

邓文原著，《巴西集》，文渊阁《四库全书》本。

邓雅著，《邓伯言玉笥集》，清钞本。

丁福保辑，《历代诗话续编》，中华书局 1983 年版。

丁鹤年著，《鹤年先生诗集》，《琳琅秘室丛书》本。

方回著，《桐江续集》，文渊阁《四库全书》本。

冯从吾著，《元儒考略》，文渊阁《四库全书》本。

傅若金著，《傅与砺文集》，文渊阁《四库全书》本。

傅习辑，《元风雅》，文渊阁《四库全书》本。

高启著，《高青丘集》，上海古籍出版社 1985 年版。

贡奎、贡师泰、贡性之著，邱居里等校点，《贡氏三家集》，吉林文史出版社 2010 年版。

顾嗣立编，《元诗选初集》，中华书局 1987 年版。

顾嗣立编，《元诗选二集》，中华书局 1987 年版。

顾嗣立编，《元诗选三集》，中华书局 1987 年版。

顾瑛辑，《玉山名胜集》，中华书局 2008 年版。

贯云石著，胥惠民、张玉声等辑注，《贯云石作品辑注》，新疆人民出版社 1986 年版。

郭茂倩编，《乐府诗集》，中华书局 1979 年版。

哈萨、马永真编，《草原文化》，中央广播电视大学出版社 2014 年版。

郝经著，《陵川集》，《北京图书馆古籍珍本丛刊》本。

何文焕辑，《历代诗话》，中华书局 1981 年版。

洪希文著，《续轩渠集》，文渊阁《四库全书》本。

胡行简著，《樗隐集》，文渊阁《四库全书》本。

胡祗遹著，魏崇武、周思成校点，《胡祗遹集》，吉林文史出版社 2008 年版。

胡助著，《纯白斋类稿》，《丛书集成初编》本。

黄溍著，王颋点校，《黄溍全集》，天津古籍出版社 2008 年版。

纪昀等著，《四库全书总目提要》，中华书局 1965 年版。

揭傒斯著，李梦生点校，《揭傒斯全集》，上海古籍出版社 1985 年版。

金涓著，《青村遗稿》，德化李氏木犀轩钞本。

金幼孜著，《金文靖集》，文渊阁《四库全书》本。

康熙著，《庭训格言》，中州古籍出版社 2010 年版。

孔齐著，庄敏、顾新点校，《至正直记》，上海古籍出版社 1987 年版。

郎瑛著，《七修类稿》，中华书局 1959 年版。

李存著，《鄱阳仲公李先生文集》，《北京图书馆古籍珍本丛刊》本。

李开先著，路工辑校，《李开先集》，中华书局 1959 年版。

李修生主编，《全元文》，凤凰出版社 2004 年版。

李渔著，《闲情偶寄》，中华书局 2007 年版。

李玉著，《北词广正谱》，《续修四库全书》本。

厉鹗著，《宋诗纪事》，上海古籍出版社1983年版。

刘秉忠著，李昕太、张家华等点注，《藏春集》，花山文艺出版社1993年版。

刘鹗著，《惟实集》，文渊阁《四库全书》本。

刘将孙著，《养吾斋集》，文渊阁《四库全书》本。

刘敏中著，《中庵集》，文渊阁《四库全书》本。

刘祁著，《归潜志》，中华书局1983年版。

刘仁本著，《羽庭集》，文渊阁《四库全书》本。

刘诜著，《桂隐文集》，新文丰出版公司1985年版。

刘昫等著，《旧唐书》，中华书局1975年版。

刘因著，《静修先生文集》，《四部丛刊》本。

刘岳申著，《申斋集》，文渊阁《四库全书》本。

鲁贞著，《桐山老农集》，文渊阁《四库全书》本。

陆文圭著，《墙东类稿》，文渊阁《四库全书》本。

陆友仁著，《研北杂志》，《丛书集成初编》本。

马臻著，《霞外诗集》，文渊阁《四库全书》本。

马致远著，傅丽英、马恒君校注，《马致远全集校注》，语文出版社2002年版。

马祖常著，李叔毅点校，《石田先生文集》，中州古籍出版社1991年版。

迺贤著，叶爱欣校注，《迺贤集校注》，河南大学出版社2011年版。

欧阳玄著，魏崇武、刘建立校点，《欧阳玄集》，吉林文史出版社2009年版。

偶桓编，《乾坤清气集》，文渊阁《四库全书》本。

钱谦益著，许逸民、林淑敏点校，《列朝诗集》，中华书局2007年版。

萨都剌著，《萨天锡诗集》，《四部丛刊》本。

释楚石梵琦著，吴定中、鲍翔麟校注，《楚石北游诗》，浙江古籍出版社2010年版。

释善住著，《谷响集》，文渊阁《四库全书》本。

舒頔著，《贞素斋集》，文渊阁《四库全书》本。

舒岳祥著，《阆风集》，文渊阁《四库全书》本。

宋褧著，《燕石集》，文渊阁《四库全书》本。

宋濂等著，《元史》，中华书局1976年版。

苏天爵著，陈高华、孟繁清点校，《滋溪文稿》，中华书局1997年版。

隋树森编，《全元散曲》，中华书局 1964 年版。

唐圭璋编，《词话丛编》，中华书局 1986 年版。

唐圭璋编，《全金元词》，中华书局 1994 年版。

陶宗仪著，《南村辍耕录》，中华书局 1959 年版。

陶宗仪著，《书史会要》，文渊阁《四库全书》本。

脱脱等著，《金史》，中华书局 1975 年版。

脱脱等著，《宋史》，中华书局 1977 年版。

汪元量著，《增订湖山类稿》，中华书局 1984 年版。

王祎著，《王忠文公集》，文渊阁《四库全书》本。

王季思编，《全元戏曲》，人民文学出版社 1990 年版。

王冕著，寿勤泽点校，《王冕集》，浙江古籍出版社 2012 年版。

王士点著，《秘书监志》，文渊阁《四库全书》本。

王恽著，杨亮、钟彦飞点校，《王恽全集汇校》，中华书局 2013 年版。

危素著，《危学士全集》，齐鲁书社 1997 年版。

魏初著，《青崖集》，文渊阁《四库全书》本。

吴澄著，《吴文正集》，《四部丛刊》本。

吴当著，《学言稿》，文渊阁《四库全书》本。

吴师道著，邱居里、邢新欣点校，《吴师道集》，浙江古籍出版社 2012 年版。

谢应芳著，《龟巢稿》，《四部丛刊》本。

熊梦祥著，《析津志辑佚》，北京古籍出版社 1983 年版。

许有壬著，傅瑛、雷近芳校点，《许有壬集》，中州古籍出版社 1998 年版。

杨伯峻译注，《论语译注》，中华书局 1980 年版。

杨朝英编，《朝野新声太平乐府》，中华书局 1958 年版。

杨基著，《眉庵集》，《四部丛刊三编》本。

杨士奇等著，《历代名臣奏议》，文渊阁《四库全书》本。

杨维桢著，《东维子文集》，《四部丛刊》本。

杨瑀著，《山居新语》，上海古籍出版社 2012 年版。

杨允孚著，《滦京杂咏》，《知不足斋丛书》本。

杨载著，《杨仲弘集》，《四部丛刊》本。

姚燧著，查洪德编校，《姚燧集》，人民文学出版社 2011 年版。

姚桐寿著，《乐郊私语》，上海古籍出版社 2012 年版。

耶律铸著，《双溪醉隐集》，文渊阁《四库全书》本。

叶申芗著，《本事词》，古典文学出版社 1957 年版。

叶子奇著，《草木子》，中华书局 1959 年版。

于敏中、英廉等著，《日下旧闻考》，文渊阁《四库全书》本。

余阙著，《青阳集》，文渊阁《四库全书》本。

俞为民、孙蓉蓉编著，《历代曲话汇编》，黄山书社 2009 年版。

虞集著，王颋点校，《虞集全集》，天津古籍出版社 2007 年版。

元好问著，姚奠中编，《元好问全集》，山西人民出版社 1990 年版。

元淮著，《水镜元公诗集》，齐鲁书社 1997 年版。

袁桷著，李军、施贤明、张欣校点，《袁桷集》，吉林文史出版社 2010 年版。

《永乐大典》，中华书局 1986 年版。

《元典章》，中国书店 1990 年版。

张可久著，吕薇芬、杨镰校注，《张可久集校注》，浙江古籍出版社 1995 年版。

张以宁著，《翠屏集》，抄明成化刻本。

张昱著，《张光弼诗集》，《四部丛刊续编》本。

张仲深著，《子渊诗集》，文渊阁《四库全书》本。

张翥著，《张蜕庵诗集》，《四部丛刊续编》本。

赵汸著，《东山存稿》，文渊阁《四库全书》本。

赵孟頫著，《松雪斋集》，中国书店 1990 年版。

赵文著，《青山集》，文渊阁《四库全书》本。

赵翼著，王树民校正，《廿二史札记》，中华书局 1984 年版。

郑泳著，《义门郑氏奕叶文集》，文渊阁《四库全书》本。

周伯琦著，《近光集》，文渊阁《四库全书》本。

周南瑞编，《天下同文集》，文渊阁《四库全书》本。

朱思本著，《贞一斋杂著》，文渊阁《四库全书》本。

朱晞颜著，《瓢泉吟稿》，文渊阁《四库全书》本。

二、 今人论著、编著类

［德］傅海波、［英］崔瑞德编，史卫民等译著，《剑桥中国辽西夏金元史》，中国

社会科学出版社1998年版。

［日］青木正儿著，隋树森译，《元曲研究》乙编，里仁书局2001年版。

［日］佐口透著，《日本学者研究中国史论著选译》，中华书局1993年版。

阿英编，《晚清文学丛钞·小说戏曲研究卷》，中华书局1960年版。

巴特尔主编，《草原文化与文学艺术论丛》第4辑，内蒙古人民出版社2008年版。

白寿彝主编，《中国通史》（第八卷），上海人民出版社1989年版。

策·达木丁苏隆编，谢再善译，《蒙古秘史》，中华书局1956年版。

查洪德著，《元代诗学通论》，北京大学出版社2014年版。

陈得芝著，《元史论集》，人民出版社1984年版。

陈高华、史卫民著，《元大都上都研究》，中国人民大学出版社2010年版。

陈高华、史卫民著，《中国政治制度通史·元代》（第八卷），人民出版社1996
年版。

陈高华著，《元代画家史料》，上海人民美术出版社1980年版。

陈垣著，陈智超导读，《元西域人华化考》，上海古籍出版社2000年版。

党宝海著，《蒙元驿站交通研究》，昆仑出版社2006年版。

邓绍基著，《元代文学史》，人民文学出版社1991年版。

费孝通著，《中华民族多元一体格局》，中央民族学院出版社1989年版。

顾肇仓著，《元人杂剧选》，人民文学出版社1956年版。

何文焕辑，《历代诗话》，中华书局2004年版。

李治安著，《元代政治制度研究》，人民出版社2003年版。

林庚著，《中国文学史》，清华大学出版社2009年版。

刘继才著，《中国题画诗发展史》，辽宁人民出版社2010年版。

刘毓盘著，《词史》，上海书店1985年版。

邱江宁著，《奎章阁文人群体与元代中期文学研究》，人民出版社2013年版。

史卫民著，《都市中的游牧民——元代城市生活长卷》，湖南人民出版社1996
年版。

孙进已、苏天钧、孙海等编著，《中国考古集成》（华北卷），哈尔滨出版社1986
年版。

汤显祖著，徐朔方笺校，《汤显祖诗文集》，上海古籍出版社1982年版。

王国维著，《人间词话》，中国华侨出版社2015年版。

王国维著，《宋元戏曲史》，东方出版社 2012 年版。

王骥德著，陈多、叶长海注译，《曲律》，湖南人民出版社 1983 年版。

王易著，《词曲史》，东方出版社 1996 年版。

翁独健编，《中国民族关系史纲要》，中国社会科学出版社 2001 年版。

吴梅著，《吴梅词曲论著四种》，商务印书馆 2010 年版。

吴晟著，《瓦舍文化与宋元戏剧》，中国社会科学出版社 2001 年版。

夏承焘等编选，《金元明清词选》，人民文学出版社 2005 年版。

萧启庆著，《蒙元史新研》，允晨文化实业公司 1994 年版。

萧启庆著，《内北国而外中国：蒙元史研究》，中华书局 2007 年版。

萧启庆著，《元朝史新论》，允晨文化实业公司 1999 年版。

萧启庆著，《元代史新探》，新文丰出版公司 1983 年版。

杨义著，《文学地理学会通》，中国社会科学出版社 2013 年版。

杨志玖著，《元代回族史稿》，南开大学出版社 2003 年版。

幺书仪著，《戏曲》，人民文学出版社 1994 年版。

姚从吾著，《姚从吾先生大全集》（第七册），中正书局 1982 年版。

叶新民、齐木德道尔吉编著，《元上都研究文集》，中央民族大学出版社 2003
　　年版。

俞为民、孙蓉蓉编著，《历代曲话汇编》（唐宋元编），黄山书社 2006 年版。

袁冀著，《元史研究论集》，台湾商务印书馆 2006 年版。

云峰著，《元代蒙汉文学关系研究》，民族出版社 2005 年版。

张晶著，《中国诗歌通史》（辽金元卷），人民文学出版社 2012 年版。

赵义山著，《元散曲通论》（修订），上海古籍出版社 2004 年版。

赵园著，《想象与叙述》，人民文学出版社 2009 年版。

中国戏曲研究院编，《中国古典戏曲论著集成》，中国戏剧出版社 1959 年版。

三、论文类

查洪德，《"海宇混一"鼓舞下的元代盛世文风》，《南开学报》2008 年第 4 期。

查洪德，《大元气象——元代文化精神的基本概括》，《哈尔滨工业大学学报》（社科版）2018 年第 1 期。

方龄贵，《关于元史研究的几个问题》，《社会科学战线》1986 年第 4 期。

胡蓉、杨富学，《元代畏兀双语作家考屑》，《民族文学研究》2016 年第 5 期。

贾敬颜，《从金朝的北征、界豪、榷场和宴赐看蒙古的兴起》，《元史及北方民族史研究集刊》1985 年第 9 期。

贾晞儒，《元杂剧中的蒙古语词》，《青海民族学院学报》（社会科学版）1982 年第 4 期。

贾洲杰，《元上都调查报告》，《文物》1997 年第 5 期。

李嘉瑜，《不在场的空间——上京纪行诗中的江南》，《台北教育大学语文集刊》，2010 年第 18 期。

李嘉瑜，《上京纪行诗的"边塞"书写——以长城、居庸关为论述主轴》，《台北教育大学语文集刊》2008 年第 7 期。

李军，《"诈马"考》，《历史研究》2005 年第 5 期。

李云泉，《略论元代驿站的职能》，《山东师范大学学报》1996 年第 2 期。

李治安，《元代上都分省考述》，《文史》第 60 辑，中华书局 2002 年版。

刘浦江，《春水秋山——金代捺钵研究》（上），《文史》第 49 辑，中华书局 1999 年版。

刘浦江，《春水秋山——金代捺钵研究》（下），《文史》第 50 辑，中华书局 2000 年版。

罗斯宁，《元代艺妓与元散曲》，《中山大学学报》1998 年第 1 期。

马桂英，《略论草原文化特征》，《天府新论》2006 年第 1 期。

马昕，《仕胡汉臣的历史评价分析》，《江苏师范大学学报》2015 年第 1 期。

彭曙蓉，《论民、汉文化与民、汉士人关系在元词题序中的反映》，《民族文学研究》2013 年第 3 期。

任红敏，《北方草原文化及西域商业文化对元杂剧创作的影响》，《内蒙古社会科学》2016 年第 1 期。

萨兆沩，《元翰林国史院述要》，《北京行政学院学报》1999 年第 1 期。

施贤明，《论葛逻禄诗人迺贤的江南情怀》，《民族文学研究》2014 年第 1 期。

施贤明，《元代江南士人群体研究》，北京师范大学博士学位论文，2013 年。

陶东风，《中国文学的思乡主题》，《求索》1992 年第 4 期。

王风雷，《元上都教育考》，《内蒙古师范大学学报》（哲学社会科学版）2000 年第
　　8 期。

王昊，《论金词与元词的异质性——兼析"词衰于元"传统命题》，《文学遗产》
　　2011 年第 2 期。

王双梅，《元上都文学活动》，南开大学博士学位论文，2017 年。

王颋，《音仿白翎——元代乐曲"白翎雀"考》，《西域南海史地考论》，上海人民
　　出版社 2008 年版。

王兆鹏、刘尊明，《风云豪气，慷慨高歌——简说金词》，《古典文学知识》1997
　　年第 5 期。

魏坚，《元上都的考古学研究》，吉林大学博士学位论文，2004 年。

魏坚，《元上都——永保着巨大文明的废墟》，《吉林大学社会科学学报》2005 年
　　第 11 期。

吴团英，《草原文化与游牧文化》，《内蒙古社会科学》2006 年第 5 期。

吴小红，《元代龙虎山道士在两都的活动及其影响》，《元史论丛》（第十二辑），
　　内蒙古教育出版社 2010 年版。

薛瑞兆，《使者语录、文人日记、诗歌等对金的记录，论两宋涉金著述的价值与局
　　限》，《江苏大学学报》（社科版）2014 年第 1 期。

姚大力，《元朝科举制度的行废及其社会背景》，《元史及北方民族史研究集刊》
　　1982 年第 6 期。

叶新民，《元上都的官署》，《内蒙古大学学报》（社会科学版）1983 年第 1 期。

叶新民，《元上都的驿站》，《蒙古史研究》（第三辑），内蒙古大学出版社 1989
　　年版。

云峰，《论蒙古民族及其文化对元杂剧繁荣兴盛之影响》，《内蒙古师范大学学报》
　　（哲学社会科学版）2003 年第 4 期。

云峰，《试论元代统治者对元杂剧创作之影响》，《黑龙江民族丛刊》2006 年第
　　5 期。

张帆，《元代翰林国史院与汉族儒士》，《北京大学学报》（哲学社会科学版）1988
　　年第 5 期。

王一鹏，《翰林院演变初探》，《内蒙古社会科学》1993 年第 6 期。

赵维江，《略论金元词的类曲倾向》，《齐鲁学刊》2003 年第 3 期。

后 记

　　进入元代文学的研究领域，转眼已经十年了。回顾过往，感慨时光飞逝之余，就是检省自己：都做了什么？做出了什么？还应该做什么？2013年，承蒙恩师查洪德不弃，我得以入师门读博，成为南开大学的学生，对我而言这是何其幸运又幸福的事。在此期间，老师为我选定了"元上都文学活动"作为学位论文选题，让我谈谈自己的看法。现在我还清晰地记得老师和蔼、充满鼓励又深重、严肃的表情。说实在的，那时的我对上都还懵懂无知；但我知道这个题目很好，又最契合自己科研的长远发展。因为我是内蒙古人，又在民族高校工作。当真正投入这个选题后，我才更深刻认识到这是个亟待开垦而又十分重要的元代文学板块。随着对文献的不断搜集、积累，我的脑海中一直在思考一些问题：在草原上建立的都城，其政治、文化、经济等能持久发展吗？其地位能永固吗？有太多文人从未有过草原生活体验，他们来到草原会是什么心情？他们主要会关注什么？这些会对他们的上都文学创作产生哪些影响？文人身处政权分裂而统一后的王朝，当他们跨过居庸关来到北方草原民族几千年的休养生息之地，特别是目睹着帝王巡幸的盛大场面，他们除了因能够观风观礼而激动、惊叹外，他们的政治文化心态、历史文化观念会有哪些变化？他们的情绪、情感、认知、体验、文学审美等会有哪些变化？作为文人个体的差异，以及作为上都文人群体的共性心态、文学创作风貌又有哪些？到底有多少人来过上都，又创作了多少作品呢？等等。

　　之所以这么说，是因为我的元代文学研究起点、博士论文选题和本书内容关系紧密。"元上都文学活动"选题的框架、思路主要是按照"文学活动"的核心要素设置的，包括上都文学活动的历史背景条件、发展历程、形式、成果，以及上都文学文献的梳理与考述几大部分。这个选题做下来，我的收获是巨大的，远超乎想象。它不仅让我更深入地了解了元上都文人群体的心灵世界和精神气质，为他们自主承担重建文化的社会使命的行为所感动，为他们来到上都的激越自信而又复杂的心情所感染；更重要的是，它不断激发着我对元代文学、元大都和上都文学研究的热情。在此后的时间内，教学工作之余，相关研究始终占据我科研生活的主要位置。当然，由于元上都文学活动在研究方法上属于整体的、宏观的综合性研究，有一些具体的上都文人及其作品无法关照到，于是，我萌生了写作本书的想法。本书分为两个部分，主体部分是从上都文学的发展脉络考察上都文学创作风貌，附录是"元上都文学系年"。1988 年，陈高华、史卫民出版了《元上都研究》，属于历史、社会学范畴的研究，书后附录《元代上都大事年表》；2010 年由中国人民大学出版社再版，与《元大都研究》合并，题名为《元代大都上都研究》。《元代上都大事年表》用列表的方式简要呈现了有关上都的大事，包括时间、事迹，总字数近一万。这是上都历史大事的第一次梳理，十分便于学界从总体上了解上都。本书所作"系年"以年为序，内以月系，收录范围上始蒙哥汗元年（1251）忽必烈掌管漠南汉地，下讫 1368 年元亡，内容包括上都发生的大事、文人的上都之行及其上都文学创作与相关活动。在体例上，先列史事，后述文学，希望能为学界同道提供一点上都研究的基础资料。

终于能定稿了，内心不免有太多遗憾、愧疚。由于时间、精力、水平有限，本书有关上都文学风貌的研究并未达到最初的预期，也恳请方家批评指正。感谢所有支持、帮助我的老师、同门、同道。

王双梅

2023 年 1 月 20 日于通辽